천애지연

이 권

천애지연

김경미 장편소설

이권

가하

천애지연

이권

지은이 김경미
펴낸이 이형기
펴낸곳 도서출판 가하

초판인쇄 2016년 2월 12일
초판발행 2016년 2월 18일
출판등록 2008년 10월 15일 제 318−2008−00100호

주소 서울 영등포구 양평로 67, 1209 (당산동5가, 한강포스빌)
전화 02−2631−2846   **팩스** 02−2631−1846

www.ixbook.co.kr

ISBN 979−11−295−9892−9 04810
   979−11−295−9890−5 04810(set)

값 12,000원

十八章

파각(破却) 下

외성에 들어온 황벽군의 일은 아침나절이 지나기도 전에 대야성 내
에 퍼졌다. 번다한 사람들의 이목을 피하기는 했지만, 사람들이 모르
도록 주변을 단속하지도 않았다.

대야성주의 죽은 줄 알았던 정혼녀가 돌아왔다!

대야성주가 망처라 부르며 일생에 정부인은 한 명뿐이라 했던 여인
이 살아 돌아온 것이다. 대야성을 주시하던 무리들은 긴장했다. 역린
처럼 건드려서는 안 되는 부분으로 남아 있던 인물이 사자가 아니라 생
자가 되어 현실로 뚝 떨어진 것이다. 달콤한 냄새를 맡고 하나둘 다가
오던 무리들이 하늘에서 불덩이가 떨어진 것처럼 놀라 기겁하며 우르
르 뒤로 물러났다. 그러면서도 멀리 달아나지는 않은 것이 맛난 먹이를
포기하지 못하는 승냥이 떼와 흡사했다. 술렁이는 소문에 석란재의 주
인이 돌아온 것은 뒤로 밀려났다.

"주변이 시끌시끌합니다, 성주님."

"언제는 조용했나? 괜한 소리를 하는군."

"그렇긴 합니다만, 돌아가는 사정이 점점 재미있어지지 않습니까?"

처음에는 이걸 어찌 처리하나 머리를 쥐어뜯을 정도로 고민했었다. 알고 보니 황벽군이 의탁하고 있었다는 가문은 현재 황후 자리를 차지하고 있는 황가(黃家)였다. 황벽군은 족보상 황후의 조카가 된다. 그러니 북경에서 절대로 떠나지 않을 것 같던 상관량이 엉덩이에 종기가 난 사람처럼 우거지상을 한 채 길잡이가 될 수밖에 없었던 것이다.

진혁은 히죽거리며 웃는 상관준경의 면상을 노려보았다. 홀로 맛난 당과를 훔쳐 먹은 아이처럼 재미있어하던 상관준경의 웃음이 기괴하게 일그러졌다.

"크흠! 흠! 죄송합니다, 성주님."

한 발짝 떨어진 그에게는 재미난 구경거리였으나, 중심 관계자인 성주님에게는 골치 아픈 문젯거리일 터. 그렇다고 공개적으로 가짜라고 터트릴 수도 없는 상황이라 심기가 잔뜩 불편한 상황에 자신이 곁에서 히죽거리고 있었으니, 성주님의 짜증이 자신에게로 모두 쏠릴 수밖에.

"소문의 출처는?"

"성내 사람은 아니었습니다. 황 소저의 모습을 감추지는 않아, 입성하는 모습을 본 이는 여럿 있지만 그들도 황 소저가 누구인지 모르는 상황이었지요. 안내를 했던 금화파파야 두말할 필요가 없고요. 황 소저의 시중을 맡은 아이들도 모두 입이 무거운 아이들로 일일이 금화파파가 확인을 했습니다."

진혁의 입귀가 비틀어졌다.

"남은 것은 당사자인가?"

"아무래도 그런 것 같습니다. 당사자인지, 아니면 황가가 사람들을 이용한 것인지는 모르겠지만, 뭐, 황가가 곧 황 소저이니 같다고 봐야겠지요. 덕분에 꿀 냄새를 맡은 벌레들이 하나같이 귀한 보따리를 하나씩 짊어지고서 바리바리 외성을 드나들고 있습니다."

진혁도 암영의 보고를 들었다. 아직 진위 여부를 알라지도 않았는데, 줄을 대려는 자들이 황벽군이 머물고 있는 전각의 문지방을 줄줄이 넘나들고 있다고. 게다가 더 가관인 것은 황벽군의 태도였다. 분명 거짓임을 알고 있다고 그녀의 면전에서 말해주었거늘, 자신이 대야성주의 정부인인 양 찾아오는 이들을 맞이하고 있다고 한다.

경고를 했음에도 무시했으니, 그 결과는 오롯이 본인이 책임져야 하리라.

진혁의 시야에, 눈물을 흘리면서도 당당하게 자신이 서문은설임을 주장하던 여자의 가증스러운 얼굴이 떠올랐다. 제가 어떤 표정을 짓고 무슨 말을 해야 하는지 알고서 그대로 행하고 있는 교활한 여자.

네 배경이 널 살려줄 것 같으냐? 천만에. 네가 그녀의 이름을 입에 올린 순간, 저승사자의 수명부에 네 이름이 올라간 것이니.

"황벽군의 선이 어디까지 닿아 있을 것 같나?"

어깨를 툭툭 두드리던 상관준경의 섭선이 뚝 멈췄다. 조사를 시작한 지 얼마 되지 않은 탓에 들어온 정보가 너무 부족했다. 그러나 상관준경은 진혁이 던진 질문의 뜻을 금방 파악했다. 그렇지 않아도 그 역시 걱정하던 부분이었다.

"……황실을 말씀하시는 겁니까?"

"정확히는 황제지."

아무리 대야성주가 중원 무림을 지배한다고 해도 나라를 통치하는 것은 황제였다. 황실이 대야성을 노리고 있다면, 대야성도 꽤 큰 피해를 감수할 것을 각오하고 상대해야 했다. 물론, 진혁은 황실이라 해도 이길 자신이 있었다. 단순한 자신감이 아니라, 여러 상황을 종합해서 내린 판단이었다. 대야성이 황실을 상대할 수 있는 방법은 수십 가지가 넘었다. 그럼에도 대야성이 황실을 넘보지 않는 것은 어디까지나 자신들의 세력이 살아갈 곳은 무림이었기 때문이다.

"그러고 보니 황실의 연락책이 보내온 보고로는 황상께서 병환으로 누워 정무를 처리하지 못하고 계시답니다."

"선무제(宣武帝)가?"

처음 듣는 얘기였다.

하! 병으로 누워 있다고? 그 사람이?

진혁의 눈이 생각에 잠겨 가늘어졌다.

"정무는?"

"육부의 수장인 황 재상이 처결하고 있답니다."

황 재상이라면 황후의 아비였다. 결국 외척이 권력을 잡았다는 말이다.

"그걸 태자가 가만히 두고 보고 있다고?"

"뭐, 속으로야 모르지만, 겉으로는 크게 내색하지 않은 듯합니다. 현실적으로 아직은 태자이지 않습니까? 게다가 비록 계모이긴 하나, 모자지간이니 드러내놓고 대립하지는 못할 겁니다."

진혁이 비소를 지었다.

"황궁의 비정함을 나보다 더 잘 아는 이가 그리 말하다니 우습군. 권력에 모자 사이가 무슨 상관이라고. 하물며 친모자지간도 아니지 않나? 부자 사이에도 나눠 가지지 않으려 하는 것이 권력의 속성인 것을."

그리고 태자는 부황인 선무제의 성격을 쏙 빼어 닮았다. 그런 이가 계모와 외척에게 제게 올 권력을 내어줄 리가 없었다. 이를 갈고 있다면 모를까.

"황가가 황실과 무림을 함께 집어삼키려는 건가?"

"통이 크군요. 둘을 한꺼번에 먹어치우려면 입도 입이지만, 배도 어마어마하게 커야 할 텐데요."

"제 분수도 모르고 욕심을 부리는군. 황실만으로도 제 손에 넣기 버거울 텐데 무림까지 넘보다니."

"밀어주는 다른 세력들이 있다면, 훨씬 수월하겠지요."

결국, 그런 얘기였다. 황가가 오면좌에 속하는지는 모르겠으나, 서로서로 원하는 것을 얻을 때까지 밀어주기로 한 것이다.

상관준경이 심각한 어조로 말했다.

"지금 황실이 적으로 돌아서면 곤란합니다. 그렇지 않아도 새외 세력들이 하나씩 숨어들어와 대야성을 노리고 있는 실정인데, 거기에 황실까지 더해진다면 아무리 대야성이라도 힘겨워집니다."

진혁은 고개를 외로 꼬았다. 상관준경이 걱정할 정도로 힘겨운 상황이 될지도 모르지만, 크게 걱정하지 않았다. 대야성의 실질적인 힘은 겉으로 드러나 있는 것보다 음지에 숨어 있는 것이 몇 배로 더 컸다. 그것은 대대로 성주에게만 전해 내려오는 힘이었다. 상관준경의 말처럼 힘들지는 않겠지만, 거치적거리는 것은 사실이다.

진혁은 손가락 끝으로 책상을 툭툭 두드렸다.

황가라……. 귀찮은 짐덩이도 치워야 하니, 겸사겸사 나서야 할 것 같군.

청동 향로에서 은은한 향기가 올라왔다. 같은 무게의 황금과 같은 값이 나간다는 귀한 천음향(天䔖香)이 사각의 4층탑 모양의 향로에서 끊임없이 흘러나왔다.

"이것은 약소하나마 제가 준비한 성의입니다. 부족하지만, 넓은 아량으로 받아주셨으면 합니다."

중년인은 허리를 굽실거리며 가져온 상자를 내밀었다. 제법 큰 사각의 칠기 상자에는 커다란 금원보들이 빼곡하게 들어차 있었다. 차를 마시던 황벽군은 칠기 상자를 힐끔 본 후 옆에 있는 시비에게 눈짓했다. 시비가 얼른 앞으로 나와 중년인이 내민 상자를 받아 챙겼다.

"성의라 말씀하시니 거절하지 않겠습니다. 하지만 다음에 찾아오실 때에는 이리 부담스러운 것은 가져오지 마십시오. 그저 절 염려해주시는 마음만으로도 충분하답니다."

황벽군의 아름다운 미소에 중년인은 홀짝 빠져들었다. 단순한 금원보가 아니라, 황벽군이 원하는 선물을 준비해 가져다주어야겠다 마음먹었다. 그다음에 들어온 사령문의 무인은 바다에서도 구하기 힘든 커다란 진주를 선물했다. 그렇게 방문하는 이들마다 가져온 선물로 황벽군의 처소가 비좁을 정도로 꽉 찼다.

마지막으로 들어온 방문객은 30대의 깡마른 문사(文士)였다. 그가 안으로 들어오자 황벽군이 주변에 있는 시비들에게 말했다.

"모두 나가거라."

시비들이 뒤꿈치를 들며 조용히 전각을 비웠다. 문사는 기를 돋워 몰래 듣는 귀가 없는지 주의 깊게 살폈다. 주변의 이목을 완전히 차단했다 싶자, 황벽군은 아름다운 얼굴 뒤에 감춰두고 있던 본색을 드러냈다.

"도대체 당신들은 밖에서 무얼 하고 있는 거지? 어째서 내가 아직도 이런 외성의 초라한 전각에서 지내야 하는 거냐고!"

황벽군은 분노를 터트렸다. 소식을 전한 당장은 무리일 거라 예상했었다. 그러나 하루하루 시간이 지날수록 불안과 불만이 쌓여갔다. 들어오기 전 분명 장담했었다. 칠주야가 지나기 전 제자리를 찾아 들어갈 거라고. 하지만 저들이 약속했던 시간을 훌쩍 넘어 열흘이 지났다. 분명 무슨 문제가 생긴 것이리라.

황벽군의 신경질을 예상했었던 문사는 그녀의 씩씩거림이 끝날 때까지 기다렸다. 그녀의 머리가 차가워져야만 대화를 나눌 수 있었다. 분기를 참지 못해 한참을 씩씩거리며 어깨를 들썩거리던 그녀의 거친 호흡이 조금씩 차분해졌다.

"예상했던 것보다 대야성의 조사가 촘촘합니다. 작은 것 하나도 쉬이 넘기는 것 없이 하나하나 확인을 하고 있습니다."

눈꼬리에 화려한 다홍빛 물을 바른 황벽군의 눈매가 사납게 치켜 올라갔다.

"그 정도는 당연히 예상했었던 일이잖아! 조사할 사안이야 뻔하니, 충분히 막을 수 있다 호언장담했던 자가 이제 와 우는소리를 하는 것인가?"

"우는소리가 아닙니다. 시간이 좀 더 필요하다는 말씀을 드리는 거지요. 소저가 대야성의 안주인이 된다는 결과는 변하지 않습니다. 재상께서도 주시하고 계시니 저들도 함부로 경거망동하지는 못할 겁니다. 의심스러운데도 소저를 외성에 두고 있는 이유가 무엇이겠습니까? 소저의 뒤에 황 대인과 황후마마가 계시다는 것을 알고 있기 때문입니다."

"흥! 나를 이 골방에 가둬두고서 무슨 짓을 할지 어찌 안단 말이냐? 아니 할 말로 음독이라도 당하면……."

황벽군은 딱 한 번 만났던 대야성주의 눈빛이 떠올라 가슴을 움켜잡으며 몸을 떨었다. 노려보는 것도 아니었다. 분노나 의아한 감정도 없었다. 그저 무심한 눈빛이었는데도 온몸이 얼어붙을 듯 무서웠다. 자신이 꾸미고 있는 거짓을 알고 있을 리도 없는데, 그 눈빛은 마치 제 속을 한 겹씩 들춰내듯 시리기만 했다.

"그런 걱정은 하지 마십시오, 소저."

문사는 불안해 하는 황벽군을 달랬다. 오만하고 건방지긴 하지만 제법 배포가 커서 황후가 직접 고른 이였다. 그러나 아직 경험이 부족한 어린 나이는 어쩔 수 없는지, 초조해 하는 기색이 역력했다.

"대야성주는 소저의 안위를 지키면 지켰지, 해를 끼칠 수는 없을 겁니다."

"그게 무슨 말이야?"

"방금 전 말씀드린 것처럼, 소저의 뒤에 있는 황후마마 때문이지요. 소저가 해를 당한다면 그것은 대인과 황후마마의 위신을 무시한 것으로 볼 수 있으니, 그들도 소저께는 손을 대지 않을 겁니다."

황벽군은 새빨간 연지를 바른 입술을 잘게 깨물었다.

과연 그럴까?

문사의 말이 옳다 싶으면서도, 마음 한구석에 불안감이 똬리를 틀었다. 그 사내에게 재상가와 황후라는 배경이 방패막이가 되어줄 수 있을까?

"그러니 잠시 쉰다는 생각으로 편히 머무십시오, 소저. 저들도 시간을 길게 끌지는 못할 터, 그러니 곧 연락이 있을 겁니다."

문사는 몇 가지 당부의 말을 전한 후 전각에서 물러나왔다.

회색으로 흐리던 하늘에서 솜털처럼 작은 알갱이들이 하나씩 떨어지기 시작했다. 바람에 나풀나풀 흩날리던 눈발은 금세 굵은 알로 바뀌어 세상을 뒤덮었다. 시전에 펼쳐져 있던 좌판들이 내리는 눈에 서둘러 물건들을 걷었다. 가마꾼과 마차를 모는 이들의 발놀림과 손놀림이 바빠졌다.

대야성의 문이 저 멀리 사라질 때 즈음에는 눈이 더 많이 내리기 시작했다. 회색이었던 구름은 먹장구름처럼 짙어져 밤송이처럼 커다란 눈을 퍼부었다. 동장군에 딱딱하게 얼어붙은 땅 위로 금세 차가운 눈이 쌓였다. 얇게 얼어붙으며 쌓이는 눈 위로 사람이 지나간 흔적처럼 발자국이 찍혔다, 금방 내리는 눈에 묻혔다.

문사는 앞이 보이지 않을 정도로 펑펑 쏟아지는 눈을 고스란히 맞았다. 사람들이 지나가는 가마꾼이나 마차를 찾아 황급히 귀가하는 것과는 달리 그는 휘날리는 눈발에도 개의치 않고 거리를 걸어갔다. 그는 길을 걸어가면서도 뒤를 확인했다. 누가 자신의 뒤를 따라오는 것은 아닌지 몇 번이나 주변을 살폈다. 그러고도 불안한지 목적지를 눈앞에 두고서도 몇 번이나 우회해 길을 헤맸다.

어느 정도 길을 돌았다 싶은 문사는 대야성이 있는 무한에서도 제법 규모가 큰 장원의 문을 두드렸다. 쏟아지는 폭설에 문지기들도 들어가 버린 바람에 문 앞에서 한참을 기다려야 했다. 아는 얼굴인 듯 문사는 별다른 제지도 받지 않고 안으로 들어갔다. 안내도 없이 척척 길을 찾아 들어간 그는 장원에서 가장 큰 전각 앞에서 잠시 멈춰 섰다. 머리와 어깨에 한가득 내려앉은 눈들을 툭툭 털어냈다.

"접니다."

"들어오게."

안에서 허락이 떨어지는 소리와 함께 문이 열렸다. 안으로 들어가자 따뜻한 공기가 그를 맞았다. 찬 눈이 펄펄 날리는 밖보다 따뜻하긴 하지만, 후끈후끈할 정도로 덥지는 않았다. 방주인의 꼼꼼한 성격을 말해주듯 딱 적당한 훈기였다.

서탁에 앉아 있던 주인이 손에 들고 있던 책을 내려놓았다. 문사는 서탁에 놓인 책의 겉표지를 보았다.

"손자병법입니까?"

"음, 전쟁에서 벌어질 수 있는 모든 경우의 수를 다뤘으니 병법서 중에서는 제일이지 않은가? 그리해 한가할 때마다 계속 정독하고 있지. 손무(孫武)가 본가의 인물이 아닌 것이 안타까워."

"욕심도 많으십니다. 손무가 있었던 춘추시대(春秋時代)에는 아직 본가의 대들보가 올라가지도 않은 시기이지 않습니까?"

은근히 사람 욕심이 많은 가주였다. 이미 이곳의 빈관뿐만 아니라 본가의 빈관도 제법 유명하다 싶은 이들로 꽉 들어차 있거늘, 그것으로도 부족한지 꾸준히 인재 욕심을 부렸다.

"그러니 아쉽다는 것이 아닌가. 손무가 본가의 시조였다면, 적어도 본가의 역사가 몇백 년은 더 앞당겨졌을 것이야."

서탁에 준비되어 있던 찻잔을 들어 입으로 가져가며 말을 이었다.

"고작 5백 년도 되지 못하는 천가 따위와는 비교 상대도 되지 않는다."

유구한 세월로 따진다면, 그 어떤 가문도 자신이 주인으로 있는 제갈세가를 따라오지 못한다. 누구도 따를 수 없는 가문을 지켜왔다는 자부심과 긍지가 제갈 가주의 말에 담겨 있었다. 제갈 세가의 수뇌부들이 모두 가지고 있는 의견이었다.

"그나저나 들어갔던 일은 어땠나?"

"가주님의 짐작대로입니다. 사람들을 맞으면서도 속으로는 불안에 전전긍긍하고 있더군요. 일단은 잘 달래두었으니, 한동안은 별다른 문젯거리를 만들지 않을 겁니다."

제갈 가주가 고개를 끄덕이며, 비운 찻잔을 내려놓았다.

"무림 대회 전까지는 말썽이 없어야 해. 그 이후야 어찌 되든 우리가 상관할 바는 아니니. 그 아이의 효용은 무림 대회까지로 끝이네."

제갈 가주는 쓸모없는 물건을 거리낌 없이 버리듯 말했다. 제법 반반한 미색으로 성주의 이목을 어지럽혀준다면 금상첨화겠으나, 돌아가는 사정을 보니 거기까지는 무리일 듯했다.

"하지만, 황가에서 가만히 있겠습니까? 제 혈족이 죽기라도 하면, 분명 황 재상은 트집을 잡을 겁니다."

제갈 가주가 피식 웃음을 지었다. 그 욕심 많은 늙은이라면 분명 없는 일까지 끌어다 붙여 제 몫을 뜯어내려 할 것이다.

"황가는 신경 쓸 필요 없다. 그때쯤이면 황가도 제 발등에 떨어진 불을 다루느라 정신이 없을 것이니."

황태자가 황후와 재상을 벼르고 있었다. 지금은 잠시 세가 죽었으나, 본시 명분과 힘을 가진 쪽은 황태자였다. 그라면 지금의 상황 따위 금세 뒤집을 것이다.

"이미 다른 이들과도 모든 논의가 끝난 일이다. 각자 무림 대회까지 숨기고 있던 힘들을 끌어 모으기로 했으니, 그날이 대야성이 문을 닫는 날이 될 것이다."

단정적으로 선고를 내린 제갈 가주는 무슨 생각이 난 듯 고소를 지었다.

"참으로 재미있지 않으냐? 이번 무림 대회는 대야성을 개파했던 날을 기념해 더욱 크게 열린다 했으니, 개파했던 날과 문을 닫는 날이 한 날짜가 되다니, 참으로 날을 기가 막히게 잡았어. 하하하!"

이번 무림 대회는 무림사에 남을 만한 날이 될 것이다. 무림 대회 전후로 중원의 무림사가 바뀌게 될 터. 대야성으로 일통되어 있는 무림이 다시 4등분되어 각자의 세력을 거느리게 될 것이다.

아암! 이제는 바뀔 때가 되었지. 대야성이라는 이름 하에 하나로 묶인 세월이 너무 길었음이야.

오면좌들은 변화가 필요하다는 것에 의견을 모았다. 그들이 마음먹은 이상 세상은 그들의 뜻대로 바뀔 것이다. 지금껏 그들이 그려온 세상에서 어그러진 일은 단 하나뿐, 그도 오면좌들 사이의 내분으로 잠시 세상에서 눈을 뗀 사이에 일어난 일이었다. 그때의 어긋남을 이제는 바로잡아야 할 때다.

"그 아이의 성정이 오만하다 하니, 자네는 틈틈이 들어가 잘 달래주도록 해. 무림 대회까지는 이제 한 달 보름 정도가 남았으니, 그때까지만 자네가 좀 수고하면 될 것이야."

"알겠습니다, 가주님."

"주변을 살피는 것도 잊지 말고. 앞으로는 이곳에 드나들지 말고, 연락할 일이 있으면 다른 이를 부리도록 하게."

이번 한 번만으로도 위험을 감수하는 것은 충분했다.

문사가 돌아가자 제갈 가주는 서탁에 놓인 서책의 '손자병법'이라 쓰인 검은 글자를 손으로 덧그렸다.

세가의 보고에서 먼지만 쌓여가던 비천상이 이리 쓰일 줄이야. 비천상의 비밀을 풀어보기 위해 갖은 애를 썼지만, 그 속에는 아무것도 담겨 있던 것이 없었다. 혹시나 하는 마음에 다른 비천상을 빌려 함께 조사했지만 결과는 마찬가지였다. 결국 애물단지로 전락해 비고의 구석에 처박아두었다.

'그나저나 황가에 있던 비천상은 어디로 간 거지?'

원래 이번에 황벽군에게 들려 보내려던 비천상은 한 개가 아니라 두 개였다. 한 개라면 의심을 부르겠지만 두 개라면 어느 정도 믿음을 줄 수 있다는 판단에서, 황가에 있는 쟁을 가진 비천상과 제갈 세가의 이호를 든 비천상을 증거로 내놓을 생각이었는데, 황가에 있어야 할 비천상이 온데간데없이 사라진 것이다. 차후에 들어보니 보고의 책임자가 쓸모없이 굴러다니는 물품 몇 개를 몰래 빼돌렸다는데, 그중 비천상도 들어가 있다 했다. 덕분에 황벽군이 가지고 갈 수 있는 비천상은 한 개뿐이었고, 대야성에서는 의심의 눈초리로 황벽군의 뒤를 캐고 있었다.

어차피 황벽군이야 황가에서도 버린 패이니…….

제갈 가주는 작은 가시처럼 잃어버린 비천상이 마음에 걸렸다. 그러나 머리를 휘휘 내저었다. 아무리 살펴봐도 세밀한 세공 외에는 별다른 점이 없던 물건이었다. 공야인의 위명에 누군가 이야기를 덧칠한 것이 과장되어 전해진 것이 분명했다. 황가에서 문책한 책임자도 별다른 특이점은 없다고 했다. 돈이 필요해 보고의 물건을 빼돌려 팔아버렸다고 했으니. 제갈 가주는 창 밖에 쌓이는 눈바람에 찜찜한 생각들을 묻었다.

"외출 준비를 하라니? 지금 이 시간에 말이냐?"

겨울해라 아직은 햇살이 남아 있지만, 얼마 지나지 않아 금세 땅거미가 질 것이다. 가연은 석란재의 지창을 통해 들어오는 가는 햇살을 보았다.

미주는 머리를 조아리며 말했다.

"예, 벽 부인. 성주님의 전언이라며 금화파파께서 사람을 보내왔습니다. 밖이 추우니 옷차림을 단단히 갖추셔야 한다고 당부까지 하셨습니다."

곁에 있던 소소와 하문의 얼굴도 밝아졌다. 성주님의 귀성 후에도 전각을 비워두신 탓인지, 성주님의 발걸음이 딱 끊겨 속으로 전전긍긍하던 그들이었다. 엎친 데 덮친 격으로 죽은 줄 알았던 성주님의 정혼녀가 돌아와 외성에 들어와 있다는 소리까지 들은 탓에 모시는 주인의 위치가 흔들리는 것은 아닌지 불안해 하던 참이었다.

하문은 후다닥 화장대로 달려가 분갑과 연지가 든 통을 들고 왔다. 미주는 옷장으로 뛰어가 새 옷과 털로 내피를 댄 진줏빛 망토를 꺼냈다. 소소는 장신구 함을 뒤적거리며 미주가 고른 옷에 어울릴 만한 귀걸이와 비녀를 골랐다.

"어서 서둘러! 시간이 없다니까!"

"성주님을 기다리시게 하면 안 돼! 그러니 화장부터 서둘러! 머리도 새로 땋고!"

세 아이의 요란법석에 가연은 등 떠밀리듯 옷을 갈아입었다.

"이게 무슨……?"

"아이 참! 부인, 가만히 계셔야 화장이 곱게 되지요. 잠시만, 가만히 계시어요. 움직이시면 안 된다고요!"

하지 마라는 말을 할 겨를도 없이 하문이 연다홍 빛깔의 연지를 입술에 찍었다. 그사이를 놓치지 않고 소소가 단정하게 묶어 올린 가연의 머리를 새로 풀어 여러 갈래로 예쁘게 땋아 모양을 내기 시작했다. 세 아이에게 둘러싸인 가연은 꼼짝도 하지 못하고 그들이 해주는 치장을 받았다.

"다 됐습니다!"

"여기도 끝입니다!"

미주와 소소, 하문은 단장을 마치고 뒤로 물러났다. 화려하지는 않지만 제법 청아한 분위기가 살아나는 것이 평소보다 훨씬 아름다웠다.

'역시 여인이란 꾸미기 나름이라니까.'

"보세요. 역시 치장은 하면 할수록 여인들은 고와진다니까요. 그러니 앞으로도 꾸준히 단장을 하시어요, 부인."

미주가 흐뭇한 웃음을 지으며 말했다. 그러자 소소도 맞다는 듯 고개를 크게 끄덕였고, 하문도 박수를 치며 동조했다.

가연은 길게 발등을 덮어 내려오는 연분홍 치맛자락이 거추장스러웠지만, 세 아이의 열렬한 눈빛을 보고 차마 갈아입겠다는 말을 하지 못했다. 진줏빛 망토까지 두른 가연이 전각을 나서자, 세 아이가 쪼르르 따라 나와 그녀를 배웅했다.

"잘 다녀오시어요!"

"좋은 시간 보내세요!"

"잘 다녀오세요!"

어느새 동지가 되어버린 세 아이는 서로 키득거리며 자신들이 부린 솜씨에 대해 품평을 늘어놓았다.

푹푹 빠질 정도로 눈이 쌓였던 길은 하인들이 빗질을 해놓아 다니기에 불편하지 않았다. 빗질을 하지 않은 정원은 눈으로 수북했고, 빗질로 한데 모아놓은 눈 덩어리들이 흙과 함께 시커멓게 쌓여 있었다.

평소에 하지 않던 차림새라 다리에 휘감기는 치맛자락이 불편했다. 구하기 힘든 비단자락에 눈 녹은 물이 묻지는 않을까 신경이 쓰였다. 평소에 입고 다니는, 솜을 넣어 누빈 목면 옷이었다면 물이 아니라 흙탕물이 튀어도 상관없을 것을.

조심스러운 발놀림으로 내성과 외성을 구분하는 문에 다다랐을 때였다. 벌써 문 앞에 진혁이 나와 기다리고 있었다. 가연의 발걸음이 빨라졌다. 나풀거리는 연분홍 치맛자락이 좌우로 펼쳐진 흰 설백빛을 받아 바람결에 흔들리는 꽃잎 같았다.

진혁은 자신을 향해 잰걸음으로 다가오는 그녀를 보자, 그 옛날의 모습을 떠올렸다. 그때도 지금처럼 치맛자락을 날리며 목서 군락을 향해 뜀박질을 치듯 달려갔었다. 앙증맞은 뺨 가득 기대와 기쁨을 담고서 두 눈을 반짝였었지. 얼마나 빛이 났는지, 한순간 눈과 마음을 빼앗겼었다. 비록 얼굴은 달라졌어도 네가 가진 진령(眞靈)은 달라질 수 없는 것이니. 그 어린 날이 아니라, 지금 네 모습으로 만났더라도 나는 널 마음에 담았을 것이다.

"늦어서 죄송합니다. 많이 기다리셨습니까?"

진혁이 그녀의 모양새를 찬찬히 살피더니 입가에 희미한 미소를 지었다.

"많이 기다린 것은 아니지만, 기다린 보람은 있는 것 같군. 외출을 한다고 전갈을 넣긴 했었지만, 이리 단장을 하고 나올 줄은 몰랐는걸."

"시비 아이들이 미처 말릴 겨를도 없이 달려드는 바람에……."

시비 아이들이 실망할까 봐 그냥 내버려두었다는 말이다.

진혁의 시선이 자잘한 옥들이 달려서 달랑거리는 귓불과 소맷자락 위로 언뜻 보이는 산호 팔찌에 닿았다. 장신구라 해야 머리에 꽂는 비녀, 그것도 달랑 한두 개만 하던 터라, 이렇게 꾸민 모습은 석란재에 들어오던 첫날 이후로는 처음이었다.

진혁의 눈빛에 당황한 가연은 황급히 손을 들어 귀걸이를 빼려고 했다. 진혁이 손을 뻗어 귀걸이를 잡아채는 그녀의 손을 잡았다.

"어째서 빼려는 거지?"

"하지 않던 것이라 불편하여……."

"불편한 것이야 익숙해지면 편해질 터."

귀걸이와 손을 함께 잡고 있던 진혁의 손이 천천히 움직이며 도톰한 가연의 귓불을 어루만졌다. 귓불에서 전해지는 미묘한 감각에 가연은 마른 숨을 삼켰다. 느른히 귓불을 만지작거리던 진혁이 얼굴을 가까이 숙였다. 귓가에 대며 숨결을 불어넣듯 속삭였다.

"그대에게 잘 어울린다."

귓불 아래 말랑말랑한 살에 입을 맞췄다. 팔딱거리는 혈맥이 잡혀 순간 혈맥 깊숙이 이를 박아 넣고 싶은 유혹에 빠졌다. 품에 안은 그녀가 흠칫 몸을 굳히자, 진혁도 귀밑에서 입술을 뗐다.

"시비들에게 상을 내려야겠군. 이리 그댈 탐스럽게 만들어 보내주었으니, 그에 마땅한 대가를 주어야겠지."

놀림 반, 진담 반이라 가연은 얼굴을 붉혔다. 설마, 아이들이 자신을 꾸며 내보낸 것이 이리 노골적인 이유일 줄이야.

잠시 다감한 빛이 감돌던 진혁의 눈빛이 차가워졌다. 땅에 물기가 남아 찰박거리는 발자국 소리가 났다. 가연도 가까워지는 소리를 들었다. 진혁은 몸을 돌려 가연의 시야를 가로막아 섰다.

"어디 나가시는 길인가 봅니다, 성주님."

황벽군이 진혁의 차림새를 살펴보며 말했다. 마침 잘되었다. 함께 외유를 나간다면 가까워질 기회가 생길지도 모른다.

"무슨 일인가?"

진혁은 애교를 부리듯 눈웃음치는 황벽군을 차갑게 내쳤다.

"바람도 쐬고 설경도 감상할 겸 산책을 하던 중이었는데, 이리 성주님을 뵙게 되었으니 오늘 제 운이 좋은 모양입니다."

황벽군은 싸늘한 반응에도 아랑곳하지 않고 화사한 웃음을 지었다. 제아무리 뻣뻣한 사내라도 아름다운 여인이 여러 번 손길을 뻗으면 끝내 버티지 못하고 넘어오기 마련이다. 고매하기 이를 데 없는 학사나 오만한 황족들도 실상 옷가지를 벗으면 발정난 개처럼 여인에게 달려드는 것을. 어차피 성주도 사내라는 족속이지 않은가.

황벽군의 시선이 진혁에게 가려 있는 뒤편을 힐끔 넘겨다보았다. 진혁이 감싸 보호라도 하는 것처럼 등 뒤에 세워놓은 것이 그녀의 비위를 건드렸다. 멀리서 보았을 때에도 둘이 붙어 있는 것이 원앙처럼 다정해

부러 발자국 소리를 크게 냈다.

"그쪽은 예의를 모르는가? 사람을 봤으면 응당 인사가 있어야지."

고압적인 언사에 진혁의 안광이 시려졌다. 뒤에 선 가연이 앞으로 나서려는 것을 한 손으로 막았다.

"우습군. 예의를 모르는 것은 어디의 누구지? 그대가 무엇이기에 인사 운운을 한단 말인가?"

"조만간 제가 내성으로 들어가면 다스려야 할 사람이니, 이왕 얼굴을 보게 된 지금 가르침을 내리는 것이 좋지 않을까 했습니다. 무엇이 잘못되었습니까?"

황벽군은 자신만만했다. 제가 가진 배경을 앞세우니 무서울 것이 없었다. 조만간 태자가 폐위되고 자신의 사촌이 태자가 된다. 장차 황제가 되는 것이다.

"누가 그댈 내성으로 들인다 하던가? 그대가 무엇이기에 내성으로 들어와?"

"성주님! 소녀는 성주님의……."

"그 입 다물라!"

진혁의 낮고 강한 일갈에 황벽군은 움찔했다. 차갑기 그지없는 음성에 살의마저 담겨 있었다.

"더 이상 단 한 마디도 하지 마라. 지금 네 망동을 봐주는 것은 너와 네가 가진 흑막이 무슨 짓거리를 하는지 봐주기 위해서이지, 다른 뜻은 없음이니."

가연의 손목을 단단히 움켜잡은 진혁은 앞을 가로막고 있는 황벽군을 옆으로 밀쳤다. 힘을 이기지 못하고 눈밭에 쓰러진 황벽군은 분한 얼굴로 소리쳤다.

"이리 소녀를 버리시는 겁니까? 선친의 인연을 이리 내동댕이치십니까? 제가 성주님의 정혼녀입니다! 제가 서문은설이란 말입니다!"

진혁에게 붙잡혀 끌려가다시피 가던 가연의 발걸음이 멈칫했다. 돌아보다 앙앙불락하며 아득바득 소리 지르는 황벽군과 눈이 딱 마주쳤다.

"이 요망한 것! 네가 성주님의 눈을 가리고 있구나! 네가 진연(眞緣)을 방해하고 있음이야!"

저를 업수이 여기는 듯한 눈빛에 황벽군은 머리끝까지 화가 치솟았다. 태어나 단 한 번도 받아본 적 없는 눈빛이라 치욕스러웠다. 황벽군은 손톱을 세우며 살쾡이처럼 들려들었다. 같잖지도 않은 얼굴을 박박 긁어 얼굴을 들고 다니지도 못하게 만들 것이다.

"악!"

세찬 기운에 떠밀려 황벽군은 질척이는 땅바닥에 나뒹굴었다.

"감히 누구에게 손을 대려는 것이냐!"

황벽군은 머리 위에서 짓누르는 살기에 숨을 쉴 수가 없었다. 질척거리며 젖어드는 옷에 한기가 드는 것도 몰랐다.

진혁의 차가운 분노를 말린 것은 가연이었다. 뒤에 있던 가연이 앞으로 나와 황벽군의 앞에 섰다.

이 여인이 서문은설이라 주장하는 그이인가?

"소저가 말씀하시는 진연은 모르겠으나, 소저가 진정 서문은설이라면 곧 소저의 말대로 내성으로 들어오시겠지요. 그럼, 그때 정식으로 예를 올리지요. 아직 소저는 자신의 신분을 증명하지 못했으니, 예의 운운하는 것은 시기상조입니다."

가연은 황벽군에게 자신의 입장을 일깨워주었다.

"뭐라? 너!"

가연은 짧게 목례만 던지고 돌아섰다. 진혁이 자신의 오른팔을 들어 망토를 펼쳐 가연을 감싸 덮었다. 마치 서로의 친밀함을 내보이는 듯한 모습에 황벽군은 독기를 세웠다.

'나를 이리 대하고도 너희들이 무사할 것 같아? 두고 보라지! 내 이 수치와 모욕을 두고두고 갚을 터이니!'

"괜찮으십니까?"

저 멀리 사라진 진혁과 가연의 형상을 보고 앙심을 품던 황벽군은 갑자기 들려온 여인의 목소리에 정신을 차렸다. 황급히 매섭게 쏘아보자, 자신보다는 못하지만 제법 아름다운 여인이 서 있었다.

"너희들은 무엇을 하느냐? 어서 도와드리지 않고."

여인은 뒤에 있는 시비들에게 말했다. 시비들이 들고 있던 손수건으로 일어나는 황벽군에게 묻어 있던 흙탕물을 털어냈다. 황벽군은 시비의 손수건을 낚아채 얼굴에 묻은 얼룩을 닦았다.

"그대는 누구지?"

아랫사람을 대하는 듯한 태도에 시비들의 얼굴이 울컥했다.

"소첩은 남궁혜라 합니다. 성주님의 정혼녀라 하셨으니, 서문 소저라 칭해야 할까요?"

남궁혜라면 성주의 다른 첩실 중 한 명이라 들었다.

"잠시 소첩과 함께 정자로 옮겨 옷을 말리시지요, 서문 소저. 그런 차림으로는 다니시기 불편하실 겁니다."

남궁혜는 파리한 얼굴에 친절한 웃음을 지으며 황벽군에게 동행을 권했다.

진혁은 가연의 얼굴을 살폈다.

"얼굴빛이 좋지 않다. 방금 있었던 일은 잊어라. 다시 보는 일은 없을 여인이다."

"……성주님의 정혼녀라 부르짖는 여인이지 않습니까?"

"제 스스로 부르짖고 있을 뿐이지. 그대 말대로 증명하지 못하고 있으니 그 끝도 알 만하지. 조만간 내 손에 죽든, 들이밀어놓은 자들에 의해 버려지든, 둘 중 하나일 것이다."

버림패로 들어온 것들의 끝은 하나같이 똑같았다. 비참한 죽음. 그도 모르고 날뛰는 것이 어리석기 그지없었다.

"진정 성주님의 정혼녀일지도 모르지 않습니까?"

그저 지나가듯 던진 물음이 끝나기도 전에 몸이 옆으로 틀어졌다. 어깨를 나란히 하고 걸어가던 진혁이 그녀를 우악스럽게 돌려 세웠다.

"무슨 뜻이지?"

시퍼런 날이 선 물음이었다. 가연은 화난 기색이 역력한 눈빛을 마주 보며 담담히 흘려 넘겼다.

"그저 확실하지 않다는 말이지요. 정혼녀라 증명하지 못하고 있긴 하나, 아니라고 딱 잘라 부정하기에도 애매하지 않습니까?"

그리해 사람들이 수군거리고 있다 했다. 대야성주가 새 정에 맛이 들려 옛정을 잊어버렸다 떠들어댄단다.

사람들의 입이란 어찌 그리 물색없이 가볍기만 한 것인지.

"아니다. 그녀는 서문은설이 아니야. 내 정혼녀가 아니다."

진혁이 너무나 단호하게 잘라 부정하자 가연은 되레 의구심이 들었다. 그가 진실을 알았다는 것을 알고 있었다. 그럼에도 왜 아무 말을 하지 않고 있는지 불안했다. 대체 무슨 생각을 하고 있는 것인지.

"어찌 그리 확신하십니까? 무얼 보고 그리 단정 지으십니까?"

"나는 알 수 있다. 서문은설이 살아서 본령대로 내 앞에 나타난다면 절대로 알아보지 못할 리가 없어. 그랬기에 돌아가신 조부님께서 은설과 날 맺어주려 하신 것이다."

무슨 뜻이지?

가연은 처음 듣는 이야기라 어리둥절했다. 그저 비선곡과의 인연으로 혼인을 맺자 하신 것이 아니었단 말인가. 가연의 머릿속이 뒤숭숭해졌다.

설마, 처음부터……?

아니, 그럴 리가 없다. 그랬다면 광의를 찾아 그녀 앞에 들이밀었을 리가 없었다. 알 수 없는 의문을 던진 진혁에게 잡혀 따라 걸으면서도 가연은 풀 수 없는 수수께끼를 받아든 사람처럼 생각에 골몰했다.

十九章

북경풍운 (北京風雲) 上

대야성 문을 나오자 길거리는 사람들로 북적거렸다. 차가운 날씨에 슬슬 집으로 돌아가야 할 시각인데도 사람들은 줄어들기는커녕 점점 늘어났다. 잠깐이라도 시간을 벌기 위해 외곽에서 말을 타기로 했던 터라, 북적거리는 인파들 속에 섞여 함께 걸어야 했다. 길을 오가는 이들 중 절반 정도가 남녀로 짝을 이룬 연인들이었다.

진혁의 옆에 붙어 길을 걸어가던 가연의 옆으로 쌍을 이룬 남녀 무리들이 우르르 다가왔다. 귀한 담비 털에 커다란 옥을 박은 건을 이마에 두른 사내들은 진한 향기를 풍기는 여인을 하나씩 옆구리에 꿰차고서 갈지자로 거리가 좁다는 듯 사방을 휘저어댔다. 멀리서도 술 냄새가 풍기는 것이 이른 시간부터 꽤나 거나하게 마신 듯했다.

"자! 어서 가자! 어서 가야지 좋은 자리를 차지할 수 있을 것이다!"

"암! 1년에 단 하루 있는 빙설제(氷雪祭)이지 않은가! 어서 가자고! 가서 네 마음에 드는 지환도 하나 사주마!"

으스대듯 소리치며 지나가는 사내의 어깨에 가연이 부딪치려 할 때였다. 진혁이 손을 뻗어 가연을 자신에게로 바싹 끌어당겼다. 아슬아슬하게 스쳐 지나간 사내의 뒷모습을 진혁이 서늘한 눈으로 보았다.

"팔을 놓아주셔도 괜찮습니다."

진혁은 팔을 놓아주는 대신 손을 미끄러트려 가연의 손에 단단히 깍지를 꼈다. 불편한 듯 한 걸음 떨어지려는 그녀를 강하게 움켜잡았다.

"버둥거리지 마라. 사람이 많다."

하필이면 두 사람이 지나가야 하는 길목에 빙설제에서 가장 유명한 얼음 조각상들이 장식되어 있는 무대가 있었다. 빙설제를 구경하러 온 사람이라면 누구나 한 번씩 들르는 장소라 다른 곳보다 더 사람이 많았다.

사람들에게 떠밀리듯 나아가던 진혁과 가연은 새카만 사람들의 두상 위로 삐죽 튀어나와 있는 커다란 얼음 조각들을 보았다. 축제 거리에 장식되어 있는 등불의 불빛을 받아 투명한 수정처럼 반짝반짝 빛이 났다.

가연은 얼음으로 조각된 거대한 용과 봉황을 보았다. 날개옷 자락을 펼친 선녀와 불탑도 있었다. 으르렁거리며 포효하는 호랑이와 우아한 날갯짓을 하는 백조도 사람들의 인기를 끌었다.

매해 겨울이 되면 열리는 빙설제였지만, 가연은 한 번도 구경하러 나온 적이 없었다. 북적거리는 사람들 틈에 끼는 것도 달갑지 않았지만, 함께할 사람이 없어 나오지 않았다. 연인들의 축제라는 빙설제라 어깨를 나란히 할 사람이 없었다. 홀로 걸어온 지난 길이 까마득해 새삼 뒤돌아보는 것이 무서웠다. 그리해 무작정 앞만을 바라보며 꾸역꾸역 나아가고 있는 것인지도 모른다.

"우아! 정말 살아 있는 것 같잖아!"

"정말 예쁘네요."

"오오!"

여기저기서 감탄성이 터져 나왔다. 해가 떨어져 어둠이 짙게 깔릴수록 얼음상의 반짝거림이 강해졌다. 불빛을 받은 각도에 따라 여러 가지 다채로운 색깔이 반사되어 낮에 볼 때와는 또 다른 장관을 연출했다.

사람들 사이를 요령 좋게 잘 헤쳐 나가던 진혁은 잡고 있는 가연이 멈춰 선 것을 알았다. 무엇이 그녀의 발걸음을 잡았을까. 가연이 멈춰 선 방향으로 시선을 돌리자, 다른 얼음 조각상보다 많이 작은 조각상이 보였다. 인파에 묻힌 탓에, 바로 앞이 아니었으면 있는 줄도 모르고 지나갔을 것이다.

얼음으로 조각한 유려한 나뭇가지가 수많은 꽃송이들을 매달고 가지마다 서로 엮여 있었다. 군락을 이루듯 십여 그루가 넓게 자리해 있으면서도 각자 서로서로 가지를 얽어 커다란 하나의 꽃밭을 만들었다.

진혁의 눈매가 부드러워졌다. 가연처럼, 그도 차가운 얼음으로 만든 목서꽃 화원에 시선을 빼앗겼다. 그녀가 덧그려 보는 것을 그도 보았다. 반드시 그녀와 함께 비선곡의 목서꽃 군락을 다시 보리라.

"마음에 들면, 그대 전각 앞에 만들어주겠다."

뭔가를 그리듯 망연하던 가연의 눈빛이 꿈에서 깨어나듯 맑아졌다.

"아니요. 괜찮습니다."

"거절하지 않아도 된다. 얼음이야 성에서 공수해 조각가에게 맡기면 되니."

가연은 고개를 저으며 완강히 말했다.

"정말 필요치 않습니다. 결국 녹아 물이 되어버릴 것을, 무엇하러 공을 들이려 하십니까?"

그야말로 짧은 순간의 환상이라, 사라지고 나면 허무하기만 했다. 덧없는 것에 마음을 쓰는 것만큼 미련한 짓도 없었다.

"비록 녹아 물이 되지만, 한순간이나마 보는 이에게 위안을 줄 테니까."

"위안?"

"그래. 그것만으로도 이유는 충분하지."

가연은 영롱하게 반짝이는 목서 나무의 가지를 보았다. 굵고 가는 나뭇가지들이 제각각 크고 작은 꽃송이들을 매달고 있었다.

"그렇다면 더욱 필요가 없군요. 이런 것에 위안받을 만큼 나약하지는 않으니까요."

가연은 미련이 없다는 듯 얼음상 앞을 지나갔다. 사람들 틈바구니에 금세 묻혀버리는 작은 신형이 안쓰러워 진혁은 눈귀를 일그러뜨렸다. 과거를 잘라내려 애쓰는 것이 화가 나다가, 우는소리 한 번 하지 못하는 모습에 심장이 아렸다. 어찌 자신을 믿고 의지하지 않느냐 소리치고 싶다가도, 하루아침에 부모를 잃고 아무도 믿을 수 없는 세상에 홀로 내동댕이쳐져 살아온 세월이 얼마나 지난(至難)했을지……. 대야성에서 적들과 암중으로 겨루고 있는 자신만큼이나 그녀의 삶도 녹록지 않았을 터.

그래서 더 너를 놓아줄 수가 없는 것이다. 세상에 내가 잡을 수 있는 단 하나의 생명이라, 달아나려는 너를 강제로 눌러 앉혀서라도 잡을 셈이다. 잃어버린 줄 알았던 심장을 제대로 보듬어 안아보지도 못한 채 내려놓을 수는 없으니.

진혁은 저만치 앞서가버린 가연과의 거리를 한달음 만에 좁혔다. 수많은 사람들 사이에 겹겹이 숨어 있어도 바로 알 수 있었다. 그녀의 영혼이 자신의 심장에 새겨져 있는 이상.

퍼퍼퍼펑!

콰콰쾅!

서로 마주 보고 있는 두 사람의 머리 위로 화려한 불꽃이 밤하늘을 수놓았다. 요란한 함성을 내지르며 밤하늘을 올려다보는 사람들 속에서 외따로 떨어진 섬처럼 진혁과 가연만이 정지해 있었다.

"허! 아직도 객으로 외성에서 지내고 있다니! 이건 우리 집안을 얕잡아보고 있는 것이 아닌가!"

무한에서 날아온 전서구의 전언을 읽은 황 재상은 쪽지가 든 손을 소리 나게 내리쳤다.

"아버님, 고정하십시오! 설마하니 본가를 얕잡아 보고 그런 것이겠습니까? 아무래도 중한 사람을 들이는 일이라 꼼꼼하게 확인하느라 늦어지는 것이겠지요."

황 재상의 장자인 황칠현(黃七絃)이 차분한 어조로 분노한 부친을 달랬다. 그러나 무섭게 굳어 있는 황 재상의 얼굴은 펴지지 않았다. 앉은 의자에서 일어난 그는 자단목 서탁을 돌아 나와 넓은 실내를 서성거렸다. 그의 발걸음에 바닥에 깔린 서역 양탄자가 쓸렸다.

"그렇지가 않다. 그렇게 간단히 볼 문제가 아니야."

정치판에서 몇십 년을 구른 황 재상의 심계는 기기괴괴한 무림판을 들었다 놓는 책사들 못지않았다. 그런 그였기에 딸을 귀비(貴妃)에서 황후로 만들었고, 황태자와의 세력 다툼에서 우위를 점할 수 있었던 것이다.

"비록 수양딸이라고는 하나 엄연히 황가의 족보에 올라가 있는 혈족이다. 그렇다는 것은 그 아이가 대야성에서 황가를 대표하고 있다고 봐도 무방한 것이야. 그런데 증거를 내보이고 정혼녀라고 하는데도 받아들이지 않는다는 것은, 저들이 그 아이의 말을 믿지 않고 있다는 얘기다."

"비천상은 진품이지 않습니까?"

"물론 그렇지. 제갈 세가에서 보낸 진품이지. 허나 비천상 하나로는 증거로 부족하다 보는 거겠지."

"황가의 말인데도 의심을 한다는 말이군요."

황 재상은 짧게 혀를 찼다. 제갈 세가의 머리만 믿고 너무 일을 가볍게 생각했다. 아들의 말대로 황가의 보증이라면 어찌 믿지 못하겠느냐 너무 자신만만해 하고 있었던 것이다.

"그 족속들이 그렇지. 황제의 말이라도 자신들이 믿고 싶지 않으면 무시하는 자들이니."

"그건 무엄한 짓거리입니다. 엄히 다스려야 할 일이 아닙니까?"

황칠현은 대야성주라도 일개 백성이니 당연히 황명(皇命)을 따라야 한다 여겼다. 황명은 곧 부친의 의지가 실린 것이라, 대야성주는 황가의 뜻대로 움직여야 했다. 불한당 같은 강호의 무부(武夫) 따위 1만 정병을 이끌고 나아가 징벌한다면 어찌 무릎을 꿇지 않을 것인가. 30 평생이 넘도록 북경을 벗어나본 적이 없는 명문가의 작은 주인으로 자신이 본 좁은 세상만 알았다. 아비와 자신이 원해서 이루지 못한 것이 없으니 세상이 모두 자신들 수중에 들어 있다 여겼다. 허니 대야성, 대야성 떠드는 소리는 많이 들었어도 그곳이 정작 어떤 곳인지는 알지 못했다. 불한당 같은 무부들이 세를 이뤄 무엄하게도 관부와 척을 지고 있다고만 알았다.

"쯧쯧쯧. 네 그 나이가 되어서도 어찌 그리 상황 판단이 부족한 게야!"

황 재상은 귀가 얇아 줏대 없이 사방팔방으로 흔들리는 아들이 마음에 차지 않았다. 조정에서도 자리를 잡고 있긴 하지만, 주변에 몰리는 인사들이라고는 단물을 찾아온 쓸모없는 쭉정이들뿐이다. 그나마 아직은 아비인 자신이 건재하고 누이인 황후가 있어 무탈하지만 앞으로의 일은 누구도 모르는 것. 그리해 황 재상의 심중에는 아들보다 영악한 손자가 담겨 있었다.

"대야성으로 혼수품을 보내어라."

"예? 관병이 아니라요?"

"그래. 황가의 혼수품답게 무엇 하나 빠지는 것 없이 귀한 것으로 챙겨, 다른 사람들이 보고 알아볼 수 있도록 요란하게 보내라."

황 재상이 자신의 흰 수염을 자랑스럽게 어루만졌다.

"그리 하여도 대야성주가 우리를 무시할 것인지 두고 보자꾸나. 공개적으로 보낸 혼수품을 어찌 대할는지…….."

황 재상의 주름진 눈매가 가늘어졌다. 그의 눈빛이 잔악해졌다.

"황제는? 아직도 고집을 부리고 있다더냐?"

"예, 아버님. 황후마마께서 알아내려 애쓰고 계시긴 하나, 황제의 고집이 강해 어려워하시는 모양입니다."

"흥! 약에 절어 있으면서도 고집을 부리는 것을 보니, 아직 살 만한 모양이군. 황후께 약을 끊어버리라고 해라. 그래도 어디 견디는지 두고 보게."

"아버님, 갑자기 약을 끊어버리면 금단 증상으로 자칫 광인이 되거나 자해를 할 수도 있습니다."

"그리 된다 한들 무슨 상관이겠느냐. 어차피 황궁의 실권 대부분이 우리 집안의 수중에 있거늘. 차라리 그리 되어 황후께서 전면에 나서실 수도 있음이야."

황칠현은 긴장으로 마른침을 삼켰다. 거침없이 논하는 일들이 하나같이 가문의 명운을 내건 것들이라 심장이 벌렁거렸다.

"허나, 그리 되면 황태자가 가만있지 않을 것입니다. 황제가 잘못되면 황태자가 등극할 수 있는 명분을 주게 됩니다."

아들의 말도 틀리지 않았다. 황태자가 폐태자가 되지 않은 이상, 제위에 대한 명분은 저들이 분명 앞섰다.

"그러니 옥새를 손에 넣어야 한다. 어떻게든 황제에게서 옥새가 어디에 있는지 알아내야 해!"

간신히 황제를 건청궁(乾淸宮)에 옭아매어두었다. 계획 중 가장 어려운 일을 이뤘으니 그다음은 수월히 풀릴 줄 알았다. 그러나 우리에 간혔어도 황룡은 황룡, 여의주를 뺏긴 용이라 너무 쉽게 보았다. 약에 무너진 후에도 옥새만은 끌어안고 한 마디도 털어놓지 않고 있으니.

"황태자궁에 사람을 더 붙여라. 병사들과 무관들로 에워싸 허락 없이 아무도 드나들 수 없도록 해."

"예, 아버님."

황가의 핏줄이 황좌에 오른다. 평생을 욕망했던 고지까지 딱 한 걸음이 남았다. 딱 한 걸음. 황 재상은 천장을 올려다보며 지그시 이를 악물었다.

북쪽으로 올라갈수록 날씨가 매서워졌다. 동장군의 기세가 한풀 꺾였다고는 하나, 아직도 불어오는 바람에는 얼음 같은 찬기가 실려 있었다.

"강바람이 차지 않나?"

얕은 얼음이 깔려 있는 강물 너머를 바라보고 있던 가연이 소리를 따라 몸을 돌렸다. 진혁이 그녀를 찾아 선미로 나왔다. 털을 덧댄 피풍의를 걸치고 있었지만, 얼굴에 닿는 바람이 싸늘해 걱정이 되었다.

"괜찮습니다. 선실에만 있으려니 답답하던 참이라, 오히려 바람을 맞으니 한결 시원한 듯합니다."

하남성으로 넘어오자마자 운하를 오가는 커다란 배를 탔다. 사천으로 갈 때처럼 말만 달리기에는 여러 가지 어려움이 있어 배를 택한 것이다.

사람들만 실어 나르는 여객선이라 여기저기 온갖 잡다한 이들이 모여 있었다. 돛이 없이 양쪽에 달린 물레방아가 돌아가면서 배가 앞으로 나아가는 형태라 사람들이 신기해 하며 갑판에 옹기종기 모여 구경을 하고 있었다.

진혁은 손을 뻗어 강바람에 발갛게 언 가연의 뺨을 감쌌다.

"뺨이 이리 차지 않은가. 여기에서 더 찬 기운을 쐬면 자칫 고뿔에 걸릴지도 모른다. 잠시 후 임구(任丘)에 도착한다니 오늘은 그곳에서 내리지."

"북경까지 이 배로 가는 것이 아닙니까?"

"괜찮다. 임구에서 여독을 잠시 풀고 다음 배를 타도 된다."

가연이 살짝 웃으며 고개를 끄덕였다. 그렇지 않아도 연일 선실에서 지내는 것이 힘겨웠는데, 배에서 내린다니 다행이다 싶었다. 배라는 한정된 공간이다 보니 먹는 것부터 씻는 것까지 모두 불편했다. 내색하지 않는다 했는데도, 그예 들킨 모양이다.

"선착장이닷!"

선수에서 뱃길을 살피던 선부 하나가 소리쳤다. 정박할 선착장이 보이자 짐들을 바리바리 꾸린 사람들이 선실에서 우르르 갑판으로 몰려나왔다. 사람들에게 휩쓸려 잃어버리지 않도록 아이들의 손을 단단히 움켜잡는 부모들의 모습이 여기저기 보였다. 상행을 나선 이들도 각자의 짐을 짊어졌다. 배가 서서히 선착장 안으로 들어갔다. 사람이 내릴 수 있도록 뱃전에 긴 판자가 걸쳐졌다.

진혁과 가연은 우르르 몰려 내리는 사람들 뒤편에서 잠시 기다렸다. 사람들에게 휩쓸려 한꺼번에 내리는 것보다 좀 늦더라도 사람들 숫자가 줄어들 때까지 기다리는 편이 움직이기 나았다. 비슷한 생각을 한 듯 이제야 선실에서 갑판으로 올라오는 이들이 있었다. 웬만한 장정들보다 몸집이 한 배는 더 커 보이는 우람한 체구에 허리춤에는 화려한 도집을 걸친 자들이었다.

죽립으로 얼굴을 가리고 있던 진혁은 도집에 새겨져 있는 호랑이 문양을 보았다.

팽가(彭家)로군. 북경으로 돌아가는 길인가.

오대 세가의 수좌 자리를 놓고 남궁 세가와 경쟁하는 사이이기는 하나, 결국 오대 세가는 한 묶음으로 봐야 했다. 아직 남궁 세가의 대장로가 팽가에까지 손을 뻗치지는 않은 것 같지만, 조심해서 나쁠 것은 없었다. 북경에서 움직이려면 어떻게든 팽가와 조우할 터.

임구는 북경으로 가는 교통의 요충지이기도 했지만, 기실 다른 것으로 더 유명했다. 지하 깊숙이 온천이 흐르고 있어, 추운 겨울이면 북방에서 온천을 찾아오는 유람객들로 넘쳐났다.

임구의 객점들은 지하수를 끌어다 온천으로 활용하는 곳이 있는가 하면, 자연적으로 만들어진 온천탕이 자리한 곳에 터를 잡기도 했다. 그리해 객점들마다 제법 큰 규모로 객방을 많이 만들었다.

진혁은 성도에 갔을 때처럼 익숙하게 임구의 번화한 거리를 나아갔다. 해거름 시간이라 다들 객점이나 집으로 돌아가는 발걸음이었다.

번화가를 나가 객점을 찾아보려던 진혁은 자신을 주시하는 시선을 느꼈다.

선착장에서, 배에서 내릴 때부터였나. 따라붙는 무리들이 있나 싶었더니……. 진혁은 자연스럽게 가연의 손을 잡았다. 면사를 드리운 가연은 눈을 들어 흑립 아래의 진혁과 시선을 마주쳤다. 말없이 안언으로 전하는 뜻을 읽었다.

진혁은 가연을 단단히 끌어다 몸에 가까이 붙인 후 객점을 찾는 듯 거리를 나아갔다. 그의 발걸음에 맞춰 가연도 천천히 걸음을 옮겼다. 사람들 속에 섞여 있는 두 사람의 모습은 온천을 찾아 유람을 온 부부처럼 평이했다.

진혁과 가연은 번화가의 뒷길로 빠졌다. 처마마다 홍등이 주렁주렁 걸려 있고, 호객을 하는 이들의 우렁찬 목소리가 사라진 뒷골목은 을씨년스러울 정도로 조용했다. 인적도 없어 두 사람의 발자국 소리만이 들렸다. 해거름에 타오르듯 시뻘겋게 붉은 하늘이 머리 위로 펼쳐졌다. 하늘과 땅을 붉게 물들이는 햇살은 금세 지평선 아래로 떨어지리라.

진혁과 가연은 외지고 앞이 막힌 골목으로 들어섰다. 진혁은 막힌 벽을 등지며 걸어 들어온 입구를 봤다.

"나와라."

진혁의 손이 허리춤에 있는 검대로 향했다. 그에게서 발산된 적의에 공간이 아지랑이처럼 일렁거렸다.

"나오지 않으면 벤다."

진혁이 검을 잡아 빼려는 순간, 아무것도 없는 허공에서 사람이 뚝 떨어졌다. 동시에 갑자기 나타난 무사들이 입구를 막았다.

"소신을 알아보시겠습니까?"

검은 장포를 걸친 사내가 허리를 깊이 숙이며 말했다. 진혁은 검에서 손을 떼지 않은 채 답했다.

"물론. 만나자마자 제 주인을 위해 검을 휘두른 자이니."

사내는 듣기 민망하다는 듯 더욱 허리를 숙였다.

"제 주인께서 객(客)이 오시길 기다리고 계십니다."

"앞장서라."

진혁은 기다렸다는 듯 검에서 손을 뗐다.

사내가 허리를 바로 세우자, 담장처럼 에워싸고 있던 무사들이 좌우로 갈라섰다. 사내는 조심스러운 몸놀림으로 길잡이를 나섰다. 으슥한 골목을 여러 번 꺾어 들어갔다. 짧은 해가 지자 불빛 한 점 없는 골목은 어두컴컴해졌다. 제 발끝도 보이지 않을 정도로 짙은 어둠이 내려앉았다. 시끌벅적한 번화가를 벗어나 고루거각(高樓巨閣)들이 즐비한 거리로 나오자 하나둘씩 불빛들이 보였다.

사내는 높다란 담장이 올라간 장원의 문을 두드렸다. 눈빛이 형형한 문지기가 나와 사내의 얼굴을 확인했다.

"주인님께서 기다리시던 손님들이시다."

문지기가 고개를 끄덕이며 얼른 옆으로 비켜섰다. 진혁과 가연이 안으로 들어가자, 밖으로 나와 좌우를 살핀 후 서둘러 문을 닫았다.

중정으로 들어온 사내는 힐끔 가연을 보았다.

"주군께서는 홀로 만나시길 원합니다. 소저는 여독으로 피곤하실 터이니 방에서 쉬시는 것이 어떻습니까?"

영문도 모른 채 진혁의 손에 이끌려 온 가연은 대답 대신 진혁을 쳐다보았다. 뭐라 그녀가 답할 수 있는 입장이 아닌 듯했다. 아니나 다를까, 진혁은 고개를 저었다.

"너희를 어찌 믿고 그녀를 맡긴단 말이냐? 그에겐 내가 직접 말할 터이니 신경 쓰지 마라."

"주군을 믿지 못하신다는 겁니까?"

사내가 화를 꾹 눌러 참듯 억누른 목소리로 물었다. 진혁에게 대들어 검을 세워본들 자신의 필패라는 것을 경험으로 알기에 차마 달려들지는 못했지만, 울분을 감추지는 않았다.

"당연한 말을 하는군. 내가 그를 믿지 않듯, 그 역시 나를 믿지 않는다. 너 역시 알고 있는 줄 알았는데, 아니었나?"

"무……."

사내가 뭐라 반박하려 할 때였다. 굳게 닫혀 있는 전각 안에서 호령이 떨어졌다.

"상관없다! 둘 다 안으로 들여라!"

사내가 화들짝 놀라며 잰 걸음으로 달려가 전각의 문고리를 잡아 열었다. 그러면서도 진혁을 향해 슬쩍 원망스러운 눈빛을 주는 것을 잊지 않았다.

방 안은 여기저기 촛불을 밝혀 눈이 부실 정도로 밝았다. 넓지 않은 방의 상좌에 젊은 사내가 앉아 있었다. 진혁은 앉아서 자신들을 맞는 그를 보고 피식 웃었다.

세작들의 보고대로라면 제 처소에 감금당해 한 발짝도 밖으로 나오지 못하고 있다더니…… 말짱 거짓이로군. 돌아가자마자 황실에 심어둔 세작들을 싹 갈아버려야겠어.

"뭐가 웃기지?"

진혁과 비슷한 나이로 보이는 사내는 검은빛이 감도는 짙은 자줏빛 장포를 걸치고 있었다. 그는 진혁을 보자마자 다짜고짜 시비조로 말을 걸었다.

"네가 밖에 있는 걸 모르고서 널 감금해두고 있다고 의기양양해 할 네 적들의 모습이 재미있어서. 너 역시 비슷한 심정일 텐데, 태자 전하."

태자라는 말에 가연이 사내의 얼굴을 다시 보았다. 마침 태자인 주기첨(朱起添)도 코웃음을 치다 그녀를 보았다.

"하! 항상 혼자 다니던 너답지 않게 여인을 데리고 온다 싶었더니, 예사 여인은 아니로군 그래. 황태자 앞에서도 고개를 빳빳이 치켜들고 있는 것을 보니."

가연은 살짝 고개만 숙였다. 아래로 내리깐 시선을 살며시 들며, 아직 승천하지 못한 용을 보았다.

"전하께서는 태자의 신분으로 이곳에 나오신 것이 아닌 듯하여 예를 올리지 않았습니다만, 지금이라도 원하신다면 올리지요."

주기첨의 미간이 꿈틀했다. 차분한 어조로 공손히 말하는데도 왠지 빈정거리는 듯한 기분이 들었다. 여기서 억지로 예를 강요하면 자신이 속이 좁은 소인배가 된다. 주기첨은 손을 내저었다.

"됐다. 인사라면 지겹게 받는 것인데 여기서까지 받아 무엇할까. 네 말대로 예를 받을 요량이었다면 이 녀석에게서 받았어야 함이니."

진혁과 가연은 태자가 가리키는 자리에 앉았다. 평시라면 황족인 태자와 마주 앉는다는 것은 있을 수 없는 일이었지만, 진혁은 태자인 주기첨을 상대하는 데 거침이 없었다.

"상을 준비하라 일렀다. 들이라 할까?"

"같이 먹으면서 체하라는 뜻인가?"

"그렇긴 하군. 논할 일도 있으니, 밥을 먹으면서 할 이야기는 아니지."

주기첨은 고개를 끄덕였다.

"그리고 언제부터 나와 있었는지 모르겠지만, 빨리 황궁으로 돌아가 봐야 하지 않나? 아무리 눈가림을 잘하고 있다지만, 지금 황궁을 비워 너한테 득 될 것이 없으니 말이다."

"네 말이 옳지. 자리를 비운 사이에 저들이 무슨 일을 꾸밀지 모르니 서둘러 돌아가야 하지."

주기첨은 지친 기색을 내보이며 중얼거렸다.

"날 만나러 북경으로 오는 게, 맞나?"

"겸사겸사지. 내가 아는 너는 태자궁에 감금당해 있을 이가 아닌데, 어찌 된 일인가 싶기도 하고, 재미있는 작당을 꾸민 황가의 분위기도 궁금하고……."

주기첨은 한숨을 길게 내쉬었다. 관자놀이를 어루만지며 후회와 자책이 가득한 표정을 지었다.

"그때 네 충고를 따랐어야 했다. 그랬더라면 지금과 같은 상황은 일어나지 않았을 텐데……. 내 실수야. 내 오판이 부황과 황실을 위험에 빠트렸어."

4년 전 진혁은 태자에게 귀비를 잘라내야 한다고 경고했었다. 갑작스러운 병으로 태자의 모후가 승하한 후, 간택령을 내리는 대신 후궁들 중에서 황후를 고르기로 했었다. 그때 진혁은 황실과 대야성의 관계를 생각해 친절하게 태자에게 전언을 날렸었다. 황 귀비만은 황후가 되어서는 안 된다고. 그러나 태자는 진혁의 경고를 무시했었다. 아무리 황귀비가 황 재상의 힘을 가지고 있다 해도 태자인 자신이 충분히 제어할 수 있다 자신했었다. 그러나 곧 황자를 낳은 황후와 황 재상의 세력은 황태자인 자신을 넘어뜨릴 정도로 막강해졌다.

"황제 폐하의 안위는?"

진혁은 태자의 넋두리를 듣고 있을 생각이 없었다. 뒤늦은 후회란 아무리 해도 소용이 없다. 낙담을 할 때에 그 대책을 고심하는 것이 나았다.

주기첨은 고개를 설레설레 저었다.

"건천궁에 계신 것은 확실한데 안을 확인할 수가 없다. 무관들만이 아니라 무림인까지 은밀히 숨어 있어 접근할 수가 없으니. 건청궁은 황후와 황 재상의 사람들로 채워져 있다고 보면 된다."

진혁의 눈빛이 가라앉았다. 황제의 침전이 황가에 장악되었다는 말에 상황이 심각하다는 것을 알았다.

"그렇지 않아도 대야성에 전령을 보낼 생각이었는데, 딱 맞춰서 상관 군사가 전서구를 날렸더군. 네가 올라오는 중이라고. 그래서 북경보다는 이곳에서 보는 것이 낫다 싶어 기다리고 있었다."

주기첨은 안광을 형형히 빛내며 말했다.

"황실을 위해 네 도움이 필요하다."

진혁은 바로 답하지 않았다. 기실 대야성과 황실은 불가근불가원처럼 서로 적당한 거리를 유지한 채 때론 으르렁거리다 때론 지금처럼 도움을 주고받는 사이였다. 진혁도 어렸을 때 할아버지와 함께 황성에서 주기첨을 만났었다.

주기첨은 그의 침묵을 망설이는 것으로 보았다.

"너한테도 나쁜 일은 아닐 텐데. 너 역시 황가의 힘이 더 이상 커져서는 곤란하지 않은가? 그렇지 않아도 황가의 딸이 네 정혼녀라는 소문이 중원 전역에 파다하던데……."

"내 정혼녀는 한 명뿐이다."

"그러니까, 그 한 명이 황가의 벽군이라고 주장하고 있잖아. 만약 네가 아니라고 하면, 황가에서는 자신들의 잘못은 생각지도 않고 널 몰아붙일 거다."

"내가 황가의 수작에 신경이라도 쓸 것 같은가?"

"음, 신경 쓸 것 같아. 그러니 네가 이곳에 있는 것이 아닌가?"

진혁이 차가운 눈빛으로 주기첨을 쏘아보았다. 처음부터 네 녀석이 똑바로 했으면 이런 일은 없었을 것 아니냐는 눈빛이었다.

"대야성의 무인들은 나설 수 없다."

주기첨도 당연하다는 듯 고개를 끄덕였다. 자칫 황가에 더 큰 빌미를 줄 수 있었다. 게다가 진혁의 운신도 좁아진다.

"대야성의 무인들은 필요 없어. 지금 내가 필요로 하는 사람은 단 한 명이니."

주기첨은 진혁을 똑바로 보았다. 중원에서 가장 강하다 알려져 있는 이가 바로 눈앞에 있었다.

"그래, 대야성의 무인 모두를 합쳐도 너 한 명에 못 미치지."

"뭘 시키려는 요량이냐?"

진혁도 순순히 받아들였다. 황실이 황가를 정리한다면 한결 자신의 짐이 수월해지리라. 만약 황 재상의 손자가 태자가 된다면 그 영향은 곧장 대야성에 미칠 것이다. 황벽군이라는 태풍의 눈이 이끄는 거대한 태풍으로.

"건청궁에서 부황을 모시고 나와다오. 너라면 누구에게도 들키지 않고 부황을 구하는 것이 가능할 터."

그때까지 잠자코 얘기를 듣고 있던 가연이 처음으로 입을 열었다.

"이런 물음 자체가 불경하겠으나, 그래도 여쭤보겠습니다, 전하. 황제 폐하께서 무사하시다 생각하시는 근거가 있습니까? 요 근래 폐하의 용안을 뵌 이가 없다 들었기에 드리는 질문입니다."

주기첨이 의자 손잡이를 손으로 쾅 내려치며 자리에서 벌떡 일어났다. 무섭게 일그러진 얼굴로 가연을 노려보았다. 한갓 아녀자에게까지 황실의 나약함을 내보여야 한다는 사실에 분통이 터졌다. 그의 지고한 자존심에 커다란 상처가 났다. 그럼에도 주기첨은 순순히 털어놓았다.

"저들은 아직 옥새를 손에 넣지 못했다."

"그렇군."

주기첨의 한 줄의 짧은 설명에 진혁과 가연은 바로 이해했다.

"그래. 옥새를 넣을 때까지 저들은 부황의 안위를 지킬 것이다. 그러니 저들이 옥새를 손에 넣기 전에 부황을 저들의 손에서 빼돌려야만 한다."

"하지만, 건청궁에서 폐하를 구해내어도 문제가 모두 사라지는 것은 아니지요. 만약 폐하를 잃어버린 것을 알게 된 저들이 군사라도 일으킨다면 어찌합니까? 황가의 병력은 무시할 만한 숫자가 아니라 들었습니다."

사병이 있어서는 안 되는 것이 국법이었건만, 황 재상은 눈을 피해 사병을 몰래 키우고 있었다. 그 외에 돈과 명예와 계집으로 끌어들인 무림인들의 숫자도 꽤 많았다.

"부황만 구해낸다면 오군도독부와 금의위를 우리 쪽으로 끌어들일 수 있네. 지금 그들은 권력 다툼에 개입하지 않는다며 중립을 지키고 있으니까."

"황제 폐하와 함께 옥새도 찾아야 할 겁니다. 황제 폐하를 구해도 옥새가 저들의 손에 넘어간다면 정말 내란이 일어날 수도 있으니까요."

옥새의 권위와 황제의 권위가 부딪치면 피를 흘리는 일밖에 일어나지 않는다.

"그렇게만 된다면 더 바랄 나위가 없지."

주기첨과 진혁은 좀 더 일에 대해 자세히 논의했다. 가연은 곁에서 종종 의문점이나 일어날 수 있는 문제 사항들을 지적하며 상기시켰다. 일의 전반적인 상황들이 결정되자, 주기첨은 자리에서 일어났다.

"나는 이 길로 바로 환궁한다. 대대로 태자에게만 가르쳐준 비도를 통해 돌아가니, 아무도 내가 태자궁을 나갔다 왔음을 알지 못할 것이다."

"폐하를 구한 다음, 다시 보지."

방을 나가던 주기첨은 갑자기 떠오른 생각에 몸을 돌렸다. 얼굴에 지친 흔적이 역력한 가연을 보며 고개를 갸웃거렸다.

"그냥 언뜻 봤을 때에는 몰랐는데, 이리 주시해서 보니 제법 볼 만하구나. 그대, 진혁의 첩실이 마음에 들지 않으면 황제의 후궁이 되는 것은 어떠하냐? 너라면 귀비보다 더 높은 황귀비(皇貴妃)까지도 바라볼 수 있을 것이다. 차라리 신분이 없는 첩보다는 궁의 후궁이 되는 것이 더 나을 것이다."

영리하지만, 영악하지 않은 것이 마음에 들었다. 얼굴은 미색이 뛰어나지 않았지만 동료나 의논자로 곁에 두기에 딱 좋았다. 눈치도 빠른 것이 황궁의 암투에서도 잘 살아남을 것 같았다.

"터무니없는 소리를 할 셈이면 그만 가라."

"터무니없다니? 네 첩실보다는 차라리 황제의 후궁이 낫지."

진혁의 눈빛이 서늘해졌다. 단순한 장난으로 들어 넘기기에는 가연을 보는 주기첨의 눈빛이 진지했다. 진심으로 가연을 욕심내고 있었다. 진혁이 날 선 눈으로 경계심을 높였다.

"손에 들어온 것은 절대로 놓지 않는다는 내 습성을 잘 알고 있을 텐데.”

슬며시 낮아지는 목소리가 주기첨의 정수리를 쿡쿡 찔렀다. 전해지는 소식과 함께 북경까지 오는 것을 보고 진혁의 마음에 변화가 생겼구나 싶었지만, 이렇게 직접 눈으로 확인하니 그저 놀라울 따름이다.

“물론 알고말고. 그냥 장난이었다, 장난이었어.”

살벌한 경고에 주기첨은 괜한 벌집을 건드렸구나 싶어 황급히 변명을 늘어놓았다. 밖으로 나온 그는 방문이 닫힌 전각을 돌아보았다. 죽은 정혼녀만 붙잡고 살던 녀석이 드디어 마음을 고쳐먹었구나 싶었다. 주기첨은 피풍의를 걸친 후 둥근 방립을 쓰며 장원을 나섰다. 내려오면서 무거웠던 마음이 아주 조금은 가벼워져 돌아갔다.

지하에 반들거리는 백석(白石)을 촘촘히 깔아 만든 커다란 욕탕에 뜨거운 온천수가 콸콸 흘러내렸다. 바닥으로 빠져나가게 만든 배수로를 따라 넘쳐흐른 물이 흘러갔다. 물에서 올라오는 훈기에 연무(煙霧)처럼 자욱한 증기가 아슴하니 앞을 가렸다.

욕탕에 몸을 담근 가연은 절로 신음 소리를 내고 말았다. 며칠째 좁은 배 안에서 움직이느라 뻣뻣하게 굳어 있던 몸이 뜨거운 물을 만나자 엿가락처럼 흐물흐물해졌다.

욕탕 벽에 머리를 기대며 눈을 감았다. 만고당을 주시하는 눈길을 피해 사람과 물건을 옮기는 일 외에도 진혁과의 은근한 신경전, 그리고 녹록지 않은 여정과 마지막의 황태자 대면까지. 애써 지친 기색을 내보이지 않고 있었지만, 그녀는 심력과 체력 모두 바닥을 드러내고 있었다. 그런 와중에 피로를 풀어주는 온천에 들어오니 절로 앓는 소리가 나올 수밖에.

가연은 긴 한숨을 내쉬며 눈을 떴다. 울퉁불퉁 튀어나온 천장에 증기가 만든 물방울들이 다글다글 맺혀 있었다.

'남은 것은 하나……'

청마문의 비천상은 손을 써두었으니 확보하는 데 문제가 없었다. 단지 마지막까지 남겨둔 것은, 섣불리 손에 넣어 그자들의 의심을 사지는 않을까 걱정이 되었기 때문이다. 황가와 제갈 세가의 계획이 의도치 않게 그녀의 행보에 도움을 주고 있었다. 그들로서는 충분히 밀어붙여볼 만한 계획이었다. 만약 진혁이 자신과 만나지 않았더라면 성공했을지도 모를…….

가만히 천장을 올려다보던 가연의 눈썹이 찡그려졌다.

모르겠다. 어쩌면 그랬더라도 가짜인지 바로 알아차렸을지도. 아무리 생각해봐도 그에겐 자신을 알아보는 다른 방법이 있는 듯했다. 어렸을 때 딱 두 번 만났었다. 그중 한 번은 태어난 지 얼마 되지 않아 기억 속에도 남아 있지 않았다.

그런데 왜 그는 단 두 번 만난 날 지금껏 붙잡고 있었던 걸까.

심중에 담아두고서 열어보지 않았던 질문이 단지 밖으로 툭 튀어나왔다. 대야성 밖에 있을 때에는 그저 은설이라는 존재를 방패막이로 삼는다 여겼었다. 죽은 이까지 끌어다 붙이는 것이 치졸하다 싶었다. 죽은 정혼녀를 지극히 위해 자리를 비워둔다는 말에 속으로 실소를 지었다. 하지만 가끔 그녀를 보는 그의 눈빛이 서글픈 말을 전할 때가 있었다. 분노와 안도감이 뒤섞인 복잡한 눈빛을 어떻게 받아들여야 하는지…….

무시하려 했었다. 어쩔 수 없이 그의 곁에서 숨을 쉬고 잠을 자고 밥을 먹고 있지만, 절대로 그를 자신의 선 안으로 들이지 않으려 했다. 그의 사정 따위 그녀와 무슨 상관이란 말인가. 그러나 외면하면 외면할수록 절해고도(絕海孤島)처럼 외롭고 위태로운 모습이 보여 마음이 쓰였다.

어찌해 그가 이리 걱정스러운 것일까.

무림에서 가장 강하다 알려져 있는 무인의 뒷모습이 공허하기만 하다는 것을 뉘가 알 것인가.

가연은 눈을 감으며 약해진 마음을 추슬렀다. 떠날 때가 다가오니 남겨두고 가는 것들에 미련이 돋아 그럴 것이다. 시간이 지나면 지금의 모습도, 마음도 서서히 희석되어 종국에는 말갛게 비워지리라.

첨벙거리는 소리가 들리더니 잔잔하던 욕탕의 수면이 흔들렸다. 자욱한 훈증 사이로 진혁이 물살을 가르며 다가왔다. 지하의 여기저기에 박아둔 호사스러운 야명주 탓에 등불이 없어도 은은한 빛이 있어 시야가 밝았다.

가연은 나신으로 다가오는 진혁을 차마 마주 보지 못하고 시선을 피했다. 아무것도 걸치지 않은 알몸으로 욕탕에 함께 있다는 생각에 가연의 몸이 연분홍빛으로 물들었다. 몸을 욕탕에 깊숙이 담그며 뚫어져라 바라보는 그의 눈길을 피하려 했다. 욕탕 밖으로 나가는 계단 쪽을 보니 거리가 몇 걸음 되지 않은 듯했다. 가연은 물속에서 몸을 돌리며 말했다.

"저는 수욕을 마친 터라 올라가려던 참이었습니다. 성주님께서도 뜨거운 물은 오랜만이실 터이니, 피로를 풀고 나오십시오."

물길을 탄 목소리가 넓은 탕에 잔잔히 울렸다. 가연은 서둘러 욕탕을 나오려고 했다. 흐트러진 마음을 내보이고 싶지 않았다. 약해진 빈틈 사이로 그의 모습이 들어오지는 않을까 두려웠다.

일어나 한 걸음 발을 떼었을 때였다. 뒤에서 뻗어온 손이 그녀를 끌어당겼다. 철탑처럼 단단한 가슴팍이 등 뒤에 닿았다.

가연을 팔 안에 가둔 진혁의 손이 반월처럼 둥근 젖가슴을 어루만졌다. 둥글게 원을 그리며 한 손 가득 차오르는 부드러운 질감을 느꼈다. 가연의 숨결이 살짝 흐트러졌다. 그의 애무에 단단해진 유두를 희롱하던 손이 천천히 아래로 내려갔다. 활짝 편 손바닥으로 매끈한 아랫배를 쓸었다.

노골적인 손놀림에 가연은 잘게 몸을 떨었다. 그의 손이 아랫배를 지나 비림에 감싸인 은밀한 곳을 건드렸다.

"아, 안……."

가연이 거부하듯 몸을 물리자, 등 뒤에 바짝 붙어 있는 그의 몸이 선명하게 느껴졌다. 운무에 휘감기듯 훈증에 촉촉이 젖어 있는 그녀를 봤을 때부터 흥분해 있던 남성이 제 존재를 더욱 키우며 그녀의 다리 사이를 파고들었다. 그의 손가락이 그녀의 몸 안으로 들어왔다. 난폭한 침입자를 반기지 않고 밀어내는 속살을 달래듯 살살 쓰다듬었다.

"흑!"

앞으로도 뒤로도 움직이지 못하는 그녀는 그의 손길에 신음만 흘렸다. 진혁은 눈앞에 드러난 가녀린 흰 목덜미에 이를 박았다.

"앗!"

찌릿한 통증에 가연이 짧은 비명을 질렀다. 진혁은 잇자국을 가볍게 한 번 더 씹었다. 진혁의 눈이 사납게 번득였다. 이대로 널 산 채로 씹어 먹어버리면 이 집착도 사라질까.

"말해봐라. 황태자의 비가 되고 싶은가? 그대라면 황귀비가 아니라 황후까지도 가능할지 모르지."

그녀의 속을 헤집는 손가락이 거칠어졌다.

"아아!"

다리에 힘이 빠진 가연이 자신을 안고 있는 진혁의 팔에 매달렸다.

"그 자리를 원하는가?"

진혁은 끈질기게 대답을 종용했다. 황태자는 장난이라며 얼버무렸지만, 그 속에 일말의 진심이 담겨 있다는 것을 모를 정도로 우둔하지 않았다. 색다른 것에 흥미가 동한 사내의 눈빛이었으니, 황태자가 눈길을 바로 접지 않았다면 그와의 동맹을 잘라버렸을 것이다. 황제가 될 후보는 수많은 황족 중 적당한 이로 골라 내세우면 되는 것이니. 그런데도 듣지 못한 그녀의 대답이 걸렸다. 그가 나서지 않았다면 그녀는 어떤 대답을 했을까. 진혁은 그때 듣지 못한 대답을, 그녀의 속내를 듣길 원했다.

가연은 가쁜 숨을 내쉬며 간신히 고개를 내저었다. 물 먹은 머리카락이 수면에 흐트러져 그녀의 고갯짓을 따라 잔 파랑을 일으켰다. 하지만 진혁은 그녀의 목소리를 원했다. 하나였던 손가락이 두 개에서 어느새 세 개로 늘어났다. 맑은 애액을 흘리는 여린 살이 그의 손가락을 물었다 풀길 반복했다. 가는 뒷덜미를 핥아내리는 진혁의 숨결도 점점 뜨거워졌다. 잔뜩 부푼 제 몸가락이 당장 그녀 안으로 들어가라 채근했다.

가연은 물기가 돌아 붉어진 입술을 벌리며 띄엄띄엄 말했다.

"하윽! ……절대로 싫…… 새장…… 새는 되지, 흑…… 않을 거…… ."

기어이 그녀의 입으로 싫다는 말을 들은 진혁은 그제야 안고 있는 몸을 앞으로 돌려 거칠게 입을 맞췄다. 욕탕의 벽에 그녀를 밀치며 활짝 벌린 허벅지를 들어 올렸다. 곧장 그의 남성이 여린 살을 거칠게 파고들었다.

"윽!"

애액으로 흥건히 젖었어도 그의 거대한 몸이 짓누를 듯 들어서자, 가연은 힘겨운 신음 소리를 냈다. 진혁은 손을 뻗어 가연의 엉덩이를 더욱 당겨 밀착시켰다. 그의 허릿짓에 따라 남성이 드나들 때마다 물에 젖어 미끈거리는 서로의 몸이 마찰을 일으켰다. 달뜬 신음 소리에 찰싹이는 살소리가 덧입혀졌다.

조였다 풀어주는 속살의 감미로움에 진혁은 갈급한 몸짓으로 더욱 그녀 안으로 들어갔다. 그녀의 가장 깊숙한 곳까지 제 몸이 닿을 수 있도록. 도홧빛으로 달아오른 얼굴로 자신에게 매달리는 여린 몸이 너무나 사랑스러워 진혁은 제 욕망을 조절할 수가 없었다.

한바탕 절정이 지나가 힘없이 늘어진 가연을 안아 들었다. 물살을 가르며 욕탕 밖으로 걸음을 옮기면서도 두 사람의 몸은 하나로 이어져 있었다. 진혁의 어깨에 얼굴을 묻은 가연이 나른한 숨결을 받아냈다.

황족의 안가라 욕탕 밖에는 옥으로 만든 널찍한 침상이 있었다. 진혁은 반들반들 연한 옥빛을 띤 침상에 가연을 눕혔다. 미열처럼 남아 있는 쾌락의 불씨를 다시 살렸다. 다급했던 첫 번째와 달리 이번에는 서두르지 않고 서서히 불꽃을 키웠다.

욕탕의 행위에 연이은 정사는 가연의 남아 있는 기력을 하나도 남김없이 소진시켰다. 가물거리는 눈을 버티지 못하고 스르륵 잠이 들려 할 때였다.

"……무림 대회가 끝나면 우리의 계약 관계를 끝내도 좋다."

뭐?

가연의 가물거리던 눈이 확 커졌다. 몰려오던 잠기운이 한순간 사라졌다. 나른하니 풀렸던 몸이 긴장으로 굳어졌다.

진혁이 알 수 없는 눈빛으로 놀란 그녀를 내려다보고 있었다. 가연은 치뜬 눈을 한 번도 깜박거리지 않은 채 한참 동안 그를 올려다보았다. 마치 숨겨져 있는 그의 진의를 알아내려는 듯이.

가연은 입술을 달싹거리다 간신히 소리를 냈다.

"……정말로……?"

"그래. 무림 대회가 끝나면 대야성주의 첩이라는 자리에서 물러나라."

진혁의 말이 떨어지는 순간, 가연은 참고 있던 숨을 길게 내쉬었다. 그때까지 자신이 숨을 멈추고 있었다는 것도 알지 못했다. 어떤 표정을 지어야 할지 알 수 없었다. 다행이라고 안도해야 하는 것이 당연한데도, 미묘한 서운함과 희미한 꺼림칙함이 느껴졌다.

이걸 어떻게 받아들여야 하는 거지?

자신이 누구인지 알면서도 이대로 놔준다는 말인가?

그는 분명 벽가연이 감추고 있는 신분을 알아냈다. 그녀의 눈앞에 광의를 들이밀며 확인까지 하지 않았던가. 비록 광의와 그녀가 필사적으로 부정하긴 했지만, 진즉 의심하고 있던 그는 분명 숨겨져 있던 진실을 알아냈다.

진심이로구나.

가연은 가슴이 뻐근해졌다. 심장이 알 수 없는 이유로 저릿했다. 가연은 통증을 무시했다. 원했던 일인 바, 기꺼워하며 받아들이면 되는 것을.

"허나 그전까지 그대는 내 첩이지. 대야성주가 총애하는 애첩이니, 그 본분을 다해야겠지."

진혁의 몸이 그녀의 빈 공간을 찾아들었다. 진혁은 제가 떨어뜨린 사실을 받아들이기 위해 허덕이는 그녀의 몸을 맘껏 안으며 한껏 쌓인 제 욕심을 풀었다.

二十章

북경풍운(北京風雲) 下

 정야[1](丁夜)에 막 다다른 깊은 밤. 거리마다 불빛 한 점 없는 데다 하늘마저도 그믐날이라 세상은 짙은 흑야(黑夜)였다. 자금성을 지키는 병사들은 길목마다 걸려 있는 등불에 의지해 어둠을 쫓아냈다.
 웅장한 황궁의 지붕에 몸을 세운 진혁은 달도 없고 별도 없는 밤하늘을 쳐다봤다.
 그믐이라. 하늘도 황태자를 돕는 건가.
 진혁은 천자는 하늘이 내린다는 말을 떠올리고 고소를 지었다. 그렇다면 폭군과 난군(亂君)도 하늘이 내린다는 말이니, 그들의 폭정을 하늘의 뜻이라며 고이 받아들여야 한다는 뜻이 된다.
 진혁은 천의(天意)란 민의(民意)와 같다 여겼다. 황태자가 안다면 불경하다며 대로하겠지만, 그의 생각 따위야 진혁에게는 알 바 아니었다.

[1] 새벽 1시~3시

서로 주고받는 셈만 정확하면 서로 안 보고 지내는 것이 유익한 관계였다.

진혁이 황궁의 정중앙에 있는 커다란 전각들을 보았다. 대야성도 만만치 않은 규모에 담장으로 답답하기 이를 데 없었지만, 황궁은 그보다 더 폐쇄적이라 자유롭게 지나가는 바람도 가둬버렸다.

황제가 있는 건청궁은 저쪽인가.

잡히는 기들이 많은 것이 전각 주변을 지키고 있는 호위 무사들과 은밀히 숨어 있는 무리들 수가 제법 되었다. 진혁은 고개를 돌려 황궁 밖을 보았다. 안전한 곳에 두고 온 가연을 떠올리고 조용히 웃었다. 임구를 출발한 후부터 북경에 도착할 때까지 가연은 내내 깊은 생각에 잠겨 있었다. 가끔씩 그의 얼굴을 살피면서 고개를 갸웃거리는 것이 그에게 다른 뜻이 있는 것은 아닌가 확인하는 듯했다.

뭐, 무림 대회가 끝날 때까지 고민으로 끙끙거리겠지. 다른 걱정거리에 신경 쓰지 않을 테니, 다행이라면 다행일 터.

대야성을 나올 때부터 첩이라는 계약 관계를 슬슬 청산할 때가 되었다 생각하고 있었다. 언제쯤이 좋을까 시기를 따지고 있었을 뿐. 마침 그들이 무림 대회를 노렸으니, 그동안 쌓였던 모든 원한들이 그날 종결될 것이다.

진혁은 어둠에 동화되어 소리 없이 몸을 날렸다. 그의 신형이 허공을 날아 곧장 건청궁 쪽으로 나아갔다. 밖에서 경계 근무를 서고 있는 황궁 무관들은 진혁의 신형을 알아차리지 못했다. 연기처럼 건청궁 안으로 스며들어간 진혁은 곧 코를 찌르는 고약한 냄새를 맡았다. 창문을 꽁꽁 닫아 걸어둔 전각 안은 커다란 청동 향로에서 흘러나오는 연기로 자욱했다.

앵속과 대마.

냄새만으로도 향의 원료를 알 수 있었다. 그만큼 고약한 악취를 풍기는 것이 앵속과 대마를 태운 향이다.

황제를 마약에 중독시킨 거로군. 죽어도 상관없다 여길 정도로.

일반 향이라도 밀폐된 공간에서 이 정도의 양을 한꺼번에 들이켠다면 질식으로 죽을 수도 있었다. 그만큼 저들도 다급하다는 뜻이다. 금사 황룡 휘장이 드리운 침상에 인영의 그림자가 보였다.

진혁은 품에서 작은 주머니를 꺼냈다. 주머니를 묶은 끈을 풀어 안에 든 물건을 손바닥에 쏟았다. 작지만 최상품인 백진주 여덟 개가 나왔다. 허공으로 둥실 떠오른 진주알들이 제각각 다른 방향으로 비산해 바닥에 박혔다. 건(乾), 감(坎), 간(艮), 진(震), 손(巽), 이(離), 곤(坤), 태(兌)의 팔방을 점하자 팔방진(八方陳)이 발동했다. 해가 뜰 때까지의 몇 시진만 황제의 부재를 감출 수 있으면 되기에 거창한 진을 설치할 필요는 없었다. 단순한 팔방진만으로도 황제의 침전을 감추기에는 충분했다.

휘장을 걷자, 얼굴이 누렇게 뜬 바짝 마른 50대의 중년인이 힘겹게 숨을 내쉬고 있었다. 가늘게 뜬 눈이 초점 없이 흐릿하게 허공을 응시하고 있었다. 약에 절어 시퍼렇게 퉁퉁 부어오른 입술이 수전증에 걸린 손처럼 덜덜 떨고 있었다.

"나, 나는…… 모른다. 절대로 네놈들에게는…… 말할 수 없……."

황제의 입술 사이로 똑같은 말이 반복되어 나왔다. 옥새를 탈취하기 위한 자백제로 마약을 사용한 거로군. 중독시키면 자신들의 뜻대로 조종할 수 있을 테니.

진혁은 황제의 수혈을 짚었다. 덜덜 떨리는 입술로 단 한 가지만을 고집스레 부여잡고 완강히 버티던 황제의 눈꺼풀이 아래로 내려왔다. 황제를 보쌈하듯 자루에 집어넣어 등에 짊어졌다.

다행히 자욱한 마약 연기 때문에 침상 근처에는 숨어 있는 무인들이 없어 한결 일처리를 조용히 할 수 있었다. 만약 마약을 무시하고 침전에 무사들이 있었다면 한바탕 싸움을 피할 수 없었을 것인데, 저들의 욕심이 그의 일을 한결 수월하게 만들어주었다. 팔방진이 안과 밖을 격리할 테니 아침이 될 때까지 아무도 알아차리지 못할 것이다.

들어올 때처럼 진혁은 비조(飛鳥)가 되어 황궁의 높은 담장을 넘었다.

만고당 북경 지부.

길거리에 지나가는 작은 불빛 한 점 없는 시각. 북경 지부의 안채에서 희미한 불빛이 새어나왔다. 쌀쌀한 북풍을 막기 위해 꼭꼭 여닫은 지창 위로 넘실거리는 불꽃의 음영이 드리웠다.

자정이 넘어 북경 지부의 문을 두들긴 주기첨은 초조하게 방 안을 서성거렸다. 북경 외곽에 있는 황실의 안가로 장소를 정하려 했지만, 진혁이 갑자기 이곳을 지정하며 무작정 통보를 해왔다. 황실의 안가라면, 그것도 황궁이 있는 북경의 안가라면 황후 쪽에서 알 수도 있다는 이유로. 그 말도 맞아 주기첨은 자신의 대역을 태자궁에 눕혀두고 만고당 북경 지부를 찾았다.

가연은 손수 끓여낸 찻잔의 청량한 향내를 음미했다. 묵직하니 무겁던 머리가 조금 가벼워졌다. 찻잔을 들어 살짝 입술을 축였다. 따뜻한 찻물이 혀끝에 닿자 내내 냉랭하던 마음이 다사해지는 듯했다.

가연은 바닥에 깔린 양탄자가 닳도록 서성이는 황태자에게 차를 권하지 않았다. 지금 그의 귀에는 다른 사람의 말이 들리지 않을 것이다. 조용히 자리에 앉아 차를 음미할 여유가 없을 테니, 가연은 제 몫의 차만 들어 조금씩 마셨다. 한밤중에 머리를 맑게 해주는 차는 이상했지만, 새벽이 올 때까지 깨어 있어야 할 것 같은 이에게는 딱 적당했다.

보다 못한 주기첨의 호위 무사가 조심스러운 어조로 권했다.

"태자 전하, 잠시 자리에 앉으시어 목이라도 축이십시오. 초조해 하시는 마음은 익히 알겠사오나, 대야성주님께서 가셨으니 응당 폐하를 모시고 나오실 것입니다."

"그렇습니다, 전하. 뭔가 뱃속을 든든하게 채워야 불안이 없어지는 법입니다. 지금이라도 주방에 일러 간단한 요깃거리를 만들어 올리라 할까요?"

호위 무사와 함께 나온 내관도 말했다. 주기첨은 사납게 손을 내저으며 거부 의사를 표했다. 부황이 어찌 되셨을지 모르는데, 이런 때에 속 편히 의자에 앉아 있을 수가 없었다.

"하오나 전하! 석반(夕飯)도 드시는 듯 마시는 듯하여 옥체가 상하시지는 않을까 두렵습니다. 그러니 간단한 다과라도 드시지요."

내관의 채근에 주기첨은 방 한쪽에 있는 의자에 털썩 주저앉았다. 식사를 챙기려 드는 내관을 말렸다. 입안이 까끌까끌해 어떤 산해진미를 먹어도 모래알이 들어간 것처럼 버석거렸다. 의자에 엉덩이를 붙이고 있어도 마음이 초조해 손가락으로 손잡이를 탁탁탁 두드렸다. 그러다 너무나 말간 가연의 얼굴을 보았다.

"너는 진혁이 걱정도 되지 않는가? 황성에 불법 침입했으니, 잡히기라도 할 시엔 아무리 대야성주라 해도 쉬이 넘어갈 수 없을 게야."

주기첨의 목소리가 불퉁했다. 자리에 가만히 앉아 있을 수도 없을 정도로 초조한 자신과 달리 너무나 태연한 신색을 하고 있는 가연을 보니 절로 빈정이 상해 고운 말투가 나오지 않았다. 가연이 찻잔을 비우더니 아직 뜨거운 찻물이 남은 차호를 기울여 다시금 잔을 채웠다.

"그것이야 잡혔을 때의 이야기지요. 태자 전하께서는 성주님이 황궁의 무관들에게 잡히실 거라 여기십니까?"

"그럴 리가!"

주기첨은 당장 펄쩍 뛰며 반의했다. 그럼에도 확인하고자 하는 것이 사람의 못된 심리였다. 아니라고 하면 할수록 사람들은 반대의 상황이 펼쳐지길 바란다. 그것이 어떤 대가를, 어떤 권리를 내어주면서까지 얻은 것인지 알지 못한 채. 그러나 주기첨은 진심으로 대야성주가 부황을 구해내길 기원했다. 그리해야 자신이 살고 이 나라가 살아남을 수 있기에.

"근데 너는 그를 성주님이라 부르는가? 첩의 자리라고는 하나 그는 분명 네 가군이지 않은가?"

성주님이라 부르는 어감에 거리감이 담겨 있었다. 자신의 말에 사납게 적의를 드러내던 진혁을 떠올렸다. 그건 분명 제 여인을 지키려는 자존심 강한 수컷의 행동이었다. 차를 마시는 가연을 보는 주기첨의 눈동자가 악동처럼 반짝였다.

이거야 찔러볼 여지가 있다는 것이 아닌가. 다행히 이곳에는 둘뿐이고…….

"내가 했던 말은 생각해보았느냐?"

찻잔을 내려놓던 가연의 손길이 아주 잠깐 멈칫했다. 그것을 주기첨은 놓치지 않았다. 세상천지 어느 여인이 황궁을 동경하지 않을 것인가. 권모술수에 모략과 암투로 뒤덮여 있을지언정 제 몸이 불에 타 죽더라도 뛰어들길 열망하는 곳이 황궁이었다. 하물며 한갓 방계 황족의 비빈이 아니라 황태자의, 장차 황제가 될 이의 비빈이었다. 그야말로 여인이라면 다시 태어나도 오를 수 없는 자리였다.

품에 안고 즐길 여인은 숱하나 머리가 되어 좋은 의논 상대가 되어줄 이는 없었다. 하나같이 얼굴과 몸이나 집안 배경으로 후궁의 자리를 차지할 뿐이라, 말이 통하는 여인을 구하기 힘들었다.

찻잔을 내려놓은 가연이 말간 눈빛으로 진담 반, 농담 반인 황태자를 보았다.

"그 얘기는 지난번 장난이라 하시지 않으셨는지요?"

"그날이 장난이었다고 오늘도 장난이란 법은 없지."

가연이 마음에 들지 않는다는 듯 보란 듯이 미간을 찡그렸다.

"군주의 말은 천금보다 무거워야 하는 법이라 들었사온데, 제가 잘못 생각하고 있었나 봅니다."

"아무리 군주의 말이 지엄하다 해도 때에 따라서는 달라질 수밖에 없지. 아무리 천자라 하나 항시 무거워서야 숨이 막혀 살아갈 수 있겠느냐?"

주기첨은 답답한 숨을 길게 내쉬었다. 황궁은 외로운 곳이라 아주 잠시라도 마음 놓고 쉴 수 있는 공간이 필요했다. 그것이 즐겨 찾는 장소이든, 품에 안을 여인이든. 주기첨은 가연이라면 그에게 좋은 쉼터가 되어주리라 보았다.

"눈을 부라릴 성주도 없으니 어디 네 본심을 말해보거라. 어때, 날 따라 황궁으로 들어올 것이냐?"

"그 말씀, 성주님 앞에서도 하실 수 있으십니까?"

주기첨이 멈칫했다. 황태자로서의 자존심도 상했지만, 조용히 물어뜯을 듯 무섭게 이르던 얼굴이 떠올라 흠칫했다. 그러나 황태자로서의 체면과 사내의 자존심이 불뚝거렸다.

"네가 따라 나서겠다고 한다면, 대야성주도 어찌할 수 없을 것이다. 설마하니, 황태자의 손을 잡은 여인을 강제로 붙잡지는 못할 터."

과연 그러할 것인지……. 가연은 쓴웃음을 지었다. 임구에서 자신을 끈질기게 몰아붙이며 대답을 종용하던 일이 생각났다. 지금 떠올려도 낯이 붉어질 정도로 민망했고, 그의 손길을 기억하는 몸이 반응하듯 떨렸다.

"태자 전하께서 저를 좋게 봐주신 것은 감사하오나, 저는 황궁에 들어가고자 하는 욕심이 없습니다."

주기첨이 의아한 듯 고개를 갸웃거렸다. 거절하는 저의가 무엇인가 알아내려는 듯 그녀를 무섭게 쏘아보았다.

"진심이냐?"

"예, 전하. 한 치의 거짓도 없는 진심입니다."

"어이해? 너라면 내 황귀비까지 올려준다 했거늘. 황귀비라면 네가 하기에 따라 황후까지도 넘겨다볼 수 있는 자리니라."

이 땅에 태어난 여인으로 더 이상 오를 곳 없는 지고(至高)의 자리였다. 그런데 눈앞에 앉아 있는 여인은 잠시의 고민도 없이 그의 제의를 거절했다.

"아무리 화려하게 치장한 귀한 자리라 할지라도 황궁이라는 갑갑한 새장에 갇히는 것이라는 건 달라지지 않지요. 저는 새장 속의 새는 되고 싶지 않습니다. 높다란 황궁의 담벼락 안에 갇혀 속절없이 누군가를 기다리며 세월을 흘려보내고 싶지 않아요. 그것이 제가 전하의 제의를 받아들이지 않는 이유입니다."

온실 속의 화초가 제아무리 아름답다 하나, 산야에 핀 들꽃의 생명력을 어찌 따를 수 있을까. 가연은 황궁이라는 틀 속에 갇혀 박제되고 싶지 않았다.

"허면, 대야성은? 네가 지금 있는 자리 또한 황궁보다 더하면 더했지, 덜하지 않을 새장일 터!"

하물며 아무런 권리도 없는 첩의 자리임에야.

주기첨은 가연을 이해할 수 없었다. 한갓 대야성주의 첩 자리가 황제의 후궁보다 낫단 말인가.

"같은 새장이라도 강도가 다르지요. 대야성은 드나듦에 제약이 없고, 또한……."

떠날 때에도 예법에 얽매여 있는 황궁보다는 훨씬 수월할 터.

"쯧쯧쯧! 어리석은 것!"

주기첨은 혀를 차며 벌컥 화를 냈다. 세상에 다시없이 귀한 여인이
될 수 있는 기회를 줬건만, 제 발로 걷어차니 어찌 어리석다는 소리가
나오지 않겠는가. 허나 주기첨은 알지 못했다. 가연이 황궁이나 대야
성에 단 한 점의 미련도 없다는 것을.

황태자의 타박에도 가연은 크게 개의치 않았다. 지금 그녀가 마음을
쓰고 있는 건 임구에서 했던 진혁의 말이었으니. 갈피를 잡지 못하고
우왕좌왕하던 마음이 한결 차분히 가라앉자, 다행이다 싶은 마음이 커
졌다. 무림 대회가 끝나면 떠나도 된다 했으니, 그보다 약간 일정을 당
겨도 남은 이들에게 미칠 여파가 훨씬 줄어들 것이다. 그렇지 않아도
뒤에 남겨질 이들에게 신경이 쓰였는데, 한결 부담이 덜어졌다. 만고
당으로 엮여 진혁의 눈에 들어간 여러 사람들의 안위도 무사할 터.

마침 불편한 이야기가 끝났다는 것을 알기라도 한 것처럼 문이 벌컥
열렸다. 등에 커다란 자루를 짊어진 진혁이 성큼성큼 들어왔다. 긴장
으로 딱딱해진 주기첨이 날 듯이 진혁에게 달려갔다.

"부황은 무사하신가?"

주기첨의 다급한 물음에도 진혁은 묵묵부답이었다.

이 냄새는!

가연은 미간을 찌푸리며 진혁의 자루를 보았다. 자리에서 일어난 그
녀는 들어서는 진혁과는 반대로 문 쪽으로 황급히 발걸음을 옮겼다.

"뭐지?"

진혁이 침상에 짚어지고 있던 자루를 내려놓으며 밖으로 나가려는 가연을 붙들었다.

"약재 창고를 뒤져야 할 듯해서요. 제가 생각하는 것이 맞다면, 여러 약재들과 약탕기가 필요할 겁니다. 지부장에게 일러 뜨거운 물도 많이 준비하라 해야 합니다. 그렇지 않습니까?"

진혁이 고개를 끄덕이자, 가연은 서둘러 밖으로 나갔다.

"무슨 말인가? 약재가 필요하다니? 부황께서 그만큼 좋지 않으시다는 말인가?"

옆에서 듣고 있던 주기첨이 영문을 몰라 다급히 물었다. 약재들이 필요하다는 것을 보면, 부황의 몸에 변괴가 생긴 것이 분명했다.

진혁은 일일이 설명하기보다 직접 눈으로 확인시켜주는 것이 낫다 싶어, 말없이 자루의 입구를 열어 수혈로 잠재운 황제를 끌어내 침상에 눕혔다.

주기첨은 황제의 몰골을 보고 할 말을 잃었다. 드높은 위엄으로 천하를 굽어보던 부황의 초라한 몰골에 이가 부서져라 악물고, 피가 나도록 주먹을 움켜쥐었다. 황후와 황 재상 일파에 대한 분노로 눈앞이 붉어졌다.

"……어의를 데려와야겠다."

"지금 어의를 데려오면 황후 쪽에서 알아차릴 공산이 크다."

"허면, 부황을 이대로 방치하자는 것이냐!"

주기첨은 달려들 듯 윽박질렀다. 진혁은 침상에서 손을 떼며 무심히 말했다.

"그녀가 나갔다. 필요한 의원과 약재들을 준비해 들일 것이다."

"하지만 일개 의원이……."

"지금은 일개 의원이 더 믿을 수 있다. 너 역시 모르지 않을 텐데. 건청궁에 손을 쓴 황후가 어의를 제 사람으로 만들지 않았을 리가 없다. 그렇지 않았다면 어의가 황상의 처지를 이리 방치하지는 않았을 테니."

"어의 그자가!"

주기첨은 인자한 얼굴을 하고 있던 어의를 떠올리고 바득바득 이를 갈았다. 금방이라도 숨이 넘어갈 듯한 사자(死者)의 얼굴을 하고 있는 황제의 손을 움켜잡았다. 고목나무처럼 삐쩍 마른 손을 잡자니 너무나 기가 막혀 절로 눈물이 나왔다. 진혁은 황제와 황태자만을 남겨두고 방을 나왔다. 그의 뒤로 숨죽여 흐느끼는 사내의 울음소리가 들려왔다. 문을 닫는 그의 손길이 무겁기 한량없었다.

북경 지부를 담당하고 있는 홍경호(洪景浩)는 시푸르딩딩하게 질린 얼굴로 가연의 지시를 받았다. 1년에 한 번 보기도 힘든 당주가 연락도 없이 북경 지부를 방문한 것도 놀라운 일이건만, 그 곁에 중원 무림을 관장하는 대야성주가 함께 있으니. 홍경호는 흥분하지 않았다. 그는 출세지향적인 인물도 아니었고, 그저 주어진 자리에 최선을 다하는 자였다. 그는 당주의 당부가 있기 전에 미리 입이 무겁고 믿을 수 있는 측근들만 북경 지부에 남겨두었다. 다른 직원들은 휴가나 다른 핑계로 잠시 지부를 떠나 있게 만들었다.

그리 해놓길 천만다행이지.

홍경호는 벌렁거리는 가슴을 쓸어내렸다. 아무리 살펴봐도 내원에 들어 있는 이들의 신분이 범상치 않아 보이는 것이 예삿일은 아닌 듯했다. 홍경호는 제 막내딸만 한 당주를 바라보았다. 차분한 표정에 평이한 몸짓들이 지레 겁에 질려 있는 자신의 행동을 돌아보게 만들었다.

무한의 본당에 있는 하 총관이 늘 우리 당주님, 우리 당주님이라는 소리를 입에 달고 산다더니……. 나어린 분이 어찌 이리 담대하신가.

"약재는 이것뿐입니까?"

"예. 필요하신 것이 있다면 의원을 부르는 편에 구해 오겠습니다, 당주님."

아무래도 본당이 아니다 보니 아쉬웠다. 무한이었다면 당장 필요한 약재를 쓸 수 있었을 것을. 그러나 만고당은 골동품점이지 약재상이 아니었다. 이 정도의 약재를 상비해둔 것만으로도 준비성이 좋은 것이다.

"쑥을 조금씩 여러 군데 돌아다니며 구하세요. 다른 약재들과 섞어서 의심을 사지 않도록 하시고요. 아, 황기도 최대한 구하시고요."

"예. 쑥과 황기요."

머릿속으로 약재상에 보낼 이들을 골랐다. 언변이 좋고 눈치도 빨라, 돌아가는 상황에 따라 요령 있게 행동할 수 있는 이들로.

"뜨거운 물은요?"

"지금 하인들을 시켜 끓이고 있습니다. 한 솥으로 되겠습니까?"

"한 솥으로 부족하다. 언제 필요할지 모르니 다른 솥들에도 물을 끓이도록."

언제 다가왔는지 등 뒤에서 들려온 소리에 홍경호는 발이 꼬일 정도로 화들짝 놀랐다. 황급히 허리를 숙이며 옆으로 물러선 그는 늙은 눈을 들어 가연에게 답을 구했다.

"그리 하세요. 그리고 주변을 살피는 것도 잊지 마시고요."

"명심하겠습니다, 당주님."

홍경호는 뒷걸음질로 자리를 물러났다. 북경의 고관대작들을 상대할 때에도 여유만만이었던 그의 등줄기로 식은땀이 주르륵 흘러내렸다.

봉지를 풀며 약재들을 뒤적이던 가연은 말없이 침묵을 지키고 있는 진혁이 의아해 돌아보았다. 약재 창고의 기둥에 등을 기대고 있는 그의 얼굴에는 전에 없이 피곤한 기색이 역력했다. 서글픔과 우울함이 깔린 그늘진 낯빛이었다. 그를 만난 후 처음 대하는 얼굴이라 가연은 당황했다. 손에 든 약재를 내려놓고 그에게 다가갔다.

"황궁에서 좋지 않은 일이 있으셨습니까?"

감고 있던 눈을 뜬 진혁은 자신을 보고 있는 가연의 눈망울을 보았다. 서로 속내를 감추고 있지만, 그녀의 눈망울에 담긴 걱정은 진심이었다.

"혹, 침전에서 마약을 흡입하신 것입니까? 앵속은 독하긴 하나, 일시간의 흡입으로는 중독까지 가지 않으니, 다른 약을 드시는 것보다 잠시 쉬시는 것이 나을 것입니다. 따뜻한 차를 준비하겠습니다."

진혁은 차를 준비하려 나가려는 가연을 품에 끌어안았다. 틀어 올린 작은 머리를 제 가슴팍에 단단히 끌어다 붙였다. 맞닿아 있는 진혁의 가슴팍에서 전해지는 심장 고동 소리가 가연의 귀에는 오늘따라 무겁게 들렸다.

"……누워 있는 황제를 보고 옛일이 떠올랐다."

정수리에서 들려오는 음성이 너무나 무거워 바닥에 짓눌리는 듯했다.

"내 부친과 모친은 수많은 습격자들을 상대하면서도 날 지키기 위해 최선을 다하셨다. 모친은 마지막으로 자신의 피로 진을 그리면서까지 날 살리려 하셨지. 난 모친의 피로 그려진 진 위에서 부친의 숨이 다하는 모습을 지켜보았었다. 부친의 검에 산처럼 쌓인 시신들과, 천천히 식어가는 부친과 모친의 시신 속에서 절망했었다."

그 수많은 피를 어찌 잊을까. 진득하게 달라붙던 썩은 피 내음들. 굴강하게 버티어 최후까지 쓰러지지 않았던 부친의 뒷모습을, 자신의 피로 어린 아들을 살리기 위해 간신히 손을 움직이시던 모친의 마지막을.

약에 절어 제대로 숨도 쉴 수 없는 상황에서도 옥새를 내어주지 않으려는 황제의 모습에서 아들을 살리려는 아비의 모습을 보았다. 제 부친과 모친처럼 혈육을 지키려는 부정(父情)의 몸부림이 덮어두고 있던 과거의 기억을 건드렸다.

아느냐. 지독한 혈해에 빠져 제 스스로를 죽여가고 있던 날 구원해준 것이 너란 것을. 네가 아니었다면, 이미 나란 존재는 스러져 무덤에 백골만 남아 있을 것이다.

진혁은 품에 안고 있는 가연의 다사한 체온에 위안을 받았다. 그녀가 살아 숨 쉬고 있다는 것이 얼마나 기적 같은 일인지. 죽음이란 세상에서 가장 잔혹한 이별이었다. 가연은 진혁이 내보이는 절망에 처음 직면했다. 그가 가지고 있었던 내면의 아픈 상처를. 벽가연이 아닌 서문은설과 같은 상처를 가지고 있는 그의 내면을 보았다.

두 사람은 맞잡고 있는 서로의 온기에서 위안을 얻었다.

의원은 침중한 얼굴로 맥을 보고 있던 손목을 놓았다.

"어떠한가?"

곁에서 매의 눈처럼 살펴보고 있던 주기첨이 기다렸다는 듯 물었다. 의원이 굽은 허리를 펴며 클클 혀를 찼다.

"대체 이분께 무슨 일이 있으셨던 겁니까? 내 육십 평생 의원질을 하면서 여러 환자들을 봤지만, 이분처럼 마약에 급성으로 중독된 이를 본적이라곤 없소이다. 어찌 이리 몸이 망가질 때까지 주변에서 손을 놓고 있었는지 모르겠소."

의원의 타박에 주기첨은 끓어오르는 노화를 간신히 참았다. 뒤에서 살펴보던 홍경호가 조심스레 앞으로 나섰다.

"그리해 대인의 상세가 어떠하신가? 회복하실 수 있으신가?"

바둑 친구로 평소 친하게 지내던 의원은 홍경호의 조심스러운 태도에 서둘러 말했다.

"하루만 더 늦었더라면 큰일이었겠지만, 다행히 최악의 상황은 면한 듯하이."

잔뜩 긴장해 있던 주기첨이 안도의 숨을 내쉬었다. 의원의 말을 함께 듣고 있던 진혁이 다른 질문을 던졌다.

"언제쯤이면 의식을 찾으실 수 있겠소?"

호위 무사처럼 서 있는 진혁을 힐끔 쳐다본 의원이 강팍한 얼굴을 찡그렸다. 장소를 구분하지 않고 함부로 나서는 것을 좋아하지 않는 그는 호위 무사가 앞으로 나서는 것이 고까웠다. 그러다 홍경호가 머리를 마구 휘젓는 것을 보았다. 그의 이마에 식은땀이 한가득 맺혀 있었다. 그에 의원의 얼굴이 더 일그러졌다.

가연이 벌컥 소리를 지르려는 의원을 막았다.

"급한 일이라 그러합니다. 의식을 차리실 때까지 얼마나 걸리겠습니까?"

"크험! 시일을 장담할 수 없소이다! 아무리 급해도 금단 증상을 다스리며 의식을 일깨워야 하니 못해도 반년은 정양을 하며 약재로 몸을 다스려야 하오. 몸이 너무 약해진 상태라 침이나 뜸은 놓을 수가 없소이다. 독한 약도 몸이 받아들일 수 없으니, 몸의 상태를 보면서 약재를 바꾸는 수밖에 없소."

의자에 앉아 있는 주기첨의 몸이 분노를 참지 못해 부들부들 떨렸다. 가연은 눈짓으로 홍경호에게 의원을 데리고 나가라 했다. 필요한 약재들을 구해놓았으니 약탕기에 달이고, 약초를 넣은 뜨거운 욕조를 안으로 들이도록 말해두었다.

홍경호와 머뭇거리는 의원을 붙잡아 밖으로 나간 뒤였다. 그때까지 꾹꾹 눌러 참고 있던 주기첨의 분노가 폭발했다.

"내 반드시 죽일 것이다! 반드시 죽이고야 말리라! 황가의 씨는 단 하나도 살려두지 않을 것이다!"

비통해 하는 황태자의 울분 섞인 맹세를 진혁과 가연은 가만히 듣고
있었다. 지나온 시간 속에서 비슷한 분노와 맹세를 경험했었던 두 사람
은 말없이 상처 입은 용의 울부짖음을 들어주었다.

으리으리한 황금 기둥들 사이로 동녘 하늘에서 올라오는 아침 햇살
이 스며들었다. 오랫동안 황제를 모신 노 내관을 대신해 장인태감이 된
내관은 느릿한 걸음걸이로 건청궁 복도를 나아갔다. 옆머리가 하얗게
센 그의 입가에는 두툼한 헝겊으로 만든 가리개가 씌워져 있었다.

쯧, 매번 환기를 할 때마다 고역이로구나. 그렇다고 다른 이의 손에
맡길 수도 없는 일이고.

어째 매번 향을 태울 때마다 더 독해지는 듯해 침전 안으로 들어가는
것이 꺼려졌다. 그러나 황후마마가 자신에게 내리신 가장 중한 소임이
었다. 자신이 노 내관을 쫓아낼 수 있었던 것도 모두 황후마마의 비호
가 있었기 때문이다. 그러니 결코 황후마마의 심기를 거슬러서는 안 되
었다. 내관의 눈빛이 독사처럼 번득였다.

옥새만 자신이 찾아낸다면 자신의 미래는 아무 걱정이 없을 것인
데……. 황궁을 구석구석 모조리 뒤지게 했지만, 옥새는 고사하고 구
리 동전 하나도 나오지 않았다.

대체 황상께선 옥새를 어디에 감추셨단 말인가.

혹, 노 내관은 알고 있지 않을까.

건청궁의 일이 끝나자마자 후미진 궁에 처박아버린 노 내관을 끌고

오라고 해야겠다. 고신(拷訊)을 가하면 늙은 몸이 얼마나 버틸 것인가. 제가 알고 있는 것은 모두 토설할 것이다. 그리 된다면 차기 황제의 장인태감 자리도 자신에게 돌아올 것이다. 황후마마께서는 셈이 아주 정확하신 분이니, 받으신 것은 절대로 잊지 않으실 것이다.

문을 지키고 있던 경비병들이 건청궁의 문을 열었다. 안으로 들어가기 전부터 매캐한 연기가 눈을 찔렀다. 손을 휘저으며 안으로 들어선 내관은 다른 것은 돌아보지도 않은 채 전각의 창부터 하나씩 열었다. 차가운 아침 바람이 방 안에 있는 고약한 연기를 쓸어 갔다. 어느 정도 바람이 지나간 뒤에야 따가워 눈물이 줄줄 흐르던 눈이 괜찮아졌다. 그럼에도 노 내관은 헝겊가리개를 벗지 않았다. 아주 미약한 향이라도 몸에 좋지 않으니 되도록 조심하는 것이 좋았다.

슬슬 황상을 다그쳐볼까.

약에 중독되어 있으면서도 끝내 버티는 황상의 의지가 대단하다 싶으면서도, 대체 왜 저리 버티는지 이해할 수가 없었다. 어차피 똑같은 자신의 혈육일진대, 누가 황위에 오른들 무슨 상관이란 말인가.

내관은 황제의 목숨이 위중해지고 있다는 것을 알았다. 죽기 전에 옥새의 행방을 알아내야 했다.

내관은 약에 절어 누렇게 뜬 휘장을 걷어냈다.

"폐……?"

텅 비어 있는 침상을 발견한 내관은 눈을 휘둥그레 떴다. 고개를 이리저리 돌리며 넓은 침전 안을 둘러보았다. 아침 햇살에 전각 안이 환히 밝아졌다. 텅 빈 전각의 황량함이 한눈에 들어왔다.

"폐, 폐하! 폐하!"

입가리개에 막혀 소리가 웅얼거리자 손으로 잡아 뜯어내듯 벗었다. 몸이 사시나무처럼 부들부들 떨렸다. 경악으로 커진 동공이 몇 번이나 확인한 침전을 새삼 둘러보았다.

새, 생각을 해야 한다! 생각을!

내관은 부들거리는 다리를 움직여 부리나케 밖으로 달려 나갔다.

'교태전(交泰殿), 교태전으로 가야 한다!'

"화, 황후마마! 황후마마!"

내관의 비명 같은 부르짖음이 건청궁의 높다란 천장을 울렸다.

화장대에 앉아 아침 단장을 공들여 하고 있던 황후는 장인태감이 득달 같이 달려왔다 하자 눈을 반짝였다. 이른 아침부터 황급히 달려와 아뢸 말이 무엇이겠는가.

옥새를 찾았구나!

치장을 위해 달라붙어 있는 궁녀들을 팽개치듯 떨쳐낸 황 황후가 소리쳤다.

"어서 안으로 들여라!"

궁녀가 문을 열자마자 장인태감이 구를 듯이 안으로 뛰어 들어왔다.

"마마! 황후마마!"

황급히 무릎부터 꿇은 내관은 황 황후의 치맛자락 앞에 머리를 조아렸다.

"찾은 게로군! 찾은 게야!"

황후의 들뜬 목소리에 담긴 기대감에 장인태감은 눈을 질끈 감았다. 오늘이 자신의 제삿날이로다.

"어디에 있는 게야? 그것이 지금 어디에 있어?"

"황후마마! 이, 이 일을……."

황 황후의 미간이 살풋 찡그려졌다. 땀투성이인 얼굴로 말도 못 하고 벌벌 떨고 있는 모양새가 못내 수상쩍었다.

"무슨 일인가? 이 시간이면 자넨 건청궁에서 황상을 보필해야 하지 않는가?"

내관이 슬쩍 머리를 들며 주변을 힐끔거렸다.

"모두 나가거라."

황후의 몸단장을 위해 우르르 모여 있던 궁녀들이 황급히 교태전을 나갔다. 황후의 곁에는 그녀의 오랜 심복인 장 상궁만 남았다. 황 황후의 얼굴이 매서워졌다.

"자, 이제 말을 해보아라. 대체 이 시각부터 호들갑을 떠는 이유가 무엇이야?"

"황후마마! 큰일 났습니다! 화, 황상께서 사라지셨습니다!"

황 황후의 혈색 좋던 얼굴이 하얗게 탈색되었다. 곁에 시립해 있던 장 상궁도 기겁했다.

"그게 무슨 말이오? 황상께서 사라지셨다니? 건청궁에 계셔야 할 황상께서 어디로 사라지셨단 말이오?

"그게, 나도 모르네. 분명 지난밤 향료를 갈 때까지 침상에 누워 계시는 것을 보고 나왔으이. 문밖에 있는 경비병들은 물론이고, 건청궁을 에워싸고 있는 무사들이 얼마인가? 헌데 그들도 아무 이상을 느끼지 못했다고 하네. 그러니 귀신이 곡할 노릇이지 않나."

주변을 샅샅이 뒤졌다. 편편한 바닥 돌을 파내어 그 안을 뒤집어엎으라는 명까지 내렸다. 그러나 하늘로 솟았는지, 땅으로 꺼졌는지 황상의 머리카락 한 올 건지지 못했다. 내관은 경직된 얼굴로 황 황후에게 매달렸다.

"황후마마, 이 일을 어찌합니까? 황상의 부재를 어찌해야 할지?"

황 황후는 신형을 돌렸다.

"황후마마!"

"마마! 어디로 가십니까?"

장 상궁이 황급히 달려 나가는 황후의 뒤를 쫓았다. 머리도 제대로 올리지 않은 황후는 치렁치렁한 머리채를 날리며 건청궁으로 달려갔다. 무릎을 조아리는 병사와 궁녀들의 인사 따위 눈에 들어오지도 않았다. 건청궁의 문을 두 손으로 활짝 밀어젖힌 그녀는 안으로 달려 들어갔다. 아침 바람에 실내 공기가 바뀌어 향내는 거의 나지 않았다. 그녀는 눈을 감고도 그릴 수 있는 건청궁을 이리저리 살폈다. 어디에서도 지아비의 모습은 보이지 않았다. 팔 하나도 제대로 들어 올리지 못하는 황제였다. 제 발로 건청궁에서 사라졌을 리가 없었다.

"헉헉! 황후마마!"

장 상궁이 헉헉거리며 달려왔다. 심상치 않은 일이라 주변의 눈들부터 치우라 아랫것들에게 지시해두었다.

황 황후는 머리를 꼿꼿이 세우며 황제가 누워 있었던 침상을 노려보았다.

"장 상궁."

"예, 황후마마."

장 상궁은 황급히 허리를 숙였다. 차갑게 떨어지는 음성이 심상치 않아 몸을 사렸다.

"당장 사가에 사람을 보내 재상을 모셔오너라. 화급한 일이니 당장 궁으로 듭시라 말씀 드려라."

"예, 당장 날랜 이로 보내겠습니다."

급박하게 돌아가는 황궁의 상황과 달리 북경 지부에 머물고 있는 진혁과 가연은 오랜만에 짧디짧은 여유를 가질 수 있었다. 다급하게 떠나온 북경행의 처음 목적이었던 황태자와의 만남도 끝났다. 아직 마무리가 남아 있지만, 마지막 순간에 슬쩍 힘을 보태면 황실의 바람은 찻잔 속의 태풍처럼 쉬이 가라앉을 것이다.

의원과 함께 황제에게 매달려 있던 가연은 황제가 잠이 든 것을 확인하자 북경 지부의 창고들을 점검하고 나섰다. 진혁은 호위 무사처럼 그녀의 뒤에 붙어 함께 다녔다. 한 손에는 세필을, 다른 한 손에는 장부를 들고서 창고의 선반들을 하나씩 확인하는 모양새가 만고당에서 만났을 때의 모습을 연상시켰다.

흑단으로 만든 장신구 함을 구석구석 꼼꼼히 살펴본 가연은 고개를 끄덕이며 세필로 장부에 상(上)이라고 기입했다. 아무래도 고관들과의 거래가 많은 지부이다 보니, 창고들에 보관되어 있는 물건들의 상태가 아주 좋았다.

가연은 선반 제일 위쪽에 있는 작은 함을 꺼내기 위해 팔을 뻗었다. 그러나 높은 선반 위에 있는지라 힘껏 손을 뻗어도 닿지 않았다.

"이, 익······."

발뒤꿈치를 있는 힘껏 들었다. 그래도 한참이나 모자랐다. 뒤에서 가만히 보고 있던 진혁이 앞으로 성큼 나섰다. 그녀의 뒤에 바짝 붙어 선 그가 팔을 뻗어 단번에 함을 집었다. 놀란 가연이 돌아봤다. 진혁이 손에 든 함을 내밀었다.

"감사합니다."

"천만에. 예전에 누군가에게도 비슷한 도움을 준 적이 있지. 그때 다음에 만나면 빚을 갚겠다고 큰소리치던 이가 생각나는군."

합을 받아들던 가연의 손길이 살짝 흔들렸다. 진혁이 말하는 사람이 누구인지 모를 수가 없었다. 십여 년이라는 시간이 지났는데도, 왜 지난 추억들은 하나도 잊히지 않는 것일까. 그날의 금목서 향이 아직도 아련히 남아 있는 듯했다.

가연은 시선을 피하며 함에 묻은 먼지를 손바닥으로 훔쳤다.

"큰소리를 쳤다 하니, 분명 받은 빚을 잊지 않고 갚을 것입니다."

"갚지 않으면?"

진혁이 놀리듯 물었다.

"······그렇다 해도 어쩔 수 없지요. 상대방의 큰소리만 믿고 아무런 공증도 하지 않으셨으니."

"결국 상대방의 마음먹기에 달렸다는 말이로군."

가연은 함을 제대로 확인하지도 못하고 다시 선반 중간에 올려놓았다.

"그나저나 이리 시간을 보내셔도 괜찮으십니까? 황제 폐하의 의식이 회복되려면 시일이 걸린다 하니, 아무래도 황태자 전하께 불리한 상황일 텐데요."

황궁을 살피는 이들의 말로는 황궁의 분위기가 점점 살벌해지고 있다고 했다. 황궁을 에워싼 군사들의 숫자도 늘어나고 드나드는 이들의 검문검색도 강화되었다. 그로 인해 덩달아 북경의 공기도 경직되었다. 황궁에서부터 시작된 불안한 공기가 전염병처럼 퍼져나가 북경 성도를 잠식했다. 일반 백성들도 슬슬 황궁에서 심상치 않은 일이 벌어지고 있다는 것을 느끼기 시작했다.

"지금은 황태자가 미끼가 되어줄 차례이니, 어쩔 수 없지."

"부러 저들이 물어뜯을 기회를 주고 있다는 뜻입니까?"

진혁이 고개를 한 번 끄덕였다.

현재는 황 재상이 주축이 되어 은밀히 황제 시해의 범인으로 황태자를 몰아가고 있었다. 그 뒤에서는 황후와 그녀의 손을 잡은 몇몇 황족들까지 나서서 황태자를 옥죄고 있었다. 증거와 증인도 없었지만, 황 재상과 황후의 입김으로 조작된 증인과 증거가 나왔다. 조만간 종친회가 열리고 대전 회의에서 황태자의 폐위 문제가 논해질 것이라 했다.

"하지만 황 재상이 만들어낸 증인과 증거를 뒤엎을 수 있는 방법이 없지 않습니까?"

"가장 강력한 증인이 있지."

"누구……? 설마?"

가연이 의아해 하다 말뜻을 이해한 듯 깜짝 놀랐다.

"가장 확실한 방법이지."

"물론 그야 그렇지만……."

"걱정할 것 없다. 이미 황태자의 수신위들이 은밀히 움직이고 있으니까. 내가 북경에 머물고 있는 것은 황가의 일이 어찌 처결될지 직접 확인하고 잠시 부탁할 것이 있어서다."

그리고 무림 대회 전의 짧은 여유를 즐기기 위해서였다. 다시 무한으로 돌아가면 무림 대회가 끝날 때까지 주변을 돌아볼 여유도 없을 것이다. 어차피 한바탕의 피바람을 피할 수 없을 터.

태자궁은 격리되다시피 무장을 갖춘 병사들에 의해 포위되어 있었다. 원래 황제가 병상에 누운 후로 유폐라도 당한 듯한 형상이었지만, 지금은 그때보다 몇 갑절은 더 삼엄한 감금을 당하고 있었다. 태자궁의 사람은 한 명도 궁 밖으로 나올 수 없었고, 황후와 재상의 허락이 없는 이는 안으로 들어갈 수 없었다. 그야말로 황태자라는 신분에 어울리지 않는 대역 죄인과 같은 대우였다.

태자궁의 지붕에 역귀가 앉아 있다는 흉문이 황궁 내에 좌악 퍼졌다. 태자궁 소속의 내관과 궁녀들은 태자궁을 떠나지도 못한 채 언제 자신들이 죽을지 겁에 질려 있었다. 세상의 인심도 야박하지만, 황궁의 인심은 비정하기까지 했다. 미래의 권력이라 믿고 빌붙던 이들이 한발 먼저 발을 빼기 시작했다. 궁녀와 내관들도 태자궁과 연관되어 있는 자들은 거들떠보지도 않았다. 그 대신 황후 소생의 이황자 궁만이 사람들의 드나듦으로 문지방이 닳아 없어질 지경이었다. 누가 봐도 황태자는 지는 해였다.

태자궁의 불빛이 어둠침침했다. 환한 불빛 주변으로 어둠이 몰려와 불빛이 나아갈 길을 틀어막고 있는 듯했다.

넓은 방 안의 원탁에 홀로 앉아 있는 태자는 술병을 기울였다. 술병의 긴 주둥이를 따라 맑은 술이 흘러나왔다. 평시라면 곁에서 시중드는 내관이나 궁녀가 있겠지만, 자신의 명으로 모두 내보냈다. 불안한 얼굴로 눈치를 살피는 것이 보기 싫었다.

훗, 그중 몇은 황후전에서 드리운 줄을 구명줄인 줄 알고 붙잡았을 테지.

"아주 한가롭군."

불쑥 허공에서 뚝 떨어진 것처럼 원탁 앞에 진혁이 나타났다.

"왔군."

태자가 빈 술잔을 들어 그가 있는 쪽으로 딱 소리를 내며 내려놓았다. 그는 술병을 들어 빈 잔을 채웠다.

"그렇지 않아도 혼자 마시려니 적적하던 참이었는데, 잘됐군."

태자는 자신의 잔도 채웠다. 그러나 진혁은 술친구나 하자고 야밤에 황궁의 높은 담을 넘은 것이 아니었다.

"대체 그런 쓰레기들을 왜 만고당으로 가지고 오는 거지? 만고당을 쓰레기 처리장으로 생각한 것이냐?"

"쓰레기라니? 그들을 어찌 단순한 쓰레기로만 볼 수 있을까? 내 목숨을 잡고 있는 구명줄인 것을."

태자는 자조의 빛을 보이며 손에 든 술잔을 비웠다. 진혁의 무심한 표정에 짜증스럽다는 기색이 언뜻 떠올랐다 사라졌다. 세상에서 자신보다 잘난 이는 없다며 오만하게 세상을 내려다보던 녀석에게서 못난 소리가 나오니 듣기 싫었다. 오만한 자는 죽을 때까지 그 모습 그대로인 것이 어울렸다.

맞은편 자리에 앉은 진혁은 제 앞에 놓인 술잔에 손도 대지 않았다.

"어울리지 않게 웬 자학이냐? 구명줄이라는 그들을 잡아놓았으니, 지금의 상황은 곧 뒤집힐 터인데."

"진정 그리 생각하나?"

술잔을 내려놓은 주기첨이 흐릿하던 눈빛을 차갑게 번득이며 되물었다. 진혁은 안언으로 죄어쳐 물어오는 주기첨을 침묵하며 묵묵히 바라보았다.

"큭!"

주기첨이 고개를 뒤로 젖히며 어깨를 움찔거렸다. 숨죽인 웃음소리가 흘러나오더니 점점 울부짖듯 커졌다.

"크하하핫! 하하하!"

머리를 내저으며 미친 사람처럼 앙천대소(仰天大笑)했다. 기괴한 웃음소리에 적막한 공간이 흔들렸다.

"하하! 이것 보라고! 말한 자네도 스스로 얼마나 터무니없는 말인지 인정할 수밖에 없지 않나. 그들은 자네 말대로 쓰레기들에 불과해. 그리고 난 그런 쓰레기들이라도 붙잡아 어떻게든 발버둥치려고 하는 거지."

바로 나!

이 나라의 태자인 내가!

"빌어먹을!"

주기첨이 울분을 터트리며 탁자 위를 쓸어버렸다. 술병과 그릇들이 요란한 소리를 내며 바닥에 떨어져 깨졌다. 그의 생각보다 황후의 입김이 닿은 종친들이 너무 많았다. 대세를 좌우할 정도로.

설마하니 종친으로서 태자인 자신이 아니라 황후의 손을 잡을 줄은 몰랐다. 그나마 남경왕부(南京王府)의 황숙이 버티고 있기에 황후의 편에 선 종친회가 전면에 나서지 못하고 있는 것이다. 허나, 황후가 부황 시해라는 명분을 들고 나온 이상 황숙도 더 이상은 버티지 못할 터. 오히려 그와 한통속이라 하여 함께 숙청당할 공산이 컸다.

주기첨의 흥분이 가라앉을 때까지 기다린 진혁이 천천히 입을 떼었다.

"내 생각엔 차라리 잘되었다 싶은데."

"잘되었다니? 지금 이 상황이 자네 눈에는 잘되었다고 보이나?"

주기첨이 버럭 내지르려는 고함을 참았다.

"옥석이 가려지지 않았나? 적아가 확실하게 구분되었으니 망설일 것이 없지. 종친들 중에서도 끊어내야 할 자가 분명해졌고, 금의위와 어림군 등 군부 내의 세력들도 갈라져 있으니. 차후 누굴 버리고 누굴 중용해야 할지 고민해야 할 필요가 없어졌다."

분명 진혁의 말도 맞았다. 그동안 황후와 황태자 사이를 오가며 서로 눈치만 살피던 이들이 이번 사태를 기회로 뚜렷하게 갈라졌다. 비록 소수이긴 하나, 황후와 외척을 경계하고 태자를 옹호하는 이들도 분명히 존재했다.

"허나 그것도 지금의 상황을 반전시킬 수 있을 때의 얘기지!"

주기첨이 답답한 듯 꽉 움켜쥔 주먹으로 탁자를 내려쳤다. 지금처럼 자신의 무기력함을 느껴본 적이 없었다. 단단하다 생각했던 자신의 기반이 기실 부황의 엄호가 있었기에 가능하다는 것을 절감했다.

진혁이 무겁게 고개를 끄덕거렸다.

"그래. 네 말이 맞다. 내가 말한 대로 행하려면 네가 제자리를 찾은 다음에라야 가능할 터. 이 상황을 타개할 수 있는 이는 단 한 분뿐이다."

"뭐? 그게 무슨 말이냐? 누가……?"

놀라 연거푸 물어대던 주기첨은 딱딱하기 이를 데 없는 진혁의 얼굴을 보고 천천히 말끝을 흐렸다. 반색하던 얼굴이 다시금 어두워졌다. 자신이라고 '어쩌면'이라는 기적을 생각해보지 않았겠는가.

"너도 듣지 않았느냐? 부황의 의식이 돌아오려면 못해도 보름은 지나야 한다 했다."

진혁은 가타부타 말없이 주기첨을 바라보았다. 석상처럼 가만히 앉아 있는데도 그에게서 무거운 기운이 전해졌다.

"다른 방법이 있나?"

주기첨은 큰 소리로 다시 물었다.

"부황의 의식을 깨우는 방법이 있나 묻고 있다!"

주기첨이 참지 못하고 발작하듯 몸을 일으키려고 할 때였다. 답답하게 침묵을 지키고 있던 진혁이 느릿느릿 말문을 열었다.

"그래. 방법이 아주 없지는 않다."

"그것을 알고 있으면서 여직 입을 다물고 있었단 말이냐! 아니, 그게 중요한 것이 아니지! 방법이 무엇이냐? 부황의 의식을 깨울 수 있는 방법이 무엇이야?"

주기첨의 다그침에도 진혁은 평정심을 무너뜨리지 않았다. 두 사람 중 한 명은 차가운 이성을 지키고 있어야 하기에.

"일단 이것만은 알아둬라. 무엇이든 편법에는 그에 상응하는 반작용이 있다는 걸. 내가 말하는 방법도 편법이고, 그만큼 본인이 감당해야 할 부담감도 크다."

흥분으로 달아올랐던 주기첨의 얼굴이 차갑게 식었다.

"자세히 말해라."

"황제 폐하의 본원진기를 강제로 활성화시켜 잃어버린 의식을 일깨우는 거다. 하지만 원기를 소진시키는 것이니, 그만큼 수명이 깎이는 것을 감수해야 할 것이다."

"얼마나?"

진혁이 고개를 저었다.

"모른다. 당사자의 몸 상태에 따라 다르겠지. 허나, 황제 폐하는 현재 최악의 상태이시니, 어쩌면 의식을 차리신 후, 진기가 소진되면 영영 못 깨어나실 수도 있다."

진혁의 말을 들으면 들을수록 주기첨의 얼굴이 새하얗게 창백해졌다. 탁자에 얹어놓은 주먹이 그의 감정을 보여주듯 덜덜 떨며 경련을 일으켰다.

"시간은 얼마나? 의식을 차리시면, 얼마나 유지를 하실 수 있나?"

"길면 반 시진(한 시간), 짧으면 이 각(30분) 정도."

아비의 목숨을 손바닥 위에 올리고 굴리는 형상이었다. 그야말로 하늘에 운을 맡겨야 하는 일.

"결정은 네 몫이다. 네가 어떤 선택을 하든 따를 것이다."

비록 그로 인해 황실과 전면전을 벌여야 할지도 모르지만.

항상 반듯하던 주기첨의 얼굴이 처참하게 일그러졌다. 비록 황후에게 몰려 있는 상황에서도 자조의 기색을 흘리긴 했지만, 제 스스로를 바닥에까지 내팽개치지는 않았던 그였다. 그러나 아비의 목숨줄을 쥐고서 결정을 내려야 한다 하나, 참담하게 일그러지는 얼굴을 어찌할 수가 없었다.

어이해! 이런 참담한 지경에까지 이르렀는가! 어찌 내 손으로 부황의 수명을 잘라내야 한단 말인가!

주기첨은 파랗게 질린 입술을 짓이기듯 씹었다. 맞은편에 앉아 있는 진혁의 무심한 눈길을 감당할 수 없다는 듯 눈을 감아버렸다. 마치 제 더러운 속내를 헤집어 보는 듯한 눈빛이라 마주 보기가 힘들었다.

몇 번 입술을 달싹이다 다시 다물길 반복하던 주기첨은 촛대의 초가 한 마디나 짧아진 뒤에야 눈을 떴다. 진혁만큼 무심한 눈길을 한 그는 어지럽게 흔들리던 갈등을 깔끔하게 정리한 듯했다.

진혁은 그가 입을 열지 않아도 어떤 결정을 내렸는지 알 것 같았다.

자신이라 해도 똑같은 결정을 내렸을 것이다. 한 나라의 태자라면 당연히 내려야 할 결정이리라.

"내일 종친들과 신료들이 대전에 모인다. 의제는 부황의 실종을 논한다는 것이지만, 핵심은 날 폐하고 새로운 황태자를 정하는 것이지. 그리고 비어 있는 옥좌를 하루라도 빨리 채우기 위해 부황의 승하를 선언하려 들겠지. 그리해야 새 황제를 올릴 수 있고, 황후가 황태후로서 섭정을 할 수 있을 테니."

주기첨은 긴 숨을 내쉬었다. 미련과 갈등을 모두 긴 숨에 담아 쏟아냈다.

"대전 회의는 오시[2](午時)에 열린다. 아마 날 물어뜯기 위해 만반의 준비를 갖추고 있을 것이다."

"알았다. 그에 맞춰서 이쪽도 준비를 하지."

진혁은 원하는 대답을 듣자 미련 없이 자리에서 일어났다. 감시하는 눈길을 피해 은신술로 빠져나온 진혁은 태자궁의 지붕에 몸을 세웠다. 기왓장 아래에서 사내의 흐느끼는 울음소리가 올라왔다.

용의 눈물이라. 그만큼 적들은 피눈물을 흘리겠구나. 벌써부터 내일 흘릴 피 내음이 물씬 맡아지는 듯했다.

황후는 초조하게 황후전을 서성거렸다. 보모상궁이 어린 황자를 안

2) 오전 11시~오후 1시

아 재우고 있었지만 황후의 눈에는 들어오지 않았다.

"아직 대전에서는 아무런 소식이 없느냐?"

"예, 황후마마. 회의가 길어지고 있다 합니다."

궁녀의 보고에 황후는 미간을 찡그렸다. 바닥에 깐 양탄자가 닳도록 서성거릴 때마다 머리에 꽂아둔 장식들이 불안하게 흔들렸다. 곱게 손질한 손톱을 잘근잘근 씹으며 대전이 있는 방향을 쳐다보았다.

금방 논의가 끝날 것이라 여겼더니, 남경왕이 발목을 붙잡는구나. 대체 그 늙은이는 왜 나서는 것인지…… . 태자와 마찬가지로 이 황자도 똑같은 황상의 핏줄을 타고 났건만, 시시콜콜 따져 물으며 태자만을 보호하려 드는 연유가 무엇이란 말인가.

태자 다음에는 남경왕부터 쳐내야 할 터. 황후의 눈빛이 독랄하게 번득였다.

"으, 잉! 으!"

잠투정이 심한 이 황자가 보모상궁의 품에서 몸부림을 치다 울음을 터트렸다. 목청 큰 아이의 울음소리에 황후전의 소리가 묻혔다. 황후는 있는 대로 눈살을 찌푸리며 보모상궁을 노려보았다.

"당장 황자를 달래 울음을 멈추게 하라! 황자의 시끄러운 울음소리에 머리가 아파오지 않느냐!"

우는 아이에게 다가가 직접 달래주어야겠다는 생각보다 머리가 깨질 듯 아프다는 생각부터 들었다. 새 부리로 꼭꼭 찔어대는 것도 아이의 울음소리보다는 덜 시끄러울 것이다. 황후는 아이가 싫었다. 손도 많이 가고 시시때때로 울어대는 어린 것이 거추장스러웠다. 황후의 입지를 다지기 위한 것이 아니었다면 회임도 하지 않았을 것이다. 자신을 지상에서 가장 높은 자리에 올려줄 수단이자 목표였기에 황자를 낳았을 뿐이다.

매서운 황후의 지적에 보모상궁은 당황하며 황자를 달랬다. 한창 잠투정이 심할 시기인지라 잠이 들 때마다 어린 황자는 울음보를 터트렸다. 보모상궁은 황자를 가슴에 안아 등을 가볍게 두드리며 눈물을 닦아 주었다.

천장이 흔들릴 정도로 시끄러운 황자의 울음소리 탓인지, 황후전을 향해 뛰어오는 발소리를 미처 듣지 못했다. 황후전을 지키고 있던 내관들이 가까이 달려오는 무장들을 보고 화들짝 놀랐다.

"황후마마! 황후마마!"

내관이 허락도 받지 않고 안으로 달려 들어왔다. 가뜩이나 기분이 좋지 않던 황후는 사나운 눈길로 바닥에 털썩 앉아 머리를 조아리는 내관을 보았다.

"무슨 일인데 이리 호들갑이냐?"

"황후마마! 갑주를 입은 무장들이 황후전 밖을 에워싸고 있습니다."

관자놀이를 꾹꾹 누르고 있던 황후가 휙 고개를 돌렸다.

"그게 무슨 말이냐? 무장들이라니?"

"소인도 모르겠습니다."

왕후는 내관을 버려두고 전각 밖으로 나왔다. 내관의 말대로 황후전 주변은 무장들에 의해 꽁꽁 에워싸여 있었다.

"대체 이게 무슨 짓들이냐? 대체 누구의 명을 받고 황후전에 이 많은 병사들을 투입한 것이냐?"

무장들을 헤치며 한 장수가 앞으로 나왔다. 그는 황후이기에 지켜야 할 최소한의 예라는 듯 건성으로 허리를 숙였다.

"황후마마를 뵙습니다."

"그대는 누군가?"

"소장 어림친위군 소속의 부장을 맡고 있습니다. 다른 명이 떨어질 때까지 황후전을 철통같이 보호하라는 명을 받았습니다."

황 황후는 불길함을 느꼈다. 보호라고 했지만, 감시처럼 다가왔다. 게다가 어림친위군을 움직일 수 있는 이가 누구인가.

황 황후의 눈이 충격으로 휘둥그레졌다.

"대체 누구의 명을 받았단 말이냐?"

"그야 황제 폐하의 어명을 받았습지요."

二十一章

여파(餘波), 찰나의 휴식

　황후는 냉궁에 유폐되었다. 황후로서 보여야 할 위신과 체면을 모두 내동댕이친 채 온몸으로 반항하며 고함을 내지르다 시위들에게 질질 끌려 나갔다. 그나마 황후의 사정은 대전에 있는 그녀의 혈족들에 비해서는 나은 편이었다. 아주 잠시나마 생을 연장할 수 있었기에.

　그 시각, 대전 바닥에 무릎이 꿇린 황 재상과 아들은 황제의 눈앞에서 참수를 당했다. 오늘로 황태자의 죄를 물어 그 자리에서 끌어내리고, 자신들의 영화를 만대에 걸쳐 공고히 다지겠다 오만하게 으스대며 들어섰던 두 사람은 설마 자신들의 목이 대전 바닥으로 떨어질 줄은 상상하지도 못했다. 목이 잘리는 순간에도 믿을 수 없었는지 바닥에 구르는 머리의 두 눈이 경악으로 부릅뜨여 있었다.

　그처럼 실종되었다 돌아온 황제의 등장은 극적이었다. 황친들과 대신들에게 일방적으로 몰리던 황태자의 상황을 완벽하게 뒤집는 한 수였다. 해골처럼 깡마른 얼굴에 초췌한 기색이 역력했지만, 황제는 평소보다 더한 위엄으로 황가에 매수된 황친들과 대신들을 처리했다. 그리고 옥새까지 황태자에게 넘겼다. 황제의 권한을 넘겨받은 황태자는 망설이지 않고서 갈고 있던 칼을 뽑아 들었다.

황제가 대전에서 물러난 후 반 시진도 지나지 않아 내관이 달려와 황제의 붕어를 알렸다. 그러나 황태자는 눈물 한 방울 흘리지 않은 채 이번 사건에 관련된 자들을 한 명도 빠짐없이 잡아들이라 명했다. 사방으로 달려간 시위들이 북경 성내에 있는 하급 관리들부터 황친들까지 잡아들이기 시작했다. 국문장에는 비명 소리가 끊이지 않았고, 뇌옥은 잡혀온 죄인들로 넘쳐났다.

진혁이 황궁을 나설 때는 어느새 하늘의 해가 진 후였다. 익숙한 피 냄새와 비명 소리였지만, 접할 때마다 역겨운 것은 똑같았다. 새 황제의 시대인가. 부디 새 황제가 그의 길과 부딪치지 않기를……. 아직은 단단하지 못한 자신의 기반을 다지려면 대야성을 적으로 돌릴 수는 없을 것이다.

진혁은 머릿속으로 새 황제와의 관계를 다시금 정립했다. 그와 나눈 계약들도…….

"이제 오십니까?"

상점에 나와 있던 가연이 안으로 들어오는 진혁을 맞았다. 북경 상점에서 일하는 평범한 여염집 여인처럼 수수한 차림새인 그녀는 언제나 있었던 사람처럼 어색함 없이 가게에 스며들었다. 가연은 진혁의 얼굴을 한참 동안 바라보았다. 다른 이들은 무심한 얼굴을 보고 지나쳤을 테지만, 그녀는 이제 조금씩 그의 얼굴을 읽을 수 있었다. 마치, 둘둘 말린 화첩을 조금씩 풀어 펼치는 것처럼. 그것이 당혹스러우면서도 마음 한편으로 기쁘기도 했다.

가연은 황궁의 일에 대해서는 묻지 않았다. 진혁이 무사히 북경 지부의 정문으로 들어온 것으로 황궁의 일이 잘 정리되었다는 것을 알았다. 그것으로 된 것이다. 그사이의 세세한 사정들이야 자신이 알아 무엇할까. 들은들 기분 좋은 이야기가 아니니 듣지 않은 만 못하리라.

"마침 저녁때이지 않습니까? 음식을 준비했으니 식사를 하시지요."

하늘 아래 그를 위해(危害)할 것이 있을까 싶으면서도, 아무리 강하다 하나 사람인 이상 어찌 상할 일이 없을까 싶은 마음이 번갈아가며 그녀를 괴롭혔다. 대관절 그가 무엇이라고? 떠날 때가 다가오니 마음이 심란하여 그런 것이리라. 그리 다독이면서도 하루 종일 몸을 가만히 두지 않았다. 이미 확인한 창고를 다시 열어 안을 헤집었다. 상점에 나와 손님들을 상대하고 부엌에 들어가 식칼을 들었다. 덕분에 홍경호는 누렇게 뜬 얼굴로 그녀의 뒤꽁무니를 좇아다녔다.

상점 안쪽에 있는 작은 방에 저녁상이 차려졌다. 상은 단출했다. 돼지고기를 갈아 빚어 완자로 만든 맑은 탕에 청경채와 버섯을 기름에 볶은 소채가 한 접시, 그리고 얇은 피에 새우를 다져 넣은 교자가 놓여 있었다. 금방 한 듯 따끈따끈한 훈기가 올라왔다.

"내가 때를 잘 맞췄군."

비싸고 귀한 재료가 아니라, 어디서든지 쉽게 구할 수 있는 재료에 요리법도 간단한 것들이었다. 그러나 맛있는 냄새를 풍기며 식욕을 자극했다. 그제야 진혁은 새벽에 궁에 들어가 차나 술을 빼고는 아무것도 먹지 못했다는 것을 떠올렸다.

진혁이 자리에 앉았다. 가연은 작은 국자를 들어 빈 그릇에 완자탕을 덜어주었다. 진혁은 제 앞에 놓인 숟가락을 들어 따뜻한 국물부터 한 모금 마셨다. 완자를 넣었는데도 고기 특유의 누린내가 나지 않았다. 따뜻한 국물이 빈속을 부드럽게 달래주었다. 기름에 볶은 청경채는 아삭한 식감을 잃지 않았고, 버섯도 질기지 않았다. 새우의 붉은 속살이 비치는 얇은 교자를 한 입 물자 탱글탱글한 새우살이 씹히며 고소한 육즙을 냈다.

"맛있군."

"입맛에 맞으신다니 다행입니다."

젓가락질이 분주하지는 않지만, 꾸준히 오가는 것이 단순한 인사치레만은 아닌 듯했다. 부엌에서 식칼을 들고 종종걸음을 친 것이 헛된 일이 아닌 듯해 가연은 속으로 기뻤다. 별다른 말이 오간 것이 아닌데도, 작은 방 안의 공기가 다사해졌다.

접시들의 바닥이 보일 때쯤이었다. 오랜만에 기분 좋게 배를 채운 두 사람은 마지막으로 따뜻한 차를 마셨다. 하급은 아니나 평범한 중급의 말리차였다.

"당주님, 홍가입니다."

두 사람이 함께 있다는 얘기를 들은 홍경호가 방 밖에서 기척을 냈다.

"들어오십시오."

홍경호와 허드렛일을 맡아 하는 시비 아이도 함께 들어왔다. 시비는 빈 접시들을 소반에 담아 가져갔다.

"식사는 맛있게 하셨습니까?"

홍경호가 진혁을 보며 의뭉스레 물었다. 이미 시비가 들고 가는 접시들이 하나같이 비워진 것을 보았다.

"오랜만에 편히 먹었다."

편히라……. 흰색이 드문드문 섞인 홍경호의 눈썹 끝이 미미하게 축 처졌다. 뭐랄까. 눈앞에 있는 청년이 누구인지 잘 알고 있음에도, 그 삶의 고단함이 보여 당치않게도 안쓰러운 마음이 들었다. 그러다 그런 제 모습에 화들짝 놀라길 반복했다.

"다행이군요. 그렇지 않습니까, 당주?"

진혁이 무슨 말이냐는 듯 홍경호를 보았다.

"저녁에 올라간 요리들은 모두 당주님께서 부엌에서 직접 하신 것들입니다."

"그대가?"

진혁은 놀라 가연을 돌아보았다. 설마, 언제나처럼 부엌의 찬모가 요리를 했을 거라 여겼다.

"별거 아니니 신경 쓰지 마십시오. 오랜만에 칼을 잡아 음식을 망치지는 않을까 걱정이었는데, 다행히 입맛에 맞으신 듯해 한시름 놓았습니다."

정말이다. 은연중 기름에 볶고 교자피를 만들면서도 불안해 하고 있었다. 그리해 부러 더욱 부산하게 움직인 듯했다.

"그대의 실력이 이리 뛰어난지 몰랐다."

"당주님의 요리 실력은 일류 숙수에 버금갈 정도입니다. 화려하지는 않지만, 재료가 가진 맛을 잘 살리시지요."

홍경호는 기회를 놓치지 않고 가연을 띄웠다. 북경에도 무한에서의 소문이 들려왔다. 대야성의 회오리 중심에 당주가 있어 노심초사하고 있는 하 총관이 가끔 하소연하듯 장문의 서찰을 보내기도 했다.

무한에서 멀리 떨어진 곳에서 둘만의 시간을 많이 가지다보면 남녀 사이도 좋아질 것이다. 원래 부부 사이란 것이 자주 얼굴을 보면 볼수록 미운 정이 드는 것이 아닌가.

가연이 자신을 위해 요리를 할 거라고는 생각지 못했다. 아니, 부엌에 출입하는 줄도 몰랐다. 그가 알고 있는 여인들이란 규방에서 할 일 없이 몸단장에 시간을 보내거나 수련장에서 검을 들고 무공을 닦는 이, 이렇게 딱 두 부류였다.

"식사도 끝마치셨으면, 소화도 시키실 겸 잠시 산책을 나가시는 것은 어떻습니까?"

"산책이라니요? 이미 하늘에 달이 뜬 지 한참입니다."

가연이 손을 내저었다. 그러나 홍경호는 가연의 반응은 무시한 채 진혁만을 살펴보았다.

"산책 장소로 추천할 만한 곳이 있는 모양이군."

"예, 성주님. 마침 오늘이 북경의 명물인 야시(夜市)가 열리는 날입지요. 북경 거리가 조금 뒤숭숭하기는 하나, 야시가 열리지 않은 적은 여태껏 없으니 한 번 둘러보시는 것이 어떻겠습니까?"

가연이 아차 하는 표정으로 얼른 날짜를 헤아렸다. 그러고 보니 오늘이 음력 스무날이었다. 북경의 야시는 매달 둥근 보름달이 어느 정도 질 때에야 열렸다.

"깜박하고 있었습니다. 그러고 보니 오늘이 야시가 열리는 날이었군요."

"예, 당주님. 당주님께서도 북경에 오면 종종 구경을 가곤 하지 않으셨습니까? 가끔은 정말 뜻밖의 보물을 건져 오시기도 하셨지요."

그리해 두 사람은 홍경호의 부드러운 강압에 밤 산책을 나서게 되었다. 아직은 쌀쌀한 날씨라 옷가지를 두툼하게 챙겨 입은 두 사람은 야시가 열리는 호동(胡同)의 뒷골목을 향해 천천히 걷기 시작했다.

번화한 상점가는 하루의 장사를 마감하듯 문을 닫는 가게들이 보였다. 북경성 자체의 경비가 강화되어 오가는 사람들의 숫자가 줄어든 탓에 상점들마다 장사가 안 된다고 울상을 지었다. 그와 반대로 불야성을 이루는 곳이 있었다. 사람들이 밖으로 돌아다니지 않자, 기루와 유곽들에는 오히려 사람들이 들어찼다. 한 번 들어온 손님은 몇 날 며칠 동안 기녀를 끼고 앉아 돈을 물 쓰듯이 썼다. 북경성의 돈들이 모두 기루와 유곽으로 몰려 들어가는 것처럼.

야시가 열린 호동까지는 제법 한참 걸어가야 했다.

"홍가가 보물을 건졌다는 말이 무슨 의미지?"

묵묵히 발걸음을 옮기던 진혁이 생각난 듯 침묵을 깨트렸다. 가연이 쿡 소리 죽여 웃음을 터트렸다. 방울소리 같은 맑은 웃음소리에 진혁은 흠칫 놀랐다. 그녀를 만난 후 딱딱하게 경직된 가면을 벗어던지고 이리 웃는 모습을 보는 것은 처음이었다. 그러고 보니 북경에 오고서부터 그녀에게서 맡아지던 향이 조금씩 강해지는 것 같았지.

그의 착각이 아니었다. 정확히는 무한을 떠날 때부터 언뜻언뜻 아른거리던 청아한 향이 하루하루 시간이 지나면서 느끼지 못할 정도로 서서히 강해지고 있었다. 지금은 의식하면 바로 맡을 수 있을 정도였다.

무슨 일이지?

갑작스러운 변화에는 분명 이유가 있을 터.

광의도 가연에게서 나는 체향에 대해서는 알지 못했다. 그의 설명을 듣고서 되레 호기심과 탐구심에 눈을 반짝거렸다. 괜한 문젯거리를 던져준 듯해 슬쩍 걱정이 들 정도로 광의의 지적 호기심은 열렬했다. 맡은 일만 아니었다면 당장 가연을 찾아 달려왔을 것이다.

가연은 재미있는 추억들이 떠올라 깨알 같은 웃음고리를 입가에 매달았다.

"골동품상에게 보물이랄 것이 무엇이겠습니까? 야시의 가판대에서 송대의 몇 점 남지 않은 서첩을 단돈 은 열 냥에 팔려고 내놓았더군요. 아마 가판대의 주인은 그 물건이 그리 귀한 것인 줄 몰랐던 거겠지요. 사실 저도 물건을 보면서도 의심을 하긴 했었지만요. 분명 진품이 맞는데 물건값을 너무 터무니없이 불렀거든요."

"그래서 정말 은자 열 냥에 서첩을 샀나?"

가연의 웃음이 커졌다. 이리 보니 웃음이 커지면 뺨에 희미한 볼우물이 파였다. 웃으니 이제 열아홉인 제 나이대로 보였다.

"차마 양심상 그리 할 수는 없더군요. 아무리 제가 이익을 남겨야 하는 장사치이긴 하나, 물건의 가치를 그렇게까지 떨어뜨려서는 아니 되지요. 하여 은자 대신 금자가 든 전낭을 주고 가져왔습니다. 만고당에 들른 손님이 금자 50냥에 사 갔으니, 그것만으로도 제게는 많이 남는 장사였습니다."

"그것 하나만이 아닐 듯한데."

그녀의 웃음기가 사라질까, 진혁은 다시 화제를 이어 붙였다.

"가끔 그런 물건들을 하나씩 건지긴 했지요. 그래서 홍 지부장이 이번에도 기대하고 있나 봅니다. 어떤 물건을 구해 올지 말입니다."

"두 눈 크게 뜨고 물건들을 살펴봐야겠군."

진혁의 대답에도 희미한 웃음기가 묻어 있었다.

그곳은 이야기책 속에 으레 등장하는 요괴들의 으스스한 소굴이 현실에 뚝 떨어진 듯한 공간이었다. 건장한 성인 남자 둘이 어깨를 나란히 붙이면 딱 끼어버릴 정도로 좁은 골목들이 다닥다닥 붙은 어둑한 거리에, 두툼하거나 길쭉한 짐을 든 사람들이 휘적휘적 나타나기 시작했다. 그들은 약속이라도 한 듯 골목을 찾아 들고 온 짐을 바닥에 펼쳤다. 제대로 된 가판대가 있는 것도 아니었다. 둘둘 말아 들고 온 보퉁이를 그대로 바닥에 펼쳐 조악하기 이를 데 없었다. 그들은 물건 앞에 작은 호롱불을 켜두어 제가 앉은 자리를 밝혔다. 주인들은 하나같이 어둠 속에 숨어 얼굴을 드러내려 하지 않았다. 물건의 종류도 가지가지였다. 북경의 야시는 밖에서 구할 수 없는 은밀한 용도의 물건들도 거래되는 곳이었다. 그래서 아예 가판대에는 아무것도 놓아두지 않는 이도 있었다.

처음 좁은 골목길로 들어섰을 때 진혁의 얼굴이 딱딱해졌다. 와자지껄한 무한의 시장을 생각했던 참에, 야시의 깊은 바다 속 같은 고요함을 이해할 수 없었던 것이다. 가연이 진혁의 손을 잡으며 고개를 가만히 저었다. 아직 야시는 개장하지 않았다.

"조금만 기다리세요."

진혁은 작고 부드러운 손이 자신의 손을 감싸 쥐자 아무 말도 하지 못했다. 자칫 자신의 말 한 마디에 그녀의 손이 떨어져 나갈까 조바심이 일어 입술을 꾹 다물었다. 익숙하고 편안한 공간인 데다 자신들의 신분을 아무도 알지 못하는 곳이라 그러할까, 가연은 단단하게 잠가두고 있던 빗장을 느슨하게 열어두고서 진혁을 대했다. 그것만으로도 진혁은 기꺼웠다. 밤 산책을 권한 홍경호에게 따로 후사(厚賜)를 생각할 정도로.

한 점포에서 희미한 불빛이 밝혀지자, 그것이 신호라도 된 듯 하나씩 옆 가판대로 이어졌다. 좁은 거리에 등을 밝힌 긴 다리가 세워졌다. 그러자 등교(燈橋)가 생기길 기다렸다는 듯 골목 여기저기에서 사람들이 하나씩 나왔다.

야시가 개장한 것이다.

"우리도 가죠. 여기도 늦게 가면 좋은 물건이 다 빠져나가버리니까요."

잔뜩 기합이 들어간 모습이 귀여웠다. 반드시 물건 하나를 건지고야 말겠다는 기세라 진혁은 슬며시 웃음이 나왔다.

이런 것은 어릴 때와 똑같군.

목표가 정해지면 잔뜩 기세를 세우고선 곧장 그것만을 향해 직진을 했었지. 원하던 가지를 손에 넣기 위해 이런저런 방법을 강구하면서 기어이 손에 넣었더랬다. 그럼에도 그녀는 선을 알았다. 어디까지 나아가야 할지, 넘지 말아야 할 선이 어디인지 알고 발을 디뎠다. 인간으로서 가지기 쉽지 않은 품성이었다.

두 사람은 천천히 가판대를 살펴보며 나아갔다. 야시에는 시끄러운 호객꾼이 없었다. 가판대의 주인들도 소리쳐 손님을 부르지 않았다. 그들은 그저 가판대 안쪽에 앉아 손님과 계산만 치렀다. 물건 밑에 적혀 있는 금액이 적당하다 싶으면 손님은 물건을 집어 돈을 건네기만 하면 됐다. 물건에 대한 자세한 설명도 없어 오직 물건을 사 갈 손님의 눈과 식견만이 물건의 가치를 알아볼 수 있었다. 그리해 야시의 소문만을 듣고 온 단순한 뜨내기들은 쓸모없는 물건을 비싸게 사서 땅을 치며 후회하기도 했다. 그러나 야시에 물건의 교환이나 반품은 없었다. 한 번 사 간 물건은 그것으로 끝이었다. 다시 돌아와 물건 값을 내어놓으라 횡포를 부리던 이들은 모두 반병신이 되다시피 해 끌려 나갔다.

가연은 옥 덩어리를 크기별로 다양하게 내어놓은 가판대 앞에서 멈춰 섰다. 그녀가 보고 있는 것은 여러 옥괴 중에서 가장 작은 것이었다. 어린아이의 주먹만 할까. 그런데 그 밑에 적혀 있는 금액은 펼쳐져 있는 여러 옥들 중 가장 높았다. 사내인 진혁의 눈에는 모두 똑같은 옥으로 보였다. 단지 옥 덩이에 들어간 빛깔들이 각자 조금씩 다르다는 것이 차이라면 차이랄까. 진혁은 옥에서 가연에게로 관심을 돌렸다. 아니, 처음부터 그의 관심은 가연에게만 쏠려 있었다. 가판대를 날카롭게 살펴보는 눈길 하며, 주의를 기울일 때에는 미간을 살짝 접는다는 것도 알았다.

진혁은 손을 뻗어 그녀가 보고 있던 옥 덩이를 집었다. 묵묵히 지켜보고만 있는 주인에게 종이에 적힌 금자 두 냥을 건넸다.

"뭐하시는 겁니까?"

"계속 살까 말까 고민하는 듯해, 대신 결정을 내려주었을 뿐이다."

진혁은 옥 덩이를 넣은 주머니를 그녀에게 내밀었다.

"팔면 6대4로 나누지."

당연히 팔릴 물건이라는 듯 진혁은 서로 나눠 가질 배분까지 정했다.

"누가 6입니까?"

"당연히 나지."

"어떻게……. 당연히 만고당이 6이지요. 물건을 내어놓고 판매하는 수수료는 생각지 않으십니까?"

장사꾼으로 돌변한 가연은 이대로 밑지고 거래할 수는 없다는 듯 배분의 부당성을 들먹거렸다. 그러나 진혁도 만만치 않았다.

"그러나 먼저 물건을 손에 넣은 것은 나지. 값을 치른 것도 나고. 그러니 선점권은 내게 있지 않나?"

"허나, 만고당이라는 이름값을 무시할 수는 없지요. 또한 세공비도 듭니다. 설마하니 그 옥 덩이를 그대로 가게에 내어놓으리라 생각하시는 것은 아니시겠지요? 모양 없는 돌덩이를 가게에 내놓는다 하여 사갈 이가 있을 것 같으십니까? 세공 운임을 생각한다면 제가 6을 받아도 손해입니다."

"그럼 거래를 거절하면 되지 않나?"

진혁은 부러 강짜를 놓았다.

"으음……."

가연은 앓는 소리를 내며 진혁이 먹잇감처럼 앞으로 내민 주머니에서 눈을 떼지 못했다. 그냥 포기하려니 옥이 너무 아까웠다. 자신이 제대로 본 것이 맞다면, 세공하기에 따라 부르는 것이 값일 물건이 될 수도 있었다.

"5대5로 하지요."

약간의 손해는 다른 곳에서 충당하면 된다. 이대로 손을 털기에는 먼저 눈에 담은 물건이라 계속 미련이 남을 듯해 안 되겠다. 반반이면 서로 공평하기도 하니.

실상 얼마를 부르던 상관없었던 진혁은 이 이상은 안 된다는 얼굴을 하고 있는 가연을 보고 속으로 웃었다.

"그러지. 5대5."

진혁은 앞으로 내민 가연의 손에 들고 있던 주머니를 건네주었다. 서로 실랑이처럼 밀고 당기던 거래가 타결되자 가연이 환한 웃음을 지었다. 진혁에게는 후일 받을 돈보다 지금의 웃음이 더 가치 있었다. 기실 그에게 돈 따위는 아무런 의미도 없었다.

가연은 주머니를 벌려 안에 든 옥의 상태를 확인했다.

"다른 옥들과 다른가?"

"네. 아무래도 옥중에서 보기 힘들다는 봉황석(鳳凰石)이 맞는 것 같아요."

"봉황석이라면? 특별한 지대에서만 형성되어 옥의 빛깔이 녹빛과 홍빛을 동시에 띤다는 옥 말인가?"

"네. 붉은빛이 옅긴 하지만, 안쪽으로 쪼개보면 분명 점점 더 진한 빛깔을 띨 거예요. 팔찌를 만들기에는 분량이 작으니 쌍지환(雙指環)을 만들면 될 것 같네요. 귀걸이를 하기에는 조각조각내기가 아깝고, 너무 무거울 테니까요."

이미 어떤 것을 만들지 머릿속에서 모양이 나왔다. 길고 흰 손가락에 어울리는 아름다운 지환이 나올 것이다.

가연은 다른 가판대에서 시커멓게 그슬린 나뭇조각을 골랐다. 이번에도 값은 진혁이 치렀다. 그러나 아무짝에도 쓸모없어 보이는 나뭇조각을 왜 샀는지 궁금했다.

"이건 벼락 맞은 대추나무예요. 귀신을 쫓아주는 신령한 힘이 있다고 해서 의외로 찾는 이들이 많지요."

"이게?"

그도 들어보긴 했었다.

"염주든, 작은 관음상이든, 물건을 만들긴 해야 하지만, 따로 이것만 특별히 구해달라 하시는 손님들도 계세요."

"귀신을 쫓기 위해서?"

"사람은 누구나 뭔가에 매달리려는 경향이 있으니까요."

가연은 미신이든 낭설이든, 무언가 의지할 것이 있다는 것은 좋은 것이라고 여겼다. 그마저 없다면 사람은 바닥없는 구멍에 빠져 헤어 나올 수 없을 테니까.

“이것도 반반으로 하지.”

그녀가 서글픈 듯 알 수 없는 표정을 짓자, 진혁은 그녀의 관심을 다른 데로 돌리려 자신이 받을 몫에 대해 말했다.

“네?”

“이것도 내가 샀잖아.”

이 사람이 보자 보자 했더니 갈수록 벼룩의 간을 빼 먹으려고 하네.

“누가 먼저 값을 치르랍니까? 먼저 셈을 하기도 전에 덥석 돈부터 건네준 이가 누군데 그러십니까!”

“그럼 나보다 먼저 계산을 하면 되겠군.”

가연이 어이가 없다는 듯 한숨을 푹 내쉬었다. 물건을 살펴보고 있는 사이에 벌써 돈부터 건네주며 거래를 끝내버리니, 그 사이에 끼어들 틈이 없었다. 정말, 그녀가 눈길을 주는 물건이다 싶은 것을 어찌 그리 바로 알아차리는지…….

“됐습니다. 앞으로는 절대로 계산하지 마십시오.”

팽 토라져 가연의 입술이 오리처럼 삐죽 나왔다. 눈까지 흘기는 것이 심통이 나도 단단히 난 듯했다.

“큭! 큭큭!”

숨죽여 웃던 진혁은 곧 터져 나오는 웃음을 참지 못하고 큰 소리로 박장대소했다. 허리까지 꺾으며 시원한 웃음소리를 날렸다. 자신이 머물던 곳에서 들려오는 웃음소리에 가연의 발걸음이 종종걸음으로 빨라졌다. 적막하던 야시에서 모두가 자신을 돌아보는 듯해 얼굴이 빨개졌다.

한참이나 뒤에 떨어져 있던 진혁이 웃음기를 지우지 않은 채 한달음에 거리를 좁혀 그녀를 잡았다. 어르며 달래는 듯했지만, 웃음소리에 외려 가연의 화만 돋웠다. 멀리서 바라보는 이들의 눈에는 다정한 연인들의 소소한 토닥거림으로 비쳐 다들 재미있다는 듯 미소를 지었다.

"저년이 맞나?"

야시를 배회하며 누군가를 찾고 있던 사내가 저 멀리 앞서가는 가연을 가리키며 수하에게 물었다.

"예, 분명 저년이 맞습니다. 야시에 가끔씩 나타나서 기가 막힌 물건들만 쏙쏙 빼내 간다는 소문의 여인이 맞습니다. 제 두 눈을 걸겠습니다요!"

수하는 엄지와 중지를 들어 자신의 두 눈을 찌를 듯 가리키며 장담했다. 사내는 욕심 가득한 눈을 번득이며 가연의 뒷모습을 쫓았다.

"제가 알아보니 오늘도 이것저것 고른 것들이 만만치 않다고 합니다. 저희들 눈에야 그것이 그것 같고 사실 알 수야 없지만, 주인들끼리 오가는 말을 슬쩍 엿들었더니 이번에도 알맹이만 채어간 모양입니다."

그러면서 보는 눈이 비상하다며, 보는 재미가 쏠쏠하다고 자기들끼리 웃어넘겼다 했다. 야시의 주인들은 제가 가지고 있는 물건들을 재미로 시중에 내놓은 이들이 많았다. 돈은 상관없었다. 그저 드나드는 손님들을 보며 사람 재미를 느끼는 것이다. 그러니 야시의 주인들이 요괴라는 소문이 나도는 것이다.

그런 이들 사이에서 몇 년 전부터 입에 오르내리는 손님이 있었다.

소녀티가 나는 여인이 가게에서 제일 좋은 물건들만 가져간다는 것이다. 그것도 누군가 재미 삼아 터무니없는 가격을 매겨놓으면 부러 제값을 치르면서 가져간다 했다. 야시에 오는 이들 중에는 그 물건을 찾기 위해 매번 기를 쓰고 오는 이들이 있었다. 누군가 운 좋게 걸려 물건을 사 간 이가 밖에서 떼돈을 벌었다는 소문이 간간이 돌았던 탓이다.

"그래, 이번에도 그렇단 말이지."

사내의 눈이 맛난 노루를 눈앞에 둔 승냥이처럼 바뀌었다.

야시 골목의 끝자락에 닿자, 길게 늘어져 있던 가판대가 보이지 않았다. 여기까지는 가연도 처음 와본 터라 낯선 골목에 주변을 두리번거렸다.

"어이! 거기 두 사람!"

짙은 어둠이 깔린 골목의 구석진 곳에서 갑자기 크게 부르는 소리가 났다. 가연과 진혁이 돌아보자, 관자놀이에 커다란 검은 사마귀가 난 중년인이 앉아 손에 장대를 들고 두 사람을 부르고 있었다.

"두 사람, 오늘 점 좀 보지 않을 텐가? 특별히 오늘만은 공짜로 봐주겠네."

점? 뜬금없는 소리에 가연과 진혁은 중년인이 쥐고 있는 장대를 보았다. 위로 치켜세운 장대의 끝에는 무불통지(無不通知)라는 커다란 글자를 쓴 깃발이 달려 있었다. 가연은 장난이다 싶어 그냥 지나가자 생각했다.

"궁금하지 않나? 앞으로 두 사람이 하려는 일이 잘 이뤄질 것인지?"

두 사람의 몸이 동시에 멈칫했다. 점쟁이의 말이 두 사람의 짧디짧은 꿈을 깨트렸다. 혼몽하니 잠겨들던 안온한 꿈에서 차디찬 현실로 내동 댕이쳐졌다. 진혁이 가연의 앞을 막아서며 허리에 찬 검대에 손을 올려두었다.

"자신이 무슨 말을 하는지 잘 알고서 말해야 할 것이다. 점복사라면 말의 중함을 잘 알 터이니."

"물론이라네. 뉘 앞이라고 허언을 일삼을까? 그래, 점을 보시려는가?"

진혁이 뒤를 보았다. 가연이 싫다는 듯 고개를 저었다. 그도 썩 내키지는 않았다. 그러나 익살맞게 히죽거리는 입과 달리 점복사의 두 눈은 심유하기 이를 데 없었다. 무불통지까지는 모르겠으나, 기인은 맞는 듯했다.

진혁은 싫어하는 가연을 데리고 점복사 앞으로 갔다.

"복채는 받지 않겠다고 했으니 됐고, 생시는?"

"무불통지라고 했으면서, 손님의 생시도 알지 못하는가?"

"세상만사에 두 눈이 뜨이면 잡다한 것들이 너나할 것 없이 들어오는 탓에 잠시 닫아두었다네."

진혁은 정체도 알 수 없는 수상한 이에게 생시를 알려줄 마음이 없었다. 하물며 가연의 생시는 알려주기 모호하지 않은가.

"쩝, 까다로운 손님이로구만. 어쩔 수 없지. 생시는 넘어가고, 관상만으로 봐야 하나."

점복사는 진혁의 얼굴을 뚫어져라 살폈다. 지그시 눈을 감은 점복사가 입안으로 뭔가를 중얼거렸다.

"쯧쯧쯧. 운도 운도 뭔 이런 운이 다 있는가. 세상에 다시없을 지고한 생이겠으나, 그야말로 고독 운이로다. 부모 운도, 형제 운도, 자식 운도 없으니. 평생 허허벌판처럼 외롭고 쓸쓸하겠구만."

번뜩 눈을 뜬 점복사가 진혁을 똑바로 주시했다.

"자네 고독 운을 바꿀 수 있는 이는 하늘에서 내려준 단 하나뿐일세. 알겠는가? 단 하나뿐이야. 천향(天香)이 자네에게 주어진 한 번의 기회이니 절대로 놓쳐서는 안 될 게야. 천향을 살리고 죽이는 것은 모두 자네 하기 나름이니. 천향이 사라지면 자네 삶을 바꿀 수 있는 방법도 영영 사라지는 걸세."

천향?

가연이 처음 들어본 단어에 고개를 갸웃거렸다. 진혁에게 물어보려 올려다본 순간 그의 얼굴이 무섭게 굳어 있었다. 번득이는 눈빛으로 점복사를 살펴보는 것이 금방이라도 낚아채 고신이라도 가할 듯 험악한 기세가 흘렀다.

천향이 무엇이기에 그가 저런 표정을 짓는단 말인가?

점복사는 주문처럼 주절주절 중얼거렸다.

"천향은 하늘에서 떨어진 자네를 불쌍히 여겨 내려주신 것일세. 오직 자네만이 수습할 수 있는 것이야. 그러니 소중히 다뤄야 하네. 삿된 것이 탐하면 제 명대로 살지 못하고 일찍 져버릴 것이니."

"죽는단 말인가?"

점복사가 신중한 눈빛으로 고개를 끄덕였다.

"간신히 천향이 한 줄기 기운을 이어나가고 있으나, 아슬아슬하구만. 자네가 잘 헤아려 다시 살려야 할 것이야. 하늘의 향이니 지상에서 보살필 이는 자네뿐일세. 그러니 뺏기지 말게나. 제가 무엇인지 모르고 제 스스로 향을 꺼트릴 수도 있으니, 주의하고 또 주의해야 할 걸세."

점복사가 갑자기 손바닥을 딱 마주쳤다.

"그 외에 자네 앞길을 막는 것은 없네. 자네가 짜고 있는 그물도 곧 풍성한 수확을 거둘 것이야. 단지, 가릴 것은 가려 살릴 수 있는 자는 살려야 할 것이네."

진혁은 무거운 표정을 풀지 않은 채 깊은 침음성을 흘렸다.

점복사의 시선이 가연에게로 향했다. 혜지가 가득한 눈빛을 마주한 순간, 가연은 가슴이 덜컥 내려앉았다. 마치 도망갈 수 없는 골목에서 맞닥뜨린 것처럼.

점복사가 부드러운 미소를 지었다. 마치 옛날부터 잘 알고 지낸 이처럼 그녀를 안쓰러운 눈으로 보았다.

"쯧, 자네의 생도 참으로 기구하구만. 제 삶을 버리고 남의 삶을 살고 있음이니, 어찌 고단함이 없을까. 허나 아무리 달아나고 도망가도 모두 외통수로다. 어디로 뛰어도 결국 마지막에 다다르는 곳은 하나일지니. 부디 자기 자신을 잘 살피시게나. 자책과 반성은 다르다네. 자신에게 너무 관대한 것도 안 되지만, 자네처럼 너무 엄격한 것도 탈일세. 스스로를 용서하는 법도 배우게."

잠시 말을 멈춘 점복사는 남은 말을 골랐다.

"잃어버렸던 것을 얻겠구만. 허나, 얻는 것이 있으면 잃는 것도 있는 것이 세상의 이치이지. 무엇을 가지고 놓을 것인지, 심사숙고하여 고르시게."

점복사는 다른 말이 있는 듯 가연을 한참이나 물끄러미 바라보았다. 그러다 안타까움과 안쓰러움이 담긴 한숨을 길게 내쉬었다.

천상의 귀한 꽃이 하계로 내려와 참으로 험한 욕을 보시는구만.

쯧!

점복사는 못마땅한 눈길로 진혁을 슬쩍 흘겨보았다.

지상의 꽃도 꽃망울을 터트리려면 적당한 양분과 물을 주고 햇살을 쐬는 듯 많은 공을 들여야 하는 것을, 하물며 천상의 꽃이다. 그야말로 갖은 공을 들여도 만개할까 말까 한 것을, 꽃송이째 내려 보낸 것을 저리 폐화(閉花)하게 만들다니. 천상의 화원을 지키는 요도선인(天桃仙人)이 보았다면 불같이 화를 내며 당장 제 화원으로 거두어 가버릴 것이다.

점복사의 눈이 어두워졌다. 둘의 앞날에 남은 커다란 고비가 보였다. 그 고비 앞에서 두 사람이 어찌할지는 보이지 않았다. 그저 자신에게 내려온 소임은 두 사람에게 약간의 자각을 주는 것일지니.

점복사의 말을 들은 두 사람의 표정이 비슷해졌다. 뭔가를 알고서 말하는 듯해 놀라면서도 어찌 받아들여야 할지 난감한 느낌.

진혁은 가연을 감싸 점복사가 있는 앞쪽으로 밀쳐두었다.

"무슨……?"

진혁은 가연의 말을 듣지도 않은 채 돌아섰다.

야시에서부터 불쾌한 시선이 달라붙어 있는 것을 알았다. 가연과의 기분 좋은 시간을 깨트리고 싶지 않아 모른 척했다. 야시의 끝에 닿을 때쯤 떨어져 나간다 싶었더니, 무리들을 끌고 온 모양, 잡스러운 기운들이 좁은 골목을 막고 주변을 에워쌌다. 야시 주변을 돌아다니는 암흑가의 건달들이 두목의 명을 받아 모두 모였다. 호동의 골목길을 꽉 잡고 있는 두목이 앞으로 나섰다. 두목이 목을 길게 빼며 진혁에게 가려서 그림자도 보이지 않는 가연을 찾았다.

"뭐냐?"

두목이 검을 차고 있는 진혁을 보고 코웃음 쳤다. 북경의 공자들이 멋을 내기 위해 제대로 휘두르지도 못하는 검이나 도를 차고 다닌다는 것을 알고 있었다.

"괜히 잡지도 못하는 검 가지고 나서다 다치지 말고, 조용히 옆으로 비키시지. 내가 볼일 있는 것은 네 뒤의 계집뿐이니까."

"그녀에게 무슨 볼일이 있단 말이냐? 그녀와 너희들은 일면식도 없을 터인데."

"아, 물론 얼굴을 본 적은 없지. 하지만 본래 일이란 것이 얼굴을 알고 있다고 이뤄지는 것이 아니지 않나?"

뒤에 있던 가연이 앞으로 나섰다. 진혁과 어깨를 나란히 한 가연은 주변을 에워싼 건달들을 보고도 눈빛 하나 흔들리지 않았다.

"내게 무슨 볼일입니까?"

차분한 목소리에 강단 있는 눈빛. 두목은 제 앞에서 두 눈 똑바로 뜨고 있는 가연을 보고 그녀에 대한 평가를 새로이 했다. 단순히 물건을 잘 고르는 것만이 아닌 게로군.

"호오, 제법 배짱이 두둑하시구만. 이리 나서시는 것을 보니, 제법 말이 잘 통할 것 같아. 계집, 널 보자 했던 것은 네가 가지고 있는 물건들을 모두 내게 넘겼으면 해서이지."

"물건이라면? 설마……."

가연이 진혁의 손에 들려 있는 여러 짐 꾸러미를 보았다.

"이런, 거기 있었군. 그래, 그 물건들이다. 그걸 내게 넘겨라. 물론, 내가 도적도 아니니 빈손으로 달라는 것은 아니다. 적당한 값을 쳐줄 테니, 좋은 말로 이를 때 내게 넘기도록 해라."

두목의 큰소리에 가연은 어처구니가 없었다. 빈손은 아니라 했지만, 분명 푼돈만 던져주고 생색을 내려는 것이리라.

"이런 말도 안 되는 소리는 처음 듣는군요. 분명 야시에서 정당한 거래로 산 물건을 내가 왜 당신들에게 넘긴단 말인가?"

"쯧, 이런 허수아비 수수깡을 믿고 버팅기나 본데. 똑똑한 것처럼 보이는데, 험한 꼴을 자청하는 이유가 뭔지 모르겠군."

그러다 두목이 무슨 생각이 났는지 가연을 위아래로 훑어보았다. 잠깐 골똘히 생각하는 듯하더니 손가락을 탁 튕겼다.

"그렇군. 황금 알을 낳는 거위가 따로 있는데, 괜한 물건에 목을 맬 필요가 없지. 얘들아!"

"예, 두목!"

"계집만 남기고 필요 없는 사내놈은 처치해라! 단, 계집은 손가락 하나도 다치게 해서는 안 된다. 앞으로 우리들에게 재물을 불려줄 귀한 돈줄이니까."

　두목은 물건들보다 그런 물건들을 골라내는 가연을 끌고 가기로 했다. 그렇다면 두고두고 가연을 다그쳐 귀한 물건들을 싼 값에 구할 수 있을 것이 아닌가. 물건을 가져가는 것은 일회성에 그치지만, 가연을 데려가면 두고두고 우려먹을 수 있다. 그러나 그런 생각이 제 명줄을 재촉하는 길이 될 줄은 두목도 미처 몰랐을 것이다. 가연을 욕심내는 순간, 호동의 암흑가의 끝은 정해진 것이다.

　각양각색의 무기를 손에 쥔 건달들이 우르르 달려들었다. 곱상한 공자 하나 손보는 것이야 그들에겐 일도 아니었다.

　"으악!"

　"킥!"

　진혁은 검을 뽑지도 않았다. 달려드는 녀석의 팔목을 잡아 비틀어 부쉈다. 옆으로 다리를 뻗어 다른 한 놈의 정강이를 꺾었다. 수적인 우위 따위는 그에게 통하지 않았다. 진혁은 달려드는 건달들의 팔다리를 꺾거나 부서트려 일어나지 못하도록 만들었다. 뒤편에 있던 두목의 얼굴이 새하얗게 변했다. 한순간에 많은 부하들이 나가떨어지자, 자신의 판단이 잘못되었다는 것을 알았다.

　'무인이로구나! 무인!'

　두목은 슬금슬금 물러나다 냅다 몸을 돌렸다. 그러나 그 앞에서는 언제 나타났는지 야시의 터줏대감들이 기다리고 있었다.

　점복사가 자리에서 일어나 얼룩이 묻은 장포를 탁탁 털었다.

　"저자는 이곳에서 처리할 테니 그만 돌아들 가보시게. 야시에는 야시의 율이 있으니 뒷말 없이 잘 정리할 게야."

진혁이 고개를 끄덕이더니 가연에게 손을 내밀었다. 가연은 잠시 망설이다 천천히 진혁의 손을 잡았다. 잡은 손을 당겨 가연의 어깨를 감싸 안은 진혁은 점복사에게 눈으로 인사를 건넸다.

짧은 밤 산책이 끝났다.

二十二章

정조 (前兆)

"오셨습니까?"

와룡거의 문을 넘어서자마자 기다리고 있던 상관준경이 그를 맞았다. 진혁은 성큼성큼 들어서다 상관준경의 얼굴을 빤히 바라보았다.

"왜 그러십니까, 성주님?"

진혁은 아예 고개를 외로 꼬며 시선을 집중했다.

군사부의 일원들이 밀려오는 일에 치여 눈 뜨고 걸어 다니는 시신들이 되었다는데, 수장인 상관준경만은 나날이 얼굴에 윤이 나고 눈이 초롱초롱 빛났다. 그래서 상관준경이 지나가면 사람들은 수하들의 생기를 빨아먹는 요괴라고 뒤에서 수군거렸다.

상관준경은 손을 들어 제 얼굴을 이쪽저쪽 더듬었다.

"뭐 먹물이라도 묻었습니까? 얼룩이 남았나요?"

손에 들고 있던 익선을 허리춤에 꽂고 넓은 소맷자락을 들어 얼굴을 박박 문지르기 시작했다. 문지르던 소맷자락에 아무것도 묻어나오는 것이 없자 다시 얼굴을 대패질하듯 닦았다. 옆에서 보고 있자니 그냥 내버려두면 얼굴 가죽까지 벗길 기세였다.

"쯧."

짧은 혀 차는 소리에 소맷자락에 덮여 있던 상관준경이 불쑥 얼굴을 내밀었다. 반질반질하던 얼굴이 힘주어 닦아놓으니 황금을 칠해놓은 듯 번쩍거렸다.

"뭡니까? 그 의미는?"

머리를 풀어 헤치고 실실거리며 거리를 돌아다니는 광인을 보는 듯한 눈길에 상관준경이 심통 돋은 어조로 물었다. 누구는 주인이 작정하고 비운 자리를 메우며 올라오는 장부에 짓눌려 죽을 뻔했건만, 치하는 고사하고 미친놈 불쌍하다는 눈빛이라니.

"군사부가 죽어나간다고 난리던데, 정작 수장은 펄펄 날아다니는 것이 심히 신기해서. 사람들이 그대를 요괴라며 피해 다니고 있다는 것을 아나?"

상관준경이 공중부양을 하듯 펄쩍 뛰어 올랐다.

"아니, 이 사람들이! 아직 앞길이 구만리처럼 남은 멀쩡한 사람을 요괴로 만들다니! 어디의 누구랍니까? 누가 절 요괴로 만들었답니까?"

당장 추포조(追捕造)를 보내 잡아들일 기세였다.

"쯧!"

진혁은 한 번 더 혀를 찼다. 이번에는 상관준경의 반응이 딱 열 살 먹은 어린아이처럼 보였기에 날린 비웃음이었다.

"성주님!"

"시끄러!"

짧은 일갈로 방방 뛰는 상관준경의 짜증을 봉쇄했다. 한 번 받아주기 시작하면 상대방이 나가떨어질 때까지 들러붙어 짜증을 부린다는 것을 알아 미리 잘라버린 것이다. 마음에 담아둔 여인이 그리 앙탈을 부린다면 귀엽다 봐주기라도 할 텐데, 불혹이 지난 중년의 늙은이가 부리는 앙탈은 추태를 넘어 변태라고 불려도 할 말이 없었다.

그의 일갈에 간신히 정신을 차린 상관준경은 허리춤에 꽂았던 익선을 꺼내 펄럭펄럭 부채질을 해댔다. 평시라면 웃으면서 받아넘겼을 말에 부르르한 것을 보니 겉으로는 아니더라도 속으로는 누적된 피로가 상당한 모양이다.

"죄송합니다, 성주님."

"오늘은 일찍 퇴성해서 좀 쉬도록 해. 이제 시작인데, 벌써부터 나가떨어져서야 안 되지."

상관준경은 순순히 받아들였다.

"네. 오늘만 쉬도록 하지요."

원래 그에게 올라올 장부들은 성주님이 보셔야 할 것들이니.

"쉬는 것은 쉬는 것이고, 일단 들어야 할 보고부터 듣지. 황성에서의 일은 내가 보낸 전서구를 받았겠지."

"네, 성주님. 황궁의 일이 잘 마무리되어 정말 한시름 덜었습니다. 황군이 적으로 돌아서면 아무리 본성이라 해도 난처했을 것입니다."

쉴 수 있다는 말을 들어서일까, 상관준경은 마른 식물이 물을 만난 듯 살아났다. 전서구가 보낸 전언을 보는 순간, 다행이다 싶었다. 가장 걱정하던 일이 해결된 것이다.

"황도 밖의 반응은?"

"아직 별다른 이상은 없습니다. 태자 전하께서 약조대로 황성의 입과 귀를 모두 차단하고 계신 듯합니다. 쉬운 일이 아닌데 말이지요."

"그 정도의 능력도 없다면 호언장담을 하지도 않았겠지. 황성은 온전히 태자의 영향력 하에 떨어진 것이니까."

진혁은 별거 아니라는 말투였지만, 상관준경은 속으로 혀를 내둘렀다. 말로는 쉬운 일이었다. 그러나 대야성보다 더 크다면 클 수 있는 황궁을 오롯이 제 발 아래 두었다는 것은 말처럼 쉬운 일이 아니었다. 게다가 어디 보통 일이던가. 황제의 붕어였다. 그야말로 하늘이 바뀐 것이다. 그런 어마어마한 정보를, 수많은 이들이 숨어들어 보고 들은 것들을 물어 나르던 곳에서 철저히 통제하고 있다니. 그것도 하루 이틀도 아니요, 벌써 보름이 넘어가고 있었다. 그리고 앞으로 무림 대회가 벌어질 때까지도 그럴 것이다.

무서운 분들.

상관준경은 익선의 끝으로 턱을 슥슥 긁었다.

다행이라면 다행이지. 두 분이 각각 황궁과 무림에 따로따로 떨어져 있으니 그나마 다행이지. 만약 두 분이 어느 곳이든 함께 있었다면…….

생각만으로도 끔찍했다. 황궁이든 무림이든, 패권을 다투는 싸움 남아나지 않았을 것이다. 하늘도 무심하지 않으신 것이야. 같은 시기에 재앙덩어리를 두 개나 투척하시고서는 하늘도 불안하셨던 것이지. 암, 그렇고말고.

상관준경의 말없는 고갯짓을 보고 이번에는 진혁이 물었다.

"그 반응은 뭔가?"

"네?"

자신의 생각에 너무 공감이 가서 홀로 도취되어 있던 상관준경은 진혁의 물음에 정신을 차렸다.

"그 끄덕거림은 뭐냐고 물었다."

"그야 안도감에서 오는 무의식적인 반응이지요."

"안도감이라니?"

상관준경이 답답한 질문이라는 듯 뚱한 눈으로 보았다.

"그야 당연히 성주님과 태자 전하에 대해서지요. 두 분이 전혀 다른 영역으로 뚝 떨어진 것은 정말 하늘의 돌보심입니다. 만에 하나라도 두 분이 같은 곳에서 똑같은 목표를 향해 나아갔다면 세상은 완전히 산산조각 났을 겁니다."

그 말이 맞아 진혁은 아무 대꾸도 할 수 없었다.

"두 분 모두 상대방의 밑으로 들어가실 수 있는 분들이 아니지요. 그야말로 천상천하유아독존이신 분들이니. 동, 족, 혐, 오란 딱 두 분을 두고 이르는 것일 겁니다."

상관준경은 간단하게 진혁과 주기첨의 관계를 정리했다. 똑같은 재앙은 같은 둥지에 있어서는 안 된다. 최대한 떨어져서 되도록 접촉을 하지 않는 것이 두루두루 좋았다. 당사자들은 물론이요, 주변과 나아가 세상을 위해서도.

진혁은 잠시 샛길로 빠졌던 이야기를 본래 주제로 돌렸다.

"그들은?"

"각자 모략을 꾸미느라 정신이 없지요. 이쪽을 정탐하기 위해 꾸준히 사람을 보내고 있습니다. 그리고 무림 대회가 열릴 대회장은 물론이고, 외성의 주요 인사들을 바꿔치기하거나 자신들 쪽으로 끌어들이려하고 있습니다."

"안과 밖에서 함께 호응을 하겠다는 건가?"

진혁은 그들이 가지고 나올 여러 가지 계획들을 떠올렸다. 함께 있던 동료가 갑자기 적으로 돌변함으로 혼란에 빠질 대회장과 그에 호응하듯 밖에서 습격까지 해온다면 그야말로 아비규환이 벌어질 것이다.

"바꿔치기를 당할 요인들은 달리 경호를 강화하라 지시해두었습니다. 끌어들이려는 자들은 적당히 대응하다 넘어가라 했고요. 그래도 희생자가 나오는 것은 어쩔 수 없을 겁니다. 적들을 완전히 속여 넘기기 위해서는 말이지요."

"적당한 인물들을 던져주도록 해. 어차피 이쪽도 불필요한 자들이 많지 않나?"

"예. 그리 해두겠습니다, 성주님."

이럴 때를 대비해 물을 흐리는 미꾸라지들을 잡지 않고 방치해둔 것이 아니었던가. 그동안 제 뱃속을 채울 만큼 채웠으니, 이제는 가져간 만큼 내어놓을 차례였다. 세상에 공짜가 없다는 것을 제 목숨으로 값을 치르면서 깨달으리라.

"새외는?"

"각 대표들은 벌써 무한 인근까지 이르렀습니다. 물론, 뒤로 몰래 커다란 꼬리들을 길게 늘어뜨리고 오는 중이지요. 일단, 북쪽으로는 노야께서 가셨습니다. 북해 빙궁에 미녀들이 많다시며 좋아라 가시더군요."

진혁은 쓴웃음을 지었다. 너무나 작은할아버지다웠다. 그렇다고 자신의 손에 걸린 여인들을 살려줄 것도 아니면서 말이다. 상관준경은 아랑곳하지 않고 조목조목 벌어지고 있는 판세에 대해 논했다.

"남쪽은 낭왕이 맡았습니다. 낭인소(浪人所)가 있는 동쪽에서 움직이려니 서쪽 끝보다는 남쪽이 움직이기 편하다면서요. 낭왕도 남쪽의 야수림과 한 판 신명나게 붙여줘서 감사하다는 인사를 보내왔습니다."

낭왕 장원도가 대야성주의 수하라는 것은 상관준경만이 알고 있었다. 낭인소는 대야성의 숨겨진 세력이었다. 유사시에 사용할 수 있도록 준비해둔 힘이었다. 그리해 가끔 진혁은 낭왕의 신분과 얼굴을 빌려 잠행을 나가곤 했다. 검왕의 부고에 남궁 세가를 방문했을 때처럼.

노야나 낭왕이나 오십보백보 차이였다. 한쪽은 여자에, 한쪽은 싸움판에 빠져 있다는 것 외에는 둘 다 똑같았다. 두 사람의 얼굴을 떠올리는 것만으로도 머리가 지끈거렸다. 잠시 두통이 오는 머리를 손가락으로 꾹꾹 누르던 상관준경이 심각한 얼굴을 했다.

"문제는 서쪽입니다. 서쪽의 혈뢰음사(血雷音寺)를 막아낼 묘안이 마땅치 않습니다. 게다가 시간도 더 늦출 수가 없습니다. 당장 마땅한 무인을 추려 보내도 이미 중원 땅으로 넘어온 그들이니, 안마당에서 싸움을 벌여야 합니다."

진혁은 혈뢰음사가 들어올 길목들을 더듬어 거슬러 올라갔다. 그중

지명 하나가 머릿속에 들어왔다.

"지읍(持邑)의 역참에 전서구를 날려라."

"성주님!"

"그들이라면 중간에서 혈뢰음사의 혈승(血僧)들을 막아낼 것이다."

상관준경은 잠시 복명을 잊었다. 역참까지 움직이는 것은 대야성이 생긴 이래 처음 있는 일이었다. 그의 동요를 읽은 진혁이 목전에 놓인 상황을 일깨웠다.

"우린 대야성보다 더 오랜 세월 동안 무림의 어두운 그림자 속에서 암중비약(暗中飛躍)하던 세력을 뿌리 뽑으려 하는 것이다. 단순히 줄기만 제거하는 것으로는 안 돼. 한 번 자르기로 한 이상 그들이 두 번 다시 자랄 수 없도록 그 근원까지 모두 없애야 한다. 그러기 위해선 우리들도 가진 패를 모두 끌어다놓아야 하는 거겠지."

"……알겠습니다. 당장 명하신 대로 하겠습니다."

만약을 대비해 남겨두고자 한 힘이다. 그러나 군사는 모시는 주인의 마음을 헤아려야 하는 법. 그의 주군은 적들이 남아 다시 독버섯처럼 자라나지 못하도록 완벽한 진멸(盡滅)을 원하는 것이다.

그 후로도 무림 대회에 대한 논의들이 이어졌다. 대략적인 계획들 사이의 허술한 틈을 메우는 것은 군사인 상관준경의 몫이었다. 진혁은 상관준경의 보고를 들으면서 허술한 부분은 없는지 확인했다.

이렇게 계획을 세워도 막상 당일에 일이 벌어지면 계획대로 흘러가는 경우는 거의 없지만. 그래도 대략적인 방비책은 필요했다. 저들도 자신들의 계책에 확신을 가지고 밀어붙일 것이다. 그러니 누구의 창이 더 날카롭고 누구의 방패가 더 단단한지의 싸움이 되리라. 물론, 수동적인 방패 노릇만 할 생각은 없지만.

"그런데, 성주님……."

보고를 일단락지은 상관준경이 머뭇거리며 진혁을 불렀다. 그답지 않게 얘기를 꺼내지 못하고 망설였다.

진혁이 그의 말을 기다리자, 한참 머뭇거리던 상관준경이 물었다.

"내성은 어찌하실 요량이십니까?"

정확히는 내성의 안쪽에 머물고 있는 첩들에 관한 지시를 내려주십사 하는 말이었다. 남궁혜는 모르겠지만 마소교는 청마문의 무공을 익힌 무인이었다. 비록 그 경지가 높다고는 할 수 없어도 얕은 수를 부릴 정도는 되었다.

"어떻게 지내고 있지?"

진혁은 간간이 남궁혜와 마소교에 대한 보고를 전해 들었다. 금화파파가 그녀들을 예의 주시하고 있었다. 사실 상관준경이 언급하지 않았다면 까맣게 잊고 있었을 것이다.

상관준경은 속으로 혀를 찼다. 남궁혜의 오랜 해바라기를 알고 있기에. 그녀의 연심이 증오로 돌변한다면 어찌 될 것인지 걱정이 앞섰다. 남궁혜가 내성으로 들어오기 위해 누구와 손을 잡았는지 알고 있는 터라, 그의 염려가 단순한 기우만은 아니었다.

"마 부인은 부친인 청마문주를 만나러 들락거리고 있지요. 제자인 도장격이 행방불명이라 그 행적을 찾느라 분주하더군요. 남궁 부인은……."

상관준경은 남궁혜의 이름을 말하며 잠시 말끝을 흐렸다.

"……남궁 부인은 외성의 빈각에 있는 황 소저와 자주 만나고 있습니다. 거의 하루에 한 번 빈각으로 가서 다과를 하십니다. 황 소저도 남궁 부인의 방문을 반기고요. 내성의 출입이 금지되어 자신이 가지 못하는 것에 대해 불만이 가득하답니다."

"본인의 의사일까?"

"네?"

"남궁혜의 움직임 말이야. 본인이 원해서 만나는 것 같나?"

"성주님의 말씀은?"

"남궁 대장로의 입김이 들어갔을 수도 있지."

상관준경도 고개를 끄덕였다.

"당장 말씀하신 바를 확인하도록 하겠습니다."

"두 사람에게 꼬리만 붙여두고 다른 것은 하지 마라. 어차피 그들의 쓰임새는 그것이 다이니. 차후 그녀들의 처리는 일이 마무리 된 후에 결정해도 된다."

그사이 쓸데없이 나대다 사달에 휘말려 죽어나가는 것이야 자신들의 책임이겠지. 진혁은 서늘한 냉소를 머금었다. 어쩌면 그래주는 편이 그에게는 편했다. 남아 있는 뒤처리를 하기에도 훨씬 간편할 것이고.

"그럼 석란재의 벽 부인도 그리 할까요?"

탑처럼 켜켜이 쌓여 있는 장부 중 제일 위에 놓인 것을 집어 들던 진혁의 손길이 아주 잠깐 멈칫했다.

북경으로 출발할 때와 달리 돌아오는 길의 두 사람은 많이 가까워진 듯 다감한 분위기를 풍겼었다. 벌써 함께한 지 반년이 넘어가는 시간 동안 꽁꽁 얼어붙어 있던 관계가 조금씩 녹아내리는 듯 부드러워졌다.

진혁은 쓰디쓴 약을 삼킨 것처럼 인상을 썼다. 그는 잘 알고 있었다. 그녀가 경계를 느슨하게 풀어 그의 접근을 허락한 것은 자신이 했던 말 때문이라는 것을. 무림 대회가 끝나면 계약 관계가 끝난다는 말에 잠시 마음의 빈틈을 보여주는 것뿐이다.

거짓은 아니지. 무림 대회가 끝나면 대야성에 성주의 첩은 단 한 명도 남아 있지 않을 테니까.

"똑같이 처리하도록 해. 그녀만 없으면 주시하는 이들이 수상하게 생각할 테니까."

"네, 성주님. 바로 처리하도록 하겠습니다."

항상 굳게 닫혀 있던 만고당의 문이 활짝 열려 있었다. 좁은 골목길의 정문에는 커다란 짐수레가 세워져 있었다. 인부들이 짐마차에서 커다란 짐들을 꺼내 안쪽으로 짊어지고 날랐다.

"아! 조심하라니까! 살살 움직이란 말일세!"

짐을 나르는 것을 감독하기 위해 나와 있던 하 총관은 덥석덥석 움직이는 인부들의 발놀림에 연신 목청을 높였다. 달리기라도 하듯 발을 놀리던 인부 하나가 삐끗하며 넘어지려 하자 하 총관의 낯색이 시퍼레졌다.

"어헛! 어허! 조심하라니까! 조심하란 말이야! 깨어지면 안 되는 물건들이란 말일세! 조심, 조심해서 옮기라고!"

들고 나르는 짐들이 하나같이 구하기 힘든 귀한 것들이라 죄다 옮겨질 때까지 눈을 뗄 수가 없었다. 짐수레의 짐을 모두 내리자, 이번에는 만고당의 물건들을 꺼내 실었다. 길목이 좁아 한꺼번에 여러 대의 수레를 댈 수 없어 일의 진척이 더뎠다. 마음은 조급한데 재촉할 수는 없어 하 총관의 가슴만 시커멓게 타들어갔다. 주변에서 지켜보고 있을 이목을 생각하니 더더욱 움직이는 것이 조심스러웠다.

"새로 들어온 물건들을 부리는 건가요?"

"당주님!"

하 총관은 죽은 자식이 살아 돌아온 사람처럼 가연을 향해 양팔을 벌렸다. 하 총관의 외침에 짐을 나르던 인부들이 귀를 쫑긋 세우며 돌아봤다. 만고당의 주인일 때에도 쉬이 볼 수 없는 이였는데, 하물며 지금은 대야성주의 총애를 한 몸에 받고 있다는 첩이 아닌가. 호기심에 인부들의 눈길이 자연스레 가연에게로 향했다.

"어허! 이 사람들이! 지금 누굴 보려는 게야! 당장 발들 못 움직여! 재게 재게 움직이라니까! 저기 쌓여 있는 물건들 못 본 게야!"

하 총관의 험악한 부라림과 으박지름에 인부들의 발이 다시 움직였다. 그러면서도 지나가면서 한 번씩 가연을 힐끔거리는 것을 잊지 않았다.

하 총관은 그들을 향해 한 번 더 눈을 부라린 후 가연에게 말했다.

"어서 안으로 드십시오, 당주님! 어서요! 이곳은 짐이 오가는지라 어수선합니다. 어서, 어서요."

하 총관은 잡아끌다시피 가연을 서탑으로 데려갔다. 평소라면 가연이 마지막 짐수레가 떠날 때까지 옆에서 확인했겠지만, 하 총관은 막무가내로 그녀를 안으로 들여보냈다.

밖의 어수선함과는 다르게 서탑은 여전히 고적했다. 가연은 익숙한 정적이 반가웠다. 하 총관이 얼른 서탁 옆에 있는 화로에 물주전자를 올렸다.

"무탈하게 돌아오셔서 다행입니다, 당주님."

하 총관은 먼지가 묻은 겉옷을 벗는 가연의 신색을 확인하며 안도했다. 대야성주와 함께 가셨으니 별탈이야 있겠는가 싶었지만, 항시 마음이 조마조마한 것은 어쩔 수 없었다. 늙은이의 노파심일지도 모르지만, 대야성주와의 동행이 어찌 안전하기만 하겠는가. 그래도 무사히 돌아오셨으니 다행인 거지.

"일의 진척은 어디까지 되었습니까?"

"절반 정도는 비웠습니다. 이목을 생각하니 아무래도 진척이 느리지요. 하지만 지금부터는 서서히 속도를 높일 생각입니다. 무림 대회라는 좋은 핑계거리도 있으니, 물건을 실어 나르는 것이 한결 수월해질 듯합니다."

가연이 서탑의 서가를 올려다보았다. 서가의 나무기둥마다 그녀의 손길이 닿지 않은 곳이 없었다. 귀한 서책을 구한 날이면 얼마나 기뻐했던가. 원하는 책을 구해 손님에게 내어줄 때의 만족감이란 말로 형용하기 어려웠다.

"서탑의 책들도 거의 대부분 내보냈습니다."

지금 서가에 꽂혀 있는 책들은 비어버린 공간이 보이지 않도록 시전의 책방에서 구한 책들을 마구잡이로 채워 넣은 것이었다.

"나 하나로 인해서 평안하던 많은 이들이 힘들어지는 듯해 마음이 좋지 않습니다."

만고당에 매달려 있는 식솔들이 얼마던가. 그들만이 아니었다. 중원에 퍼져 있는 지부들과 거기에 연계되어 있는 작은 공방들까지. 어쩌면 그녀로 인해 난처한 지경에 빠질 수 있었다.

"그런 말씀 마십시오! 다들 당주님께 받은 것을 갚을 기회라 말하며 자진해서 나서고 있습니다. 남을 사람들에게는 미리 넉넉한 재물과 함께 다른 일자리까지 살펴 미리 서간들을 준비하시지 않으셨습니까? 그러니 그런 말씀 마십시오. 당주님께서는 당주님께서 원하시는 대로 움직이시면 됩니다."

하 총관은 드물게 엄한 표정으로 가연을 질책했다. 그들을 염려해 흔들린다면 오히려 그들의 정성을 욕되게 하는 것이라고.

"하 총관은 어찌하실 겁니까?"

"저야 당연히 당주님을 뒤따라야지요. 이제 힘없는 늙은이가 되어 필요 없다 하시는 것은 아니겠지요, 당주님?"

가연이 하 총관의 엄살에 연한 웃음을 지었다.

그렇지요. 그리 웃으시면 됩니다, 당주님. 만고당의 식솔들 중 그 누구도 당주님을 원망하는 이 없으니, 그저 앞으로 나아가시면 됩니다.

"당주님께서 움직이시는 때에 맞춰, 소인들도 움직일 것입니다. 저희들 걱정은 하지 마십시오. 그저 당주님만이 무사히 돌아오시면 됩니다."

이미 함께 떠날 이와 남을 이들을 가려두었다. 거의 대부분 함께 가겠다고 나섰으나, 늙은 노모를 부양하는 자들과 어린 자식들이 딸린 가족들은 남게 했다. 그중 일부분은 벌써 길을 나섰다. 각 지부들도 때를 맞춰 문을 닫을 것이다.

"만고당의 현판을 이리 닫아야 한다는 것이 아쉽군요."

"당주님께서 계시는 곳이 곧 만고당입니다. 건물이야 어디든 다시 지으면 되는 것을요. 자리를 잡는 대로 다시 만고당을 여시면 됩니다."

"그럴까요?"

하 총관의 장담에도 가연은 회의적이었다. 과연 한 번 닫은 문을 다시 열 수 있을 것인가.

"물론입니다. 시일은 걸리겠지만, 꼭 만고당을 다시 여실 겁니다."

허나 하 총관은 가연의 불안한 마음을 날려버릴 듯 확신 어린 어조로 말했다.

남궁융기는 무림 대회에 참석하기 위해 합비에서 올라온 남궁 세가의 가솔들과 뚝 떨어져 자신의 처소에서 나오지 않았다. 대장로인 자신도 가주와 함께 성주를 만나러 가야 했지만, 핑계를 대고 슬쩍 빠졌다.

남궁융기는 활짝 열어둔 창 너머를 초조한 눈으로 바라보았다.

슬슬 올 때가 되었는데…….

이번 무림 대회를 위해 준비한 비장의 한 수다. 그러니 한 치의 차질도 있어서는 안 된다. 창가 앞에서 한참 동안 서성이던 남궁융기는 획 몸을 돌려 창턱에 바짝 다가섰다. 저 멀리 날갯짓 소리가 들려왔다.

"왔구나!"

까만 점처럼 보이던 것이 점점 가까워지더니 금세 그의 앞으로 날아왔다. 남궁융기는 손을 내밀어 전서구를 잡았다. 전서구의 발목에 묶여 있는 작은 통을 잡아 풀었다. 통을 부수자 돌돌 말려 있는 종이가 나왔다. 남궁융기는 재빨리 종이를 펼쳤다.

출(出).

남궁융기는 종이를 와락 움켜쥐었다. 그의 얼굴 가득 득의만만한 빛이 떠올랐다.

이제야 중원에서 대야성이라는 세 글자를 지울 날이 도래했구나!

"크하하하!"

남궁융기는 지붕이 떠나가라 파안대소를 터트렸다.

청마문주는 태사의에 기대어 앉아 수하에게 물었다.

"물건들은?"

"지시하신 대로 차질 없이 가져다놓았습니다, 문주님."

"이상은 없고?"

"예. 단단히 밀봉하며 위치마다 숫자대로 내려놓았습니다. 다른 이상이나 변이도 없었습니다."

청마문주는 고개를 끄덕였다. 마지막의 마지막까지 변종이 튀어나와 제어하는 데 애를 먹었기에 한 번 더 확인하는 것이다.

"때가 되기 전에 깨어나는 일은 없겠지?"

"걱정하지 마십시오. 타종이 있기 전까지는 일어날 수 없습니다. 게

다가 각각 단단히 밀봉하여 부적까지 붙여두지 않았습니까? 곁에서 지키는 이들도 맡은 바 임무가 중한 줄 알고 있으니, 심려 놓으십시오."

그럼에도 청마문주의 미간은 펴지지 않았다. 계획대로 모든 것들이 착착 진행 중인데도, 뭔가 명쾌하지가 않았다.

장격이의 행방불명이 걸리는 건가?

만고당을 은밀히 살펴보았지만, 별다른 이상한 점은 찾을 수 없었다. 무림 대회를 앞두고 주문이 넘쳐나 바삐 움직이고 있는 것 외에는.

그렇다면 장격이는 어디로 사라진 거지?

청마문주는 자신의 대제자인 도장격의 성격을 잘 알고 있었다. 계집질에 눈이 돌아가기는 해도 일의 경중을 모르는 녀석이 아니었다. 제 실수를 만회하기 위해서라도 눈에 불을 켜고 기회를 노릴 녀석이었다.

뭔가 수상한 것을 발견해 뒤를 쫓고 있는지도 모르지. 그러나 그럴 가능성은 희박했다. 그랬다면 알 수 있는 표식을 남겨두거나 자신의 정황을 알려왔을 테니.

청마문주는 생각에 골몰했다. 최악을 가정해 녀석의 죽음도 염두에 둬야 하겠군. 무림 대회 전까지 나타나지 않으면 녀석이 죽은 것으로 알아야겠지.

단단히 잠겨 있던 문이 벌컥 열렸다. 문 앞을 지키고 있던 무사들을 옆으로 밀친 마소교가 요란한 치맛바람을 날리며 안으로 들어왔다.

"아버지!"

청마문주는 화난 표정으로 난입한 딸을 보았다.

"사형의 행방은요?"

"쯧!"

청마문주는 딸의 물음에 짧게 혀를 찼다. 둘의 관계를 알고는 있었지만, 어느 정도 시간이 지나면 서로에게 흥이 떨어질 것이라 여겨 내버려두었다. 그런데 가만히 지켜보니 서로 관심이 식어가려는가 보면, 다른 장난감을 가지고 놀고, 그러다 다시 둘의 관심이 살아나는 일이 반복되지 않는가. 성주의 첩으로 보낸 다음에도 둘의 불장난이 이어지는 것을 보면, 어쩌면 이대로 장격이 녀석이 사라져주는 것이 나을지도 모른다.

"아버지!"

마소교는 답답한 마음에 발까지 구르며 부친을 재촉했다.

"아직 찾지 못했다."

"문에 사람이 얼마나 많은데, 사형 한 명을 찾아내지 못하다니! 말이나 되는 거예요? 분명 무한 내에 있을 터인데, 어찌 흔적 하나 찾지 못하는 건가요?"

"녀석을 마지막으로 만난 사람은 너이지 않느냐? 녀석의 행적을 알고 있는 것도 너일 텐데, 그걸 왜 여기서 따지는 것이냐!"

청마문주는 딸의 건방을 받아줄 만큼 마음이 편치 않았다. 부친의 심기가 좋지 않다는 것을 눈치 챈 마소교는 그제야 목소리를 낮췄다. 딸의 행동을 제약하는 엄격한 아버지는 아니었지만, 자신의 권위를 넘어서는 것만은 절대로 용서하지 않았다.

"사형의 행적에 대해서는 알고 있는 대로 모두 말씀드렸잖아요. 분명 절 만나고 만고당의 벽가 계집을 찾아갔다고요. 성주의 관심을 끄는 것이 무엇인지 흥미가 생겼다면서 나갔다니까요."

청마문주는 딸의 말을 곧이곧대로 믿지 않았다.

"네가 녀석을 부추겼겠지."

마소교는 펄쩍 뛰었다.

"아니에요! 제가 왜 그런 짓을 하겠어요. 사형이 다른 계집을 안는 것
이 뭐가 좋다고, 제가 떠밀기까지 해요."

"흥! 내가 네 성격을 모르는 줄 아느냐. 벽가연을 장격이 놈의 품에
던져준 다음, 그걸 빌미로 가지고 놀려는 생각이었겠지. 지금껏 네가
해온 장난질처럼 말이다."

마소교가 입을 앙다물며 주춤했다. 부친의 싸늘한 눈초리에 앙탈이
쏙 들어갔다.

"장격이 녀석은 네 부추김에 화풀이도 할 겸 나선 거겠지. 성주의 계
집이라 하니, 제가 빼앗아 성주를 비웃어줄 생각도 들었을 테고."

"그건……."

마소교는 변명처럼 웅얼거리다 눈을 내리깔았다.

쾅!

청마문주가 손잡이를 내려쳤다.

"때가 어느 때인데 그런 장난질에 정신을 파는 것이냐! 지금도 봐라.
장격이 녀석을 찾느라 괜한 무사들을 쓸데없는 일에 투입하지 않았느
냐!"

"……하지만, 사형의 행적이 만고당에서 사라진 것이 이상하지 않나
요? 분명 들어갔다면 나와야 하잖아요?"

마소교는 도장격이 사라진 후부터 만고당에 대한 의심이 부쩍 늘었다. 그렇지 않아도 눈엣가시 같은 벽가 년의 가게인 데다, 그런 눈으로 봐서인지 수상한 구석이 하나 둘이 아니었다.

"시끄럽다!"

"아버지!"

"네 말을 듣고 만고당을 살펴봤지만 의심스러운 부분은 없었다. 드나드는 물건도 골동품상이 거래하는 물품들이었고, 일하는 인부들도 무공을 모르는 이들뿐이었어. 들어갔는지는 모르겠지만, 붙잡혔다면 아마 성주의 암영대에 붙잡혔을 공산이 더 크다."

마소교의 얼굴이 희끗해졌다. 치맛자락을 움켜잡은 손이 바르르 떨렸다. 그 말은 성주의 손아귀에 사형이 떨어졌다는 말이었다.

"그럼 어찌 되는 건가요? 사형은 어찌해요?"

"어쩌긴 뭘 어찌해! 녀석의 운이 그뿐인 게지."

부친은 사형을 버리려는 것이다. 제자야 능력이 출중한 이로 골라 다시 기르면 되는 것이니.

"아버지! 사형은!"

"그만! 너도 어지간히 놀았으면 그만 관심을 접어라. 그 정도의 녀석은 찾아보면 숱하니 녀석에게 매일 필요가 무엇이냐. 그리고 이제 그만 네 전각으로 돌아가거라. 성주도 돌아왔다고 하니 네 전각을 지키고 있어야지."

마소교는 부친을 뚫어져라 응시하다 획 몸을 돌려 방을 나갔다. 딸의 뒷모습을 보던 청마문주는 다시 수하와 함께 다음 일에 대한 논의를 시작했다. 효용이 다한 제자에 대한 일 따위는 벌써 머릿속에서 지워버린 채.

"그들이 어디까지 왔다고?"

전충 가유광은 자신의 전용 의자인 황금으로 만든 태사의에 앉아 물었다.

"임지(林芝)를 출발했다는 전언을 받은 것이 벌써 두 달 전이었으니, 지금쯤이면 사천성의 경계까지 왔을 겁니다."

심복의 보고에 가유광은 검버섯이 잔뜩 핀 손을 들어 허공에 선을 하나 그었다. 혈뢰음사가 있는 임지에서부터 무한까지의 경로를 그려본 것이다.

"그럭저럭 시일은 맞추겠구만."

"장주님의 계획이신데, 다른 여부가 있겠습니까? 아무리 혈뇌음사의 혈승들이라 해도 장주님의 말을 거역할 수 없을 것입니다."

"흠……."

가유광은 뭔가 좋지 않은 기억이 난 듯 얼굴을 일그러트렸다. 혈승들을 움직이기 위해 자신의 비고가 절반이 넘게 비었다. 중원전장과의 상투에서 속절없이 밀려나며 축난 비고가 이번에 움푹 파일 정도로 드러나 속이 쓰렸다.

대체 중원전장 놈들은 언제부터 자신을 치기 위해 준비한 걸까. 지금껏 자신에게 상투를 걸었던 상단이 없었던 것은 아니었지만, 중원전장처럼 치밀하게 준비한 곳은 없었다. 덕분에 어찌 상대하기도 전에 밀려나 간신히 성 하나만을 사수할 수 있었다.

가유광은 옥으로 만든 긴 연대(烟臺)를 입에 물었다. 희뿌연 담배 연기가 답답한 속내를 토해내듯 뭉클뭉클 피어올랐다.

"알아보라 한 것은?"

"중원전장의 장주와 요인들에 대해서 조사한 것입니다. 그들의 하루 일과부터 취미와 버릇까지 하나도 빠트리지 않고 적어두었습니다."

한 손으로 연대를 꼬나들고서 다른 한 손으로 수하가 내미는 장부를 받아들었다. 종이를 한 장, 한 장 넘기는 가유광의 눈초리가 지옥불처럼 뜨거웠다.

"본 장과 척을 진 이유라도 있던가?"

수하가 허리를 깊이 숙였다.

"샅샅이 찾아보았지만, 본 장과 어긋날 이유를 찾을 수가 없었습니다. 중원전장은 본장보다 더 오랜 역사를 가지고 있는 데다, 서로 주력하는 지역도 떨어져 있는 탓에 딱히 크게 부딪칠 일이 없었습니다."

"그런데도 녀석들은 나를 쳤지."

살기가 감도는 말에 수하는 거북이처럼 목을 움츠렸다. 아무렇지 않은 얼굴을 하고 있지만, 장주는 속으로 시퍼런 날을 갈고 있을 것이다. 지금껏 손해를 입은 적이 한 번도 없던 장주가 싸움에 져 밀려나 간신히 명맥만 유지하게 되었으니, 칼날이 아니라 그보다 더한 것도 세우고 있으리라. 장주의 보복을 받은 중원전장은 지옥보다 더 끔찍한 경험을 하게 될 것이다.

"혈승들과의 정기 연락을 잊지 마라."

"명심하겠습니다, 장주님."

장부를 뒤적이면서 수하에게 당부했다. 혈승들에게 뿌린 황금이 아까웠지만, 원래 큰 투자를 해야 돌아오는 이득도 많은 법이다. 대야성을 찢어 나눠 가지게 될 분량이라면, 중원전장을 중원에서 깨끗하게 지워버릴 수 있을 것이다. 대야성의 비고도 비고지만, 천가의 비고에 묻혀 있는 보물도 만만치 않을 터.

뺏길 수는 없지. 놈들에게 밀려나면 내게 돌아올 몫이 줄어들 게야. 그러니 내 몫을 확실하게 주장하기 위해서라도 녀석들에게 내 성패를 증명해 보여야 한다. 혈승들이 벌일 혈제(血祭)를 본다면 자신의 존재를 무시할 자는 없으리라. 그때에는 중원전장 놈들은 물론이고, 운 좋게 제 손에서 빠져나간 만고당의 계집에게도 지난날의 빚을 톡톡히 갚아 줄 것이다. 희뿌옇게 탁한 눈동자가 음험한 빛으로 번득였다.

서탁에 놓인 촛대가 바람을 맞아 불안하게 흔들렸다. 방문이 열린 틈으로 바람이 밀려 들어왔다. 책을 읽고 있던 제갈 가주는 일렁이는 불길에 시선을 들었다. 큰아들인 제갈수재가 조용히 문을 열고 안으로 들어왔다.

"무슨 일이냐?"

40대의 전형적인 학사처럼 보이는 제갈 가주는 수재의 얼굴에 깔린 짙은 의구심을 읽었다. 그렇지 않아도 요즈음 두 아들 녀석의 얼굴에 의혹과 불만이 차오르는 것을 알고 있었다. 언제 녀석들이 나설까 기다리고 있었더니, 지금에야 입을 떼려는 모양이다. 영준한 큰아들을 보니 뿌듯했다. 큰 녀석은 지혜로워 두루 인망이 넓고, 작은 녀석은 굳세어 가문을 지키는 검으로 딱 맞았다.

어느 녀석이 먼저 물어올까 싶었더니, 그의 예상대로 큰 녀석이 나섰다. 보나마나 무작정 들이닥쳐 물으려는 작은 녀석을 큰 녀석이 다독이며 자신이 떠맡은 거겠지.

"여쭐 말씀이 있어 들었습니다, 아버님."

제갈 가주는 손에 들고 있던 서책을 덮었다. 수재는 서책의 겉장에 적혀 있는 제목을 보았다. 중용(中庸)이다.

중용이 어렵긴 하나 나도 열 살이 되기 전에 뗀 것이 아닌가. 그걸 왜 아버님께서 보고 계신단 말인가.

"말하거라. 물어볼 것이 무엇이냐?"

제갈 가주의 되물음에 수재는 얼른 정신을 똑바로 차렸다. 부친 앞에서는 항시 몸도 마음도 똑바로 깨어 있어야 했다. 언제 어떤 식으로 물음이 던져질지 모르기 때문이다.

"어찌해 우리 가문만 가만히 있는 것입니까?"

"그게 무슨 말이냐?"

큰아들의 물음이 무슨 뜻인지 알면서도 제갈 가주는 모르는 척 되물었다.

"이미 다른 가문들은 제각각 손을 잡은 세력들을 끌어들여 벌써부터 세를 과시하고 있습니다. 분명 당일에는 더욱 세력을 키워 자신들의 몫을 챙길 겁니다. 그들을 가만히 두어도 되는 것입니까?"

세작들의 보고가 들어올 때마다 궁금하던 점이었다. 어찌해 부친은 어린 자신들도 알고 있는 것을 뻔히 내버려두시는가. 비록 지금이야 같은 길을 함께하고 있지만, 조만간 뿔뿔이 흩어져 서로 검을 겨눠야 할 것이다. 그때가 바로 일을 벌이기로 한 당일이 되어 서로 뒤를 치려고 노리고 있는 중일지도 모른다.

"수야."

"예, 아버님."

수재와 묘재의 중간자를 따서 제갈 가주는 종종 그들을 불렀다.

"그들의 움직임을 과연 성주가 모를 것 같으냐? 상관 가주가 눈치 채지 못하고 있을 것 같아?"

제갈수재의 얼굴이 어리둥절해졌다. 비록 머리에 집어넣은 지식은 많아도, 아직은 전반적인 상황을 보고 읽을 줄 아는 지혜가 부족했다.

"아버님의 말씀은…… 성주가 모두 알고 있다는 말씀입니까? 우리들의 움직임을 파악하고 있다는……?"

"쯧쯧쯧. 내 그리 깊이 생각하라 일렀거늘."

"……죄송합니다, 아버님."

제갈수재는 창백해진 얼굴로 황급히 머리를 숙였다.

"성주와 상관 가주를 얕잡아 보지 마라. 아직 네 경험으로는 그들을 상대하기 역부족이니라."

제갈수재는 패배감에 파득, 주먹을 세게 움켜쥐었다. 부친의 말에 승복할 수 없었다. 상관 가주야 부친과 비견되는 자이니 그렇다 넘어갈 수 있지만, 성주야 자신과 비슷한 나이이지 않은가. 주어진 환경도 성주보다 못하지 않으니 뒤처질 까닭이 없었다.

제갈 가주는 불복하는 아들의 기색을 읽었다.

"나를 똑바로 알아야 상대방도 알 수 있다 했거늘. 자신의 역량도 제대로 알지 못하면서 상대를 재단하려 드느냐!"

제갈 가주는 드물게 굳은 얼굴로 아들을 꾸짖었다.

"송구합니다."

"그동안 자리를 지킨 분들이 우리들보다 능력이 부족해 지금껏 움직이지 않은 것 같으냐? 천만에. 오히려 지금의 우리들보다 더 뛰어나고 더 강한 세를 가지신 분들도 많으셨다. 그러나 그분들도 쉬이 움직이지 못하게 한 것이 대야성의 힘이니라. 겉으로 보이는 것이 다가 아니다. 대야성의 숨겨진 힘은 드러난 것보다 배는 더 강하다."

수재는 놀라 숙인 고개를 치켜들었다.

"그럼 이리 가만히 있어서는 안 되지 않습니까? 다른 분들에게 알려 함부로 움직이지 말라 경고를 보내야 합니다."

제갈 가주가 서늘한 냉소를 지었다.

"그들에게 알린다 한들, 우리 말을 들을 것 같으냐?"

"그건……."

"오히려 자신들의 발목을 잡으려 드는 것은 아닌지 의심부터 하며 달려들 것이다. 게다가 지금껏 준비한 것들로 평생의 대업을 성취하기 직전인데, 어찌 포기할 수 있을까?"

"그럼 이대로 내버려두란 말씀이십니까?"

제갈 가주가 천천히 고개를 끄덕였다.

"말린다 한들 소용없는 이들이니 굳이 나설 필요가 무엇이냐. 우리는 우리대로 준비하고 있으면 된다."

수재는 언뜻 이해가 되지 않아 곰곰이 생각에 잠겼다. 부친이 말한 준비라는 것이 황가와 손을 잡은 황궁의 일을 이르는 것 같지는 않았다.

"네 세력이 달려들면 아무리 대단한 대야성이라도 주춧돌이 흔들리긴 하겠지. 상처 입어 피 흘리는 용을 잡는 것이 훨씬 수월하지 않겠느냐?"

"아버님 말씀은 어부지리를 노리시겠다는……."

수재는 부친의 계책에 선선히 수긍했다. 가장 피해가 적고 효율적인 방법이었다. 그야말로 싸움이 끝난 후 서로 상처를 회복하지 못한 두 세력을 모두 치겠다는 뜻.

"저들을 상대하려면 대야성도 가진 힘을 끝까지 숨기고 있지는 못할 게야. 그들이 가진 힘을 모두 드러내 소진시켜야 한다. 지금이라면 다른 자들이 충분히 그 역할을 할 수 있을 게야. 그러니 우리는 느긋하게, 의심을 사지 않을 정도로 움직이면 된다. 때를 노려 용의 목줄을 단숨에 끊어놓을 수 있도록. 알겠느냐?"

"예, 아버님."

제갈 가주는 덮었던 중용을 다시 펼치며 말했다.

"묘아도 잘 다독이고. 괜히 성질을 이기지 못하고 나서다 일을 망치게 하지 말고."

"염려하지 마십시오. 제가 일러두겠습니다."

제갈 가주는 여유가 가득한 웃음을 지으며 다시 서책으로 관심을 돌렸다.

　잠시 눈을 뜨려는 듯했던 와룡의 가문은 조만간 일어날 때를 기다리며 다시 눈을 감았다.

二十三章

변류(變流)

    무림 대회가 다가올수록 대야성의 외성은 각지에서 몰려오는 사람들로 들끓었다. 고르고 고른 세력의 고위 인사들만 대야성의 빈각에 묵을 수 있었지만, 그래도 사람들은 꾸역꾸역 찾아왔다. 성내에 머물지는 못해도 인근의 객잔에 자리를 잡고 대야성을 오가며 인맥 쌓기에 여념이 없었다. 외성의 벅적거림과 달리 내성은 조용했다. 첩실을 세 명이나 들이면서 조금은 활기를 띠지 않을까 기대했던 것이 무색할 정도였다. 부용정의 남궁 부인은 원체 몸이 약해 잘 움직이지 않았고, 이화헌의 마 부인은 도도하고 오만한 성격이라 주변인들이 쉽게 접근할 수가 없었다. 성주의 관심을 가장 많이 받고 있는 석란재의 벽 부인은 항시 만고당을 오가는 탓에 전각을 비우기 일쑤였다.

    부용정의 남궁혜는 아침부터 반갑지 않은 손님을 맞았다.

    "이른 시간에 어쩐 일이십니까?"

    남궁융기는 자신의 안방인 양 거침없이 부용정의 내실로 들어섰다. 그의 시선이 남궁혜의 발치에 놓인 수틀로 향했다. 넓은 수틀에 여의주를 물고 발톱을 세운 청룡이 펼쳐져 있었다. 거의 완성 직전이라 남궁혜의 빼어난 실력이 유감없이 발휘된 듯했다.

"성주에게 줄 물건이더냐?"

남궁혜는 앞으로 나서는 척 발걸음을 떼며 그의 시선을 가렸다. 남궁융기는 노골적으로 비웃었다. 몇 날 며칠 수를 잡고 앉아 있어본들 무엇할 것인가. 정작 받을 이가 마음이 없는데.

"쯧쯧쯧. 그리 애쓰면 뭐할 것이냐. 사내 마음이 규방에 앉아 바늘만 잡고 있는다고 잡을 수 있는 것이더냐?"

파리한 남궁혜의 얼굴이 굳어졌다. 그러나 남궁융기는 부용정이 자신의 거처인 양 주변에 있는 시비들에게 명령했다.

"긴히 나눌 얘기가 있으니 다들 물러가 있거라."

시비들이 주춤거리며 남궁혜의 기색을 살폈다. 아무리 남궁융기가 혈족으로 집안의 어른이라고는 하나, 부용정의 주인은 엄연히 남궁혜였다. 남궁융기의 눈빛이 스산해졌다.

"유모가 시비들을 모두 데리고 나가줘요. 주변에 다른 이가 없는지 살피는 것도 잊지 말고요."

"예, 마님."

유모가 시비들에게 손짓을 하며 밖으로 몰고 나갔다. 남궁융기의 성격을 잘 아는 유모는 호들갑을 떨지 않으면서도 재빨리 밖으로 나가 문을 닫았다.

대체 저 어르신께서 여기까지 무슨 일로 오신 것인지 모르겠구나. 예감이 좋지 않으니…… 가주나 대공자께 몰래 아뢰어야 하나.

전각에서 시비들을 멀찍이 떨어트리며 방금 자신이 나온 전각을 걱정스러운 시선으로 바라보았다. 세가에서 벌어지고 있는 갈등을 익히 알고 있는 터라, 대장로인 남궁융기의 방문이 더욱 의아하기만 했다.

결코 좋은 의도로 찾아온 것은 아닐 터였다.

"긴히 하실 말씀이란 것이 무엇입니까, 작은할아버님?"

"이러니저러니해 도 네 아래에 있는 아이들은 잘 다스리는가 보구나. 네 말 한마디가 떨어지자마자 움직이는 것을 보니."

"제가 아랫사람을 잘 부리는지 확인하러 이 시간에 오신 것은 아니시겠지요?"

남궁혜의 음성이 약간 날카로워졌다. 의뭉스레 시간을 끄는 것이 신경에 거슬렸다. 자신의 전각에서 작은할아버지를 마주 대하고 있다는 것이 견디기 힘들었다. 작은할아버지는 자신이 가진 추악한 면을 들춰냈다. 애써 외면하고 덮어두었던 부분을 양지로 끌어올려 그녀를 더럽히려 들었다.

"왜, 날 보는 것이 편치 않느냐? 하기야 그렇기도 하겠지. 네가 해준 일이 워낙 대단한 일이었지 않느냐."

"작은할아버님!"

바람이라도 불면 흔들릴 듯한 연약한 몸에서 앙칼진 목소리가 나왔다. 남궁융기가 실죽이 입술을 끌어 올렸다. 아직도 자신이 얼룩 한 점 없는 백지인 양 구는 것이 가소로웠다. 누구보다도 추악하고 더러우면서도 겉으로는 아닌 척 애써 눈을 돌리고 있지 않은가. 그런다 한들 제

속에 있는 것이 없어지는 것도 아니건만.

"뭐, 됐다. 나 역시 네 얼굴을 오래 볼 까닭도 없으니."

남궁융기는 얼굴 가득 띠고 있던 웃음기를 지웠다. 정색한 얼굴에 서늘한 위압감이 감돌았다.

"용케 석란재에 물건을 들여 넣을 생각을 했구나. 아무리 아닌 척 굴어도 여인의 투기란 것이 그런 것이지. 제 것이라 여기는 사내의 씨앗을 다른 여인이 품는 것을 봐줄 수는 없었을 게야."

남궁혜의 파리한 낯색이 더 희끗해졌다. 치맛자락을 말아 쥔 손에 절로 힘이 들어갔다.

"……무슨 말씀이십니까?"

파리한 입술 사이로 나온 목소리도 충격을 받았는지 가늘게 떨렸다.

"왜? 내가 알고 있는 것이 놀라우냐? 나도 알아보고 놀랐다. 설마하니, 네가 거기에까지 손을 쓸 줄은 몰랐으니."

"작은할아버님이 하시는 말씀이 무슨 뜻인지 모르겠습니다. 지금 무슨 말씀을 하시는 것입니까?"

설마, 정말 알아낸 것일까? 어디서 새어나간 것이지? 혹, 혁 가가도 알게 되신 것은……. 아니야. 그랬다면 작은할아버지가 여기까지 찾아왔을 리가 없지. 이 능구렁이 같은 작자가 찾아왔다는 건 얻을 것이 있다는 뜻이다.

짧은 시간 사이에 남궁혜의 머릿속이 어지럽게 돌아갔다.

"쯧쯧쯧. 머리 굴릴 것 없다. 네 행동을 탓하려고 찾아온 것이 아니니. 그리고 이런 때에는 차라리 사실대로 털어놓는 것이 차라리 낫다.

적어도 거짓이라 발뺌하며 우기는 것만큼 추한 것도 없으니 말이다."

남궁융기가 넓은 실내를 천천히 걸었다. 벽에 걸린 화폭을 물끄러미 응시하며 말했다.

"그렇지 않아도 슬슬 말들이 나오고 있긴 하지. 벌써 성주와 함께 밤을 보낸 지가 언제인데 아직 소식이 없느냐고. 네 의도대로 일이 돌아가는 것 같구나."

남궁혜는 떨리는 입술을 힘주어 굳게 다물었다.

"본론이 뭔가요? 제 약점을 잡았다 알려주러 오신 겁니까?"

힘없이 흐리마리하던 눈동자에 독기가 어리며 빛이 돌아왔다. 그제야 남궁융기는 비웃음이 아닌 흡족한 웃음을 지었다.

이제야 내가 원하던 모습이 나왔구만.

"겸사겸사지. 네 덕분에 내 일이 수월해질 듯해 미리 고맙다는 인사도 건네고."

"작은할아버님의 일이라니요?"

되묻는 목소리에 거부와 경계심이 돋아 있었다.

감언이설에 한 번 넘어가 돌이킬 수 없는 잘못을 저질렀지만, 더 이상 발목 잡히는 일은 만들고 싶지 않았다. 그녀는 자신이 이미 저들과 같은 늪 속에 깊이 잠겨 헤어 나올 수 없는 지경이라는 것을 알지 못했다. 어쩔 수 없이 내어준 것이라 아무도 모를 것이라 여겼다. 알아도 그녀의 처지를 살펴 동정하리라. 금방이라도 바스라질 듯한 여인의 눈물이란 그래서 유용한 것이다.

남궁융기는 장포의 소맷자락에서 작은 나무함을 꺼냈다. 검은 옻칠에 반짝이는 자개가 박혀 있었다.

"이게 뭔가요?"

"네가 들이는 물건과 같은 것이다. 석란재에서 쓰이는 상급의 철관음이지."

석란재의 벽가연은 철관음을 좋아해 손님이 들지 않을 때에는 늘 같은 차를 마신다 들었다. 그리해 벽가장에서 거래하는 상단에서 상급의 찻잎을 구해 석란재로 들여보냈다. 남궁혜는 벽가장에서 들여보내는 찻잎에 사람을 부려 손을 쓴 것이다.

남궁혜는 남궁융기가 내미는 상자를 보았다. 그리 오래되지 않은 과거의 어느 날과 비슷한 상황이었다.

"단순한 철관음은 아니겠죠. 무엇이 들었나요?"

그때도 그녀는 같은 질문을 했었다. 차통을 앞에 두고서.

"루(嘍)의 독이다."

"……루?"

"북해에서만 사는 새다. 북해 사람들도 잘 알지 못하는 희귀한 새지. 그 새의 깃털 하나면 중소 문파 하나를 하룻밤 사이에 조용히 몰살시킬 수 있단다."

남궁혜는 검은 빛깔의 차통을 유심히 보았다. 그러다 고개를 치켜들어 그녀를 살펴보고 있는 남궁융기를 봤다.

"그 말이 사실이라는 걸 제가 어찌 믿을 수 있습니까? 지난번처럼 다른 것을 넣어놓고 후에 아니었다 말씀하시는 것은 아닙니까?"

"굳이 그럴 상대가 아니지 않느냐? 기실 석란재의 물건이 없어지길 바라는 것은 나보다 네가 더하지 않느냐? 그러니 거짓을 말할 필요가 없지."

남궁융기는 잠시 말을 끊었다. 그에게서 일어난 살기 어린 위압감이 남궁혜를 짓눌렀다. 창백하던 그녀의 얼굴이 청색을 띠며 호흡이 곤란한 듯 가슴을 움켜쥐었다.

"착각하지 마라. 안에 든 것이 무엇이든, 네게는 거부할 권리가 없다. 처음 네가 내 손을 잡았을 때부터 네가 할 수 있는 대답은 조용히 순응하는 것뿐이었으니까."

이 정도면 알아들었겠지.

남궁융기는 기세를 지웠다. 위태롭게 흔들리던 남궁혜는 간신히 서탁을 부여잡고 헉헉거렸다. 몸이 약한 그녀였기에 남궁융기의 기세가 조금만 더 강하거나 시간을 끌었다면 더 이상 견디지 못하고 쓰러졌을 것이다.

"어차피 너는 하던 대로 움직이면 되는 일이지 않느냐? 달라질 것도 없는데 무엇하러 신경을 쓰려 하느냐. 그저 앉아서 남이 벌인 판에 떨어질 떡이나 주워 먹으면 되는 것을."

남궁융기는 다시 자상한 할아버지의 가면을 덮어 썼다. 검푸른 빛을 띠는 입술을 아프게 깨문 남궁혜는 불규칙적인 밭은 호흡을 하면서 그를 노려보았다.

보기 안쓰러울 정도로 가는 손이 천천히 움직여 서탁에 놓인 차통을 움켜쥐었다. 남궁융기는 만족스러운 얼굴로 고개를 끄덕였다. 한 번 일을 시킬 때마다 제법 손이 가서 문제지, 일단 하기로 한 일은 완벽하게 처리하는 아이였다.

지금은 이대로 끌려가지만, 언제까지 이리 당하지는 않을 것이야.

남궁혜는 차통을 더 꽉 움켜쥐었다. 차통의 뾰족하게 튀어나온 장식이 손바닥을 아프게 찔렀지만, 수치심과 증오에 마음이 물들어 통각이 마비된 듯 아무것도 느껴지지 않았다.

"부, 부인! 괜찮으십니까? 괜찮으세요?"

밖에서 망을 보며 안에 든 손님이 나가길 기다리고 있던 유모가 안으로 후다닥 달려들어 왔다.

"아가씨! 아가씨! 뭣들 하느냐! 당장 의원을 불러오너라! 당장 불러와!"

유모는 낭궁혜의 얼굴색이 죽은 사람처럼 시커먼 것을 보고서 밖을 향해 연신 소리를 쳤다. 안의 말이 새어나갈까 시비들을 멀찍이 물린 탓에 악을 쓰듯 소리를 질러도 사람 코빼기도 보이지 않았다.

"아이고! 아가씨! 정신 차리세요!"

유모는 힘없이 휘청거리는 남궁혜의 신형을 잡아 부축했다.

"이것들이! 무엇들을 하기에 여직 나타나지 않는 게야! 밖에 아무도……."

유모는 소리를 지르다 남궁혜가 자신의 팔을 아플 정도로 거세게 움켜잡자 황급히 그녀에게 시선을 돌렸다.

"아가씨!"

"……조용히……."

"예?"

"조용히 해요."

조용한 읊조림에 실린 음울한 기운에 유모는 저도 모르게 입을 닫았다. 팔목을 죄어오는 악력에 유모는 소스라치게 놀랐다.

"아가씨?"

남궁혜는 부축해주는 유모의 손을 떨쳐냈다. 비틀거리는 걸음으로 서탁에 앉았다. 유모는 자줏빛 소맷부리를 들췄다. 그 짧은 사이에 만들어진 검붉은 손자국이 선명하게 자리해 있었다.

분명 안 좋은 일이 생긴 것이 틀림없어.

대장로께서 아가씨 처소에 오신 것부터가 불길한 징조였다. 가주님께는 무리겠지만, 소가주님에게만이라도 언질을 따로 넣어야 하겠다.

"유모."

"예, 옛? 예! 아가씨!"

유모는 황급히 남궁혜의 안색을 확인했다. 다행히 금방이라도 죽을 듯하던 푸르스름한 기운이 사라진 듯했다. 파리하긴 하지만, 평소와 거의 비슷한 낯빛이었다.

남궁혜는 서탁에 있는 차통을 손끝으로 건드렸다.

"이걸 이번에 넣도록 해요."

너무나 평이한 어조라 금방 알아듣지 못했다. 그러다 곧 얼굴이 딱딱하게 경직되었다. 아가씨가 말하는 곳이 어디인지 이해했다.

"이걸 말입니까?"

"네. 특별히 부탁하신 물건이니 아랫사람으로서 순종하는 것이 당연하겠지요."

남궁혜가 고개를 틀어 바닥에 놓인 수틀을 물끄러미 바라보았다.

"달라질 것은 없어요. 다른 때와 똑같이 이것을 건네주면 되니까. 안에 든 건 구하기 힘든 상급의 찻잎이라네요."

유모는 조심스럽게 차통을 들어 소매춤에 갈무리했다. 자신의 주먹의 반도 되지 않는 차통이 쇳덩이처럼 무거웠다. 보이지 않는 무게가 더해져 소맷자락이 아래로 축 늘어지는 듯했다.

금화파파는 용두괴장으로 복도를 쿵쿵 찧으며 앞으로 나아갔다. 설백의 머리를 곱게 틀어 올린 머리에 짙은 녹옥으로 만든 비녀가 기품을 더했다. 외성의 북적거림과 비교할 수는 없지만 내성도 무림 대회 기간에 외성으로 사람들을 보내어 대회를 도와야 하기에 약간 어수선했다. 축제와 비슷한 행사라 사람들의 들뜬 기분에 휩싸여 내성도 알게 모르게 들썩거렸다.

외성으로 사람을 보내고 다시 내성의 자리 배치와 교대를 새로 짜는 등 눈코 뜰 새 없이 바쁜 내총관의 방문이 기척도 없이 벌컥 열렸다. 보고서와 서류의 바다에서 헤엄치고 있던 총관은 부스스한 눈으로 안으로 쿵쿵 들어오는 인영을 봤다.

"금화파파님! 여기까지 어쩐 일이십니까? 사람을 보내 부르셨다면 금방 찾아뵈었을 텐데요."

다가오는 금화파파의 신형보다 바닥을 찧는 용두괴장 소리를 먼저 들었다. 내성을 관리하는 것은 내총관의 일이기는 하나, 오롯이 그 혼자만 할 수 있는 일이 아니었다. 안주인이 있어 총괄해야 할 일이었으

나, 그 자리가 공석이라 대신 진혁의 유모와 같은 금화파파가 대신하는
것이다. 그러니 내총관에게는 금화파파가 윗사람과 같았다.

"바쁜 사람을 오라 가라 할 것이 뭐냐. 한가한 이가 움직이면 되는 일
을."

금화파파의 눈이 종이들이 켜켜이 쌓여 있는 서탁을 보았다.

"쯧쯧쯧."

절로 혀 차는 소리가 나왔다. 이곳만이 아니다. 여기로 오기 전 잠시
들른 외성의 총관실도 비슷한 모양새였다. 외총관이 서류를 한 무더기
집어 들고서는 외성 여기저기를 돌아다니며 지시를 내렸고, 명령에 따
르는 수하들이 발바닥에 땀이 나도록 뛰어다니고 있었다.

"하하! 어쩔 수 없는 상황이니 좀 봐주십시오, 파파님."

"매회마다 똑같은 모습이니, 타박한들 달라질 것이냐. 괜한 내 입만
아플 뿐이지."

"노파파도 잘 아시는군요."

변죽 좋게 대거리를 하는 것이 속이라고는 하나도 없는 사람 같았다.
그러나 능력도 없는 이를 안주인도 없는 내성의 살림꾼으로 앉혀둘 리
가 없었다. 그는 이쪽저쪽의 얘기들을 들으면서 상대방의 기분을 상하
게 하지 않고 일을 잘 풀어나갔다. 내성에 성주의 첩들이 들어온 후에
도 각 전각들마다 조율을 잘해 큰 소리가 나지 않았다.

"아무리 일이 바쁘다지만, 살펴보는 곳을 소홀히 하는 것이 아니
냐?"

"무슨 말씀이십니까, 노파파?"

슬쩍 던지는 말 같지만, 확실한 것이 아니면 입을 떼지 않는 금화파파의 성격을 알기에 헤실헤실 웃고 있던 내총관이 정색하며 물었다.

"내원의 세 전각들을 말함이다."

답하는 금화파파의 쉰 목소리가 낮게 깔렸다.

"특별한 변동 사항은 없는 것으로 보고 받았습니다."

"부용정에 남궁 대장로가 막 들었다 나갔다는 말을 들었다."

"그 보고는 아직 올라오지 않았습니다. 언제 들으신 것입니까?"

남궁 대장로라면 예의 주시해야 할 상대이지 않은가.

"나도 방금 들었다. 막 내성을 나가는 뒷모습을 확인하고 오는 길이야."

"지금껏 부용정을 직접 찾아온 적은 없었지 않습니까? 무슨 일인지는 듣지 못하셨습니까?"

금화파파가 이마에 주름을 깊게 잡으며 고개를 저었다.

"사람을 멀리 물려서 들으려야 들을 수 없었다고 하더군. 남궁 대장로의 무위를 생각한다면 주변에 접근하려는 기척만 있었어도 잡혔을 게야."

"부용정에 다른 움직임이 있는지 주시하라 이르겠습니다."

"아이들도 함께 있으니 움직이기 좀 더 수월할 것이다. 그리고 부용정만이 아니다. 무림 대회에 시선이 쏠려 내원의 움직임을 놓치는 일이 생겨서는 안 될 것이야. 다른 전각들도 달리 움직이지 않는지 세세히 살펴야 할 게야."

내총관은 잠시 해이해진 자신을 반성했다. 자신이 돌아보고 단속해야 할 곳은 밖이 아니라 안이었다. 밖이 세찬 풍파에 시달려 소란이 일지라도 안은 잔잔한 수면처럼 조용하게 만들어야 했다. 그것이 자신에게 주어진 임무였다.

"성주님께 말씀드려야 할까요?"

그렇지 않아도 금화파파도 같은 고민을 하고 있었다. 연일 상관 군사와 함께 일을 논의하느라 여념이 없는 성주였다. 보아하니 백야공도 성주의 밀명을 받고 움직이는 듯하고, 여기저기 밀마들이 쉼 없이 움직이는 것이 그녀의 눈에 잡혔다. 용두괴장을 쥐고 있는 손가락이 불안하게 움직였다.

"남궁 대장로의 움직임을 군사가 따로 살피고 있지 않을까?"

"주시하고는 있을 것입니다."

금화파파는 마음을 정한 듯 용두괴장을 한 번 쿵 내려찍었다.

"그럼 우리는 안의 전각들만 살피도록 하지. 면밀히 살피면 남궁 대장로가 부용정을 찾은 이유를 알게 되지 않겠는가? 그때 가서 성주님께 말씀드려도 늦지 않을 것이야."

"알겠습니다. 그리 조치하겠습니다."

이번 무림 대회는 다른 때와 다르다. 성주와 상관 군사의 세세한 계획은 알지 못해도 분명 커다란 계획이 돌아가고 있었다. 내총관은 믿을 수 있는 수하들을 좀 더 풀어 내성 구석구석에 다시 박아놓아야겠다며 서둘러 움직였다.

금화파파는 굽으려는 허리를 툭툭 두드리며 무거운 한숨을 내쉬었다. 부용정의 남궁혜는 처음 만났을 때부터 꺼림칙하던 여인이었다.

그러나 눈에 띄게 암수를 쓰지는 않아 자신의 과민 반응인가 싶었더랬다.

꾸미는 일이 무엇이든 무림 대회가 끝날 때까지는 잠잠했으면 좋으련만. 아무래도 내 지나친 바람인 듯하구나. 큰일이 아니어야 할 터인데……. 방을 나서는 금화파파의 뒤로 무거운 시름이 짙게 드리웠다.

외성의 긴 회랑은 허례허식을 일체 배제해 단조로운 형식이었다. 회랑에 올린 기와들도 문양 없이 밋밋했고, 기둥 끝의 색감도 화려하지 않았다. 단지 세월에 덧칠한 흔적만이 남아 있었다.

외성의 외각으로 이어진 회랑을 따라 천천히 걸어가던 가연은 길목을 막고 있는 무리를 발견하고 천천히 걸음을 멈췄다.

황벽군.

화려한 치장을 했지만, 가진 미모가 너무 빼어나 오히려 화려해 보이지 않았다. 황벽군의 옆으로 시비들이 길게 늘어서 있었다. 옆으로 나아갈 통로를 막아버린 것이다.

이 길로 갈 줄 알고 기다리고 있었구나.

"황 소저."

황벽군은 제자리에 가만히 서서 가연이 가까이 다가오길 기다렸다. 그녀의 머릿속에는, 아랫사람이 먼저 움직여 윗사람을 찾아야지, 윗사람이 채신머리없이 먼저 움직이는 경우는 없었다.

"벽 부인."

가연이 황벽군의 뒤로 늘어서 있는 시비들을 힐끗 보았다.

"시비들을 옆으로 물려주시겠습니까? 길을 가려니 걸리적거리는군요."

"무어 그리 바쁜 일이 있다고 허둥지둥 꼬리를 빼려 하나? 어렵게 만났으니 얘기나 좀 나누지."

황벽군은 오만하게 가연을 내려다보며 명령조로 말했다. 가연이 의도적으로 고개를 갸웃거렸다.

"황 소저와 저 사이에 나눌 얘기가 있겠습니까?"

"얘깃거리야 만들면 나오는 거지."

황벽군은 표독스러운 눈빛으로 가연을 쏘아보았다. 천천히 걸음을 옮겨 가연을 물건 살피듯 빙 둘러가며 위아래로 훑었다.

"대체 생긴 것 같지도 않은 너 따위가 무슨 술수를 썼기에 성주님이 헤어 나오지 못하는 거지? 응?"

"말씀이 너무 지나치십니다!"

가연의 뒤에 있던 소소가 앞으로 나서며 발끈했다.

"뭐라? 시비도 배워먹지 못한 주인을 닮아 건방지기 이를 데 없구나! 어디 주인이 얘기를 하는데 허락도 없이 나서는 게야!"

황벽군은 눈을 번득이며 뒤에 있는 자신들의 시비에게 호령했다.

"뭣들 하느냐! 이 버릇없는 것이 정신이 번쩍 들도록 매우 치질 않고!"

"네!"

마치 기회를 노리고 있었던 듯 체격 좋은 시비들이 우르르 몰려나와 소소와 가연을 에워쌌다.

163

"이게 무슨 짓입니까! 소소는 내 아랫사람입니다! 다스릴 일이 있다면 내가 직접 합니다! 하물며 황 소저에게는 성내의 사람을 다스릴 권한이 없지 않습니까!"

"닥쳐라! 너희들 따위를 벌주는 일에 대야성의 권한 따위는 필요 없어! 내 이름만으로도 충분히 너희들을 죽일 수 있다! 흥! 여기서 우물에 빠트리면 누가 그랬는지 알 게 무엇이냐. 제 실수로 헛디뎌 빠졌다는데, 어찌할 것이야!"

"아악! 부인! 부인!"

다른 이들이 볼 수 없도록 가림막처럼 둘러선 시비들이 소소와 가연을 마구 때리기 시작했다. 소소는 갑작스러운 봉변에 주인을 보호하기 위해 제 몸으로 가연을 감싸 안았다.

황벽군은 표독스러운 눈으로 주변을 두리번거리며 근방에 있을 우물을 찾았다. 주인의 말귀를 읽은 시비들이 우악스럽게 소소와 가연을 양쪽으로 잡아끌었다. 잠깐 사이에 두 사람의 몰골이 엉망이 되었다. 소소는 여기저기 붉은 생채기가 났고, 가연은 입술이 찢어져 피가 났다. 곱게 땋아 올렸던 머리카락은 여기저기 헝클어져 지저분하게 흩어졌다.

차가운 우물물에 빠진 다음에야 죽든 살든 제 타고난 운이지. 간신히 살아난다면 제 분수를 알고 납작 엎드릴 것이야.

"그만!"

강제로 붙잡아 일으켜진 가연의 외마디 호통 소리에 시비들이 흠칫 몸을 떨었다.

뭐야?

황벽군은 가연이 풍기는 위압감에 눈을 부릅떴다. 그녀에게서 전해지는 위압감이 황궁에 있는 황후마마보다 더 강했다. 주변을 아우르는 압박감에 황벽군의 손이 덜덜 떨렸다.

이건 말도 안 돼! 내, 내가 고작 이런 계집에게 눌릴 리가 없어!

황벽군은 덜덜 떨리는 제 몸을 멈추려 애를 썼지만, 몸이 말을 듣지 않았다. 마치 천적이라도 만난 양 팔다리가 저려왔다.

"아무리 황가의 여식이라 하나 너무 오만하군요. 지금 나와 내 시비에게 손을 댄다는 건, 성주님에게 손을 댄다는 것과도 같다는 걸 모르나요? 설사 그런 일이 생겨도 자신은 아무것도 모르는 일이라 발뺌할 수 있다 자신하는 모양인데, 설마하니 이 주변에 은신하고 있는 이들이 있을지도 모른다는 생각은 전혀 하지 않았나 보군요."

뭐?

황벽군이 황급히 사방을 둘러보았다. 아직 새잎이 나지 않은 나무들이 회랑을 따라 커다란 가지를 뻗고 있었다.

"여긴 대야성입니다. 하물며 조만간 무림 대회가 개최될 터인데, 사방을 살피는 눈들이 없을 거라 여겼습니까?"

"흥! 설사 그렇다 한들, 날 어찌할 수는 없을 것이야!"

황벽군은 불안한 마음을 감추려는 듯 더 큰 소리를 냈다. 가연의 형편없어진 모양새를 보니 그동안 쌓였던 울분이 약간은 가시는 듯했다.

"마음에 차지는 않지만, 기회야 다음에 또 있겠지. 그때에는 정식으로 날 대해야 할 터이니, 지금처럼 고분고분하게 넘어가지는 않을 게야. 그러니 각오를 단단히 하고 있어야 할 것이야."

황벽군은 기세등등하게 고개를 치켜들고 가연의 어깨를 밀치며 지나갔다.

단출한 호법원의 집무실에 앉아 있던 벽갈평은 밖에서 들려오던 우렁찬 기합 소리가 딱 멈춘 것을 느꼈다. 호법원에 들어온 원로들이 대야성의 평무사들 중 제법 재주가 있는 자를 골라 수련을 시키는 시간이라 연신 구령 소리가 들려야 했다.

벽갈평은 손에 든 종이를 내려놓았다. 밖에서 어수선한 술렁거림이 느껴졌다. 나가봐야 하나 싶어 자리에서 일어나려 할 때였다.

"양부님, 가연입니다."

"어서 들어오너라!"

벽갈평은 벌떡 의자에서 일어났다.

문이 열리며 가연이 들어오는 사이로 안마당에 몰려 웅성거리는 원로들과 평무사들의 모습이 보였다.

"네 모습이 왜 그런 것이냐? 무슨 일이야?"

벽갈평은 부리부리한 호목을 치뜨며 큰 소리로 버럭 물었다. 어디서 봉변이라도 당한 사람처럼, 깨끗해야 할 가연의 얼굴 여기저기에 시퍼런 멍이 들고 입술이 찢어져 있었다. 뒤따라 들어오는 소소의 몰골은 더 가관이었다. 점박이처럼 눈두덩이 시퍼레진 데다 여기저기 할퀸 자국이 한가득이었다.

벽갈평은 한달음에 다가가 가연의 얼굴을 여기저기 살폈다. 점점 짙어지는 멍도 문제지만, 입술이 찢어진 것이 더 눈살을 찌푸리게 했다.

"이게 어찌 된 것이냐?"

"죄송합니다, 양부님. 돌아갈까 하다가, 차라리 빨리 양부님께 와서 치료를 하는 편이 낫겠다 싶었어요. 돌아가는 길이 더 시간이 걸리는데다, 사람들도 더 많이 마주해야 하는 터라……."

벽갈평이 가연의 손을 잡아끌어 집무실의 의자에 앉혔다. 뒤에서 따라오던 소소가 안전하다는 생각에 긴장이 풀린 듯 훌쩍훌쩍 울기 시작했다. 벽갈평이 울음소리에 소소를 돌아보았다. 그도 소소를 알고 있었다. 총관이 가연과 함께 딸려 보낼 시비를 고를 때 그에게도 선을 보였었기 때문이다. 종종 벽가장에도 가연의 심부름으로 드나들어 이름자도 알고 있었다.

"소소, 네가 말해봐라. 아무것도 숨기지 말고 겪은 대로 말해라."

"양부님."

"어서!"

벽갈평은 가연의 만류하는 소리를 듣지 못한 양 소소를 다그쳤다.

"아, 부인께서 장주님을 뵈러 오시는 길이었는데……. 훌쩍, 웬 여자분이 앞을 가로막으면서 부인에게 차마 듣기 민망할 정도의 폭언을 퍼부었습니다. 그러더니 너희들 따위 여기서 죽어도 아무도 모를 거라면서, 알게 된다 해도 자신을 탓하지는 못할 것이라며 저희들을 우물가로 끌고 가려고 했습니다! 훌쩍, 훌쩍! 정말 무서웠습니다, 장주님! 부인께서 나서시지 않았다면 정말, 부인과 천비(賤婢)를 정말 죽였을 것입니다!"

167

"이게 무슨 소리야! 널 죽이려고 하다니? 지금 이 말이 사실이냐? 소소가 한 말이 사실이야?"

벽갈평은 얼굴이 시뻘겋게 달아오를 정도로 화가 났다. 성 밖도 아니고 성내에서 가연이 화를 당할 뻔했다니, 믿을 수가 없었다.

"대체 그 여자가 누구란 말이냐! 누군데 널 그리 함부로 대하고도 당당하게 구는 것이야!"

누군지만 알면 당장 찾아가 가연에게 한 짓보다 더한 혼찌검을 내놓을 기세였다. 가연이 어수선하게 뒤엉킨 머리카락을 쓸어 가지런히 정리하면서 씁쓸히 웃었다.

"소소는 나가서 의원이 오면 먼저 치료를 받아라. 약도 지어달라고 해서 먹도록 해."

소소는 아프고 억울한 마음에 눈물을 뚝뚝 흘리며 집무실을 나갔다. 일부러 소소를 내보낸 가연은 드물게 울적한 웃음을 지었다.

"황가의 위세가 대단하긴 대단하군요, 양부님. 대야성이라 해도 자신의 행사를 막을 수 없다 호언장담하는 것이, 정말 그리 생각하는 듯했습니다."

"……빈각에 있다는 황 소저 말이더냐?"

가연이 고개를 끄덕였다.

"이 못된 것이! 누굴……!"

벽갈평은 드물게 젊은 시절의 다혈질적이던 성격이 나왔다. 아무 죄 없는 불쌍한 아이를 마구 때린 것도 모자라 죽이려고까지 했다니. 그 마음이 너무나 독랄하지 않은가!

"양부님!"

밖으로 나가려는 듯 몸을 돌리는 벽갈평을 가연이 다급히 붙잡았다.

"고정하시어요. 저는 괜찮습니다. 그러니 진노를 참으십시오."

"지금 네 얼굴을 보고서도 나더러 참으라 하는 것이냐! 얼굴만이 아니다. 소소의 말을 들어보니 자칫 다치는 것에서 끝나지 않을 수도 있었지 않느냐! 그런 이를 가까이 둘 수는 없다! 엄히 경고를 해둬야 다음에 또 이런 일이 생기지 않을 것이다!"

"양부님께서 나서시면 오히려 일이 커질 수 있습니다. 그러니 참으시지요. 경고를 하더라도 양부님께서 하시는 것은 오히려 모양새가 좋지 않습니다. 어찌 됐든 빈각에 손님으로 있는 여인이 아닙니까? 게다가 성주님의 정혼녀라는 이야기까지 있으니……. 양부님께서 나서시면 저로 인해 괜한 오해의 시선을 받으실 겁니다."

"내가 그런 오해 따위를 무서워할 성싶으냐?"

자신만 떳떳하면 세상에 알리지 않아도 거리낄 필요가 없다는 것이 벽갈평의 지론이었다. 그러나 사람들 사이의 관계란 그리 단순하지 않았다. 대야성은 온갖 인간관계가 총망라되어 있는 곳이지 않은가. 떳떳함 한 가지만으로는 헤쳐 나가기 힘들었다.

"무림 대회를 위해 중원 각지에서 몰려온 사람들로 북적거리는 때가 아닙니까? 이런 때에, 좋은 일이든 나쁜 일이든 구설에 오르는 것은 좋지 않습니다. 황 소저의 처분은 전적으로 성주님에게 달린 일입니다. 조만간 어느 쪽으로든 결론이 날 터이니, 그때까지는 모르는 척하시는 것이 낫습니다."

가연의 말투에서 미묘한 기색을 읽었다.

"성주님에게 따로 들은 것이 있느냐?"

"아니요. 하지만 언제까지 저리 방치해둘 수는 없지요. 북경에서든, 성주님이든 서로 결착을 지으실 겁니다."

가연은 이미 끈 떨어진 연 신세인 황벽군에 대해서는 걱정하지 않았다. 북경의 황가는 식솔이란 식솔은 모조리 끌어내 참한 뒤였다.

"부인! 장주님! 의원이 왔습니다."

소소의 문 두드리는 소리와 함께 문이 열렸다. 머리카락이 조금씩 희끗해지기 시작한 중년인이 침구 상자를 들고 들어왔다. 의원은 가연의 얼굴을 살펴보더니 상처에 바르는 둥글고 납작한 연고 상자를 주었다.

"아침저녁으로 바르시면 상처가 빨리 아물 것입니다. 멍든 어혈이 빨리 풀릴 수 있는 탕약도 지어드릴 테니 드십시오."

"소소는 의원을 따라가 약방문을 받아 약을 가져오너라."

"예, 부인."

소소와 의원이 나가자 집무실에는 벽갈평과 가연만이 남았다. 벽갈평은 착잡한 심정에 한숨을 길게 내쉬었다. 그때 성주님이 무어라 하시든, 가연이 뭐라 하든 막았어야 하는 것을……

"저는 정말 괜찮습니다. 그러니 걱정하지 마십시오, 양부님."

벽갈평은 울긋불긋한 가연의 얼굴을 바라보았다. 지금은 그나마 알긋발긋했지만 내일은 지금보다 더 멍이 심해질 것이다. 자신 때문에 딸의 얼굴이 이 지경이 된 듯해 안쓰럽고 화가 났다. 가뜩이나 성내에 도는 소문도 좋지 않은 것이, 누군가 작정하고 가연을 표적 삼아 움직이는 듯했다.

"양부님께서 무슨 걱정을 하시는지는 알고 있습니다. 허나, 너무 심려하지 마십시오. 어차피 조만간 모든 것들이 잘 정리될 것입니다."

"무슨 말이냐?"

벽갈평이 놀라 물었다. 여상스러운 어투였지만, 말하는 내용들이 예사롭지 않았다.

"잊으셨습니까? 제가 내성에 들어온 것은 한시적이라는 것을요. 성주님과 저 사이에 있었던 계약 말입니다."

"그것이 왜? 설마?"

가연이 벽갈평을 똑바로 바라보았다. 심유한 눈이 강한 의지를 품고 은은히 빛났다.

"네. 이번 무림 대회가 끝나면 계약도 끝난다고요. 마침내 이 비루한 첩이라는 자리에서 벗어날 수 있으려나 봅니다."

벽갈평은 순간 뭐라 할 말을 잊어버렸다. 아니, 무슨 말을 해야 할지 알 수 없어 입을 꾹 닫았다.

뭐라 할 것인가. 참으로 다행이라며 기뻐해야 할 것인가. 아니면 무슨 말이냐고, 첩이라도 이미 성주의 여인이 되었으니 그대로 머무르라 해야 할 것인가.

벽갈평의 가슴이 답답해졌다. 첩이라는 지위를 벗어버리고 성주의 그늘을 떠나도 과연 가연이 무사할 수 있을 것인가. 자신의 힘으로 최대한 보호하고자 해도 한계가 있었다.

"……마냥 기뻐할 수만은 없는 일이구나. 네가 대야성을 벗어나면 널 물어뜯기 위해 사방에서 달려들 것이다."

"네, 알고 있습니다. 뭐, 건질 것은 없나 싶어 건드리려는 자들이 수 두룩하겠지요. 그래서 잠시 중원을 떠나 있을까 합니다."

벽갈평은 커다란 눈을 끔벅거리다 시름 깊은 한숨을 토해냈다.

"몇 년 정도 떠나 있으면 금세 저란 존재가 누구였나 싶을 정도로 잊 힐 것입니다. 수많은 사람들이 나타났다 사라지는 곳이니, 저의 흔적 은 곧 묻힐 것이에요."

"마음을 정한 것이로구나."

벽갈평은 가연이 논의하기 위해 온 것이 아니라 떠날 행보를 통보하 러 왔다는 것을 알았다.

그렇지. 넌 그런 아이였지.

항시 스스로 생각해 혼자서 자신의 행동을 결정하던 강단진 아이였 다. 가끔은 지켜보던 이가 혀를 내두를 정도로 맺고 끊는 것이 칼 같았 다.

"어디로 갈 셈이냐?"

"아직 확실하게 정한 곳은 없습니다. 가는 김에 겸사겸사 만고당에 들일 물건도 살펴볼까 해서요."

가연의 목소리가 한결 가벼워졌다. 고민하던 것들이 모두 정리되어 실행만 남았다는 뜻이다. 벽갈평은 속으로 쓴웃음을 지었다. 어찌 가 볍지 않겠는가. 자신을 무겁게 옥죄던 쓸데없는 자리를 벗어던지게 되 었으니.

"저보다 양부님께서 힘들어지실 듯해 죄송합니다. 제가 없는 대신 사람들의 시선이 양부님께 쏠릴 겁니다."

가연의 걱정스러운 눈빛에 벽갈평이 손을 내저었다. 자리만 지키고 있으면 되는 일인데 힘들 것이 무엇인가.

"쓸데없는 소리. 그런 자들의 입담이야 신경 쓸 가치도 없다. 그나저나 성주님께서는 알고 계시느냐?"

"무림 대회로 바쁘신 탓에 대회가 끝나면 말씀드릴까 합니다."

"하긴, 성주님 이하 군사부와 각 대대들까지도 정신이 없긴 하지. 규모가 다른 때와 달리 너무 커져버린 탓에 여기저기서 비명을 지르고 있더구나. 덕분에 내게도 보고서들이 몰려들고 있는 참이다."

벽갈평은 그답지 않게 농을 던졌다. 어려운 말을 한 가연의 마음이 조금이나마 가벼워지길 바라는 마음에서. 그의 마음을 아는 듯 가연이 어여쁜 미소를 지었다.

가연은 듬직한 벽갈평을 보며 눈가에 떠오르는 아릿한 감정을 숨겼다. 어쩌면 무림 대회가 끝나고 자신으로 인해 곤경에 처할지도 모른다. 최대한 피해가 가지 않길 바라지만, 완전히 없을 수는 없으리라.

"양부님."

"음?"

가연은 한참 동안 벽갈평의 얼굴을 요리조리 살펴보았다.

"왜? 뭐가 묻었느냐?"

"옛날 어린 절 맡으신 것을 후회하시는 것은 아닌가 하여 살펴봤습니다."

"뭐라? 하! 이런 실없는 농을 보았나!"

벽갈평이 무표정한 표정을 지우며 너털웃음을 터트렸다.

"아니, 이런 영리하고 참한 딸을 거저 얻었으니, 횡재를 한 것이지."

웃음기를 지우지 않은 그는 제 허벅지에도 닿지 않던 어린 여아를 떠올렸다.

"이렇게 네가 잘 자란 것을 네 부친이 보지 못한 것이 안타까울 뿐이구나."

"……돌아가신 부모님도 양부님께 감사하고 계실 겁니다. 이리 잘 키워주셨으니 말입니다."

"그리 여겨준다니 오히려 내가 고마운 일이지."

가연은 자리에서 일어났다. 그에게 하고자 했던 말들은 거의 다 한 터라, 바쁜 시간을 더 이상 빼앗으면 안 될 듯했다. 몸을 돌려 두어 걸음 떼었던 가연이 잠깐 멈춰 섰다. 말을 할까 말까, 들어설 때부터 고민하다 어렵사리 입을 떼었다.

"양부님, 이번 대회가 끝나고 혹 저로 인해 어떤 말이 돌거나 곤란한 지경에 처하시더라도 양부님께서는 모르는 일이라 하십시오. 아무것도 몰랐다고요."

"알았다. 주변에서 뭐라 수군거리든 나는 일절 모르는 일이라 우기겠다. 그러니 너무 걱정하지 마라."

벽갈평은 가연의 걱정이 첩이라는 자리를 박차고 나간 후 있을지도 모를 험담과 손가락질이라 여겨 가볍게 말했다. 오히려 가연의 걱정이 너무 과하지 않나 싶어 의아했다. 처음이야 사람들의 수군거림과 비방도 있겠지만, 그녀의 말마따나 시간이 지나면서 천천히 잊힐 일이다.

벽갈평은 가연의 어깨를 두드려주며 함께 집무실을 나와 전각 앞까지 배웅해주었다.

황벽군이 가연을 폭행한 일은 가연의 말대로 곧장 금화파파와 진혁에게 알려졌다. 호법원에서 마주쳤던 원로들과 평무사들 사이에서도 가연이 다친 일이 조금씩 회자되기 시작했다. 황벽군은 자신의 움직임을 아무도 알지 못할 것이라 여겼지만, 실상 그녀가 외각의 회랑으로 가는 것을 본 이들이 여럿 있었다. 가연이 호법원으로 올 때와 얼추 비슷한 때라 사람들은 제법 정확하게 이야기를 끼워 맞췄다.

진혁은 금화파파를 뒤에 달고 빈각을 찾았다. 황벽군이 있는 빈각은 처음 오는 곳이라 잠시 주변을 둘러보았다. 그의 눈가에 서늘한 살기가 비쳤다 사라졌다.

"외진 곳이라 혼자 머물다 떠나기 좋다 싶었더니, 오히려 은밀히 모의하기 좋은 곳으로 바뀐 듯하군."

뒤에서 듣고 있던 금화파파가 듣기 민망하여 허리를 숙였다. 빈각이 외성에 있어 자신의 관할은 아니라 하나 성주님의 첩에 대한 일은 모두 그녀의 소관이었다. 하물며 성내에서 성주님의 첩이 주먹세례를 당했다니! 보고를 듣는 순간 금화파파는 황당하여 잠시 말문이 막혔다. 첩들의 투기라면 이해라도 할 것이나, 빈각의 손님이 작심하여 첩을 손보려 하다니! 게다가 벽 부인은 성주님께서 따로 당부하신 것도 있어 조심히 살피던 이였다. 꽉 다물린 입가의 주름이 그녀의 심정을 말해주듯 흉하게 일그러졌다.

진혁은 알리지도 않고 전각의 정문을 거칠게 밀쳐 열었다.

쾅!

문이 안쪽으로 거세게 부딪치며 요란한 소리를 냈다. 안에 있던 시비들이 비명을 지르며 놀란 참새 떼처럼 파드득 한쪽으로 몰려갔다.

진혁은 성큼성큼 안으로 들어갔다. 전각과 어울리지 않는 값비싼 장식품들이 여기저기 늘어놓여 있었다. 그 사이의 둥근 원탁 앞에 황벽군이 기다리고 있었다는 얼굴로 앉아 있었다.

"이제야 소녀를 찾아주시네요."

진혁은 서늘한 살의를 제 안으로 갈무리하며 황벽군을 보았다. 가문의 위세에 빌붙어 있는 철부지 여인으로만 봤던 것이 실수였다. 철부지는 철부지였지만, 제 욕심을 위해서 어떻게 움직여야 하는지는 누구보다 잘 알고 있었다. 지금껏 가문에서 보아온 것이 그런 것이니, 몸에 익은 대로 제 것을 챙기려 움직인 것이다. 이런 여자와는 오래 마주하지 않는 것이 낫다.

"앞으로 그대는 전각을 나서는 것을 금할 것이다. 아울러 외부인의 출입도 막을 터. 아무도 이곳을 드나들 수 없을 것이다."

"뭐라고요? 대체 내가 뭘 어찌했기에 금족령을 내린단 말인가요?"

"자신이 한 짓도 알지 못하니, 말해준들 알아들을 수나 있나."

진혁은 경멸 어린 조소를 지었다. 발끈한 황벽군이 자리에서 벌떡 일어났다.

"금화파파."

"예, 성주님."

금화파파가 용두괴장을 찧으며 앞으로 나왔다.

"이 전각의 시비들을 모두 바꿔라. 제 주인이 누군지 알지 못하는 어리석은 종은 필요 없다."

금화파파가 소리 없이 허리를 숙였다. 그녀는 용두괴장을 휘둘러 뒤에 떨어져 서 있던 무사들을 불렀다. 안으로 들어온 무사들은 황벽군의 뒤에 모여 있던 시비들을 잡아 강제로 끌어냈다.

"아악! 아가씨! 살려주세요! 아가씨!"

시비들은 너나할 것 없이 황벽군을 소리쳐 부르며 살려달라 발버둥을 쳤다. 그동안 황벽군이 건넨 돈과 물건들에 매수되었던 그들은 울부짖으며 황벽군에게 매달렸다.

"이, 이게!"

흉신악살처럼 얼굴을 일그러뜨린 황벽군은 한 번도 겪어보지 못한 수모에 몸을 떨었다. 이제는 대야성주를 얻는 것으로는 만족할 수 없었다. 대야성주가 자신에게 용서를 구하며 비는 모습을 봐야 분이 풀릴 듯했다.

"내게 이리 수모를 주고도 대야성이 무사할 성싶은가요! 내 가문이 가만있지 않을 거예요! 이 대가를 반드시 치르게 만들 거라고요!"

"할 수 있다면. 네가 믿고 있는 그 가문의 위세가 언제까지 갈 수 있을지 기대하지."

돌아서는 진혁의 등 뒤에다 대고 황벽군은 저주를 퍼붓듯 쏘아붙였다.

"그 계집을 죽여버렸어야 했어! 두고 보라지! 내가 그 계집을 가만두

177

는지! 살아도 산 것 같지 않은 신세로 만들어버릴 것이야! 제발 죽여달라 빌게 만들 거라고!"

설사 자신이 대야성의 안주인이 되지 못하더라도 그 계집만은 가만두지 않을 것이다. 그 계집을 잡아다 극악한 죄수들만 모인 감옥에다 던져주리라. 매일, 매시간, 매순간 더러운 죄수들 아래에서 헐떡이며 죽음만 바라도록 만들 테다.

이런 모욕을 받고서 순순히 물러날 수는 없지. 내가 당한 것의 곱절로 돌려줄 것이다. 수많은 사내에게 짓밟혀 걸레처럼 너덜너덜해진 계집을 보고서도 저리 무심한 표정을 짓고 있을 수 있을지 두 눈으로 똑똑히 지켜보리라. 가문의 무인들을 이용한다면 밖으로 드나드는 계집 하나 몰래 끌고 오는 것이야 일도 아닐 터.

돌아서 나가던 진혁은 밑바닥까지 드러내는 황벽군의 본심을 들었다. 그럴싸한 외피에 감춰져 있던 추악한 진면목.

함께 듣고 있던 금화파파도 눈살을 찌푸렸다.

"커헉!"

언제 몸을 돌려 다가왔는지 진혁은 황벽군의 가는 목을 한 손에 움켜쥐었다. 갈고리처럼 목을 죄어오는 손아귀의 힘에 황벽군은 숨을 쉴 수가 없었다. 한 손으로 움켜쥔 목을 들어 올리자, 황벽군의 비단신을 신은 발이 허공에서 덜렁거렸다. 몸을 버둥거리며 진혁의 손을 떼어내려 온갖 힘을 쓰던 황벽군의 시선이 자신을 보는 무심한 눈초리와 부딪쳤다. 황벽군은 처음으로 두려움에 몸을 떨었다. 그제야 무심한 눈길 아래 깔려 있는 강한 살의를 알아차린 것이다.

나를 죽이려는 거야! 이대로 날 죽일 생각인 거야!

죽을지도 모른다는 생각이 들자 황벽군의 몸부림이 더 심해졌다. 허공에 들린 발이 버둥거리면 거릴수록 목이 죄어들었다. 숨이 통하지 않아 혈색 좋게 뽀얀 살결이 시퍼렇게 변했다. 실핏줄이 돋아 붉게 충혈된 눈을 귀신처럼 부릅떴다.

"사, 살려…… 킥!"

진혁은 경멸이 담긴 눈빛으로 금방이라도 숨이 넘어갈 것처럼 구는 황벽군을 쳐다봤다.

"남을 해하는 것쯤 아무렇지도 않은 이가 제 목숨은 귀한 모양이군."

말소리 하나하나에 조소와 빈정거림이 뚝뚝 떨어졌다.

감히 누굴 해하려 드는 것이냐! 너희들의 탐욕으로 인해 누구보다 힘든 세월을 보낸 아이이거늘!

제 얼굴마저 도려낸 이가 떠오르자 진혁의 손에 절로 힘이 더해졌다. 가는 목이 금방이라도 부러질 듯 뒤틀렸다. 금화파파는 냉랭한 눈빛으로 묵묵히 지켜보았다. 진혁의 눈빛에 진한 살기가 감돌다 사라졌다.

진혁은 움켜쥐고 있던 손에서 힘을 풀었다.

"학! 허억! 크헉!"

바닥에 큰 소리를 내며 떨어진 황벽군은 손자국이 남은 목을 움켜잡으며 거친 숨을 내쉬었다. 가슴을 헐떡이며 숨을 쉬려 애썼다.

"이대로 널 죽여도 상관없지만, 굳이 내 손에 네 더러운 피를 묻힐 필요는 없지. 그러니 알아두도록. 언제든지 네 하찮은 숨 따위 거둬들일 수 있다는 것을. 여긴 네가 으스대던 네 가문의 땅이 아니라, 내가 지배

하는 땅이다. 혹, 너로 인해 내 사람에게 작은 생채기라도 날 시엔 그나마 붙여두고 있는 네 목이 남아 있지 않을 거다. 그러니 대회가 끝날 때까지 내 사람이 무사하기를 빌어라. 그래야 네가 살 확률이 높아질 테니."

진혁의 등 뒤로 억울함과 분노가 뒤엉킨 울부짖음이 터져 나왔다. 전각의 계단을 내려오며 금화파파에게 명했다.

"대회가 끝날 때까지 누구도 드나들지 못하도록 하시오, 파파."

"네, 성주님. 전각 주변으로 누구도 얼씬하지 못하게 하겠습니다. 염려하지 마십시오."

드디어 하나씩 뻗어나간 가지들을 정리할 시기가 왔다. 대야성을 노리고 있는 그들만큼이나 그 또한 벼르고 벼르던 때였다. 돌아가신 부친과 모친, 그리고 은설을 위한 위령제가 올려질 것이다.

二十四章

음독(飲毒)

"부인! 부인! 이것 좀 보세요!"

소소가 즐거운 소리를 지르며 후다닥 전각 안으로 들어왔다. 가연은 호들갑스러운 소리에 고개를 돌렸다.

"웬 매화꽃이냐?"

소소는 꽃망울을 터트린 매화가지를 한가득 안고 있었다. 칭찬을 바라는 듯 가연에게 매화를 내밀었다.

"석란재의 담장 너머로 매화나무가 있지 않아요. 언제 꽃이 피나 오며가며 지켜보고 있었는데, 오늘 딱 꽃을 피웠더라고요! 이제 시작인지 다른 가지의 꽃봉오리들도 서서히 벌어지는 듯했어요. 그래서 부인 보시게 얼른 잘라 왔지요."

작고 붉은 매화 꽃송이가 가지를 따라 옹기종기 피어 있었다. 향긋한 매화 향이 안의 공기를 화사하게 만들었다. 가연은 어서 받으라는 듯 내미는 매화 가지를 받아 들었다. 혹독하고 추운 겨울을 이겨낸 장한 꽃송이들이 어여쁘면서도 안쓰러웠다.

"백자로 된 화병을 가져오너라. 어렵게 피었으니, 곱게 꽂아주어야
하지 않겠느냐."

"예, 부인!"

가연은 긴 매화 가지의 밑동을 잘라 길이를 맞췄다. 되도록 꽃송이엔
손대지 않으려 애쓰며 화병에 가지를 꽂았다. 깨끗한 백자 위에 올린
붉은 매화송이는 한 폭의 그림처럼 풍취가 있었다. 삐죽이 돋아 흐트러
진 가지들을 가위로 조심스럽게 정리했다. 매화가 핀 것을 보니 어느새
한 계절이 훌쩍 지나간 모양이다. 매화가 피었으니 곧 봄꽃들이 뒤따라
필 것이다.

올해는 무한의 봄꽃을 보지 못하겠구나.

가지에 핀 매화송이들을 손끝으로 살짝 건드렸다.

아쉽지만, 지금 보는 매화로 만족하는 수밖에…….

"참. 요즘 무한 거리에 사람들이 얼마나 많은지, 걸어가는 건지 밀려
다니는 건지 모르겠다니까요. 요전에 벽가장에 들렀다 오는데도 중간
에 딱 끼여서는 오도 가도 못 할 뻔했어요. 정말 사람들에게 밟혀 죽는
줄 알았어요."

참새처럼 재잘거리던 소소는 정색을 하며 진저리를 쳤다.

"내일부터 대회가 열리니 사람들이 제일 많은 때가 아니냐. 대회가
끝날 때까지는 되도록 함부로 돌아다니지 말거라. 괜한 소동에 휘말리
면 큰일이니."

"네, 부인. 그렇지 않아도 내총관 어른께서 각 전각들마다 사람을 보
내 주의를 주셨어요. 외인이 많으니, 허락 없이 자신의 전각을 벗어나

지 말라고요."

소소는 아가씨를 따라와 신기한 것을 많이 구경한다 싶었다. 아가씨의 심부름으로 벽가장에 들를 때마다 다른 아이들이 부러워하며 이것저것 물어와 절로 으스대며 대답해주곤 했다.

이런, 내 정신 하곤! 마님께 차를 올려야 하는데…….

소소는 수다를 그만두고 얼른 전각에 딸린 부엌으로 들어갔다. 커다란 주전자에서 뜨거운 물이 펄펄 끓고 있었다. 소소는 선반에 놓아둔 차통을 찾았다. 앞에 있는 통을 들어 뚜껑을 열자 찻잎 부스러기가 바닥에 조금 남아 있었다.

분명 새 통을 가져왔는데……. 벽가장에 갔을 때 새로 들어온 찻잎도 챙겨 가져왔다. 소소는 선반 안쪽에 있는 차통을 찾았다. 뾰족뾰족한 찻잎을 마님의 취향에 맞춰 적당량 덜어 찻잔에 담고 뜨거운 물을 부었다. 찻잔 뚜껑을 덮었다.

"마님, 차 드세요."

매화 화병 옆에 찻잔을 내려놓았다.

가연은 자신이 장식한 화병을 물끄러미 바라보며 찻잔을 들었다. 한 손으로 작은 뚜껑의 손잡이를 열어 슬며시 올라오는 은은한 차향을 잠시 음미했다. 오늘따라 향이 진한 듯했다. 근일에 있을 계획을 생각하니 애써 태연한 척 굴어도 긴장이 되어 신경줄이 팽팽하게 당겨졌다. 가연은 손에 전해지는 온기를 즐기며 찻물을 한 모금 마셨다. 혀끝에 닿는 맛이 살짝 썼다.

바닥에 가라앉아 있는 찻잎을 보니 평소와 똑같은 양인데…….

고개를 갸웃거리며 다시 한 모금 마시려던 때였다.

"마님, 금화파파께서 오셨습니다."

밖에서 방문을 알리는 소리가 들리더니 괴장을 짚는 쿵쿵 소리가 났다. 가연은 찻잔을 내려놓고 자리에서 일어났다.

"부인을 뵙습니다."

금화파파는 용두괴장에 몸을 의지하며 허리를 숙였다.

"어서 오세요, 노태태(老太太)."

금화파파는 항상 자신을 노태태라 부르며 공대해주는 가연이 마음에 들었다. 성주님의 마음을 잡고서도 거만해지지 않고 한결같은 점도 점수를 높였다. 아직 의심스러운 점이 남아 있었지만, 이대로 쭈욱 성주님의 곁에 머물러 아들을 낳아주면 좋겠다는 마음이었다. 지금껏 지켜본 바, 가연이라면 성주님의 자식들을 잘 훈육할 것이다.

"성주님께서 무림 대회 첫날 열리는 연회석에 참석하시라는 전언이십니다."

첫날의 연회는 참가하는 문파들이 모두 모여 서로 얼굴을 마주하는 자리였다. 공식적인 자리라 첩실은 함께할 수 없었다.

"연회……."

말을 하던 가연은 뱃속을 찌르는 통증에 순간 비명을 지를 뻔했다. 전혀 방비하지 않았던 아픔에 허리를 꺾었다.

"부인?"

금화파파가 가연을 붙잡았다.

"아!"

가연은 속에서 커다란 불덩이가 올라오는 듯했다. 울컥 하며 시커먼 핏덩이가 올라왔다.

"부인!"

"부인! 부인!"

곁에 있던 시비들이 놀라 가연을 소리쳐 불렀다.

재빨리 상황을 파악한 금화파파는 쓰러지는 가연의 혈도를 빠르게 짚었다. 그녀의 짐작이 맞는다면 일단 독이 퍼지는 것부터 막는 것이 우선이다.

"뭣들 하느냐! 당장 의각에 가서 의각주를 불러오너라! 어서!"

금화파파는 발을 동동거리며 공황에 빠져 있는 시비들에게 호통을 쳤다. 소소가 급하게 방을 박차고 달려 나갔다.

"너는 당장 성주님께 알려드려라! 성주님을 만나기 전까지는 절대 입도 벙긋해서는 안 될 것이야! 알겠느냐?"

"네, 파파님!"

"너는 당장 부인을 침상에 눕혀드려라!"

금화파파는 남은 한 명에게 가연을 찬 바닥에 두지 말고 침상으로 옮기도록 했다. 그리고 밖에 은신하고 있는 암영들에게 전음을 보냈다.

– 물건 하나라도 들고 나가는 자가 없는지 감시하게나. 혹 달라진 것은 없는지도 지켜봐야 할 게야.

암영들의 기척이 더 은밀해지고 넓게 퍼졌다. 평온하던 전각 주변의 공기가 한순간 긴장으로 팽팽하게 당겨졌다.

큰일을 앞두고 사달이 벌어졌구나! 대체 누가 손을 쓴 것인지…….

금화파파는 굳은 얼굴로 용두괴장을 꽉 움켜잡았다.

"성주님, 석란재에서 사람이 왔습니다. 금화파파께서 급한 전갈을
보내셨답니다."

진혁은 상관준경과 함께 내일부터 열릴 무림 대회의 사안들을 점검
하다 와룡거 밖의 경비 무사가 고하는 소리를 들었다.

금화파파가 알릴 전갈이라? 연회에 참석하라는 말을 전했을 테니,
가연이 불참하겠노라 고집을 피우는 모양이군.

진혁의 미간이 슬쩍 접히는 것을 본 상관준경이 문을 향해 말했다.

"안으로 들이게."

허리를 푹 숙인 시비가 달려들 듯 안으로 들어왔다.

"무슨 일이냐? 금화파파께서 전하라는 전갈이 무엇이냐?"

상관준경은 사시나무처럼 몸을 떠는 시비에게 물었다. 털썩 바닥에
무릎 꿇은 시비가 울먹거리는 소리로 말했다.

"성주님! 석란재의 부인께서…… 갑자기 피를 토하며 쓰러지셨습니
다! 그래서 금화파파께서 빨리 성주님께 알려드리라고……."

"피를 토하다니? 그게 무슨 말이냐?"

진혁의 위압감이 담긴 낮은 목소리가 시비를 짓눌렀다.

"무슨 말이냐고 묻고 있지를 않느냐! 그녀가 피를 토하며 쓰러지다
니! 왜?"

시비는 머리를 바닥에 조아리며 벌벌 떨며 더듬더듬 말했다.

"그, 그게…… 금화파파가 찾아오셔서 말씀을 나누시는 중에…… 갑

자기 핏덩이를 토하시더니……,"

진혁은 참지 못하고 자리를 박차고 나갔다. 지켜보는 이들 때문에 경공을 쓸 수 없어 최대한 빠른 걸음으로 나아갔다. 석란재의 담장 안으로 들어서자마자 암영들에게 지시했다.

– 외인의 접근을 막아라. 지켜보는 이들의 시선을 가리도록.

목교를 훌쩍 타넘듯 한 번에 넘어버린 진혁은 전각 안으로 들어갔다. 문을 열고 들어서자마자 짙은 혈향이 풍겼다.

"성주님."

"무슨 일인가?"

진혁은 금화파파를 다그쳐 물었다. 금화파파가 쏘아보는 진혁의 눈빛을 마주 보지 못하고 슬쩍 시선을 내렸다.

"……아무래도 독인 듯합니다."

진혁은 금화파파를 지나쳐 휘장이 걷혀 있는 침상 쪽으로 다가갔다.

"……가연."

가연이 누워 있는 침상보가 핏물로 시뻘겠다.

"우욱!"

가연은 시커먼 핏덩이를 연신 토해냈다. 입가에 흐르는 핏줄기들이 그녀의 옷과 이불보를 붉게 물들였다.

"가연!"

진혁은 거의 실신하듯 흐려진 가연의 눈빛을 보고 그녀의 이름을 소리쳐 불렀다.

"정신 차려! 의식을 놓으면 안 돼! 내 말 듣고 있나! 정신을 차리라고!"

의각주가 가연의 손목에서 손을 뗐다. 진혁은 진맥을 끝낸 의각주에게 거칠게 물었다.

"무슨 일이냐? 그녀가 독에 당한 것이냐? 무슨 독이, 아니, 당장 해독부터 해라! 당장 해독제를 가져와!"

의각주는 생각지도 못한 성주의 격한 반응에 당황했다. 벽 부인을 총애한다 듣긴 했지만, 애첩들 중 그나마 관심을 두는 것뿐 큰 의미는 없다 여겼다. 독이나 사고를 당한들 성주는 모르는 척 넘어가리라 생각했다. 그리해 속으로 혀를 차면서도 뒷일을 걱정하지 않고 여유를 부리던 참이었다. 당황한 의각주는 진땀을 흘리며 더듬거렸다.

"부인께서는 음독을 당하신 듯합니다. 무슨 독인지는……."

"암영은 당장 성수림주(聖修林主)를 은밀히 모셔오너라. 내가 보잔다고 하고 당장!"

밖에 대기하던 암영대주의 기척이 삽시간에 멀어졌다. 진혁은 핏물이 고인 입술을 벌리며 가쁜 숨을 내쉬는 가연을 보았다. 오른손을 뻗어 가연의 가슴에 올렸다. 그의 막강한 공력이 가연의 혈맥에 쏟아졌다. 해독제가 당장 없으니 임시방편으로 자신의 내력으로 독을 한곳에 몰아두어야 하리라.

혈맥에 감도는 찐득한 기운이 그의 내력을 맞고 혈맥 아래로 유유히 가라앉았다.

"흡!"

가연의 숨이 더 거칠어졌다.

진혁의 얼굴이 심각해졌다. 무겁게 가라앉은 눈빛이 암흑처럼 어두워졌다. 독 기운이 밀려나지 않고 있다. 그의 내력을 맞고서도 반응을 보이지 않고 있었다. 활발하게 움직이며 그녀의 혈맥을 잠식하던 독 기운의 움직임이 느려지고 둔해진 것 외에는 달라진 점이 없었다.

와롱거의 서류들을 대강이나마 갈무리하고 온 상관준경이 밖에서 성수림주를 만나 함께 들어왔다.

"성주님! 이게 대체……."

상관준경이 뭐라 말을 할 겨를도 없이 진혁은 성수림주를 찾았다.

"림주께서 봐주셔야겠소! 음독에 당한 듯한데, 그녀를 반드시 구해주시오."

엉겁결에 달려온 성수림주는 우선 침상에 누워 있는 가연부터 보았다. 환자를 눈앞에 두고 다른 것은 중요하지 않았다. 성수림주는 옆에 있는 의각주에게 말했다.

"자네는 날 좀 도와주게."

"네, 림주님."

성수림주가 품에서 작은 갑(匣)을 꺼냈다. 갑을 열자 크기와 굵기가 다른 금침들이 빽빽하게 차 있었다. 의각주는 성수림의 보물인 생사금침을 보고 눈을 휘둥그레 떴다. 가연의 전신에 금침들이 하나둘씩 꽂히기 시작했다.

"어떻게 된 건가?"

진혁은 서늘한 음성으로 물었다. 금화파파는 새하얗게 센 머리를 절

레절레 저었다.

"노신도 잘 모르겠습니다, 성주님. 성주님의 전언을 전해드리는 도중에 갑자기 일어난 일이라…….."

"음독입니다. 그리 갑작스럽게 반응을 하신 것을 보면 즉효성인 것이 분명합니다."

상관준경은 상황을 하나씩 분석하며 사실만을 추려냈다. 이미 석란재의 시비들은 전각의 한곳에 따로 가둬두라 일렀다.

"소소를 데려와라."

다른 시비들과 함께 격리되어 있던 소소가 걱정과 눈물이 가득한 얼굴로 들어왔다. 그녀의 눈은 계속 휘장이 드리운 침상 쪽으로 향했다.

부인께서는 괜찮으실까. 무사하셔야 할 텐데…….

금방이라도 터질 듯한 분노를 억누르고 있는 진혁을 대신해 상관준경이 나섰다.

"오늘 부인께서 특별히 다른 행동을 하신 적이 있느냐?"

소소는 고개를 마구 저었다.

"아닙니다. 평소와 똑같으셨습니다."

"쓰러지시기 전, 그러니까 금화파파께서 오시기 전에 무얼 하고 계셨느냐?"

"제가 꺾어 온 매화 가지를 화병에 꽂으시고, 차를 드셨어요."

"차?"

상관준경이 날카로운 눈빛으로 되물었다. 소소가 고개를 끄덕였다.

"예, 항상 드시던 차를 올렸었는데…….."

"어디에 있느냐, 남은 찻잔은?"

진혁이 얼음장처럼 찬 소리로 물었다. 소소는 머리 위에서 벼락이 떨어지는 듯해 고개를 푹 숙이며 간신히 대답했다.

"……탁자에…….."

진혁과 상관준경이 동시에 몸을 돌려 탁자를 보았다. 붉은 매화 화병 앞에 마시다 둔 찻잔이 놓여 있었다.

진혁은 서슴없이 찻잔을 들어 한입 삼켰다.

"성주님!"

상관진혁이 깜짝 놀라 황급히 찻잔을 뺏으려 했다.

"퉤!"

미간을 찌푸린 진혁이 마신 찻물을 바닥에 뱉었다. 독기만 남은 찻물에 바닥이 시커멓게 타들어갔다. 지켜보던 이들의 표정이 바뀌었다.

"누가 차를 탔느냐?"

소소가 바닥에 이마를 쿵 찧었다.

"천비가 차를 직접 내왔습니다. 하지만 천비는 절대로 부인을 해하지 않았습니다! 믿어주십시오! 정말입니다! 성주님!"

진혁이 서늘한 눈길이 바닥에 쿵쿵 이마를 박는 소소를 내려다봤다. 대야성으로 들어올 때 가연과 함께 들어온 시비였다. 주렁주렁 시비들을 달고 온 남궁혜와 마소교와 달리 소소 한 명만 데려왔다. 그만큼 신뢰하는 아이라는 뜻이다. 그간 석란재를 오가며 본즉 진혁의 눈에도 믿을 수 있는 아이로 보였다. 제법 수다가 많았지만, 주인이 입이 무거우니 서로 균형이 잘 맞는구나 싶었다. 말은 많지만, 정작 중요한 일은 입에 담지 않는 것도 알았다.

"남은 찻잎과 물은 어디에 있느냐?"

"부엌에 차통과 물이 담긴 주전자가 있습니다."

금화파파가 신형을 움직여 차통과 이미 차게 식은 주전자를 가져왔다. 금화파파는 주전자의 물부터 확인했다. 은침을 꺼내 담가봤지만, 아무런 반응이 없었다. 이번에는 차통을 열어 찻잎 사이로 은침을 집어넣었다. 순식간에 은침이 시커멓게 변하더니 삭아버렸다.

"세상에……."

소소가 기함을 하며 항변했다.

"그 차통은 마님의 친정인 벽가장에서 가져온 것입니다. 마님께서 드시는 찻잎은 항시 벽가장에서 준비를 해주신 것을 가져다 쓴 것이라……."

"벽가장에서 가져온 물건이란 말이냐?"

"예! 전에 마시던 찻잎이 다 떨어지던 차에 이번에 벽가장에 들러 다시 가져온 차통입니다!"

벽가장이라니! 전혀 생각지도 못한 곳에 커다란 구멍이 뚫려 있었다. 성수림주가 휘장을 걷고 밖으로 나왔다. 희끗희끗한 이마가 식은땀으로 젖어 있었다.

"어떻소? 해독이 가능하오?"

성수림주는 곤혹스러운 한숨을 길게 내쉬었다. 불가능하다는 말이 나오면 당장 목이 날아갈 듯한 아슬아슬한 기세라 섣불리 입을 열 수가 없었다. 대야성주라면 불가능한 일도 아니지 않은가.

"침과 본림에 있는 약으로 일단 독기가 더 이상 혈맥을 파고들지 못
하도록 잡아는 두었습니다."

언젠가 들어본 듯한 중독 증상이라 성수림주는 긴가민가하고 있었
다. 진혁은 금화파파에게 눈짓했다. 금화파파가 독이 든 찻잎이 가득
담긴 차통을 내밀었다.

"이걸 마시고 중독이 된 듯하오."

성수림주는 반색을 하며 차통을 받았다. 독이 무엇인지 정확하게 안
다면 해독하는 것이 훨씬 수월해진다. 성수림주는 생사금침 중 제일 긴
장침을 들어 찻잎 사이로 찔러 넣었다. 천천히 금침을 뽑아 들자 금침
아랫부분이 검은색이 아니라 연보랏빛으로 물들어 있었다.

"음!"

성수림주가 무거운 침음성을 토했다. 설마하며 믿을 수 없어 하던 것
이 사실로 드러나는 순간이었다.

"부인께서 당하신 독은 루라는 새의 독입니다."

처음 들어보는 새의 이름이었다. 상관준경이 언뜻 떠오르는 부분이
있어 말했다.

"루라면…… 북해에서만 산다는 전설의 새가 아닙니까? 루가 정말
존재하는 것이었습니까?"

"저도 이걸 보기 전까지는 존재를 믿을 수 없었습니다만, 금침이 보
라 빛깔을 띠게 만드는 것을 보고 확신했습니다. 분명 북해에서 사는
루의 독입니다."

"그럼, 해독할 수 있는 건가?"

성수림주가 난처한 기색을 띠었다. 전설로 회자될 정도로 희귀한 독이었다. 아무리 자신이 성수림의 주인이라 할지라도 그런 독의 해독제를 뚝딱 만들어낼 능력은 없었다.

"당장은 불가능합니다. 차라리 북해 빙궁에 물어보는 것이 더 빠를 것입니다. 오래전 선사께 듣기로 북해에서는 가끔 루를 잡는 경우가 있다 하더군요. 그들이라면 독과 함께 해독제도 같이 가지고 있을 공산이 큽니다."

북해 빙궁이! 진혁에게서 뿜어 나오는 기세가 살기를 담아 더욱 서늘해졌다.

"그사이에는 본림의 성혜단(聖惠丹)으로 독을 지연시키는 수밖에 없습니다."

성수림의 성혜단이라면 1년에 단 한 개 만들어질까 말까 한 귀한 선단(仙丹)이었다.

"제가 성수림을 출발할 때 가지고 온 것이 모두 네 개였습니다. 그중 한 개를 드셨으니, 남은 것은 세 개입니다. 본림에도 남은 것은 고작 다섯 개뿐이니, 그전에 빙궁의 해독제를 손에 넣거나 루를 잡아야 합니다."

"루를 말입니까?"

"문헌상으로 보아 정확하지는 않으나, 루의 독은 깃털에서 나는 것이고, 해독제는 루의 침이라 합니다. 그러니 빙궁에 해독제가 없다면 루를 잡는 것이 빠릅니다."

상관준경의 머리가 재빨리 돌아갔다.

"일단 부인의 안위를 계속 살펴주시길 바랍니다. 무림 대회라 성수림에서도 참여해야 할 테지만, 달리 믿고 맡길 이가 마땅치가 않군요."

성수림주도 고개를 끄덕였다. 성주의 총애를 받고 있는 벽 부인을 살린다면 후일 큰 도움을 받을 수 있을 것이다.

"다른 이들이 알지 못하도록 부탁드립니다, 림주님."

"내 무슨 말인지 알겠소이다. 걱정하지 마시구려. 부인께 도움이 될 만한 것들로 골라 다른 해독제를 조제해보겠소이다. 일단 그거라도 시도를 해봐야지 않겠소."

"부탁드립니다."

성주림주는 의각주의 안내를 받아 바쁜 걸음으로 나갔다.

"작은할아버님께 전서구를 날려라. 잡고 있는 빙궁의 소궁주에게서 루의 해독제를 얻어내시라고 해. 빙궁을 부수든, 루를 직접 잡아 오시든 방법은 상관없다고 전해."

낮고 무심한 어조에 깔린 분노와 살의를 느낀 상관준경은 군소리 없이 허리를 숙였다. 가연이 독에 쓰러진 것을 알면, 진혁의 당부가 없더라도 백야는 빙궁을 쑥대밭으로 만들어놓을 것이다. 석란재를 나서는 상관준경의 발걸음이 무거웠다.

이번 무림 대회는 시작 전부터 파란만장하구만. 항시 짓궂은 웃음을 달고 있던 상관준경의 얼굴에서 한순간 표정이 사라졌다.

이번 일로 성주님의 칼날은 거침없어질 터. 한바탕 펼쳐질 피바람에 벌써부터 짙은 피비린내가 몰려드는 듯했다. 상관준경은 입술을 끌어올렸다. 모든 것은 자업자득인 것을. 이제는 저들에게 갚아줘야 할 차례이지 않은가. 자신은 주군의 뜻에 따라 움직이면 그만이다.

혈색을 잃은 얼굴이 너무 창백했다. 주변에 물든 시커먼 독혈 탓에 안색이 더 파리해 보였다. 진혁은 불안한 나머지 가연의 숨소리를 확인했다. 얕고 가는 숨결이 금방이라도 끊어질 듯 위태롭게 이어지고 있었다.

"그녀의 옷과 이불을 깨끗한 것으로 갈아라."

소소는 눈물범벅인 얼굴을 닦으며 얼른 몸을 일으켰다. 소소가 가연의 옷가지와 이불을 갈도록 진혁은 휘장 밖으로 나갔다.

금화파파가 용두괴장을 앞에 두고 천천히 무릎을 꿇었다.

"노신이 불민하여 내원을 세세히 살피지 못했습니다. 부디 노신을 벌하십시오."

일부러 그녀를 불러 주의해 살피라는 명까지 받았음에도 일이 벌어질 때까지 알아차리지 못했다. 금화파파는 자괴감에 머리를 떨구었다.

"북해 빙궁이라……. 요사이 남궁이 움직인 흔적이 있었던가?"

무심히 떨어지는 음성에 금화파파의 어깨가 움찔했다. 그러고 보니 주시하다 별다른 특이사항이 없어 묻어둔 일이 있지 않았던가.

"부용정에 남궁 대장로가 들었던 일은 있습니다. 주변을 물려 대화 내용을 알아내지는 못했습니다만."

"언제 들었었지?"

진혁의 질문에 날이 서 있었다.

"며칠 전이었습니다. 그 후로 예의 주시했으나, 특별히 달라진 것은 없었습니다. 남궁 부인의 유모가 대회 때 방문할 친족들에게 내릴 선물을 준비한다 하여 밖을 드나들긴 했었습니다만……."

평소에도 남궁혜의 물건을 준비한다 하여 늘 들락날락하던 위인이라 크게 신경 쓰지 않았다.

"벽가장을 조사해야 하지 않겠습니까?"

"군사가 은밀히 조사를 시작했을 것이다."

그러나 진혁은 별다른 기대를 하지 않았다. 어쩌면 벽가장에서 물건을 슬쩍 집어넣은 하수인은 죽어 입막음을 당했을 공산이 컸다.

남궁융기가 다시 남궁혜를 움직인 것인가. 들끓는 살기를 주체할 수 없었다. 검붉은 핏덩이를 연신 토해내던 가연의 얼굴이 떠오르자 살심이 터져 나왔다. 소소가 시뻘겋게 물든 옷가지와 이불보를 들고 나왔다.

진혁은 휘장을 걷으며 침상 머리맡에 섰다. 깨끗한 옷으로 갈아입은 가연은 그나마 조금 전의 처참한 모습보다는 한결 나아 보였다. 이불 속에 감춰져 있는 가연의 손을 찾아 단단히 움켜잡았다. 항시 따뜻했던 체온이 지금은 너무 서늘했다. 진주처럼 말간 이마에 자신의 이마를 맞대었다.

"견뎌다오, 제발……. 해독제가 올 때까지만 견뎌줘."

진혁은 간절히 빌었다. 타들어가는 마음을 간신히 억누르며 그녀에게 간구했다. 지난날의 참화에서도 살아남은 그녀였다. 제 자신을 통째로 부정한 삶을 살면서도 꿋꿋하게 나아간 강한 이였다. 이런 비열한 독수에 쓰러지지 않을 것이다.

맞닿은 이마에서 뜨거운 열기가 전해졌다. 진혁은 얼른 몸을 일으키며 가연의 체온을 확인했다. 서늘했던 체온이 올라가더니 이제는 뜨거운 열을 뿜어내기 시작했다. 진혁은 밖을 향해 소리쳤다.

"당장 미온수와 수건을 가져와라!"

소소가 당장 물을 끓일 수 있는 부엌으로 달려갔다. 금화파파가 휘장 안으로 들어왔다.

"내총관과 함께 내성의 다른 전각들이 경거망동하지 않도록 철저하게 감시하라. 아무리 주변의 이목을 막았다지만, 석란재의 어수선함이 분명 전해질 터. 그러나 내성 밖으로 새어나가서는 안 될 것이다."

"분부대로 하겠습니다. 내성의 일이 밖으로 흘러나가는 일은 결단코 없을 것입니다, 성주님."

금화파파는 느릿느릿하던 걸음걸이를 재빠르게 움직였다. 방아를 찧듯 괴장으로 바닥을 찍으며 내총관을 찾아 나갔다.

진혁은 다른 이의 손을 빌리지 않고 직접 물수건으로 가연의 몸을 닦아 열을 식혔다. 몇 번씩 간헐적으로 열이 오를 때마다 물수건을 들었다. 이미 제 몸만큼이나 익숙한 그녀의 나신이었다. 그러나 생기 없이 늘어진 나신은 그에게 불길한 상상만을 일으켰다. 해가 떨어질 즈음에야 간신히 발열이 진정되는 듯 더 이상 열이 나지 않았다. 진혁이 가연의 옷가지를 하나씩 챙겨 입혀줄 때였다.

"성주님, 접니다."

상관준경이 방문 밖에서 고했다. 옷을 꼼꼼히 챙겨 입히고 이불까지 덮어준 진혁이 휘장을 걷으며 나왔다.

"들어와."

문이 열리며 상관준경이 다급한 걸음으로 들어왔다. 그는 일부러 침상 쪽으로는 시선을 두지 않았다.

"시비가 말한 벽가장의 식솔이 죽은 채로 발견되었습니다."

역시. 진혁이 냉소를 지었다.

"그 때문에 벽가장도 발칵 뒤집혔답니다. 십여 년간 총관 밑에서 일하던 이가 갑자기 변사체로 발견되어 벽 원주께서도 놀라신 듯합니다."

"벽 원주에게 다른 말을 하지는 않았겠지?"

"네. 아무래도 성주님께서 직접 말씀하시는 것이 나을 듯해서요. 사실 이런 일을 저어해 양녀가 내성에 들어가는 것을 반대하셨던 분이지 않습니까?"

자신이 말을 전했다간 분노한 벽갈평의 무시무시한 도를 받아넘겨야 할지도 모른다. 상관준경은 고개를 살래살래 내저었다.

"전서구는?"

"나가자마자 바로 전서구부터 날렸습니다. 제일 힘 있는 놈으로 골라 바꿔가며 날리라 했으니, 늦어도 모레 아침까지는 도착할 것입니다."

그래도 너무 늦었다. 운이 좋아 소궁주에게 해독제가 있다면 바로 전서구 편에 보낼 수 있겠지만…….

"그리고……."

상관준경이 말을 꺼내지 못하고 망설였다. 그도 방금 들은 정보에 당황스러운데, 어떻게 전해야 할지 몰라 난처했다. 항시 뻔뻔한 낯짝으로 밀어붙이던 자신이었지만, 쉽사리 말문이 떨어지지 않았다.

"뭔가?"

진혁이 말끝을 흐리는 상관준경을 추궁했다. 상관준경은 한숨을 길게 내쉬었다. 들고 있던 섭선으로 가슴을 탁탁 쳤다. 어차피 알려야 할 일, 미적거린다 하여 달라질 것이 무엇이겠는가.

"성수림주와 의각주가 가져갔던 차통 말입니다."

진혁이 눈빛으로 다음 말을 하라 재촉했다.

"마침 다른 차통에 남은 찻잎도 있어 함께 가져가 조사를 했다 합니다. 그런데 지금껏 벽 부인이 마신 차에…… 피임제가 들었던 듯하답니다."

"뭐? 하!"

피임제라니! 진혁은 턱이 부서질 듯 이를 앙다물었다. 더 이상 이글거리는 살심과 화기를 참을 수 없어 사방으로 터트렸다.

"크윽! 성주님!"

쾅!

진혁의 기파를 견디지 못한 사방의 집기들이 터지고 깨졌다. 가연이 꽂았던 매화 화병도 와장창 소리를 내며 산산조각 났다. 곱게 뻗어 있던 매화 가지들이 사방으로 지저분하게 흩어졌다.

"아주 깜찍하군."

거칠게 날뛰는 기파와 달리 조용하고 담담한 목소리에 허리를 숙인 상관준경의 등줄기로 식은땀이 주르륵 흘렀다.

어스름이 깔리는 창 밖으로 시선을 던진 진혁의 눈에 칼끝보다 더 예리한 살기가 섰다. 그의 살기가 겨눠진 곳은 부용정이 있는 방향이었다.

"부인! 부인!"

저녁상을 치우고 다시금 수틀을 잡으려던 남궁혜는 밝은 목소리로 자신을 소리쳐 부르는 유모를 보았다. 유모는 한달음에 다가오더니 주변에 있는 시비들에게 손짓했다.

"다들 물러가 있거라."

부용정에서 유모는 주인인 남궁혜보다 더 무서운 독재자였다. 그리해 시비들은 호된 꾸지람을 받기 전에 얼른 나갔다.

"무슨 일이죠, 유모?"

유모는 주변을 두리번거리며 살폈다. 이미 모든 시비들을 물려 아무도 없었지만, 다시 한 번 확인했다.

"석란재의 분위기가 수상합니다, 아가씨."

수틀에 꽂아둔 바늘을 잡던 남궁혜의 손이 멈칫했다. 남궁혜가 고개를 돌려 유모를 봤다. 그 얼굴에는 의기양양한 기색이 역력했다. 그렇지 않아도 예전 석란재를 찾았을 때 당했던 일을 두고두고 곱씹고 있었던 유모였기에, 이번 일에 두 팔을 걷어붙이고 나섰다.

"워낙 감시가 심해서 안의 상황을 자세히 알 수는 없습니다만, 분명 일이 터진 것이 틀림없습니다."

바늘을 쥐고 있는 남궁혜의 손이 핏기 없이 파리해졌다.

"성주님과 상관 군사까지 함께 석란재를 드나들고 있습니다. 금화 파파라는 노물까지 왔다 갔다 하는 것을 보면, 분명 사달이 생긴 겁니다."

유모의 음성이 한껏 낮아졌다.

"이번에 보낸 물건이 효과를 발휘한 것입니다, 아가씨. 지금쯤 벽가년은 고꾸라져 사경을 헤매고 있을 것입니다."

아무리 목소리를 작게 해도 희희낙락한 기색은 숨길 수 없었다. 이제야 아가씨의 앞을 막고 있던 걸림돌이 사라지는구나 싶어 10년 묵은 체증이 사라지는 듯했다. 거기에 지난 빚까지 얹어 갚았으니, 이제야 두 발 뻗고 푹 잘 수 있을 것 같았다.

"이제 성주님도 아가씨를 돌아보실 수밖에 없을 겁니다. 그러니 아가씨도 이제 마음 푹 놓으십시오. 내일이 오기 전에 석란재에서 기쁜 소식이 들어올 테니까요."

남궁혜는 알 수 없는 눈빛으로 허공을 잠시 응시했다.

"……흔적은요?"

"걱정하지 마시어요. 지금쯤 손이 닿았던 흔적들은 모두 지워졌을 겁니다. 그러니 아씨, 아니, 부인께서는 아무것도 걱정하실 것 없습니다."

남궁혜는 얼굴을 돌려 창 밖을 바라보았다. 석란재가 있는 방향을 바라보는 그녀의 입가에 희미한 미소가 걸려 있었다.

二十五章

무림 대회 上

해시계가 사시[3](巳時)를 가리켰다.

둥! 둥! 둥!

커다란 북소리가 대야성을 울렸다. 내력이 담긴 북소리는 대야성을 넘어 무한의 거리 구석구석까지 들렸다. 대야성의 넓은 대회장의 문이 열렸다. 중원에서 몰려온 수많은 무인들이 안으로 밀려 들어왔다. 대야성에 소속되어 있는 무가들은 제각각 정해진 자리를 찾아 앉았고, 낭인이나 소속이 정해지지 않은 무사들은 따로 자리가 지정되었다. 대회장의 정중앙에는 비무대가 여럿 만들어져 있어, 이번 대회가 단순한 대회가 아니라 비무 대회를 겸하고 있음을 보여주었다.

"음, 들었던 정보가 사실인가 보군."

남해에서 올라온 낭인이 객잔에서 들었던 소문을 떠올렸다. 예전 무

3) 오전 9시~11시

림 대회가 참석한 각 세가와 문파들의 잔치와 흥을 돋우기 위한 비무였
다면, 이번 대회는 대야성의 무사들에게 매겨진 등급을 바꿀 수 있는
대회라는 소문이 있었다. 낭인이든, 거대 세가의 무사이든 누구에게나
도전할 수 있고, 그만큼 단순한 승패를 가리는 승부가 아니라 생사결
(生死結)을 논해도 된다고 좋다고 했다. 무명의 제 이름을 알리려는 이들
에게는 더할 나위 없이 좋은 기회였다.

백도의 오대 세가와 구대 문파가 단상의 좌측에, 마문과 사파가 우측
에 자리했다. 대야성이 아니라 본가와 본산에 있던 가주와 장문인들이
오랜만에 얼굴을 보고 서로 인사를 주고받기 바빴다. 그에 반해 우측의
분위기는 겉으로 볼 때 그야말로 생사대적을 만난 듯 살기등등했다. 마
문과 사파의 특성상 서로 원한을 품고 있는 문파가 많았고, 한 번씩 성
주의 허락 하에 전쟁을 벌이기도 했었다. 그렇기에 만나기만 하면 서로
으르렁대는 문파들이 많았다. 공식적인 자리에서 설욕할 수 있는 기회
라 다들 벼르고 있는 중이었다.

"흐흐흐! 오늘만 기다렸다! 독두괴사(禿頭怪蛇)! 지난번의 빚을 반드시
받아내고야 말겠다!"

"죽일 놈! 내 뒤통수를 치고도 아직 두 눈 똑바로 뜨고 살아 있단 말
이지! 이번에 네 명줄을 따버릴 것이다!"

"누가 누구의 명줄을 따버릴지는 두고 봐야 아는 일이지!"

각각 자신들이 받아야 할 혈채를 되새기며 투지를 불태웠다.

둥! 둥! 둥!

기둥에 달려 있는 대고(大鼓)가 큰 소리로 울렸다. 대회장에 모여 있

던 사람들의 시선이 일제히 제일 높은 자리인 상좌로 향했다. 검은 무복 차림의 진혁이 군사인 상관준경과 호법원주인 벽갈평을 거느리고 들어섰다.

"진천앙복!(振天仰伏)!"

대야성의 무사들은 일제히 성주인 진혁을 향해 허리를 굽혔다. 초대객과 외부 인사들은 정중히 맞잡은 손을 앞으로 내밀었다. 진혁은 넓은 대회장을 무사히 훑어보았다. 그들에게서 뿜어 나오는 열화와 같은 기세에 대회장의 공간이 한순간 일그러지는 듯했다.

"대야성은 무인들의 대지다! 자신의 무로 자신의 가치를 증명하라!"

"명!"

"와!"

강렬한 대야성주의 일성에 무사들이 환호했다.

첫날은 비무첩에 이름을 올리는 날이라, 비무대에 오르는 것은 이튿날부터였다. 비무첩을 작성하는 곳에서는 벌써 사람들이 길게 줄을 잇고 있었다. 그것은 대야성의 서열이 높아도 거쳐야만 하는 관문이었다. 물론, 서열이 높은 이들 중 직접 비무첩에 이름을 올리는 무인은 거의 없었다. 대부분 50명이 남은 최종전 승자들의 도전을 받아주는 입장이었다.

진혁은 우렁찬 함성을 뒤로하고 대전으로 향했다.

"작은할아버님은?"

"……아직 소식이 없습니다."

상관준경은 낮은 소리로 보고했다. 진혁의 서늘한 기색이 짙어졌다. 석란재의 가연 곁에서 밤을 지새웠다. 성수림주가 준 단약과 해독제로 간신히 발작을 진정시키긴 했지만 여전히 가연은 의식을 차리지 못한 채 한열(寒熱)에 시달리고 있었다.

무림 대회만 아니라면 내가 직접 가연을 안고 북해로 날아갔을 텐데!

지금은 대야성에서 꼼짝달싹할 수 없는 처지였다. 움켜쥔 주먹에서 관절이 부러지듯 까드득거리는 소름 끼치는 소리가 났다. 무표정한 얼굴로 감정을 감추고 있었지만, 그의 가슴은 바짝바짝 타들어가고 있었다. 모래시계의 모래가 떨어지는 것을 무력하게 지켜보고만 있는 꼴이라니!

'제발 버텨다오, 가연!'

진혁은 대전의 태사의에 자리해 안으로 들어오는 각 문파의 대표자들을 만났다. 그것은 대야성에 상주해 있는 문파라 해도 올려야 하는 예였으니. 중원무림을 일통한 대야성에 다시금 충성을 맹약한다는 중요한 의미가 담겨 있었다.

차례차례 대표자들이 지나갔을 때였다. 방문첩을 읊던 이가 다음 이름을 호명했다.

"북해 빙궁의 호사자(護使者)이십니다!"

빙궁 특유의 은빛이 감도는 궁장의를 걸친 미부인이 젊은 여무사들을 이끌고 안으로 들어왔다. 빙궁이라는 소리에 진혁의 눈가에 희미한 살기가 섬광처럼 번득였다.

미부인은 진혁의 앞에 멈춰 허리를 숙였다.

"북해 빙궁의 호사자인 홍예(虹蜺)가 중원 무림을 다스리는 대야성주님을 뵙습니다."

"귀한 손님이 먼 길을 오셨소. 빙궁주께 내 인사를 대신 전해주길 바라오."

홍예는 붉은 입술을 휘었다. 무뚝뚝하다 못해 얼음처럼 냉랭한 빙궁의 여인들 중 홍예는 별종으로 불렸다. 일신 무위는 소궁주와 맞먹을 정도였지만, 음탕한 행실로 종종 빙궁을 들썩거리게 만들었다.

아깝구나. 이리 잘난 사내의 명이 얼마 남지 않았다니……. 조금만 빨리 만났더라면 짧은 인연에 안타까워하지 않았을 텐데…….

살짝 내리까는 눈가에 아쉬움이 서렸다. 인사를 끝내고 돌아서는 발걸음에도 미련이 남아 좋지 않은 풍취를 풍겼다.

한나절 동안 이어진 인사는 해가 떨어진 뒤에야 끝났다. 중간중간 휴식을 가지긴 했지만, 똑같은 인사를 몇 시진째 받는 것을 곁에서 함께한 상관준경은 차라리 산처럼 쌓인 보고서를 처리하는 편이 낫겠다고 생각했다. 그러나 진혁은 겉으로 안색 하나 바꾸지 않은 채 마지막 방문자까지 맞았다.

상관준경은 중간에 아슬아슬할 뻔했던 때를 떠올리고 복잡한 한숨을 내쉬었다. 남궁 세가에서 들어왔을 때 남궁 가주와 어깨를 나란히 한 남궁 대장로를 보는 성주님의 눈빛이 예리한 칼끝 같아 절로 눈앞이 아찔했었다.

뻔뻔한 낯짝을 치켜들고서 고개를 숙이는 남궁 대장로를 보고 있으려니 자신의 속에서도 울화가 치밀어 오르는데, 성주님의 심정은 어떻겠는가. 그러나 대전에서 남궁 세가의 대장로에게 검을 들이댄다면 지금껏 참았던 일들이 모두 수포로 돌아갈 공산이 컸다.

연회장에 자리한 남궁융기는 빙궁에서 온 호사자 홍예를 만나고 얼굴을 찌푸렸다.

떠들썩한 악사들의 연주 소리와 휘도는 무희들의 몸놀림에 사람들의 시선이 몰렸지만, 무리를 지어 서로를 견제하고 있는 이들은 흥겨운 가락 소리에도 잠시도 긴장을 풀지 않았다.

남궁융기는 다른 이들이 듣지 못하도록 목소리를 낮추며 사납게 물었다.

"대체 약속했던 빙궁의 무사들은 언제 들어오는 것이오? 벌써 도착했었을 때가 지났지 않소?"

약속했던 날짜는 무림 대회 전날인 어제였다. 어제까지 지정한 장소에 도착했어야만 했다. 그러나 빙궁에서 오기로 한 남은 무사들은 여직 옷자락도 보이지 않았다. 미소를 짓고 있는 홍예도 당혹스럽기는 마찬가지였다. 그렇다고 눈앞의 늙은이에게 빌미를 줄 수는 없었다.

"느닷없이 준비하라 했던 물건 때문에 약간 지체되는 모양이네요. 그러게, 필요한 물건이 있으면 미리미리 말을 했어야 하는 것 아닌가요? 급하게 물건을 찾으니 출발했던 발걸음이 돌아서서 늦어지는 거잖아요."

"허! 말도 안 되는 소리! 그것은 연락을 받고 은밀히 다른 사람을 보내어 받은 것이 아닌가! 변명을 하려면 좀 제대로 된 것을 내어놓게!"

남궁융기가 질책하듯 타박을 하자, 홍예도 지지 않고 맞섰다.

"그걸 가지고 있던 분이 바로 소궁주라고요. 그러니 물건을 찾아 전하고 다시 출발해야 하니 시일이 더 걸리는 거라고요. 하지만 걱정하지 마세요. 어차피 움직여야 할 때까지는 아직 며칠이 남아 있지 않나요? 그때까지는 틀림없이 도착할 테니까요."

남궁융기가 주름 잡힌 입술을 다물며 못마땅한 기색을 드러냈다. 남궁융기와 홍예가 서로 이견으로 부딪치고 있을 때 청마문과 야수림도 비슷한 대화를 나누고 있었다. 그렇게 연회장의 분위기가 서서히 달아오를 때쯤 사람들은 상석이 비어 있다는 것을 알아차리지 못했다.

부용정을 지키는 경비 무사들에게 다른 지시를 내린 진혁은 월동문을 지나 안으로 들어갔다. 맑은 밤하늘에 일찍부터 나온 가는 초승달이 걸려 있었다.

"서, 성주님!"

시비들이 놀라 황급히 무릎을 꿇었다. 진혁의 뒤편에 있던 금화파파가 손에 잡고 있는 괴장을 들어 가볍게 땅을 찍었다.

"다른 명이 있을 때까지 모두 물러가 있거라."

전각의 복도에 나와 있던 시비들이 고개를 조아리며 명에 따라 재빨리 몸을 놀렸다.

예고도 없이 문이 벌컥 열리자, 유모가 화를 내며 버럭 소리를 지르려 했다. 그러다 열린 문 앞에 서 있는 진혁을 보았다.

"부인! 부인! 성주님이 오셨습니다!"

유모는 내실에 있는 남궁혜에게 달려갔다.

내가 이럴 줄 알았다니까! 우리 아가씨를 찾아오실 줄 알았다고!

유모는 속으로 덩실덩실 어깨춤이라도 추고 싶을 정도로 기뻤다. 오랫동안 독수공방하던 아가씨의 고통이 오늘로 끝난 것이다.

하룻밤만 아가씨를 품으면 성주님도 아가씨의 진가를 아시게 될 게야. 그런 천한 벽가는 두 번 다시 돌아보지 않게 되실 거다. 그러게 미리 곱게 단장을 하고 있으시라 말씀드렸어야 하는 것을…….

일찍 저녁상을 물리고서 다시 수틀을 잡고 있던 남궁혜는 놀라서 수틀을 덜거덕 떨어뜨렸다. 창백하던 뺨에 생기가 돋듯 혈색이 돌았다. 남궁혜는 자리에서 일어나 황급히 자신의 차림새를 살폈다. 즐겨 입는 백색 외투에 구겨지거나 얼룩이 묻어 있지는 않은지 확인했다. 유모가 멧돼지처럼 안으로 달려 들어왔다.

"부인!"

유모는 날카로운 눈으로 남궁혜를 위아래로 살펴보았다. 너무 수수한 것이 마음에 들지 않지만, 곧 잠자리에 드실 것이니 주렁주렁 장식한 것도 불편할 것이다.

진혁은 부용정의 내실로 들어갔다. 남궁혜가 부용정의 주인이 된 후로 진혁이 부용정을 방문한 것은 오늘이 처음이었다. 남궁혜는 두근거리는 가슴을 한 손으로 누르며 나릿나릿하니 진혁을 맞았다.

"어서 오십시오, 성주님. 어찌 연락도 없이……. 미리 전갈을 주셨다면 성주님을 맞을 준비를 했을 텐데요."

남궁혜는 가군을 맞이하는 정숙한 부인이 되어 다정하니 속살거렸다.

진혁은 세상에 다시없을 음전한 규수처럼 행동하는 남궁혜를 보려니 속에서 토기가 올라올 정도로 역겨웠다.

"이 시간이면 연회장에서 오시는 길이겠군요. 연회장의 음식이 입에 맞으셨는지요? 혹, 불편했다면 따로 음식을 몇 가지 올리라 하겠습니다, 성주님."

남궁혜는 딱딱한 성주님이라는 호칭보다 다정하게 가군이라 부르고 싶었다. 세상에 단 하나뿐인 자신의 가군이었다.

진혁이 피식 냉소를 지었다.

"무슨 일이 생길지 알고서 그대가 내어주는 음식을 덥석 먹을까?"

"네?"

진혁의 서늘한 냉기에 다가오던 남궁혜가 주춤거리며 멈춰 섰다. 그제야 온기라고는 한 점도 없는 진혁의 눈을 보았다. 남궁혜는 저도 모르게 시선을 피했다. 잠시 밖에 나갔다 들어온 유모가 남궁혜의 옆에 섰다.

"주안상을 봐 오라 일렀습니다. 두 분이서 다정히 술잔을 나누시지요."

유모는 커다란 입을 옆으로 길게 찢으며 희희낙락했다. 그러다 으슬 거리는 기운을 느끼고 무언가 이상하다는 것을 눈치 챘다.

"내가 왜 그대를 경시했는지 아나?"

"……모릅니다."

진혁의 냉소가 짙어졌다.

"영리한 그대라면 모를 리가 없을 텐데. 모르는 것이 아니라 일부러 모르는 척 외면하고 있는 거겠지."

"소첩은 성주님께서 무슨 말씀을 하시는지 잘 모르겠습니다."

남궁혜가 겁에 질린 목소리로 말했다. 잠시 혈색이 도는 듯했던 얼굴도 다시금 파리해졌다.

"처음부터 나는 그대를 대야성에 들일 생각이 없었다. 남궁 가주에게도 분명 경고했었지. 딸을 생각한다면 들이지 말라고."

처음 듣는 이야기인 듯 남궁혜의 동공이 충격으로 흔들렸다.

"어째서……?"

"왜냐하면 난 그대 같은 여인을 제일 싫어하니까."

남궁혜는 충격에 힘을 주지 못하고 비틀거렸다.

"아가씨!"

유모의 팔을 움켜잡으며 그녀는 쥐어짜는 듯한 음성을 토해냈다.

"……왜……?"

"그대처럼 가식적인 가면을 쓰는 자를 곁에 둘 수는 없으니까."

"그게 무슨!"

"이화헌은 비록 나쁜 성정일지언정 자신의 성정을 거짓 없이 드러내는 이지. 그러나 그대는 미풍에도 금세 쓰러질 것처럼 약한 얼굴을 가장하고 있지만, 누구보다 독심을 숨기고 있지. 그러면서도 자신은 아무 죄도 없다고, 어쩔 수 없이 위압에 떠밀려 했노라고 자위하지. 내 잘못이 아니라고. 나는 아무 잘못이 없다고."

남궁혜의 몸이 부들부들 떨렸다. 눈물이 그렁그렁한 눈으로 진혁을 간절히 바라보았다. 그러나 진혁은 냉소만 지었다.

"지금껏 그대의 말을 믿어주지 않은 이가 없었으니까. 지금처럼 눈물을 흘리면서 애처로운 얼굴을 하면, 모두 그대를 가엾이 여겼을 테니. 나도 그럴 거라 생각했나?"

남궁혜는 고개를 힘없이 저으며 울먹거렸다. 굵은 눈물이 방울방울 떨어져 그녀의 고운 얼굴을 흥건히 적셨다.

"소첩은 성주님께서 왜 이러시는지 모르겠어요. 제가 성주님의 심기를 거스른 일이 있는지요? 무슨 일이신지 가르쳐주신다면 성주님의 마음에 들도록 고치겠어요."

울먹거리는 소리로 애원했다. 온몸을 흐느끼며 애타게 간청했다. 금방이라도 쓰러질 듯 휘청거리는 남궁혜를 부축하고 있던 유모도 울상을 지으며 진혁을 보았다.

"내가 왜 이러는지 모르겠다?"

남궁혜가 눈물이 뚝뚝 떨어지는 얼굴을 끄덕였다.

진혁은 소맷자락에서 물건을 꺼내 남궁혜의 발치에 던졌다. 바닥에 툭 부딪힌 물건이 데구르르 구르다 남궁혜의 치맛자락에 걸려 멈췄다.

이건!

남궁혜의 눈물이 쏙 들어갔다. 창백하던 얼굴이 더 희끗해졌다. 곁에 있던 유모의 얼굴도 죽은 돼지마냥 시퍼레졌다. 뚜껑이 벌어져 안에 든 찻잎이 지저분하게 사방으로 흩어져 있었다.

"눈에 익은 물건일 텐데 왜 그리 놀라나?"

남궁혜는 얼음물을 뒤집어쓴 듯 정신을 차렸다. 흔들리던 눈동자가 금세 차분해졌다.

"눈에 익다니요? 소첩은 처음 보는 것입니다."

"처음 보다니? 그대의 작은할아버지가 직접 그대에게 건넨 물건이지 않나?"

작은할아버지…….

남궁혜는 끝까지 모르는 척 발뺌을 해야 했다. 작은할아버지가 부용정을 방문한 것이라 어림짐작하는 것일 수도 있었다. 설사, 사실을 알더라도 제 입으로 토설하는 일은 없어야 했다.

"이번이 처음도 아닌데 무얼 그리 놀란 척 구는 거지."

부들부들 떨던 남궁혜의 신형이 뻣뻣해졌다. 그를 올려다보는 그녀의 동공에 믿을 수 없어 하는 기색이 역력했다.

설마?

아니야! 그럴 리가 없어!

누구도 알지 못하는 일이야! 알 수 없는 일이라고!

그러나 진혁은 그녀의 생각을 무참하게 짓밟았다.

"세상에 영원한 비밀은 없지. 그러니 낮말은 새가 듣고, 밤말은 쥐가 듣는다는 말도 있지 않나? 하물며 그런 더러운 음모가 끝까지 묻힐 거라고 믿었나?"

"무, 무슨 말을……?"

남궁혜는 말을 더듬거리며 주춤주춤 뒷걸음질을 치다가 길게 끌리는 치맛자락을 밟아 바닥에 쓰러졌다.

"그대의 조부인 검왕에게 쓴 독과는 다른 종류인 것 같더군. 독도 독이지만 피임제라……. 여인다운 방법이라고 감탄해야 하는 건가? 아니면 독하다고 치를 떨어야 하나?"

진혁의 전신에서 북풍보다 더 시린 냉기가 몰아쳤다. 아직도 의식을 찾지 못하고 위독한 가연이 떠올랐다.

가연과 잠자리를 하면서 마음 한구석으로 기대를 하고 있었다. 그녀와 자신 사이에 태어날 아이를. 얼마나 귀엽고 어여쁠 것인가. 그녀의 아이라는 것만으로도 그에게는 귀한 선물이었다.

"피임제라니! 같은 여자로서 어떻게 그렇게 지독한 짓을 할 수 있지? 하긴, 절 누구보다 아껴주던 친조부까지도 제 손으로 독살할 수 있는 그대이니 하늘 아래 못 할 짓이 무엇일까!"

"아, 아닙니다! 뭔가 성주님께서 잘못 알고 계시는 거예요! 왜 절 천하에 몹쓸 독부로 몰아가시는 건가요?"

남궁혜는 바닥에 엎드려 통곡하듯 흐느끼며 억울함을 호소했다.

"아니다?"

"네! 아닙니다! 소첩은 성주님께서 하시는 말씀이 무엇인지 아무것도 모르겠어요! 피임제라니요? 제가 누구에게 피임제를 썼단 말인가요? 게다가 소첩이 할아버님을 독살하다니! 어찌 그런 천인공노할 말씀을 하십니까! 할아버님께서 돌아가시어 하늘이 무너지는 듯했던 소첩입니다! 아직도 할아버님께서 곁에 계시지 않다는 것을 믿을 수 없거늘! 어찌해 소첩에게 그런 더러운 누명을 씌우십니까? 흐흐흑!"

미인의 애처로운 흐느낌이라 절로 안쓰러운 동정심을 유발했다. 그러나 진혁은 남궁혜의 본얼굴을 알고 있었다. 흰 겉피 밑에 누구보다도 일그러져 있는 진피가 있다는 것을. 그것을 감추고자 더 기를 쓰며 음전한 척, 착한 척 행동하는 것이다.

진혁이 손가락을 딱 소리 내며 튕겼다. 닫혀 있던 문이 열리며 암영이 제법 차려입은 중년 사내를 끌고 왔다.

헉!

유모가 놀라 숨을 들이켰다. 얼굴을 보이지 않으려 고개를 숙였지만, 다른 이들보다 더 큰 체구와 얼굴이 숨긴다고 가려질 턱이 없었다.

"저, 저 여인이 맞습니다! 틀림없습니다! 제 점포에서 피임제를 사 갔습니다! 인근의 다른 점포에서도 약들을 사 갔지요! 워낙 특이한 체형이라 똑똑히 기억하고 있습니다!"

약재상 주인은 유모를 가리키며 주장했다. 엉겁결에 대야성에 잡혀 오다시피 끌려온 약재상 주인은 자신이 허튼 말을 하는 순간 쥐도 새도 모르게 세상에서 사라질 것임을 알았다. 흑도와도 좋지 않은 거래를 종종 했던 그는 속으로 발발 떨면서 들어오기 전에 들었던 말만 머릿속에서 되뇌었다. 거짓 없는 사실과 약재를 사간 당사자를 고하면 된다 했던가. 주인은 하늘보도 더 높은 진혁 쪽으로는 고개도 돌리지 않았다. 그는 자신이 살아가야 할 영역이 어디까지인지 주제 파악을 잘하고 있는 위인이었다.

다행히 멀리서 찾을 것도 없었다. 바로 눈앞에 제 얼굴과 덩치를 숨기려 발악하는 이가 있었으니까.

"닥쳐라, 이놈! 네깟 놈을 내가 무슨 일로 만났단 말이냐!"

유모는 흉신악살처럼 얼굴을 일그러뜨리며 약재상 주인을 죽일 듯 노려보았다. 은밀한 일을 믿고 거래할 수 있는 곳이라 들어 찾았던 약재상이었다.

"무슨 소리요! 당신이 직접 내 점포로 찾아와 피임에 필요한 약재들을 부탁하지 않았소!"

"헛소리! 성주님, 이런 말도 안 되는 소리에 귀를 기울이시면 안 됩니다! 이건 모함입니다. 저를 옭아매어 부인을 해하려는 고약한 음모입니다!"

진혁은 큰 소리로 당당하게 항변하는 중년 부인을 힐끔 보았다. 발악하듯 소리치던 유모는 자신을 꽁꽁 옭아매는 살기에 컥컥거리며 말문이 막혔다.

"처음부터 사실대로 털어놓을 거라고는 생각지도 않았지만, 그러니 뜻이 잘 맞는 주종이겠지. 너를 봤다는 약재상의 목격자들이 하나둘이 아닌데도 네 말을 믿으라는 거냐? 대체 너의 뭘 믿고 그 말을 믿으라는 거지?"

진혁이 천천히 한 걸음씩 유모에게 다가갔다. 유모는 천적을 앞에 둔 개구리처럼 흠칫 몸을 떨었다.

아가씨를 생각해야 한다! 갓난아기 때부터 제 손으로 키운 아가씨를!

유모는 바닥에 쓰러지다시피 엎드려 울고 있는 남궁혜를 보고 두려움을 떨쳐냈다. 자신이 무너진다면 여린 아가씨를 누가 보살필 수 있으랴.

유모의 눈에 독기가 차올랐다. 억울함과 울분이 두려움을 이겼다.

"어찌 저희 마님을 이리 대하실 수 있으십니까! 아무리 첩실로 들어왔다 하나, 엄연히 남궁 세가의 직계 혈족이십니다! 남궁 세가를 생각하신다면 이리 홀대하실 수 없으십니다! 마님께서는 자나 깨나 성주님만을 생각하시어 안위를 빌고 계시거늘, 그런 마님의 마음도 알아주시지 않고 이런 더러운 모략을 덮어씌우시는지 모르겠습니다!"

유모는 남궁혜의 마음을 알아달라 강변했다. 아가씨의 잘못이라면 성주님을 마음에 담았다는 것뿐이었다.

"할 말은 다 했나?"

차분하고 무심한 어조에 주변의 기온이 아래로 뚝 떨어졌다.

"이 정도로 더러운 모략이라 하다니 가당치도 않군. 너희들이 한 짓보다는 훨씬 얌전한데. 하물며 내가 모략을 짰다면 이런 엉성한 그물을 쳤을 리가 없지."

살의가 살기로 화해 유모의 전신을 난도질했다. 유모는 비명도 지르지 못한 채 눈을 까뒤집으며 고통스러워했다.

"유모!"

남궁혜가 엉금엉금 바닥을 기어 유모에게 다가갔다. 유모는 입에 허연 거품을 물고 사지에 경련을 일으켰다. 그녀를 위해 평생을 헌신한 유모였다.

"그만하세요, 성주님! 유모를 괴롭히지 마세요!"

남궁혜가 앙칼진 목소리로 요구했다. 눈물을 글썽이던 얼굴도 매서워졌다. 그제야 흐릿하기만 하던 인상이 선명해졌다.

"솔직히 그대가 어떤 술수를 부리든 상관없었다. 어찌 움직이든 내 관심 밖이니까."

남궁혜가 모멸감에 얼굴이 달아올랐다. 그에게 자신의 존재가 아무런 의미가 없다는 것을 새삼 확인하니 원망스러운 마음이 불거졌다.

"하지만 단 하나. 석란재에는 그대의 더러운 손을 뻗지 말았어야 했다."

순간 남궁혜의 마음이 꽁꽁 얼어붙었다. 천천히 자리에서 일어난 그녀는 시선을 치켜들었다.

"……어찌해 석란재의 그이만을 그리 위하시는 건가요? 소첩도 성주님의 여인이 되기 위해 들어온 거예요. 소첩이 그이보다 못한 것이 무엇인가요?"

한번 말문이 열리자 봇물처럼 속에 담겨 있던 원망이 터져 나왔다.

"성주님께서 말씀하셨지요. 성주님께서 평생 마음에 담아두실 여인은 오직 한 명뿐이라고. 죽은 정혼녀만을 연모하신다고. 그래서 성주님의 마음을 모두 가지는 것은 포기했었어요. 그저 작은 한 귀퉁이만이라도 소첩에게 내어주신다면 그걸로 만족하며 곁을 지키자 마음먹었더랬지요. 살아 있는 이들 중 누구도 성주님의 마음을 차지하지 못할 테니까. 그런데 어찌 마음이 바뀌신 건가요? 벽가의 무엇이 성주님의 마음을 움직인 것이지요? 제가 가지지 못한 것이 무엇이기에!"

억울했다. 원망스러웠다. 이리 곁에서 바라보고 있는 그녀를 외면하고 다른 여인을 눈에, 마음에 담은 진혁이.

"그래서 석란재의 찻잎에 피임제를 넣은 건가?"

"성주님의 자식을 가지는 것은 소첩이 아니면 누구도 용납할 수 없으니까요! 용서할 수 없어요! 저만이 성주님의 아기씨를 낳을 수 있다고요!"

남궁혜는 눈물을 흘리면서 소리를 질렀다.

"그따위가 어때서요! 고작 피임제잖아요! 죽이는 것도 아니고, 성주님의 총애를 받고 있으니 그 정도는 양보해야지요! 내가 이 자리에 오기 위해 무엇을 희생했는데! 내가 버린 것이 어떤 것인데!"

"그대 조부를 버렸지. 제 손을 더럽히며 말이야."

미친 사람처럼 소리치던 남궁혜가 입을 딱 다물었다.

"그대의 작은할아버지인 남궁 대장로와 더러운 거래를 했지 않나? 그대를 대야성에 넣어주는 대가로 말이야."

"……어떻게 그걸…….."

남궁혜는 갑작스러운 일격에 저도 모르게 반문했다. 그러나 진혁의 추궁은 거기에서 끝나지 않았다.

"한 번 잡았으니 두 번 못 잡을 이유가 없었겠지. 하물며 친조부를 넘긴 손인데 누군들 넘기지 못할까. 아니, 이번에는 먼저 나서서 잡았을지도 모르지."

"대체 어떻게 그걸 알고 있는 거지요? 대체 성주님께서 어떻게!"

작은할아버지와의 첫 번째 거래는 유모도 알지 못하는 일이었다. 하늘 아래 작은할아버지와 그녀만이 알고 있는 일이었다. 처음 할아버지 사건을 언급할 때에도 그저 넘겨짚는 것이라 여겼었다. 그런데 작은할아버지를 거론하다니!

"그대가 말하는 것을 들었지."

"무슨? 말도 안 돼!"

"그대의 조부인 검왕의 장례식이 거행될 때. 그대가 남궁 대장로의 전각을 찾아갔던 그때 그 시간에 나도 함께 있었다. 물론, 그대와 남궁 대장로가 주고받는 대화도 고스란히 들을 수 있었지."

그것은 죄인에게 떨어진 사형선고였다.

"거, 거짓말……. 거짓말이야……."

남궁혜는 혼잣말처럼 끊임없이 거짓말이라는 말만 되풀이했다. 한순간 초췌해진 얼굴에는 믿을 수 없어 하는, 믿고 싶어 하지 않는 기색이 가득했다.

진혁은 충격을 받은 남궁혜가 감정을 다스릴 때까지 잠시 기다렸다. 아직 끝난 것이 아니다. 이 정도로 끝낼 것이었다면 이리 질질 끌지도 않았을 것이다.

"들으셨소?"

진혁이 닫혀 있는 문 쪽을 향해 말을 던졌다. 어떻게든 진혁의 마음을 돌려야 한다 되뇌고 있던 남궁혜가 화들짝 놀랐다. 실내와 이어져 있는 방문이 양옆으로 활짝 열렸다. 남궁혜는 신음을 흘리듯 입술을 달싹거렸다.

"……아버님, 오라버니."

남궁 세가의 가주인 남궁준은 하늘이 무너진 듯한 심정에 눈을 감았다. 자신이 자식을 잘못 가르쳐 부친께서 돌아가셨으니 어찌 하늘을 똑바로 바라볼 수 있겠는가. 부친 곁에 있는 소가주 남궁강은 실핏줄이 돋아 붉어진 눈을 치켜뜨며 믿을 수 없다는 듯 여동생을 노려보고 있었다.

처음 상관준경의 부탁에 부용정으로 왔을 때에는 오랜만에 여동생을 볼 수 있겠구나 싶어 반가웠다. 남궁 대장로와 달리 본가가 있는 합비에 머무는 탓에 그녀를 대야성에 보낸 후로는 만나는 것이 힘들었다.

방문 앞에서 들어가지 못하도록 저지를 당하자, 이 무슨 고약한 장난인가 싶어 마음이 언짢아졌다. 그러다 안에서 들려오는 남궁혜의 울음소리를 들었다. 서늘한 성주의 추궁 소리도. 남궁강은 여동생을 보호하기 위해 당장 안으로 뛰어 들어가려 했다. 그러나 부친이 손을 뻗어 막았다.

안에서 들려오는 이야기가 이어질수록 두 부자는 망연자실해졌다. 믿을 수 없어 하다, 대장로까지 나오자 남궁 가주는 탄식했다.

"아버님! 아, 아니에요! 사실이 아니에요! 뭔가 오해가 있는 거라고요!"

부친과 오라버니의 눈에 서린 비난에 남궁혜는 눈물을 흘리며 아니라고 매달렸다. 휘청거리며 달려가 부친의 소맷자락을 부여잡았다.

"소녀의 말을 믿으시지요? 소녀가 어찌 그런 엄청난 일을 저지를 수가 있겠어요! 절대로 아니어요! 오라버니! 오라버니는 소녀를 아시잖아요!"

남궁 가주는 자신의 소맷자락을 단단히 움켜잡으며 울부짖는 딸을 물끄러미 바라보았다. 남궁강은 아예 고개를 틀어 여동생을 외면했다. 지금도 믿을 수 없었다. 자신의 귀로 직접 들었음에도. 남궁강은 여동생의 뒤편에 서 있는 진혁을 보았다. 한순간 원망과 분노가 치솟다 풀썩 꺼져버렸다. 불씨가 타오르지도 못한 채 식었다.

성주는 분명 경고했었다. 그것을 무시한 것은 어리석은 자신과 부친이었다. 여동생의 집착을 너무 가벼이 넘겼다.

"세가에서 처리하실 것이오?"

진혁은 차분한 어조로 물었다. 남궁 가주는 온몸으로 흐느껴 우는 딸을 보며 올라오는 한숨을 되삼켰다. 세가에 딸을 데려가 벌을 내린다면, 아무리 은밀히 처리한다 해도 암암리에 말들이 새어나갈 것이다. 당장 이 사실을 세가인들이 듣게 된다면……. 그는 딸의 아비이기도 했지만 남궁 세가의 주인이었다.

남궁 가주는 딸이 잡고 있는 소맷자락을 단호하게 떨쳐냈다.

"아버님?"

한 번도 내쳐짐을 당해본 적이 없던 남궁혜가 놀라 부친의 얼굴을 멍하니 보았다.

"출가외인이라, 이미 성주님의 사람이니 성주님께서 맡아 처결하십시오."

"아버님!"

남궁혜가 소리쳐 불렀다. 남궁 가주는 미련을 끊듯이 딸의 울부짖음에도 매정히 돌아섰다.

"오라버니? 오라버니!"

남궁강도 부친을 따라 돌아섰다. 다른 일이었다면 어찌어찌 매달렸을 것이다. 아니, 석란재의 일만이었다면 성주의 처사가 부당하다 따졌으리라.

그러나 할아버지의 일은 달랐다.

남궁혜는 자신을 버리고 가버리는 부친과 오라비의 모습을 보고 믿을 수 없었다. 어떻게 날 버릴 수 있단 말인가. 어찌 이리 매몰차게 돌아설 수 있는 거지.

힘없이 바닥에 주저앉은 그녀는 흐느끼듯 어깨를 들썩거렸다.

지팡이를 찍는 소리가 나더니 금화파파가 들어와 그녀의 앞에 차가 담긴 잔을 내려놓았다.

남궁혜는 영문을 알 수 없어 훈김이 올라오는 찻잔을 보다가 진혁을 돌아봤다.

"그대가 남궁 대장로에게서 받아 석란재에 넣은 찻잎으로 끓인 차다."

독차.

"소첩더러 이걸 마시고 죽으라는 건가요?"

남궁혜의 입에서 비실비실 실소가 새어 나왔다.

"그게 싫다면, 사지가 산 채로 찢겨나가는 것도 좋겠지. 내게는 오히려 그편이 훨씬 간단하다."

남궁혜는 자신을 죽이겠노라 말하는 진혁을 원망스레 올려다보았다.

"대체 소첩이 무얼 그리 잘못했나요? 그저 성주님의 관심을 바란 것뿐이거늘. 그게 잘못인가요?"

"이제 와 그런 걸 따질 필요가 있나?"

지금껏 그와 만나 대화를 나눈 시간 중 오늘처럼 길었던 적이 없었다. 항시 그의 시간에 목말라 하고, 그의 눈빛과 목소리를 듣길 열망했었는데…….

남궁혜는 바닥에 놓인 찻잔을 물끄러미 보았다. 이상하게도 할아버지에게 마지막 찻잔을 올렸을 때가 떠올랐다. 부들부들 떨리는 손길로 찻잔을 잡았다. 그녀의 손길에 찻잔이 흔들려 찻물이 흘러넘쳤다.

양손으로 찻잔을 부여잡은 남궁혜가 광망을 번득였다.

"이 잔을 마셔도 소첩은 상관없어요. 소첩이 원하던 것은 이뤘으니까. 그렇지 않나요? 석란재의 벽가도 이미 죽은 뒤이니, 성주님의 곁에는 이제 아무도 남아 있지 않으니까요. 결국 승자는 성주님이 아니라 소첩이지요."

남궁혜는 뜨거운 찻물을 단숨에 들이켰다. 뜨거운 찻물에 입안을 데었지만, 금방 퍼져나가는 독기에 아픔도 느껴지지 않았다.

찻잔을 떨어뜨린 남궁혜가 울컥 검은 핏덩이를 토해냈다. 코와 눈에서도 시커먼 독혈이 흘러나왔다. 마지막 숨이 끊어질 때까지도 그녀는 진혁에게서 눈을 떼지 않았다.

진혁은 두 눈을 부릅뜬 채 숨이 끊긴 남궁혜를 무감하게 보았다.

네 덕에 그녀를 다시 만날 기회를 얻었으니, 그 보답으로 네 시신만은 온전하도록 해주지.

처음 마음먹은 대로 했다면, 남궁혜에게 말했던 것처럼 사지를 찢는 것보다 더한 고통스러운 죽음을 맞게 해주고 싶었다. 그러나 검왕의 죽음으로 합비에서 스치듯 가연과 만날 수 있었다.

남궁 가주의 부탁도 있었으니.

돌아서기 전 그는 진혁에게 전음을 남겼다. 딸의 죽음은 막을 수 없으나 시신만은 온전한 모습으로 돌려달라고.

부용정의 연꽃이 피어보지도 못하고 제 스스로 폐화(閉花)했다.

二十六章

해독

　느린 맥이 희미하게 잡혔다. 약하게 스치고 지나가는 맥동에 간신히
불안을 잠재웠다. 진혁은 가연의 손목을 단단히 움켜잡았다. 마치 생
명줄을 잡고 있는 것처럼. 부용정을 나선 그는 곧장 석란재로 향했다.
항시 다감한 공기로 맞아주던 곳이, 지금은 시린 찬바람이 몰아치듯 얼
어붙어 있었다. 헤픈 웃음을 날리며 아양을 부리지는 않았지만, 찾아
올 때마다 사람의 마음을 위로해주듯 조용히 곁을 지켜주었다.
　너를 곁에 두고자 한 것이 잘못이었나.
　진혁은 제 욕심으로 가연을 사경에 빠트린 것은 아닐까 자책했다. 움
켜잡고 있던 손목을 풀어 힘없이 늘어지는 손을 양손으로 감싸 쥐었다.
핏기를 잃어 푸릇푸릇한 기를 보이는 입술을 보았다. 잘 익은 사과처럼
붉은 빛깔을 띠며 작은 새처럼 지저귀던 입술이었다. 맞잡은 손을 들어
이마에 대었다. 서늘한 한기에 가라앉은 눈빛이 어둡게 짙어졌다.
　이 지경에도 널 놓아줄 수 없음이니, 내 이기심이 얼마나 지독한지
과연 네가 알 것인가.

가연을 제대로 보호하지 못한 자신을 책하면서도 다시 한 번 제 끝없는 욕심을 확인했다.

절대로 널 이대로 잃어버리지 않을 것이다. 사신 따위가 널 데려가도록 내버려둘 줄 아느냐!

진혁은 자신의 기운을 조심스럽게 가연의 기맥으로 밀어 넣었다. 금방이라도 부서질 듯 가늘어진 기맥이라 아주 미세한 양만 주입했다. 독을 해독하는 데는 도움이 되지 않겠지만, 기력을 보존하는 데는 보탬이 될 것이다.

그가 아주 천천히 넣은 기가 그녀의 기맥을 따라 몸 전체를 일주하기 시작했다. 그 일이 거의 끝나갈 때 즈음이었다. 석란재의 월동문 앞에서 실랑이 소리가 들려왔다. 익숙한 기척이라, 진혁은 눈가를 찌푸렸다.

– 조용히 안으로 들어라.

그의 전음을 들은 경비 무사들이 막고 있던 월동문을 비켜서며 길을 열었다. 평소와 달리 성급하게 내딛는 발자국 소리가 들려왔다. 그 뒤를 허겁지겁 쫓는 힘없는 걸음걸이도.

월동문을 넘어서는 순간 벽갈평은 불길한 징조를 감지했다. 성주의 명으로 문 앞을 무사들이 막아서고 있는 것부터가 심상치 않은 일이었지만, 가연의 안위에 대해서는 크게 걱정하지 않았었다. 그러나 경비 무사들을 지나쳐 담장 안으로 한 걸음 들어섰을 때, 조용하다 못해 고요하기까지 한 전각의 공기가 이상했다. 전각의 뒤편에 자리해 있는 커다란 목서의 가지들이 바람에 부딪쳐 흔들리는 소리가 스산하기만 했다. 처소에 사람이 많이 드나드는 것을 좋아하지 않아 항시 최소한의 인원만 머무는 것을 알고는 있었지만, 인적이 뚝 끊긴 폐가 같은 분위기는 확실히 지난번 방문했을 때와 달랐다. 뒤에서 좇아온 하 총관도 느낀 듯 어깨를 움츠렸다.

벽갈평은 다른 말없이 굳게 닫혀 있는 전각의 문을 열었다. 안으로 성큼성큼 들어간 그는 내실의 침상 머리맡을 지키고 있는 진혁을 발견했다.

"성주님!"

벽갈평은 진혁의 뒷모습 너머 침상에 누워 있는 인영을 보았다. 그는 한달음에 침상가로 달려갔다. 사자의 형상으로 간신히 희미한 기운만 잇고 있는 가연을 보았다.

"이, 이게 대체 무슨 일입니까? 이 아이가 왜 이런……?"

충격이 커서 제대로 말을 맺지 못했다. 간신히 두 눈을 감으며 끓어오르는 분노와 충격을 가라앉힌 벽갈평이 눈을 뜨며 무거운 음성으로 되물었다.

"누가 이 아이에게 독수를 쓴 것입니까?"

무인의 본질이랄까. 아니면 당연히 살아날 것이라는 믿음이 있어서일까. 벽갈평은 다른 무엇보다도 가연을 위해한 범인이 누구인지부터 물었다.

진혁은 대답 없이 묵묵히 가연의 얼굴만을 바라보았다. 두 눈 꼭 감겨 있음에 애처롭고 안타까웠지만, 제 옆에 있어 다행이다 싶었다.

벽갈평은 이를 악물며 재차 물었다.

"부용정입니까? 이화헌입니까?"

그 두 곳 외에 가연을 위해할 만한 곳은 없었다. 현숙하다 이름 높은 여인도 투기만은 어찌할 수 없다 했다. 남궁혜가 착하다 알려져 있지만 사람 속을 뉘가 알 것인가. 마소교는 두말할 것도 없었다.

"가연을 해한 대가를 남궁혜는 제 목숨으로 치렀소."

지금쯤 남궁혜의 시신은 남궁 세가에서 거두어 갔을 것이다. 제대로 장례를 치를지, 세가의 죄인으로 매장할지는 남궁 세가에서 알아서 할 일.

"허면 가연을 구할 방도도 찾으신 것입니까?"

누워 있는 모습을 보는 순간, 가연이 생사의 갈림길에 서 있는 것을 알았다. 간신히 한 줄기 생기를 이어가고 있으나, 언제 끊어질지 조마조마할 정도로 미약했다.

"가연을 해한 것이 남궁 부인이니, 그녀의 처소를 뒤져보면 구할 방법이 있지 않겠습니까?"

독을 건네준 것이 남궁 대장로라는 것을 모르는 벽갈평은 남궁혜가 해독제를 가지고 있었을 것이라 생각했다. 해야 한다면 남궁 세가를 찾아가 내어놓으라 따질 기세였다.

진혁은 고개를 저었다. 남궁 세가에 간들 해독제가 있을 리 없었다. 이미 암영대를 풀어 남궁융기를 찾으라 명을 내렸지만, 감쪽같이 행적을 감춘 뒤였다. 빙궁의 무인들 뒤편에 숨어 있는 듯하지만, 그 사이를 찾아봐도 보이지 않았다.

"다, 당주님! 당주님!"

하 총관은 가까이 다가가지도 못한 채 털썩 주저앉았다.

마른하늘에 날벼락도 유분수지! 이게 대체 무슨 일이란 말인가!

주름진 눈가에 뿌연 습막이 고였다. 물기로 흐릿해진 시야에 죽은 이처럼 누워 있는 가연의 모습이 아른거렸다.

이제 마지막 한 고비만 무사히 넘기면 되는 것을!

하 총관은 무심한 하늘을 원망했다. 차마 소리 높여 곡을 할 수 없어 어깨를 들썩이며 눈물만 주룩주룩 흘렸다.

"어인 눈물인가! 누가 상이라도 당했단 말인가! 당장 그쳐라!"

진혁은 노인네의 눈물이 불길하게 다가와 낮게 호통 쳤다.

"이 일을 어찌하나. 이 일을 어찌해. 당주님…… 아이구…….."

하 총관은 크게 소리 내지도 못하고 혼잣말처럼 한탄했다. 최악의 상황이라, 사전에 계획을 들켜 처소에 감금되어 계시는 것까지만 생각했었지, 설마 누군가의 독수에 쓰러져 사경을 헤매고 계실 줄이야.

벽갈평은 한 번도 본 적 없는 가연의 파리한 얼굴에 수만 가지 감정이 복받쳐 올라왔다. 이런 일이 있을까 봐 내내 노심초사하고 있지 않았던가. 그런데 며칠 후면 정리될 것이라 잠시 마음을 놓았더니 그 빈틈을 노린 양 일이 터진 것이다. 성주를 다그칠 수도 없어 주먹만 움켜쥐었다 펴길 반복했다.

방법이 있었다면 이리 우두커니 앉아 있지만은 않았을 터. 허나 그렇다고 손놓고 앉아 있을 수만은 없지 않은가.

이러지도 저러지도 못하는 벽갈평은 여물 먹는 소처럼 올라오는 한

숨만 꾸역꾸역 되삼켰다.

소리 없이 전각의 문이 열렸다. 상관준경이 침중한 얼굴로 들어왔다.

"연락은?"

진혁은 내내 기다리고 있던 소식부터 물었다. 상관준경은 전서구가 보내온 소식을 어찌 전해야 하나 마음이 무거웠다.

"노야께서 전갈을 보내셨습니다. 빙궁의 소궁주는 해독제를 가지고 있지 않았다고 합니다. 그래서 빙궁으로 가는 중이라는 전언이었습니다."

진혁은 지그시 눈을 감았다. 예측했던 상황들 중 최악으로 몰리는 듯했다. 아무리 작은할아버지의 경공이 빠르다 해도 빙궁까지 오가는 시일을 생각한다면……

"……시간을 맞출 수 있을까?"

그나마 성수림주의 단약으로 버티고 있지만, 그마저도 몇 알 남지 않았다. 하루 이틀, 최대한 시간을 끌어도 닷새, 아니, 나흘까지라도 버틸 수 있을까.

상관준경은 가능성이 없다 싶었다. 그의 대답을 들으려던 것은 아닌지 진혁은 상관준경의 침묵을 묵묵히 받아넘겼다.

"은밀히 현무단을 풀어 남궁 대장로의 신변을 확보하라 이르겠습니다. 그러니 성주님께서는 빈청으로 가시지요. 성주님을 만나기 위해 기다리는 이들이 많습니다."

사실 진혁은 지금 이 자리에 있어서는 안 되었다. 연회장에서 일찍 자리를 뜬 것은 그의 성격으로 유야무야 넘길 수 있었지만, 은밀하게 따로 자리를 마련해 만나야 할 손님들이 아직 남아 있었다. 살펴보고 있을 적들의 이목을 가리기 위해서라도 다른 때와 똑같이 진행해야 했다.

상관준경은 말없이 진혁을 재촉했다. 어서 자리에서 일어나 할 일을 하러 가야 한다고 무언으로 강변했다. 그러나 진혁은 침상의 머리맡에서 일어날 줄을 몰랐다. 상관준경은 땅이 꺼져라 한숨을 내쉬었다. 기어이 자신이 악역을 맡아 일으켜야만 하나. 그러나 그보다 먼저 선수를 치는 이가 있었다.

"노야라면 백야 공을 이르는 말이 아닙니까? 백야 공께서 빙궁으로 해독제를 구하러 가셨다는 말입니까? 대체 가연이 당한 독이 무엇이기에 빙궁이 거론되는 것입니까?"

보기 드문 독이라 아직 해독을 못 하고 있구나 짐작하긴 했었지만, 북해 빙궁까지 나올 줄은 몰랐다. 게다가 남궁 대장로라니? 무언가 복잡하게 뒤엉켜 있는 듯한 느낌에 벽갈평은 머릿속이 어지러웠다.

"벽 원주님."

"상관 군사께서 말씀해보시구려. 대체 이 아이가 이 지경인 연유가 무엇이란 말이오?"

상관준경은 꼬리에 불이 붙은 호랑이 앞을 알몸으로 막아선 듯한 압박감을 받았다. 번득이는 두 눈에서 시퍼런 도깨비불이 타오르는 듯했다. 겉으로 드러내지는 않았지만, 귀애하는 양녀의 일이라 벽갈평의 눈이 귀신의 눈이 되어 있었다.

"……벽 부인께서는 북해에서 사는 루의 독에 당하신 것입니다. 그래서 노야께서 해독제를 구하러 북해까지 가시는 중이고요.”

　“루?”

　처음 들어보는 낯선 명칭이었다. 무림을 종횡(縱橫)하며 수많은 독을 마주했지만 루라는 독은 들어본 적이 없었다.

　상관준경이 생경해 하는 벽갈평의 반응에 고개를 끄덕였다.

　“저도 이번에 처음 접한 독입니다. 전설로만 전해 들었던 새인지라…….”

　이래서 믿을 수 없는 일이라 하여 무조건 지워버려서는 안 되는 것이다. 어디서 어떻게 마주쳐 뒤통수를 칠지 모르는 것이니.

　“루라면…… 북해에서만 산다는 새이지 않습니까? 분명 연푸른 빛깔의 깃털은 독이고, 붉은 침은 해독제이지요.”

　바닥에 주저앉아 눈물만 철철 흘리던 하 총관이 팍 쉬어 빠진 목소리로 부연 설명을 덧붙였다. 그러다 퍼뜩 머릿속을 스치고 지나가는 사실이 있었다. 분명 몇 개월 전 루에 대해 말을 나눈 적이 있었다.

　“그게…….”

　하 총관이 벼락이라도 맞은 것처럼 자리에서 벌떡 솟구쳐 일어났다. 허공을 무섭게 노려보며 주판알을 튕기듯 손가락을 그어 내려갔다. 마른침을 꼴깍 삼키며 바짝 마른 입술을 질겅질겅 씹었다.

　“부, 분명 당주님과 얘기를 했었는데!”

　버럭 소리를 지른 하 총관은 허연 눈썹을 있는 대로 일그러뜨렸다. 반년도 훨씬 지난 일이라 대화 내용이 긴가민가했다.

　갑작스러운 하 총관의 행동에 무슨 일인가 싶어 여상히 지켜보던 이들도 그가 소리치는 것을 듣는 순간 눈빛이 달라졌다. 주판알을 미끄러트리고 장부를 넘기듯 손가락을 옆으로 넘기던 하 총관이 와락 소리를 질렀다.

"장부에 있었는데! 장부에!"

그제야 생각이 났다. 창고 정리를 하며 묵혀놓았던 장부에 분명 루에 대한 것이 있었다. 그때 가연에게 이런 것은 오래 두지 말고 빨리 처분하는 것이 좋지 않겠느냐고 건의했었던 것이 떠올랐다.

진혁이 흥분을 억누르며 차분한 어조로 물었다.

"장부에 무엇이 있었단 말인가?"

"당주님과 얘기를 했었지요. 루의 깃털이랑 침 따위 누가 알 것이냐고, 구매자가 없으니 묵혀두지 말고 처분하는 것이 좋지 않겠느냐고……."

"루의 깃털과 침이라고 했나?"

진혁이 확인하듯 다시 물었다. 하 총관이 눈물이 홍건한 얼굴로 고개를 마구 끄덕였다.

"예! 틀림없습니다! 만고당의 창고에……."

말을 하다 하 총관은 아차 싶었다. 희색이 만면하던 얼굴이 다시 시커멓게 죽었다. 혹시 창고의 물건들을 모두 내어보낸 것에 함께 실려 가지 않았나.

"만고당의 창고에 있단 말이냐? 없단 말이냐?"

진혁의 다그침에 하 총관이 퍼뜩 떠올렸다. 급한 것부터 실어 나르면서 약재 창고의 물건 중 독물은 옮기기가 힘들어 몇 가지만 제외하고 고스란히 남겨두었다는 것을.

"이, 있습니다! 있어요! 루의 깃털과 침이 창고에……!"

하 총관의 외침이 끝나기도 전, 진혁이 바람처럼 신형을 일으켰다.

"안 됩니다! 성주님께서는 움직이지 마십시오!"

상관준경이 황급히 진혁을 붙잡았다. 그는 현재 이중에서 제일 냉정하게 상황을 파악하고 있었다. 지금 의심을 사지 않고 자유로이 움직일 수 있는 사람은 벽 원주와 만고당의 총관뿐이었다.

"성주님은 빈청으로 가셔서 손님들을 맞으십시오. 그사이에 벽 원주님과 총관이 만고당으로 가십시오. 아시겠습니까? 석란재에는 지금 아무 일도 없는 것입니다. 그저 무림 대회를 맞아 양녀를 보러 잠시 들르셨던 겁니다. 오는 길에 벽 부인의 부탁을 받아 들어온 총관을 만나 함께 오신 겁니다."

벽갈평은 흥분을 가라앉히며 평시와 똑같은 얼굴을 하려 애썼다. 눈물을 펑펑 쏟아내던 하 총관도 황급히 소맷자락으로 눈물을 닦았다.

"나와 함께 가세나. 그대가 가야 물건을 찾을 수 있을 테니."

벽갈평은 눈물로 흠뻑 젖은 옷자락을 빨래 짜듯 쥐어짜고 있는 하 총관에게 말했다.

"예, 어서 가시지요. 빨리 가야 빨리 돌아올 것이니……."

벽갈평과 하 총관은 진혁에게 허락도 구하지 않고 전각을 나갔다. 애써 태연한 척 걸음을 떼고 있었지만, 마음대로 했다면 앞으로 달음박질을 쳤을 것이다.

두 사람이 나가자 상관준경이 진혁을 돌아보았다. 전혀 생각지도 않은 엉뚱한 곳에서 구명줄을 발견했지만, 머릿속을 채우고 있는 것은 다행이라는 생각뿐이었다.

벽 부인이 회생한다면, 성주님도 안심하고 목전의 일에 집중하실 수 있을 터.

진혁은 허리를 숙여 파리한 낯색으로 잠을 자듯 눈을 감고 있는 가연의 얼굴을 가만히 쓰다듬었다. 그 손길이 너무 다정하고 은밀해 보는 이가 절로 부끄러워 눈을 돌렸다. 다정하고, 은밀하고, 다른 한편으로 보기 안타까울 정도로 애틋했다.

쾅!

청마문주는 앉아 있던 의자 손잡이를 거칠게 내려쳤다. 그의 기세에 옆에 늘어서 있던 수하들이 자라목처럼 몸을 움츠렸다. 단단한 흑단으로 만든 손잡이가 돌가루처럼 부스러져 먼지가 되었다.

"대체 도착한다던 야수림의 무사들은 어찌 된 것이야! 벌써 도착하고도 남았을 시간이잖아!"

청마문주는 소리를 치며 버럭버럭 화를 냈다. 그의 분노에 지붕이 들썩거릴 지경이었다.

"분명 출발한다는 전서가 오긴 한 것이야?"

"예, 문주님! 틀림없이 출발한다고, 약속했던 일자까지 도착할 것이라는 전언이 전서구를 통해 왔었습니다."

"허면 왜 여직 소식이 없는 것이야! 어디에 숨어 있기에 그림자도 보이지가 않아!"

덥석 나서서 대답했던 수하는 뭇매 맞듯 문주의 화를 맞았다. 이럴 때에는 가만히 있는 것이 목숨줄을 유지하는 길이다.

부글거리는 화를 한바탕 털어내자 이성이 돌아왔다. 지금껏 박차를 가해왔던 일을 어찌해야 할지 고심에 빠졌다. 야수림의 협력 없이 자신들만으로 나서도 성공할 것인가.

"고민이 크신 듯하오."

"누구냐!"

"웬 놈이냐!"

챙!

챙!

갑자기 허공에서 떨어진 낯선 음성에 수하들이 분분히 무기를 그러쥐며 경계했다. 그러나 몰래 숨어 엿보고 있는 자가 있다는 것을 알고 있었던 청마문주는 손을 들어 주변을 조용히 하게 시켰다.

어둠 속에서 검은 그림자가 일렁이는가 싶더니 천천히 불빛이 어리는 곳으로 걸어 나왔다. 수하들이 놀라 저도 모르게 한 걸음 물러섰다.

"여긴 웬일이오?"

남궁융기는 청마문주의 좌우로 늘어서 있는 수하들을 힐끔 곁눈질했다.

"쯧! 모두 나가서 한 번 더 확인들 해봐라!"

문주의 명에 수하들이 우르르 몰려 나갔다. 제법 널찍한 정전은 한적해져 사나운 짐승 두 마리만 남았다.

"무엇하러 얼굴을 내민 것이오? 서로 대사가 본격적으로 시작되기 전까지는 왕래를 금하자 하지 않았소."

"그대가 윽박지르지 않아도 알고 있소. 잘난 청면(靑面)이 주장한 것이니 어찌 잊을 수 있겠소."

끝까지 고고한 척 발을 빼며 몸을 사리는 기회주의자. 때가 되면 누구보다도 사납게 이를 드러내며 탐욕을 부리는 자의 더러운 위선에 고까운 시선을 던졌다. 어차피 같은 흙탕물을 뒤집어쓰고 있으면서……..

청마문주도 같은 마음이라 뭐라 말을 붙이지 않았다.

"내가 직접 온 것은 계획들이 조금씩 차질이 빚어지고 있어서이오."

차질이라는 말에 청마문주의 눈빛이 달라졌다.

"차질이라니? 그럼 그대도?"

"그렇소. 적면(赤面), 그대가 준비한 것이 남만의 야수림이듯, 내가 끌어들인 세력은 북해 빙궁이오."

청마문주는 연회장에서 본 무리를 떠올렸다.

"빙궁의 무사들은 참석하지 않았소?"

남궁융기가 고개를 저었다.

"그들은 초대객으로 온 일부에 지나지 않소. 그들을 뒤따라 출발한 빙궁 무사들의 행방이 묘연해졌다는 말이오."

"야수림처럼……."

청마문주는 확인하듯 읊조렸다.

"그렇소. 분명 야수림에도 불상사가 생긴 것이 틀림없을 것이오."

청마문주는 깊은 침음성을 흘리며 미간을 좁혔다. 든든한 우방으로 칼잡이가 되어 자신들 대신 싸워주어야 할 세력이 두 곳이나 떨어져나갔다.

"성주로군. 성주가 움직인 게야."

"나 역시 그리 짐작하고 있소. 성주가 그물을 펼쳐두고 있었던 모양이오."

성주가 끝까지 알아차리지 못할 리는 없다고 생각했었다. 그러나 중원으로 들어선 이후 흩어지면 성주라도 찾아내기 힘들 터, 그리해 약속 장소에서 각자 집합하기로 약조가 되어 있었다.

"한두 해 짜든 그물이 아닌 모양이오."

남궁융기의 어조에는 희미한 감탄이 묻어 있었다.

"하, 이 젊은 놈이! 제 조부도 어찌하지 못한 우리를 제깟 놈이 무얼 어떻게 한다고!"

청마문주는 노화가 일었다. 어차피 대사가 끝나면 목이 잘려 성문에 걸려야 할 놈의 겁 없이 부리는 재롱에 뒤꿈치를 물렸다.

"그리 가벼이 말할 것이 아니오. 적면의 말대로 제 조부도 함부로 손대지 못한 우리를 재단하기 위해 서슴없이 움직인 성주요. 맹룡과강(猛龍過江)이라, 나름대로 준비한 것이 있으니 우리를 잡으려 드는 것이 아니겠소."

"그래서 겁을 집어먹고 꼬리를 말자 이건가!"

청마문주는 눈을 부라리며 남궁융기를 노려보았다. 청면 못지않게 음흉한 인간이 백면(白面)인 남궁융기였다. 결코 빈틈을 보여서는 안 된다. 결국 마지막에는 서로를 잡아먹어야 할 상대였으니.

"아니, 아니요. 내가 온 것은 그대가 야수림이 없이도 움직일 것인지 확인하고자 한 것이오."

"흥! 빙궁이 없으니 혼자 움직이기가 불안하신 모양이오."

"그거야 피차일반이지 않소."

서로 꿍쳐둔 한 가지 수가 남아 있었지만, 말하지 않았다. 그렇다고 이대로 접을 수도 없었다. 자신들은 선대처럼 순순히 물러나 암중 세력으로 남고 싶지 않았다. 지금이 안 된다면 차후를 기다리라니! 어차피 누려야 할 영광이라면 왜 후대에게 넘겨줘야 한단 말인가!

서로의 뜻이 일치했다.

"우리가 손을 잡은 것을 성주가 눈치 채지 않겠소?"

"그거야 걱정하실 필요 없소. 지금 성주는 내가 보낸 작은 선물을 받고 정신이 없을 터이니."

남궁융기는 음습한 미소를 지었다. 부용정과 석란재의 출입이 금지되었다는 사실을 듣는 순간, 자신이 벌인 작은 장난이 소기의 목적을 달성했다는 것을 알았다. 오랜 눈가림은 될 수 없지만, 필요한 시간은 충분히 벌 수 있을 터. 석란재의 부음이라면 아무리 철벽같은 성주라도 잠시는 흔들리겠지. 제가 원해 첩으로 들어간 남궁혜는 흡족할 정도로 제 효용대로 일을 잘해주었다.

네모난 판 안에 백석(白石)과 흑석(黑石)이 어지럽게 놓여 있었다. 제대로 집을 이루지 못한 바둑돌들이 시야가 어지러울 정도로 제각각 흩어져 있었다.

심각한 얼굴로 바둑판을 보고 있던 제갈 가주는 한숨을 내쉬며 들고 있던 돌을 통에 내려놓았다. 지금의 형세로는 어디에 돌을 놓아도 사석에 지나지 않았다. 전체적인 형상이 죽은 판이라 어찌할 수가 없었다.

"쯧쯧쯧. 아무리 봐도 수가 없군."

"아버님."

제갈수재는 홀로 바둑을 두고 있는 부친을 조심스레 불렀다. 부친의 찌르는 듯한 눈빛에 제갈수재는 더욱 고개를 깊이 숙였다.

"무슨 일이냐?"

"황가에서 전서구가 왔습니다."

제갈 가주는 말을 하라는 듯 기다렸다.

"아직 옥새를 찾지 못해 황제를 살려두고는 있지만, 유폐시킨 황태자는 미량의 독을 조금씩 먹이고 있다 합니다. 조만간 광인이 된 황태자를 정식으로 폐할 수 있을 듯하답니다."

"쯧. 시일이 너무 걸리는군."

자금성의 일이 생각보다 너무 더디게 진행되었다. 지금쯤 새 황제가 즉위하여 황태후가 대리청정을 선언해야 했다. 그리해야 중원의 군대를 마음대로 움직일 수 있을 터. 허나, 느리더라도 차근차근 하나씩 이뤄지고 있다 하니 다행이었다.

"그리고 아버님의 말씀이 맞으셨습니다. 남궁 대장로가 청마문주를 만났다 합니다."

제갈 가주는 멋들어지게 기른 검은 수염을 쓰다듬으며 웃었다.

"그들이 생각할 수 있는 것은 그 정도가 한계일 터이니. 당연한 일이겠지. 수야, 너는 상관 가주의 귀에 저들의 동향이 들어가도록 하거라."

"예, 아버님."

부친의 귀계는 날이 갈수록 깊어져 자신이 따라갈 엄두도 낼 수 없었다. 돌아서던 제갈수재는 다른 생각에 잠시 잊어버렸던 일을 떠올렸다.

"참, 아버님. 내성의 움직임이 이상하다 합니다. 부용정과 석란재의 출입이 금지되고 성주의 금족령이 내려졌다 하온데……."

"후후후, 신경 쓸 필요 없느니라."

"예에?"

석란재라는 보고에 수재는 은근히 귀를 열어두고 있던 참이었다.

"남궁혜가 성주의 첩으로 들어가면서부터 예정되어 있던 일이 생긴 것뿐이다. 그러니 거기에 대해서는 괜한 힘을 낭비하지 마라."

남궁혜가 남궁융기의 손을 잡으면서부터 언젠가는 벌어질 것이라 예상했었다. 어차피 남궁혜의 쓰임새란 한정적이었으니, 이런 상황에 남궁융기가 남궁혜를 쓸 곳이란 빤하지 않은가.

제갈 가주는 아들의 미묘한 반응에 관심을 두었다.

"무엇이냐? 혹, 석란재의 벽가에게 관심을 주었더냐?"

"아, 아닙니다. 단지 만고당을 통해 교류가 두어 번 있었던 터라……."

"쯧."

짧은 혀 차는 소리에 못마땅한 기색이 역력했다.

"대사가 끝나면 세상 여인들 중 네가 못 가질 여인이 없는 것을……."

허나 보는 눈이 깐깐해 여간한 여인들은 돌아보지도 않는 수재의 성격을 알기에 제갈 가주는 말끝에 한 마디를 덧붙였다.

"벽가의 운이 좋아 일이 끝난 뒤에도 살아남는다면, 네 첩으로 한 번쯤 생각해볼 수 있겠지."

제갈수재의 얼굴이 밝아졌다. 바라면서도 감히 입에 올리지 못했던 청원이라. 부친의 허락이 떨어졌으니, 남은 것이야 일이 끝날 때까지 가연이 무탈하면 되는 것이다.

돌아서 나가는 아들의 뒷모습을 보며 제갈수재는 빙긋이 웃었다. 한창 혈기방장한 나이이지 않은가. 어여쁜 여인을 보며 정염에 달아오르는 것도 그 나이이기에 가능한 일.

제갈 가주의 시선이 다시 바둑판으로 돌아갔다. 그의 입가에 드리운 미소가 짙어졌다.

살기를 머금은 미소가 지워지려는 순간.

와르르.

손이 휩쓸고 지나간 바둑알들이 바닥에 폭포처럼 떨어졌다. 깨끗해진 바둑판을 손바닥으로 천천히 쓸어내린 후 흑석 한 알을 들어 바둑판 중심인 천원(天元)에 놓았다. 어지러운 다툼을 모두 정리하고 남은 것은 오롯이 하나일지니.

그러나 세상을 엎으려는 제갈 가주는 알지 못했다. 이미 하늘이 바뀌었다는 것을. 북경에 있는 자신의 동맹자가 죄인으로 죽어 이미 고혼(孤魂)으로 떠돌고 있음을.

밤이 깊어갈수록 하늘을 훔치려 드는 이들의 욕심만 무럭무럭 익어갔다.

  벽갈평과 하 총관이 석란재로 돌아온 것은 한 시진이 지난 뒤였다. 요즈음 다른 물건들에 신경을 쓰느라 남은 창고 관리를 제대로 하지 않아 먼지들이 켜켜이 쌓인 곳을 뒤적거리려야 했다. 다른 사람의 손을 빌릴 수도 없는 일이라 두 사람이 직접 창고의 물건들을 꺼내 확인했다. 다행히 약재가 든 물건들을 알아볼 수 있도록 작은 표찰을 붙여둔 터라 잠금쇠를 열어보는 수고까지는 하지 않아도 되었다.

  불빛이 환하게 밝혀져 있는 석란재의 외실에 벽갈평과 하 총관이 뛰어 들어오듯 들어왔다. 뉘 보는 이가 있을까 태연한 걸음새 모양은 냈지만, 마음은 바빠 내딛는 발걸음이 자꾸만 빨라졌다. 저 위로 길게 내뻗은 목서 나뭇가지가 보이면서는 부러 발걸음을 늦추었다.

  "이것이오!"

  벽갈평은 내원에 있는 양녀에게 줄 귀한 선물인 양, 옆구리에 꿰고 온 상자를 문이 닫히자마자 서둘러 앞으로 내밀었다.

  다른 핑계로 손을 써 불러낸 성수림주가 냉큼 상자를 받았다. 오래된 서책으로만 봤었던 루의 깃털과 침을 직접 눈으로 볼 수 있다니! 이것만으로도 이번 대야성의 무림 대회에 참석한 보람이 있었다.

  하 총관은 기력이 딸려 덜덜 떨리는 손으로 잠금쇠를 조작해 풀었다. 성수림주는 그림을 말아 넣어두는 함처럼 길쭉한 상자를 열었다. 검은 비단 위로 연보랏빛을 띤 풍성한 깃털이 놓여 있었다. 그리고 그 아래쪽의 작은 홈에 자그마한 병이 움직이지 못하도록 단단히 꽂혀 있었다.

"이게 진정 루의 깃털이로구나."

성수림주는 감탄성을 발하며 손으로 부들부들한 깃털을 어루만졌다.

"그걸 손으로 만져도 되는 것이오? 루의 깃털은 독이라 들었소만."

"괜찮소이다. 이 깃털을 가지고 독으로 정제해야 위험한 것이지, 이 깃털만으로는 아무런 위험도 되지 않소."

신기하게도 루의 깃털은 자연 그대로는 무해한 물건이었다. 그러나 몇 가지 손을 거치면 지상에서 가장 강한 독 중 하나로 바뀌었다.

"감탄은 그 정도로 하고, 시간이 없으니 빨리 해독제부터 만드시오."

진혁이 루의 깃털을 만지며 신기해 하는 성수림주를 차가운 일갈로 일깨웠다.

"아, 죄송합니다, 성주님."

내실에서 나온 진혁은 검은 흑단 상자에 들어 있는 깃털과 자기 병을 매서운 눈으로 일별했다.

"해독제도 침을 그냥 사용해서는 안 되고, 따로 정제를 거쳐야 하는 탓에 시간이 조금 걸릴 것입니다."

"빠르면 빠를수록 좋소. 의각주가 모든 편의를 봐줄 터이니, 최대한 빨리 해독제를 완성하시오."

"알겠습니다, 성주님."

성수림주는 보물처럼 상자를 품에 안고 성주 앞을 물러났다. 해독제를 만들고 남은 루의 침과 깃털은 모두 자신의 몫으로 떨어질 터이니, 이보다 더 좋은 일이 어디에 있으랴. 힘겹게 희희낙락한 얼굴 표정을 관리했다.

필요한 물건을 찾아 제때에 넘겨주었다 싶자, 하 총관은 무릎에서 힘이 빠져 바닥에 주저앉았다. 팽팽하게 당겨져 있던 신경줄이 갑자기 느슨하게 풀려 제멋대로 헝클어졌다. 그저 머릿속에 감도는 생각은 하나.

되었다.

이제는 되었다.

당주님은 이제 무사하실 것이다.

하 총관은 입가에 희미한 미소를 지으며 가쁜 어깨를 들썩거렸다. 벽갈평은 가연을 따르는 하 총관의 마음을 알기에 그의 어깨를 손으로 두어 번 툭툭 두드려주었다.

"성주님."

상관준경이 진중하게 진혁을 찾았다. 내실로 들어가려던 진혁이 무슨 일이냐는 듯 돌아보았다.

"남궁 대장로를 찾았습니다."

진혁과 벽갈평의 기세가 한순간 돌변했다. 활활 타오르는 불꽃과 서늘한 한기를 뿜어내는 얼음불꽃의 가운이 상승했다.

"청마문의 그늘에 숨어 있는가 봅니다. 암영대의 보고에 따르면 청마문주가 있는 대청으로 들어갔다 합니다."

벽갈평은 당장 몸을 돌려 창마문으로 쳐들어갈 기세였다. 상관준경은 눈에 약간 초조한 기색을 드리우며 벽갈평의 얼굴을 살펴보았다. 지금 당장 청마문을 뒤집어엎었다간, 그동안의 노고가 한순간에 물거품이 되어버리리라. 성주님의 한 마디 명이라면 굿판이 벌어질 때까지는 꾹 참으리라.

"쥐새끼처럼 어디에 숨어 있었나 했더니, 제 더러운 손을 잡아줄 세력을 찾아다녔던 거로군."

"청마문주라면 남궁 대장로를 홀대할 수는 없었을 것입니다. 겉으로야 어찌 되었든, 속으로야 웬 떡인가 싶겠지요."

예상치 못하게 돌아가는 상황에 상관준경은 자신을 호위하는 밀영들까지 모두 외부로 돌렸다.

"때를 앞당겨 지금 당장 저들을 덮치는 것도 방법입니다."

상관준경은 저들이 움직이는 것을 기다리는 것보다 차라리 자신들이 먼저 치는 것이 낫다 싶었다. 진혁은 고개를 저었다.

"성주님!"

"처음 계획했던 대로 저들이 준비했던 판을 내놓을 때까지 기다린다."

"저들의 움직임이 달라졌으니 우리 쪽의 대비도 달라져야 합니다. 괜한 위험을 감수할 필요가 없지 않습니까?"

솔직히 상관준경은 오면좌의 정체를 알아내자마자 몰래 제거해버렸어야 했다며 후회했다. 곁가지들을 모두 솎아내지는 못했겠지만, 머리를 잃어버렸으니 물 위로 내밀던 머리를 다시 수면 아래로 집어넣어야만 할 터. 그러나 진혁은 그들의 신분을 알아낸 지금이 뿌리까지 뽑아낼 적기라 판단했다. 후일 후환덩어리가 될 존재를 남겨둘 필요가 없다며 군사인 그의 제안을 받아들이지 않았다. 그러나 지금은 또 그때와 상황이 달라졌다.

"필요하다면 위험도 감수해야지. 적을 상대하면서 어찌 안전한 것만 찾을 수 있단 말인가."

"위험한 생각이십니다."

상관준경은 굳은 얼굴로 진혁에게 쓴소리를 날렸다. 그러나 다시 말 꼬리를 잡으며 설득하려 들지는 않았다. 가로막는 것이 있다면 돌아서 가는 것보다는 부수면서 앞으로 나아가는 것이 패를 추구하는 천가의 성품일지니.

진혁은 당장 청마문으로 달려가 남궁융기의 목줄을 잡아 끌어오고 싶었다. 그의 기분대로 했다면 상관준경의 권의를 받아들여 당장 적들을 솎아내 처리했을 것이다. 그러나 몇 년을 준비하고 준비했던 일인가. 받아낼 혈채들이 하 많아 수뇌들만으로 채우기에는 너무 부족했다. 그 대신으로 귀찮은 혹 덩이를 치우도록 명했다. 외성의 빈각에 감금되어 있는 황벽군을 마차에 태워 약속했던 장소로 보내도록 했다. 황가의 핏줄인 그녀의 처분은 황궁에 있는 태자가 알아서 할 것이다.

덜커덕거리며 굴러가던 바퀴 소리가 멈췄다. 마차 한구석에 박혀 오들오들 떨고 있던 황벽군은 고개를 퍼뜩 들며 눈에 씌워진 안대 때문에 보이지도 않은 주변을 두리번거렸다. 바짝 마른 입안을 침으로 축이며 귀를 쫑긋 곤두세웠다.

시간이 얼마나 지난 것일까. 자신이 납치되었다는 것을 가문에서는 알고 있을까.

단잠을 자고 있던 침상에서 침의 차림으로 내동댕이쳐지듯 끌려 나와 눈이 가려진 채 마차에 태워졌다. 제대로 반항할 겨를도 없이 마차 문이 닫혀버렸다. 정신을 차렸을 때는 벌써 마차가 출발한 뒤였다.

뭔가가 잘못됐다!

발버둥치듯 마차의 벽을 두들기고 소리를 질렀지만 아무런 소용이 없었다. 마부는 귀머거리인 것처럼 그녀의 발악을 무시했다. 앞을 볼 수 없으니 시간이 얼마나 흘렀는지도 알 수 없었다. 그저 간간이 던져주는 주먹밥으로 간신히 굶주림을 면할 수 있었다. 손이 묶여 있어 안대를 벗을 수는 없었지만 냄새로 알 수 있었다. 처음에는 거들떠보지도 않았다. 음식 냄새를 맡긴 했지만, 무엇인 줄 알고 덥석 먹는단 말인가.

그러나 시간이 지날수록 허기를 참을 수가 없었다. 목마름과 배고픔에 기력이 떨어져 소리 지를 힘도 사라졌다. 그렇게 끝없이 달려가던 마차가 멈춘 것이다.

황벽군은 숨을 죽이며 들려오는 소리에 귀를 기울였다. 발자국 소리가 났다. 한 사람이 아니었다. 소리가 점점 커질수록 황벽군은 두려움에 심장이 조여들었다. 자물쇠가 풀리는 소리와 함께 문이 열리는 소리가 났다. 황벽군이 뭐라 말문을 열기도 전에 좌우에서 양팔을 덥석 잡아채 강제로 일으켰다.

"놔, 놔라! 놓지 못하겠느냐! 대체 누구냐! 너희들이 누구이기에 날 이리 대한단 말이냐!"

황벽군은 잡힌 팔을 뒤틀면서 고함을 질렀지만, 갈고리처럼 단단하게 옥죄는 힘을 떨쳐낼 수는 없었다. 선득한 찬 공기가 얇은 침의 자락을 파고들었다. 황벽군은 추위와 공포심에 몸을 떨었다.

"악!"

갑자기 앞으로 떠밀린 황벽군은 구르듯 바닥에 엎어졌다. 손으로 바닥을 더듬더듬 짚으며 엉거주춤 상체를 일으켰을 때였다. 그동안 답답하게 눈을 가리고 있던 안대가 벗겨졌다.

"아!"

어둠에 익숙해져 있다 갑자기 빛을 보자 눈이 너무 시렸다. 따끔거리는 눈을 가늘게 뜨며 빛에 익숙해지길 기다렸다. 벽에 걸려 있는 등불이 바람에 흔들려 바닥에 잔 그림자를 만들었다.

시야가 선명해지자 황벽군은 주변을 두리번거리며 확인했다. 차디찬 돌바닥에서 올라오는 냉기에 절로 몸이 떨렸지만, 그보다 점점 강하게 느껴지는 고약한 썩은 내에 미간을 찡그렸다.

대체 여기가 어디이기에……?

불평을 토해내려던 황벽군의 눈이 돌연 충격으로 커다래졌다. 어스름한 불빛에 가려 석벽에 걸려 있는 장식품이려니 여겼던 것이 단순한 장식품이 아니라는 것을 알았기 때문이다.

"서, 설마……?"

황벽군은 믿을 수 없어 무릎걸음으로 주춤주춤 다가갔다. 가까이 갈수록 장식품의 모습이 뚜렷해졌다.

"아악! 아아악!"

황벽군은 비명을 지르며 화들짝 뒤로 물러서다 엉덩방아를 찧었다. 벽에 걸려 있는 물건에서 눈을 떼지 못하면서도 멀리 떨어지기 위해 뒷걸음질 치듯 바닥을 밀었다. 벽에 걸려 있는 것은 북경에 있어야 할 자신의 혈족들이었다. 석벽에는 황 재상과 황후, 황 재상의 아들과 직계 혈족들의 잘린 머리가 나란히 장식품처럼 걸려 있었다.

"오랜만에 보는 혈족인데 반갑지 않은가 보군."

갑자기 들려온 목소리에 황벽군은 흠칫 몸을 떨며 황급히 소리가 난 곳을 돌아보았다. 등 뒤로 호위 시위들을 거느린 주기첨이 뇌옥 안으로 들어왔다. 특별히 냉한 곳을 골라 벽에 걸린 것들이 잘 썩지 않도록 하라 명해둔 참이다. 잘린 목을 보는 그의 눈에 잔인한 만족감이 떠올랐다.

죽은 뒤라도 편히 쉬게 놔둘 것 같으냐? 죽은 몸뚱어리라도 너희들이 편히 누울 장소는 없음이니! 사지를 찢은 다음 각자 닿을 수 없게끔 제일 먼 거리, 사람들이 많이 다니는 거리에 묻으라 명했으니, 대대손손 너희들의 몸을 수많은 이들이 짓밟고 다니리라!

"태, 태자 전하!"

황후를 만나러 황궁에 들었을 때 얼핏 주기첨을 본 적이 있었다. 당고모인 황후의 소생이었다면, 어쩌면 그의 옆자리는 자신의 것이 되었을지도 모른다 싶어 안타까워했었다.

주기첨은 차가운 눈빛으로, 자신을 올려다보는 황벽군을 훑어보았다.

"세상에 남아 있는 황가의 핏줄은 너뿐이다. 운이 좋구나. 대야성으로 가지 않았더라면 너의 머리 역시 저들 사이에 놓여 있었을 텐데."

"헉! 살려주십시오, 전하! 제발, 살려주십시오!"

황벽군은 머리를 조아리며 두 손을 모아 빌었다. 한 번도 자신의 죽음을 생각해본 적은 없었다. 그것도 이리 비참한 죽음이라니! 죽고 싶지 않았다. 어떻게든 태자의 자비를 얻어내야만 했다.

"살려주신다면 무엇이든 시키는 대로 하겠습니다! 제발 자비를 베풀어주십시오!"

눈물을 흘리며 애원했다. 바닥에 머리를 쿵쿵 찧으며 태자의 발아래 엎드렸다. 주기첨은 살기와 경멸이 어린 미소를 지었다. 제 혈육들의 머리 앞에서 내보이는 반응들이 어찌 하나같이 똑같은지.

"지금 당장 죽이지는 않겠다."

바닥에 머리를 찧던 황벽군이 놀라 고개를 들었다. 안도감과 두려움이 교차해 그녀의 얼굴이 새하얗게 질렸다.

"허나, 황가의 혈족을 살려두지도 않을 것이다."

"전하!"

"지금부터 이곳으로 물 한 방울, 쌀알 한 톨도 들어오지 않을 것이다. 굶어 죽든, 썩어가는 머리를 파먹어 연명하든, 그도 아니면 자결을 하든, 네 스스로 알아서 해라."

그것은 사형 선고와 마찬가지였다. 공포와 두려움에 시달리다 서서히 죽으라는 말이었다.

"태자 전하! 살려주십시오! 소녀를 살려주십시오! 전하!"

황벽군은 마지막 발악처럼 주기첨의 옷가지를 움켜잡으며 매달렸다. 주기첨은 더러운 오물이 묻은 것처럼 그녀를 털어냈다. 뒤에 있던 시위들이 앞으로 나와 황벽군을 강제로 밀쳐 떼어냈다.

"전하! 전하! 아아악!"

찢어질 듯한 비명 소리가 차가운 석벽에 부딪쳐 오랫동안 길게 메아리쳤다.

二十七章

무림 대회 中

둥! 둥! 둥!

무림 대회 이틀째가 밝았다. 첫날이 기분 좋은 흥겨움이었다면, 둘째 날은 전장을 앞둔 진지처럼 예기가 감도는 투기들이 여기저기서 일어났다. 반나절 동안 즐겼던 음주가무를 밤사이에 떨쳐낸 비무 대회의 참가자들은 몸 상태를 점검하며 자신들에게 배정된 비무대를 찾아 나섰다.

"어제 제법 과음을 하는 것 같던데 괜찮은 것이냐?"

무당파(武當派)의 이대 제자인 청명(淸明)은 사제인 청월(淸越)을 챙겼다. 도사라 하나 친분 있는 이들이 하나같이 술고래들이라 사제가 귀엽다며 술을 권한 탓에 제법 많이 마셨던 것이다. 말리면 말릴수록 짓궂게 장난을 칠 친구들이라 적당히 하라는 말밖에 할 수 없었다.

깎은 밤톨처럼 매끈매끈하게 생긴 청월은 사형을 원망스러운 눈빛으로 쳐다보았다. 미리 한 마디 언질도 주지 않고 자신을 마굴에 집어던져버리다니! 청월의 눈빛을 마주한 청명은 큰 소리를 내며 웃었다.

"하하하! 그리 보지 마라. 한 번씩 거쳐야 하는 신고식 같은 것이니라. 앞으로 너도 알고 지낼 이들인데, 미리 인사를 하면 좋지 않으냐."

"사형! 주독을 빼내려고 밤새 운기에 매달린 것을 아시면서 그런 태평한 말을 하십니까! 두고 보십시오! 소제가 사부님께 꼭 이르고야 말 것입니다!"

차마 하극상을 저지를 수는 없어, 청월은 소심하지만 가장 확실한 방법을 택했다. 고지식하기로 유명해 장문인께서도 가끔 고개를 내저으시는 사부님이라면 사형께 불호령을 내리실 것이다.

사제의 반항에 청명의 안색이 살짝 변했다. 천방지축 날뛰는 그도 제 사부 앞에서는 꼼짝 못 하는지라 청월의 발언은 무지막지한 위협이었다.

"사, 사제! 지기를 사귀려면 술이 함께 도는 것은 당연한 일인 것을, 무엇하러 사부님께 아뢴단 말이냐. 너 말고도 다른 지기의 사제들까지 모두 함께한 자리인 것을. 네게만 술잔이 돌아간 것도 아니지 않느냐."

청명은 청월을 살살 달랬다. 그러나 한 번 삐지면 오래가는 청월이 한마디 말에 풀릴 리가 없었다. 하물며 항시 골탕만 먹이는 사형의 약점을 잡은 터라 절대로 그 꾐에 넘어가지 않으리라 다짐했다.

"사제! 사제! 제발 사부님께는 함구해다오! 알지 않느냐! 사부님께서 술을 입에 대는 것을 얼마나 싫어하시는지!"

"그걸 아시는 분이 사제에게 그리 술을 먹인답니까!"

생각하니 더 얄미웠다. 내일 비무대에 오르는 것을 알면서도 그를 술자리에 끌어들여 고주망태로 만들어버리다니!

그렇게 사형제가 투닥거리고 있을 때였다.

"어허! 왜들 이리 소란스러운 게냐!"

청명과 청월의 입이 황급히 닫혔다. 무당제일검(武當第一劍)이라 불리는 현우진인(玄遇眞人)이 나왔다.

"사부님!"

"사부님, 밤새 편안하셨습니까?"

청명과 청월은 자세를 바로하고 공손히 인사했다. 한 자루 검처럼 날카로운 기상을 가진 현우진인은 제자들의 인사를 받으며 물었다.

"아침들은 먹었느냐?"

"예, 사부님. 식당은 사람들이 많을 듯하여 방으로 가져와 먹었습니다."

사실 운기를 막 끝낸 청월을 위해 식사를 방으로 가져온 것이지만, 청명은 요령 좋게 말을 돌렸다. 현우진인의 눈길이 청월에게 닿았다. 가벼운 언행에 늘 지적을 당하는 청명이지만 사부로서 걱정하지는 않았다. 장난기가 많지만 제 할 몫은 똑 부러지게 하는 녀석이었다. 장난질에 언제 수련을 하나 싶지만, 수련하는 것을 즐거워해 하루가 다르게 실력이 늘고 있었다. 외유에도 종종 따라다녀 사람들을 대하는 것도 능숙했다. 그러나 청월은 이번이 무당산에 들어온 후 처음 나오는 세상이었다. 산에서 무공만 닦던 녀석이라 신경이 쓰였다.

"비무대에 오르면 긴장하지 말고. 배우고 익힌 것을 모두 풀어낸다 생각하고 임하면 된다."

"네, 사부님!"

청월은 꽁꽁 얼어붙은 자세로 답했다.

"상대방이 생사결을 청해도 응하지 마라. 앞으로 강호에 나가면 숱하게 겪어야 할 일. 아직 생사결에 임할 정도로 네 공부가 깊은 것이 아니니. 단지 실전을 경험하는 것으로 만족해야 할 것이다."

"명심하겠습니다."

주의해야 할 것들을 꼼꼼하게 지적해준 현우진인은 청명을 돌아보았다. 눈을 가늘게 접으며 히죽이 웃어대는 청명이었다. 그를 따라 강호행을 하며 생사결도 맞닥뜨려보았으니, 달리 주의를 줄 것은 없었다.

"너는 촐랑대지 말고, 상대방의 도발에 넘어가지 마라."

"에이, 사부님도. 상대방이 제 도발에 넘어오면 넘어왔지, 제가 넘어갈 리가요."

현우진인이 청명의 정수리에 알밤을 콩 먹였다.

"잘난 척하지 마라."

"사부님도! 맨날 저만 꾸짖으시니 섭섭합니다!"

청명은 괜한 울음소리를 꾸며대며 입술을 삐죽거렸다. 현우진인이 고개를 무겁게 젓다 정색했다.

"내 말을 허투루 듣지 마라. 대야성의 분위기가 아무래도 심상치 않다는 얘기가 나왔다. 그러니 괜한 시비에 끼어들지 말고 사제를 챙겨라. 비무 대회에도 임하긴 하되, 서푼 실력은 감추고 힘을 비축해둬라."

항시 싸움에 최선을 다하라 가르치던 스승이 오늘은 힘을 아끼라 하자 청명과 청월의 얼굴이 굳어졌다. 힘을 남겨두라는 말은 싸움이 일어날지도 모른다는 얘기였다.

언제 얼굴을 굳혔냐는 듯 청명은 금세 표정을 풀었다.

"에이, 사부님도! 대야성에서 무슨 일이 벌어지려고요. 일이 벌어지기 전에 벌써 대야성에서 쏙쏙 뽑아 가 뇌옥에 잡아넣을 겁니다."

현우진인은 손을 들어 청명의 머리를 슥슥 쓰다듬었다.

"그래, 나도 그랬으면 좋겠구나."

무당파와 비슷한 광경들이 각 문파마다 펼쳐졌다. 방을 나서는 순간부터는 제자들이 홀로 나아가야 하는 길이라, 어른들은 하나라도 더 가르쳐 내보내려 애썼다.

"크핫!"

"하앗!"

요란한 기합성이 여기저기에서 울려 퍼졌다. 한쪽에서는 뼈아픈 신음성이 흘렀고, 반대편에서는 승자의 환호성이 터져 나왔다.

참관인으로서 상석에 앉아 있던 이들이 각자 응원하는 무리를 보며 인상을 썼다가 환한 기색을 보이길 반복했다. 오늘의 비무로 절반이 추려질 것이다.

제일 높은 상석에 앉아 있는 진혁은 눈 아래의 비무대를 보면서도 마음은 내성의 석란재로 향해 있었다. 벌써 바짝 말라버린 꽃가지처럼 손만 대면 부스러질 것 같은 가연을 두고 나온 참이었다. 지켜야 할 자리라 앉아 있지만, 조금씩 시간이 흐를수록 초조해졌다.

아직인가.

진혁의 시선이 슬쩍 옆으로 비껴갔다. 저 안쪽으로 떨어져 있는 외성의 한곳을 주시했다. 루의 깃털과 침을 가지고 간 성수림주가 있는 의각이었다. 고서로만 본 해독제를 바로 만들어내는 것이니 쉬운 일은 아니겠지만…….

진혁은 초조함을 감추려 의자 손잡이를 가볍게 두드렸다.

"우아아!"

한순간 사람들의 요란한 함성 소리가 터졌다. 비무대를 관람하던 이들 중 한 명이 낮은 침음성을 발했다.

"으음!"

비무대의 가장자리에 높다란 흑기가 꽂혀 있었다.

"생사결이로군."

참관인들의 시선이 모두 흑기가 꽂힌 비무대로 향했다. 제법 거리가 있었지만, 이들 중 비무대를 보는 데 어려움을 겪을 이는 없었다.

"흐음……. 남궁 세가의 대공자와 청마문의 마 문주의 제자이구려."

"누가 생사결을 청한 것인지……?"

"호오. 남궁 세가의 대공자가 생사결을 청한 것인가."

다들 특이한 일이라며 고개를 갸웃거렸다. 문파의 성격상 생사결을 청했다면 청마문 쪽이리라 여겼던 것이다. 그런데 정파의 명문인 남궁 세가의 소가주인 남궁강이 먼저 생사결을 하겠다 나선 것이니.

진혁의 눈이 살짝 가늘어졌다.

그리 죽었어도 여동생은 여동생이다 이건가. 풀 길 없는 분풀이를 청마문에 쏟아내겠다?

진혁에게는 나쁠 것 없는 일이었다. 남궁강의 울분이 그에게도 일정 부분 향해 있다지만, 크게 개의치 않았다. 남궁혜의 일은 남궁 세가의 치부나 마찬가지, 불만은 있겠으나 소가주인 남궁강이 먼저 나서서 입에 올릴 일은 없을 것이다. 가문이 온전히 무사하고자 한다면 말이다.

"헌데, 마 문주의 제자는 이번에 처음 보는 얼굴인 듯싶소."

"그렇구려. 항시 대제자인 도 공자만 보았던 것 같은데……. 그러고 보니 이번에는 도 공자의 얼굴이 보이지 않는구려."

청마문주는 허허거리는 얼굴로 참관인들의 말장난에 슬그머니 끼어들었다.

"이번 비무 대회에 나가는 승부에서 저 녀석이 제 사형을 꺾어버렸지 뭐겠소. 그래서 첫째 녀석이 충격을 받았는지 폐관수련에 들어가버렸소이다. 뭐, 겸사겸사 둘째 녀석은 세상 바람도 쏘이고, 첫째 녀석은 나태해진 마음에 경종도 울리게 되어 잘되었다 하던 참이오."

"오오, 제 사형을 꺾었다면 제법 강하겠구려. 이거 볼 만한 재미가 쏠쏠하겠소이다."

싸움을 좋아하는 팽가의 벽력도는 커다란 손바닥을 마주치며 흥미진진하다는 눈으로 비무대를 주시했다.

항시 봄바람처럼 은은한 미소를 머금고 있다 하여 다정 공자라 불리던 남궁강이 찬바람을 일으키며 검을 곧게 세웠다. 늘 붙이고 있던 옷음기를 지운 탓에 서늘한 냉기가 더 강하게 부각되었다.

남궁 세가의 신공인 대연심법(大延心法)을 운기하는 남궁강의 검신에 아른아른 연푸른 기가 감돌았다. 맞은편에 서 있는 검붉은 장포를 입은 청마문의 제자 위로 남궁강의 다른 이가 겹쳐 보였다.

검은 용이 수놓인, 칠흑처럼 검은 무복을 입고 하늘 아래 의연히 서 있는 사내. 하나뿐인 여동생을 죽음으로 이르게 만든 궁극적인 원인. 남궁강은 이를 으득 깨물었다.

차창!

날카롭게 부딪치는 소리와 함께 상대방의 도가 남궁강의 뺨을 스쳐 지나갔다. 실선처럼 가는 핏줄기가 그어졌다.

"배짱 한번 좋구만. 생사결을 청한 비무 중에 다른 생각에 빠질 여유도 부리고."

청마문주의 제자는 자존심이 상한 듯 그륵그륵 쇳소리를 냈다. 남궁강은 빈정거리는 상대방을 힐끔 일별했다.

하늘을 가르는 남궁강의 검이 여러 갈래로 갈라지며 하늘에 무수한 검편을 만들어냈다. 상대방의 도가 커다란 그물망을 만들어 휘감아버렸지만, 그중 살아남은 검편들은 상대의 몸에 명중했다.

"크흡!"

검편이 꽂히더니 폭죽처럼 팡 터졌다. 실핏줄이 터지듯 맨살이 덩어리째 터져 나갔다. 도를 잡고 있던 오른팔이 넝마처럼 너덜거리며 힘없이 도를 떨어뜨렸다. 남궁강의 검이 상대방의 목숨을 노리고 날아들었다. 몸을 옆으로 휘휘 돌려 검을 피한 청마문주의 제자가 남은 한 팔을 들어 항복했다. 심판이 개입해 남궁강의 승리를 선언했다. 비무대에서 돌아서던 남궁강은 높다란 자리에 위치한 참관인석을 올려다보았다.

제일 앞자리 상석에 앉아 있는 사내의 얼굴을 보며 지그시 검대를 부여
잡았다.

한갓 청마문주의 제자 따위가 아니다. 자신이 싸워 이겨야 할 상대는
저 높다란 자리에 앉아 있는 대야성주였다.

좋지 않군.

상관준경은 노골적인 적의를 보이는 남궁강을 보고 섭선을 휘휘 부
쳤다. 한 고비 넘기면 또 다른 한 고비가 온다더니. 어째 한 가지 매듭
이 풀린다 싶으니 다른 매듭이 뒤엉켜 질척거리는지…….

귀찮다 내버려두기에 남궁강이라는 존재는 컸다. 다음 대의 남궁 세
가를 책임질 소가주. 그의 원망이 성주에게 향해 있다면 남궁 세가의
분위기가 돌아서는 것도 여반장일 터. 성주는 용서를 모르는 분이니,
남궁 세가라 하여 봐주지 않으실 것이다. 하물며 그분이 얽혀 있는 일
이니…….

퍼뜩 떠오르는 생각에 상관준경은 황급히 진혁을 살펴보았다.

'저, 저거, 분명 웃고 계시는 거 맞지? 맞구나. 적의를 알면서도 일부
러 도발을 하시는구만.'

역시나. 남궁혜를 들이민 남궁 세가를 순순히 내버려둘 때부터 이상
하다 싶기는 했었다. 그러나 주군과 달리 상관준경은 남궁 세가를 잘라
내는 것에 반대였다. 아무리 대야성이 중원을 아우르고 있다지만, 각
세가들과 척을 지어 부러 불만을 키울 필요는 없지 않은가.

– 적당히 하십시오, 성주님.

- ……무슨 말인가?

진혁은 전혀 알아듣지 못한 듯 의뭉스레 물었다. 섭선을 움켜쥔 상관준경의 손이 부르르 떨렸다.

- 모르는 척하지 마십시오! 남궁 세가는 안 됩니다! 지금 남궁 세가까지 건드리면 차후 수습이 몇 배로 힘들어집니다! 그러니 남궁 세가는 가만히 두십시오!

상관준경은 속으로 악을 쓰듯 전음으로 강변했다. 얼마나 힘을 줬는지 관자놀이가 시뻘게졌다.

- 내게 적의를 보이는 녀석을 보고서도 그런 말을 하는 것인가? 내게 살의를 겨눈 자를 살려두지 않는다는 것은 군사도 잘 알고 있을 텐데.

- 남궁 소가주의 심정도 이해해주셔야지요. 당장은 성주님이 원망스럽지 않겠습니까? 설마하니 여동생이 그런 패륜을 저지르고 독배를 마실 줄이야 어찌 알았겠습니까? 원망을 하려 해도 살아 있는 것도 아니고……. 그러니 남은 원망이 성주님께 쏠린 것이겠지요.

- 원망과 적의를 혼동해서야 일가를 이끄는 자로서 부적격이군.

남궁 세가를 향한 적의가 짙게 깔린 어조에 상관준경은 신중해졌다. 여차하면 정말 합비의 남궁 세가가 결딴날지도 모른다.

- 제가 남궁 가주에게 슬쩍 일러두겠습니다. 그러니 여동생을 잃은 오라비의 마음이라 여기고 한 번 눈 질끈 감으십시오. 원망하는 것도 잠시일 겁니다. 제 여동생이 한 짓이 있으니 더욱 조심할 터, 그러니 이번 한 번만 용서하십시오.

상관준경은 간청했다. 간신히 유지되고 있는 대야성의 균형이 조만

간 크게 흔들릴 것이다. 밑바닥까지 훑어 내리는 대청소를 하려면 손에
들어온 아군을 든든히 믿을 수 있어야 했다.

못마땅하다는 듯한 진혁의 오랜 침묵을 상관준경은 제멋대로 허락으
로 받아들였다.

- 감사합니다, 성주님.

- ……이번뿐이다.

아무래도 남궁 가주와 만나는 자리에 남궁 소가주도 함께하라 해 경
고를 해야 할 듯했다. 그래도 피우는 고집은 자신도 어찌할 수 없는 일.

답답함을 감추며 한숨을 길게 내쉬던 상관준경은 눈을 번쩍 떴다. 마
침내 기다리고 기다리던 소식이 왔다.

- 성주님!

석란재의 월동문을 단숨에 넘어갔다. 이리저리 얽혀 있는 목교도 한
번에 뛰어넘은 진혁은 의약당에서 곧장 온 성수림주와 의약당주를 외
실에서 보았다. 피곤이 덕지덕지 붙은 두 사람은 시뻘겋게 핏줄이 돋은
두 눈 가득 기이한 광망을 담아 번득이고 있었다.

한발 앞선 진혁의 뒤를 이어 벽갈평이 들어왔다. 상관준경은 자리를
지키며 두 사람의 빈자리에 대한 사람들의 의구심을 잠재워야 했다.

"이것이 해독제입니다, 성주님."

성수림주는 물약이 든 작은 자기 병을 조심스럽게 내밀었다. 진혁은
자기 병을 받아들었다. 병 안에서 출렁이는 약물을 느낄 수 있었다.

"이것을 마시면 해독이 가능한 것이오?"

"예, 성주님."

"부작용은?"

성수림주와 의약당주가 서로 눈을 마주쳤다. 성주의 말없는 채근에 망설이던 성수림주가 조심스럽게 말문을 열었다.

"부작용을 검증하는 것까지는 무리였습니다. 해독제를 정제하는 것만으로도 시간이 부족했습니다."

진혁의 눈빛이 음울하게 가라앉았다.

"결국 어떤 부작용이 있을지 알 수 없다는 말이로군."

"죄송합니다. 조금만 더 시간이 있다면 다른 검증까지 완벽하게 할 수 있었겠지만…… 도저히 그때까지 벽 부인이 견딜 수 있는 상황이 아닌 탓에……."

진혁은 무겁게 탄식했다. 성수림주의 말이 맞았다. 시간이 너무 부족했다. 일단은 급한 불부터 꺼야만 했다.

자기 병을 손에 쥔 진혁은 내실로 들어갔다. 침상을 가리고 있던 휘장을 손짓 한 번으로 걷어냈다. 침상에 붙어 간호하고 있던 소소가 황급히 침상 가로 물러나 바닥에 무릎을 꿇었다.

갈수록 희미해져만 가는 숨결.

아침에 나왔을 때와 확연히 다른 숨소리에 진혁의 가슴이 크게 들썩거렸다. 한 팔로 가연을 안아 올리고 자기 병의 뚜껑을 뽑았다. 향긋한 향이 흘러나왔다. 정신을 잃고 있는 가연이라 아무래도 약물을 삼키기 힘들었다. 진혁은 자기 병의 내용물을 입에 한 모금 머금었다. 굳게 다문 가연의 입술을 억지로 벌리게 해 제 입안에 머금은 약물을 강제로 넘겼다. 목 안으로 넘기는 것까지 확인한 진혁은 같은 방법으로 자기 병 안의 약물을 모두 가연에게 먹였다.

소소가 황급히 물 잔을 내밀었다. 입을 헹군 진혁은 품 안에 있는 가연의 안색을 확인했다.

"해독제가 빨리 퍼지도록 성주님의 내기로 이끄십시오."

성수림주가 외실에서 작은 울림 소리로 덧붙였다. 진혁은 곁눈질로 소소에게 나가라 했다. 내실의 침상에는 이제 두 사람만이 남았다. 진혁은 가연을 일으켜 앉힌 후 며칠 사이에 말라버린 등에 장심(掌心)을 붙였다.

웅혼한 기운이 혈맥을 타고 내려가 약력을 뒤쫓았다. 종이에 먹물이 떨어지듯 천천히 번져나가던 약력이 진혁의 내기에 힘을 받아 앞으로 나아갔다. 혈맥 아래 드글드글 달라붙어 있던 독기들이 약력에 조금씩 밀려났다.

진혁은 눈을 감고 장심을 통해 그녀의 혈맥을 관조했다. 차근차근 독기운이 완전히 소멸하는지 확인해가며 내력을 조절했다.

"음……."

괴로운 듯 며칠 사이 바짝 말라버린 입술 사이로 미약한 신음성이 새어나왔다.

독을 마시고 쓰러진 후 처음 듣는 목소리라 침상에 붙어 마음을 졸이고 있던 이들이 반색했다. 성수림주는 환자의 반응이 어떠한지 예의 주시하고 있었고, 벽갈평은 차마 가까이 다가갈 수 없어 한 걸음 떨어진 곳에서 주먹만 쥐었다 폈길 반복했다. 하 총관은 눈을 감고 불경인지,

도경인지 알 수 없는 경문을 읊조리고 있었다.

다행히 때를 놓치지 않았구나.

시기를 놓치면 해독제도 아무 소용이 없기에 내내 노심초사하고 있던 두 사람이었다. 조금씩 시간이 흐를 때마다 조금씩 닳아가는 목숨줄이 보이는 듯해 속이 시커멓게 타들어갔었다.

독기에 까맣게 물들어 있던 얼굴이 서서히 맑개졌다. 숨구멍을 통해 검은 땀방울들이 맺혔다. 가연이 입고 있는 흰 속저고리가 배출되어 나오는 독기에 누렇게 변색되었다.

하 총관이 시중을 들기 위해 대기하고 있던 소소에게 작게 속삭였다. 소소는 뒷걸음질로 자리에서 물러났다.

성수림주가 품에서 작은 환을 꺼내 벽갈평과 하 총관에게 주었다.

"성수림의 해독제입니다. 독기가 많이 희석되었긴 하나, 그래도 만일을 대비해 먹어두십시오."

고약한 냄새와 함께 미약한 독기가 퍼지자, 무공을 모르는 하 총관이 얼굴을 찡그리며 어지러운 듯 머리를 내저었다. 무공을 익히고 있는 자들에게 이 정도의 독기는 내공으로 털어내도 충분했지만, 성수림주는 벽갈평에게도 먹어두라 일렀다.

하 총관은 내어주는 환약을 물도 없이 꿀꺽 삼켰다. 고약한 냄새를 맡는 순간 머리가 띵하고 속에서 구역질이 올라와 이거 큰일 났구나 싶었던 참이라 군말 없이 감사히 받아먹었다. 속이 시원하다 싶더니 금세 머리가 맑아졌다. 하 총관은 감사의 인사로 성수림주에게 허리를 숙였다.

"고맙소, 림주."

벽갈평도 양손을 맞잡아 내밀며 인사했다. 그에게 내민 해독제도 고마웠지만, 가연을 구할 수 있었던 것은 성수림주가 시간을 벌어준 덕분이었다.

진혁은 혈맥 구석구석까지 돌아 미량이라도 남아 있을지 모르는 독기를 몰아냈다. 등에 붙인 장심을 떼어내며, 힘없이 옆으로 쓰러지는 가연의 상체를 받아 안았다. 소리 없이 문이 열리며 소소와 함께 금화파파가 들어왔다.

"욕실에 뜨거운 물을 받아놓았습니다. 이제 부인은 저희들에게 맡기시고 나가보시지요, 성주님."

외성에 있는 상관준경이 여러 번 사람을 보낸 참이었다. 아무래도 성주님을 찾는 자리가 많아 군사 혼자 감당하기 힘에 부치는 듯했다.

진혁은 한결 편안해진 가연의 얼굴을 바라보았다. 내쉬는 숨결에도 한층 온기가 돌았다. 싸늘하게 식었던 손도 잡아 돌아온 체온을 확인했다. 진혁은 시선을 들어 침상 가에 둘러서 있는 사람들을 보았다.

"림주께서는 수고하셨소."

"아닙니다, 성주님. 의원으로서 마땅한 소임인 것을요. 부인의 숨을 돌릴 수 있었으니 다행이지요. 제때에 해독제를 구할 수 있었던 것이 정말 천행이었습니다."

그의 의술이 아무리 뛰어나다지만 해독제가 없었다면 불가능했을 것이다.

"모두들 이만 물러들 가시오."

성수림주는 허리를 숙인 후 한결 가벼운 걸음새로 내실에서 나갔다. 벽갈평과 하 총관은 아쉬운 마음에 혼절하듯 잠들어 있는 가연의 얼굴을 한참 동안 바라보다 물러났다. 진혁은 대기하고 있던 금화파파와 소소에게도 명했다.

"파파와 너는 침상의 이부자리를 간 다음, 밖에서 대기해라."

진혁은 가연의 등과 오금 사이로 팔을 집어넣어 그녀를 침상에서 안아 일으켰다. 내실과 붙어 있는 욕실의 한가운데에 뜨거운 물이 담긴 커다란 나무 욕조가 있었다. 뜨거운 물에서 올라오는 김에 욕실이 안개가 낀 듯 뿌옇게 흐렸다.

진혁은 누렇게 변색되어 있는 가연의 옷가지들을 하나씩 벗기고는 나신인 그녀를 안고 욕조 안으로 들어갔다. 뜨거운 물이 넘쳐흘러 욕실 바닥을 적셨다. 가연을 바짝 끌어안아 자신의 어깨에 머리를 올려두었다. 소담하니 작은 어깨가 한 팔에 안겼다. 맨살에 남아 있던 독기들이 뜨거운 물에 씻겨 내려갔다.

진혁은 수면 위로 드러난 그녀의 어깨에 뜨거운 욕물을 끼얹으며, 그제야 안도의 숨을 내쉬었다. 뉘에게도 보일 수 없었던 불안과 두려움이 뒤늦게 덮쳐와 품 안에 있는 가연을 더욱 힘주어 끌어안았다. 가는 뒷덜미에 입을 맞추었다. 거세진 맥동이 입술에 닿았다. 금방이라도 끊어질 듯 미약하던 것이 조금씩 힘을 되찾아가고 있었다.

굳게 닫혀 있던 눈꺼풀이 힘없이 떨렸다. 어깨를 간질이는 미세한 떨림을 느낀 진혁은 입술을 뗐다.

"……누……?"

기력이라고는 터럭만큼도 느껴지지 않는 희미한 목소리. 그러나 진혁은 그것만으로도 고마웠다. 억지로 눈꺼풀을 밀어 올리려 애쓰는 가연의 귓가에 입을 맞췄다.

"쉿, 괜찮다. 모든 것이 잘 끝났으니……. 지금은 푹 쉬어야 할 때다. 그러니 눈을 감고 자도록 해."

진혁은 잠투정하는 아기를 어르듯 가연을 달랬다. 힘없이 파들거리던 속눈썹이 그의 말에 안심한 듯 천천히 잦아들었다. 진혁은 가연이 깊은 잠에 편안히 빠져들 때까지 달래는 것을 멈추지 않았다.

"오셨습니까?"

진혁을 대신해 자리를 지키고 있던 상관준경이 벌떡 일어났다. 와룡거의 경비 수준이 며칠 사이에 곱절로 강화되었다. 책상을 돌아서 나온 상관준경은 들어서는 진혁의 얼굴부터 살펴보았다. 어제와 똑같은 표정이었지만 감도는 훈기가 달랐다. 긴장하고 있던 상관준경은 안도하며 어깨를 늘어뜨렸다.

"노파파께 연락은 받았습니다. 정말 다행입니다, 성주님."

진혁은 무뚝뚝하게 고개를 한 번 끄덕였다. 다행이라는 말로는 부족했다. 만약 해독제를 구하지 못했더라면……. 생각만으로도 끔찍했다. 또다시 그녀를 잃어버렸다면! 순간 칼날 같은 예기가 돋았다 사라졌다. 죽은 줄 알았던 은설이 가연이 되어 돌아온 것과 같은 행운은 일생에 한 번 있을까 말까였다. 두 번의 기적은 없다.

가연이 일어나면 모란각의 처소에 꽁꽁 싸매놓아야겠다 결심했다.

그의 허락이 없으면 땅에 한 걸음도 내딛지 못하게 할 것이다. 그와 함께하는 것이 아니면 바깥바람은 구경도 할 수 없게……. 답답하다 화를 내도 봐주지 않으리라. 간신히 되찾은 귀한 꽃이니 세상의 모진 바람 따위 들이치지 못하도록 단단히 보호할 것이다.

상관준경은 속으로 혀를 찼다. 벽 부인에게 위해를 가한 자들의 머리에 떨어질 철퇴도 무섭지만, 보호라는 위명 아래 몇 겹이나 감싸일 벽 부인의 모습도 절로 그려졌다. 내성에 들어와서도 내내 바깥출입을 멈추지 않던 행적을 보면 분명 자유로운 성품일 터, 성주님의 보호막에 갇혀 얼마나 답답해 할 것인지.

어찌 됐든 그거야 모든 일들이 무사히 잘 정리되었을 때의 얘기지.

"비무대의 분위기가 심상치 않습니다."

진혁은 책상에 자리하며 상관준경의 말을 들었다.

"예상했던 일이지 않나?"

"그렇긴 하지요. 허나 애꿎은 무인들만 죽어나가는 듯해서 말입니다."

오늘의 비무대에서 벌써 다섯 명이 죽었다. 생사결을 받아들인 비무대에서 모두 사망자가 발생했다. 피를 본 비무대 주변의 분위기는 흉폭하게 달아올랐고 관중들은 흥분했다. 험악해진 공기가 대야성의 하늘 위를 맴돌았다.

"생사결을 벌였을 때에는 그만한 각오쯤은 하고 있었겠지."

"지금이라도 약간의 언질을 줘야 하지 않을까요?"

상관준경은 대야성에 우호적인 문파들의 주인들을 떠올렸다. 그중 제자를 잃은 자가 두 명이나 되었다.

"지금 말한다고 해서 달라지는 것이 있나? 어차피 알고 있어도 했어야 할 비무였을 터. 생사결을 치르는 것은 똑같은데 무엇하러 미리 알리나?"

"마음의 준비라는 것이 있지 않습니까?"

"필요 없는 짓. 안다 해서 준비될 성싶은 일이라던가. 비무대의 험투(險鬪)는 지금부터 시작이지. 일부러 각 문파들을 이간질하기 위해 더 적극적으로 나설 테니, 각자 제 능력껏 살아남으라고 해."

진혁은 굳이 나서서 손을 내밀어야 한다고 생각하지 않았다. 상대방과 자신의 실력도 알지 못하고 생사결을 덥석 받아들이는 녀석이 어리석다 여겼다.

"낭왕에게서 전서가 왔습니다."

기다리던 소식이었다. 상관준경은 전서구의 발목에 달려 있었던 전서를 앞으로 내밀었다.

"다행히 야수림의 무리들을 제압했다고 합니다."

"피해는?"

아무리 낭인들 중 무위가 높은 이들을 뽑았다지만, 야수림을 상대하는 일이니 피해가 만만치 않았을 것이다.

"데려갔던 낭인들 중 절반 정도가 죽었다고 합니다. 낭왕도 심한 내상을 입었다고 하고요."

"그래도 살아남았나 보군."

생각했던 것보다 더 큰 피해였다. 그러나 살아남은 자들은 앞을 향해 나아가야 했다.

"일당을 톡톡히 받아낼 것이니 각오하라고 하더군요."

"낭왕다운 말이군. 요구대로 주도록 해."

"네, 성주님."

북쪽에서 내려오던 빙궁은 백야가, 남쪽에서 올라오던 야수림은 낭왕과 낭인들이 처리했다. 남은 것은 서쪽에서 오는 혈승들과 대야성에 있는 무리들이다. 오래 끌었던 일이니만큼 확실하게 끝을 봐야 했다.

서로의 사이를 오가는 진혁과 상관준경의 눈빛이 같은 마음으로 번득였다.

청신한 향기를 따라 발을 놀렸다. 조그마한 발이 앞으로 나아갈수록 코끝에 닿는 향기가 짙어졌다. 하늘을 가릴 듯 자라 있는 금은빛의 꽃무리들 아래로 너무나 그리운 사람이 자리해 있었다.

'아버님!'

여태껏 단 한 번도 꿈에 모습을 보여주지 않았던 부친이었다. 가연은 작은 발을 더욱 재게 놀려 앞으로 달려 나갔다. 그러나 한참을 달려도 부친이 서 있는 꽃무리와의 거리는 좁혀지지 않았다. 가연은 다급한 마음에 손을 앞으로 힘껏 뻗었다.

'아버님! 아버님!'

가연은 안타까이 소리쳐 불렀다. 환한 빛으로 가득하던 주변이 삽시간에 시커먼 어둠으로 돌변했다. 금은 빛깔로 반짝거리던 꽃무리들이 서서히 멀어지기 시작했다.

'아, 안 돼! 안 돼! 아버님! 가지 마세요! 아버님!'

다정히 웃고 있던 부친이 꽃무리를 따라 천천히 멀어졌다. 환한 빛과 함께 어둠 사이로 사라져가는 부친을 잡기 위해 젖 먹던 힘까지 짜내어 달렸다. 턱까지 차오르는 숨소리에 작달막한 다리가 힘에 부쳐 부들부들 떨렸다. 어느새 꽃무리와 부친은 한 점의 점이 되어 사라지고 없었다. 쓰러지듯 앞으로 고꾸라진 가연은 끝없는 어둠 속으로 내동댕이쳐졌다. 전신을 휘감는 어둠에 몸이 뻣뻣하게 굳어졌다. 가연은 마지막 발악처럼 팔다리를 버둥거리며 저 멀리 사라진 부친의 그림자를 찾다 퍼뜩 눈을 떴다.

희미한 빛살에 눈이 아렸다.

"정신을 차리셨어요?"

바닥에 웅크려 꾸벅꾸벅 졸고 있던 소소가 벌떡 일어나 가연을 살폈다. 흐릿하던 눈망울이 서서히 또렷해졌다.

"깨셨습니까, 당주님?"

불침번을 서듯 자리해 있던 하 총관도 후다닥 침상에 붙었다.

가연은 미간을 찡그리며 뭔가를 물으려 입을 열었다. 그러나 뻣뻣하게 굳은 혀 탓에 목 안에서는 쉭쉭거리는 바람 소리만 나왔다.

"잠시만요, 당주님. 당장 가서 물을 가져오너라."

소소는 후다닥 탁자에 놓인 주전자에서 물을 따라 가져왔다. 아직 일어나기에는 무리라는 생각에 하 총관은 얄팍한 숟가락으로 물을 떠 가연의 입가에 대었다. 미지근하니 식은 물이 들어오자, 가연은 그제야 얼마나 목이 말랐는지 깨달았다. 바짝 말라 쩍쩍 갈라질 듯한 입안이

해갈하듯 물을 반겼다.

"천천히 축이십시오. 천천히…….""

하 총관은 작은 숟가락으로 연신 물을 날랐다. 물 잔이 절반 정도 비자 가연이 고개를 돌렸다. 그녀의 눈빛이 처음보다 확연히 강해졌다.

하 총관은 양손으로 물 잔을 움켜잡고서 울먹거렸다. 꾹꾹 눌러 참고 있던 놀람과 충격이 안도로 바뀌자, 그제야 늙어 무른 눈가에 뿌연 물기가 차올랐다.

"어찌 이 늙은이의 심장을 덜컥 멈추게라도 하실 요량이셨습니까? 그나마 쥐꼬리처럼 남아 있는 목숨줄이 당주님 덕분에 반절은 잘려나갔을 겝니다."

기운 없이 어깨를 늘어뜨린 하 총관은 넋두리를 늘어놓듯 서글프게 한탄했다. 옆에 있던 소소도 눈물을 뚝뚝 흘렸다. 자신이 가져온 물건이 모시던 주인을 위험에 빠트리다니. 단순한 심부름이라 자신의 죄가 없다고는 하나 자책감이 드는 것은 어쩔 수 없었다. 들어올 때부터 결코 마음을 놓아서는 안 되는 곳이라 주의를 듣고 또 들었건만, 주인을 지키지 못했다. 소소는 차라리 천한 자신의 목숨으로 주인을 살릴 수 있다면 당장이라도 내어놓겠다고 다짐했다.

"……걱정을…… 끼쳤군요."

잔뜩 잠겨 탁해진 목소리가 나왔다. 간신히 한 마디 말을 하는 것만으로도 기운이 빠졌다. 가연은 잠시 눈을 감았다. 마지막으로 생각나는 것은 자신이 차를 마시던 중에 사달이 벌어졌다는 거다.

하, 너무 방심하고 있었던가. 그도 아니면 그의 보호를 너무 믿고 있었던 것인지도…….

주인이 깨어났다는 안도감에 소소는 그동안 있었던 일들을 두서없이 쏟아냈다.

"이게 모두 부인을 투기한 다른 부인들 짓이랍니다. 아무리 밉기로서니 어떻게 사람을 죽일 생각까지 할 수 있는지 모르겠습니다. 다행히 부인께서 깨어나셨으니 망정이지……. 성주님께서 대로하셔서 내원은 지금 살얼음판 같습니다."

"시끄럽다! 이제 막 깨어나신 분께 웬 소리가 그리 많은 게야!"

하 총관은 짧게 혀를 차며 시끄럽게 떠들어대는 소소의 입을 막았다.

"얼른 나가서 당주님께서 드실 미음이나 가지고 오너라. 성주님께는 깨어나셨다고 사람을 보내고."

"네, 총관어른."

꾸지람에 입술을 삐죽거리더니 금세 해실거리며 나갔다. 하 총관은 침상의 머리맡으로 바짝 붙어 섰다.

"정말 십년감수했습니다. 하루하루 날은 가는데, 당주님께서는 생사지경에 빠져 계시니……."

암담했던 상황이 떠올라 하 총관은 두 번 다시 생각하기도 싫다는 듯 몸서리를 쳤다.

"……오늘이 며칠인가요?"

"무림 대회 이틀째가 지났습니다. 자정이 지났으니 오늘로 사흘째가 되지요."

가연은 안도하며 눈을 감았다 떴다. 의식을 잃고 흘러가버린 시간이 너무 오래지 않았는지 걱정부터 되던 참이었다. 가연은 천천히 눈을 감으며 자신의 몸 상태부터 확인했다. 단전에서 작은 실개천처럼 흐르기 시작한 선천지기가 독에 침습당한 몸을 부드럽게 치유해나갔다.

다행히 독의 흔적은 잡히지 않는 것이 모두 해소된 듯했다.

"총관께서는 나가보시지요. 저 때문에 많이 지쳐 보이십니다. 나가시어 푹 쉬도록 하세요. 근일 멀리 움직이셔야 하지 않습니까."

하 총관은 흠칫 몸을 떨었다. 가연이 안언(眼言)으로 명하고 있었다. 달라지는 것은 아무것도 없다고. 계획대로 움직이라고. 하 총관은 신중한 눈빛으로 고개를 끄덕였다. 중독된 당주님을 대하는 대야성주의 태도를 보니 계획대로 움직이되 더 신중을 기해야겠다 싶었다. 서둘러 움직이려는 당주님의 마음도 이해가 될 듯해 그는 불안한 마음을 다잡았다.

"알겠습니다. 이 늙은이 걱정은 하지 마시고, 일단 당주님의 몸부터 살피십시오."

소소가 미음 그릇이 담긴 소반을 들고 종종걸음으로 들어왔다. 주르륵 흘러내리는 희멀건 미음을 받아먹는 가연을 보고 나서야 하 총관은 석란재를 나섰다. 시원한 밤공기에 충격으로 어지럽던 머릿속이 말끔해졌다. 야공에 박혀 있는 별들이 하나둘씩 눈에 들어왔다. 달도 이제 막 그려지기 시작한 모양새라 유독 별빛이 찬란했다.

"허허, 오늘따라 별들이 유난히 초롱초롱하구나."

하 총관은 밤하늘에 펼쳐져 있는 별무리들의 배웅을 받으며 걸음을 재촉했다. 들어올 때와는 달리 나가는 발걸음은 마음만큼 한결 가벼워져 있었다.

　미음을 몇 숟가락 받아먹은 가연은 다시 혼곤한 잠에 취했다. 잃어버
린 기력 탓인지 계속 잠이 몰려왔다. 가연은 수마에 반항하지 않고 순
순히 받아들였다. 필요한 수면을 취하며 기력을 빨리 회복해야 했다.
소소마저 나간 내실에서는 원탁에 놓여 있는 불빛만이 간간이 들어오
는 바람에 일렁거렸다.

　그림자처럼 스며든 검은 인영이 천천히 침상으로 다가왔다. 길게 내
려진 휘장 너머로 잠들어 있는 가연의 모습이 어른거렸다. 불빛에 그림
자처럼 들어온 인영의 모습이 드러났다.

　진혁은 숨어들 듯 소리 없이 들어와 휘장 너머의 가연을 물끄러미 바
라보았다. 의식을 차리고 미음도 먹었다는 보고를 받았다. 한참 동안
바라보던 진혁이 천천히 손을 뻗어 휘장을 걷었다. 그녀에게서 나던 청
신한 향이 짙어졌다.

　천향이라 했던가.

　북경의 야시에서 만났던 점복사가 했던 말이 생각났다. 의식을 잃었
던 탓일까, 향이 조금씩 선명해지고 있다 싶었더니 지금은 내실을 가득
채울 정도로 강했다. 낭왕의 가면을 쓰고 스치듯 만났을 때와는 비교도
할 수 없을 정도였다.

　좋은 징조로 봐야 하나.

　점복사가 했던 경고. 진혁의 얼굴이 무거워졌다.

　천계의 꽃이니 잘 보살펴야 한다 했던가. 천향을 잃으면 제 명대로

살 수 없으니 제대로 살펴야 한다 재삼 경고했었다.

향이 짙어지고 있으니 제 정체성을 찾아가고 있는 걸로 봐야겠지.

진혁은 손을 뻗어 가연의 이마를 가볍게 짚었다. 아직 미열이 남아 있었지만 걱정할 정도는 아니었다. 며칠 사이 푸석해진 뺨을 손바닥으로 쓸어내렸다. 체온보다 높은 미열마저도 그는 기뻤다. 그녀가 자신과 함께 살아 숨 쉬고 있다는 증거였으니. 그녀가 살아 있다는 증거를 하나씩 확인할 때마다 불안으로 위태롭게 덜렁거리던 심장도 조금씩 제자리를 찾아갔다. 허리를 숙여 그녀의 뺨에 얼굴을 맞대었다. 맞닿은 살결의 부드러운 감촉이 그를 감싸 안았다.

"······다행이다. 너를 잃으면······."

너를 다시 잃고, 내가 살아갈 수 있을까.

창가에 푸르스름한 새벽빛이 닿을 때까지 진혁은 침상의 머리맡에 앉아 두 눈 가득 가연을 담았다. 새벽 향에 더해지는 천향으로 텅 빈 폐부를 채우면서 찌꺼기처럼 남아 있는 불안을 털어냈다.

무림 대회 사흘째.

"이대로 그냥 두어서는 아니 되오! 비무대의 상황이 점점 극한으로 치닫지 않소이까! 아무리 생사결이라지만 다짜고짜 상대방의 목숨을 취하다니!"

"맞소이다! 대회의 취지와도 맞지 않으니 성주에게 가서 따져야 한다고 보오!"

아끼던 애제자가 죽어버린 종남파(綜南派)와 형산파(衡山派)의 장문인은 분기를 참지 못하고 목청을 높였다. 그들만이 아니었다. 사흘 동안 구대 문파의 제자들만 벌써 열 명이 넘게 죽어나갔다. 사상자가 있는 문파들은 모두 동조하듯 고개를 끄덕였다. 피눈물을 흘리듯 눈가가 붉게 물든 종남파의 장문인이 상석에 앉아 있는 소림(少林)의 장문방장을 매섭게 쏘아보았다.

"어찌 공허 대사(空虛大師)께서는 아무 말씀이 없으신 게요? 소림에서는 아직 죽은 제자가 없으니 아쉬울 것이 없다 여기시나 보오."

"아미타불!"

슬픔으로 격해 있는 마음을 알기에 공허 대사는 나직한 불호로 울분을 받아넘겼다. 항마가 담겨 있는 음성에 격앙되어 있던 좌중의 분위기가 일시지간이나마 진정되었다.

"두 분 장문인의 상심함을 어찌 본승이 짐작할 수 있겠소이까? 저 역시 비무 대회의 분위기가 심상치 않은 듯해 살펴보고 있던 참이었소이다."

"저들이 비무 대회를 이용해 정파의 영재들을 찍어내고 있음이에요! 당장 그들에게 이 죄를 물어야 한단 말이외다!"

"저들이 저리 나오는데 우리가 아량을 베풀 필요가 무엇이란 말이오! 내일부터 열리는 대회에서는 각자 상대하는 사마의 무리들을 모두 베어내라 이를 참이오!"

"당연하오! 지금껏 우리가 당한 만큼 그들도 제자를 잃어야 하지 않겠소!"

공허 대사의 부드러운 어조에도 두 장문인의 격노는 가라앉지 않았다. 마치 때를 기다리고 있었던 것처럼 그들은 대야성의 사마 무리를 일소해야 한다 주장했다.

"원시천존(元始天尊)."

무당파의 장문인이 나섰다.

"노화를 잠시 가라앉히시오. 흥분하여 성주에게 달려간들 성주에게서 다른 말이 나오겠소이까?"

"하! 대야성을 이루는 계파 중 가장 큰 것이 우리 정파이거늘, 성주도 우리의 의견을 끝까지 무시할 수는 없을 것이오!"

무당파의 장문인은 들고 있던 불진을 고쳐 잡으며 고개를 설레설레 내저었다.

어찌 아직도 저리 성주의 성격을 모르는 것인지…….

공허 대사도 답답한 듯 눈을 감아버렸다. 대야성이 어찌 세워진 것인지 벌써 잊어버린 모양이다. 무당 장문인은 서늘한 눈초리로 뿔난 망아지처럼 날뛰는 형산 장문인을 보았다.

"진정 그리 생각하시오?"

무당 장문인의 재우친 물음에 형산 장문인은 주춤거렸다. 곁에서 함께 비분강개하고 있던 종남 장문인에게 도와달라는 눈빛을 보냈다. 분노를 억지로 눌러 참은 종남 장문인이 새된 음성으로 나섰다.

"무당 장문인께서는 달리 생각하시는가 보구려."

"그렇소이다. 본도는 성주의 의중이 무엇인지 가늠할 수가 없어 더욱 두렵고 무섭기만 하구려."

구대 문파 중 수좌를 놓고 다투는 무당파의 장문인 입에서 약자에게

서나 나올 법한 말이 나오자 좌중이 술렁거렸다. 무당 장문인은 개의치 않았다.

"다들 잊으신 게요? 각파의 본산을 무릎 꿇리던 대야성주의 힘을 벌써 기억에서 지워버리신 모양이오."

"장문인!"

"어허!"

"말씀이 과하시오!"

각파의 수장들이 낯색을 바꾸며 무당 장문인을 질책했다. 그것은 그들의 부끄러운 역사였다. 수백 년의 역사를 자랑하는 문파를 끝까지 지키지 못하고 대야성에 복속되어버린 치욕의 역사. 그리해 누구도 먼저 그때의 일을 입에 올리는 이가 없었다. 암묵적인 약속처럼 그들은 치욕의 역사를 봉해버렸다. 그것을 무당 장문인이 열어버린 것이다.

"말하지 않는다 하여 사라지는 것이 아니오. 구대 문파는 대야성주에게 패했소이다. 그것도 철저하게. 그런데 성주에게 달려가 따지겠다 하셨소? 대체 무얼 믿고 성주에게 따지겠다는 것이오? 궐기한다 하여 성주가 눈썹 하나 까딱할 것 같소이까? 외려 그동안 보여주지 못한 대야성의 힘을 보일 좋은 기회라 여기지나 않을까 걱정이오."

종남과 형산의 장문인들의 입이 조개처럼 꽉 다물렸다. 무당 장문인의 말은 거기에서 멈추지 않았다.

"당대 성주의 성격은 패 중의 패라, 그야말로 패황이오. 패란 앞을 가로막는 것은 무엇이든 부수고 나아가는 것. 우리들이 달려가 따진다면 이번에야말로 본산이 잿더미로 변할지도 모르오. 아시겠소?"

그제야 각파의 수장들은 자신들이 대야성에 더부살이를 하고 있는 입장이라는 것을 떠올렸다. 대야성이라는 커다란 가림막에 몸을 의탁했을 뿐이다. 하나의 계파가 되어 큰 목소리를 내게 되었지만, 대야성 주가 마음만 먹으면 언제든지 땅에서 지워질 수 있는 것이다.

종남 장문인은 보기 흉할 정도로 얼굴을 찌푸리며 억누른 목소리로 말했다.

"그럼 이대로 저들의 도발을 받아들여야 한단 말이오?"

"일단 남은 비무대에 올라갈 각 파의 제자들에게 생사결을 피하도록 단단히 주지시켜야 하오. 그 아이들이 비무대에 올라가기만 하면 생사결을 받아들이는 것이 이상하지 않소이까?"

그러고 보니 제자들의 죽음에 정신이 팔려 중요한 것을 잊고 있었다. 오를 때부터 신신당부했던 일이라, 스승과 장문인의 명을 거역할 리가 없는 아이들이었다. 그런데 막상 비무대에만 올라가면 어느 누가 생사결을 신청해도 기다렸다는 듯 덥석 승낙하지 않는가.

"설마……?"

좌중이 무겁게 가라앉았다. 긴 탁자 주변을 둘러앉은 아홉 명의 입에서 똑같은 침음성이 나왔다.

"아직 확실한 것은 아무것도 없소. 그러니 유의해서 지켜보아야 하지 않겠소? 우리가 피해를 입은 만큼 다른 계파도 피해를 입었소이다. 대야성의 무사들도 마찬가지고요. 분명 우리가 모르는 뭔가 다른 것이 숨어 있는 듯하오."

그 후로 논의가 오갔지만 뚜렷한 방안을 내어놓지는 못했다. 각 파의 장문인들은 답답하고 침울한 얼굴로 자신들의 문파가 있는 전각으로 돌아갔다. 긴 탁자에 남은 이는 소림의 공허 대사와 무당 장문인뿐이었다.

공허 대사는 묵묵히 침묵을 지키고 있던 입을 열었다.

"자네가 보기엔 성주와 군사가 모르고 있으리라 보나?"

청수한 인상의 무당 장문인이 고개를 저었다.

"그럴 리가 없지. 어쩌면 우리가 모르는 것들을 성주와 군사는 벌써 알고 있을 공산이 크다네."

"아미타불! 그렇겠지. 그리 봐야 옳겠지."

대체 성주와 군사가 무슨 생각을 하는지 알 수가 없었다. 하루하루가 지날수록 피해가 커지는데 지켜보고만 있으니.

무당 장문인은 그늘이 깔린 얼굴로 혼잣말처럼 중얼거렸다.

"……나는 그들이 뭔가를 기다리고 있다는 느낌을 지울 수가 없네. 대체 무얼 기다리고 있는 것인지…… 원시천존…….."

하늘을 향해 휘어 오른 처마 끝에 깊은 밤이 내어 걸렸다. 살랑대는 바람결에 전각을 감싸고 있는 목서 나무의 새잎들이 슥슥 부딪치며 휘파람 소리를 냈다. 전각을 밝히고 있던 불빛들도 하나둘씩 꺼져 전각은 금세 어둠에 잠겼다.

이마의 열을 재어보던 손이 아쉬운 듯 미적거리다 천천히 떨어졌다. 밤중에 도둑처럼 몰래 숨어든 진혁은 잠들어 있는 가연의 얼굴을 한참 동안 바라만 보다 신형을 돌렸다.

"……그냥 가십니까?"

진혁의 발걸음이 멈칫했다. 부스럭거리는 소리에 뒤를 돌아보니 가연이 힘겹게 몸을 일으키고 있었다. 진혁은 가까이 다가가려는 발길을 간신히 제자리에 붙들었다. 앞으로 뻗어 나가려는 손에 힘을 주어 주먹을 움켜쥐었다.

침상에 일어나 앉은 가연은 힘에 겨워 짧은 한숨을 내쉬었다. 심유한 눈을 들어 무저갱처럼 깊은 진혁의 눈을 보았다. 독을 마신 후 이리 그와 마주하는 것은 처음이었다. 흥분한 소소가 떠들어대던 말과 달리 그는 석란재에 그림자도 내비치지 않았다. 대외적으로는.

"어젯밤에도 그리 보기만 하시다 돌아서셨지 않습니까?"

깊은 밤, 시중을 드는 시비들도 모두 잠이 들었을 때 진혁은 그림자처럼 석란재에 들어와 지금처럼 한참 동안 말없이 그녀를 바라보다 돌아갔었다. 선잠이 들었던 가연은 지척에서 자신을 보고 있는 그의 시선을 느낄 수 있었다. 말없이 돌아서는 그의 발걸음에서 깊은 자책감을 느꼈다.

모시는 여주인이 성주님의 관심을 받고 있노라 내심 어깨를 으쓱거리던 소소는 두 번 다시 발걸음을 하지 않는 성주님의 외면에 힘이 빠져 가연의 시중을 들면서도 연신 투덜거렸다. 그러나 밤이슬을 맞으며 찾아온 진혁을 알기에 가연은 소소의 가벼운 입놀림을 엄히 단속했다.

"……몸은?"

"괜찮습니다. 움직이는 데도 무리가 없으니까요."

다행이다. 진혁은 진심으로 안도했다. 그녀가 깨어났다는 말을 듣기는 했지만, 이리 직접 눈으로 확인하니 그제야 불안하던 마음이 진정되었다.

두 사람 사이에 깊은 침묵이 자리했다. 몇 걸음 떨어지지 않은 거리인데도 천 리처럼 느껴졌다.

가연은 서운한 제 마음을 이해할 수가 없었다. 거리를 두려는 그의 행동을 다행이라 반겨야 하는 것이 마땅하건만, 왠지 쓸모가 다해 내쳐지는 느낌이 들어 서글펐다. 가연은 어리석은 자신을 비웃었다.

조만간 끝날 인연이건만 어찌해 이리 연연하는 것인지…….

가연은 돌아서는 그를 붙잡은 것을 후회했다. 지난밤처럼 그냥 말없이 보냈었다면, 이리 자신의 어리석음을 확인하지는 않았을 것을.

"하실 말씀이 없으시면 가십시오. 밤이 깊어 쉬어야겠습니다."

가연은 고개를 돌려 그를 외면했다.

대체 무슨 생각으로 그를 잡은 건지……. 그냥 잡아야겠다는 생각만 들었다. 마지막일지도 모른다는 생각에 잠시 마음이 흔들렸던가 보다. 어리석은 생각. 그와 자신 사이에 무엇이 있다고 이리 애를 끓이는가.

"미안하다."

이미 돌아서 나간 줄 알았던 자리에서 뜬금없이 사과의 말이 들려왔다. 가연이 시선을 들었다. 진혁이 무거운 눈빛으로 그녀를 보고 있었다.

"어인 사과이십니까?"

"그대를 혼란으로 끌어들이고서 제대로 보호하지 못했으니까."

"성주님의 잘못이 아닙니다. 그리고 들어오기로 했을 때부터 그 정도의 각오는 하고 있었고요."

"각오를 하고 있었다?"

진혁이 놀리듯 되물었다.

"그야 당연하지요."

가연이 장난스레 말을 받으며 가벼운 미소를 지었다.

"어느 집이든 부인이 여러 명이면 다툼이 일어나기 마련이지요. 하물며 대야성의 내원인데, 그 정도의 암투도 생각지 않았겠습니까? 그러니 성주님의 잘못이 아니지요. 기실 주위를 제대로 살피지 못한 제 잘못이 가장 크니까요."

내원의 암투는 안주인의 책임이 가장 컸다. 그러나 대야성에는 안주인이 없으니 제대로 살피지 못한 구멍이 생길 수밖에. 아무리 금화파파가 권한을 가지고 살핀다 해도 한계가 있었다.

"그럼 내가 사과할 필요는 없다는 거군."

진혁의 말투도 처음보다 한결 가벼워졌다. 평시처럼 그녀와 주고받는 대화에 마음을 짓누르던 자책과 불안이 천천히 엷어졌다.

"그렇다고 그리 금방 말을 바꾸시면 제가 섭하니, 해주신 사과는 감사히 받은 것으로 하지요."

가연은 부러 무거운 주제를 피했다. 진혁이 자책감에 빠져 있는 것도 원치 않았다. 그에게 어울리지 않는 모습이었다. 마지막 돌아서는 순간까지 그는 그다운 모습으로 기억에 남아 있어야 했다. 그 편이 남은 감정의 편린들을 수습하는 데 도움이 되리라.

"그대를 살린 해독제를 찾아낸 것은 만고당이니, 외려 내가 고맙다는 인사를 해야 할 것 같군."

그 말에 담긴 절절한 진심에 가연은 순간 가슴이 서걱거렸다. 그의 곁에 있어도 감정 따위 나눠 가지지 않으리라 자신했었건만, 그런 결심을 비웃기라도 하듯이 한 방울씩 고여가는 빗방울처럼 미묘한 정이 고였다. 원망스럽다가도 한편으로는 그리운 듯하다, 금세 고인 정을 뒤집어 빈 그릇으로 만들려 선을 그었다.

어지러운 제 마음을 내보일까 두려워 가연은 황급히 다른 것을 물었다.

"범인은 찾으셨나요?"

진혁의 안광이 서늘해졌다. 마지막까지 그의 비위를 건드리고 죽은 남궁혜가 떠올랐다. 저만 죽는 것이 아니라 가연도 함께 끌고 가니 만족한다며 헛소리를 주절거렸다. 진혁의 분위기가 바뀐 것을 느낀 가연이 재차 물었다.

"누구였나요?"

세심히 살피던 자신의 차에까지 손을 쓸 수 있는 자. 제법 수를 잘 내었구나 싶어 잠깐 감탄하기도 했다. 가연은 대답을 재촉하듯 그를 말끄러미 보았다.

"부용정."

"……역시 그랬군요. 그럴지도 모른다 싶었지요."

"의심하고 있었던가?"

"제게 암수를 쓸 수 있는 이를 꼽아보았을 때 가장 먼저 떠오르는 이가 누구겠습니까? 부용정이거나 빈각의 황 소저일 거라 생각했었지요."

어쩌면 너무 오래 걸렸다 싶기도 했다. 신분 없는 미천한 첩에 불과

한 자리일지라도 진혁의 곁으로 오기 위해 자신의 손으로 조부를 죽이기까지 했던 그녀이지 않은가. 부용정에서 얌전히 자리를 지키고만 있지는 않을 거라 생각했었다.

"남궁혜에 대해서는 더 이상 신경 쓸 필요 없어."

진혁은 가연의 관심을 잘라버렸다. 그녀가 남궁혜에 대해 깊이 생각하는 것을 원치 않았다. 그만한 가치도 없는 여인이었다.

"그녀는 성주님을 연모했을 뿐이에요."

"그런 연모는 사양하지. 그녀 혼자 한 사랑에 내가 책임을 져야 하나?"

진혁이 미간을 슬쩍 찌푸리며 차게 말했다. 그는 한 번도 은설이 아닌 다른 이에게 감정을 허락한 적이 없었다. 그와 비슷한 언질을 준 적도 없었다. 남궁혜에게도 분명 상처 입을 거라고 경고까지 했다. 그런데도 제 스스로 손을 더럽히면서까지 곁으로 들어와 왜 자신을 돌아보지 않느냐 타박하는 것을 들어줘야 한단 말인가.

진혁은 한 걸음, 거리를 좁혔다.

"내 심장에는 단 한 사람만이 존재해서, 다른 이에게 내어줄 자리 따위는 가지고 있지 않다."

두 걸음, 거리를 없앴다.

"연민 따위 내어줄 정도로 마음이 크지도 못하다. 내 소중한 이 하나만 고이 보듬고 바라보는 것만으로도 벅차니까."

어느새 침상 가에 바짝 붙어 선 진혁은 뜨거운 눈길로 가연을 바라보았다. 가연은 그에게서 쏟아지는 마음에 붙들린 듯 시선을 돌리지 못했

다. 애써 벽을 치고 외면하고 있던 그의 마음이 전해져 가슴이 먹먹해
졌다. 입을 열면 울먹임이 터져 나올 듯해 입술을 세게 깨물었다.

간신히 붉은 빛깔을 되찾은 입술 위로 불을 머금은 듯한 뜨거운 입술
이 겹쳐졌다.

깨물린 부위를 달래듯 혀로 부드럽게 쓸어내린 진혁은 자물쇠를 비
틀어 열 듯 다물린 입술을 열었다. 촉촉한 입안을 핥으며 더 깊이 입을
맞추었다.

"하아!"

한숨처럼, 한탄처럼 새어나오는 여린 신음 소리에 진혁의 몸이 달아
올랐다. 그저 안위를 확인하는 짧은 입맞춤만 하고 나갈 생각이었다.
독을 떨치고 일어난 지 얼마 되지 않은 몸이라 휴식이 더 필요한 몸이
다. 그러나 막상 입을 맞추는 순간 머릿속에서 되뇌던 생각들이 깡그리
지워져버렸다.

기갈에 시달리다 중 맛본 한 방울의 감로수처럼, 부드럽고 여린 입술
에 겹치듯 입술로 살짝 누른 순간 전해지는 청아한 체향에 목이 탔다.

진혁의 손이 침의의 저고리 깃을 젖혔다. 완만하게 부풀어 오른 가슴
골이 드러났다. 턱을 따라 내려가 쇄골을 지분거리던 입술을, 활짝 젖
혀진 옷깃 사이로 드러난 부푼 가슴골 사이로 내리며 가연을 부드럽게
침상에 쓰러트렸다.

가연이 양팔을 들어 그의 목을 휘어 감았다. 지창으로 들어오는 달빛
앞에서 하나로 겹쳐지는 그림자가 그려졌다.

二十八章

무림 대회 下

    침상에 가부좌를 틀고 앉은 가연의 몸 주변으로 아지랑이 같은 기운이 어른거렸다. 중단전(中丹田)에 잠들어 있던 내기를 천천히 이끌어냈다. 굳게 감겨 있는 눈두덩에 작은 땀방울들이 맺혔다. 혹시라도 알아차리지 않을까 두툼한 자물쇠로 친친 휘감다시피 달아두었던 탓에 안에서 굳어버린 양 쉬이 움직이려 하지 않았다.

    처음부터 의도한 것은 아니었다. 그녀가 가지고 달아난 비천상에서 나온 비급은 중단전을 사용하는 것이라 다른 이들의 의심을 피할 수 있어 오히려 그녀에게 한결 보탬이 되었다. 보아라. 진혁이 독에 당한 자신의 몸을 살폈을 때에도 감쪽같이 넘어가지 않았는가. 덕분에 독에 당해 저승 강을 건너갈 뻔하긴 했지만…….

    "후우."

    실보다 더 가는 숨결이 길게 뻗어졌다. 들이마시는 숨은 그보다 더 길었다. 마지막 한 줌마저 들이쉰 가연이 감은 눈을 떴다. 심유하던 눈빛이 은은한 빛을 발하다 가라앉았다. 침상에서 내려와 장수를 상징하는 나무와 꿩, 수선화, 백로가 채색 돌로 장식되어 있는 커다란 장(欌)의 아래쪽 판에 숨겨두었던 야행의를 꺼냈다.

검은 옷으로 갈아입은 가연은 검은 복면으로 얼굴을 가리기 전, 방의 한쪽에 놓인 불단에 놓여 있는 길쭉한 나무 부적패를 집었다. 양부의 손을 잡고 벽가장에 들어올 때 품에 간직하고 있던 유일한 물건이었다. 지기가 홀로 남을 딸을 위해 만들어둔 부적이라 하여 양부가 소중히 하라 당부했었다.

가연의 얼굴빛이 깊은 심해처럼 무거워졌다. 깊디깊어 소리조차 들리지 않을 정도로 어두워졌다. 가는 손끝으로 세월에 반들반들해진 나뭇결의 홈을 쓸었다. 부적의 복잡한 문양이 손끝에 걸렸다.

두어 번 문양을 덧그리다, 천천히 위에서 아래로 그어 내려갔다. 그녀의 손길을 따라 부적패가 양쪽으로 쩌쩍 갈라졌다. 그 사이로 십여 년 동안 숨어 있던 황금패가 모습을 드러냈다. 살짝 위로 치켜 올라간 꽃잎마저 생생하게 조각되어 있는, 황금으로 만든 모란이 활짝 피어났다.

모란패를 바라보는 가연의 눈빛이 말할 수 없는 여러 감정들로 일렁거렸다. 원망과 분노가 해일처럼 일어나다, 안타까움과 서러움이 뒤따랐다. 어지러운 감정들을 하나씩 떠올리며 지워나간 그녀는 종국에는 아무것도 담겨 있지 않은 무색이 되었다. 모란패를 품에 단단히 집어넣고 얼굴을 복면으로 가렸다.

가연은 석란재의 내실을 눈도장 찍듯 둘러보았다. 들어올 때부터 오래 있지 않을 곳이라 여겨 정을 주지 않으리라 생각했었는데, 그도 아니었던가 보다. 소소에게는 아직 몸이 완전히 회복된 것이 아니니 쉴 수 있도록 사람들의 출입을 막으라 일러두었다. 무림 대회 마지막 날이라 성내의 모든 시선이 대회장으로 향해 있을 터라, 내성의 작은 전각을 찾아올 이도 없었다.

'밖에서 무슨 소리가 들려도 전각에서 나오지 마라. 밖에 호위하는 자들이 있을 터이니 안에만 머물면 안전할 것이다. 알겠는가? 내 지시가 있을 때까지 절대로 전각을 나와서는 안 된다.'

새벽빛이 새어 들어올 때 즈음 침상에서 일어난 진혁이 몇 번이나 이르던 말이었다.

대야성의 적들이 기다리고 있던 때이자, 진혁이 오랫동안 벼르고 벼르던 때이기도 했다. 그리고 그들만큼이나 그녀도 고대하고 있었던 때였다.

가연은 메아리처럼 자신의 발목을 붙잡는 진혁의 당부를 애써 떨쳐 냈다. 오늘을 위해 지금껏 살아온 것이다. 길게 숨을 한 번 내쉰 가연의 신형이 허공에 스며들 듯 사라졌다. 인적이 사라진 내실에 따뜻한 온기 한 줄기만이 맴돌다 사라졌다.

차가운 눈길로 피범벅이 된 비무대의 승자를 보던 진혁은 한순간 알 수 없는 기이한 떨림을 느꼈다.

'음?'

뭔가 확인할 겨를도 없이 사라져버린 기묘한 감각에 슬쩍 고개를 외로 꼬았다.

"성주님?"

상관준경이 낮은 소리로 진혁을 불렀다.

와! 와!

승자에 대한 열화와 같은 환호에 상관준경의 소리가 묻혔다. 새파란 하늘을 향해 치켜든 날카로운 검 끝에서 뚝뚝 떨어지는 붉은 피가 지켜보는 이들의 시선을 자극했다. 다섯 개의 비무대에 서 있는 승자들은 제각각 승자의 기쁨을 만끽하고 있었다. 그중에는 정파에서 유일하게 승자가 된 남궁 세가의 소가주인 남궁강도 있었다. 그 외의 다른 네 명은 모두 비무 대회 전까지는 이름도 들어본 적 없는 이들이었다.

요란하던 사람들의 환호성이 한풀 꺾였다. 대회 진행자의 우렁찬 목소리가 때맞춰 퍼져 나갔다. 승자는 정해졌지만, 비무 대회는 아직 완전히 끝난 것이 아니었다.

"승자는 도전자를 선택하시오. 대회장에 있는 무인이라면 그 누구도 승자의 도전을 거부할 수 없소."

비무 대회의 승자는 자신이 도전할 수 있는 자를 고를 수 있었다. 그것은 승자의 권한이었다. 자신이 가르침을 받기를 원하는 고수를 택할 수도 있고, 원한을 갚아야 할 원수를 당당히 불러낼 수도 있었다. 그야말로 천하가 지켜보는 가운데 대결을 할 수 있었고, 그 결과에 대해 누구도 이의를 달 수 없었다.

왼쪽 뺨에 지렁이가 기어가는 듯한 흉터를 가진 사내가 도전자를 지목하기 위해 천천히 자신의 검을 치켜들었다. 수많은 군중들이 숨을 죽이며 비무장에 서 있는 사내의 검이 움직이는 방향을 눈으로 좇았다.

"저, 저저!"

"아니, 지금 저자의 검이 어딜 향하고 있는 게야!"

"죽으려고 환장을 했구나! 승자가 되었다고 눈에 뵈는 것이 없어!"

"우! 우! 우!"

한쪽 편에서는 야유가 쏟아졌고, 다른 편에서는 응원이 쏟아졌다.

"용감하다! 사내라면 그 정도의 기백은 있어야지!"

"무인이라면 응당 천하제일인과 검을 논해봐야지!"

사내의 검첨(劍尖)이 향한 곳은 제일 높은 단상의 정중앙. 바로 대야성주가 앉아 있는 자리였다. 대부분의 무사들은 어이가 없다는 듯 사내의 무모한 도전에 고개를 내저었고, 일반 구경꾼들은 호기라며 열광했다.

도를 쓰는 두 번째 사내가 다시금 대야성주인 진혁을 지목했을 때 사람들은 의외라는 듯 웃음을 터뜨렸다. 그리고 세 번째와 네 번째 승자까지 진혁을 지목하자 불안한 정적이 내려앉았다. 다섯 승자 중 네 명이 마치 사전에 입을 맞춘 듯 똑같은 이를 지정했다. 역대 한 번도 없었던 일이었다.

그제야 사람들은 이상한 것을 느꼈다. 불길한 기분이 스멀스멀 발바닥을 간질이며 서서히 올라오는 듯했다. 야유와 환호성으로 가득하던 대회장이 바늘 떨어지는 소리도 들릴 정도로 조용해졌다. 마지막으로 남은 남궁강은 미묘해진 대회장의 분위기에 차마 쥐고 있는 검을 뽑지 못했다. 그 역시 심상치 않다는 느낌이 들었기 때문이다.

상관준경이 진행자에게 들고 있던 섭선을 흔들었다.

"남궁 소가주도 도전자를 정하시오."

비무장 주위에 앉아 있는 사람들의 시선이 한꺼번에 남궁강에게로 쏠렸다.

과연 마지막 한 명인 그는 누구를 지목할 것인가.

남궁강은 수많은 이목의 집중에도 흔들리지 않았다. 단호한 결심이 서린 눈빛을 이글거리며 한곳을 가리켰다.

"저 사람은 남궁 대장로가 아닌가?"

"허어! 설마 자신의 작은할아버지에게 도전한다는 말인가?"

"그나저나 남궁 대장로는 왜 남궁 세가가 아니라 청마문과 같이 있는 것이지?"

남궁강은 청마문주와 함께 자리해 있는 남궁융기를 쏘아보았다. 자신이 비무 대회에서 이를 악물고 이긴 이유가 무엇인가. 그것은 모두 청마문주와 나란히 앉아 있는 작은할아버지와 겨뤄 이기기 위해서였다. 세가를 좀먹는 벌레와 같은 자였다. 창천(蒼天)이라 불리는 긍지 높은 남궁의 이름을 땅에 떨어트렸다. 존경하는 할아버지를 돌아가시게 만들었고, 종국에는 여동생마저 죽게 만든 원흉이었다. 세가에 드리운 암운의 원인은 모두 저자 때문이다.

조카손자의 도전을 받은 남궁융기는 허허허 하며 넉넉한 웃음을 지었다. 그러나 웃음기 없는 눈초리에는 살기가 감돌았다.

대회를 진행하는 자들이 모여 머리를 맞대었다. 그들은 단상에 있는 진혁의 눈치를 살피며 연신 고개를 내저었다. 도전자는 네 명인데, 상대해야 할 사람은 한 명이었다. 어찌 비무를 진행해야 할지 난감한 그들은 서로 인상을 쓰며 시간을 흘려보냈다.

"어! 저길 봐!"

"성주님이시다!"

"성주님께서 비무대에 오르셨다!"

"성주님!"

단상에서 가볍게 몸을 날린 진혁은 소리도 내지 않고 다섯 개의 비무대 중 제일 가운데에 있는 비무대에 내려섰다. 네 개의 비무대가 모여 길쭉한 직사각형을 이루는 중앙점에 선 진혁은 자신을 포위하듯 에워싼 승자들을 훑어보았다.

"하나씩 상대하는 건 귀찮으니 한꺼번에 덤비도록. 너희들도 그 편을 원하겠지."

확연한 도발 속에 빈정거림이 담겨 있었다.

"서, 성주님!"

진행자들이 기겁을 하며 진혁을 소리쳐 불렀다. 그러나 진혁은 그들의 울부짖음 따위 돌아보지 않았다. 마치 오랫동안 잠들어 있던 용이 기지개를 켜며 거대한 몸을 일으켜 세우듯 서서히 기세를 키웠다.

"상관 군사!"

진행자 중 제일 직급이 높은 이가 단상에 있는 상관준경을 찾았다. 그러나 상관준경이 뭐라 대꾸할 겨를도 없이 각자의 비무대에 떨어져 있던 네 명이 진혁을 향해 일제히 무기를 휘두르며 달려들었다.

기운이 떨어진 듯 희미하게 사라졌던 검강이 검붉은 빛을 더해 강한 힘을 뿜었고, 도에도 시커먼 묵강이 구슬처럼 말려 날아올랐다. 긴 창두에는 무쇠라도 짓이길 강력한 경기가 회오리를 치며 쇄도했고, 낭창 낭창 휘어지는 채찍이 공기를 찢으며 달려들었다.

그들에게 남아 있는 힘이라고는 믿기 힘들 정도로 강한 공격에, 자리해 있던 대야성의 인사들이 벌떡벌떡 자리에서 일어났다. 자칫 빗맞더라도 중상을 면할 수 없을 정도로 위험한 공격들이었다.

차창! 창!

폭음이 울리며 사방으로 세찬 경기들이 튀었다. 몰아치는 힘의 여파를 견디지 못한 구경꾼들이 주춤거리며 뒤로 밀려났다. 가까이 있던 이들 중에는 내상을 입은 듯 얼굴을 찡그리는 이들도 있었다.

진혁은 어렵지 않게 검강과 도환을 막았다. 짓쳐오는 창두를 감아올려 채찍을 막았다. 그의 묵검이 허공을 찍으며 날아오는 검로를 차단했다. 희뿌옇게 올라오는 먼지들 사이로 햇살을 받은 무기의 섬광들이 번쩍거렸다.

1대4로 붙은 대결인데도 우세한 것은 진혁이었다.

가닥가닥 끊긴 채찍을 집어던진 사내가 주춤주춤 뒤로 물러나더니, 진혁이 다른 이들을 상대하는 것을 보며 슬그머니 품에서 손바닥보다 작은 궁을 꺼냈다. 화살도 걸려 있지 않은 핏빛 소궁으로 진혁을 겨눴다.

"안 돼! 무슨 짓이냐!"

지켜보고 있던 대야성의 무사가 소리치며 몸을 날렸다. 무사의 검이 팔을 자를 찰나, 화살도 없는 궁이 파르르 떨었다. 촤악! 허공으로 시뻘건 핏줄기를 뿜으며 잘린 팔이 날아갔다.

"성주님!"

그와 함께 싸우고 있던 다른 세 명도 제각각 품에서 다른 암기를 꺼내 진혁을 향해 집어던졌다.

"성주님!"

"안 돼! 막아라!"

비무장 밖에서 심판을 보고 있던 무사들이 앞 다투어 비무장 안으로 뛰어들었다. 그러나 그들보다 한발 앞선 자들에 의해 무사들의 목은 모두 날아갔다.

쾅! 콰르르르!

하늘을 시커멓게 메운 각양각색의 암기들이 진혁의 전신에 달려들어 꽂혔다. 그와 함께 뇌성벽력 같은 폭렬음과 함께 견디기 힘든 뜨거운 열기가 일었다.

"혈우시(血雨矢)!"

"천중뇌화주(天中雷火珠)!"

무음무형의 화살이라 누구도 피할 수 없어 한 번 울릴 때마다 생명이 하나씩 떨어진다 하여 붙은 이름이 혈우시였다. 천중뇌화주는 지금은 사라진 열화문의 화탄으로, 어린 아기의 주먹보다 작은 구슬 모양으로서 폭발의 위력과 미치는 영향을 조절할 수 있다 전해졌다. 둘 모두 금용암기(禁用暗機)로 강호에서 사용해서는 안 되는 물건이었다.

챙! 차창!

단상에 있던 상관준경은 등 뒤에서 불길처럼 번지는 살기와 함께 무기를 빼내는 소리를 들었다. 그의 옆에 자리하고 있던 벽갈평이 몸을

300

일으켰다. 단상 주변을 지키고 있던 무사들 중 절반이 같은 동료의 손에 쓰러지고 있었다.

"으악!"

"자네가……?"

영문을 모른 채 동료의 손에 죽어나가는 무사들의 눈에 경악과 불신이 떠올랐다.

"갈!"

산중 제왕이라 불리는 호랑이의 포효 같은 소리 앞에서 검을 휘두르던 자들의 몸이 휘청거렸다. 하지만 벽갈평의 얼굴은 딱딱해졌다. 그가 방금 펼친 벽력후(霹靂吼)라면 들고 있던 무기를 떨어드리며 자리에 주저앉아야 마땅했다.

"이놈들! 일월단(日月團)의 무사들이 아니구나!"

단상 주변의 경호는 대야성의 무력단 중 하나인 일월단에서 맡고 있었다. 그들 중 반수가 다른 이들로 얼굴을 바꿔 자리해 있었던 것이다.

벽갈평은 허리춤에 걸려 있는 도집에서 자신의 도인 명도(冥刀)를 꺼냈다.

일이 터질 것이라 예상하긴 했지만, 일월단에도 그들의 손길이 닿아 있다니! 진정 무섭구나! 성주님이 더 이상 시일을 끌지 않고 결단을 내리신 것이 앞날을 생각한다면 옳은 것인지도…….

도첨에 서린 기세에 단상을 포위하듯 둘러싼 적들이 주춤했다.

"대단하시오, 벽 원주. 사자패도(獅子覇刀)라는 별호가 오히려 부족할 정도이올시다!"

조롱조의 감탄성을 발하며 다가온 이는 청마문의 삼장로인 혈마군(血魔君)이었다. 벽갈평과 비슷한 연배의 점잖은 인상이었지만, 기실 내공의 힘으로 노화를 억눌러 열 살 정도 젊어 보였다.

"혈마군 장로께서 그들 사이에 끼어 있는 것은 무슨 연유이시오?"

벽갈평은 적이 분명한 그에게 일단 말을 걸었다. 청수한 인상이었던 혈마군의 얼굴이 가면을 벗고 본래의 야비한 기운을 드러냈다.

"괜한 것을 물어보시는구려. 내가 이들 사이에 있는 이유야 뻔한 것 아니겠소."

"청마문이 대야성에 반기를 든 것이오?"

"벽 원주답지 않게 말꼬리를 잡는구려. 어차피 눈에 보이는 대로 받아들이면 되는 것을, 무엇하러 복잡하게 생각하시오."

"그대 독단으로 이런 엄청난 일을 꾸몄을 리는 없으니, 청마문주의 하명이오?"

그제야 혈마군은 벽갈평의 의도를 알아차렸다. 자신의 입에서 문주님의 이름이 나오길 기다리고 있는 것이다.

"이런, 이런! 원하는 것이 그것이었소이까. 그렇다면 이렇게 시간을 끌 필요가 없는데, 괜한 짓을 하셨구려."

혈마군이 입가에 살기를 띠며 웃었다.

"무슨 말이오?"

"내 입에서 듣는 것보다 직접 눈으로 확인하는 것이 더 낫지 않겠느냐는 말이오."

벽갈평이 눈을 부릅뜨며 단상 아래의 비무대를 돌아봤다. 아직도 열기가 이글거리는 비무대 위로 붉은 장포를 걸친 중년인이 거침없이 올라가고 있었다.

청마문주는 좌중의 경악한 눈길들을 유유히 즐기며 화염이 넘실거리는 비무대로 올라섰다. 성주를 암습했던 자들은 모두 혈우시와 천중뇌화주의 폭발에 휩쓸려 뼛가루 한 점 남아 있지 않았다. 비무대는 화산의 분화구처럼 중앙이 푹 꺼져 있었다. 움푹 파인 주변으로 시커멓게 타들어간 흔적들이 있었고, 남은 불씨들이 타닥타닥 소리를 내며 밖으로 번져 나갔다.

갑작스러운 상황에 넋을 놓고 있던 자가 벌떡 자리에서 일어났다.

"청마문주! 대체 지금 무슨 짓을 벌이고 있는 것이오? 당장 성주님의 안위부터 살피지 않고…… 크악!"

느긋한 발걸음에 산책이라도 나온 듯 한가한 청마문주의 행동을 이해하지 못하고 목청 높여 따지던 자의 목이 핏물을 뿌리며 허공을 날았다.

"무슨 짓이냐!"

"당장 저자부터 죽입시다!"

"당장 성주님을 구하자!"

여기저기서 우후죽순처럼 소리를 치며 청마문주를 성토하던 자들은 자신들의 말이 끝나기도 전에 머리가 꿰뚫리거나 목이 날아가 바닥에 쓰러졌다.

"아아악!"

비명을 내지르며 달아나던 사람들도 절명하여 앞으로 꼬꾸라졌다.

대회장의 공기가 삽시간에 경직되었다. 대회장에 모여 있던 사람들은 작은 소리도 내지 않기 위해 숨을 죽였다. 큰 소리를 내는 자는 죽는다. 앞으로 나서는 자는 죽는다. 흥분으로 달아올랐던 공기는 짙은 피비린내에 잠식당했다.

청마문주 마학성(魔虐盛)은 짙은 피비린내가 커다랗게 회오리치는 것을 음미했다. 경악하며 주눅 들어 있는 자들의 공포를 즐거이 감상했다. 그의 허락 없이는 말 한 마디는 고사하고 숨도 쉬지 못하고 있는 자들을 보니 가슴 가득 득의감이 차올랐다. 이것이야말로 대야성주가 올라서서 보고 있는 세상이리라. 자신의 발아래 전 무림이 무릎을 조아리는 세상. 아직은 온전히 자신의 손에 넣지 못했지만, 지금 이 순간을 시작으로 천하를 향해 숨기고 있던 힘을 드러내리라.

마학성은 주변을 둘러보았다. 적의가 담긴 눈으로 노려보는 자들부터 무슨 일을 벌이든 관여하지 않겠다는 듯 방관하는 자, 자신의 편이 되어 동조하는 자들까지, 모두가 그의 말이 떨어지길 기다리고 있었다.

"무림 동도들이여! 지금 이 시간부로 오랫동안 중원 무림을 강압적으로 지배하고 있던 대야성을 해체할 것이오! 대야성이 존재하지 않던 자유로운 무림! 모두가 바라마지 않던 세상이 다시 열리는 것이오!"

내공이 담긴 소리는 대회장 구석구석을 지나 외성의 높다란 담벼락까지 타고 넘어갔다. 공포에 잠식당해 말문을 닫고 있던 사람들이 어안이 벙벙한 표정을 지었다. 그들은 청마문주가 한 말이 무슨 뜻인지 이

해하지 못했다.

"아미타불!"

공허 대사가 가슴 앞에 반장(半掌)을 하며 나섰다.

"마 문주께선 지금 하신 말씀이 무슨 뜻인지 아시고 계시오?"

"물론이오, 대사. 소림도 소림의 길을 가야 하지 않겠소? 대야성에 당한 치욕 따위는 모두 씻어버리고서 말이오."

마학성은 구대 문파의 묵은 상처를 건드렸다. 족쇄가 채워져 있긴 하지만, 구파의 영향력은 아직도 지대했다. 저들만 자신에게 동조해준다면 대야성을 해체하는 일은 훨씬 수월해질 것이다. 아니나 다를까, 그의 말에 회가 동한 듯한 이들이 몇몇 있었다.

"구파의 영화를 다시 찾으시는 게요, 대사."

"아미타불."

나직한 불호 소리에는 일절 흔들림이 담겨 있지 않았다. 오랜 참선으로 쌓은 부동심이라, 간악한 이의 말장난은 지나가는 바람보다 못했다.

"원치 않은 호의를 억지로 강요하지 마시구려, 마 문주. 간신히 안정을 찾은 천하올시다. 이런 시기에 대야성이 무너진다면 얼마나 큰 혼란이 닥칠지 진정 모른단 말이오!"

불쌍한 중생들은 영문도 모른 채 무림의 격랑에 휩쓸려 모진 고초를 겪게 될 것이다. 어이해 무인들의 다툼에 죄 없는 중생들이 다쳐야 한단 말인가!

"일시적인 혼란이야 있겠소만 그 또한 필연적인 일, 혼란은 금세 수

습되고 중원은 언제나처럼 똑같이 굴러갈 것이오."

세상일이란 것이 모두 그렇지 않은가. 희생 없는 과실이 어디에 있단 말인가. 누군가는 흘려야 할 피이고, 그 대가는 흘린 피만큼 달콤할 것이다.

"혼란의 수습이라? 결국 혼란을 틈타 마 문주의 야욕을 채우겠다는 뜻이 아니오!"

"강자가 좀 더 많이 가지는 것은 당연한 일. 넓은 천하에 자신의 깃발을 꽂는 것이야 일파의 주인으로서 당연히 가져야 할 야망이 아니겠소."

공허 대사는 말없이 탄식했다. 결국 혼란을 틈타 자신의 세력을 더욱 넓혀 또 다른 대야성을 세우겠다는 말이었다. 마학성은 목표를 달리했다. 세속과 멀리 떨어져 심산유곡에 자리해 있는 구파 대신, 가문의 잇속을 챙기는 오대 세가를 노렸다. 그에 호응하듯 오대 세가가 모여 있는 자리의 웅성거림이 커졌다.

그때 마학성의 옆으로 전혀 생각지도 못한 인물이 내려섰다. 남궁융기는 마학성과 어깨를 나란히 한 채 남궁 세가가 있는 방향을 봤다.

"무얼 망설이고 계신 게요, 가주! 대야성에서 벗어날 수 있는 이런 좋은 기회를 눈앞에 두고서 왜 머뭇거리신단 말이오!"

남궁융기는 바짝 마른 대나무처럼 꼿꼿하게 서 있는 가주 남궁준을 다그쳤다. 결단성이 없는 위인이긴 하지만, 늘 속으로는 대야성에 묶여 있는 세가의 형편을 한탄하던 것을 알기에 옆에서 살짝 부추기기만 하면 못 이기는 척 넘어올 것이라 여겼다.

"의검천세를 외치던 창천의 기세가 어디로 사라진 것이오! 안휘성을 호령하던 남궁 세가의 기치를 다시 되찾아야 하지 않겠소!"

남궁준은 대인의 가면을 덮어쓰고 있는 숙부의 뻔뻔함을 참을 수가 없었다. 제 더러운 욕망을 위해 혈족을 장난감처럼 이용한 자였다.

"그 입 닥치시오!"

피를 토하는 듯한 고함 소리가 터져 나왔다. 아무리 남궁준이 가주라 하나 남궁융기는 그의 숙부였다. 공개적인 자리에서 함부로 하대할 수 있는 연배가 아니었기에, 다들 깜짝 놀라며 의아해 했다.

"그 더러운 입으로 의검을 논하는가! 그대는 창천을 말할 자격이 없다!"

"……허허허! 이거 참, 가주의 말씀이 너무 험하시구려. 그래도 이 몸이 가주의 숙부가 아니오?"

남궁융기의 입은 웃음을 짓고 있었지만, 눈빛은 조금씩 살벌해졌다.

쯧, 그래도 제 딸의 노고가 있어 살길을 터주려 했더니 스스로 복을 걷어차는구나. 제 발로 사지로 기어들어 가겠다니, 어쩔 수 없지.

"숙부라니? 누가 숙부란 말인가?"

"가주!"

"이 자리에서 강호 동도 여러분께 고하겠소이다. 남궁 세가의 가주로서 이 시간부로 남궁융기는 남궁 세가에서 제명되었음을 알리오! 남궁융기는 더 이상 남궁 세가의 일원이 아니오!"

"그 무슨 말도 안 되는 소리를 하는 것이냐! 제명이라니! 누굴 제명시킨단 말이냐!"

"내 딸을 이용해 내 부친을 독살했을 때에는 이 정도쯤의 각오는 당연히 했어야 하지 않소?"

남궁준이 딱딱하게 굳은 얼굴로 날카롭게 추궁했다. 잠깐 멈칫했던 남궁융기는 앞쪽에 떨어져 있는 남궁준을 뚫어져라 응시했다. 유약하여 흔들리던 눈빛이 돌처럼 굳건했다. 옆에 함께 있는 남궁강도 적의와 살의를 드러내며 이를 세웠다.

"하하하! 그래도 조용히 뒤로 물러나게 하는 것으로 끝내려고 했더니, 기어이 죽음을 자초하는구나!"

"닥치시오! 그대에게 동조하던 반역의 무리는 모조리 잡아들였소! 그러니 순순히 단전을 폐하고 벌을 받으시오!"

남궁융기는 새파란 살의를 날렸다. 그를 추궁하며 압박하고 있던 남궁준의 얼굴이 시퍼렇게 바뀌었다.

"벌이라니! 내가 대체 무엇을 잘못했기에 벌을 받는단 말이냐!"

"이익!"

"어차피 너희들만 제거한다면 남궁 세가쯤이야 금세 내 손에 떨어지는 것을. 남궁의 혈족이야 너희가 아니더라도 충분히 있으니 무엇이 걱정일까? 내가 가주가 되어 남궁 세가를 누구도 넘보지 못하는 철옹성으로 만들 것이다!"

"반도의 미친 헛소리를 새겨듣지 말라!"

물밑에서 벌어지던 남궁 세가의 내분이 수면 위로 떠올라 만천하에 공개되었다. 남궁 세가만이 아니었다. 오대 세가 중 사천당가와 팽가도 갈리는 듯하더니 서로 큰 소리가 오갔다. 한 덩어리로 떨어져 나간 그들은 사람들의 시선을 무시한 채 남궁융기의 뒤편에 자리했다. 의외로 마문에서 동조한 것은 네다섯 문파밖에 되지 않았다. 청마문이 주축이 되어 그와 친한 문파들만이 그에 호응했다.

마학성과 남궁융기는 자신들의 반대편에 서 있는 자들을 보며 살기 띤 웃음을 지었다. 자신들의 뜻에 호응했더라도 종국에는 죽여야 할 자들이었다. 살려두었다가는 위험 요소가 될 공산이 컸다.

대야성은 철저하게 두 세력으로 양분되었다. 그때였다. 익숙하면서도 섬뜩한 음성이 귓전을 파고들었다.

"집안 정리들은 얼추 끝났나?"

마학성과 남궁융기는 바람처럼 신형을 틀었다. 아직도 뜨거운 열기를 뿜으며 활활 타오르고 있는 불길 속에서 시커먼 인영이 움직이고 있었다.

서, 설마!

그럴 리가 없어!

마학성과 남궁융기는 경악으로 눈을 부릅떴다.

스무 대의 혈우시와 세 알의 천중뇌화주가 성주를 향해 투척되었다. 그 정도 양이라면 태산이라도 무너뜨릴 수 있는 폭발력이었다. 살아 있는 생명이라면 절대로 그 불길 속에서 살아남을 수가 없었다.

진홍 빛깔의 불길이 서서히 백광으로 변하더니 금세 바라볼 수도 없을 정도로 찬란한 광채를 발하다 군청 빛깔로 죽었다. 천천히 사그라지던 불길이 군청 빛깔을 띠는 순간 쩌정 소리를 내며 딱딱하게 얼어버리더니, 타오르는 불씨 모양의 거대한 얼음덩어리가 되었다.

쩍!

쩌적!

금이 갈라지는 소리가 들렸다.

"저, 저저!"

멍하니 지켜보던 자들 중 한 명이 충격을 이기지 못하고 손을 치켜들며 벙어리처럼 어버버거렸다. 마학성과 남궁융기의 좌우로 몰려 있던 이들도 놀라 경계하며 한 걸음씩 뒤로 물러났다.

작은 실금 같던 소리가 점점 커지더니 마침내 바닥을 울릴 정도의 꽝음이 터졌다. 커다란 얼음이 박처럼 두 쪽으로 갈라지며 바닥에 쿵 떨어졌다.

사람들은 모두 마른침을 꿀꺽 삼켰다. 단순한 암습이 아니었다. 금용암기를 쏟아부은 듯한 공격이었다. 성주의 몸에 꽂혀 터지는 것을 다들 똑똑히 목격하지 않았던가.

저벅.

한 걸음 소리에 가슴이 떨리고,

저벅.

두 걸음 소리에 호흡이 멈추고.

저벅.

세 걸음 소리에 심장이 터졌다.

"……천왕군림보(天王君臨步)!"

무적천가의 가주에게만 전승된다는 무공이었다. 대야성이 중원을 정복할 때에 초현한 후로 다시금 세상에 나온 적이 없어 말로만 전해지던 무공이기도 했다. 단순한 걸음걸이만으로도 적의 기세를 꺾고 무릎을 꿇린다는 무공.

"······으음······ 명불허전이올시다."

무당 장문인과 소림 방장은 감탄을 숨김없이 토해내며 흔들린 부동심을 바로잡기 위해 불호와 도호를 읊조렸다.

진혁은 검은 장포를 날리며 천천히 걸음을 옮겼다. 혈우시와 천중뇌화주에 입은 내상은 불길 속에서 모두 치유했다. 혈우시와 천중뇌화주가 던져졌을 때 받은 충격이 가장 크긴 했지만 천중뇌화주의 뜨거운 화기는 그에게 좋은 엄폐물이 되어주었다. 약간이지만 흔들린 내기를 다 잡을 때까지. 게다가 적들이 제 발로 나서서 자신들의 행위를 고하며 적아를 구분해주기까지 했으니, 작은 내상을 입고 얻은 덤치고는 과할 지경이다.

서늘하게 가라앉은 진혁의 눈길이 마학성과 남궁융기를 지나 그들의 주변에 몰려 있는 이들을 스치고 지나갔다. 마학성과 남궁융기가 분노로 눈을 일그러뜨렸다.

건방진 놈!

저놈은 자신들을 무시하고 있었다.

마치 언제든지 다리를 잡아 뜯을 수 있는 당랑(螳螂)을 보는 것처럼.

진혁의 시선이 비무대 주변으로 향했다. 중심을 잡고 흔들리지 않은 구대 문파의 수장인 공허 대사와 잠시 눈을 마주친 그는 오대 세가의 남궁 가주를 지나쳐 다른 가문의 가주들을 보았다. 마학성의 말에 잠시라도 흔들렸던 세가의 가주는 흠칫거리며 그의 눈을 마주 보지 못했다.

그의 눈이 마지막으로 닿은 자는 제갈 가주였다. 그는 느긋한 얼굴로 유유히 진혁의 눈빛을 받아넘겼다. 마치 지금 벌어지는 일과 자신은 아무런 상관이 없는 것처럼.

이곳의 일과는 상관이 없긴 하지. 허나, 언제까지 그대의 얼굴에 멀끔한 웃음이 걸려 있을 수 있을지.

주변을 한 바퀴 돌아 다시 돌아온 곳은 마학성과 남궁융기였다.

"두 분, 꽤나 바쁘게 움직이셨나 보구려."

"성주."

마학성은 눈치 채이지 않게 진혁의 얼굴을 살폈다. 그러나 철벽같은 무심한 얼굴에는 부상의 흔적은 보이지 않았다.

그럴 리가 없다! 내상을 숨기고 있는 것이 분명해!

"헛소리는 모두 다 지껄였나?"

"헛소리라니! 오랫동안 갇혀 있던 수문을 여는 것이 어찌 헛소리란 말인가! 성주야말로 지금이라도 정신을 차리시오! 대야성은 중원에 더 이상 존재해서는 안 되오!"

진혁의 입가가 슬쩍 올라갔다. 정당한 권리를 주장하는 듯한 저들의 꼬락서니가 역겨울 뿐이었다.

"그래서 수문이 열리면 그물이라도 치고 보물이라도 건져 올릴 생각인가?"

"못 할 것도 없지 않소!"

"빼앗긴 것을 다시 찾고자 함이거늘, 무엇이 잘못이란 말이오!"

마학성의 말을 남궁융기가 거들었다. 하늘 아래 한 점의 부끄러움도 없다는 듯 오히려 진혁을 질타하는 모양새였다.

진혁의 기세가 일변했다.

오롯이 하늘 아래 홀로 세상을 아우르고 있는 듯한 거대한 기도. 오연하고 고고히 거대한 날개를 펼치고서 지상을 내려다보는 절대자의 신위가 대회장을 덮었다. 그 안에 담겨 있는 패력과 투기가 천지를 짓눌렀다.

"수백 년간 무림의 뒤편에서 암약해온 너희들의 입에서 나올 말은 아니군. 청마문주, 아니, 적면이라고 불러야 하나? 남궁 대장로는 백면이었지?"

정체가 탄로 났지만 마학성과 남궁융기는 누가 무슨 소리를 했냐는 듯 흔들리지 않았다. 주변에서 함께 들은 이들만이 서로 웅성거리며 적면과 백면에 대해서 수군거렸다.

"성주가 우리들의 정체에 대해서 눈치 챘을 거라는 것쯤은 우리들도 알고 있었소. 오히려 아직까지도 모르고 있었다면, 우리들이 대야성의 능력을 너무 과대평가하고 있었다며 한탄하고 있었을 테니."

"흥! 이제 와 알았다 한들 무엇할까! 어차피 오늘부로 대야성의 현판이 떨어지는 것은 변하지 않는 것을!"

마학성은 숨기지 않고 적의를 드러냈다. 그의 전신에 불길한 핏빛이 어른거렸다. 그는 품에서 어린아이의 주먹보다 작은 종을 꺼냈다. 홍옥으로 만든 것처럼 붉은 빛깔의 종은 사기와 혈기를 뿜고 있었다.

"우리에게 반하는 무리들은 단 하나도 살아남을 수 없을 것이다!"

마학성은 종을 흔들었다.

달랑.

맑은 옥 소리를 듣는 순간 사람들은 섬뜩함을 느꼈다. 거대한 피 보라가 뭉클뭉클 일어나 종소리를 따라 회오리를 치는 듯했다.

퍽! 퍼퍽!

땅을 파는 소리가 들렸다. 대회장의 땅바닥이 여기저기 들썩거리더니 흙먼지를 일으키며 커다란 형체가 튀어나왔다.

"꺄아악!"

"아악!"

형체가 튀어나온 주변에 있던 사람들은 한순간 정혈이 빨려나가 바짝 말라 죽었다. 삽시간에 대회장은 아수라장이 되었다. 우후죽순처럼 땅속에서 뛰쳐나온 형체들은 그동안 배가 고팠다는 듯 닥치는 대로 사람들의 정혈을 갈취했다.

"혈강시다! 혈강시야!"

"어서 물러나라! 혈강시의 혈기에 닿아서는 안 된다!"

"다들 물러나!"

"아악!"

앞을 다퉈 달아나는 사람들은 서로 부딪치고 밟히면서도 본능적으로 혈강시에게서 멀리 떨어지려고 했다.

"삼대 제자들은 물리고 이대 제자들만 나서거라! 절대로 혈기에 직접 부딪쳐서는 안 되니, 강기를 날려 저지시켜야 한다!"

"장로와 창천단만 남고 다른 이들은 모두 밖으로 물리거라! 혈강시와 대적하지 말고 보이는 즉시 피하라고 해라!"

"이 자식들아! 정신들 안 차릴래! 혼 빼지 말고, 강기성화를 이룬 자들만 나서란 말이다! 괜한 목숨 헛짓거리로 날릴래!"

"꽁무니 빼면 내 손에 죽는다! 이번 기회에 능력을 입증해 보여보란 말이다!"

문파들마다 어린 제자들을 뒤로 돌렸다. 그들은 자리에 있어봤자 방해만 될 뿐이었다. 혈강시와 검이라도 맞댈 수 있는 것은 강기를 형성할 수 있는 경지의 무인이었다. 아수라장과 같은 혼란 속에서도 그들은 신속하게 뒤로 물릴 자와 싸울 자를 나눴다.

"강아! 너는 세가인들을 인솔해 성을 빠져나가거라!"

"아버님!"

남궁강은 떠나고 싶지 않았다. 눈앞에 대적이 있거늘 어찌 뒤를 보이란 말인가! 하물며 부친을 두고 떠나라니 아니 될 말.

"이건 명이다! 소가주는 당장 가솔들을 이끌고 떠나라! 어서!"

부친이 엄한 눈으로 그를 다그치고 있었다. 단호한 눈빛에는 아들과 가솔들에 대한 걱정과 염려가 담겨 있었다.

가주가 쓰러지더라도 소가주가 살아 있다면 가문의 명맥을 이을 수 있었다. 합비의 본가에 남아 있는 장로들과 무사들이 소가주와 합류한다면 앞으로 일어날 세찬 폭풍도 버텨낼 수 있을 것이다. 남궁준은 아들을 믿었다.

"성을 무사히 빠져나가는 것도 쉽지 않을 것이다. 그러니 어서 서둘러라!"

"……아버님도 보중하십시오!"

315

부친에게 인사를 한 남궁강은 몸을 돌렸다.

"청마문이 오랫동안 공을 들이던 것이 혈강시였나?"

허공을 부유하는 비릿한 핏방울들을 무심히 바라보고 있던 진혁의 뒤편으로 혈강시 세 구가 날래게 접근했다. 일반 강시의 뻣뻣한 몸놀림과는 달리 움직임이 유연하기 이를 데 없었다. 생전의 무공을 펼칠 수 있을 정도로. 주변에 뿌려진 피와 시신의 사기가 많아질수록 혈강시들이 강해지고 있었다.

강한 기세를 뿜는 맛난 먹이를 발견한 혈기들이 흥분으로 기뻐 날뛰었다. 혈기가 만들어낸 붉은 촉수들이 허기를 채우기 위해 기세 좋게 뻗어왔다. 혈기에 담긴 찐득한 사기들이 전해졌다.

혈기가 진혁의 몸에 닿으려고 할 때였다. 진혁의 몸에서 일어난 투명한 강기막이 혈기를 가로막았다. 투명하던 강기막은 희뿌옇게 형체를 갖추더니 진혁의 몸 주변에 다섯 개의 방패막을 세웠다. 강기로 만든 방패막이 진혁을 중심으로 돌개바람처럼 서서히 회전을 시작하자 혈기들이 그에 이끌려 돌아가기 시작했다. 거친 강기의 회오리바람이 진혁의 주변에 있던 혈강시들을 집어삼켜 하늘로 끌어올렸다. 소용돌이치던 회오리바람이 갑자기 방향을 바꾸자 그 속에 있던 혈강시들의 신체가 견디지 못하고 갈기갈기 찢어졌다.

진혁의 강기막이 사라지자 회오리바람도 멈췄다. 하늘에서 혈강시들의 잔재들이 후드득 땅에 떨어졌다.

"대단하구나. 석년(昔年)의 네 아비도 이 정도로 강하지는 않았거늘."

남궁융기는 바닥에 점점이 떨어져 있는 살점들을 보며 저도 모르게 감탄했다. 천가의 핏줄이 얼마나 지독한지 알고는 있었지만……. 그야 말로 청출어람이라, 그 아비와 조부보다 더하지 않은가.

진혁의 살기가 날카로운 검날이 되어 남궁융기를 난도질했다.

"누구를 함부로 입에 올리느냐! 내 선친이 너희들 손에 당한 것은 어린 나와 모친을 인질로 잡혔기 때문이었다. 인질이 없었다면 너희들이 그분의 손끝 하나 건드릴 수 있었을 성싶으냐!"

"방법이야 어찌 되었든 적을 쓰러트리면 되는 일이지! 싸워 이기는 데에 수단을 가릴 것이 무엇이냐!"

"네 아비도 우리들의 손아귀에서 벗어나지 못했다! 너 역시 네 아비의 뒤를 따라라!"

마학성의 양손이 핏물이 뚝뚝 떨어지는 것처럼 시뻘겋게 변했다. 남궁융기도 자신의 검을 검집에서 뽑았다.

- 진정 나서지 않을 셈이오, 청면?

남궁융기는 오대 세가의 한쪽에서 다가오는 혈강시들만 멀찍이 떨어뜨리고 있는 제갈 가주에게 전음을 날렸다. 흥이 나지 않더라도 판이 벌어지면 어쩔 수 없이 나서리라 여겼었다. 그런데 제갈 가주는 지금 이 순간까지도 자신의 정체를 감추고 있었다.

- 허허, 두 분께서 흥이 동하신 자리이니 이 몸이 함부로 끼어들어서는 흥을 망칠 듯하구려.

끝까지 자신을 감추며 셈을 하려 드는가!

- 판이 끝난 뒤에는 챙겨 갈 것이 없을 것이오!

－ 그것이야 걱정하지 마시구려. 챙길 것이야 알아서 챙겨 갈 것이니.

제갈 가주의 냉랭한 조소가 날아왔다. 그것으로 끝이었다. 어차피 오늘이 지나면 각자 상대를 물어뜯기 위해 으르렁거릴 사이였다.

어부지리를 노리겠다는 거군. 그러나 과연 그대의 생각대로 될까?

남궁융기는 짧은 빈정거림으로 제갈 가주를 뇌리에서 지웠다. 진혁의 흑검이 그들에게 겨눠져 있었다.

냉혹한 살기가 진혁의 검은 동공에 깔렸다.

저들의 숨은 정체를 알아내는 데에만 십여 년의 세월이 걸렸었다. 하늘에 그물을 뿌리고 걷어 올릴 때까지 걸린 세월 또한 그만큼 필요로 했다. 마침내 오늘이 온 것이다. 진혁은 자신의 마음 깊숙한 곳에서 끓어오르는 희열을 억눌렀다.

남궁융기의 검이 새하얀 백강을 만들어내며 진혁의 전신을 뒤덮었다.

"제왕무적검(帝王無敵劍)!"

새하얀 백강은 하늘에 웅장한 백룡을 만들어냈다. 하늘로 비산한 백룡은 벼락이 되어 진혁에게 떨어졌다. 그와 동시에 마학성도 붉게 변한 양손을 쾌속하게 움직였다.

"혈천와선장(血天渦旋掌)!"

수십 발의 혈강들이 와선을 그리며 벼락의 뒤를 이었다. 찬란한 백광과 섬뜩한 혈광이 진혁의 전신을 덮어씌웠다. 백광과 혈광의 찬란함은 북해의 하늘에서만 볼 수 있다는 극광(極光)처럼 아름다웠다.

그러나 마학성과 남궁융기의 얼굴은 밝지 않았다. 오히려 공격하기 전보다 더 무섭게 굳어 있었다. 그들은 자신들의 공격이 진혁에게 아무런 타격을 입히지 못했다는 것을 직감적으로 알았다.

하단을 향해 있던 진혁의 검이 서서히 반원을 그리며 위로 올라갔다. 그의 검이 올라갈수록 마학성과 남궁융기는 위에서 짓누르는 압박감을 받았다.

막아야 한다! 저 검이 내려오게 해서는 안 돼!

본능적으로 그들은 위험을 느꼈다.

위로 올라가면서 점점 더 짙어진 검은 기운은 칠흑보다 더 짙은 암흑빛이었다. 그런데도 정갈하면서도 강렬한 기세를 발하고 있었다. 거기에 막강한 살기가 더해졌다.

성주의 성취를 너무 얕잡아 보았구나!

젠장! 저놈의 경지가 제 조부보다 더 높지 않은가!

흑검의 검첨이 하늘을 향해 세워졌을 때, 그의 검에 서려 있던 흑청빛의 기세가 폭발했다. 진혁의 검이 가공할 속도로 마학성의 손과 남궁융기의 검에 부딪쳐나갔다. 어지러울 정도로 양손을 흔들어 허공에 잔영을 만들던 마학성은 진혁의 검이 일직선으로 자신의 공격을 양단하는 것을 보았다.

"크학!"

부딪친다 느꼈을 새도 없이 흑검이 장법과 함께 두 손목을 잘랐다. 뒤이어 흑청빛의 기세가 그의 전신을 때렸다. 위험을 느끼고 발현된 호신강기는 흑청광 앞에서 유리처럼 산산조각 났다. 기세를 이기지 못한 마학성은 뒷걸음질을 치며 핏덩이를 토해냈다. 바닥에 떨어진 핏덩이 속에 잘려나간 내장 조각들이 보였다.

남궁융기는 위험을 느끼고서 손에 들고 있던 검을 진혁에게 던지는 동시에 자신은 뒤로 몸을 날렸다. 마학성과 합격(合擊)을 하고서도 우위를 점하지 못했었는데, 자신만 혼자 상대해서는 바닥에 쓰러져 있는 마학성과 같은 꼴이 될 것이다.

새하얀 백강을 발하며 날아간 검은 허무할 정도로 쉽게 꺾였다. 그림자도 남기지 않을 정도로 빨리 움직인 진혁은 달아나는 남궁융기의 앞을 막았다.

"어렵게 벌인 일인데, 결과는 보고 가야 하지 않나?"

"이, 이익!"

남궁융기는 끓어오르는 열화와 두려움을 간신히 억누르며 진혁을 상대했다.

청마문의 전각에서 희소식이 날아오길 기다리고 있던 마소교는 무림대회장에서 사색이 되어 돌아온 시비의 말에 경악했다. 시비를 다그쳐 물어도 돌아오는 말은 달라지지 않았다. 현실을 인식한 마소교는 재빨리 행동에 돌입했다. 이대로 머뭇거리다 대야성에 발이 묶이면 자신은 꼼짝 없이 죽은 목숨이었다.

살길을 찾는 마소교의 머리가 평소보다도 더욱더 영악하게 돌아갔다. 가장 급한 것은 대야성에서 빨리 빠져나가는 것이다.

시비나 무사들도 믿을 수 없어! 가장 필요한 것만 챙겨서 빨리 나가야 해!

마소교는 방에서 작은 주머니와 자신의 무기만을 챙겨 나왔다. 대회장에서 올라오는 시커먼 연기와 여기저기에서 사람들의 비명 소리가 들려왔다. 밖으로 나와 보니 시비들은 벌써 도망쳤는지 보이지 않았다. 다른 때였다면 달아난 시비들을 모조리 잡아 와 죽을 때까지 매질을 했겠지만, 지금은 그런 것들 따위는 머리에 들어오지도 않았다.

일단 무한을 빠져나가면 청마문의 본거지인 청해로 가자. 청해로만 넘어간다면, 남아 있는 청마문의 세력을 이용해 다음 기회를 기약할 수 있을 것이다. 비록 대야성의 눈을 피해 지하로 숨더라도, 최대한 남은 세력을 끌어 모아야 자신이 편해질 수 있다.

계산을 끝낸 마소교는 사람들이 많이 몰려 있는 방향을 향해 달려갔다. 한 걸음 발을 뗀 것뿐인데도 피부에 와 닿는 공기가 달랐다. 속이 울렁거릴 정도로 짙은 피비린내와 울부짖는 사람들에게서 느껴지는 공포심에 마소교는 흥분했다. 그녀 안에 있는 마성(魔性)이 수많은 죽음과 피를 느끼고서 기뻐했다. 붉은 입술을 혀로 핥으며 바닥에 쓰러져 있는 시신들 사이를 날랜 걸음으로 나아갔다.

"아악!"

"도망쳐! 달아나!"

앞에서 달려가던 사람들이 갑자기 비명을 지르며 몸을 돌려 왔던 길을 되돌아 달리기 시작했다. 뒤따르던 사람들과 미처 피하지 못해 여기저기 부딪혀 넘어지는 이들이 속출했다. 공포에 이성을 잃은 사람들은 넘어진 사람들을 그대로 밟고 달아나기 바빴다.

마소교는 눈이 뒤집혀 무작정 되돌아 달려오는 사람들을 인정사정없이 옆으로 후려 갈겼다. 부딪쳤다가 잠시라도 지체되는 것이 못마땅했던 것이다.

"이것들이 미친 건가?"

마소교는 역류해 오는 사람들 속에서 주변을 둘러보며 혼잣말로 중얼거렸다. 그러다 몰려오는 사람들 뒤편에서 섬뜩한 마기를 느꼈다. 불길한 마기를 접하고 온몸에 소름이 돋았다. 사람들의 비명 소리가 높아졌고, 갓 뿌려진 신선한 피비린내가 진동했다. 본능적으로 마소교는 손목에 감고 있던 편을 풀어 손에 쥐었다.

사람들을 쫓아온 혈강시 두 구가 먹이를 사냥하듯 사람들을 닥치는 대로 죽이고 있었다. 혈강시의 혈기에 휩쓸린 사람들은 피를 빨린 채 볼품없이 나가떨어졌다.

도망쳐야 해!

관에 누워 있던 혈강시들을 본 적 있던 마소교는 눈을 든 혈강시들의 위력에 주춤주춤 뒷걸음질을 쳤다. 혈강시들을 조종하고 있어야 할 자들이 보이지 않았다. 마소교는 몸을 돌려 자신이 낼 수 있는 최고의 속력으로 몸을 날렸다.

퍽!

혈강시가 뻗은 촉수 한 가닥이 마소교의 아랫배를 관통했다.

"아악!"

맛난 먹이를 탐내어 먹듯이 다른 혈강시도 질세라 촉수를 뻗었다.

추릅추릅, 듣기 거북한 소리와 함께 마소교의 마기와 피가 혈강시의 양분이 되어 마지막 한 방울까지 빨려나갔다.

二十九章

비고(秘庫)

멀리서 울리는 무림 대회의 함성도 와룡거의 고적함을 깨트리지 못
했다. 와룡거가 내려다보이는 나뭇가지에 올라선 가연은 와룡거 주변
에 기감을 펼쳤다.

예상보다 더 많구나.

와룡거를 암암리에 지키고 있는 이들의 숫자가 만만치 않았다. 두어
번 와룡거를 방문했을 때에도 보이지 않는 곳에 숨어 있는 이들을 느꼈
었다. 내공을 감추고 있던 때라 명확하게 잡히지는 않았지만.

담장 아래로 여덟, 전각의 그림자 속에 다섯.

생각했던 것보다 남은 자들의 수가 많았다. 대회장에서 벌어지는 소
란은 자신들과 아무 상관도 없다는 듯 바위처럼 꿈쩍도 하지 않았다.

소란을 일으키지 않고 조용히 지나가려면 어쩔 수 없나.

마침 바람의 방향도 딱 적당했다. 가연은 품속에서 검은 비단으로 만
든 작은 향낭을 꺼냈다. 향낭에 든 가루를 한 움큼 집어 허공을 향해 날
렸다. 바람에 휩쓸린 가루는 허공에 녹아들 듯 사라졌다.

일각(一刻), 일각이면 충분해.

가루가 와룡거에 퍼졌을 때 즈음 가연의 신형이 나뭇가지를 박차 올랐다. 한 마리 비조처럼 날아오른 몸이 높다란 담을 지나 와룡거의 단출한 전각의 처마 지붕을 밟았다. 그 반동으로 다시금 몸을 날려 전각 뒤편에 자리해 있는 가산(假山) 앞에 소리도 없이 떨어졌다. 그때까지도 주변은 잠잠했다. 그녀의 경공술이 그림자도 남기지 않을 정도로 빠르다 해도 이렇게 가산 앞에 신형을 드러낼 수 있는 것은 모두 몸을 날리기 전 바람에 뿌린 가루약 덕분이었다.

하오문의 비약이기도 한 몽혼분(夢魂粉)은 일반적인 미혼약과 달랐다. 강호의 밑바닥에서 살아가는 이들이 모여 만든 문파가 하오문이었다. 그런 특성 탓인지 하오문주들 중에는 특히 도둑이 많았다. 그런 역대 문주 중 한 명이 남긴 몽혼분은 정신을 잃게 하는 대신 아주 짧은 순간 약을 마신 이의 오감을 마비시킬 수 있었다. 그리고 약효가 사라지면 무슨 일이 있었는지 기억하지 못했다. 지금쯤 와룡거의 무사들은 모두 마비 상태일 것이다.

가연은 밋밋한 정원 한곳에 장식물처럼 만들어놓은 가산을 재빨리 살펴보았다. 울퉁불퉁 튀어나오도록 박아놓은 돌 중 북두칠성을 이루고 있는 모양을 찾았다. 네모난 국자 모양의 천추(天樞), 천선(天璇), 천기(天璣), 천권(天權)의 네 별과 국자의 자루 모양인 옥형(玉衡), 개양(開陽), 요광(搖光)의 세 별이 수풀 사이에 숨어 있었다.

가연은 긴 자루의 끝에 박혀 있는 요광성과 국자 뒤쪽에 자리한 천기성을 차례대로 눌렀다. 그리고 다시 요광성을 누르고 천추성을 눌렀다.

그녀에게 가산의 문을 여는 방법을 알려준 사람은 돌아가신 부친이었다. 부친은 무릎에 앉힌 딸아이에게 재미난 이야기도 해줄 겸, 언젠가 딸이 챙겨야 할 책임이란 생각에 모란패를 쥐여주며 들려주었다.

'알겠느냐? 절대로 순서가 틀려서는 안 된다. 자칫 한 번이라도 어긋나게 누르면 사방에서 귀신들이 달려들지도 모른단다.'

지금은 귀신이 아니라 무서운 암기들이 쏟아질 것이라는 걸 알았다.

쿠르릉.

기관 장치가 돌아가는 소리가 났다. 옆으로 열린 틈 사이로 성인 한 명이 들어갈 정도의 공간이 나왔다. 안으로 들어가자 등 뒤에서 문이 닫혔다. 디디고 있던 바닥이 천천히 원을 그리며 밑으로 내려갔다. 빛을 잃고 있던 벽면의 야명주들이 아래로 내려갈수록 하나씩 밝게 켜졌다.

놀랍구나. 가산 자체가 하나의 커다란 장치였어.

남궁 세가의 대장로의 방에 숨겨져 있던 비동은 이에 견줄 것도 못되었다. 그만큼 정교한 장치들이었다. 바닥에 닿았는지 움직이던 발판이 멈췄다. 가연은 벽면에 박혀 있는 야명주들이 길게 이어져 있는 곳을 향해 나아갔다. 길게 뻗은 길의 막다른 곳에 만년한철(萬年寒鐵)로 만든 문이 있었다. 흑단처럼 윤기 도는 검은 철문은 아무런 장식 없이 밋밋했다. 과연 이곳이 천가의 비고가 맞나 의심스러울 정도로.

그러나 황금으로도 구하기 힘든 만년한철로 이리 커다란 문을 만들었으니, 으리으리한 장식이 없어도 충분히 보는 사람을 압도할 만했다. 이 문짝만 가져다 팔아도 성 한 채는 충분히 사고도 남았다. 이름난 야장이 봤다면 환장을 하고 달려들 문이었다.

가연은 품속에 단단히 챙겨두었던 모란패를 꺼냈다. 얇은 황금판이 야명주의 빛을 받아 노란빛으로 반짝거렸다. 패에 조각되어 있는 모란 문양을 따라 영롱하게 빛났다.

모든 사건의 시발점은 이 패였을까? 비천상이었을까?

이제 와 따져본들 무슨 의미가 있을까 싶지만, 새삼 궁금해졌다. 그와 그녀 사이에 놓인 인연은 어디에서 시작된 것인지. 선연일 수도 있었던 것이 어디에서 비틀려 악연이 되어버렸을까.

떠오르는 미련을 잘라내듯 가연은 들고 있던 모란패를 철문의 중앙에 있는 홈에 밀어 넣었다. 패의 끝이 보이지 않을 정도로 깊게 들어갔다.

척. 처척. 차르르르.

열쇠를 확인하듯 연달아 기관음이 철문에서 들려왔다. 모란패에는 보이지 않는 미세한 결이 나 있었다. 언뜻 보면 알아차릴 수 없을 정도로 자잘한 결들이 제각각 높낮이를 달리해 모란 장식을 채우고 있었다. 위작을 막기 위해 만들어진 장치였다.

우르릉.

땅속이 울렸다. 육중한 철문이 소리를 내며 천천히 위로 올라갔다. 얼핏 두께를 보니 다섯 자는 충분히 되어 보였다. 세상 천지에 다섯 자 두께의 만년한철을 힘으로 뚫을 수 있는 자는 없을 것이다. 열쇠가 틀리면 사방에 묻어둔 기관들이 돌아가 철문 앞을 벌집으로 만들어놓을 것이다.

철문이 완전히 들려 올라갔다. 천가의 숨겨진 비고가 열렸다. 가연은 무거운 마음을 한숨으로 덜어내며 바삐 안으로 들어갔다. 일정한 간격으로 박혀 있는 야명주 탓에 안에 든 물건을 확인하는 데에는 어려움이 없었다. 대야성을 세우기 전부터 무적천가가 모아온 진귀한 보물들이 가연을 맞았다.

가연은 가지런히 정리되어 있는 보물들을 재빨리 훑었다. 시간이 있었다면 평생 보기 힘든 물건들이라 즐거이 감상했겠지만, 지금은 일각의 시간도 소중했다.

'저기 있다!'

선반의 위쪽에 나란히 놓여 있는 세 개의 비천상!

혼례품으로 보낸 요적상과 황금전장주인 가유광에게서 찾아낸 칠현금상, 그리고 황벽군이 서문은설이라는 증거로 내보인 이호상이 사이좋게 자리해 있었다.

드디어!

가연은 한달음 만에 선반을 디디고 비천상을 조심스레 내렸다. 깨지지 않도록 비천상을 천으로 감싼 다음, 가지고 온 자루를 풀어 비천상을 담았다. 텅 비어 있던 자루가 묵직하니 늘어졌다.

마침내 잃어버려 뿔뿔이 흩어져 있던 비천상을 모두 찾았다. 가연은 등 뒤로 단단히 묶은 자루의 무게가 무겁다 느꼈다. 백옥으로 만든 세 개의 작은 조각상에 불과한데도 커다란 철함을 짊어진 듯했다.

대야성에 들어온 목적은 이룬 것이야. 이제는 무사히 이곳을 빠져나가야 하겠지.

가연은 철문을 돌아 나왔다. 그러자 철문이 천천히 다시 내려와 닫혔다. 홈에 넣었던 모란패가 밀려나오듯 밖으로 툭 튕겨 나왔다.

가연은 잠시 망설였다. 이제 모란패는 자신의 물건이 아니었다. 하지만 그렇다고 이곳에 아무렇게나 방치해둘 수 있는 물건도 아니었다. 어찌할까 고민하던 가연은 머뭇거리다 모란패를 집어 들었다. 와룡거의 서탁에 올려두고 떠나자.

가산의 문이 열리며 야명주의 인공적인 빛이 아닌 푸른 하늘의 일광이 눈에 들어왔다. 그와 함께 진한 혈향이 훅 밀려왔다. 들어올 때와 달리 와룡거의 전각 한 귀퉁이가 부서졌고, 정원의 땅바닥들이 움푹 파인 곳도 있었다. 그리고 바닥에 보기 흉측한 형상으로 말라버린 시신들이 쓰러져 있었다.

창!

콰쾅!

"죽어라!"

"키에에엑!"

악을 쓰는 듯한 무사의 고함 소리와 함께 귀를 찌르는 듯한 괴성이 들렸다. 그와 함께 하늘을 울리는 사람들의 비명 소리도.

'역시 사달이 벌어진 건가.'

가연의 시선이 재빨리 싸움이 벌어진 현장을 살폈다. 그녀와 똑같은 검은 야행복 차림의 무사들은 와룡거를 지키는 자들일 테고, 그에 대적하는 자들은…… 혈강시였다. 그것도 혈기를 발산해 정혈을 갈취할 줄 아는 혈강시들이었다.

"누구냐!"

혈강시들을 상대하고 있던 와룡거의 무사들 중 몇 명이 가산 쪽에서 나오는 가연을 발견했다.

"침입자다!"

"네가 강시들을 조종하는 자냐?"

"잡아!"

혈강시들에게 동료를 잃은 그들은 분노와 투기에 휩싸여 갑자기 나타난 가연을 적으로 분류했다.

'쯧!'

가연은 짧게 혀를 찼다. 몰래 침입했으니 저들에게 자신은 강시와 아무런 상관이 없다고 설명할 수도 없는 노릇이라, 그냥 몸을 피하는 것이 낫겠다 싶었다.

가연이 몸을 날렸을 때였다. 허공을 날아온 커다란 물건이 그녀가 나아갈 길목을 막았다.

"어딜 가려는 것이냐!"

그녀의 앞을 막은 용두괴장이 힘을 잃고 바닥에 푹 박혔다. 굽은 허리로 느릿느릿 움직이던 금화파파가 경공으로 날아와 가연의 앞을 막아섰다.

"혈강시의 약점은 미간이다! 모두 미간을 노려라! 절대 혈기에 노출되어서는 안 된다! 그러니 멀리서 검을 날려서라도 미간을 부숴라!"

금화파파의 쩌렁쩌렁한 호통 소리에 와룡거의 무사들의 사기가 단숨에 올라갔다. 혈강시의 몸에 손을 대지 않고 미간을 노리는 것이라 난 감하긴 했지만, 아예 약점이 없는 것보다는 나았다.

금화파파가 땅에 꽂힌 용두괴장을 잡아채며 얼굴을 가린 가연을 형형한 눈빛으로 쏘아보았다.

"너는 혈강시를 조종하는 무리와 한패는 아닌 듯한데, 어찌 이곳에 침입한 것이냐?"

가연은 대답 없이 폭음이 터지는 주변을 둘러보았다. 서둘러 몸을 빼지 않으면 지금껏 애쓴 것들이 수포로 돌아갈 것이다. 그녀는 독하게 마음을 먹었다. 되도록 싸움은 피하고 싶었지만…….

맑은 청광이 어린 손바닥을 흔들었다. 나비의 날갯짓처럼 하느작거리는 손그림자들이 금화파파의 전신을 뒤덮었다.

"흥!"

금화파파는 들고 있던 용두괴장으로 허공을 한 바퀴 휘저으며 몸을 옆으로 빙글 돌렸다. 바닥에 작은 원이 그려지며 휘도는 방향을 따라 작은 바람이 일었다. 하늘을 덮은 수영들은 괴장에 반절이 부서졌고, 나머지는 작은 바람이 일으킨 기세에 밀려났다. 그와 동시에 거력(巨力)이 담긴 용두괴장이 무서운 기세로 가연을 때렸다. 가연은 양손을 뻗어 용두괴장을 향해 장력을 뿌렸다. 그리고 그 반동을 빌어 하늘을 향해 훌쩍 몸을 날렸다.

"거기 서지 못하겠느냐!"

설마 싸우는 도중에 도망갈 것이라는 생각은 못 했던 금화파파는 발을 구르며 돌아오는 용두괴장을 회수했다.

그때였다. 용두괴장과 함께 번쩍이는 물건이 딸려 왔다. 암기인 줄 알고 쳐내려다 살기가 없어 한 손으로 낚아챘다. 손에 든 물건을 힐끔 본 금화파파의 신형이 흠칫거리며 흔들렸다.

　"이, 이게? 이것이 어찌 여기에……? 이것이 어찌 여기에 있을 수 있단 말인가?"

　모란패였다.

　대대로 천가의 가주와 가모만이 가질 수 있는 모란패.

　금화파파는 충격으로 눈을 부릅뜨며 손바닥에 놓인 모란패를 뚫어져라 들여다보았다. 그때였다. 그녀의 뇌리로 희미한 목소리가 들려왔다.

　－ 전해주세요, 파파. 맡겨두었던 물건을 찾아가니, 주셨던 물건은 다시 돌려드린다고 말입니다.

　귀에 익은 목소리에 기어이 금화파파는 바닥에 풀썩 주저앉아버렸다.

　왼쪽 상박에서부터 오른쪽 아래로 길게 그어진 상처에서 흥건한 핏물이 뚝뚝 떨어졌다. 벽갈평은 상처를 싸맬 기운도 없는 듯 기둥에 몸을 기대며 가쁜 숨을 헉헉거렸다. 덜덜 떨리는 손으로 간신히 상처 주변의 혈을 짚어 지혈을 했다.

　"……괜찮으시오, 군사?"

　앞부분이 부러져 잘려나간 섭선을 신경질적으로 집어던진 상관준경의 모양새도 벽갈평과 비슷했다. 단정한 문사 차림새였던 상관준경의 장포도 피 칠갑을 한 듯 시뻘겋고, 여기저기 베여 있었다. 베인 상처들마다 핏물이 흘러나와 백의가 아닌 적의처럼 보였다. 혈마군의 지시를 받은 혈강시들의 공격이 위협적이라 하마터면 큰 낭패를 볼 뻔했다. 미간만 노리면 된다고 너무 간단하게 생각했다. 게다가 혈마군이 최후의 발악처럼 독까지 풀어내 한순간 위험에 처하기도 했었다. 다행히 광의가 만들어주어 먹었던 해독단이 조금씩 효력을 발휘해 위기를 넘길 수 있었다.

"……간신히…… 숨은 붙어 있습니다, 벽 원주님."

상관준경은 피에 젖어 척척 휘감기는 장포를 어기적거리는 손길로 걷어 올리며 비무장을 내려다보았다.

비무장이 있었던 자리는 흔적만 남아 있었다. 넓고 깊게 파인 구덩이에는 시커멓게 그슬린 흔적부터 강기가 지나간 흔적까지 고스란히 남아 있었다. 구덩이의 막다른 곳에 피를 토하며 쓰러져 있는 청마문주가 보였다. 자신의 독에 당한 듯 밖으로 보이는 살결이 시커멓게 타들어가 있었다. 입가에는 짙은 녹혈까지 뿜어낸 채 죽어 있었다. 그와 얼마 떨어지지 않은 곳에 손잡이만 남은 검을 움켜쥔 채 바닥에 무릎을 꿇고 있는 남궁 대장로가 있었다. 청마문주와 달리 간신히 숨은 붙어 있었지만 얼마 가지 않아 멈출 것이다. 심맥(心脈)이 가닥가닥 끊어져 화타가 온다 해도 살릴 수 없었다.

"……우릴…… 커헉……! 속였…… 구나……!"

얼굴이 창백해진 진혁이 내상으로 입가에 묻은 피를 손으로 닦았다.

"속인 적은 없다. 그대들이 착각을 했을 뿐이지."

진혁의 얼굴에 차가운 냉소가 감돌았다.

저들이 어찌 알 것인가. 할아버지께서 돌아가시기 직전 당신의 모든 진원지기를 자신에게 넘겨주고 눈을 감으셨다는 것을. 그렇지 않았다면 할아버지께서는 쇠약해지셨을망정 1, 2년은 더 버티실 수 있었을 것이다. 그러나 할아버지는 늙고 병든 자신이 손자의 짐이 되길 원치 않으셨다. 앞으로 험난한 길을 걸어야 할 손자의 짐을 조금이나마 덜어낼 수 있길 바라셨다.

'혁아, 슬퍼하지 마라. 세월을 먹은 꽃이 지는 것은 세상의 당연한 이치이니. 그러니 아쉬워할 것도, 애달파할 것도 없다. 그저 네 부모를 지키지 못하고 네 소중한 연까지 잃어버린 못난 이 할아버지를 용서해라. 이 늙은이야 노쇠한 몸을 벗어던질 수 있어 기쁘기 한량없지만, 너를 홀로 두고 가려니 떠나는 발걸음이 무겁기 그지없구나. 혁아, 거부하지 마라. 어차피 죽으면 가져가지도 못할 공력이니라. 널 에워싸고 있는 적들을 상대하는 데 필요할 터이니 네 공력으로 잘 품어 활용하거라.'

평생 동안 쌓은 공력을 마지막 한 방울까지 끌어 모아 넘겨주며 하시던 말씀이 생생했다. 손자의 복수심을 알기에 마지막 숨을 내쉬는 순간까지도 진혁의 안위를 걱정하셨다.

"그대들이 존재했던 세월만큼 천가가 쌓은 세월도 만만치 않다는 것을 몰랐던 것이 그대들의 패착이지. 천가의 본신이 대야성이라 생각한 것이야말로 가장 큰 실수였다. 대야성의 본신이야말로 천가인 것을."

겉으로 보이는 대야성의 힘이 천가의 모든 것이 아니었다. 대야성의 세월이야 몇백 년밖에 되지 않지만, 중원에 뿌리내리고 있는 천가의 세월은 그 몇 곱절은 될 것이니.

"그, 그런……."

남궁융기는 피거품을 흘리며 식어가는 몸을 벌벌 떨었다.

"중원의 뒷그림자 속에 숨어 있는 그대들을 밖으로 끌어내기 위해 참고 있었던 것뿐이다. 그대들의 암수에 당하지 않았더라면, 내 아버님이 그대들을 상대했을 것이다."

남궁융기는 죽어서도 무릎을 꿇지 않은 채 꼿꼿하게 몸을 세우고 있던 패왕을 기억해냈다. 숨이 끊기기 직전 자신들에게 보이던 의미심장한 웃음이 이런 의미였던가.

남궁융기는 머리를 떨구며 흐려지는 의식 사이로, 패왕이 승자가 되어 호탕한 웃음을 터트리고 있을 거라는 생각을 떠올렸다.

남궁융기와 마학성이 절명한 것을 확인한 진혁은 그제야 난장판이 되어 있는 주변의 광경을 눈에 담았다. 바닥에 쓰러진 혈강시들 사이로 대야성의 무사로 보이는 시신들이 여럿 보였다.

파르르르!

천 자락이 날리는 소리가 나더니 진혁의 앞쪽으로 하늘에서 시커먼 인영들이 후두둑 떨어져 내렸다.

"성주님을 뵈오!"

"성주님을 뵙습니다!"

호법원의 호법들과 대야성의 무력대 중 흑풍대의 대주가 머리를 조아렸다. 그들도 상대가 만만치 않았던 듯 옷자락이 여기저기 찢어졌고 핏자국이 묻어 있었다.

"정리가 끝난 것인가?"

"명하신 대로 청마문의 장로들과 수뇌부들은 모두 사로잡아 뇌옥에 가두도록 했소이다."

호법원주인 벽갈평이 대회장에 남아 적도들을 상대했다면, 호법원에 속하는 호법들은 청마문과 각 구역에 숨어 적들을 몰래 도와주던 손들을 모조리 솎아냈다. 느닷없는 혈강시의 출현에 미처 대응하지 못하고 당한 동료가 몇 있어 호법들의 얼굴은 그리 썩 밝지 못했다.

흑풍대주도 보고했다.

"지시하셨던 대로 대회장에 왔던 자들이 무사히 빠져나갈 수 있도록 보호했습니다. 그리고 남궁 대장로의 입김이 닿아 있던 외성의 담당자들을 모두 색출하여 따로 감금해두었습니다."

상관준경과 벽갈평이 부상을 입은 몰골로 휘적거리며 진혁에게 다가왔다. 상관준경은 진혁의 시선이 향하는 방향을 바라보았다. 아무것도 없었다. 진혁과 남궁융기 등의 대결이 너무나 치열해 다들 물러서더니 급기야는 견디지 못하고 꼬리를 말 듯 멀리 물러났다.

"누굴 찾으시는 겁니까, 성주님?"

진혁의 눈빛에 서늘한 살기가 감돌았다.

"아니, 도망갔다."

"누구 말입니까?"

상관준경은 축 늘어지는 장포의 소맷부리를 걷어 올리며 물었다.

"제갈 가주."

"아!"

소매춤을 붕대처럼 휘휘 걷던 상관준경이 짧은 탄성을 지르며 주변을 두리번거렸다. 사방을 살펴봐도 밉살맞은 제갈 가주의 얼굴은 보이지 않았다.

"세가 불리하다 싶으니 꼬리를 말고 도망을 친 거겠지요. 원래 이런 수를 읽는 데 도통한 이이지 않습니까?"

그러니 이번에도 슬쩍 발만 걸친 채 상황을 방관하고 있었던 거겠지. 제갈 가주에게는 대야성과 자신의 동맹이 서로 물어뜯을수록 유리할 테니까.

상관준경은 아직 끝난 것이 아님을 알고 있었다. 다섯 중 셋. 고작 반타작을 한 것뿐이다. 그 아래 뻗어나가 있는 갈래들까지 솎아내려면…….

'흐이구, 한동안 집에 돌아가는 것은 생각도 못 하겠구만.'

진혁의 옆얼굴을 슬쩍 살펴본 상관준경은 자신의 주군이 묵은 분노를 다 털어내지 못한 것을 알았다.

"걱정하지 마십시오, 성주님. 어차피 달아나봤자 갈 곳이야 뻔하지 않습니까? 성주님의 분노를 충분히 풀 수 있을 것입니다."

상관준경은 제 가주와 전충을 거론하며 진혁을 달랬다. 복수란 끝난 뒤에 몰려올 허망함을 알면서도 놓을 수 없는 것이니. 모든 일이 마무리가 된 다음 다가올 허무함은 벽 부인이 잘 달래 채워줄 것이다.

"성주님! 성주님!"

다급한 목소리가 진혁을 찾았다. 잠깐 풀렸던 긴장감이 다시 팽팽해

졌다. 혹, 예상치 못했던 다른 적이 숨어 있었던가 싶어 황급히 목소리
의 주인을 찾았다.

"……금화파파께서?"

다가오는 금화파파의 얼굴이 뭔가 큰 충격이라도 받은 사람처럼 기
괴하게 일그러져 있었다. 전대 성주님이 내려주신 것이라 한시도 손에
서 떼지 않던 용두괴장도 어딘가로 사라진 채였다. 대신 귀한 것을 숨
긴 듯 양손을 단단히 감싸 쥐고 있었다.

한달음에 거리를 좁혀 진혁의 앞에 내려선 금화파파는 주변의 다른
이들은 보이지 않는 듯 황망한 눈으로 손을 내밀었다.

"뭔데…… 이, 이게!"

상관준경의 눈이 찢어질 듯 커졌다. 옆에 있던 벽갈평도 고개를 갸웃
거리다 흠칫 몸을 떨었다. 대야성에 제법 오래 몸담고 있었던 자들은
처음에는 긴가민가하다 아연실색하며 입을 뻐끔거렸다.

"와룡거에 수상한 침입자가 있기에 막아섰는데, 싸우는 도중 이걸
제게 던져주고는 사라졌습니다, 성주님! 그자가 성주님께 맡겨두었던
물건은 찾아가니, 주셨던 물건은 다시 돌려드린다고…… ."

진혁의 눈에 한광이 번득였다. 금화파파의 손에서 반짝이는 모란패
를 거칠게 낚아채며 신형을 날렸다.

"성주님!"

"어딜 가십니까!"

"이런, 젠장!"

어미 오리 뒤를 따르는 새끼 오리처럼 진혁의 뒤를 상관준경과 벽갈

평 등이 뒤쫓았다. 물론 그전에 상관준경은 무력단에 다른 지시를 남기느라 뒤처져 제일 끝자락에 붙어야만 했다.

석란재도 불어온 풍파를 온전히 피하지는 못해 여기저기 부서진 곳이 있었다. 그러나 혈강시가 집중 투입된 곳은 대회장 주변이라, 내성의 후원을 헤집으려 들어온 것은 청마문의 무사들이었다. 독을 사용하려다가 오히려 석란재에 숨어 있는 암영들에게 들켜 한바탕 칼부림을 벌였다.

"가연!"

석란재의 굳게 닫힌 문을 벌컥 열며 안으로 뛰어 들어갔다. 그러나 주인 없는 텅 빈 공간이 그를 맞았다.

"가연!"

진혁은 다시금 가연을 소리쳐 부르며 전실을 둘러보다가 내실로 향했다. 단정히 정리되어 있는 침상과 화장대, 흐트러짐 없는 서탁의 물건들. 분명 아침에 자신이 나올 때와 똑같은 공간인데도 미묘하게 달랐다.

맡겼던 물건을 가져가고, 주었던 물건을 돌려준다?

"와룡거에 침입했다고 했던가?"

석란재를 나온 진혁은 바람 같은 속도로 와룡거의 가산 앞에 당도했다. 아슬아슬하게 균형을 유지하던 평정심이 금방이라도 쨍 소리를 내며 바스라질 듯했다. 그는 조금의 망설임도 없이 가연이 했던 대로 가산의 기관을 조작해 안으로 들어갔다.

비고를 확인하는 순간, 가연이 왔다 갔다는 것을 직감했다. 답례품으로 받았던 비천상과 함께 가연을 만나면서 손에 넣게 된 다른 비천상 두 개가 모두 사라지고 없었다. 주변에 있는 다른 귀한 것들은 일체 손도 대지 않은 채, 비천상이 있던 선반만 사람의 손이 닿은 흔적을 남겼다.

진혁의 기운이 무거운 검청빛을 띠며 일렁거렸다. 작은 회오리바람을 일으키며 사방을 짓눌렀다. 묘한 배신감에 심장이 찔린 듯 아팠다. 가연이 애첩 제의를 받아들인 이유가 무엇인지는 알고 있었다. 처음부터 그녀가 대야성에 들어오고자 했던 것은 그의 수중에 있는 비천상을 손에 넣고자 함이었다. 그렇기에 가연은 마소교의 치졸한 언사도, 남궁혜의 가식적인 위선도, 황벽군의 난폭한 질투도 개의치 않았던 것이다.

"이대로……."

진혁의 위압적인 기운에 비고가 우르릉 흔들렸다.

"너를 놓아줄 거라 여겼느냐! 어디 한 번 달아나봐라! 네가 세상 끝까지 날아간들 다시 찾아낼 것이다! 네 날개를 꺾고 발목에 족쇄를 채워 두 번 다시 내 옆에서 사라지지 못하게 만들 것이다!"

무림 대회가 끝나면 애첩도 끝이라 했더니, 그걸 이리 받아들였던가. 아니다. 영리한 그녀이니 애첩이 끝났다는 자신의 말이 무슨 뜻인지 알아듣지 못했을 리가 없다. 그러니 대회가 끝나기를 기다리지 않고 한발 먼저 움직인 것이리라.

"때를 잘 잡았군."

무림 대회에서 사건이 벌어질 것을 알고 기다린 것도 그렇지만, 남궁혜가 벌인 음독 사건으로 가연의 움직임을 살피는 것이 흐트러졌다. 음독만 아니었더라도 수상한 기미를 알아차렸을 텐데.

"원하는 대로 한 번 날아가보아라. 네가 이 세상에서 나와 함께 숨을 쉬고 있는 이상, 내게서 벗어날 수 없다."

격노가 들끓어 말 한 마디 한 마디에 새하얀 불꽃이 타닥타닥 튀는 듯했다. 그녀가 저승 강을 건너갔다 여겼을 때에도 끊지 못했던 연이었다. 하늘에서 내린 동아줄처럼 다시 찾은 그녀를 어찌 놓칠 수 있단 말인가.

세상 그 무엇도 널 내게서 떼어놓지 못한다. 운명은 물론이요. 설령, 가연 너라 할지라도 널 내게서 떨어뜨리지 못할 것이다.

진혁을 따라 석란재를 찾았다 허탕을 친 벽갈평과 상관준경 등은 다시 와룡거로 향했다. 한때는 고적한 그림 같던 와룡거의 흉한 형상에 벽갈평과 상관준경은 눈살을 찌푸렸다. 혈강시들과 시신들을 치웠지만, 여기저기 시뻘건 핏자국이 널려 있어 제법 싸움이 흉흉했음을 말해주었다. 와룡거의 전각 한 귀퉁이가 부서지고 날아가 안이 뻥 뚫려 있었다.

"내가 본 것이 진정 모란패가 맞는 것이오, 군사?"

동행하려는 호법들에게 호통을 치고 윽박질러 각자 맡았던 임무로 돌려보낸 벽갈평은 그제야 금화파파의 손에 있던 모란패를 떠올렸다. 예전 성주의 사주단자와 혼례품을 보낼 때에 총관과 함께 언뜻 보았던 것이라 처음에는 무엇인지 알아차리지 못했다.

상관준경이 습관적으로 허리춤의 섭선을 찾았다. 그러나 싸우는 중 부서진 섭선이 허리춤에 있을 리가 없었다. 헛손질을 몇 번 하다 허리춤에 양손을 올린 채 땅이 꺼져라 한숨을 길게 내쉬었다. 왠지 잘 걸어가던 길이 갑자기 거름 밭으로 바뀌어 다리가 푹푹 빠져 목까지 차오르는 듯한 불길한 기분이 들었다.

부창부수라더니, 결정적인 순간에 뒤통수를 팍 치시는구만!

한숨을 몇 번이나 내쉬어도 체증이 온 듯 답답한 가슴은 시원해지지 않았다. 벽갈평은 상관준경의 한숨을 들으며 대답을 기다렸다.

"아, 죄송합니다, 원주님. 뭐라 하셨습니까?"

"모란패가 맞냐고 물었소이다."

"……저도 얘기만 듣고 책에서 대략적인 그림만 보았던 터라 실물을 보는 것은 이번이 처음입니다. 허나 파파께서는 다르시지요."

상관준경은 복면인과 싸우는 자리에 있었던 금화파파를 넌지시 끌어들였다. 금화파파의 허연 눈썹이 무섭게 치켜 올라갔다.

"당연하지요. 저는 성주님의 모친께서 가지고 계신 모란패도 보았었고, 성주님의 혼례품으로 보낼 때 직접 함에 담기도 했었습니다. 틀림없는 진품 모란패입니다."

가품은 생각지도 말라는 말이었다.

"그럼, 혹 성주님이 가지고 계셨던 모란패는 아니오이까?"

"아닙니다. 성주님의 모란패는 절대로 아닙니다."

상관준경은 딱 잘라 아니라고 단정 지었다. 어디에 두었는지는 모르지만, 성주님의 모란패는 안전한 곳에 보관되어 있을 것이다.

"그렇다면 이 모란패는 어디서 나온 것이란 말이오? 금화파파와 손을 나눴다는 복면인이 누구기에……."

발밑이 우르릉거리며 흔들렸다. 미약한 지진이라도 난 것처럼 땅이 울렸다. 벽갈평과 상관준경, 금화파파의 안색이 해쓱해졌다. 발밑에서 전해지는 폭풍 같은 거센 기운에 절로 몸이 움찔거렸다.

'큰일 났구만! 이걸 어찌 수습해야 할지…….'

여진처럼 우르릉거리던 기세의 여파가 멈췄다. 그리고 잠시 후 가산이 움직이며 진혁의 신형이 나타났다. 그에게서 풍기는 서슬 퍼런 살기에 바라보던 세 명은 마른침을 꿀꺽 삼켰다. 성주는 청마문주와 남궁대장로를 상대할 때보다 더 분노한 상태였다.

"상관준경."

"예, 성주님."

상관준경은 황급히 허리를 숙였다. 귓전에 떨어지는 나직한 목소리가 금방이라도 쾅 하고 터질 듯한 벽력탄처럼 들렸다.

"대야성을 중심으로 천라지망을 펼쳐라. 평소 그대가 짜두었던 그물이 얼마나 촘촘한지 이번 기회에 한번 확인하도록 하지."

"잡아야 할 사냥감은……."

상관준경은 말꼬리를 흐지부지 흐렸다. 청마문주와 남궁대장로와 손을 잡은 자들은 지금쯤 대야성의 무사들이 나서서 잡아들이고 있었다. 제갈 가주도 혈강시들이 침입했을 때 대피하던 사람들과 합류해 대야성을 나갔다는 보고를 받았다. 아마도 방향을 보아 융중산의 본가로 돌아가는 듯했다. 그러니 제갈 가주는 황군과 황궁에서 나온 고수들이 맡아 처리할 것이다. 황금전장주인 가유광의 행적이 묘연한 것이 마음에 걸렸지만, 사방을 탐문하고 있으니 곧 행적이 드러날 터.

"벽가연."

"헉! 성주님! 그게 무슨 말씀이십니까!"

성주의 사나운 기세에 잠시 밀렸던 벽갈평이 성주의 입에서 나온 양딸의 이름에 퍼뜩 정신을 차렸다. 이곳에서 가연의 이름이 왜 나온단 말인가? 그렇지 않아도 텅 빈 석란재를 보고 안전한 곳으로 피신했는지 걱정하던 참이었다.

"만고당의 식솔들도 찾아내라. 그들을 하나씩 끌어내면 가연의 행적도 나오겠지."

"……알겠습니다, 성주님. 바로 무한 주변부터 천라지망을 펼치겠습니다."

"성주님! 상관 군사!"

벽갈평은 성주와 상관준경의 대화를 이해할 수 없었다.

"단, 모든 이들에게 주지시켜라. 그녀의 몸에 위해를 가해서는 안 된다고 말이다. 행적을 찾아내 뒤만 쫓으라 해라."

잡는 것은 내 몫이니.

"성주님!"

벽갈평이 기세를 실어 소리쳤다. 그제야 진혁이 그를 돌아보았다.

"가연에게 약조하셨다 들었습니다. 이번 무림 대회가 끝나면 계약했던 첩실 자리를 끝내기로 말입니다. 가연이 했던 말이 거짓이었습니까?"

"아니다. 분명 내가 가연에게 그리 말했었다. 무림 대회가 끝나면 대야성주에게 첩실은 더 이상 없을 거라고."

"허면 가연을 놓아주시지요. 자세한 연유는 모르오나, 그 아이는 무림 대회가 끝나 벌어질 번잡스러움이 싫어 먼저 성을 나선 듯합니다. 그렇지 않아도 제게 말하더이다. 성주님의 말씀대로 무림 대회가 끝나 자유로워지면 길을 나설 것이라고요."

"언제? 어디로?"

진혁의 귀에 앞말은 잘려나갔고 뒷말만 들어왔다. 언제부터 준비한 것인가? 그는 죄인을 추궁하듯 야멸치게 다그쳤다. 물어뜯을 듯한 기세에도 벽갈평은 굳건하게 버텼다. 진혁의 격노한 눈빛이 벽갈평을 찢어발길 듯 사나워졌다.

"물었다. 그녀가 언제, 어디로 간다 했나?"

벽갈평은 피부를 예리하게 베어내는 듯한 살기를 온몸으로 맞았다. 미처 다스리지 못한 내상이 다시 터졌다. 속에서 올라온 핏덩이를 울컥 뱉어냈다.

"성주님! 참으십시오! 벽 원주는 아직 아무런 사정을 모르지 않습니까! 그는 단지 자신의 양녀를 보호하고자 함입니다! 제발 진정하십시오!"

상관준경이 황급히 앞으로 나서며 간청했다. 그러나 진혁의 격노는 쉬이 가라앉지 않았다.

"성주님! 벽 원주는 그분의 양부이십니다! 벽 원주께서 상하시면 그분께서 절대로 성주님을 용서하지 않으실 것입니다!"

그 말이 먹힌 듯 살의 가득한 진혁의 기세가 천천히 가라앉았다. 상관준경의 말이 맞다. 비록 정체를 감추었다 하나, 양부에 대한 진정(眞情)은 가연의 진심이었다. 그런 양부를 핍박했다는 것을 알게 되면 만만치 않은 반발이 있을 것이다. 제 사람은 끔찍하게 아끼는 성정이니, 쉬이 마음을 풀지 않을 터.

진혁을 진정시킨 상관준경은 이제 방향을 달리해 벽갈평을 살살 달래었다.

"부디 양녀께서 무어라 했는지 알려주십시오, 벽 원주님. 이건 정말 중차대한 일입니다."

제 목숨으로 가연의 발길을 도울 수 있다면, 기꺼이 내어놓을 심산으로 있던 벽갈평은 눈꺼풀을 꿈틀거리며 감고 있던 눈을 떴다.

"모란패의 주인을 궁금해하셨지요. 벽 원주님의 양녀가 모란패의 주인입니다. 성주님의 혼례품을 받았던 분이란 말입니다."

"뭐, 지금 뭐라 하셨소? 모란패의 주인?"

"예, 원주님! 벽 부인이 모란패의 주인이십니다. 죽은 줄 알았던 성주님의 정혼녀이십니다!"

상관준경이 재차 확언하는데도 벽갈평은 바로 받아들일 수가 없었다. 가연이, 자신의 죽은 지기의 딸이 성주의 정혼녀라니? 그럴 수가 있나.

"벽 부인이 서문은설 소저입니다!"

마지막 쐐기처럼 튀어나온 말에 벽갈평은 할 말을 잊어버렸다. 그러나 돌아가는 상황은 녹록지 않았다. 뒤편에서 간신히 인내하고 있던 진혁이 앞으로 나섰다.

"그녀가 뭐라고 했는지, 한 마디도 빼놓지 말고 그대로 전하라!"

진혁의 서늘한 기운에 혼란스럽던 벽갈평의 정신이 바로 돌아왔다. 그만큼 진혁의 기운은 강하고 난폭했다.

"그 아이가……."

벽갈평이 입을 떼자, 주변에 있던 이들이 침을 꼴깍 삼키며 집중했다.

"……성주님의 내락(內諾)도 있어 조만간 끝이 날 것 같다 하더이다. 당장 중원에 머물기엔 세상의 이목이 있으니, 잠시지간 중원을 떠나 있겠노라 했습니다. 몇 년 정도 시간이 흐르면 세간의 관심도 사라질 거라면서."

"중원을 떠나 새외로 나간다 했단 말인가?"

"그리 말했습니다, 성주님. 원래 한 번씩 원행을 하며 물건을 구하러 다녔습니다. 허나, 대야성에 발이 묶이면서 움직일 처지가 못 되었지요. 이참에 멀리 다니며 만고당에 들일 물건을 찾아봐야겠다고 했었습니다."

그 말을 들었을 때에도 사람들의 쑥덕거림이 싫어 잠시 자리를 피하려 하는구나, 간단히 생각했었다. 설마 종적을 완전히 감출 심산이었을 줄이야 어찌 알았으랴.

"새외……."

중원을 벗어나면 행적을 찾기 어려워진다. 아무리 대야성의 힘이 새외까지 미친다 해도 권역인 중원보다는 확실히 약했다. 숨고자 작정한다면 추적하는 데 몇 배로 힘이 들어갈 것이다.

"포구를! 무한 포구를 막아라! 새외로 나가는 길목들을 모두 차단해!"

무한 인근에서 붙잡아야 한다. 진혁의 명령이 벼락처럼 떨어졌다. 상관준경의 몸놀림이 빨라졌다. 그의 생각에도 멀리 빠져나가기 전에 사로잡아야 한다 싶었다. 명령을 내린 진혁은 먼저 외성 쪽으로 몸을 날렸다. 벽갈평만이 혼란스러운 눈빛으로 저 멀리 무한 외곽의 하늘을 올려다보았다. 무림 대회가 열리기 전 자신의 거처를 찾아왔었던 가연의 모습이 떠올랐다.

그때 보았던 가연의 망설임이…… 그 아이의 눈빛이 마음에 걸린다 싶더라니, 이런 의미였던가.

무사히 가고 있는 것이냐.

훌훌 털어버리고 세상을 향해 날아오르고 있는 것이냐.

우르르 몰려나가는 사람들 속에 섞여 몸을 숨긴 가연은 다른 이들의 의심 없이 성을 빠져나왔다. 성문을 나선 후에도 성급히 움직이지 않았다. 공포에 질린 다른 사람들처럼 얼굴 가득 두려운 기색을 하고 그들처럼 힘껏 달음박질을 쳤다.

대체 청마문은 혈강시를 몇 구나 준비한 걸까.

사천에서 광의를 납치하려 했던 것이 모두 혈강시와 관련이 있을 수도 있겠다 싶었다. 사천에서 광의를 구한 것이 다행이라면 다행이었다. 사람들에게 떠밀려 무한의 대로까지 나온 가연은 슬쩍슬쩍 몸을 움직여 갓길에 있는 소로로 빠졌다. 일단 대야성을 나오자 사람들도 조금씩 진정이 되는지 천천히 걸음을 멈추는 자들이 나왔다. 기운을 잃고 바닥에 픽픽 쓰러지거나 주저앉아 헉헉거리는 이들이 속출했다.

"아이고! 아이고!"

도망치다 일행을 잃어버린 사람이 땅을 치며 울기 시작하자 여기저기에서 곡소리가 터져 나왔다. 도망칠 때에는 그저 안전한 곳으로 가야 한다는 생각만 했지, 가족과 동료를 챙겨야 한다는 것을 까맣게 잊고 있었다. 혈강시의 공포에 잠식당해 떠올릴 겨를이 없었다. 안전한 곳으로 나온 후에야 사람들은 달아나며 떨어진 가족과 동료를 떠올리고 사방을 둘러보기 시작했다.

"우이야! 우이야!"

"장가야! 야! 장가야!"

혼잣말처럼 이름을 중얼거리다, 허겁지겁 달려 나왔던 곳을 향해 되돌아가는 사람들도 있었다. 그제야 사람들은 대야성의 무사들이 내공을 사용해 소리치는 것을 들었다.

"찾아야지! 찾아야 해! 아이고!"

땅바닥에 주저앉아 있던 사람들이 벌떡 자리에서 일어났다. 달려올 때처럼 돌아서서 뛰어가는 발걸음도 다급했다. 어디에서 떨어졌는지, 무사하기는 한 건지 알 수 없어 달려가는 뒷모습이 무거웠다.

"이게 대체 무슨 일이야? 하늘이 무너지기라도 한 거야?"

시전에서 장사를 하고 있던 상인들은 물소 떼처럼 뛰쳐나온 사람들을 보고서 황망해 했다.

"대야성에 무슨 일이 벌어진 건가?"

"에잇! 괜한 데 관심 가지지 말게! 자네 목숨이 고양이처럼 아홉 개라도 된단 말인가?"

호기심에 길게 목을 빼며 대야성 쪽을 보는 친구를 장죽으로 때려 주저앉혔다.

"아! 궁금해 하지도 못해! 대체 뭔 일이기에 다들 꽁지가 빠져라 달려 나오냐 이 말이야?"

"아, 관심 끊으래도! 저들이 우르르 달려 나와봤자 우리들에게 하등 득 될 것이라곤 없네 그려. 오히려 달려 나오면서 좌판을 부수지나 않으면 다행이지. 아니, 좌판이 아니라 사람을 상하게 할 수도 있으니 행여 그쪽은 돌아보지도 말게나."

함께 옆자리에서 장사를 한 지 수년인 친우의 말에 입을 쩝쩝 다시며 아쉬워했다.

가연은 수군거리는 상인들 앞을 지나갔다. 사람들의 비명 소리가 울린 대야성에 사람들의 관심이 쏠려 아무도 상점 앞을 지나가는 이들을 보고 있지 않았다. 저 멀리 포구에 정박해 있는 배들이 보였다. 무림 대회 탓에 정박한 배들의 숫자가 평시보다 몇 배로 늘어나 있었다.

바람결에 짙은 물 내음이 밀려왔다. 강변에 쑥쑥 올라오기 시작한 작은 새잎들이 봄이 성큼 다가왔음을 보여주었다.

"여깁니다! 여기요!"

가연이 시선을 돌렸다.

포구의 제일 끝자락에 정박해 있는 작은 배의 난간에서 하 총관이 손을 흔들고 있었다. 가연의 발걸음이 빨라졌다.

"무사하셨군요! 다행입니다! 어서 오르십시오, 어서요!"

하 총관은 재빨리 가연이 다친 곳은 없는지 확인했다. 다행히 무사해 보였다. 하 총관은 선착장에 걸려 있는 길쭉한 널빤지까지 나와 가연을 맞았다.

초조하게 가연이 나오길 기다리느라 못해도 그의 수명이 반절은 줄어들었으리라. 차라리 무공을 익힌 몸이라 곁에서 함께 자리해 지켜보기라도 했더라면 이리 불안하지는 않았을 것을……. 천지신명의 도우심으로 이리 무사하셨으니 다행이지.

가연은 배에 오르기 전 잠깐 뒤를 돌아보았다. 아직도 웅성거리는 소란의 기운이 느껴지는 대야성 쪽을 물끄러미 보았다.

지금쯤이면 내가 사라졌다는 것을 들었겠지. 비천상을 가져간 것도 알았을 것이고.

마지막이라는 생각 때문인지 뒤에서 뭔가가 잡아끄는 듯한 기분이 들었다. 누군가의 아쉬운 손길처럼, 어쩌면 뜨거운 눈빛일까.

떠나려는 이 순간에 왜 이런 기분이 드는 것일까.

진혁을 다시 만나지 말았어야 했어. 그저 끊어진 연으로 알게끔 내버려두는 것이었는데…….

가연은 불룩한 보퉁이를 어루만졌다. 조각상의 매끄러운 곡선 면이 손끝에 걸렸다.

뺏겼던 비천상을 다시 모으고자 했던 것이 내 욕심이었던 것은 아니었을까. 불현듯 든 자괴감에 맑은 눈이 어두워졌다.

"무얼 하고 계십니까? 어서 서둘러 오르십시오! 예서 머뭇거릴 시간이 없습니다!"

하 총관이 쉬이 발걸음을 떼지 못하고 있는 가연을 재촉했다. 그제야 가연은 꿈에서 깨어나기라도 한 듯 고개를 돌렸다. 하 총관이 엄한 눈길로 가연의 눈을 똑바로 마주 보았다. 그 눈이 가연에게 묻고 있었다.

어느 길을 가고자 하는 것인지.

지금이 마지막 기회라고.

가연은 복잡한 미련을 짧은 한숨으로 털어냈다. 잠시 눈을 감았다 뜬 그녀는 성큼 발을 옮겨 뱃전에 올랐다.

"배를 출항시키세요. 무한을 떠나는 것이 급선무이니, 일단 강을 따라 내려가도록 선장에게 이르세요."

"알겠습니다."

선부들이 선착장과 배를 이어주고 있던 널빤지를 끌어 당겨 올렸다. 하 총관의 전언을 들은 듯 배가 천천히 선착장에서 떨어지기 시작했다. 천천히 물결을 타고 강 한복판으로 둥실둥실 나아가는 배의 난간에서 가연은 멀어지는 무한의 모습을 담았다. 아픈 기억으로 남아 있는 비선곡만큼이나 그녀에게는 의미가 깊은 장소였다. 가연의 눈길이 저 멀리 무한의 한 지점을 더듬었다.

무한의 만고당과 대야성. 그 안에 있을 진혁을 떠올리는 그녀의 눈가가 습막으로 젖어들었다.

어인 눈물일까.

대체 왜 눈물을 보이는 게야.

자신도 영문을 알 수 없는 눈물이었다.

뺨을 타고 흐르는 눈물방울이 툭툭 떨어지는 만큼, 욱신거리는 가슴의 통증도 커졌다. 한 걸음, 두 걸음 대야성에서 멀어질수록 강해지던 심통(心痛)이었다. 이제는 가슴이 하벼지는 듯 아팠다.

서로 원하는 목적을 두고서 맺었던 계약일지니. 그런 것일망정 조금은 기뻤던 것이었을까. 그에게 자신의 자리가 남아 있었다는 것을 알게 되어…….

어리석은 생각이었다. 처음부터 헤어지는 지금 이 순간을 염두에 두었던 만남이었다. 지금 느끼는 이 아픔 따위에 무슨 의미가 있을 것인가.

그럼에도 가연의 눈망울에 매달린 눈물은 쉬이 그치지 않았다. 안타까움과 애틋함이 만들어낸 영롱한 눈물 진주는 밝은 햇살 아래 허무히 녹아버렸다.

三十章

선상의 혈전

 비좁은 대문 앞에 대야성 표식을 팔에 묶은 무사들이 우르르 몰려들어 있었다. 한 무리는 벌써 들어가 안을 샅샅이 살피고 있었고, 또 다른 무리는 인근 사람들을 탐문하느라 주변 상가들이 어수선했다.
 "이거, 이거, 작정하고 싹 비운 것 같은데요, 대장님."
 서가의 책들이 바닥에 쏟아져 있고, 여기저기 전각 안을 들쑤신 끝에 수하 한 명이 대장에게 말했다.
 "젠장!"
 "안의 물건들도 이미 빼내 간 지 제법 된 것 같습니다. 서가에 남은 책들도 시전에서 파는 잡서들을 마구 꽂아둔 겁니다. 그러니까 위장용으로요. 여기에서는 아무 단서도 찾지 못할 것 같습니다."
 대장이 보기에도 수하의 말이 맞았다. 이 커다란 장원의 물건들을 사람들 모르게 빼내었다면, 오래전부터 차근차근 계획을 세웠었다는 뜻이다.
 '대체 무슨 속셈으로 대야성을 빠져나간 것이람! 여인들이란!'

한창 남은 반도들을 신나게 처결하고 있어야 할 판에 여인의 뒤꽁무니나 쫓게 생겼으니. 못마땅한 나머지 짜증이 올라왔다. 성주의 여인이라 해도 신분도 없는 애첩일 뿐이니.

'중요한 물건이라도 가지고 달아난 건가?'

"반도들과 한패였던가?"

그쪽의 가능성에 무게가 더 실렸다. 하필이면 오늘 같은 날 몸을 숨겼다는 것이 수상하기 이를 데 없었다.

"뭐라 하는 것이냐?"

언제 온 것인지, 대장의 뒤편에 진혁이 서 있었다.

"성주님!"

"충!"

안을 헤집고 있던 수하들이 황급히 허리를 숙였다. 혼잣말처럼 여러 가설들을 늘어놓고 있던 대장도 옆으로 물러서며 예를 올렸다.

진혁은 바닥에 마구잡이로 흩어져 있는 서책들과 텅 빈 서가를 보았다. 항시 가연이 앉아 있던 의자는 보기 흉하게 쓰러져 있었다. 서책이 제아무리 많아도 항상 가지런히 정리되어 있어 한 번도 어지럽다는 느낌을 받은 적이 없었다. 겨울의 동장군이 세찬 기운을 뿌리는 차가운 날에도 그녀가 머무는 이곳만은 항시 훈훈한 온기가 감돌았다. 어느새 그 온기에 취해 그것 없이는 한시도 견딜 수가 없었다.

주고자 할 때에는 네 마음대로였을지 모르나, 거둬가는 것은 내 허락 없이 아니 된다. 내게 준 것이니, 이제 내 것이다.

"알아낸 것은?"

무거운 침묵 끝에 떨어진 물음에 대장은 간신히 숨통이 트였다.

"주변에 알아본 바로는 무림 대회가 열리기 전부터 수레들이 여러 차례 드나들었다 합니다. 큰 거래가 있을 때나 물건을 들일 때에도 수레들이 오가는 터라, 다들 무림 대회를 위해 물건을 준비하는 모양이다 생각했답니다."

대장은 보고를 하다 바짝 마른 목구멍을 침으로 급하게 축였다.

"안에 있는 물건들 중 만고당에서 사용할 수 있는 것들은 거의 다 내어간 것 같습니다. 약재 창고로 보이는 곳에만 몇몇 가지 독과 약이 남아 있습니다. 서가의 서책들도 다른 책으로 바꿔놓은 듯합니다."

"만고당의 점원들은?"

"자리를 옮긴 이도 있고, 아예 행적이 묘연한 자들도 많습니다. 옮긴이들 말로는 한동안 만고당을 비운다는 말과 함께 자리를 소개받았다 합니다. 공방도 비슷합니다."

보고를 들으면 들을수록 진혁의 눈이 무섭게 가라앉았다.

한번 씌우면 벗을 수 없는 올가미를 준비했더니, 그걸 눈치라도 챈 듯 한발 먼저 내 뒤통수를 치는군. 언제나 의외의 일격을 준비하는 것이 가연다웠다. 그러나 감탄은 감탄이고, 분노는 분노였다.

"비각주가 무능한 건가? 아무리 등하불명(燈下不明)이라지만, 본성이 있는 무한의 일들을 놓치다니. 게다가 만고당은 내가 주시하라는 말까지 남겨놓았거늘."

무림 대회에 몰려오는 무리들을 감시하느라 만고당에 대한 비각의 주의가 잠시 느슨해진 것을 질책했다.

"성주님!"

묵룡단(墨龍團)의 단주가 진혁을 찾았다.

"부인께서 나가신 때에 맞춰서 무한 성문을 빠져나간 마차들이 있었습니다. 각기 다른 방향으로 향하는 것이 저희들의 추적을 분산시키기 위함인 듯합니다."

"호락호락 뒤를 밟힐 이가 아니지."

진혁은 마차 쪽은 신경 쓰지 않았다. 어느 방향으로 가든 이미 무한을 중심으로 펼쳐진 천라지망에 걸려들 것이다.

"그보다는 말씀하신 대로 포구 쪽을 살폈더니, 사람들이 쏟아져 나온 직후 포구를 출발한 작은 배가 있었습니다."

진혁의 신형이 돌아섰다.

"배에 오르는 이를 보았다더냐?"

"작은 인영이 오르는 것을 본 이가 있습니다. 웬 노인이 뱃전에서 오르는 이를 맞았다고 합니다."

노인이라……. 가연의 곁에 있는 노인이라면 만고당의 총관일 것이다. 포구에서 미리 대기하고 있었던가.

"포구로 간다."

"군사께서 성으로 돌아와주십사 전하라 하셨습니다."

상관준경은 가연의 추적은 수하들에게 맡기고 진혁이 손수 성의 혼란부터 뒷수습하길 원했다. 그러나 진혁은 단주의 말을 들은 척도 하지 않았다. 어차피 성의 뒷수습은 자신이 없어도 상관준경이 알아서 할 것이다. 청마문주와 남궁 대장로가 죽은 이상 급한 불은 끈 셈이니, 혼란스러워하는 남은 가주들과 문주들을 달래고 윽박지르는 것은 상관준경의 몫이다. 성으로 돌아가면 대청에 앉아 우르르 몰려온 각 파의 주인들을 대면해야 할 터. 막상 설명은 상관준경이 할 테니, 꼭 자리를 지키고 있을 필요는 없다고 생각했다.

"가장 빠른 쾌속선을 준비해라!"

넓게 펼친 돛이 바람을 한가득 안고 앞으로 나아갔다. 돛대에 달려 있는 운룡기(雲龍旗)가 세찬 바람에 사납게 펄럭거렸다. 구름 속을 노니는 용이 용트림을 하듯 꿈틀거렸다. 푸른 하늘을 가르며 날아온 비둘기가 뱃전으로 내려앉았다.

제갈 가주는 전서구로 보내온 서신을 읽었다. 종이의 군데군데에 말라붙은 검붉은 핏자국이 있어 서신을 보기 전에도 좋지 않은 일이 생겼다는 것을 알 수 있었다. 제갈 가주의 눈이 서신의 글자를 읽어 내려갈수록 충격을 숨기지 못하고 크게 부릅뜨였다. 서신을 움켜쥔 손에 힘이 들어가 금방이라도 종이가 찢어질 듯했다.

"아버님?"

"무슨 일이십니까, 가주님?"

제갈수재와 가솔들이 깜짝 놀랐다. 천재지변이 일어나도 눈 하나 깜박이지 않고 보아 넘길 가주의 성정을 알기에 다들 놀라는 한편 심중으로 왈칵 두려움이 들었다.

대체 본가에서 무슨 연락이 왔기에 가주님의 평정심이 깨어진단 말인가. 본가에 남은 가족들에게 좋지 않은 일이 생긴 것인가.

쾅!

서신을 탁자에 패대기치듯 내려놓은 제갈 가주는 선실의 천장을 매서운 눈으로 쏘아보았다. 낮은 선실의 천장을 꿰뚫고 그 너머에 있는 누군가를 떠올리며 이를 악물었다.

"아버님!"

제갈수재가 낮게 소리쳤다. 제갈 가주는 눈을 질끈 감으며 서신이 보내온 정보를 분석했다.

"본가가 황군들의 공격을 받고 있다."

"예엣?"

"그게 무슨 말씀이십니까?"

"황군이라니요? 지금 본가가 위험에 처해 있다는 겁니까?"

"황군들이 왜?"

다들 황망함과 충격에 횡설수설했다. 식솔들이 모두 본가인 융중산에 있는 터라 낯색이 모두 시퍼렇게 변했다. 본가의 주변에는 진법이 펼쳐져 있다지만, 상대가 황군이라면 버티기 버거울 것이다.

"조용! 언제부터 내 앞에서 그리 큰 소리로 떠들어댄 것이냐!"

제갈 가주의 싸늘한 호통에 제각각 떠들어대던 가솔들이 조용해졌다. 불안한 침묵에 다들 초조감만 팽배했다.

"뭔가 이상합니다, 아버님."

제갈수재가 앞뒤가 맞지 않는 정황을 짚어냈다. 제갈 가주가 아들의 다음 말을 기다렸다.

"황군의 공격이라면 황가가 배신을 했다는 말이 됩니다만, 그런 조짐은 전혀 보이지 않았지 않습니까? 게다가 융중산에 황군이 나타날 때까지 북경에 있는 황가나 황궁의 움직임도 조용했다는 것이 이상합니다."

"네 말이 맞다. 황가가 배신을 했다면 이렇게 은밀히 황군을 움직여 본가를 공격하지는 않았을 것이야."

제갈 가주도 그 점이 거슬렸다. 어디에서부터 잘못된 것일까. 황가와 손잡고 새 황제를 옹립해 황권을 나눠 가지려고 했던 계획이 어그러진 시점을 찾아야 했다. 하나씩 차근차근 역으로 되짚어나가다 뭔가 매끄러운 결에서 툭 튀어나온 못처럼 머릿속을 쿡쿡 찌르는 부분을 찾았다.

'황태자에게 소량의 독을 꾸준히 주입하고 있다. 황제의 옥쇄를 찾지 못했지만 조만간 손에 넣을 것이다. 따뜻한 봄이 오면 새 황제의 즉위식이 거행될 것이다.'

조만간 손에 들어온다는 옥쇄의 향방이 구체적으로 적혀 있지 않았다. 황태자에게 독을 먹이고 있다는 사실에 일의 진행을 의심하지 않았다. 황제가 병석에 누워 있는 것을 세가의 수하가 직접 약을 가져가 확인한 터라, 황태자의 일도 믿지 않을 까닭이 없었다.

'허나, 분명 황 가주의 필체였지 않았던가?'

그동안 오간 서신이 몇 장이나 되는지 헤아릴 수도 없었다. 당연히 서로의 필체는 눈을 감고도 떠올릴 정도였다. 최근에 보내온 서신도 황 가주의 필체가 분명했다.

"당했구나! 당했어!"

그제야 제갈 가주는 알아차렸다. 그동안 꽉꽉 닫혀 있던 시야가 확 뚫리는 것처럼 보이지 않던 것들이 한꺼번에 보였다. 제갈 가주는 손바닥으로 서탁을 탕탕 내려쳤다. 얼마나 힘을 주어 내려쳤는지 단단한 서탁이 움푹 파였다.

"황가가 당한 것이야!"

"그렇다면 지금까지 보내온 소식들이 모두 거짓이었단 말입니까?"

"그렇다! 지금껏 우리는 저들의 기만책에 당하고 있었던 것이다! 이런 낭패가!"

모든 계획이 어긋났다. 대야성의 일이야 청마문주와 남궁 대장로가 맡았던 것이니 실패해도 자신에게 돌아올 피해는 없었다. 그러나 황궁의 일은 달랐다. 당장 황군이 본가를 공격하는 것부터가 저들의 반격이 시작되었다는 뜻이다.

"황궁이 황태자의 손에 넘어갔다. 황가와 황후는 황태자의 손에 제거된 것이 틀림없어!"

가솔들의 시퍼런 얼굴이 창백해졌다. 황가의 배신이라면 몰려온 군대를 몰아낸 후 어찌 손을 써볼 기회가 있지만, 황태자라면 얘기가 달랐다. 황가와 함께 반역에 동조한 제갈 세가를 가만 내버려둘 리가 없었다. 반역의 죄는 구족을 멸하는 법이다.

"분명 성주도 황궁의 일을 알고 있었을 것이다. 황태자와 성주 사이에 밀담이 오간 것이야. 그래서 본가가 대야성을 빠져나오는 것을 방관했어! 이 영악한 쥐새끼 같으니라고! 본가를 가지고 놀았지 않는가!"

성주의 손바닥에서 놀고 있었던 것은 청마문주와 남궁 대장로뿐이라고 코웃음을 쳤더니, 어느새 자신도 그 손바닥 위에서 광대놀음을 하고 있었던 것이다.

"어, 어찌합니까, 가주님!"

"황태자가 황궁을 장악했다면 본가가 무사할 수는 있는 것입니까?"

"대군이 몰려오면 본가는 버틸 수 없습니다!"

자신들이야 목숨을 내어놓고 살아가는 무인이라 황군의 칼날에 목을 내어준다 하더라도, 아무것도 모르는 식솔들은 어찌한단 말인가.

"가장 빠른 속도로 본가로 돌아간다! 길을 에두르지 말고, 최단 거리로 융중산까지 가야 한다!"

지금 가장 중요한 것은 황궁에 포위당해 있는 본가였다. 그 안의 식솔들도 중요하지만, 수백 년 동안 지켜온 비급과 귀한 단약들은 또 어찌할까. 융중산까지만 간다면 본가의 내원으로 이어져 있는 암도를 통해 들어갈 수 있을 것이다. 그곳을 통해 식솔들과 귀한 물건들을 최대한 많이 빼내야 한다. 건물이야 부서져도 다시 지을 수 있지만, 사람과 비전이 남아 있는 무공서들은 잃어버리면 다시 살릴 수가 없다. 비전이 하나씩 소실될 때마다 문파의 힘이 얼마나 사라지는지 제갈 가주는 지금껏 두 눈으로 똑똑히 보아왔다. 그러니 후일을 기약하기 위해서라도 비전이 담긴 비급과 단약들은 반드시 필요했다.

아직 끝난 것이 아니오, 성주. 오좌들 중 지금껏 이 정도의 위기도 한 번 겪어보지 못한 자가 있을 것 같소? 지금의 위기야 한 고비만 넘기면 돌아올 기회는 더욱 커다랄 터.

쾅! 쾅!

"가주님!"

선실 문을 두드리는 소리가 났다.

"무슨 일이냐?"

초조함과 답답함에 숨이 막혀오던 가솔들 중 하나가 밖을 향해 버럭 소리를 질렀다.

"죄송합니다! 그런데 아무래도 잠시 밖으로 나와보셔야 할 것 같습니다. 앞에 배 두 척이 있는데, 싸움이 일어난 것 같아서……."

"지금 우리가 싸움 구경을 하고 있을 겨를이 있는 줄 아느냐! 그저 무시하고 지나가면 되는 일을!"

"강물 위를 가로지르듯 막고 있는 탓에 그냥 지나치기에는 강폭이 조금 모자랍니다. 아무리 지나갈 틈을 재어보아도……. 그냥 앞으로 나갔다간 십중팔구 다른 배와 부딪치게 되는 탓에……."

선실에 모여 있는 이들의 표정이 불편해졌다. 빨리 앞으로 나아가도 부족할 판에, 괜한 싸움질에 갈 길도 못 간다니.

제갈수재가 물었다.

"배의 소속이 어디더냐?"

"한 척은 모르겠사옵고, 공격하는 자들 중에 황금전장의 무사들로 보이는 얼굴들이 있습니다."

"전충이?"

제갈 가주가 혼잣말처럼 중얼거리다 선실에서 나갔다. 뒤를 쫓아 가솔들도 우르르 몰려나왔다.

바람이 살랑거리며 뱃전에 나와 있는 사람들의 머리 위를 지나갔다.

선실 밖으로 나오는 순간, 무기 부딪치는 소리가 강물을 때렸다.

가연은 선실의 서탁에 지도를 펼쳐 놓고, 하 총관과 함께 길을 잡고 있었다. 하 총관이 수로를 손가락으로 짚으며 말했다.

"아무래도 최대한 빨리 호북성부터 벗어나는 것이 관건입니다. 대야성의 영향력이 가장 강한 곳이니, 어디로 움직여도 저들의 시선을 피할 길이 없지요. 그렇지 않다면 이대로 강을 타고 내려가 바다로 빠져도 좋았을 텐데 말입니다."

하 총관이 아쉬운 듯 미련이 가득한 눈으로 아무런 선도 그어져 있지 않은 바다 쪽을 힐끔거렸다. 그러나 이대로 배를 타고 수로를 내려가는 것은 위험했다. 다른 배로 바꿔 탄다 해도 수로의 끝에 탐문소가 설치되어 있다면 빠져나가기 힘들 터.

"역시 처음에 생각했던 대로 움직여야 할 것 같군요."

"예, 당주님. 이동 수단을 매번 바꿔야 해서 몸이 힘들긴 하겠지만, 대신 제일 안전한 방법일 겁니다."

하 총관은 호북성의 수로 중 한 부분을 손가락으로 쿡 찔렀다.

"말씀하셨던 대로 포구 중간 부분인 이곳에 작은 쪽배를 준비해두었습니다. 쪽배로 육지에 오른 후 말로 갈아타야 합니다. 물론, 약속했던 장소에 말도 준비해두었을 것입니다."

"하오문주께 폐를 너무 많이 끼치는 것 같아 마음이 좋지 않군요."

"괜한 생각을 하십니다. 이번 기회에 그놈의 육중한 몸을 마구 굴려 살이라도 좀 빼게 만들어야 합니다."

하 총관의 너스레에도 가연의 얼굴빛은 밝아지지 않았다. 하오문주가 얼마나 큰 위험을 감수하고 있는지 알고 있기 때문이다.

"너무 걱정하지 마십시오. 제가 우스갯소리를 하긴 했지만서도, 그놈은 벌써 준비한 안가에 숨어 들어가 있을 겁니다. 떠나는 모습을 뵙지 못해 죄송하다는 말을 대신 전해달라 하더군요."

"대야성이 모르는 곳인지요?"

"예, 아직 어느 세력도 알지 못하는 장소이니 심려치 마십시오. 제 한 몸은 안전하게 챙기는 놈이지 않습니까."

하 총관의 호언장담에 가연은 무거운 마음이 약간이나 덜어지는 듯했다. 지도를 내려다보던 가연이 미간을 슬쩍 좁혔다.

"여정이 너무 험한 것이 하 총관에게 너무 무리가 가는 것은 아닐지 걱정이 되는군요."

"무슨 말씀을 하십니까! 비록 이 몸이 늙긴 했지만, 길을 따라가는 것은 짱짱합니다. 걱정을 마십시오!"

하 총관은 쌩쌩한 얼굴로 가연의 걱정을 물리쳤다. 지금이야 책상물림에 주판을 잡고 있지만, 젊은 시절에는 친구 녀석을 따라 중원 전역을 좁다 하며 돌아다녔던 그였다. 길잡이가 되어 당주님이 중원을 무사히 빠져나가실 수 있도록 만들 것이다.

"지금 푹 쉬어두셔야 합니다. 배에서 내리면, 그때부터는 중원을 벗어날 때까지 한시도 마음을 놓으실 수 없을 것입니다."

하 총관이 핼쑥한 가연의 얼굴을 걱정스럽게 바라보았다.

"음독에서 간신히 일어나신 지 얼마 되지 않으십니다. 몸을 제대로 추스를 겨를도 없이 움직이셔야 했던 터라, 당주님의 몸이 괜찮으신지 이 늙은이는 걱정입니다."

미리 계획하고 기다렸던 날인 탓에, 후일을 기약하고 미룰 수도 없었다. 오늘이 아니면, 천가의 비고에 접근하는 것은 고사하고 대야성을 몰래 빠져나올 수도 없었을 것이다. 허니, 당주님께서도 몸에 무리가 가더라도 기어이 일어나 계획대로 밀어붙이신 것이다. 이번이 처음이 자 마지막 기회라는 것을 알고 계신 것처럼. 그래서 말릴 수도 없었다. 그저 약속했던 장소에서 초조하게 기다리는 것 외에는.

하 총관은 새삼 늙고 힘없는 육신이 답답해 가슴 가득 무거운 한숨을 내쉬었다. 한 살이라도 젊었더라면 한 팔이라도 힘껏 거들 수 있었을 것을.

가연은 눈썹 아래 가린 눈을 들어 하 총관을 보았다.

"급하게 움직이긴 했지만 몸은 괜찮습니다. 그러니 그리 심려하지 않으셔도 됩니다, 하 총관."

그렇게 잠시나마 긴장의 끈을 느슨하게 풀었을 때였다. 선실 밖이 어수선해지며 선부들이 이리저리 뛰어다니는 소리가 났다. 가연과 하 총관이 동시에 벌떡 자리에서 일어났다.

쾅!

닫혀 있던 선실 문이 안쪽으로 열리며 선부 한 명이 안으로 뛰어 들어왔다.

"수상한 배가 나타났습니다! 아무래도 우리 배를 목표로 다가오고 있는 듯하다며, 도선수 어른이 알려드리라 하셨습니다!"

가연이 서탁 한쪽에 놓아둔 방립을 썼다. 방립에 달린 면사가 그녀의 얼굴을 가려주었다.

"하 총관은 나오지 마세요!"

"당주님!"

뒤에서 소리쳐 부르는 하 총관을 남겨두고 가연은 선부와 함께 갑판으로 나갔다. 잔잔하던 물살이 크게 출렁거렸다. 가연은 천천히 다가오고 있는 배의 커다란 깃대를 확인했다. 그러나 꽂혀 있어야 할 깃발이 보이지 않았다.

"강 노야!"

"나오셨소이까!"

배를 총괄하는 도선수인 강 노인은 가연에게 응답만 한 채, 저 멀리서 위압적으로 접근하는 배를 뚫어져라 바라보았다. 일단 수상한 배라면 경계하는 것이 마땅했다. 미리 들은 말이 있어 배를 부리는 이들 중 제법 칼질을 한다 하는 이들을 골라 태웠다.

"수적(水賊)입니까?"

"아니올시다. 이 근방에는 수적들이 없습지요. 무한 인근의 수로에는 수적들이 얼씬도 하지 못하니까요. 자칫 배를 털다 대야성의 이목에 걸리면 그나마 명맥만 유지하고 있는 장강수로연맹(長江水路聯盟)이 결딴날 것이 분명하니 알아서 몸조심을 하는 게지요."

"허면, 혹 대야성의……?"

강 노인이 하얗게 센 머리를 가로저었다. 배를 타느라 시커멓게 그을린 얼굴 위로 무거운 걱정이 덧입혀졌다.

366

"대야성의 배라면 당장하게 선기(船旗)를 올렸을 겁니다. 그니들이야 거리낄 것이 없으니 말입니다."

배의 선체가 가까이 다가오자 잡스러운 살기들이 잡혔다. 가연은 허리의 요대로 매어둔 연검의 손잡이에 손을 올렸다.

"다들 무기를 준비하라고 하십시오. 아무래도 한바탕 싸움은 피할 수 없을 듯합니다."

강 노인이 고개를 한 번 끄덕이더니 머리 위로 손을 들어 주먹을 세 번 쥐었다 폈다. 경계를 하고 있던 선부들의 눈빛이 바뀌었다. 뱃머리가 맞닿을 정도로 가까워졌을 때였다. 상대편 배의 갑판에 어울리지 않는 화려한 옥대(玉臺)가 놓여 있는 것이 보였다. 그리고 옥대에 추레한 몸을 기대고 있는 자도.

"……전충."

얼굴을 가린 면사가 바람도 없이 날렸다. 그러고 보면 잘 풀려나가던 계획들이 어그러지기 시작한 단초를 준 것이 전충 가유광이다. 전충이 비열한 술수만 부리지 않았더라도 그녀가 대야성에 첩으로 들어가야 할 일은 없었을 것이다.

전충의 배를 이끌고 있는 중년인이 강 노인을 향해 소리쳤다.

"그쪽 배에 타고 있는 여자와 만고당의 총관을 넘겨라! 그리하면 남은 이들은 무사할 것이다!"

전충 가유광은 주글주글 주름진 눈을 실팍하니 떴다. 항시 웃는 얼굴이었던 인상은 중원전장과의 상투에서 패하고 황금전장의 영역이 줄어든 후로 사라졌다. 그러자 화가 나 머리를 세운 뱀처럼 독랄한 본성이 고스란히 얼굴에 드러났다.

모래시계의 모래처럼 솔솔 빠져나가던 황금들이 어느 순간부터 덩치를 키워 금맥이 떨어져나가는 것처럼 줄어들었다. 어찌 손써볼 겨를도 없이 당한 탓에 황면좌들이 대대로 내려오며 모았던 재물들까지 십분지 일로 팍 쪼그라들었다.

"뭘 그리 주절주절 떠들어대는 것이야! 당장 넘어가서 연놈들을 잡아다 끌고 오지 않고서!"

카랑카랑한 쇳소리로 중년인을 다그쳤다.

"예, 장주님!"

"황금전장은 조방(曹房)을 적으로 돌리려 하는 것이오! 이 일을 조방에서 알게 되면 가만있지 않을 것이오!"

강 노인은 수로를 운영하는 조방을 들먹거렸다. 황금전장에 속한 상단들도 수로를 이용했다. 그 말은 조방에 수로를 이용하는 비용을 내야 한다는 말이다. 조방이 물길을 열어주지 않으면 황금전장의 상단들은 배를 띄워도 수로로 나아갈 수 없게 된다. 한마디로 조방과 틀어지면 뱃길이 꽉 막혀버리는 것이다. 그래서 다들 조방과는 척을 지려고 하지 않았다. 수로가 막히면 돈줄이 막히는 것과 같기 때문이다.

"흥! 모두 물고기 밥이 되면 조방에서 어찌 알 것이냐! 뭣들 하느냐! 장주님의 명대로 당장 저들을 모조리 죽여라!"

창! 챙!

날붙이들이 집에서 뽑히는 소리가 맑은 하늘을 깨트렸다. 갈고리들이 날아올라 강 노인의 배에 걸렸다.

"갈고리를 잘라내라! 저들이 넘어오게 해서는 안 된다! 밧줄을 잘라!"

강 노인이 자신의 대도를 휘둘러 갑판에 걸린 갈고리의 끈을 잘라냈다. 가까이 붙으면 끝이다. 아무리 무공을 익힌 선부들을 골랐다 해도 황금전장의 무사들을 상대하기에는 역부족이다. 사람 수로도 밀리니 배의 속도를 믿고 달아나는 수밖에 없다.

쿠쿵!

"커억!"

내기가 실린 갈고리가 선부의 가슴을 짓뭉갰다. 시뻘건 핏물이 갑판을 따라 흘러내렸다. 동료의 죽음에 선부들이 든 낫과 도끼에 흉흉한 살기가 더해졌다.

차랑!

맑은 방울 소리와 함께 허공을 가르며 날아오던 갈고리들이 뭔가에 막혀 나아가지 못하고 강으로 떨어졌다. 뱃전에 박혀 있던 갈고리들의 끈도 잘려나갔다.

가연은 낭창낭창 휘는 연검을 휘둘렀다. 선부들을 겨냥해 날아오던 갈고리들이 연검에 휘감겨 방향이 틀어졌다.

"뭐하시는 겁니까! 당장 배를 움직이세요!"

백사처럼 몸을 뒤트는 연검의 몸놀림에 잠시 정신을 놓았던 강 노인은 아차 싶어 선부들을 일깨웠다.

"뭣들 하는가! 당장 배를 옆으로 돌리게!"

가연은 바람처럼 몸을 날려 뱃전에 올라오려는 적들 사이로 뛰어들었다. 공격 방향을 쉬이 파악할 수 없는 연검이 날카로운 이를 드러내며 적의 목숨을 끊었다.

사냥감을 잡아 오길 느긋하게 기다리고 있던 가유광이 작은 눈을 크게 떴다. 손가락으로 가연을 가리키며 소리쳤다.

"저 계집을 잡아라! 저년을 산 채로 잡아 데려와! 저년이 만고당의 당주다!"

눈썰미가 뛰어나 한번 본 물건은 절대로 잊어버리지 않았다. 계집도 마찬가지였다. 하물며 만고당주는 거의 손에 넣었던 것을 눈앞에서 놓친 물건이지 않은가. 계집의 몸의 곡선이 지금도 머릿속에 아삼삼한데 어찌 알아보지 못할 수가 있을까. 원래 손에 쥔 떡보다 놓친 떡이 더 맛있어 보이는 법이다. 그때 저년을 손에 넣었더라면 황금전장이 지금처럼 초라해지지는 않았을 것을.

"흥! 이번에는 내 손에서 벗어나지 못할 것이다. 대야성주도 제 발등에 떨어진 불을 끄느라 정신이 없을 테니. 내가 한 번 데리고 자면, 대야성주도 속으로는 울화가 치밀어도 체면상 돌려달라고 하지는 못할 터. 아무리 정을 준 애첩이라 해도 고작 첩인 것을."

게다가 지금쯤이면 물릴 때도 되었을 테니.

가유광의 눈이 맛난 먹이를 발견한 듯 반들반들 윤이 났다. 계집의 속살도 속살이지만 저년이 가지고 있는 만고당이야말로 보물 중의 보물이었다. 만고당이라면 잃어버린 재물의 절반 정도는 얼추 채울 수 있을 것이다. 계집도 얻고, 계집이 가지고 올 재물도 얻으니 그야말로 일석이조가 아닌가.

춤을 추듯 휘는 연검에 내력을 주입했다. 빳빳하게 일직선으로 곧아진 검이 상대방의 검을 잘라내고 심장까지 베었다.

'어찌한다. 이곳에서 발목을 잡혀서는 안 되는데…….'

초조한 마음에 가연의 검이 거칠어졌다. 뱃전을 따라 발을 놀리며 검기를 날렸다. 갈고리를 던지며 함께 몸을 날리던 적들이 공격을 피하지 못하고 강물에 풍덩 빠졌다. 수공(水攻)을 배웠다면 살겠지만, 발버둥치는 모양새를 보아 수영도 제대로 할 줄 모르는 이들이 수두룩했다.

"고작 계집 하나에 뭘 그리 쩔쩔매는 것이냐! 저 계집을 산 채로 잡는 자에게 황금 한 관을 상으로 주겠다!"

옥대에서 구경하고 있던 가유광이 참지 못하고 상금을 내걸었다. 그것도 파격적으로 많은 황금을.

"그쪽에도 기회를 주겠다! 자진해서 계집을 잡아 데려오면 누구든 상금을 탈 수 있다! 알겠느냐! 황금 한 관이다! 너희들이 평생 뱃길을 다녀도 손에 한 번 쥘 수 없는 황금이니라!"

달려드는 적들의 기세가 달라졌다. 가연과 함께 적을 상대하던 선부들도 마음이 흔들린 듯 움찔거렸다.

"고작 저런 소리에 현혹되려 드는 게야! 저런 더러운 돈을 받으면 평생 절름발이처럼 마음 편히 살지 못한다는 것을 어찌 몰라! 분명 이 배를 탈 때에 은혜 갚음이라 하질 않았어! 고작 황금 앞에 그 마음이 변한 것이야? 갚아야 할 은혜가 사라진 것이야?!"

쩌렁쩌렁한 강 노인의 호통 소리가 흔들리던 선부들의 마음을 새삼 다잡았다. 여기저기 핏자국이 묻은 채 적과 싸우고 있는 가연을 돌아보앉다. 가녀린 몸이 금방이라도 세찬 힘에 꺾여 부러질 듯 휘청거렸다.

"목숨 빚은 목숨으로 갚아야 해! 자네 자식들이 누구 덕에 목숨을 구했는지 잊지들을 말어!"

자식이라는 말을 듣자 선부들의 눈에 독기가 되살아났다. 전염병이 돌아 격리되어 떼죽음을 당할 처지의 자신들에게 의원과 약을 대어주고 생활을 할 수 있도록 금전까지 보태준 것이 만고당의 주인인 가연이었다. 가연 덕분에 그들의 가족들이 무사할 수 있었던 것이다.

"제기랄!"

"자식 놈 앞에 두고 그런 개보다 못한 놈은 되고 싶지 않소!"

"니미럴! 죽어 가지고 갈 수 있는 것도 아닌데, 웬 황금 타령! 두 다리 뻗고 편히 잘 수만 있으면 됐지!"

선부들이 마른침을 바닥에 뱉으며 누런 황금의 유혹을 떨쳐냈다. 은혜 갚음도 당연했지만, 집에 두고 온 자식들 앞에 부끄러운 아비는 되고 싶지 않다는 마음이 더 컸다.

서로 한 걸음 물러나 멈췄던 싸움이 다시 붙었다. 좀 전보다 더 치열하고 사납게. 그러나 조금씩 가연과 강 노인 쪽이 밀렸다. 가연의 무공이 강하다 해도 상대방을 압도할 정도의 고수는 아니었다. 더욱이 그녀의 특기는 경공이지 않은가.

맞댄 검을 뿌리치는 강 노인의 팔뚝이 힘이 들어가 불끈거렸다.

"당주님! 당주님만이라도 이곳에서 빠져나가시오!"

"안 됩니다! 그럴 수는 없습니다!"

"머뭇거리다가는 속절없이 사로잡혀 욕을 보시게 되오! 그러니 더 이상 늦기 전에 몸을 빼시구려!"

강 노인은 자신들이 모두 죽어도 가연만은 살려야 한다고 결심했다. 처음부터 죽기를 각오하고 배를 탄 자신들이다.

가연은 고개를 저었다. 더 이상 적을 앞에 두고서 뒤를 보이고 싶지 않았다. 적의 손에 산 채로 잡히기 전에 자진할지언정 달아나지는 않을 것이다.

"배다!"

"배가 나타났다!"

강물을 가르며 나타난 배에 양쪽 배의 선부들이 각자 소리를 질렀다. 옥대에 기대어 누워 있던 가유광이 주섬주섬 일어나 앉아 길게 목을 빼고는 배에 꽂혀 있는 깃발을 확인했다.

운룡기? 제갈 세가인가!

가유광이 운룡기를 확인하고 있을 때, 가연도 깃발을 보았다.

제갈 세가가 왜 이곳에?

제갈 가주가 청면이라는 것을 알고 있는 가연에게 그들은 황면인 가유광과 똑같은 적이었다.

– 긴장을 풀지 마세요. 제갈 세가는 적입니다.

가연의 전음을 들은 강 노인의 얼굴이 딱딱하게 굳었다.

사이를 비집고 들어오듯 뱃머리를 들이밀고 있는 윤룡선을 보는 가유광의 눈이 못마땅하다는 듯 일그러졌다. 환한 양광 아래 제갈 세가의 가주 얼굴을 하고 있는 청면의 모습이 보였다.

– 보아하니 급한 걸음인 것 같은데, 상관하지 말고 그냥 가지 그러나.

가유광의 전음에도 제갈 세가는 들은 척도 하지 않았다. 마치 낯선 타인처럼 얼굴색을 바꿨다.

　- 청면!

　가유광이 옥대에서 벌떡 일어났다. 시치미를 뚝 떼고 있는 저 면상을 돌로 갈아버리면 속이 시원할 듯했다.

　"멈춰라! 수적도 아닌 자들이 왜 배를 공격하고 있느냐?"

　제갈묘재가 내공이 담긴 소리로 외쳤다. 한눈에 봐도 작은 배가 수세에 처해 밀리고 있는 형상이었다. 공격을 지휘하고 있던 중년인이 제갈묘재의 하대에 눈썹을 꿈틀거리다 황금선에 있는 가유광을 돌아보았다.

　"크험! 험! 이거 제갈 소협이 아니신가? 오랜만일세 그려."

　능숙하게 분노를 감춘 가유광은 어느새 노회한 상인의 얼굴이 되어 있었다.

　"황금전장의 장주님이 아니십니까? 참으로 의외의 장소에서 뵙습니다. 무한의 전장에 계셔야 할 장주님께서 여기까지 어인 걸음이십니까?"

　"내 귀한 돈을 떼먹고 달아나려는 자들이 있어 이리 잡으러 온 길일세."

　"호오! 장주님께 돈을 빌리고서도 떼먹으려 하는 자가 있다니. 정말 간이 큰 자들인가 보군요."

　"커험!"

　가유광은 마른 헛기침으로 제갈묘재의 빈정거림을 무시했다. 젊은 놈의 버르장머리는 뒷날 가르쳐도 된다. 지금 중요한 것은 만고당주를 확보하는 것이다.

"무엇을 보고 있는 것이냐! 당장 그 빌어먹을 것을 잡아 데려오지 않고!"

제갈 세가의 위용에 움츠러들었던 황금전장의 무사들은 가유광의 다그침에 퍼뜩 정신을 차렸다. 여기에서 자칫 명을 완수하지 못하면 물고기 밥 신세가 될 것이다. 그러나 가연의 검이 한발 더 빨랐다.

"크헉!"

"아악!"

소름 끼치는 비명 소리와 함께 달려들던 자들의 손과 다리가 백사처럼 영활한 검날에 휘감겨 날아갔다. 가연은 입안으로 신음성을 삼키며 다가오는 적들을 상대했다. 지켜보고 있던 제갈 세가 사람들의 눈에 호기심이 떠올랐다. 우락부락하게 거친 선부들 사이에서 검을 휘두르고 있는 여인이 그들의 눈길을 끌었다.

커다란 거치도가 날아와 가연이 쓰고 있던 방립을 날려버렸다. 옆으로 빙글 몸을 돌린 가연의 귀 옆으로 갈고리처럼 오므린 손가락이 할퀴고 지나갔다.

동생의 뒤편에 있던 제갈수재가 저도 모르게 한 걸음 앞으로 나섰다.

"벽 당주?"

분명 만고당주였다.

"그게 무슨 말이냐?"

제갈 가주가 아들의 혼잣말을 듣고 물었다.

"아버님! 저 여인은 만고당주입니다! 벽…… 부인 말입니다."

이미 다른 사내의 여인이 되어 소저라는 호칭을 붙일 수 없었다. 그리해 쓰디쓴 약을 들이켜듯 부인이라는 호칭을 붙였다. 그에게 가연은 벽 부인이 아니라 만고당주였다.

"그게 정말이냐?"

"예, 아버님! 틀림없습니다!"

제갈 가주는 한 번도 만고당주의 얼굴을 본 적이 없었다. 서책이나 서화 등을 구입하기는 했으나 그것은 모두 총관이 사람을 부려 거래를 했었다. 대야성에 들어올 때에도 떠들썩했던 남궁 세가나 청마문과는 달리 소리소문도 없이 내성의 전각을 차지해 얼굴을 볼 기회가 없었다.

"하늘이 본가를 도우시는구나. 본가를 외면하지 않으신 게야."

제갈 가주는 먹구름이 잔뜩 끼어 있던 눈앞에 광명이 비추는 듯했다.

"묘재는 비연단을 이끌고 저 수적들을 모두 죽여라! 수적들에게 습격을 당하고 있는 벽 부인을 구해라!"

"예에?"

"뭣들 하고 있느냐! 당장 벽 부인을 구해 운룡선으로 모셔오지 않고!"

그제야 제갈수재와 제갈묘재는 부친의 의도를 알아차렸다. 황금전장의 배를 수적으로 몰아 저들의 손에 있는 대야성주의 애첩을 자신들에게로 빼돌리려 함이다.

"제갈 가주! 진정 이리 나올 것인가! 저년은 내 먹이란 말일세! 내가 먼저 잡은 먹이를 중간에서 가로채려 하는 것인가?"

"흥! 아직 손에 완전히 쥔 것도 아니면서 중간에 가로챈다는 말이 성립이나 될 것 같소? 먼저 잡는 자가 주인인 법이지."

제갈 가주는 코웃음을 치며 가유광의 강변을 비웃었다. 발등에 불이 떨어진 신세인 것은 피차 마찬가지, 하늘에서 구명줄이 드리웠으니, 방법이야 어찌 되었든 먼저 부둥켜 잡고 올라서는 자가 사는 법이다. 대야성주가 소문대로 만고당주를 총애한다면, 단순한 구명줄이 아니라 지금의 위기를 반전시킬 수 있는 열쇠가 되리라.

"다들 앞을 가로막는 자들은 모두 죽여라! 여자만 빼고 나머지는 살려둘 필요가 없다!"

황금을 손에 쥐고서 거들먹거리던 가유광이 평소에 못마땅했던 제갈 묘재는 기회가 왔다는 듯 살수를 펼쳤다. 그의 뒤를 제갈 세가의 비연단이 따랐다. 돈으로 고용한 황금전장의 무사들보다 더 단련된 정예 무사들이라 거칠 것이 없었다.

"이야압!"

"죽어라!"

가연은 황금전장을 공격하는 제갈 세가의 행동에 입술을 깨물었다.

늑대를 피하려다 여우를 만난 꼴이려나.

자신을 구하려는 제갈 세가의 속셈이 너무나 빤히 보였다. 문제는 자신이 두 세력 사이에 끼어 오도 가도 못 하는 신세라는 점이다. 어느 쪽이든 좋은 의도가 아닌 것은 둘 다 똑같았다.

가유광은 성난 수소처럼 코에서 김이 뿜어 나올 정도로 화가 났다. 다 된 밥상을 엎는 것도 유분수지! 옥대를 박차고 허공으로 몸을 날렸다. 뱃전을 휘젓고 있는 제갈묘재를 향해 양손 가득 모은 기운을 날렸다.

이글거리는 불길처럼 뜨거운 강기가 제갈묘재의 면전으로 쇄도했다.

"흥!"

제갈묘재는 돈놀이를 하는 돈벌레의 손짓이라 무시하며 받아칠 속셈이었다.

"얕잡아 보지 마라! 그것은 혈마의 혈염장(血炎掌)이다!"

부친의 경고성에 제갈묘재는 맞서나가던 검을 옆으로 돌리며 몸을 뒤로 꺾었다. 가유광의 손이 자잘한 떨림을 보이며 붉은 뇌전을 일으켰다. 얕잡아 보던 마음을 버린 제갈묘재도 신중하게 검을 움직였다.

"벽 당주! 어서 이리로 옮겨 오시오! 어서!"

제갈수재가 가연을 향해 소리쳤다. 가연이 운룡선으로 옮겨 타기만 한다면 싸움은 끝난 것이다. 가유광이 동생에 의해 손발이 묶인 지금, 가연이 자신들 쪽으로 움직여야 했다.

그러나 가연은 제갈수재의 외침에도 제자리에서 꼼짝하지 않았다. 쓰러진 선부들과 무사들의 시신들이 즐비하게 널브러져 있는 갑판의 중앙에 꼿꼿하게 자리해 있었다.

"벽 당주! 무엇하고 있는 것이오! 어서 움직이시오!"

가연은 귀머거리인 양 제갈수재의 요청을 무시했다. 그 대신 서늘한 눈빛으로 운룡선을 바라보았다.

"어째서……?"

"쯧, 영리한 아이로구나. 우리들의 계산을 빤히 읽고 있어. 그러니 건너올 생각을 하지 않는 것이지."

세상 물정 모르는 철부지라면 앞뒤 생각지 않고 자신들이 내미는 손을 잡았을 것이다.

"아버님?"

"아깝구나. 조금만 일찍 저 아이를 알았더라면, 억지를 써서라도 성주에게 가는 것을 막고 네게 붙여주었을 텐데."

빼어난 미색은 아니지만 심유한 눈빛이 마음에 들었다. 영리하지만 함부로 나대지 않는 차분한 성정도 괜찮았다. 보면 볼수록 제갈수재의 청을 일찍 들어주지 못한 것이 아쉬웠다. 성주의 첩만 아니었다면 수재의 첩으로 들일 여지가 있었을 것을……

제갈 가주는 아까운 마음을 깔끔하게 털어냈다. 가지지 못하는 물건은 미련을 깨끗하게 버리는 것이 옳다.

"강제로 끌고 오기 전에는 움직이지 않을 것이다. 달아날 기회를 노리고 있을지도 모르니 움직임을 놓치지 마라."

어차피 좁은 배 안에서 달아날 곳이야 한정적이니.

가연을 큰아들에게 맡긴 제갈 가주는 검집에서 빼낸 검을 들어 제갈 묘재와 가유광의 사이를 갈랐다. 묘재가 절정에 올랐다 하나 가유광을 상대하기에는 무리였다.

"기어이 나서시겠다?"

"사람은 하나이고 데려가는 이는 둘이니, 어쩔 수 없지 않나?"

"흥! 항시 깨끗한 척, 고고한 척 구시더니, 이제는 더 이상 본색을 숨길 여유가 없으신가 보군."

가유광의 붉은 뇌전이 커졌다. 파지직거리는 뇌음(雷音) 소리도 따라 강해졌다. 제갈 가주의 검에 실린 기운도 막강해졌다. 부친의 뒤로 물러난 제갈묘재는 놀라 눈을 크게 떴다. 한갓 돈벌레 주제에 부친과 맞먹을 정도의 고수라니!

가유광과 제갈 가주의 부딪침에 잔잔하던 수면이 크게 출렁거렸다. 요란한 물보라가 치솟으며 높아진 물결이 수면을 때렸다.

대치하고 있는 황금전장과 제갈 세가의 무사들에게 발이 묶여 있던 가연이 흠칫 몸을 떨었다. 익숙한 기운이 다가오고 있었다. 저 멀리에서 느껴진다 싶더니, 무서운 속도로 거리를 좁혀오고 있었다.

이건? 설마?

가연은 오소소 느껴지는 두려움에 양팔로 자신의 몸을 감싸 안았다. 무섭게 분노하고 있는 기색을 느꼈다. 고고한 야수가 자존심에 상처를 입고서 분화한 화산처럼 화를 내고 있었다. 저도 모르게 몸이 덜덜 떨렸다.

"왔다."

무의식중에 속삭였다. 그녀의 중얼거림이 끝나자마자 허공에서 한겨울 폭풍보다 더 차디찬 음성이 떨어졌다.

"재미있군. 생각지도 못한 광경이라 어떻게 봐야 할지 고민해야 하는 건가."

나직한 속삭임인데도 모여 있는 사람들의 귓가에 똑똑히 들려오는 바람에 다들 화들짝 놀랐다.

"누구냐?"

"뭐야? 누구야? 어떤 놈이야?"

영문도 모르는 이들은 손에 든 무기를 휘두르며 사방을 두리번거렸다.

가연은 소리를 따라 하늘을 올려다보았다. 진혁이 검은 흑룡의(黑龍衣) 자락을 표표히 날리며 허공에서 그들을 내려다보고 있었다.

진혁의 날카로운 시선이 가연에게 꽂혔다. 핏자국이 여기저기 튀긴 했지만 다행히 다친 곳은 없어 보였다. 안도하는 한편, 화가 났다. 차라리 무사히 달아나는 와중에 잡았더라면 지금보다는 화가 덜 났을 것이다. 여기저기 욕심 많은 적들에게 언제 빼앗길지 모르는 상황이라니!

가연의 무사함을 확인한 진혁은 시선을 돌려 제갈 가주를 봤다. 가유광과 싸우다 떨어진 제갈 가주의 얼굴이 딱딱하게 굳어 있었다.

"제갈 가주께서는 꽤나 급한 일이 생기신 모양이오. 떠나신다는 전언 한 마디도 없이 대야성을 나서시다니 말이오."

평이한 어투였지만, 제갈 가주는 칼끝에 선 듯한 위기감을 느꼈다. 성주의 의심에서 벗어나야 했다.

"죄송합니다, 성주님. 다행히 대회장에서 일어난 황망한 사건은 마무리가 된 듯하여, 본가의 화급한 일을 해결하러 가던 참입니다. 성주님께는 따로 사람을 보내 자세한 설명을 올릴 참이었습니다."

"본가의 화급한 일이라……."

"예, 성주님! 융중산에서 날아온 전서구가 급서(急書)를 알려온 터라, 죄송합니다."

제갈 가주는 아랫사람의 자세를 지켰다. 적당히 비굴하면서도 과하지 않았다. 자신의 입장을 내세우면서도 진혁의 체면을 세워주었다.

"화급한 일이긴 하군. 역적이 되어 가문이 멸문하게 되었으니, 어찌 화급한 일이 아닐까?"

제갈 가주의 얼굴색이 바뀌었다. 그만이 아니었다. 제갈이라는 성을 붙이고 있는 자들은 모두 대경했다.

"……그게 무슨 말씀이십니까?"

"그것 말고도 다른 화급한 일이 있었나? 가문이 멸문하는 일보다 더 급한 일이 무엇인지 모르겠군."

제갈 가주는 입을 꽉 닫았다. 아래로 늘어뜨린 검이 그의 심경을 보여주듯 미미하게 흔들렸다.

진혁의 몸이 천천히 아래로 내려왔다. 선기를 꽂은 돛대에 내려선 그는 부들거리는 제갈 가주를 아무 감흥 없이 바라보았다.

"그리 걱정하지 않아도 된다. 융중산까지 돌아가려는 그대들의 발길을 잡아채는 이는 없을 테니까. 유감스럽게도 제갈 세가는 내 몫이 아니니."

제갈 가주의 머릿속이 빠르게 돌아갔다. 몇 마디 안 되는 말이었지만, 그 속에서 가볍지 않은 정보를 얻을 수 있었다. 성주의 어투를 보아하니 제갈 세가를 노리는 이는 다른 자인 듯했다. 그리고 그 사실이 더 무서운 제갈 가주였다.

제갈 가주가 앞으로 한 걸음 나섰다. 다음 순간 성주를 향해 머리를 깊숙이 숙였다.

"아버님!"

"가주님!"

진혁의 눈가가 미미하게 찌푸려졌다.

"무슨 의미인가?"

"제갈 세가를 살려주십시오. 성주님이시라면 황태자 전하와 제갈 세가 사이를 중재할 수 있지 않으십니까? 제 목을 내놓으라면 내놓겠습니다. 십 년 봉문이라도 따르지요. 그러니 제갈 세가의 명맥이 유지되게만 해주십시오. 간청드립니다, 성주님."

성주의 중얼거림을 듣는 순간, 제갈 세가의 멸문을 원하는 것이 누구인지 명확해졌다. 황궁의 정쟁에서 황태자가 이긴 것이다. 철저하게 황태자와 성주의 계략에 놀아났다. 그러나 분노할 수 없었다. 지금 중요한 것은 가문을, 제 목숨을 보전하는 것이다.

"내가 왜 그래야 하지?"

진혁은 마치 당연하다는 듯한 제갈 가주의 요구에 입귀를 뒤틀었다.

"제갈 세가는 성주님께 충성을 맹약한 권속입니다."

"입으로 맹약이야 했지만 속으로는 수없이 배신한 권속 따위, 나 대신 처리해준다니 오히려 고마운 일이지."

"성주님!"

"황태자의 손에 걸린 것을 다행이라 생각해라. 내게 걸렸다면 지난 원한까지 모두 갚아야 할 테니, 멸문만으로는 부족할 것이야."

─ 내가 잊어버렸을 것 같은가, 제갈 가주? 아니, 청면좌라고 불러야 하나?

진혁의 냉소에 진득한 살기가 고여 있었다.

"내가 베풀 수 있는 아량은 그대들이 대야성을 몸 성히 나가게 해주는 것으로 끝이다. 그것만으로도 많이 양보하는 것임을 알아라."

"성주님! 공격받고 있던 성주님의 부인을 저희들이 구했습니다. 본가가 아니었다면 벽 부인은 황금전장의 손에 넘어가 큰 고초를 겪어야 했을 것입니다!"

제갈 가주가 가연을 손가락으로 가리키며 말했다. 가연을 도와준 대가를 내놓으라고. 가연의 몸이 뻣뻣해졌다. 제 욕심을 감추고 잇속을 챙기려 드는 제갈 가주의 뻔뻔한 낯짝을 보고 있으려니 역한 욕지기만 올라왔다.

진혁의 얼굴이 서늘해졌다. 가연을 서로 가지려 든 제갈 가주와 전충의 잇속을 어찌 모를까.

"뻔뻔하군. 가연으로 날 협박하려 했음을 모를 것 같나? 그 구질구질한 목숨일망정 구하고 싶으면 당장 꺼져라! 그렇지 않으면 융중산이 아니라 이 자리에서 죽여줄 테니!"

살의가 깃든 일갈에 제갈 가주의 신형이 휘청거렸다. 내상을 입은 제갈 가주가 시퍼렇게 죽은 얼굴로 피를 흘렸다. 연거푸 들은 충격적인 소식과 진혁의 일갈에 담긴 내기에 속이 진탕해서 심각한 내상을 입었다.

"아버님!"

제갈수재가 달려 나와 부친을 부축했다. 융중산의 소식에 그의 얼굴이 무섭게 굳어 있었다. 그러나 영리한 그는 머릿속으로 다음 일을 생각하고 있었다. 지금 가장 중요한 것이 무엇인가. 최악으로 본가가 무너져도 가주인 부친만 살아 있다면 후일 다시 세가를 일으켜 세울 수 있을 것이다. 시간이야 걸릴지 모르지만 부친과 자신, 그리고 동생인 묘재만 있다면 충분히 가능했다. 그러기 위해서는 시간이 필요했다. 대야성과 황실의 분노를 누그러뜨리고 후일을 기약할 수 있는 시간.

三十一章

인과의 고리

　먼저 움직인 것은 가유광이었다. 진혁이 나타났을 때부터 한쪽으로 밀려난 듯 숨을 죽이고 있던 그는 모두의 시선이 제갈 가주에게 쏠려 있는 틈을 놓치지 않았다. 혼란스럽게 섞여 있는 사람들 사이에 놓여 있는 먹잇감을 향해 소리 없이 손을 뻗었다.

　"으헉!"

　가연을 낚아채려는 순간, 흑룡처럼 시커먼 검이 날아왔다. 한순간이라도 늦었다면 손이 잘려나갔을 것이다.

　가유광의 얼굴이 기괴하게 일그러졌다. 날아오는 검격에 비껴 맞은 것만으로도 손끝이 뭉개지듯 저릿했다. 피해야 한다. 오랜 경험이 위급 신호를 보내고 있었다. 첫 시도가 성공했다면 상황을 반전시킬 수 있었겠지만, 지금은 외려 아니 함만 못한 꼴이 되어버렸다.

　진혁은 제갈 가주를 상대하면서도 가연의 안위를 살피는 것을 잊지 않았다. 분명 기회를 노리고 있던 자가 수작을 부리려 할 터. 그의 매의 눈에 스리슬쩍 움직이는 가유광이 걸렸다.

"전충!"

하늘을 떨쳐 울리는 일갈에 살기가 충천했다. 두고두고 가연을 노리는 악귀 같은 늙은이였다. 일이 끝나면 함께 처내리라 벼르고 있던 참이다. 그런데 제 명줄이 얼마 남지 않은 것도 모르고 또다시 가연을 노리려 하다니!

세상을 가르며 날아간 검이 등이 잔뜩 굽은 왜소한 가유광의 몸뚱이를 반으로 잘라버릴 듯했다. 검날에 잘린 공간이 일시지간 일그러졌다. 감히 맞받아칠 엄두도 낼 수 없던 가유광은 겁에 질린 얼굴로 호신강기를 일으키며 황급히 피했다. 그의 양손이 용암을 머금은 듯 이글거리는 뜨거운 혈기를 발했다. 손에서부터 시작된 불길이 점점 커져 전신으로 퍼져나가더니 종국에는 커다란 형체가 되었다.

'한 번! 한 번만 제대로 들어간다면 달아날 기회를 만들 수 있다!'

가유광은 거대한 불덩이가 되어 진혁의 빈틈을 노렸다. 날카로운 검기에 가유광의 옷자락이 잘려나가 시뻘건 핏줄기가 그어졌다. 떨어지는 핏방울이 열기를 견디지 못하고 비릿한 향을 날리며 증발했다.

집채만큼 부풀어 오른 불덩이와 시퍼런 뇌전이 맞부딪쳤을 때였다.

"흡!"

숨죽인 짧은 신음성이 천둥처럼 진혁의 귀를 때렸다. 허공으로 몸을 날린 진혁은 소리가 들려온 쪽을 황급히 살폈다. 가연이 있어야 할 자리에 없었다. 그녀를 찾자마자 붙여둔 암영들이 시체가 되어 쓰러져 있었다. 기절한 듯 축 늘어진 가연을 붙잡고 강물 위를 제비처럼 날아가는 인영이 있었다.

"제갈묘재!"

진혁이 손을 쓰려는 찰나, 가연을 납치한 제갈묘재가 운룡선에 몸을 실었다. 그의 앞을 제갈 세가의 무사들이 막아섰다.

"우리들의 뒤를 쫓지 마시오, 성주! 만약 꼬리가 붙는다면 벽 부인의 사지들이 하나씩 떨어져나갈 것이니!"

"그녀의 손끝 하나라도 상하게 한다면, 제갈이라는 핏줄을 가진 자는 하늘 아래 단 하나도 남겨두지 않을 것이다!"

진혁은 이를 바득 갈며 운룡선의 제갈묘재를 노려보았다. 만약 제갈묘재가 가연을 앞으로 떠밀며 위협을 했다면 기회를 틈타 구할 수 있었을 것이다. 그러나 그런 그의 생각을 읽기라도 한 듯 가연의 모습을 안으로 숨겨 당장은 손쓸 수 있는 방법이 없었다. 그가 배를 부수거나 공격하는 순간, 제갈묘재는 숨겨둔 가연을 해하려 할 것이다.

"벽 부인의 안위는 모두 성주에게 달렸으니 알아서 하시오! 하하하!"

마지막 순간 진혁에게 치명적인 일격을 입힌 제갈묘재는 다소 득의양양한 웃음을 날리며 제자리에서 함부로 움직이지 못한 채 서서히 멀어지는 진혁을 조롱했다.

진혁은 강을 따라 내려가는 운룡선을 무력하게 바라만 봐야 했다. 그보다 한발 늦게 도착한 철혈대(鐵血隊)가 뱃전에서 그의 명령이 떨어지길 기다리고 있었다. 제법 거리가 벌어지긴 했지만, 추적하는 것이야 별문제 없었다. 그러나 운룡선이 희미한 그림자가 되어 사라질 때까지도 진혁의 입에서 다른 명은 나오지 않았다. 그 대신 막아서는 대야성의 무사들을 죽이며 달아나던 가유광이 진혁의 손에 걸렸다. 제갈 세가에 대한 분노까지 더해진 진혁의 공격에 가유광은 일각도 제대로 대적하지 못하고 질기게 부여잡고 있던 목숨을 내놓았다.

한바탕 살육의 폭풍이 지나간 대야성은 겉으로는 진정된 듯 잔잔했지만 속으로는 흉흉한 살의와 투기가 일렁거렸다. 지우지 못한 핏자국들이 사방에 남아 있었고, 동료와 적의 피로 물든 옷을 갈아입지도 못한 무사들이 주요 관문을 경계하고 지켰다. 혈강시에 목숨을 잃은 자들이 여럿이라 주요 자리에 있어야 할 사람의 모습이 보이지 않기도 했다. 급하게나마 인력을 보충하고, 목숨이 오늘내일 하는 자들이 아닌 한 부상자들도 모두 자리를 지키며 뒷수습에 나섰다.

"성주님!"

상관준경이 외성의 넓은 연무장으로 들어오는 진혁을 맞았다. 그의 곁에는 소식을 듣고 달려 나온 벽갈평과 북쪽에서 돌아온 백야가 함께 있었다. 떠날 때보다도 더 차디찬 살기를 뿜어내는 진혁의 모습에 일이 잘 풀리지 않았다는 것을 직감했다. 암영대주가 전음으로 세 사람에게 강변에서 있었던 일을 간략하게 보고했다.

"이런! 씹어 먹을 종자들 같으니라고!"

백야는 험악한 욕설을 내뱉었다. 걸려도 제일 껄끄러운 놈에게 걸렸다. 제갈 놈이라면 가연을 인질로 잡아 진혁과 대야성을 쥐고 흔들려 할 것이다. 진혁의 손발을 꽁꽁 묶은 다음 대야성의 곳간을 박박 긁어 갈 것이다.

그리 둘 수는 없지.

죽은 줄 알았다 살아 돌아온 조카손녀도 중하지만, 진혁도 중했다. 진혁에게 대야성은 무거운 짐이면서도 소중한 가문의 유산이기도 했다. 대야성을 위해 스러진 천가의 목숨들이 얼마였던가.

와룡거에 무거운 정적이 깔렸다. 그 누구 하나 먼저 말문을 여는 이가 없었다. 벽갈평은 가연을 이리 맥없이 제갈 세가와 보내도 되는 것인지 묻고 싶었다. 그러나 서탁 뒤에서 등을 보이고 있는 진혁의 뒷모습이 철벽처럼 모든 말을 거부하고 있었다.

일각 정도 시간이 지났다. 천성적으로 답답한 것을 싫어하는 백야가 진혁을 부르려 할 때였다.

"성주님, 지시하신 물건을 가져왔습니다."

문밖에서 무뚝뚝한 철혈대주의 목소리가 들렸다. 상관준경은 돌아보지 않는 진혁 대신 답했다.

"안으로 가지고 오시게."

철혈대주는 품에 길쭉한 상자들을 안고서 안으로 들어왔다. 그의 뒤로 초췌한 하 총관이 따랐다.

"하 총관!"

벽갈평이 놀라 소리쳤다.

"이게, 아니, 자네가 왜 여길? 자네는 가연에 대해 알고 있었던 것인가?"

두서없이 소리쳐 묻다, 제 스스로 답을 알아차린 그는 섭섭함과 안타까움이 뒤섞인 한탄을 토했다. 하 총관은 원망이 서린 탄식을 들으며 굽은 허리를 반듯하게 세웠다. 바닥으로 떨어지는 고개에 힘을 주어 치켜들었다.

철혈대주는 가지고 들어온 상자들을 서탁에 조심스럽게 내려놓고 조용히 물러났다. 하 총관은 눈에 익은 일곱 개의 상자를 물끄러미 보았다. 당주님께서 10년이라는 시간을 쏟아 간신히 모으신 결과물이었다.

"누구의 생각이었나?"

대야성으로 돌아온 후 처음으로 떨어진 진혁의 목소리였다. 앞뒤 없이 던져진 물음이었지만, 하 총관은 자신에게 향한 것임을 듣는 순간 알았다. 그리고 무엇을 묻고자 하는 것인지도.

"처음부터 당주님의 뜻이었지요."

"고작 열 살도 되지 않은 아이의 생각을 따랐단 말인가?"

다그쳐 묻는 질문이 창끝보다 더 뾰족했다. 허튼 답을 내놓으면 심장이 푹 찔려버릴 듯 살벌했다.

"어린 아기씨의 뜻이 금강석보다 더 단단했습지요. 나이 먹은 천노들이 바닥에 엎드려 몇 날 며칠을 애걸했습니다만, 마음을 바꾸지 않으셨습니다. 곡을, 집안을 멸문케 했으니 본인도 죽은 것이나 마찬가지라 하셨지요. 차라리 다른 이가 되련다 하셨습니다. 천노들은 그저 어린 아가씨가…… 황망한 마음을 먹지 않고 살아주시는 것만으로도 감사해 더는 애걸할 수가 없었습니다."

하 총관은 암담하기만 했던 지난날이 떠올라 절로 눈귀가 습해졌다.

"선부의 유언으로 복수는 포기할 수밖에 없으셨습니다. 하지만, 하루하루 무의미하게 숨을 쉬고 살아가는 것이 아닌, 삶을 지탱해줄 수 있는 목표가 필요하셨습니다. 복수를, 과거를 묻어두고 매진할 수 있는 무언가가 말입니다."

"그것이 비천상이었다?"

하 총관은 힘없이 고개를 끄덕였다.

"어째서 날 찾아오지 않은 거지? 비선곡을 도망친 후 대야성을 찾아올 수도 있었을 텐데! 추격자들의 눈을 피해 할아버님이나 내게 연락을 했더라면 이렇게 상황이 복잡해지지는 않았을 것이다!"

가슴속에 가시처럼 박혀 있던 의문이 억눌렸던 감정과 함께 터져 나왔다. 대야성으로 왔다면, 자신을 찾았더라면 무슨 수를 써서라도 그녀를 보호했을 것인데!

해일처럼 난폭한 기세가 와룡거의 공기를 휩쓸었다. 무공을 익히지 않은 하 총관의 신형이 기파를 이기지 못해 비틀거렸다. 한 걸음 뒤에 있던 벽갈평이 도와주지 않았다면 그는 피를 토하고 쓰러졌을 것이다. 풍랑에 흔들리는 조각배처럼 비척거리면서도 그는 거침없이 제 할 말을 다 했다.

"갑작스럽게 참변을 당하신 당주님께서 얼굴도 한 번 본 적 없는 성주님을 덥석 믿을 수 있다 여기셨겠습니까? 성주님이 아니라 전대 성주님이셨다 해도 당주님께서는 의심하셨습니다. 하물며 대야성이라는 장소 자체가 당주님께는 앙화(殃禍)의 근원과 같은 곳이었으니 말입니다."

할아버지부터 부친까지 친분이 깊다 했으나, 사람의 마음이란 욕심 앞에서 어찌 변할지 알 수 없는 것이다. 하물며 은설의 입장에서는 얼굴 한 번 본 적 없는 정혼자에 대해서는 말해 무엇할까. 후일 비선곡의 참화에 무적천가의 무인은 없었다는 것은 알았지만, 굳이 지워버린 서문은설이란 이름을 세상에 내어놓을 생각이 없었기에 가연은 굳이 대야성을 찾지 않았다. 어차피 어른들이 정해준 어린 정혼녀 따위 금방 지워버릴 거라고 생각했던 것이다. 설마 진혁이 그 오랜 시간 동안 은설을 가슴에 품고 놓아주지 않을 줄이야 그 누가 생각이나 했겠는가. 오면좌들도, 가연도 진혁의 마음이 얼마나 깊은지 알지 못했던 것이 실수였다.

상관준경이 섭선을 휘저으며 남아 있는 기파를 지웠다.

"자, 지난 일들을 추궁하는 것은 이쯤하지요. 지금 당장 중요한 것은 과거가 아니라 눈앞에 떨어진 현실이니 말입니다. 성주님도 애꿎은 노인에게 화풀이하지 마시고, 벽 부인을 찾은 다음에 직접 따지십시오."

"신안당은?"

진혁은 도망친 제갈 세가의 운룡선에 대한 추적을 물었다. 상관준경이 난감하다는 표정을 지었다.

"그게…… 아무래도 제갈 세가라 정보들이 조금씩 어긋나고 있습니다. 군사직을 맡던 제갈 가주라서 그런지 신안당의 움직임에 대해 잘 알고 있지 않습니까? 그동안 신안당의 체계를 많이 바꾸긴 했습니다만, 기본적인 틀은 어쩔 수 없으니까요. 덕분에 교묘하게 신안당의 눈을 피하고 있습니다."

운룡선에 붙여두었던 암영들마저 연락이 없는 것을 보면 발각되어 제거되었을 공산이 컸다.

"융중산으로 갔을 것 같으냐?"

"제 생각에는 융중산은 포기했을 겁니다."

백야의 질문에 상관준경이 확신하듯 강한 어조로 답했다.

"그래도 본가인데……."

"이미 금의위와 군사들에게 포위되어 있는 융중산입니다. 지금 제갈 가주가 융중산으로 가도 할 수 있는 일은 없습니다. 도리어 기다리고 있는 금의위와 칼날을 받아야 한다는 걸 잘 알고 있을 겁니다. 그러니 절대로 융중산으로 갈 리가 없습니다."

"가솔들도 버린단 말인가?"

"그에겐 가솔들보다 자신이 중요하니까요. 자신만 살아 있다면 제갈세가는 언제든 다시 일으켜 세울 수 있다고 생각할 사람이 제갈 가주입니다. 그러니 다른 이들 모두가 죽어도 자신만은 살려고 마지막까지 발버둥칠 겁니다. 그러니 벽 부인은 무사하실 겁니다. 자신의 목숨줄과 같으니 섣불리 위해를 가하지는 못할 겁니다."

상관준경은 제갈 가주에 대해서 이 자리에 있는 누구보다도 잘 알고 있었다. 서로를 맞수라 여기고 상대의 약점을 살펴온 것이 몇 년인가. 항시 웃음이 걸려 있던 그의 입가에 사늘한 살소가 맴돌았다. 지루하게 이어오던 줄다리기를 끝낼 때가 다가오고 있었다.

"다행히 하오문에서 연락이 왔습니다. 소식을 듣고서 발 빠르게 움직였더군요. 설마 만고당의 뒤에 하오문이 있을 줄은 몰랐습니다. 만고당의 정보력이 어디에서 나오는지 알았어야 했는데 말이지요."

대야성이 내민 손도 뿌리치고 중원의 하층민들 사이에서 살아가고 있는 하오문. 그들을 건드리는 것은 대야성으로도 부담이 큰 탓에 각자 정해둔 선을 넘지 않는 선에서 건드리지 않기로 암묵적인 밀약을 맺었다. 하오문이 꿈꾸는 것은 힘없는 약자들이 조금이나마 기댈 수 있는 힘이 되는 것이기에 대야성도 그들의 존재를 눈감아주었다.

"하오문에서 온 연락은?"

진혁은 상관준경의 혼잣말 같은 자책을 댕강 잘라버렸다.

"쩝, 연락보다는 하오문주를 직접 만나시는 편이 낫겠지요. 밖에서 기다리고 있습니다. 안으로 들이라 할까요?"

"밖에?"

화들짝 놀란 이는 하 총관뿐이었다. 다른 이들은 상관준경의 말이 있기 전, 문밖에 다른 사람이 있다는 것을 알고 있었다.

문이 열리자, 찐빵처럼 뱃살이 툭 튀어나온 하오문주가 안으로 들어왔다. 그는 자신에게 쏠리는 시선들에 순간 흠칫했다가 간신히 어깨를 폈다. 다행히 친우인 하가가 안쪽에서 그를 기다리고 있었다.

"하오문의 늙은 전가(轉家)가 대야성주님을 뵙습니다."

하오문주는 허리를 숙이면서도 잔 소름에 잘게 몸을 떨었다. 성난 용 앞에 알몸으로 내던져진 듯했다. 자칫 말 한 마디라도 잘못 했다간 용의 날카로운 발톱에 갈가리 찢어질 것이다. 제 짝을 빼앗긴 용은 눈이 멀어 세상을 불바다로 만들어버릴 기세였다.

"시간이 없으니 필요한 것만 묻겠다. 제갈 세가의 운룡선은 지금 어디에 있나?"

"아직 운룡선은 강을 따라 나아가고 있습니다. 대야성으로 들어오기 직전까지는 그랬습지요. 강에 인접해 있는 문도들은 물론이고, 중원에 깔려 있는 하오문도들에게 지급으로 알리라는 지시를 내렸습니다. 그들이 배를 버리고 땅으로 올라온다면 하오문도들의 눈에서 벗어날 수 없을 겁니다."

가연이 타고 가던 배에는 하오문도들도 함께 있었다. 그들은 가연이 제갈 세가의 손에 납치되자마자 하오문으로 소식을 알려왔다. 그리해 하오문이 대야성보다 한발 먼저 움직일 수 있었던 것이다. 그리고 지금 쯤 소식이 도착했을까. 거리가 있으니 아직은 무리이려나. 제일 빠른 전서구를 날렸지만, 그는 너무 멀리 떨어져 있었다.

"그리고 녹림왕에게도 전서를 날렸습니다. 그는 중원에 자리한 산채들을 다스리는 산왕(山王)입지요. 그러면 산적들을 움직여 저희들과 함께 제갈 세가를 감시할 수 있을 겁니다."

"녹림왕이 왜? 그는 어지간한 큰 거래가 아닌 한 꿈쩍도 하지 않는 자이지 않습니까?"

생각지도 못한 이름이 나오자 상관준경이 의아한 듯 물었다. 벽갈평과 백야도 궁금한 듯 비슷한 표정이었다. 그러나 진혁에게는 그들의 궁금증이야 안중에도 없었다.

"그러면 하오문도들이 없는 산중을 살필 수 있겠군."

진혁은 서탁에 놓인 일곱 개의 상자를 보았다. 상자들 위로 가연의 모습이 어른거렸다.

기다려라! 이번에는 반드시 널 구할 것이다! 무력하게 널 빼앗겼던 것은 한 번으로 족하니! 너를 찾으면 은설이든, 가연이든 개의치 않고 내 품에 가둬둘 것이다! 내 허락 없이는 한 걸음도 걷지 못하게 할 것이다!

진혁의 검은 눈이 새파란 광화를 발하며 반득였다.

다정하면서도 엄한 눈빛이었다. 자애롭고 따뜻한 웃음이었다. 억겁의 시간이 지나더라도 절대로 잊을 수 없는, 그립고 그리운 얼굴이었다.

'아버님! 어머님!'

가연은 어린 은설이 되어 모친의 품으로 와락 뛰어들었다. 어미의 품은 세상에서 가장 포근했다. 어깨를 다독이는 부친의 손은 하늘처럼 넓고 강했다.

' 보고 싶었어요, 아버님, 어머님! 정말 보고 싶었어요!'

은설은 울먹거리며 모친의 품에 얼굴을 부볐다. 어려진 모양새마냥, 생각도 따라가는 듯, 하는 행동거지가 어린아이와 같아졌다. 앙증맞은 주먹으로 눈가를 비비며 서러운 양 울음을 터트렸다. 한 뼘도 안 되는 작은 발을 동동 구르며 힘겨웠던 시간들을 두서없이 털어놓았다.

누구에게도 털어놓을 수 없었던 속말들.

"……어떻게 해야 할지 모르겠어요. 가르쳐주세요, 아버님! 제가 원했던 것이 무엇인지…….."

띄엄띄엄 지난 시간들을 털어놓다, 끝내는 제가 간직하고 있던 어지러운 마음까지 고했다. 시간을 따라 흐르듯 어린아이였던 그녀는 점점 자라나 제 모친과 비슷한 키가 되었다. 울먹거리는 소리가 잦아들고 두서없던 말소리가 차분해질 때 즈음 그녀를 안고 있던 부친과 모친이 홀연히 사라져버렸다. 마치 그녀가 자라길 기다리고 있었던 것처럼.

가연은 아무것도 없는 어두운 공간을 천천히 둘러보았다. 나타났을 때만큼 부모님은 기척도 없이 사라졌건만, 의외로 슬프지 않았다. 그분들이 떠날 것을 알고 있었던 것처럼.

검은 공간이 뒤틀리며 사라졌다. 그와 동시에 가연은 눈을 뜨며 잠에서 깨어났다. 제일 먼저 느낀 것은 끔찍한 두통이었다. 숙취처럼 머릿속에서 작은 새가 부리로 쪼아대고 있었다.

"음!"

눈을 찡그리며 절로 아픈 신음성을 흘렸다. 무의식중에 손을 들어 올리려 했다. 그러나 밧줄로 단단히 묶여 있는 손은 쓰린 아픔만 주었다.

어떻게 된 거지? 무슨 일이……?

정신을 잃기 전 마지막으로 본 것은 화를 내고 있는 진혁의 얼굴이었다. 분노 아래 서글픔과 답답함을 감추고 있는. 바닥이 미미하게 흔들리고 있었다.

배로구나. 누구의 배일까? 전충이라면 그 자리에서 자신을 죽였을 터.

가연은 가까이 다가오는 발자국 소리에 재빨리 눈을 감았다.

"그녀는 아직도 정신을 차리지 못한 것이냐?"

"다급하여 수면향의 양이 좀 많았던 모양입니다, 형님. 어차피 같이 움직이려면 저렇게 기절해 있는 쪽이 낫습니다."

"꼭 그렇지만도 않다. 아버님께서 운룡선을 버리기로 하셨다. 육로로 움직여야 할 텐데, 의식이 없는 여인을 데리고 다니면 이목을 피할 수 없게 된다."

"배를, 수로를 버립니까, 형님?"

제갈묘재도 언젠가는 배를 버려야 한다는 걸 짐작하고 있었다. 최대한 무한에서 멀어진 다음 기회를 봐 다른 배로 갈아타거나 육로로 올라갈 것이다. 그런데 부친과 형은 자신의 생각보다 빨리 배를 버리려 했다.

"최대한 강을 따라 내려갈 계획이 아니었습니까?"

"그거야 사달이 벌어지기 전의 말이지. 지금은 모든 상황이 달라지지 않았느냐. 운룡선은 너무 잘 알려져 있다. 세상 사람들 모두가 알고 있지. 강을 따라 오가는 수많은 선부들이 이미 운룡선을 알아보고 대야성에 정보를 물어다주고 있을지 모른다."

매사에 신중하여 얼굴에 뚜렷한 표정을 짓지 않는 형님의 얼굴이 무겁기 그지없었다. 길게 설명하는 목소리에도 은은한 긴장감이 감돌았다.

"허면, 아버님께서는 어디로 목적지를 삼으시려는 겁니까? 융중산으로는 갈 수 없지 않습니까?"

"경산(京山)으로 길을 잡으라 하신다."

"경산이요?"

"그래. 배의 인원을 나눠 경산으로 향하도록 한다. 너는 벽 당주를 잘 챙겨라. 향후 가장 쓰임이 클 소중한 인질이다."

제갈묘재는 고개를 한 번 강하게 끄덕이며 바닥에 혼절해 있는 가연을 힐끔 내려다보았다.

제갈 가주는 움직임에 신중을 기했다. 운룡선에 인원 중 일부를 남겨 계속 강을 따라 내려가도록 명을 내려서 뒤따르는 추적자들을 따돌리려 했다. 운룡선에 매달려 있는 이목들도 계속 배에만 이끌려, 사실을 알아차렸을 때는 이미 자신들의 흔적을 놓친 뒤일 것이다. 배에서 내린 뒤에도 인원을 셋으로 나눠 목적지를 알 수 없도록 혼란을 유도했다. 각각 사람들을 태운 마차가 다른 방향으로 쏜살같이 치달아 갔다.

뿌연 먼지가 일어난 강둑에 지저분한 옷차림의 사내가 나타났다. 마차가 달려간 방향들을 돌아보며 확인한 사내는 품에서 다람쥐처럼 생긴 귀여운 동물 세 마리를 꺼냈다. 둥글게 생긴 머리 모양은 다람쥐를 닮았고 짧게 잘린 꼬리는 담비처럼 보였다. 어린아이의 주먹보다 작은 몸체는 특이하게도 새카만 털로 뒤덮여 있었다. 흑솔모(黑率眸)는 코가 예민해 한 번 맡은 냄새는 절대로 잊어버리지 않았다. 주인이 뿌린 냄새를 찾아 되돌아오니 추적용으로는 딱 알맞았다. 작은 생김새와 달리 속도도 빨라 강이나 바다가 없는 지역에서는 웬만한 전서구보다 나은 편이었다.

사내는 흑솔모 세 마리를 각각 마차가 향한 방향으로 놓아주었다. 마차가 있던 곳에서 두어 번 제자리를 맴돌던 녀석들은 한순간 검은 번개가 되어 튀어 나갔다. 사내의 행동은 거기에서 끝이 아니었다. 언덕의 바위 틈새에 숨겨두었던 새장을 찾아 발목에 전서통을 매단 비둘기를 하늘로 날렸다. 새파란 하늘에 비둘기의 날갯짓 소리가 울려 퍼졌다.

하오문주는 시간을 두고 날아드는 전서구들을 확인했다. 시간이 지날수록 전서구들의 숫자가 곱으로 늘어났다. 전서통에 들어 있는 전언들은 제갈 세가 무사들의 이동 경로였다. 강변에 나와 낚시를 하던 강태공부터 말을 파는 마시장의 일꾼들에 이르기까지. 중원에서 묵묵히 자리만 지키고 있던 전 하오문도들의 눈이 제갈 세가의 뒤를 좇았다.

"무시무시하군."

얼굴이 창백하게 질린 상관준경이 떨떠름한 어조로 중얼거렸다. 하오문의 정보력을 알고는 있었지만 이것은 그의 예상보다 더하지 않은가. 남의 떡이 커 보인다고, 대야성의 눈과 귀인 신안당보다 더 뛰어나 보였다. 추측이 아니라 사실이 그러했다. 정보량의 방대함과 속도에서 신안당은 한참 모자랐다. 그렇다고 신안당이 아예 엉망이냐 하면, 그 또한 아니었다. 적에 대한 정보를 모으는 데는 신안당이 한 수 위였다. 요는 각자 추구하는 바가 다른 탓이다. 하오문은 세상에 떠돌아다니는 온갖 정보란 정보는 모두 수집해 힘없는 자신들의 안위를 지키고자 함이고, 신안당은 대야성의 적에 대해 탐망하고자 하는 것이니 서로의 특성이 다를 수밖에 없었다.

이 둘을 합칠 수만 있다면…….

상관준경은 귀한 보물을 발견한 것처럼 눈을 번득였다. 하오문을 끌어들일 수만 있다면 대야성은 천 개의 눈과 귀를 가지게 되는 것이다.

"쯧쯧, 아서라, 아서."

지금껏 존재하지 않았던 전무후무한 정보 조직을 만들려는 달콤한 꿈을 인정사정없이 깨버린 것은 백야였다. 하오문주의 둥글넓적한 몸뚱이를 보면서부터 상관준경의 눈빛이 기괴하게 바뀌는 것을 보았다. 뛰어난 미인도 아닌, 늙은 사내를 보고 녀석이 떠올릴 생각이란 딱 하나일 터.

"예, 예?"

"쯧. 정신 차려라, 이 녀석아! 어차피 못 먹을 감 찔러볼 생각은 하지 말고."

"아니, 어째서요? 하오문에도 나쁜 조건이 아니지 않습니까?"

백야의 핀잔에 상관준경이 발끈했다.

"흥! 지금껏 너와 같은 생각을 한 사람이 단 한 명도 없었을 것 같으냐? 그중에 대야성과 같은 세력은?"

"그야……."

"오랜 세월 동안 하오문이 문도들과 함께 지켜온 가장 중요한 것이 무엇인지 아느냐? 그것은 하오문의 독립성이다. 그 어떤 세력과도 거래 상대로서 응대할 뿐, 복속되어 굽히지 않았다. 그걸 위해서 하오문도들은 자신들이 이룩한 모든 것을 건다. 만약 자신들의 독립성이 위험해진다 싶으면, 당장 겉으로 드러난 문도들을 잘라내고 강호의 수면 아래로 잠수해버렸다. 위험이 지나갈 때까지 숨을 죽인 채, 자신들이 나와도 안전할 때를 기다리는 거지. 그것이 밑바닥이라 불리며 무시당하는 하오문의 끈질긴 생명력이다."

백야는 단정적으로 말했다.

"군침이야 나겠지만 포기해라. 괜히 섣불리 침 바르려다 동티난다. 이 정도 도움 받는 것만으로도 다행이라고 생각하고."

"⋯⋯예, 백야 님."

미련이 남은 듯 한참이나 미적거리다 마지못한 대답이 나왔다. 백야는 뻣뻣한 목을 좌우로 돌리며 주변을 둘러보았다.

"그 녀석은?"

백야는 진혁을 찾았다. 사건이 터진 다음 날까지 와롱거에 들어가 꼼짝도 하지 않던 녀석이 무슨 맘을 먹었는지 밖으로 나와 물밀 듯이 밀려드는 일들을 하나씩 처리하고 있었다. 그 덕분에 백야와 상관준경이 과중한 업무에서 벗어날 수 있었다. 다행이다 싶으면서도, 얼음장 같은 얼굴로 묵묵히 자리를 지키고 있는 진혁이 아슬아슬해 보여 하루하루 시간이 흐를수록 입안이 바짝바짝 말라붙었다.

"구대 문파의 장문인들과 회견 중이십니다. 자파에 숨어 있는 세작들을 이참에 모두 일소할 참인지, 그에 대한 도움을 바라는 듯하더군요."

"흥! 제 똥을 누구더러 닦아달라고 하는 건지! 배신자라도 제 식구이니 자기들 손에 피를 묻히고 싶지는 않다는 건가?"

"아무래도 마음이 편하지는 않겠지요."

상관준경은 심술이 돋은 백야가 달려가 한판 뒤집어엎는 것은 아닐까 걱정이 되어 슬그머니 걸음을 옮겨 그의 앞을 막았다. 백야가 눈을 사납게 치켜떴다. 네 녀석이 내 발길을 막을 수 있겠느냐는 눈초리였다. 상관준경은 모르는 척 의뭉을 떨며 시선을 피했다.

"나왔습니다!"

주먹을 치켜들던 백야와 후다닥 뒤로 물러서던 상관준경이 바람처럼 몸을 돌렸다.

"경산입니다."

넓게 펼쳐진 지도의 한곳을 상관준경의 손가락이 짚었다. 진혁은 경산이라고 적힌 글자의 주변 지형을 보았다. 묵묵히 지도를 보던 그가 처음으로 입을 뗐다.

"왜 경산이지?"

그의 좌우로 자리해 있는 이들의 시선이 모두 지도 위의 경산에 쏠렸다.

"아무 계획 없이 움직일 제갈 가주가 아니지. 분명 경산을 택한 의도가 있을 것이다."

"제갈 세가의 안가가 있는 것이 아닐까?"

백야가 반짝 떠오른 생각을 말했다.

"신안당이 알아낸 안가의 위치에는 없었습니다."

"하오문도 마찬가지입니다. 경산에는 제갈 세가의 안가가 없습니다."

상관준경과 하오문주가 반대 의견을 냈다.

"지형적으로도 안가가 있을 만한 위치가 아닙니다. 사방이 산으로 막혀 있는 형상이지 않습니까? 운하와 이어져 있는 물줄기도 없어 강으로 탈출할 수도 없습니다. 그저 사방이 산으로 꽉 틀어막혀 있어 오히려 제 발로 덫으로 걸어 들어간 듯 보입니다만……."

상관준경은 자신 없이 말꼬리를 흐렸다. 그자가 제 발로 사지로 들어갈 리가 없다는 것을 누구보다도 자신이 더 잘 알고 있었기 때문이다. 백야도 머리가 아픈 듯 얼굴을 구겼다.

"그 구미호 백 마리를 삶아 먹은 것 같은 놈이 그럴 리가 없지. 덫을 만들어두었으면 두었지, 덫으로 기어들어갈 리가 없어."

모두가 백야의 말에 공감했다. 이번에도 기가 막히게 눈치를 채고서는 한발 먼저 대야성을 빠져나간 것을 보면, 생존에 대한 눈치 하나는 알아줄 만했다.

"다른 꿍꿍이가 있다는 말인데…… 그게 뭘까?"

"그러게 말입니다. 분명 자신들의 흔적을 뒤쫓고 있다는 것을 알고 있을 텐데……."

그런데도 보란 듯이 경산으로 들어갔다. 십중팔구는 함정을 파놓고 기다리고 있을 공산이 컸다. 다들 말을 하지는 않았지만 알았다. 정보가 없다는 것이 그들의 발을 잡았다.

"젠장! 우리에 몰아넣고서 물릴까 몸을 사리고 있는 모양새잖아!"

꿍꿍 웅크리고 있는 제 모습이 못마땅한 백야는 사나운 신경질을 부렸다. 듣기 불편했지만 뭐라 불만을 말할 수 없는 것은 백야의 말이 맞았기 때문이다. 상관준경마저도 덥석 경산을 치자고 말하기 껄끄러웠으니 다른 사람들이야 말해 무엇할까.

쾅!

벼락이 떨어지는 듯한 굉음이 터졌다. 커다란 사각 탁자가 내려앉았다. 팔랑거리며 허공으로 치솟은 지도가 한순간 시뻘건 불꽃을 발했다. 시커멓게 타들어간 종이가 먼지 같은 재를 날리며 떨어졌다.

"고민한들 달라지는 것은 없다. 경산 외곽을 틀어막아. 작은 산짐승 한 마리도 빠져나가지 못하도록 철저하게 막아라. 한 마리라도 빠져나 가는 구멍이 생긴다면 담당하는 책임자의 목을 걸어."

무감하게 떨어지는 명령에 감춰져 있는 무서운 살기. 찰나처럼 지나 간 기세에 그 자리에 모여 있던 이들의 등줄기가 섬뜩해졌다.

"사람이 모자라면 관의 군사들을 빌려라. 커다란 울타리를 치는 데 는 일반 병사들이 나을 것이다. 그다음 할 일은 말하지 않아도 알겠 지?"

"……예, 성주님."

"작은 물길 하나도 놓치지 마라. 지하로 흐르는 길까지 찾아내 그물 을 쳐라."

구석으로 도망쳤으니 남은 것은 토끼몰이뿐. 제아무리 험한 함정이 라도 부수면 그만이었다. 이리저리 머리를 굴리고 말을 해도 해야 할 일이 달라지는 것은 아니다.

진혁의 명령을 이해한 벽갈평 등은 자리에서 일어났다. 하오문주도 놓치는 소식이 없도록 경산 주변에 문도들을 더 불러 모아야겠다 싶었 다. 그렇게 각자 할 일을 찾아 한 명씩 자리를 떴다. 마지막으로 남은 자는 상관준경이었다. 그는 평소에 손에서 놓지 않던 섭선을 허리춤에 꽂은 채 주군인 진혁을 뚫어져라 쳐다봤다.

"가장 할 일이 많은 사람이 나가지 않고 뭐하는 거지?"

"성주님의 의도가 궁금해서 말입니다."

진혁이 무슨 말이냐는 듯 시선을 돌렸다.

"성주님께서 지시하신 내용들이 무슨 뜻인진 잘 알고 있습니다. 솔직히 그 외에 다른 방법이 없는 것도 사실이지요. 경산에 숨어들어간 자들을 잡으려면 이쪽에서 들어가는 것 외에는 없지요. 차라리 몰살시키는 쪽이 훨씬 쉬울 겁니다. 하지만 제갈 가주라면 그 죽음을 확실하게 확인하는 편이 낫지요. 만에 하나라도 그자가 살아 있다면 지금보다 더 큰 후환거리가 되어 돌아올 테니 말입니다."

상관준경은 가볍지 않은 한숨을 내쉬었다.

"올가미를 죄듯이 조금씩 확실하게 거리를 좁혀나가 철저하게 뿌리째 뽑아버리시겠다는 건 알겠습니다만⋯⋯."

"⋯⋯만?"

"그들 손에 있는 벽 부인은 어찌하실 요량이십니까? 올가미가 죄어오는 걸 멀뚱히 바라만 보고 있을 그들이 아니란 걸 성주님께서 더 잘 아시지 않습니까?"

애초에 그의 뇌리에 진혁이 가연을 포기할 거라는 명제는 들어 있지도 않았다. 제갈 세가를 모조리 죽여도 가연을 무사히 구하지 못한다면, 진혁에게 이 전쟁은 처참한 패배와 마찬가지였다. 그러나 진혁이 내린 명령에는 가연에 대한 지시 사항이 없었다. 백야와 벽갈평은 일단 적들을 경산에 고립부터 시킨 다음 다른 방법을 찾아보자는 쪽으로 생각한 듯했지만, 상관준경의 예민한 촉이 주의 경보를 발했다.

상관준경은 끈질기게 기다렸다. 대답을 듣기 전에는 나가지 않겠다는 듯 고집스러운 표정으로 꿋꿋하게 버텼다. 그이기에 부릴 수 있는 배짱이었다. 지루한 침묵이 일다경 정도 이어졌다. 하루 종일 계속될 것 같던 침묵은 맥없이 흘러나온 상관준경의 한숨으로 깨어졌다. 진혁의 묵언(默言)에서 필요한 답을 얻었다. 하기야, 당장 달려 나가지 않는 것만으로도 다행이라고 해야 하나.

"아무 언질도 없이 나가지만 말아주십시오. 그래야 제가 성주님께서 치신 사고들의 뒷수습이나마 조용히 처리할 수 있습니다."

"유념해두지."

끝까지 사고를 치지 않겠다는 말씀은 하지 않으시는구만.

쓴쓰레한 웃음을 속으로 삼키며 자리를 물러난 상관준경은 새삼 마음의 준비를 단단히 했다. 몰아칠 해일의 작은 포말조차도 짐작할 수 없음이니.

경산은 큰 산이 아니었다. 인접해 있는 산들과 비교해봐도 별다른 특색 없는 산이었다. 유명한 명소가 있다거나 산에서만 나는 귀한 약재가 나는 것도 아니라, 인근의 화전민들도 산의 정확한 이름을 몰랐다. 산을 터전으로 살아가는 그들에게 이름은 중요한 것이 아니었다. 어버이처럼 의지하고 자식처럼 보살피며 어우러져 살아가는 곳. 그리해 산의 기이한 변화를 가장 먼저 알아차렸다.

청명한 바람이 불어와야 할 산봉우리가 시커먼 먹구름에 먹히는가 싶더니, 듣기에도 섬뜩한 흉흉한 소리들이 메아리쳤다. 깊은 산중에 살고 있던 커다란 짐승들이 무언가에 쫓기듯 산 아래로 허겁지겁 달려 내려오길 여러 차례, 사람들은 불안해 하며 연신 산을 올려다보았다. 누가 알려준 것도 아닌데, 해가 떨어지면 집 안으로 들어가 문을 단단히 걸어 잠갔다. 횡횡한 바람 소리에도 연신 오들오들 떨며 뜬눈으로 꼬박 밤을 지새우는 날이 이어졌다.

"어르신! 어르신!"

손때가 묻어 반들반들한 지팡이를 짚은 채 물끄러미 산을 올려다보고 있던 장 노인이 헐레벌떡 낡은 문을 열고 달려오는 사내를 봤다. 약초꾼인 노가였다. 산을 오르내리느라 햇볕에 그을린 시커먼 얼굴이 송장마냥 해끗했다. 그는 거친 숨을 고를 사이도 없이 소리쳤다.

"큰일 났습니다! 기어이 일이 벌어졌다니까요! 윗마을 사람들이 모두 사라졌답니다! 하룻밤 사이에 귀신에게 잡혀라도 간 것처럼 감쪽같이 사라졌다지 뭡니까!"

"그게 무슨 말인가? 사람들이 사라지다니?"

"아이고! 어르신! 제가 방금 말한 내용 그대로라니까요! 사람들이 싹 사라졌다고요!"

"허어! 대뜸 그 말만 하면 어찌 알아듣누. 좀 진정하고 차근차근 말을 해보게나."

그제야 노가는 헉헉거리는 숨을 골랐다. 땡볕에 물 한 모금 마시지 못한 것처럼 마른 목구멍을 침으로 축였다. 앞에 서 있는 장 노인의 존재 탓인지 두려움도 조금씩 사라졌다.

"아침에 옆 집 이가가 윗마을하고 같이 나무를 하러 가기로 약속했었답니다. 아무래도 요즘 주변이 어수선하여 혼자 나서기에는 뭣하고, 그래서 머릿수가 많으면 괜찮겠거니, 자기 딴에는 머리를 쓴 모양입니다."

"그래서?"

장 노인은 일부러 말을 받아주었다. 조금이라도 쉽게 설명할 수 있도록.

"그런데 약속 장소에서 아무리 기다려도 윗마을에서 오기로 한 일행들이 오지를 않더란 겁니다."

"음!"

"아무래도 이상하다는 생각이 들었는지 이가가 다른 사람과 함께 윗마을을 찾아갔는데…… 아, 글쎄 마을 사람들이 한 명도 보이지 않더란 겁니다. 심지어 보름 전에 태어난 갓난쟁이도 사라져서……."

그 때문에 가뜩이나 불안에 떨고 있던 인근 마을 주민들이 더 겁에 질려버렸다. 급하게 짐을 꾸려 산을 내려가는 사람들도 있었다. 인근 성도에 친척이나 지인이 살고 있는 이들은 망설이던 마음을 고쳐먹고 짐을 쌌다.

"어떻게 합니까, 어르신?"

장 노인은 무거운 어조로 말했다. 아침에 일어나서도 고민하던 참에 노가가 전한 소식에 마음을 정했다.

"아무래도 한동안 마을 사람들을 대피시키는 것이 좋을 것 같으이."

"예에?"

설마하니 장 노인에게서 마을을 떠나자는 말이 나올 줄은 몰랐다.

"멀리 성도까지는 무리더라도 산은 벗어나야 할 듯하이. 그러니 사람들을 모아 서둘러 산을 내려갈 차비를 꾸리라 하게."

"어르신! 아무리 어르신의 말씀이라고 하지만, 사람들이 그리 선뜻 나설지 모르겠습니다. 어찌 됐든 터전이 모두 여기에 있으니……."

막상 떠나야 한다는 말을 들으니 반발심처럼 머뭇거리는 마음이 들었다. 무엇에 쫓기는지도 모른 채 고향에서 내몰려야 한다는 것이 못마땅했다.

"어허! 터전도 살아남아야 터전인 것이지! 지금은 윗마을이지만 다음은 우리 마을 차례일지 누가 알겠는가. 다행히 아직 해가 중턱에 걸리지 않았으니 시간이 좀 있구만. 정오가 되자마자 산을 내려갈 테니, 사람들에게 준비하라 이르게."

반박을 받아들이지 않겠다는 듯 장 노인은 강한 어조로 말한 후 집으로 들어갔다. 그 역시 간단하게나마 짐을 꾸려야 했기 때문이다.

장 노인의 말은 마을에서 큰 힘을 발휘했다. 장정 중 몇몇은 반발하며 화를 내기도 했지만 윗마을의 변괴에 불안하기는 마찬가지라, 어쩔 수 없이 짐을 챙겼다. 힘센 사내들은 커다란 나무지게에 필요한 짐들을 바리바리 실어 짊어졌고, 아낙들은 커다란 보따리를 머리에 이고 어린 자식들의 손을 단단히 붙잡았다. 어린 마음에 아비 어미와 함께 나들이를 간다 생각한 아이들은 그저 즐겁기만 했다.

점심나절에 출발한 마을 행렬이 산을 벗어난 것은 땅거미가 어둑어둑하게 질 때였다. 장 노인이 처음으로 마주한 것은 넓은 대로도 아니요, 평야도 아니었다. 보기에도 무서운 날붙이들을 들고 있는 강호인들이었다.

三十二章

혈무(血霧)

진혁의 신형이 거침없이 산 속을 헤치고 나아갔다.

'그 노인의 말대로군.'

산의 기운이 바뀌었다. 산마다 특유의 성질을 가진 기운을 뿜는다. 맑은 바람과 같은 기를 뿜는 산이 있는가 하면, 음기를 잔뜩 품고 있는 산도 있다. 각자 가진 기운에 따라 뿌리를 내린 나무들도 다르고, 살아가는 동물들도 달랐다. 그러나 지금 경산이 품고 있는 기운은 본래 산이 가진 기운이 아니었다.

산의 중턱을 넘어설 때부터 지면에 희미한 붉은 연무가 깔리기 시작했다. 위로 올라갈수록 색이 짙어졌다. 붉은 안개가 선명해질수록 이질적인 기가 강해졌다.

'역시 그자의 암수로군.'

붉은 안개가 닿은 부분의 초지들이 누렇게 말라죽어가고 있었다. 그것은 산 위쪽으로 갈수록 확연하게 눈에 들어왔다. 심지어는 생기가 빨려 목내이처럼 말라비틀어진 작은 짐승들의 시체도 여기저기 보였다.

산이, 경산이 통째로 생기가 빨려 죽음의 산이 되었다.

진혁은 마을 사람들을 이끌고 험한 산길을 내려온 허름한 차림의 촌장을 떠올렸다. 무기를 든 흉흉한 무림인들을 상대하면서도 침착하기 이를 데 없었다. 산골의 촌장으로만 두기에는 아쉬울 정도였다. 결과적으로 그 노인의 판단이 옳았다. 하루, 아니, 반나절만 지체했더라도 그들은 붉은 안개의 먹잇감이 되었을 것이다. 그보다 예민한 짐승들은 이상한 낌새를 느끼자마자 둥지를 떠난 것일 테고.

안개가 짙어질수록 피비린내가 강해졌다. 처음에는 죽어 있는 짐승들의 흔적인 줄 알았다. 그러나 곧 그의 착각이라는 걸 알았다. 짐승들은 피라고는 한 방울도 흘리지 못한 채 죽었기 때문이다.

홍무(紅霧)가 아니라 혈무(血霧)인가.

진혁은 차가운 안광을 번득이며 혈무에 뒤덮여 보이지 않는 산봉우리를 보았다. 쫓기는 신세임에도 보란 듯이 산으로 들어간다 싶었더니 이런 수를 쓰기 위함이었던가. 가연을 담보로 잡고 누구도 접근할 수 없는 울타리를 두른 다음, 시간을 벌어 살아서 나갈 묘책을 찾겠다? 그도 아니면 어차피 죽을 자리, 모두 끌어다 동귀어진이라도 하겠다는 심사일까? 진혁의 입장에서 보면 둘 다 받아들일 수 없었다. 그의 입귀가 비웃듯 일그러졌다. 맞은편에 꼭꼭 숨어 있을 제갈 가주도 비슷한 심사일 것이다. 단, 자신과는 반대의 입장이겠지만.

그나저나 이리 되면 처음부터 계획을 새로 짜야 하나.

황실에서 나온 군병들이나 일반 무인들은 산을 오르지도 못할 테니 주위를 포위하는 것 외에는 별 소용이 없을 듯했다. 안으로 들어갈 수 있는 것은 강기로 몸을 보할 수 있는 절정수위의 고수들. 그나마도 안으로 들어갈 때까지 내력이 닿지 않아야 하니……

복잡하게 생각할 필요가 없었다. 처음부터 많은 인원을 끌고 들어갈 생각은 없었으니까. 진혁은 가연의 생각은 심장 저 아래 묻어두었다. 가연의 안위에 대해 의심하지도 않았다. 당연히 무사할 테니까.

가연은 금방이라도 부서질 듯한 토벽에 등을 기댄 채 감은 눈을 떴다. 오늘이 며칠쯤 되었을까. 여기가 어디쯤인지 가늠할 수가 없었다. 제갈 가주가 무슨 짓을 꾸미고 있음이 분명했다. 여우는 도망갈 굴을 아홉 개는 파놓는다고 했던가.

가연의 미간에 화가 어렸다. 이곳에 살고 있던 화전민들이 살육당하던 모습이 떠올랐다. 무슨 일이 벌어지는지 알지도 못한 채 한순간에 일곱 가옥 사람들이 떼죽음을 당했다. 자신들의 죽음을 믿을 수 없어 눈도 감지 못했던 시신들이 아직도 머릿속에서 지워지지가 않았다.

대체 어디서부터 잘못된 것일까.

빼앗긴 비천상을 모두 되찾았을 때, 모든 일들이 잘 마무리 되었다고 생각했었다. 무한을 떠나는 순간, 이대로 모든 인연들이 정리되겠구나 싶었다. 너무 이른 판단이었던가. 가연은 인질이 된 후로 내내 어디서부터 파탄이 드러나기 시작했는지 하나씩 되짚었다. 그 외에 할 수 있는 일이 없었다. 무공이 금제된 데다 주변을 제갈가의 무사들이 겹겹이 둘러싸 있어 탈출할 방법이 없었다. 마치 자신들의 목숨이 그녀에게 달리기라도 한 듯 제갈가는 눈을 부라린 채 그녀를 감시했다. 지금도 창고 밖에 세 명의 감시자가 서 있었다.

무거운 한숨이 마른 먼지가 날리는 어두운 공산을 흔들었다. 머리를 내려 가슴팍에 끌어안은 무르팍에 올렸다. 끊어질 듯 팽팽하게 당겨져 있던 신경줄이 한순간이나마 느슨해지는 듯했다. 이마로 맞닿은 무릎을 문질렀다. 어둠 속에서 더욱 선명하게 떠오르는 얼굴.

가연은 자조 어린 미소를 지었다. 홀로 어둠 속에 떨어져 지내는 시간이 길어지면 길수록 칠흑처럼 까만 허공에 그려지는 것은 한 사내의 얼굴이었다. 가슴 깊이 묻어둔 부모님의 얼굴도 아니요, 자신이 두고 떠나온 사내의 얼굴이라니……. 그러나 마치 검은 색지 위에 가는 붓으로 섬세한 획을 그리듯 진혁의 얼굴이 그려졌다. 무심한 표정이었지만 뜨거운 눈빛으로 그녀를 무섭게 다그치고 있었다.

가연은 서글픔처럼 올라오는 그리움을 내뱉지 않고 되삼켰다. 밖으로 토해내면 간신히 견디고 있는 감정의 장벽이 모래성처럼 와르르 무너져 내릴 것 같았다. 아니라고, 아무것도 아니라며 스스로를 속이고 있던 것이 결국 거짓이었다는 것을.

가연의 그의 곁에 있었던 시간들을 하나씩 끄집어냈다. 원치 않는 사건으로 그를 다시 만나 하루하루 시간이 흐를수록 그를 알게 되었다. 그의 외로움과 그리움을…… 잃어버린 인연에 대한 분노와 허무함을.

나는 그에게서 나의 그림자를 엿본 걸까. 그래서 그에게 마음을 주면 안 된다 다짐하면서도 저도 모르게 내어준 것일까. 어째서 지금 이 순간 그가 이리도 보고 싶은 걸까.

가연은 마음의 약한 소리들에 쓴웃음을 지었다. 무르팍에 머리를 더 깊숙이 묻으며 얼굴에 드러난 감정을 감췄다. 혼자 감금되어 아무도 볼 수 없음에도 떳떳하게 드러낼 수가 없었다.

과연, 그를 다시 볼 수 있을까.

진혁이 운룡선을, 제갈 가주를 뒤쫓고 있을 거라는 건 굳이 깊이 생각하지 않아도 알 수 있었다. 운룡선을 버리고 다급하게 길을 서두르던 행렬의 모습도 전형적인 쫓기는 무리의 모양새였으니. 만고당의 하 총관과 하오문도 진혁과 함께 움직이고 있을 것이다.

마지막 순간…… 한 번쯤은 볼 수 있으려나. 운이 좋으면 가능할는지도 모르겠다. 보고 싶은 마음과 차라리 이대로 끝이었으면 하는 마음이 반반이라 자신도 어느 쪽이 자신의 진심인지 헷갈렸다. 거짓 위에서 살아왔더니 자신의 마음조차도 진안(眞贗)을 가리기가 어려웠다.

가연은 무르팍에 숙이고 있던 얼굴을 들었다. 밖을 지키고 있던 감시인들의 기척이 어수선해졌다. 발자국 소리가 멀어지는가 싶더니 굳게 닫혀 있던 토벽의 문이 열렸다. 제갈수재가 어두운 밤을 등지고 안으로 들어왔다.

"벽 부인."

제갈수재의 음울한 목소리가 작은 토벽을 울렸다. 가연은 말없이 제갈수재를 올려다봤다. 인질이 된 후로 제갈수재와 단둘이 자리한 것은 처음이다. 그동안의 도피 행각이 힘들었는지 항시 단정하던 얼굴이 많이 초췌했다. 딱딱하게 경직되어 있는 얼굴에는 숨길 수 없는 피로감이 잔뜩 쌓여 있었다.

제갈수재는 제대로 씻지도 못한 채 여러 날 끌려온 가연을 보면서도,

자신의 선택이 옳은 것인지 망설였다. 하늘같은 부친의 명이라 지금껏 묵묵히 따랐지만, 지금의 부친은 자신이 알고 있던 분이 아니었다. 화마에 휩싸인 대야성을 떠나면서부터 부친이 쓰고 있던 가면이 부서진 것처럼 낯선 타인이 나타났다.

동생과 함께 자신이 보아온 부친은 어디로 간 것인가. 그분에게 제갈세가란 아무런 의미가 없는 곳이었단 말인가. 황군에 의해 장악된 본가를 버리는 것이 일견 당연하다 싶으면서도, 부친이 지금 행하고 있는 일들을 보면 의구심이 생겼다. 한번 시작된 의심은 점점 몸집을 불려 주변의 모든 것들이 의심스러웠다. 마음만 먹는다면 새외로 몸을 숨길 수도 있었다. 동생을 몰래 보낸 것처럼, 부친과 자신이라면 각자 흩어져 다음을 기약할 수 있었다. 아직 살아남아 있는 끈을 이용해 황군에게 잡혀 있는 가솔들 중 일부나마 살릴 수 있을지도 모른다.

그런데도 부친은 마치 끊어내기라도 하듯 가문을 외면했다. 경산으로 들어와 화전민들을 납치해 죽여 일정한 자리에 시신 무더기를 쌓는 짓거리에 몰두하는 것이 이상했다. 시신 무더기 숫자가 늘어날수록 이 주변을 감싸는 안개가 짙어지는 것도.

한 번도 본 적 없는 진이다. 사기(邪氣)가 뒤엉켜 마치 살아 있는 생물처럼 꿈틀거렸다.

이 자리에 묘재가 없는 것이 다행이구나. 대야성과 황군들의 시선이 모두 이곳에 몰려 있을 테니 녀석도 한결 움직이기 수월하겠지. 부득부득 가지 않겠다는 녀석을 협박하듯 내몰아 보냈지만, 지금 생각해보면 그렇게라도 보낸 것이 다행이었다.

제갈수재는 마른 한숨을 내쉬다 자신을 보는 맑은 눈동자를 보았다. 어둠 속에서 더욱 맑게 빛나는 눈빛이 그의 마음을 들쑤셨다. 자신이 조금만 더 빨리 손을 내밀었더라면……? 머릿속으로 계산하며 미적거리지 말고, 행동으로 움직였더라면 지금 이 순간의 장면이 다른 모습이었을까? 미련을 털어버리듯 제갈수재는 재빨리 손을 움직였다. 여기서 더 머뭇거린다면 더 꼴불견이다.

그의 손이 막혀 있던 가연의 혈도를 풀었다. 꽁꽁 묶여 움직이지 않던 단전의 내력이 조금씩 풀리기 시작했다.

"지금 이게?"

"받으시오."

제갈수재는 이어지는 가연의 물음을 잘랐다. 쓸데없는 감상으로 많지 않은 시간을 낭비했다. 구구절절 친절하게 설명해줘야 할 이유도 없었다. 의심스러운 눈으로 꼼짝도 하지 않는 가연의 손을 억지로 잡아 펼쳐 물건을 쥐여주었다.

가연은 손에 잡힌 물건을 보았다. 호패처럼 길쭉한 나무 조각에 낙서처럼 검붉은 문양이 그려져 있었다. 거무튀튀한 붉은색을 보는 순간, 색감의 원료가 무엇인지 알았다.

'이건 피로…….'

도사들이 사용하는 괴황지에 닭 피로 부적을 그려 넣는다는 말을 들은 적이 있었다. 그러나 가연이 동요한 것은 이 나무패에 쓰인 것이 닭 피가 아닐 수도 있다는 생각이 들었기 때문이다.

"잃어버리지 마시오. 패가 없으면 혈무에 닿는 순간 생기가 모두 빨려 나가 죽어버리니 말이오."

제갈수재의 경고에 가연은 목패를 잃어버릴까 꽉 움켜쥐었다.

"산 아래에 대야성의 무사들이 모여 있소. 그러니 뒤돌아보지 말고 산을 내려가시오. 내가 해줄 수 있는 것은 여기까지요. 그다음은 그대의 운에 달린 것이니."

제갈수재는 몸을 돌렸다.

"제갈 공자!"

밖으로 나가던 제갈수재의 발걸음이 멈췄다. 가연은 복잡한 마음으로 그의 등을 바라보다 겨우 한 마디 말만 건넸다.

"……고마워요."

그는 돌아보지 않은 채 어둠 속으로 걸어 나갔다.

가연은 움켜쥐고 있던 목패를 품 안 깊숙이 집어넣었다. 이리저리 움직여도 떨어지지 않도록 단단히 챙겼다. 가연은 눈을 감고 깊은 심호흡을 했다. 금제가 풀리면서 내력이 돌아왔다. 완전히 정상이라고 할 수는 없지만, 움직이는 데는 큰 문제가 없었다.

다른 함정일 가능성도 있었다. 제갈 공자의 의도가 무엇인지 알 수 없지만, 인질이 되어 이곳에 감금된 채로는 아무것도 할 수 없었다. 함정일지라도 움직일 수밖에.

산 아래에 대야성의 무사들이 있다면 결국 이 주변은 포위되어 있다는 말이다. 요란하게 흔적을 남기며 달아난 것은 아니지만, 제갈 세가가 대야성과 하오문의 추적을 온전히 뿌리친다는 것은 처음부터 무리였다.

산 아래에 대야성의 무사들이라……. 그도 왔을 것인가.

머릿속에 떠오르는 상념을 쫓아내며 가연은 조심스럽게 발을 놀렸다. 소리 없이 어둠 속에 스며들었다. 가옥 앞을 지키고 있던 자의 모습이 보이지 않았다. 기척도 잡히지 않았다. 활활 타오르는 화톳불에서 떨어진 으슥한 어둠 사이로 몸을 날렸다. 작은 마을에 군데군데 커다란 불길이 자리해 있었다. 그러나 따뜻한 온기가 감돌아야 하는 불길 주변으로는 기이한 정적만이 맴돌았다. 우거진 나뭇가지 사이로 몸을 숨겼다. 짙은 어둠과 나무 그림자들이 훌륭한 보호색이 되었다.

의외구나. 생각보다 경계를 서는 무사들의 수가 적은 듯하니.

멀리서 보초를 서고 있는 자의 기가 잡혔다. 그러나 그도 일정 거리를 넘어 나아가지는 않고 있었다. 그녀에게는 다행이었다.

내가 도망친 것이 알려지기 전에 최대한 산 아래 쪽에 달아나 있어야 해.

가연은 망설이지 않고 나뭇가지 사이를 바람처럼 지나갔다. 어느 정도 달렸을 때였다. 예민한 기감에 불쾌한 기운이 잡혔다. 스치고 지나가는 나뭇가지들도 뭔가 이상했다. 약간의 힘만 줘도 바스라질 것처럼 힘이 없었다. 들이마시는 숨결도 꺼끌꺼끌한 사포에 손을 문지르는 듯 불편했다.

진인가?

가연은 어둠이 깔린 산 속을 둘러보았다. 그러나 방향을 어지럽히는 것은 잡히지 않았다. 그저 손과 발에 보이지 않는 무언가가 달라붙는 듯한 불쾌한 느낌이 지속될 뿐이었다.

무슨 진이지?

지금껏 익히 봐왔던 진들과 달랐다. 경계를 서는 무사들의 수가 적은 것은, 진법 때문이구나. 제갈 가주가 혼신의 힘을 펼쳐 만든 진법일 테니 대야성에서도 함부로 들어설 수가 없겠지. 머릿속으로 열심히 상황을 파악하면서도 발은 멈추지 않았다. 생각지도 못한 이에게서 얻은 마지막 기회. 멀리 떨어져야 한다는 생각에 빠져 있던 그녀는 자신의 품속에 있는 부적이 은은한 붉은빛을 발하고 있는 것을 알지 못했다.

쾅!

제갈수재는 폭풍에 떠밀린 나무처럼 바닥에 처박혔다.

"네가! 대체 무슨 짓을 저지른 것이냐? 무슨 생각으로 그런 짓을 한 것이야?"

제갈 가주는 피를 흘리면서 쓰러져 있는 아들을 향해 분노를 터트렸다. 대야성에 쫓기면서도 겉으로는 평정심을 유지한 모습을 보이던 그가 처음으로 본색을 드러내며 큰아들을 질책했다. 성주의 측실을 지키고 있던 무사들이 다급한 얼굴로 달려와 계집이 달아났다고 고했다. 그러면서 대공자의 명으로 잠시 자리를 비웠다고 하지 않는가.

"그 계집이 얼마나 중요한지 몰라서 그런 것이냐! 아니면 다른 계책이라도 꾸민 것이냐!"

제갈 가주는 큰아들이 아무런 이유 없이 가연을 풀어주었을 리가 없다고 믿었다. 그러나 아들이 기책이 아무리 뛰어나다 해도, 자신이 생각하는 가연의 쓰임새는 달리 있었다. 그걸 위해 지금껏 자리를 마련하고 성주가 오기를 기다리고 있었던 것인데, 마지막에 자신의 아들이 재를 뿌릴 줄이야.

제갈수재는 입가에 묻은 피를 손으로 닦으며 바닥에서 일어났다. 부친이 날린 일장에 미약하지만 단전이 흔들렸다.

"수재야!"

제갈수재는 쓴웃음을 지었다. 부친의 호통 소리를 들으니 믿고 있던 도끼에 발등을 찍힌 듯한 배신감이 느껴졌지만, 그럴수록 어지럽던 생각이 하나씩 정리되는 듯했다. 그저 하늘같이 존경하던 부친이라 신묘한 계책이라 찬탄하며 바라보던 그 모든 것들을, 눈앞의 가림막이 벗겨진 듯 냉정하게 볼 수 있었다. 가문을 위해서라는 부친의 모든 말들은, 가문이 아니라 부친의 야망을 이루기 위한 것이었다. 그것을 알면서도 항변 한 마디 할 수 없었다. 여기서 한 마디 말이라도 꺼낸다면 부친은 그 자리에서 자신을 죽일 것이다.

잘못했다는 말도 없이 얼굴을 돌리는 아들을 향해 다시 호통을 치려던 제갈 가주는 밖에서 들려오는 소리에 멈췄다.

"가주님! 비의대(比擬隊)가 달아난 벽 부인의 흔적을 발견했다고 합니다!"

제갈 가주와 제갈수재의 고개가 동시에 같은 방향으로 돌아갔다.

"사로잡아 오고 있다는 말이냐?"

"……흔적만 발견했다고, 그 뒤를 추적하는 중이라 합니다."

"쓸모없는 것들! 고작 여자 하나 잡아 오는 것이 뭐가 그리 어렵다고 이리 시간을 끄는 것이야!"

산 아래에 닿기 전에 잡아야 했다. 수하들에게만 맡겨두어서는 안 되겠다. 제갈 가주는 일그러진 미간을 펴며 몸을 돌렸다. 바닥에 드리운 부친의 그림자가 점점 짧아지는 것을 보던 제갈수재는 그림자가 완전히 사라지자 헛웃음을 터트렸다. 쓸쓸함과 허망함이 가득한 웃음소리가 흐느낌처럼 길게 이어졌다.

날래게 몸을 움직이던 가연은 뒤에서 느껴지는 섬칫한 감각에 움찔 몸을 떨었다. 잠잠하던 밤공기가 거친 파랑을 일으키듯 요동치며 깨어났다.

발각됐다!

그녀가 달아났다는 것을 제갈 세가에서 알아차렸다. 기감을 퍼트리지 않아도 그녀를 뒤쫓는 자들이 생겼다는 것을 알았다. 가연은 다급해졌다. 산기슭까지 가려면 여태까지 왔던 거리만큼 더 가야만 했다. 지금처럼 기척을 숨기고 움직이면 금방 거리가 좁혀질 것이다. 깊은 산중에 어두운 밤이라지만 내공을 가진 무인에게는 무의미했다. 은신술로 몸을 숨긴다 해도 저들의 눈을 완벽하게 피할 수는 없을 터.

결국 방법은 한 가지뿐이었다. 운은 하늘에 맡기는 수밖에……. 설마, 내 발로 나온 대야성의 무사들을 향해 살 길을 찾아 달려가야 할 일이 생길 줄 어찌 알았으랴. 가연은 망설임을 버렸다. 도망치는 자신의 처지에 망설임은 사치였다. 뭣보다 자신 때문에 대야성에, 진혁에게 피해가 가기를 바라지 않았다. 차라리 혀를 깨물고 죽으면 죽었지, 그녀로 인해서 진혁이 상하길 원하지 않았다. 그의 곁을 떠나긴 했지만,

그가 아프거나 다치기를 바라지는 않았다. 그가 미우면서도 가엾고, 안타까우면서도 원망스러웠다. 제 마음인데도 갈팡질팡이라, 어느 것이 제 속마음인지 모르겠다.

그저 지금 이 순간 절실하게 깨달은 것은 절대로 그에게 피해를 줄 수는 없다는 사실이다.

저들에게 절대로 잡혀서는 안 돼! 사로잡힌다면, 그전에 내 손으로 내 목숨을 끊어버릴 것이야!

단단히 마음먹은 가연은 소리 없이 은밀하게 움직이던 것을 버리고 자신이 낼 수 있는 힘을 박박 긁어다 최대한 빠른 속도를 냈다. 빠른 속도로 우거진 수풀을 지나가는 몸놀림 소리가 스스슥 났다.

"저기닷!"

"저쪽이다!"

그녀의 움직임을 감지한 제갈 세가의 무사들이 여기저기서 소리를 질렀다. 한순간에 조용하던 산중이 대낮처럼 시끄러워졌다. 넓게 퍼져 천천히 흔적을 찾고 있던 무사들이 고함 소리에 몸을 일으켰다.

"잡아라!"

"산 아래로 내려가게 둬서는 안 된다는 가주님의 명이다! 반드시 생포해라!"

"화살을 날리지 마라! 상처 없이 생포해!"

암기를 던지려던 자들이 상관의 명령에 들고 있던 암기를 도로 주머니에 집어넣으며 짧게 혀를 찼다. 살려서 잡는 것보다는 차라리 죽이는 쪽이 그들에게는 편했다.

"여자의 걸음걸이야 뛰어봤자 벼룩이지!"

한밤의 사냥 대회처럼 그들은 각자 사냥감을 쫓는 사냥꾼이 된 듯 흥분했다. 중원의 무인들이 우러러 보던 명가의 신분에서 급전직하하여 더러운 시궁창에 처박혔다는 박탈감과 울분이 쌓여 있었다. 언제 붙잡힐지 모른다는 초조감과 불안함에 시달렸다. 화전민들을 무자비하게 살육하면서 조금 풀렸던 감정은 산 아래에 대야성의 무인들이 포위망을 치면서부터 더욱 악화되었다.

배출구를 찾은 그들의 두 눈이 시뻘겋게 달아올랐다. 싱싱하게 살아 날뛰는 사냥감이다.

할딱이는 사냥감의 목줄을 잡아 뜯어 뜨거운 혈향을 마시자!

이성이 사라지고 잔혹한 광기가 폭주했다. 어느새 사로잡아야 한다는 명령은 그들의 뇌리에서 지워졌다. 혈기에 취한 그들은 짐승이 되어 사냥감을 뒤쫓았다.

공기가 다시 급변했다. 날카로운 이와 발톱을 드러낸 흉폭한 기운이 그녀의 뒷덜미를 붙잡았다. 섬뜩한 한기가 뒷골을 파고들었다. 저도 모르게 소름이 돋아 달리던 몸이 부르르 떨렸다. 그에 반응하듯 짙은 혈무가 더욱 핏빛을 발하며 강한 피 내음을 발산했다.

가연은 속에서 치고 올라오는 구역질을 참았다. 심상치 않은 일이 벌어지고 있었다. 한시라도 빨리 이곳에서, 이 피 안개에서 벗어나야만 했다. 제갈수재가 준 목패의 힘이 다해가는지 점점 더 혈무를 견디는 것이 힘들어졌다.

"찾았다!"

"여기 있다!"

순식간에 거리를 좁힌 제갈 세가의 무사들이 저 앞에서 나아가는 가연을 발견했다. 붉은빛으로 번들거리던 그들의 눈동자가 완전히 붉은색으로 바뀌었다. 입맛을 쩝쩝 다시며 무럭무럭 김이 오르는 뜨거운 생피를 상상했다. 생생하게 살아 심장이 팔팔하게 뛰는 여린 목줄기에서 뿜어 나오는 핏줄기를 맛볼 생각에 그들은 너도나도 앞서 치달려 나갔다. 다른 놈에게 한 방울도 뺏길 수 없다.

그들은 다른 자들이 몰려들까 소리치던 것도 멈췄다. 경쟁자가 늘어나면 자칫 한입도 맛보지 못하고 밀려날 수 있었다. 다행히 목표물을 발견한 건 그들 세 명이 전부였다. 먼저 잡는 자가 주인이다. 그들은 서로 눈빛을 교환했다. 시뻘건 동공에서 기괴한 빛을 흘리며 웃었다. 그들의 웃음이 커지면 커질수록 혈무도 짙어졌다.

아! 안 돼! 내력이 이어지질 않아!

가연은 바닥을 드러내기 시작한 단전이 금방이라도 깨어질 듯 아파 왔다. 금제로 억누르고 있던 내력이 운기조식 한 번으로 돌아올 수 있을 리가 없었다. 그나마도 살살 달래어 풀어주어도 부족할 판에 마구 휘두르다시피 하고 있으니 약해진 단전이 비명을 지를 수밖에.

바람처럼 달려 내려가던 가연의 몸놀림이 눈에 띄지 않게 조금씩 느려졌다.

"하아! 하아!"

가빠진 숨이 턱밑까지 차올랐다. 음습한 산을 헤집어 달리느라 온몸이 축축하게 젖었다. 물기를 머금어 무거워진 옷자락이 휘감겨 불편했다.

토끼몰이를 하듯 그녀를 적당히 쫓았다 놓아주길 반복하는 저들의 음흉한 속내를 빤히 알면서도 이리 달아나는 것 외에는 다른 방법이 없었다. 지금 이 자리에서 저들을 상대하면 큰 소리가 주변에 울리게 된다. 차라리 숨어서 기습을 할 것을! 뒤늦은 후회에 입술만 피가 나도록 짓씹었다.

휘잉!

등 뒤에서 날카로운 바람을 머금은 음향이 났다. 검기가 실린 검격이 그녀의 머리 옆을 지나갔다. 검기를 맞은 커다란 나무의 윗부분이 날아갔다.

"아! 소리가 너무 크잖아! 조용히 잡아야 한다니까! 조용히!"

토끼몰이에 심취해 있던 무사가 검격을 날린 무사를 타박했다.

"그러게! 그렇게 요란하게 알리지 않으면 잡을 수가 없는가 보이. 주변에서 달려오면 자네 몫은 하나도 없을 텐데 말이야."

다른 한 명도 타박에 동조했다. 그가 소리를 차단했으니 다행이지, 그렇지 않았다면 사방에서 개떼처럼 몰려와 서로 쟁탈전을 벌여야 했을 것이다.

"우리끼리 다 먹어치울 때까지 아무도 몰라야 한다니까. 조용히 먹어치워야 한다고."

그들은 입안에 가득 고인 침을 꿀꺽 삼키며 입맛을 쩝쩝 다셨다. 한 번도 먹어본 적 없는 생피와 생살인 데도, 그 맛이 연상되어 저절로 침이 고였다. 슬슬 토끼몰이도 식상해졌다. 여기서 조금만 더 앞으로 나아가면 진의 경계선이었다. 재미에 취해 사냥감이 선을 넘어가도록 내버려두는 실수를 해서는 안 된다. 그랬다가는 자신들이 사냥감 대신 잡아먹힐 것이다.

가연은 땅을 벅차고 허공으로 튀어 올랐다. 아슬아슬하게 그녀의 발아래로 제갈 세가의 무사가 던진 나뭇가지가 지나갔다. 다른 나뭇가지가 연거푸 날아왔다. 도움닫기를 하듯 허공에서 발을 디디며 아슬아슬하게 공격을 피했다.

"호오! 요리조리 재빠르군."

"몸놀림 하나는 볼 만하군. 허리 놀리는 것을 보니 밤기술이 좋을 것 같지 않나?"

잔뜩 젖어 몸의 선이 드러나는 차림새에 아슬아슬한 몸놀림이 뒤에서 보기에는 여인네의 뇌쇄적인 움직임이라, 식욕과 다른 색욕이 슬금슬금 돋았다. 모양 좋은 뒤태가 움찔움찔 움직이는 것이 사내를 향해 엉덩이를 흔들며 금방이라도 육봉을 넣어달라 보채는 듯했다. 그러고 보니 계집을 안은 지도 한참이었다.

"한 번만 어찌 안 될까?"

"시간이 없어."

"그래도 계집을 품을 수 있는 기회가 언제 또 있을지 모르잖아."

"욕심은 나지만 이번에는 포기함세. 먹잇감이 너무 튀잖아. 다음에 몰래 산기슭에 남아 있는 것들 중 하나를 잡아 와 즐기자고. 지금은 너무 위험해."

쉽게 보기 힘든 진미에 대한 동료의 탐심을 이해하면서도 애써 미련을 버렸다. 식욕과 색욕 중 하나를 고르라면 식욕이 우선이었다. 둘 다 맛보기에는 시간이 부족했다. 다른 곳으로 향한 동료들이 오기 전에 먹은 흔적을 깨끗하게 지워야 했다.

"찝, 할 수 없지."

"암, 급한 것부터 해소해야지."

결국 의견이 하나로 모였다. 급한 허기부터 해결하는 것으로.

"악!"

날아오던 쇠침 중 하나가 가연의 어깨에 박혔다. 활활 타오르는 숯 조각이 맨살을 태우는 듯했다. 힘을 잃고 늘어지는 어깨를 간신히 부여잡고 몸을 움직였다. 몇 발자국 내딛었을 때였다. 연달아 날카로운 소성이 나더니 다리와 허벅지에 길쭉한 쇠침이 꽂혔다. 가연은 앞으로 달려가던 기세 그대로 땅바닥에 고꾸라졌다.

"윽!"

팔과 다리에 힘이 들어가지 않았다. 살이 찢어진 자리에서 흘러내린 피들이 혈무에 녹아들어 그녀 주변을 떠도는 피 내음이 짙어졌다.

"향기롭군."

"정말, 한입에 삼켜도 비리지 않을 것 같군."

농밀한 혈향에 취한 그들의 눈자위가 금방이라도 핏물을 뚝뚝 떨어뜨릴 것처럼 붉어졌다. 그녀의 몸에서 흘러나오는 피 냄새가 섞인 체향에 목이 바짝 말랐다. 당장 뜨거운 피를 벌컥벌컥 들이켜야 했다.

가연은 한 걸음씩 다가오는 그들을 깊게 가라앉은 눈빛으로 보았다.

저들의 손에 자신의 목숨이 달려 있음에도 조금도 위축되거나 겁을 집어먹은 눈빛이 아니었다. 오히려 차고 맑은 현기가 감돌았다.

"기분 나쁜 눈빛이군."

"먹잇감에게 어울리지 않는 눈초리야."

제갈 세가의 무사들은 맑고 곧은 눈빛이 거슬렸다.

"저 눈알부터 파내 먹어야겠어. 눈을 잃고서도 저리 꼿꼿하게 쳐다볼 수 있을지 궁금하군."

가연은 건들거리며 다가오는 그들의 위협을 들으면서도 허리를 반듯하게 세웠다.

"당신들은 짐승이, 아니, 아귀가 되었군요……. 제갈 공자의 행동이 뜬금없다 싶었더니…… 자포자기였던가."

제갈수재는 조금씩 아귀가 되어가는 무사들의 변화를 눈치 챈 것이다. 피를 취하고 인육을 즐기기 시작하는 무사들을 보고 제갈수재는 절망감을 느꼈을 것이다. 그들을 그렇게 만든 것이 바로 세가를 지키고 책임져야 할 자신의 부친이라는 것에. 제갈 세가라는 명(名)에 하늘보다 더 높은 자부심을 가지고 있던 그였으니.

"후후후."

가연은 입술 사이로 비집고 나오는 실소를 참을 수 없었다. 죽음을 목전에 둔 자신의 처지로 누구를 동정할 수 있을까. 허나 부친에 의해 모든 것이 일그러진 제갈수재가 안쓰러웠다. 그가 무엇을 선택할지 짐작이 가기에 더욱.

"죽을 것을 알고서 실성을 한 건가?"

가까이 다가온 무사가 검날을 가연의 턱 아래에 가져다댔다.

"실성을 하면 어떤가? 어차피 먹는 것에는 아무런 상관이 없는 것을."

입맛을 쩝쩝 다시며 다가온 다른 한 명이 코를 킁킁거리며 아지랑이처럼 아른거리는 피 안개를 들이마셨다. 아릿한 내음에 달짝지근한 향이 가미되었다. 아마도 이 계집의 독특한 체향이 피에 섞여 특유의 맛을 돋우는 듯했다. 절로 입안에 침이 가득 고였다. 세상에 다시없을 진미일 터. 놀이는 끝이다. 다른 녀석들도 같은 생각인 듯 계집에게서 서로 원하는 부위를 노려 검을 휘둘렀다.

예리한 검날이 머리와 심장, 그리고 아랫배를 그었다. 가연은 피를 너무 많이 흘려 가물거리는 시야 너머로 섬뜩한 검광이 날아오는 것을 보았다. 이것이 마지막이라 그러할까. 자신의 목숨을 앗아갈 검날인데도 그리 두렵거나 무섭지 않았다. 오히려 담담하기만 했다. 그저 누군가의 얼굴이 아릿하게 떠올라 아쉬울 뿐……. 그리 고집부리지 말 것을. 무얼 위해 그리 그를 밀어냈었나. 제 고집스러움이 죽음을 앞두고서야 얼마나 미련스러웠는지 알았다. 너무나 늦은 깨달음이었지만…….

검날보다도 먼저 닿은 검기가 간신히 허리를 세우고 있던 가연의 신형을 무너뜨렸다. 그녀에게서 뿜어 나온 핏줄기가 검붉은 안개가 되어 사라졌다.

콰카캉!

단단한 쇠붙이가 거칠게 긁히는 소리가 났다. 가연을 베던 예리한 검기가 중간에서 뚝 부러진다 싶더니, 곧 단단한 검날이 먼지처럼 부스러졌다.

"뭐, 뭐야?"

앞부분이 텅 비어 손잡이만 남은 검을 멍하니 바라보던 제갈 세가의 무사들은 뒤늦게 펄쩍 뛸 정도로 놀랐다. 다른 한 명이 손잡이만 남아 쓸모없어진 검을 집어던지며 큰 소리로 외쳤다.

"적이닷!"

외침 소리가 멀리 퍼지지 못하고 그들 주변에서 웅웅 메아리쳤다.

"크악!"

"퀵!"

그들의 목덜미에 붉은 실선이 그어지는가 싶더니 마른 통나무가 쪼개지듯 쩍 벌어졌다. 남은 한 명은 비명도 지르지 못하고 목이 으깨졌다. 세 명의 몸이 바닥에 쓰러지려는 찰나, 휘리릭 바람 소리와 함께 검은 장포 자락을 휘날리며 진혁이 나타났다.

"가연!"

진혁은 다급한 어조로 혼절한 가연을 소리쳐 불렀다. 피를 흘리며 쓰러져 있는 가연의 혈도를 점해 지혈부터 했다. 피를 얼마나 흘렸는지 얼굴이 그야말로 백짓장보다 더 창백했다. 이대로 두면 손쓸 겨를도 없이 그녀를 잃고 만다. 진혁은 재빨리, 그러나 조심스럽게 가연의 가슴과 무릎 아래로 팔을 넣어 단단히 안아 들었다. 잘 느껴지지도 않는 숨결이 금방이라도 끊어질 듯 미약했다.

"제발 버텨라! 지금껏 기다린 만큼 조금만 더 힘을 내다오!"

진혁은 초조한 마음에, 듣지 못하는 그녀가 제 소리를 들을 수라도 있는 양 끊임없이 그녀에게 제 간절한 마음을 읊조렸다. 그리 간구하면 그녀를 붙잡을 수 있는 것처럼. 진혁은 아슬아슬한 가연의 숨줄을 잇기 위해 자신의 공력을 쏟아 부었다.

선대에서부터 물려받아 바닥을 모르는 어마어마한 공력이 자그마한 가연의 몸으로 물밀 듯이 들어갔다. 그러나 검기에 잇따라 혈기가 닿은 내부가 썩어가듯 녹아내리기 시작해 진혁의 공력으로도 속수무책이었다. 녹아내려 끊어진 가연의 혈맥을 진혁의 진기가 간신히 감싸는 것만이 최선이었다.

"제발…… 제발……."

그의 간절한 염원을 들은 것일까. 힘없이 감겨 있던 가연의 눈꺼풀이 경련하듯 떨리다 힘겹게 들렸다. 초점이 잡히지 않은 흐릿한 눈동자가 아무것도 없는 허공을 바라봤다.

"가연! 내 말이 들리느냐? 절대로 정신을 놓지 마라! 정신을 놓아서는 안 돼! 알겠느냐?"

그의 목소리를 알아들은 듯 가연의 눈동자에 유성의 꼬리처럼 희미한 불빛이 들어왔다. 토혈로 피를 한가득 물고 있는 입술이 달싹거렸다. 그에게 말해야 했다. 마지막이니까. 마지막 순간까지 그에게 무거운 멍에를 짊어지게 할 수는 없었다. 한 사람 정도는 이 질긴 업에서 벗어나야 하지 않은가.

"……미…… 안……."

"말하지 마라! 기운을 아껴!"

진혁은 힘겹게 입술을 여는 가연의 말을 소리쳐 막았다. 그녀가 흔들리지 않도록 단단히 끌어안은 채 위로 몸을 날렸다. 순식간에 우거진 나무들이 뒤로 밀려났다. 그러나 진혁의 신경은 온통 가연에게 몰려 있었다.

"원망했…… 지만……."

진혁은 토막토막 새어나오는 가연의 말에 이를 악물었다.

"……성주…… 책임이 아니라는 걸…… 알아……. 그러니까…… 더 이상…… 연연하지…… 마세요……."

"그만해! 제발…… 날 버리지 마라! 이대로 날 저버리면 절대로 용서하지 않을 거다! 용서하지 않겠단 말이다!"

진혁은 애원하다 끝내 소리쳐 협박했다. 제 말에 그 자신은 아니더라도 만고당의 식솔들이 걱정되어 한 번쯤 가던 길을 멈추고 돌아보지는 않을까 하는 생각에.

三十三章

배원(解冤)

"당장 의각주를 데려와! 어서!"

막사의 휘장을 찢다시피 들어온 진혁은 제일 안쪽에 자리한 침상에 가연을 눕히며 큰 소리로 명했다. 뒤따라 들어온 상관준경이 뭐라 말하기도 전에 입구에 있던 무사가 의사(醫司)로 뛰어갔다.

상관준경은 가연의 맥문을 꽉 틀어쥐고 있는 진혁의 손을 보았다. 그 손을 통해 막강한 내력이 그녀의 몸 안으로 쏟아져 들어가고 있었다. 옷에 묻어 있는 핏자국은 얼마 되지 않아 보였지만 얼굴색이 너무 창백했다.

상관준경은 움켜쥐고 있는 섭선의 손잡이를 비틀었다. 군사란 최악의 상황을 염두에 둬야 했다. 만약 이곳에서 그녀가 죽는다면 어찌 될 것인가? 성주님께, 나아가 대야성과 천하에 미칠 영향은……? 아무리 생각해봐도 그림이 그려지지 않았다. 여인 하나에 천하의 안위가 걸려 있다니! 어처구니가 없으면서도 너무나 명확한 사실이라 다른 변명을 붙일 수도 없었다.

막사의 휘장이 허락도 없이 거칠게 들렸다. 의각주가 황급히 안으로 들어섰다.

"이쪽입니다!"

상관준경의 말이 나오기 전에 의각주의 발이 먼저 움직였다. 침상에 누워 있는 환자를 확인한 의각주의 얼굴이 확연히 굳어졌다. 입새로 나오는 침음성을 간신히 참았다. 그야말로 산송장이지 않은가.

의각주는 가지고 있던 침통을 내버려두고 품에서 작은 상자를 꺼냈다. 성에서 나올 때 챙겨 온 비약이었다. 단약을 싼 금박을 벗기자 청량한 향기가 막사를 채웠다.

"성주님, 진기를 멈추지 마십시오. 대신 양을 줄여주십시오. 그렇다고 너무 약해서도 안 됩니다. 아시겠습니까?"

진기의 강약을 잘 조절해야 했다. 잘못하면 강한 약의 약성을 폭주시켜 몸이 견디지 못할 수도 있었다. 그렇다고 진기가 너무 약하면 간신히 붙들고 있는 생명력이 이어지지 못하고 팍 꺼져버릴 것이다.

진혁이 알았다는 뜻으로 고개를 한 번 끄덕였다. 의각주는 기감을 높여 진혁의 진기가 서서히 약해지는 것을 감지했다.

진혁은 가닥가닥 끊어져 실낱처럼 가늘어진 가연의 기맥이 불안하게 흔들리는 것을 알았다. 기맥을 붙잡고 있던 그의 진기가 약해지자 자연스럽게 불안정해진 기맥이 금방이라도 잘려나갈 듯 위태로워졌다.

의각주는 조심스러운 손길로 엄지손톱만 한 단약을 가연의 입안에 밀어 넣었다. 가연의 목덜미를 톡톡 두드리자 입안에 고여 있던 단약이 목구멍으로 넘어갔다. 의각주는 여기저기 핏자국이 나 있는 외상은 돌아보지도 않았다. 지금 당장 중요한 것은 금방이라도 끊어질 듯한 본신 진기를 어떻게든 붙잡아둬야 하는 것이다. 그 외의 상처들은 차후의 문제였다. 일단 숨을 붙들어둬야 뭐든지 할 수 있었다.

약효가 나타나는지 시체처럼 창백하던 가연의 얼굴에 선홍빛이 떠올랐다. 그러나 의각주의 굳은 얼굴은 풀리지 않았다. 그 어떤 내상이라 해도 낫게 할 수 있는 영단을 사용하고도 그 효과가 너무 미미했다.

몸이 약을 받아들이지 못하고 있구나.

의가주는 품에서 가지고 다니던 침통을 꺼냈다. 가연의 몸에 침을 꽂는 손길이 재빠르면서도 조심스러웠다. 그렇게 시침을 한 뒤에야 참았던 안도의 숨을 내쉴 수 있었다.

"이제는 거두셔도 됩니다, 성주님."

"정말 손을 떼도 괜찮은가?

진혁은 자신이 손을 떼는 순간, 간신히 이어가고 있는 가연의 숨이 끊어지는 것은 아닌지 불안했다. 가연의 숨결을 붙들 수만 있다면 평생이라도 이대로 있을 수 있었다.

"성주님께서 계속 진기를 전하셔도 더 이상은 소용이 없습니다. 오히려 벽 부인의 몸에 부담을 줄 수도 있습니다."

그제야 진혁은 단단히 잡고 있던 가연의 손을 놓았다. 그때였다. 밖에서 들어오지 못하고 안의 기척을 살피고만 있던 백야가 더 이상 참지 못하고 거칠게 장막을 걷으며 들어왔다.

"대체 이게 무슨 일이냐? 이 아이가 왜 이 모양인 게야?"

백야는 손가락으로 가연을 가리키며 아무나 제대로 대답을 하라는 듯 사납게 목청을 높였다. 그게 누구든 걸리면 돌아오는 명년부터는 향 냄새를 맡게 해주겠다는 듯이.

"일단 자리를 옮기시지요. 여기는 의각주께 맡기고요."

상관준경은 가연에게서 시선을 떼지 않는 진혁과 백야를 달랬다. 의각주가 가연을 치료하는 데 방해가 된다는 이유를 들먹인 후에야 진혁과 백야를 밖으로 데리고 나올 수 있었다.

막상 세 사람만 남게 되자 무거운 침묵이 깔렸다. 금방이라도 무슨 일인지 말하라고 다그칠 것만 같던 백야도 심각한 얼굴로 입을 굳게 다물었다. 제 성질대로 했다면 막사를 벗어나자마자 당장 진혁의 멱살부터 잡아채 윽박부터 질렀을 터. 눈앞에 두고서도 한 번도 보지 못한 의형의 손녀인 줄도 모르고 적에게 뺏겨버렸으니, 진혁만큼 그의 속도 시커멓게 타들어가긴 마찬가지였다. 자신이 미리 알았더라면 상황이 이리 최악으로 흘러가지는 않았을 텐데……. 생각하면 할수록 안타까워 가슴이 답답했다. 등잔 밑이 어둡다고, 진혁의 턱 아래에 둥지를 틀고 있을 줄이야 누가 짐작이라 했으랴. 아니, 사자(死者)로 받아들이고 있던 이가 살아 있다는 것을 어찌 알 것인가.

대야성의 그늘에 숨어 있다 진혁의 곁으로 온 뒤에도 자신의 정체에 대해서는 입을 꾹 다물고 있던 가연이 독하다 해야 할지, 죽은 줄 알았던 정혼녀가 살아 제 곁에 있음을 알면서도 한 마디 말은 고사하고 아는 척도 하지 않은 진혁이 독하다 해야 할지. 그야말로 부부가 똑같은지라, 누가 더 독한지 우열을 가리기 힘들었다. 가연이 무사히 일어난다 해도…….

"저 혈무를 깨트릴 방법은 찾았나?"

견디기 어려울 정도로 무거운 침묵을 지키던 진혁이 상관준경에게 물었다. 상관준경이 난처하다는 표정을 지었다. 며칠째 혈무를 지켜보며 방법을 찾아보았지만, 시간이 너무 부족했다. 마지막 궁지에 몰린 제갈 가주가 반전의 기회를 만들기 위해 펼친 진이었다. 하루 이틀 살펴본다고 파악할 수 있는 수준이 아니었다. 결국 상관준경은 지금 당장 활용할 수 있는 최선의 방법을 말했다.

"진의 중심축을 부수는 수밖에 없습니다."

백야가 당장 인상을 있는 대로 썼다. 못마땅한 심사가 거침없이 튀어나왔다.

"그 정도야 코찔찔이인 세 살짜리도 아는 일. 그러니까 중심축을 부수는 방법을 내놓으라는 거잖아! 설마, 대야성의 군사라는 녀석이 저깟 진에 쩔쩔매는 건 아니겠지? 너, 제갈 놈보다 머리 좋다고 하지 않았냐? 그동안 다 거짓부렁이었던 거야?"

딱따구리처럼 쏘아대는 백야의 닦달을 상관준경은 묵묵히 받아냈다. 그야말로 유구무언이었다. 평소라면 자신만만하게 대꾸했겠지만, 지금은 어떤 말을 내놓아도 쓸모없는 변명일 뿐이다.

"원론적인 방법을 거론할 정도로 만만치 않은 진이란 뜻이군."

"죄송합니다, 주군. 시간이 충분하다면 진의 빈틈을 찾을 수도 있겠지만……."

"우리에게 그 정도의 시간이 주어지지는 않겠지."

상관준경은 무거운 눈빛으로 맞다는 뜻을 내놓았다. 진혁의 입술이 벌어지며 차가운 비소가 걸렸다.

"게다가 더 이상 시간을 끄는 것은 우리에게도 좋지 않다. 빈틈을 찾기 위해 시간을 끌면 끌수록 혈무 안에 있는 무사들이 점점 더 괴물이 되어갈 테니."

"그게 무슨 말씀이십니까? 괴물이라니요?"

상관준경의 물음에 백야가 되물었다.

"너도 그들을 본 것이야?"

"네, 그들에게 쫓기는 가연을 발견해 간신히 구했습니다. 한발만 늦었어도 가연은 이미 이 세상 사람이 아니었을 겁니다."

백야는 가연에 대한 얘기는 넘겼다. 대신 다른 것을 물었다.

"일반 무사더냐?"

진혁이 고개를 끄덕였다. 백야의 입에서 침중한 신음 소리가 나왔다. 부르르 움켜쥔 한 주먹으로 손바닥을 내려쳤다.

"제갈 놈이 미친 것이 틀림없다! 어찌 인두겁을 쓰고서 제 수하들을 그런 피에 미친 괴물로 만든단 말이냐!"

백야는 온몸으로 진저리를 치며 제갈 가주를 욕했다. 백여 년이 되어가는 세월 동안 숱한 미친놈들을 보아왔지만, 제갈 가주가 벌인 이번 짓거리는 그중 다섯 손가락에 꼽힐 정도였다. 제 가솔들을, 혈족들을 모두 혈귀로 만들어버리다니.

"문제는 우리 쪽 무사들은 혈무 속에서 본신의 무위를 제대로 낼 수 없는데, 저들은 혈무 속에서 몇 배나 더 강해져 있다는 겁니다. 보아하니 시간이 지날수록 혈무가 끌어들인 피를 취하면서 더 강해지는 듯하니 시간을 끌어서는 안 될 듯합니다."

백야도 수긍한다는 듯 고개를 몇 번이나 끄덕거렸다. 혈무 속에서 직접 상대해봤기에, 진혁이 무슨 말을 하는지 금방 이해할 수 있었다. 피에 미친 저들이 밖으로 나온다면 더 큰일이 벌어질 것이다. 혈강시처럼 닥치는 대로 피를 마시려 들 터, 눈에 띄는 사람들은 모두 먹이로 여길 것이니 한 명이라도 밖으로 빠져나가게 해서는 안 된다.

그 밤이 지나 새벽빛이 떠오를 때까지 진혁과 상관준경, 백야가 있는 막사의 불빛은 꺼지지 않았다.

한잠도 자지 못한 진혁은 운기조식으로 몸의 피로를 푼 후 막사를 나섰다. 막사의 장막을 젖히며 안으로 들어가자 독한 약 냄새가 났다. 침상에 붙어 서 있던 의각주가 다가오는 진혁을 맞았다. 그의 얼굴이 하룻밤 사이에 말도 못하게 초췌해졌다.

"오셨습니까, 성주님."

진혁은 말없이 침상의 머리맡에 섰다. 미약한 가연의 숨줄이 꺼지지 않고 희미하나마 살아 있었다. 지난밤 그가 발견했을 때보다는 아주 약간 생명의 불씨가 살아 있었다.

"아직 위험한 상황입니다. 워낙 위중했던 터라……."

의각주는 차마 앞으로 어찌 될지 모르겠다는 말을 할 수 없었다. 가연을 바라보는 진혁의 눈길이 너무나 간절해 오히려 곁에서 지켜보는 그의 마음이 안타까울 지경이라, 불길한 말은 한 마디도 입에 올릴 수 없었다. 그저 하늘이 돌보시길 바라는 수밖에.

의각주는 진혁에게 깊숙이 허리를 숙이며 뒷걸음질로 막사를 나갔다. 묵묵히 가연을 바라만 보고 있던 진혁은 침상에 걸터앉았다. 고개를 숙여 붉은 기를 잃은 가연의 입술 가까이 얼굴을 가져다댔다. 실바람보다도 약한 숨결이 하늘에서 떨어지는 눈송이처럼 그의 얼굴을 슬쩍 건드렸다 사라졌다.

이렇게 다쳐 누워 있는 네 모습을 보는 것이 벌서 몇 번째인지. 쓴물처럼 자괴감이 올라왔다. 세상에 다시없을 소중한 이라 칭하면서 제대로 보호하지 못했다. 다른 핑계를 대면서 오히려 위험을 방치하기까지 했으니.

열이 올라 달아오른 이마에 자신의 이마를 맞대었다.

"내게 따지고 싶으면 무사히 일어나라. 네가 일어나기만 한다면 네 분노는 얼마든지 받아줄 테니."

가연이 퍼부을 분노가 제아무리 거세다 할지라도 지금의 무력한 심정보다는 나을 것이다. 아무 도움도 되지 못한 채 우두커니 지켜만 봐야 하는 현실이 그를 비참하게 만들었다. 부모님을 빼앗겼던 힘없던 어린 날에서 벗어나기 위해 그토록 발버둥 쳤건만 아무것도 달라진 것이 없었다. 간신히 손에 넣은 소중한 것을 다시금 잃어버릴 처지라니. 멍청한 자신을 두들겨 패고 싶었다. 어리석은 자존심을 세우며 쓸데없는 계산을 굴리는 것이 아니었다. 그녀에게 솔직하게 털어놓을 것을……. 벌써 몇 번째인지 헤아릴 수도 없는 후회가 다시금 해일처럼 밀려왔다. 그녀를 두고서 도박을 하는 것이 아니었다. 그녀의 존재를 알아차리자마자 적들의 시야에서 빼돌려뒀어야 했다.

막사 앞으로 하나둘씩 모여드는 기척들이 잡혔다. 진혁은 자신의 품속으로 손을 집어넣었다. 풀리지 않도록 돌돌 말아둔 붉은 비단주머니를 열어 안에 든 물건을 꺼냈다. 탁하게 색이 바랜 연분홍 비단 머리 끈이 나왔다. 잃어버릴까 항상 가슴에 품고 있던 소중한 물건이었다. 은설이, 가연이 참화를 낭한 후에는 그 작은 아이를, 그녀를 기억할 수 있었던 단 하나의 흔적이었다.

진혁은 머리끈을 집어 가연의 손목에 묶었다. 너무 옥죄지 않도록 조심하며 천천히 매듭을 지었다. 가는 손목에 띠로 만든 매듭 팔찌가 생겼다.

이것은 그의 간절한 바람. 그동안 그를 지탱해준 부적이 이번에는 그녀를 지켜주기를.

진혁은 뒤돌아서 막사를 나왔다.

"성주님을 뵙습니다."

기다리고 있던 이들이 허리를 숙였다. 그 앞에 백야가 못마땅한 얼굴로 다리 한 짝을 삐딱하게 꼰 채 자리해 있었다. 진의 위력을 경험한 백야가 신중히 고른 무사들이었다. 현재 여기에 모여 있는 무인들 중 그나마 가장 강한 이들이었다.

"군사에게서 계획은 들었을 것이다. 진이 펼쳐져 있어 평소보다 무공을 사용하는 것이 힘들 것이다. 그러니 오직 앞으로 나아가는 것만 생각해라. 앞을 가로막는 것은 모두 부수고 진의 중추에 닿도록. 진 안에 있는 적의 숫자는 많지 않다. 1대1로 상대한다 생각하지 말고, 손발이 맞는 자와 함께 상대하라."

"존명!"

진혁은 허리춤의 검대에 자리해 있는 검을 손바닥으로 확인했다.

"군사는 반시진이 지날 때까지 진이 부서지지 않으면 그녀를 데리고 즉시 성으로 물러나라."

"주군!"

"그대가 가장 먼저 염두에 둬야 할 것은 그녀의 안전이다. 군사라면 당장은 힘들더라도 대야성의 힘을 이용해 제갈 가주를 상대할 수 있을 것이야. 그러니 무리하게 상대하지 말고 뒤로 물러나."

상관준경은 눈을 가늘게 좁히며 대답을 거부했다. 주군의 명이었지만, 받아들일 수 없는 명이었다.

곁에 있던 백야가 손을 들어 상관준경의 뒤통수를 소리 나게 갈겼다.

"빨리 답하지 않고, 뭘 그리 재는 것이냐! 걱정하지 마라! 안에서 무슨 일이 벌어지더라도 이 녀석만은 밖으로 빼돌려 던져줄 테니까. 그러니 기다리고 있다가 무사히 받아내기나 해라."

골이 흔들릴 정도로 아픈 통증에 악 소리를 내던 상관준경이 휙 고개를 돌려 무시무시한 눈으로 백야를 보았다. 장난질을 주고받던 평소와는 정반대의 모습이었다. 그에게 백야가 아무리 존경하고 든든한 주춧돌로 의지하는 존재라 할지라도 주군인 진혁과는 견줄 수 없었다. 의무감만 존재하는 상관 세가야 비교할 거리도 아니었고.

"약속하신 겁니다, 백야 님."

"그래, 이 녀석아!"

백야는 심술궂은 미소를 지으며 한 번 더 상관준경의 뒤통수를 때렸다. 마치 작정이라도 한 듯 때렸던 곳과 똑같은 부분을.

"악! 아니, 왜 계속 같은 곳을 때리시는 겁니까! 아프지 않습니까? 아! 그만 때리시라니까요! 정말 이렇게 나오실 겁니까! 제 머리가 얼마나 귀중한 재산인데 자꾸 때리시는 겁니까! 이러다 바보가 되면 백야 님이 책임지실 겁니까!"

이리저리 고개를 돌려도 백야의 주먹은 지남철을 발견한 자석처럼 상관준경의 뒤통수를 정확하게 가격했다. 한 대 한 대 더할수록 강도가 세지는지 통증도 커졌다. 그야말로 폭력을 앞세운 협박이었다. 결국 상관준경은 진혁의 명을 따른다는 말을 한 뒤에야 백야의 주먹질에서 간신히 벗어날 수 있었다. 그때쯤에는 벌써 뒤통수가 벌집이 되어 주먹 만 한 혹들이 불뚝불뚝 솟아 우스운 모양새가 되어 있었다.

흉흉한 정적이 산을 짓누르고 있었다. 조용히 숨 쉬고 있어야 할 산의 생명들이 모조리 사라져 산의 기운은 불길하다 못해 황량하기까지 했다. 주변을 맴도는 공기에 비릿한 혈향만이 가득했다.

앞으로 나아가는 진혁의 기세는 거침없었다. 부나비를 부르는 불길처럼 과시하듯 맘껏 자신의 기운을 드러냈다. 자욱한 혈무 아래 바짝 말라 죽은 풀들이 바람도 없이 파사삭 흔들렸다.

오는군.

꿀을 찾아 모여드는 벌 떼처럼 은밀하게 기척을 죽인 자들이 혈무를 엄폐물 삼아 다가오고 있었다.

휙!

붉은 안개를 가르며 섬뜩한 예기를 머금은 칼날이 날아왔다. 단숨에 진혁의 목을 분질러버리겠다는 듯 칼날이 일으키는 바람이 위맹했다. 상대하는 적이 누구인지 확인도 하지 않고 모두 죽이겠다는 움직임이 었다.

상관없겠지. 어차피 서로 주고받을 말이 남아 있는 것도 아니니, 이 편이 깔끔하겠군.

진혁은 불쾌한 살기를 줄줄 흘리며 회오리치듯 칼날을 돌리는 적을 향해 주먹을 뻗었다. 희미하게 빛나던 주먹은 찬란한 유성처럼 커다란 빛무리를 이루며 짙은 혈무를 두 동강 냈다.

"크아악!"

"아악!"

빛무리의 앞을 가로막고 있던 공간이 일그러졌다. 그 속에 숨어 있던 적들도 커다란 빛덩이에 짓뭉개졌다.

진혁의 눈꼬리가 날카롭게 올라갔다. 주먹에 닿는 타격감은 정확하게 적들을 때렸다고 알려왔지만, 바닥에 살아 꿈틀거리는 적들이 남아 있었다. 평소 그의 위력을 생각한다면 단숨에 즉사하고도 남았을 공격이었다. 이곳에 깔려 있는 진이 그의 공격을 약화시키고 있었다.

진이 강해졌다. 그사이에 제갈 가주가 진을 한층 강화시킨 건가?

팔과 다리가 날아간 몸을 들썩이며 기어이 일어나는 적들에게 한 번 더 손을 써 확실히 침묵시킨 진혁은 슬쩍 얼굴을 들어 짙어진 혈무를 올려다봤다.

이 정도면 다들 제법 고생하겠군. 경고를 가볍게 듣고 흘린 자들 중

여럿의 목숨이 날아갈 듯했다.

진혁은 나아가던 걸음에 속력을 더했다. 위로 올라갈수록 수풀이 우거지며 음습한 기운이 강해졌다. 진의 영향도 강해져 달려드는 무사들의 무위도 달라졌다. 그만큼 그들의 모습도 기괴하게 일그러져 있었다. 인간의 형상을 잃어버린 채, 살아 움직이는 생명체를 향해 달려드는 모양새가 지옥의 아귀와 같았다. 굶주림에 헐떡거리는 숨결에서 더러운 악취가 풍겼다.

진혁의 손속은 무자비했다. 두어 번 손을 쓰는가 싶더니, 어느 순간부터 한 번에 하나씩 목숨을 거둬들였다. 그의 강기가 지나간 자리에는 핏자국도 흘러나오지 않았다. 그는 양강의 강기로 아예 적을 태워버렸다. 피를 보지 않고 죽일 수 있는 가장 좋은 방법이었다.

"볼 때마다 느끼는 거지만, 성주는 항상 요령이 좋으시오."

꾸역꾸역 모여 있는 개떼를 치우자 아귀가 된 개들의 주인이 나왔다. 생긴 지 얼마 되지 않은 듯한 빈터의 중앙에 자리해 있던 제갈 가주는 자신의 수하들이 불길에 재도 남기지 못하고 죽어나가는 것을 감정 없는 눈으로 지켜보았다.

진혁은 기다리고 있었던 사람처럼 자신을 맞이하는 제갈 가주를 향해 천천히 걸어갔다. 혈무의 가장 안쪽인데도 오히려 진의 영향을 조금도 받고 있지 않았다. 그곳만이 안전 지역이라는 것처럼.

진혁은 제갈 가주와 적당히 거리를 두고 마주 섰다. 한 번에 거리를 좁힐 수 있으면서도 공격을 받으면 맞받아칠 수 있을 만큼의 거리였다.

"그러는 그대는 여전히 기회를 잘 살피는군. 찍찍거리는 쥐새끼처럼 말이야. 그때도 그랬었지. 내 부모님과 날 습격했던 것도 그대가 꾸민 짓이었지."

"호오, 알고 계셨소이까?"

제갈 가주는 의외인 듯 감탄성을 흘렸다. 그때의 계획을 실행했던 적면좌도 뒤에 숨어 있던 자신의 존재를 알아차리지 못했었다.

"그대는 마치 굶주린 짐승 앞에 먹이를 던져주듯 적면의 눈에 빈틈을 보여주었지. 마치 적면이 스스로 알아낸 것처럼. 내 손에 죽은 적면은 죽을 때까지 몰랐을 거야. 자신의 수족이라 생각했던 수하가 그대가 20년도 전에 집어넣은 간자라는 것을."

"거기까지도 알아내신 거요? 진정 놀랍구려. 다른 오면좌들은 아무도 알아차리지 못한 것을 용케 알아내셨구려."

진혁이 세상이 얼어붙을 정도로 차가운 냉소를 지었다.

"그 일로 그대의 존재를 알게 되었으니, 저승에 계신 부모님도 만족하시겠지."

"뭐?"

"완벽한 계획이었다 만족하고 있었던가? 누구도 네가 뒤에서 조종하고 있다는 것을 알아내지 못하리라 자신하고 있었다면, 정말 실망이라고 해야겠군. 네가 미처 알아차리지 못하고 남겨두었던 흔적을 기어이 찾아냈으니. 덕분에 고맙다 말해야겠지. 네가 흘린 꼬리를 하나씩 잡아가니 줄기에 엮인 열매처럼 굵직한 것들이 차례대로 딸려 나왔으니."

진혁을 다시 만난 후 처음으로 제갈 가주의 얼굴이 딱딱하게 경직되었다. 거기에 진혁이 마지막 쐐기를 박았다.

"그대 덕에 꽁꽁 숨어 있던 오면좌를 모두 찾아내 이렇게 마지막 마무리를 지을 수 있게 되었다."

여유롭던 제갈 가주의 분위기가 바뀌었다. 그나마 억지로 가장하고 있던 군자의 가면을 벗어던진 그는 흉흉한 기운을 뿜어냈다.

지금의 사태를 초래한 것이 자신이라니!

제갈 가주는 입가를 뒤틀며 믿을 수 없다는 눈빛을 지었다. 그가 만들어낸 계획들에 실수란 없었다. 대야성을 압박하고 자신들의 세력을 배로 키울 수 있었던 것은 모두 자신의 머리가 있었기 때문이다. 제갈세가의 가주라는 자리보다 청면좌를 더 우선시했다. 그리해 상관준경에게 군사직을 넘기고 세간의 조롱을 들으면서도 참았던 것이다.

날 격동시키려 함이야! 분노로 날 뒤흔들어보려 하는 것이다!

이따위 격장지계(激將之計)라니! 자신이 누구인 줄 알고서 이런 조잡한 짓거리를 벌인단 말인가!

"성주답지 않으시구려. 그따위 말에 흔들릴 내가 아니오. 오늘날 내 모습이 이런 처지가 되었다 하나, 그것은 모두 제 욕심을 챙기느라 대계를 무시한 자들의 어리석은 행동 때문일 뿐. 내 계획은 완벽했소!"

"완벽한 계획이었다면, 다른 오면좌들의 행동반경도 충분히 고려하고 세웠어야지 않나? 아니, 그들의 야욕도 모두 생각하고 이미 계획에 반영했던 거겠지."

"닥쳐라!"

제갈 세가의 뒤편으로 불길한 검붉은 기운이 불꽃처럼 치솟다 사라졌다.

"그럼에도 그대의 계획은 무너졌다. 그대의 말대로 완벽하게 실패했지. 다음을 기약할 수도 없을 정도로 철저하게."

"닥쳐! 닥쳐! 닥치란 말이다! 사실이 아니야! 내가 계획한 대로만 움직였다면 실패할 리가 없었어! 다른 놈들이 제 욕심대로 움직여 대계가 실패한 것이야!"

이성을 잃기 시작한 제갈 가주의 눈이 짙은 먹물처럼 탁한 검은 빛을 띠기 시작했다. 맑은 흰자위까지 새카맣게 변했다. 얇게 씌워져 있던 가면이 갈기갈기 찢어지며 추악한 얼굴이 드러났다.

"그놈들 때문이야! 그놈들이…….."

흰 빛은 하나도 없는 검은 눈이 광망을 토해냈다. 다른 오면좌들을 성토하던 중 다른 존재가 머릿속을 탁 쳤다. 그래, 성주의 말이 맞았다. 처음부터 다른 자들의 욕망까지 염두에 두고 있었다. 그들과 알고 지낸 지가 몇 년인가. 그들의 야욕이야 처음 손을 잡았을 때부터 머릿속에 챙겨두었고, 계획을 세울 때에도 그들의 움직임까지 모두 숙고한 후 밑그림을 그렸었다. 이번이라고 다를 것이 있으랴.

제갈 가주는 시간을 거슬러 되짚어나갔다. 사소하다 싶어 넘겨버린 일들까지. 하나씩 사건의 인과관계가 선을 이으며 보이지 않는 도표가 그려졌다. 그러다 그의 얼굴이 갑자기 크게 일그러지기 시작했다. 지금까지 알아차리지 못하고 있던 것을 찾아낸 것처럼.

"설마! 그 계집이!"

잔뜩 일그러뜨린 얼굴을 들어 밤하늘을 보며 노성을 터트렸다. 휙 고개를 내려 자신의 분노를 즐기듯 구경하고 있는 진혁을 노려보았다.

"네놈의 노림수였던가? 처음부터 그 계집의 용도는 우리들에게 내보일 미끼에 지나지 않았던 것이야! 그 계집이 문제였어! 그 계집이 등장하면서부터 모든 일들이 어긋나기 시작한 것이야! 그 계집, 만고당주!"

성주가 자신들을 향해 그물을 펼쳐두었다면 자신들은 성주의 발치에 수많은 덫을 깔아두었다. 한 발짝씩 걸음을 뗄 때마다 숨겨둔 덫들이 튀어나와 성주를 한 움큼씩 뜯어먹도록. 시간은 오래 걸리겠지만 확실한 방법으로 성주를, 대야성을 허물어뜨릴 수 있도록. 그런데 성주를 중심으로 깔아둔 덫들이 어느 순간부터 무용지물이 되어버렸다. 정확히는 만고당주가 대야성으로 들어오면서부터.

그저 그런 계집에 지나지 않는다 생각했었다. 주변의 등쌀에 시달려 잠시 관심을 돌리려 내세운 장기말. 언제든지 치워버릴 수 있는 바둑판의 사석이 사실은 단단한 둑에 금을 가게 만든 암수였던 것이다.

진혁은 그가 느끼고 있을 분노와 황당함을 이해했다. 그에게 은설, 아니, 벽가연은 밟고 지나갈 작은 조약돌에도 미치지 못할 만큼 하찮은 존재였을 테니. 그것은 자신도 마찬가지였다. 하늘이 낮다며 건방지게 날뛰다 천벌처럼 뒤통수를 맞았으니, 앞에서 발광하는 제갈 가주보다 더 멍청한 것은 자신일지도 몰랐다.

하늘의 짓궂은 장난질이요, 길거리의 이야기꾼도 손을 내저으며 사지 않을 이야깃거리였다. 맞닥뜨린 당사자야 배배 꼬인 인연에 하늘을 노려보며 이를 바득바득 갈 뿐이지만……. 가연이 저들의 마수를 피해 안전할 수 있었던 것은 감사할 일이지만, 좀 더 빨리 만났더라면 서로 헤매지 않고 쉽게 다가갈 수 있었을 텐데……. 하늘의 보살핌에 감사하면서도, 뒤틀렸다 싶을 정도로 꼬여버린 인연의 매듭에 화가 나기도 했다.

"그 계집이 문제였어! 인질로 살려두는 것이 아니었는데, 기회가 있을 때 죽여버렸어야 했던 것을!"

제갈 가주는 놓쳐버린 아쉬움에 발을 굴렀다. 수하의 보고로 가연이 부상을 입고 진혁에게 구출되었다는 것을 알고 있었다.

진혁은 가슴 앞으로 맞잡고 있던 팔짱을 풀었다. 얼추 시간이 제법 흘렀다. 혈무 때문에 정확하게 잡히지 않았지만, 여기저기에서 벌어지던 싸움질이 서서히 끝나가고 있었다. 격렬하게 부딪치던 기운들이 하나씩 지워져 느껴지지 않았다.

"한 번 놓친 기회는 다시는 돌아오지 않는 법."

진혁은 책 속에 나열된 듯한 진부한 진리를 돌팔매질처럼 투척하며 당연한 순서인 듯 검을 뽑았다. 아무런 기운도 실리지 않았지만, 시린 빛을 띤 검첨의 날카로운 예기가 제갈 가주의 미간을 찔렀다.

발작처럼 광망을 터트리던 제갈 가주가 갑자기 조용해졌다. 빛이라고는 한 점도 없는 새카만 눈동자가 자신에게 겨눠진 검을 보았다. 재미있는 것을 보는 듯 그가 히죽 웃었다.

"이 진 속에서 날 죽일 수 있을 것 같소, 성주?"

진혁은 대답하지 않았다. 단지 검에 실린 기운이 무거워졌다. 깃털처럼 가볍던 기세가 해일처럼 일어나 태산이 되었다.

제갈 가주의 입술이 씰룩거렸다. 반드시 자신을 죽이겠다는 의지가 느껴졌다. 어쩌다 자신이 이런 신세가 되었는지……. 패왕이라 불리던 제 아비도 자신 앞에서는 경계하며 한 발 물러났거늘, 그 자식이 자신의 둥지를 불태울 줄은 몰랐다. 새삼 10년 전의 실수가 뼈에 박힐 정도로 아팠다. 그때 제 부모와 함께 죽였어야 했다.

제갈 가주는 점점 짙어지는 혈향을 맡았다. 그를 향해 사방에서 죽음과 피의 기운들이 몰려들고 있었다. 진 안에서 죽은 자들의 사기와 혈기가 펼쳐진 진에 이끌려 그를 찾아오고 있었다. 수하들에게 나뉘었던 혈정들이 숙주의 기를 잡아먹어 몇 배로 커진 상태로 본원인 그에게로 되돌아오고 있었다.

"오오오오!"

마구잡이로 몰려오는 힘에 제갈 가주는 최고의 비약이라도 마신 듯 황홀경에 빠졌다. 온몸에서 새로운 힘이 솟았다. 처음부터 혈무에 섞인 혈정은 그의 기운이었기에 반발도 없었다. 드문드문 이질적인 기운이 있었지만, 혈정의 강한 기운에 짓눌려 날뛰지 못하고 조용히 합해졌다.

검은 혈관이 피부 위로 툭툭 불거졌다. 실지렁이처럼 이리저리 뻗어 나간 검은 혈관은 제갈 가주의 얼굴부터 손등까지 뒤덮었다. 제 힘에 취한 그는 자신의 외양이 변했다는 것도 알지 못했다.

"으흐흐흐흐! 과연 성주가 날 상대할 수 있을 것 같나? 이 힘을 손에 넣은 나를!"

그가 자랑하듯 왼손을 휘저었다. 검은 기운에 휘감긴 커다란 바위가 흔적도 없이 사라졌다. 자신감을 얻은 듯 그는 진혁을 향해 오른손을 둥글게 원을 그리며 떨쳤다.

진혁은 소리 없이 내쏘아진 흑기(黑氣)를 피하지 않고 검을 휘둘렀다. 무거운 검풍이 불길한 흑기와 부딪혀 허공에서 폭발했다. 진혁은 폭풍을 맞은 듯 세차게 몰아치는 바람을 가르며 몸을 날렸다.

"흥!"

진혁의 검이 금방이라도 부서질 듯 시끄럽게 요동쳤다. 미세한 검명이 점점 커지더니 천둥소리처럼 하늘과 땅을 뒤집었다. 진혁은 검은 뱀처럼 검날을 따라 스멀스멀 올라오는 흑기를 파사(破邪)가 깃든 검울림으로 떨쳐냈다.

천번지복(天繁地復)이라도 일어난 듯 공방이 벌어진 두 사람의 주변으로 땅이 제멋대로 내려앉고, 나무와 바위들이 가루가 되거나 뿌리째 뽑혀 멀찍이 처박혔다. 날카롭게 부러진 가지들이 소용돌이치는 기류에 휩쓸려 무시무시한 암기가 되었다. 아무것도 모르고 가까이 접근하는 자가 있다면 억 소리도 내지 못하고 고슴도치가 되어 죽었을 것이다. 일정한 거리를 두고 주변을 감싸고 있던 혈무도 용트림을 하듯 기류를 따라 이리저리 흔들렸다. 그에 공명하듯 산울림이 일어났다. 산신이 비명을 지르고 있었다. 산이 감당하기 어려운 힘이 하나도 아니고 두 개나 들어와 생사결을 펼치고 있는 탓이다.

지옥에서 올라온 검붉은 용이 거대한 몸체를 움직였다. 그에 하늘에서 내려온 천장(天將)과 같은 청광의 거인이 몸을 일으켰다. 용과 비슷하기는 하지만, 용이 아닌 흑적광의 이무기가 입을 벌려 거인의 목을 노렸다. 이무기의 몸짓에 벌 떼와 같은 '윙' 소리가 났다.

청광의 거인은 한 손에 쥐고 있던 푸른 검을 높게 들었다. 푸른빛이 강해지며 뇌전 같은 휘백빛을 휘감았다. 급기야 불꽃이 튀듯 번쩍번쩍 뇌전이 일었다. 뇌전 중 하나가 산자락에 튀어 화르륵 불길이 치솟았다.

뇌전을 감은 검이 이무기의 긴 몸을 단숨에 두 동강 냈다. 검붉은 기운을 뿌리며 끊어진 몸체를 커다란 손이 잡아 짓이기듯 땅에 내려쳤다. 고통에 꿈틀거리며 바닥을 기는 몸체를 거대한 푸른 빛기둥이 관통했다. 굉음이 울리며 산이 주저앉을 듯 들썩거렸다.

검붉은 기운이 옅어지며 이무기의 형상이 사라졌다. 그에 맞추듯 산을 내려다보던 청광의 거인도 서서히 빛을 잃었다. 그리고 조금 전과는 달리 확연히 안색이 창백해진 진혁이 허공에 떠 있었다. 내상을 입은 듯 입가에서 가는 핏줄기가 흐르고 있었다.

진혁은 제멋대로 날뛰는 기혈을 다잡았다. 내력과 심력을 제법 많이 소모해 잠시 기혈이 진탕했다. 진혁은 시선을 내려 이무기가 사라진 지면을 봤다. 폐허가 되다시피 한 땅에 제갈 가주가 처박혀 피를 게워내고 있었다.

"으웩!"

혈정(血精)이 깨어진 듯 검은빛만 보이던 눈동자에 회색을 띤 흰자위가 나타났다. 툭툭 불거져 있던 시커먼 혈관들이 검상처럼 쩍쩍 갈라지더니 시뻘건 핏줄기들이 돋아나 금세 혈인(血人)이 되어버렸다. 입고 있던 청색 문사복이 넝마처럼 찢어져 너풀거렸다. 걸레짝보다도 못한 옷차림을 보면 사지가 온전히 붙어 있는 것이 신기했다. 찢긴 옷자락 사이로 핏물이 번지고 있긴 했지만 말이다.

자신의 패배를 믿을 수 없다는 듯 제갈 가주는 일그러진 얼굴로 허공을 향해 눈을 부릅떴다.

"어, 어떻게?"

그륵그륵거리는 쉰 목소리로 더듬거리며 물었다. 입술을 들썩거릴 때마다 거품 섞인 핏물이 한 움큼씩 흘러나왔다. 핏물 속에 부서진 내장 조각도 섞여 있는 것이 대라신선을 데려와도 살릴 수 없는 상태였다.

진혁은 허공에서 내려와 제갈 가주의 옆에 섰다.

"너희들이 착각한 것이다. 내가 딛고 있는 경지에 대해서."

"어째서…… 지금까지 자신의 강함을 숨기고, 컥, 있었던 거요? 성주의 경지라면 얼마든지 우리를 상대할 수 있었을 텐데…….."

진혁과 생사투를 벌였던 제갈 가주는 전신으로 진혁의 강함을 느낄 수 있었다. 눈을 가리고 있던 혈정이 깨어지자 벌거벗은 것처럼 오감이 떨렸다.

왜 이런 힘을 가지고서도 지금껏 참고 있었던 것일까.

죽어가는 상황에서도 자신이 알지 못하는 것에 대한 의문을 숨기지 않았다. 마지막까지 자신의 욕구에 충실한 모습이 너무나 그다워 진혁은 경멸 어린 조소를 던졌다.

"잡아야 할 짐승이 한 마리뿐이었다면 참을 필요가 없었겠지. 허나 제법 덩치 큰 짐승들이 다섯인 데다 뿔뿔이 흩어져서는 제 좋을 대로 모였다 떨어지길 반복하니 때를 기다리는 수밖에. 섣불리 힘을 드러내 놀라 숨어버린다면 안 하느니만 못하니."

"……10년을 말이오?"

"너희들도 하는 일을 내가 못 할 것이 무엇인가? 하지만 내가 노린 적기는 지금이 아니었다."

진혁은 이번에는 자신을 향한 조소를 지었다.

"너희들이 서로 물어뜯어 제 뿌리까지 갉아먹기를 노리고 있었거늘……. 지금의 상황을 네가 예상치 못했던 것처럼, 나 역시 이런 식으로 일이 풀릴 줄 몰랐다."

제갈 가주가 뜻밖이라는 듯 입을 벌렸다. 그러거나 말거나 진혁은 검대의 손잡이에 손을 올리며 혈무가 사라진 깨끗한 밤하늘을 올려다봤다.

서문은설, 아니, 벽가연이라는 여인.

제갈 가주도, 그도 생각하지 못했던 존재.

그녀가 작금의 결과를 불러온 것이다.

그러나 진혁은 말문을 닫았다. 이 이상 제갈 가주에게 친절하게 설명해주고 싶지 않았다. 그녀가 비선곡의 생존자라는 사실을 굳이 알려줘야 할 이유도 없었다. 경악하는 얼굴을 보고 싶기도 했지만, 마지막 풀리지 않은 궁금증을 가지고 죽는 것도 좋을 것이다.

진혁의 검이 뭐라 물으려는 듯 입을 벙긋거리는 제갈 가주의 목을 잘랐다. 부모님과 할아버지의 제단에 올리겠다 맹세했던 마지막 제물이었다.

三十四章

회복

작은 침방에 짙은 약향이 가득했다. 방의 한가운데에 있는 향료에서 약초를 태운 향이 부슬부슬 올라왔다. 원탑 모양의 청동 향료가 경계선인 듯 침상에 다가가지 못한 이들이 초조한 눈빛으로 침상 쪽을 바라보고 있었다.

두꺼운 휘장을 걷어낸 침상에 가연이 누워 있었다. 대야성에서 급하게 불러온 성수림주는 가연의 손목을 잡아 신중하게 진맥했다. 침상의 머리맡은 수문장처럼 진혁이 지키고 있었다. 지난번 음독 사건 때처럼.

제갈 가주와의 싸움이 끝나자마자 진혁은 남은 정리를 모두 백야에게 떠넘겼다. 하늘까지 뛰어 오를 정도로 펄펄 뛰는 그에게 막무가내로 제갈 가주의 수급까지 쥐여준 다음 온전히 가연에게 매달렸다.

간신히 맥만 붙잡아놓은 그녀를 함부로 움직일 수 없었다. 그렇다고 시신들이 뒹굴고 산세가 험한 곳에 머물 수도 없었다. 치료를 위해서라도 조용하고 안전한 장소로 옮겨야 했다. 그래서 경산에서 조금 떨어진 마을의 작은 무관을 통째로 사버렸다. 살고 있던 사람만 내보낸 후, 조심에 조심을 거듭해 가연을 옮겼다. 성수림주가 올 때까지 의각주가 가연의 상태를 돌봤지만, 하루하루 시간이 흐를수록 악화되는 것을 막을 수 없었다. 그나마 최대한 늦추는 것이 의각주가 할 수 있는 최선이었다. 오전에 성수림주가 도착하자마자, 의각주는 기력이 다한 노인처럼 쓰러져 지금은 무관의 작은 방 한 칸을 차지해 쉬고 있었다. 그만큼 심력을 소모한 탓에 쉬이 기력을 회복할 수 없을 듯했다.

환자를 대함에 감정을 드러내지 않는 성수림주가 미간을 살짝 일그러뜨리며 가연의 손목을 고쳐 잡았다. 간신히 잡은 맥이 너무나 희미해 쉽사리 진단을 내릴 수가 없었다. 꾹 다문 입술이 딱딱하게 경직되며 허연 눈썹 끝이 파르르 떨렸다. 모두 숨죽인 채 진맥이 끝나기를 기다렸다. 거기에는 향료 뒤편에 있는 벽갈평과 제 성질대로 뒤처리를 밀어붙이다시피 처리하고 합류한 백야도 함께 있었다.

천천히 손목에서 손을 뗀 성수림주가 어두운 얼굴로 지그시 눈을 감았다 떴다. 석상처럼 무표정한 진혁을 보며 성수림주는 올라오는 한숨을 간신히 되삼켰다. 자신을 보는 담담한 눈길에 담겨 있는 간절한 기원을 느꼈기 때문이다. 지난번 사건에서 느꼈지만, 성주는 이 여인을 아끼고 있었다.

"장담을 드리기가 어렵습니다, 성주님."

침방의 공기가 한순간 숨을 쉴 수 없을 정도로 무거워졌다. 답답한 공기를 손으로 휘젓듯 성수림주는 제 할 말을 덧붙였다.

"의각주가 말씀드렸겠지만, 기맥이 잘린 것도 위험하지만, 그사이 침습한 악기가 진원진기를 갉아먹은 것이 가장 큰 문제입니다. 한번 소멸된 진원진기를 다시 되살리는 것은 불가능하니까요."

"그러나 이 세상에 의술이 하늘에 닿았다는 성수림이니, 가연과 같은 환자들도 겪어보았겠지. 방법은 무엇인가?"

진혁은 단조로운 음성으로 물었다. 듣고 있던 이들의 뒷덜미가 섬뜩해졌다. 답이 없으면 강제로라도 만들어 내놓으라는 어조였다. 진혁의 위협에도 성주림주는 낯빛 하나 바뀌지 않았다. 상대는 다르지만, 위중한 환자의 가족들이 의원을 다그치며 겁박을 주는 것은 종종 있는 일이었다. 그 상대가 이번에는 다루기 힘든 존재라는 것이 다를 뿐이다. 게다가 전서로 알려온 환자의 상태를 보아, 성주의 반응을 짐작하고 있었기에 동요할 필요가 없었다.

"다른 방법은 없습니다. 깨어진 진원진기를 최대한 수복하는 것이 급선무입니다. 빠져나가는 곳을 막아야 비틀어진 곳을 고칠 수 있습니다. 성주님, 거짓 없이 말씀드리겠습니다. 성수림이 가진 의술을 모두 쏟아 부어도 벽 부인이 자리에서 일어날 수 있을지는 오직 하늘에 달려 있습니다. 허나, 이대로 손을 놓는다면 벽 부인은 열흘을 넘기기 힘들 것입니다."

가뜩이나 석상 같던 진혁의 얼굴에서 희미하게 남아 있던 마지막 표정마저 사라졌다. 그는 깊은 잠에 빠진 듯 눈을 감고 있는 가연의 얼굴을 보았다. 흰 살결에 드리워 있던 바알간 생기가 물에 씻긴 듯 사라져 밀랍처럼 해쓱했다.

열흘.

속으로 열흘이라는 날짜를 헤아렸다. 하루 낮과 하루 밤이 열 번이면 되는 아주 짧은 시간. 그녀를 보내기에는 너무나 터무니없이 부족한 시간이었다.

"그녀에게 필요한 것이 있다면 망설이지 말고 요구하라. 아무리 천명이 하늘의 뜻에 달린 일이라지만, 무작정 손 놓고 보낼 수는 없는 일이니. 할 수 있는 최선을 다하라. 나는 그녀가 자리에서 일어나는 것을 봐야 한다."

"혼신을 다하겠습니다, 성주님."

성수림주는 허리를 숙이며 두 손을 앞으로 마주 잡아 올렸다. 그리고 급하게 챙겨온 약재를 가지러 나갔다. 진원진기에 쓸 수 있는 약재를 골라 탕약부터 달여야 했다.

입을 굳게 다물고 있던 벽갈평은 밖으로 나가는 성수림주와 자리를 바꾸듯 침상가로 다가갔다. 근 두어 달 만에 양녀의 얼굴을 보자 절로 한탄이 흘러나왔다. 맑은 진주처럼 영롱하던 딸아이의 얼굴이 퇴락(頹落)한 진흙더미처럼 까맣게 죽어 있었다. 복잡한 일도 조곤조곤한 어조로 풀어 말하던 붉은 입술도 색을 잃고 창백한 푸른빛을 띠고 있었다.

벽갈평은 복받쳐 오르는 오열을 더 이상 참을 수 없었다. 백야와 진혁이 서문가의 은설을 애지중지한 것만큼 그도 자신의 양녀인 가연을 소중히 여기고 있었다. 비록 처음 만남에 거짓이 있었다지만, 지난 세월 동안 쌓아온 가족의 감정은 거짓이 아니었음이니.

"이, 이것이…… 이 일을 어찌……."

사자처럼 우락부락한 벽갈평의 호안에 뿌연 습기가 어렸다. 그는 이불 밖으로 나온 가는 손을 양손으로 부여잡으며 숨죽여 흐느꼈다.

"성주님, 이 아이를 이리 보낼 수는 없습니다."

"물론이오. 그녀를 이리 잃을 수는 없소. 그와 같은 일은 한 번으로도 과하니. 걱정하지 마시구려. 하늘의 뜻을 꺾어서라도 땅에 붙들어놓을 것이오."

그것은 벽갈평이 아닌, 진혁 자신에게 하는 다짐이자 약속이었다. 그의 눈길이 희미한 숨을 내쉬고 있는 가연에게 닿았다.

부탁한다. 널 기다리는 사람들을 위해서라도 널 포기하지 말아다오. 은설로도, 가연으로서도 널 잃을 수는 없다. 두 사람이 하나이니, 따로따로 구분할 것이 무엇이랴. 그가 마음에 담고 그리워했던 것은 결국 은설이었고 가연이었다.

성수림주와 의각주의 갖은 노력으로 가연이 간신히 위험한 한 고비를 넘긴 듯하자 진혁은 귀성을 서둘렀다. 아직 충격을 받으면 안 되는 가연의 상태 때문에 잘 흔들리지 않는 마차를 구했다. 평소보다 몇 배나 느린 속도로 말을 몬 탓에 대야성이 있는 무한까지 한 달이 넘게 걸렸지만, 진혁은 절대로 무리해 달리지 않았다.

가연이 석란재의 침상에 눕는 것까지 눈으로 확인한 진혁은 그제야 자신의 집무실인 와룡거로 향했다. 싸움이 끝나자마자 경산에서 돌아온 상관준경이 피곤이 덕지덕지 묻은 얼굴로 진혁을 맞았다.

"어서 오십시오, 주군."

얼마나 잠을 자지 못했는지 실핏줄이 돋은 눈자위 주변으로 시커먼 그늘이 똬리를 틀어 커다란 구렁이 한 마리가 눈에 걸린 것처럼 보이기도 했고, 작은 묘웅(猫雄)처럼도 보였다.

"얼마나 잠을 못 잔 거지?"

상관준경이 양손을 들어 손가락을 꼽았다. 그러다 열 손가락으로도 부족해지자, 애꿎은 마음에 소맷자락만 탁탁 털었다.

"경산에서 복귀하자마자 올라오는 장부들에 치였으니, 날짜를 헤아리는 것이 무슨 소용이겠습니까. 성주님께서 돌아오셨다는 것이 중요하지요."

"내가 일을 가져가지 않으면?"

이제야 조금 업무가 덜어지겠구나 싶어 안도하던 상관준경이 염라의 사자처럼 눈썹을 치켜 올렸다.

"그게 무슨 말씀이십니까? 이제 주군께서 계시니, 제 앞으로 넘어온 성주 업무는 주군께서 보셔야지요!"

아직도 끝나지 않은 대야성의 사후 뒤처리에다 중원 전역에 나가 있는 무력 부대들의 조율과 후처리까지, 일들이 끝없이 밀려왔다. 거기에 성주의 업무까지. 이 기회에 검을 거꾸로 집어 들다 멸문한 세력들 자리를 비집고 들어오려는 가문과 문파들을 조율하는 것만으로도 머리가 하얗게 셀 것 같던 참이라 그 누구보다도 진혁의 귀성이 반가웠건만.

진혁은 상관준경의 앓는 소리를 귓등으로 흘려 넘겼다.

"어차피 비워진 자리를 채울 자들은 이미 따로 골라두었지 않나. 굳이 머리를 굴리며 살필 필요는 없을 텐데."

"그거야 그렇습니다만 최대한 불만을 줄여야 하니 말입니다."

"굳이 다른 이들의 눈치까지 살필 필요는 없다. 그들은 이미 합당한 자격을 갖추었음을 보여주었으니. 단지 자리가 없었을 뿐이었지. 불만과 불평을 말하는 자들은 자신들의 자격지심에서 떠들어대는 것뿐이야. 그런 소인배들까지 신경 쓸 정도로 한가하지 않다."

진혁은 눈치만 살피던 기회주의자들이 은근슬쩍 내미는 발을 싹둑 잘라버렸다. 상관준경은 그러면 그렇지 싶어 더 이상 다른 말을 더하지 않았다. 그가 생각하기에도 그들의 욕심은 가당치 않았다. 피곤함이 가득한 상관준경의 눈이 차갑게 번득였다.

어리석은 자들. 그동안 자신들의 앞을 가로막고 있던 산이 자신들을 보호하고 있었다는 것은 생각지도 못했겠지. 그들이 누리던 영화를 자신들이 누릴 것만 생각했지, 그들이 마주하고 있던 것이 성주님이라는 건 아예 떠올리지도 못하고 있으리라. 제법 목청을 높이고 있지만, 그 외에 할 줄 아는 것은 없는 자들이었다.

내 선에서 처리하는 것이 낫겠군.

상관준경은 주인 없는 먹잇감을 향해 탐욕스러운 입을 벙긋거리는 붕어 떼를 한 번에 잡아들일 그물을 만들어야겠다 생각했다. 잔뜩 쌓인 짜증을 풀 수 있는 소일거리쯤은 될 것이다.

진혁은 커다란 서탁을 돌아 창가로 걸어갔다. 찬바람이 들어오지 못하도록 꼭꼭 닫아두었던 창을 활짝 열었다. 가림막이 사라진 찬바람이 밀물처럼 쏟아져 들어와 따뜻한 공기를 밀어냈다. 봄이 오기에는 아직 이른 때라, 바람결에 눈 냄새가 묻어 있었다. 진혁의 검은 장포가 바람을 맞아 소리 나게 펄럭거렸다.

상관준경은 말없이 내보인 진혁의 등을 보며 위로의 말을 찾아 입술을 달싹이다 결국 입을 닫았다. 하늘을 떠받치듯 굳건한 어깨가 오늘따라 힘을 잃은 듯해 보였다. 그 모습이 어울리지 않아 부러 심통이 묻어나는 어조로 말했다.

"너무 걱정하지 마십시오. 성주님이 따라오실 것이 무서워서라도 자리에서 벌떡 일어날 겁니다. 어인네보다 더한 것이 사내의 순정이라더니. 그 누가 알겠습니까? 대야성의 성주가 붉은 단심을 가진 순정남이라는 것을. 저잣거리에 나가 큰 소리로 외쳐도 아무도 믿지 않을 것입니다."

찬바람에 어울리지도 않는 섭선을 큰 소리 나게 부쳤다.

"한 번 나가서 소리쳐보지."

"네?"

고개를 모로 틀어 신나게 부채질을 하던 상관준경이 외마디 소리를 토했다. 고개를 돌린 진혁이 눈을 동그랗게 뜬 상관준경을 보며 말했다.

"아무도 믿지 않을지 궁금하니, 저잣거리에 나가서 소리쳐보라고. 사람들이 뭐라 할지 나도 궁금하군."

"……농이시죠?"

설마 진담이려나. 진담일 리가 없어.

그러나 진혁의 무심한 얼굴에는 농담기라고는 한 톨도 보이지 않았다. 황망한 웃음을 짓는 상관준경의 등줄기로 식은땀이 한 줄기 흘러내렸다. 위기감을 느낀 그는 옷자락이 휘날릴 정도로 거세게 부채질을 하며 과장되게 웃었다.

"하하하! 누가 성주님의 일편단심을 모르겠습니까! 이번 일로 부인에 대한 성주님의 진심이 중원에 퍼졌으니 아무도 의심하지 않을 것입니다! 의심하는 이가 있다면 제가 직접 귀를 뚫고 읊어줄 터이니 걱정을 하지 마십시오!"

잘못하면 정말 저잣거리에 나가 미친놈처럼 떠들어야 할지도 모른다는 절박감에 상관준경은 온몸에 힘을 주며 웅변을 토했다. 대야성의 군사라는 자가 돈 받는 이야기꾼처럼 거리를 돌아다녔더라는 얘기가 대대손손 돌아다니게 될 것이다. 거기에 이상한 가지들이 덧붙어 광자가 되어 거지 떼를 몰고 다녔다거나, 집을 나가 헤매다 거리에서 얼어 죽었다는 얼토당토않은 이야기들이 죽은 뒤에도 꼬리표처럼 붙을 수 있었다. 상관준경은 순간 오싹한 소름이 돋아 부르르 떨었다.

성주님이 왜 이러시는 걸까. 자신이 뭔가 성주님의 비위를 건드린 것이 있는가. 상관준경은 속으로 곰곰이 생각했다. 지난번 그 일이 문제였나? 아니, 그보다는……? 하나씩 떠올리자니 걸리는 것이 하나둘이 아니었다.

으아아아!

속으로 비명을 내지르다 최대한 아무렇지 않은 척 표정을 갈무리했다. 이런 때에는 무조건 아니올시다로 밀어붙이는 수밖에. 단단히 마음의 준비를 끝내놓았을 때였다. 창 밖으로 시선을 돌린 진혁의 중얼거림이 들려온 것이.

"자리에서 일어날 그녀도 알고 있을까? 알고도 다시 떠나려 할지…… 궁금하군."

그것은 눈을 뜨지 못하고 있는 가연에게 하는 진혁의 속말이었다. 묻고 싶지만, 그녀에게서 나올 답이 두려워 차마 그녀 앞에서 물을 수조차 없는.

상관준경은 거인의 약한 모습을 볼 수 없어 무거운 한숨을 길게 끌며 뒷걸음질로 물러났다. 앞으로 드리운 긴 그림자가 그의 한숨의 무게에 눌려 음울하니 흔들렸다.

진혁은 대야에 담긴 미지근한 물에 들고 있던 수건을 적셨다. 물기 없이 꼭 짠 수건을 탁탁 털어 한 손에 쥔 다음 금방이라도 부러질 듯 가는 손목을 잡았다. 버릇처럼 손끝에 느껴지는 맥박을 확인하고 느리지만 희미하게 두드리는 맥동에 안심했다. 그제야 희미한 미소를 지으며 들고 있던 물수건으로 물기 없는 잎사귀처럼 늘어지는 손을 천천히 닦았다. 손등과 손가락 사이를 꼼꼼히 닦은 후 손목에서 팔꿈치로 올라갔다. 진혁은 느릿느릿 물수건을 움직이면서 빠진 곳이 없도록 주의했다.

목덜미와 쇄골 아래 뿌옇게 흰 빛으로 어른거리는 젖가슴과 살이 빠져 마른 아랫배까지 진혁은 누워 있는 가연의 몸을 한 군데도 빠트리지 않고 깨끗이 닦았다. 지금 이 시간만은 그 누구도 진혁을 방해할 수 없었다. 하늘이 무너지더라도 석란재 안으로 들어올 수 없었다. 가연이 누운 후 진혁은 하루도 빠트리지 않고 저녁마다 손수 가연의 몸을 물수건으로 닦아내렸다. 그 누구의 도움도 거부한 채. 그것은 매일 밤마다 기원하는 경건한 의식과도 같았다.

가연이 의식을 잃고 누운 지 벌써 반년이 지났다. 다행히 성수림주가 말했던 열흘은 넘겼지만, 그 후로 계속 의식을 잃은 채로 숨만 쉬고 있었다. 서로 눈치를 보고 있던 사람들은 벌써 지난 일을 잊고 제 잇속을 챙기려 이리저리 머리를 디밀기 시작했다. 그들은 자리에서 일어나지 못하고 있는 가연을 밀어내고자 했다. 끈질기게 숨줄을 잡지 말고 차라리 죽어버리는 편이 자신들에게는 훨씬 이득이라며 가연을 욕했다. 그나마 보는 것이 있어 그들은 진혁이 아닌 상관준경에게 먼저 접촉했다. 자신들의 욕심을 숨기고, 홀로 있는 진혁을 위로해야 한다는 명목을 내세웠다. 언제까지 가연이 일어나길 기약 없이 기다릴 것이냐며, 대야성의 후사를 생각해야 한다며 목소리를 높였다. 첩이라도 들이길 바라며, 그들은 언제든지 자신들의 혈족을 첩으로 내놓을 만반의 준비를 하고 있었다.

상관준경은 제 손으로 살생부에 이름을 올리는 자들의 명단을 하나도 빼먹지 않고 고스란히 진혁에게 고했다. 그렇지 않아도 내성의 공기가 하루하루 살얼음 위를 걷는 듯한데, 거기에 도끼를 내려찍을 일이 벌어진다면……. 다들 얼음물에 빠져 헤엄도 쳐보지 못하고 밑바닥으로 가라앉아버릴 것이다. 그러기 전에 제 발로 걸어온 제물을 내드려야지.

명단에 있던 자들은 하나같이 목숨을 부지하지 못했다. 이유도 다양했다. 비리로 감찰원에 끌려온 자들부터, 원수에게 당하거나 치정에 얽혀 서로 칼부림을 하다 상잔을 하는 것까지. 그러다 어느 순간부터 모두가 알게 되었다. 그들이 제 분수를 잊고 나서다 성주의 철퇴를 맞

고 있다는 것을. 진혁은 한 명도 용서하지 않았다. 그들이 넘본 것이 가
연의 자리였기에 더더욱 용서란 없었다. 그들이 본보기로 죽은 후, 그
누구도 가연의 자리를 입에 올리지 못했다. 탐하는 자, 죽음이었으니.

풀어헤쳐진 유(襦)의 앞섶을 다시 묶은 진혁은 한 줄기 넘어온 가연
의 머리 타래를 쓸어 넘겼다. 단정한 옆선을 손으로 덧그리다 턱 선을
따라 천천히 쓸어내렸다.

활짝 열린 창으로 여름밤의 후덥지근한 바람이 밀려 들어왔다. 밤바
람에 익숙한 향이 실려 왔다.

진혁은 가연의 손을 제 손 안에 감싸 쥐었다.

"어느새 목서꽃이 피는 계절이군. 너도 지금 나와 같이 이 향기를 맡
겠지."

달콤한 목서향이 더운 밤공기를 타고 석란재의 전각 내부를 서서히
채웠다. 맡을 때마다 그리웠던 향이었다. 비선곡의 목서 군락에서 보
았던 어린 날의 은설이, 가연이 떠올라 아프면서도 끊을 수 없었던 목
서향이었다.

"목서향을 맡을 때마다 널 떠올렸다. 이 시기만 되면 이 향 때문에 네
가 더 그리웠었지. 이 향과 함께하던 어린 날의 네가 머릿속을 채워 어
디로 시선을 둬도 네가 보였었다."

진혁은 그리움처럼 쌓여 있던 숨을 길게 내쉬었다. 그의 망막에 추억
속의 잔상이 아닌 현실의 존재가 보였다.

"이젠 목서향에 목말라하며 널 그리워하지 않아도 되는 것인가."

답을 바라듯 진혁의 손길이 색을 잃은 붉은 입술을 만졌다. 진혁은

시선이 있었다면 절대로 보이지 않았을 아픈 미소를 지었다.

"어쩐지 앞으로도 목서향을 맡을 때마다 네가 생각나는 것은 사라지지 않을 것 같군."

그에게 이미 목서꽃은 은설과 가연과 같은 의미였다. 심장 깊숙이 각인되어 지난 시간 동안 더욱 아로새겨진 탓에 이제는 지우려야 지울 수도 없었다. 심장을 통째로 들어내지 않는 이상.

바람결에 목서 꽃잎이 힘을 잃고 한 잎씩 떨어지기 시작할 때였다. 마지막 꽃잎을 드리울 때 향이 가장 강하다 했던가. 그래서인지 바닥에 쌓인 목서 꽃잎이 많아질수록 주변을 감도는 향은 더 짙어졌다.

큰비가 막 끝난 뒤라 시원한 물 내음과 한데 어우러진 목서 향이 오가는 발에 밟힐 듯 바닥을 구를 때였다. 근 반년이 되도록 깨어나지 못하고 있던 석란재의 주인이 의식을 찾았다. 석란재의 소식을 품은 시비와 무사들이 대야성의 주요 전각들로 날 듯이 달려갔다.

만고당주이자 죽은 줄 알았던 성주의 정혼녀인 가연이 눈을 떴다.

대야성의 이목이란 이목은 모두 석란재로 쏠렸다. 가연이 깨어나길 기다리던 사람들은 환호하며, 은근히 흉사를 기대하며 차회(次回)를 기다리던 이들은 안타까운 마음을 감추면서, 한 발 물러서서 관망하던 자들은 이제 무슨 변화가 일어날지 긴장하면서.

당장 석란재로 달려온 것은 백야와 벽갈평이었다. 그들은 다시 잠에 빠진 가연을 보고 실망했지만, 이는 혼수상태가 아닌 기력을 회복하기 위한 숙면이라는 성수림주와 의각주의 말에 안도했다. 한동안은 잠들었다 깨어나길 반복하면서 차츰 회복할 거라 했다. 두 사람의 말대로 가연은 조금씩 깨어나는 시간이 늘어나면서 기력을 찾기 시작했다.

그렇게 한 달이 지나갈 때 즈음, 사람들은 새로운 의구심에 빠졌다. 어째서 진혁은 석란재를 찾지 않는 것인가? 가연이 눈을 떴다는 말을 듣자마자 진혁이 모든 일을 팽개치고 석란재부터 찾을 거라 다들 생각했던 것이다. 가연과 진혁의 인연을 알고 있는 이들은 그 사실을 믿어 의심치 않았다. 밤마다 석란재의 침상가에서 밤을 지새운 진혁을 알기에 다른 의심이란 있을 수 없었다. 그런데 가연이 의식을 되찾았다는 말을 들은 날부터 진혁은 석란재에 발을 딱 끊어버렸다.

"대체 진혁이 놈은 무슨 생각이란 말이냐? 도통 그놈의 속을 알 수가 없으니, 내 속이 까맣게 타들어간다, 타들어가!"

백야는 느슨하게 풀어헤쳐 가슴이 다 내다보이는 홑겹의 장포를 소리 나게 펄럭이며 버럭버럭 고함을 질렀다. 여름도 끝나간다는데 왜 이리 더위가 기승인지. 한서불침의 몸이 된 지 오래이건만, 누구 때문에 바짝바짝 속이 타 절로 열이 났다. 펄럭이던 장포를 놓으며 앞에 놓인 냉차를 들이켰다. 벌써 몇 잔째인지 헤아릴 수도 없이 마신 냉차였다.

"크흑! 젠장, 마실 때 그때뿐이네! 아, 그 아이는 무슨 말이 없던가?"

거리를 돌아다니는 시정잡배처럼 한쪽 다리를 들어 옆의 의자에 걸쳐 세운 백야는, 한쪽 팔까지 세운 무릎에 올리며 맞은편에 있는 벽갈평에게 물었다. 백야의 방만한 자세와 달리 벽갈평은 꼿꼿하게 허리를 세우고서 앞에 놓인 찻잔을 양손으로 공손히 잡았다.

"그 아이도 성주님만치나 속을 드러내 보이지 않지 않습니까? 그저 제 아랫사람들에 대해 잠시 물은 뒤로는 내내 아무 말도 하지 않고 있습니다."

"이거야 원! 둘 다 무슨 놈의 입들이 자물쇠를 채워둔 자물통처럼 잠겨 있는지! 뭔 말을 해야 이렇구나 저렇구나 알아듣고 어떻게든 이해를 하지, 두 놈 다 입을 꾸욱 닫고서는 아예 서로 본 척도 하지 않으니!"

백야는 비워 있는 찻잔을 다시 들었다 신경질적으로 내려놓았다.

양손으로 찻잔을 쥔 채 한 모금도 입에 대지 않은 벽갈평이 손 안의 맑은 찻물을 보며 조심스레 운을 뗐다.

"……성주님께서 가연에 대한 정을 거두려 하시는 것은 아닐까요?"

"말도 안 되는 소리!"

백야는 찻잔이 들썩이며 옆으로 쓰러질 정도로 거칠게 탁자를 손바닥으로 내려쳤다. 그야말로 터무니없는 소리를 들은 사람처럼. 가연에 대한 마음도 마음이지만, 그 이전 은설에게 가지고 있던 애틋한 마음도 알고 있는 백야였기에 진혁이 정을 거두는 일은 하늘이 무너져도 있을 수 없는 일이라 여겼다. 그리 잘라버릴 수 있는 마음이라면 지금껏 단단히 품어오지도 않았을 터. 그러나 그것은 백야가 보는 관점일 뿐, 다른 이들은 벽갈평과 비슷한 의심을 하고 있었다.

세간에서 보는 여인의 효용이란 어차피 가지에서 꺾어 꽂는 재미일 뿐. 가지지 못하고 보지 못했을 때야 애틋하고 열화와 같이 타오르지만, 일단 제 손에 들어오면 흥미는 금방 떨어져 새로운 꽃을 찾는 것이 사내의 본성이다. 하물며 중원 무림을 한 손에 거머쥔 젊은 권력자가 고작 꽃가지 하나에만 만족하지는 않을 터. 그리해 벌써부터 관망하며 아래에서 성주의 눈길을 끌 만한 여인을 찾느라 분주하게 돌아다니는 자들이 많았다.

백야는 헛바람이 잔뜩 든 놈들을 향해 콩 소리를 내며 콧방귀를 거하게 날렸다. 제 놈들의 잣대로 보니 생각하는 것들이 모두 그 꼴인 게지.

두 손으로 번갈아가며 탁자를 두들기던 백야는 결국 자리에서 벌떡 일어났다.

"이대로는 도저히 못 참겠다! 답답해 죽기 전에 가서 멱살잡이라도 해야지!"

벽갈평에게 다른 언질도 없이 백야는 전각을 박차고 나갔다. 벽갈평은 나설 수 없는 자신을 대신해 나서주는 그에게 정중히 허리를 숙여 감사를 표했다.

검기에도 쉽사리 부서지지 않는 와룡거의 문짝이 부서질 듯 큰 소리를 내며 열렸다. 문짝에 달린 경칩이 힘을 이기지 못하고 덜컥거리며 흔들렸다. 별호 그대로 내리꽂히는 흰 섬광처럼 들이닥친 백야는 불문곡직하고 진혁부터 찾았다. 다행히 안에는 상관준경만 있어 다른 사람이 불벼락을 함께 맞는 불상사는 벌어지지 않았다.

"도저히 참다 참다 더 이상 참다간 내가 내 목을 조를 것 같아서 달려왔다! 대체 무슨 생각이냐!"

백야의 포효에 와룡거의 지붕이 들썩거렸다. 불운하게도 진혁과 같은 자리에 있다 백야의 포효를 들은 상관준경은 한순간 혼백이 달아나는 듯했다. 오랜만에 받아보는 직격탄이라 충격이 컸다. 그러나 백야는 상관준경이 오락가락하는 상황 따위 알 바 아니라는 듯 더욱 거칠게 진혁을 몰아붙였다.

"정신을 잃고 있는 동안에는 석란재에 꼬박꼬박 들어 그 아이를 지키던 녀석이 의식을 회복하자마자 발길을 뚝 끊어버리다니! 대체 네놈의 꿍꿍이가 뭔지 좀 들어나 보자!"

책상에 앉아 있다 벼락을 맞은 진혁은 오히려 백야의 난폭한 방문이 많이 늦었다 생각하고 있었다. 원래는 일주일 정도를 예상했었는데, 근 한 달을 참았으니. 숙조부인 백야의 성정을 생각하면 참아도 많이 참은 편이었다.

"왜 그 아이를 찾지 않는 것이냐?"

백야는 빙빙 말을 돌리지 않고 곧장 핵심부터 파고들었다.

진혁은 쥐고 있던 서한을 내려놓았다. 정면으로 찌르듯 바라보는 백야의 눈빛을 피하지 않았다. 숙조부의 눈빛 따위는 무섭지 않았다. 지금 그가 두려워하는 것에 비하면.

"찾지 않는 것이 아닙니다. 오랫동안 누워 있다 방금 깨어난 이입니다. 성수림주에게서 무엇보다도 심신이 안정되는 것이 우선이라 들었습니다."

"네가 곁에 있으면 그 아이의 마음이 불안할 것이다 이 말이냐?"

뭔가 마음에 들지 않는 듯 백야는 비딱한 자세로 팔짱을 가슴 앞에 꼈다.

"저도…… 그녀도 서로 털어놓아야 할 말들이 있습니다. 그것이 좋은 것이든, 나쁜 것이든 말이지요. 몸도 성치 않은데 감정이 격해져 다시 상태가 악화된다면 이번에는 자리에서 일어나지 못할지도 모릅니다."

상관준경은 입안 가득 치받아 오르는 말이 많다는 얼굴을 하고서도 입을 굳게 다물었다. 분명 성수림주가 비슷한 말을 하기는 했었으니. 하지만 곁에서 지켜보기에 단순히 그 이유만은 아닌 듯했다. 조심스러운 망설임과 알 수 없는 두려움. 두려움이라니? 성주님에게는 어울리지 않는 단어이지만, 벽 부인을 대하는 것은 대야성주가 아닌 젊은 사내일 터. 오랫동안 사랑하던 여인을 마침내 대면하려니 갑자기 두려워지신 것인가?

환자의 건강을 생각해 조심히 움직이려 한다니, 백야도 더 이상 매달려 따질 수가 없었다. 대신 다른 것을 물었다.

"허면, 그 아이가 네가 오길 기다리고 있을지도 모른다는 생각은 해 본 적 없느냐?"

기와지붕 너머로 새초롬히 가는 달이 여인네의 이환(耳環)처럼 까만 밤하늘에 달려 있었다. 석란재의 처소가 들여다보이는 처마 그늘에 기대어 있던 진혁은 야공을 향해 그답지 않은 깊은 한숨을 내쉬었다. 적을 향해 돌격하다시피 쳐들어온 백야가 순순히 돌아간 후로 내내 그의 마지막 물음이 진혁의 마음을 눌렀다.

'그 아이가 네가 오길 기다리고 있을지도 모른다는 생각은 해본 적 없느냐.'

네가 오길 기다리고 있다.

백야의 말이 하루 종일 그의 뇌리를 뒤따랐다. 무엇을 하든 되풀이되는 물음에서 벗어날 수가 없었다.

그녀가 날 기다리고 있다.

백야는 그의 심중에 은근한 희망과 불안감을 동시에 던져주었다. 그리고 애써 늘어놓은 그의 변명이 우스울 정도로 백야는 자신의 마음을 꿰뚫어 보고 있었다는 것도.

그녀가 날 기다리고 있을지도 모른다.

과연 그녀는 어떤 마음으로 자신을 기다리고 있을까.

원망하며 미워하고 있을까. 아니면 지난 감정은 모두 지워버린 채 아무 감정도 가지지 않고 있는 것일까.

사람들이 수군거리는 것과 달리 그는 매일 밤 그녀가 잠이 들면 다른 사람이 알지 못하게 몰래 석란재로 숨어들어가 잠자는 그녀에게 매번 들리지 않는 물음을 던지고 돌아섰다. 하루하루 그녀가 기력을 차릴수록 기뻐하면서도 한편으로는 두려운 마음이 앞섰다. 과연 자신을 보고 그녀는 무어라 할 것인가. 이번에도 지난번처럼 모든 것을 버리고 떠나겠다 하는 것은 아닐까. 그녀에게서 나올 말이 두려웠다. 그래서 겁쟁이처럼 환한 낮에 마주 보지 못하고 밤손님이 되어 몰래 훔쳐보길 반복 중이었다.

비단 휘장이 드리운 침상 가에 놓인 청동 향료에서 익숙한 향이 올라왔다. 흔들린 기맥을 보해주는 향이 희끄므레한 연기를 뿜으며 방 안을 채웠다.

진혁은 곧장 침상으로 걸어가 손으로 휘장을 걷어 올렸다. 반듯하게 누워 있는 가연의 얼굴색이 어제보다 나아 보였다. 눈을 뜬 이후로 하루하루 회복하는 것이 확연하게 눈에 들어왔다. 다행이다 안도하며, 어찌 마주해야 하나 고민하며, 무슨 말을 들을까 불안해 하길 반복했다. 길게 내쉰 그의 한숨에 복잡한 감정이 뒤섞여 있었다.

그녀가 기어이 떠나겠다 고집을 부리면 과연 자신은 그녀를 보내줄 수 있을까. 수없이 곱씹어 너덜너덜해진 질문이 오늘도 그를 괴롭혔다. 하루는 그녀를 생각해 보내주어야 한다 했다가, 다음에는 무슨 말이냐, 지난 미움이 풀릴 때까지 그녀의 다친 마음을 다독여 자신 곁에 단단히 붙들어놓아야 한다 생각했다. 또 어떤 때에는 이것저것 따질 것 없이 이미 자신의 여인이거늘, 어디로도 가지 못하도록 깊은 내원에 가둬버릴까 싶기도 했다. 이미 가진 미움 따위 더 깊어진들 무슨 소용이랴 싶었다.

"너를 어찌해야 할까?"

입 밖으로 떨어진 작은 속삭임이 고요한 공간에 잔물결을 일으켰다. 지붕 위에 걸린 달의 위치가 바뀌었을 때였다. 진혁은 침상의 휘장을 내리고 돌아섰다.

"……오늘도 그냥 가십니까?"

뒤에서 들려온 나직한 목소리에 진혁의 신형이 흠칫 굳어졌다.

三十五章

천연(天然)

긴 혼몽에서 깨어나 눈을 떴을 때 가연은 자신이 아직도 꿈속을 헤매고 있는 줄 알았다. 눈에 익은 문양을 보면서도 자신이 누워 있는 곳이 석란재일 거라고는 생각지 못했다. 시비의 연락을 받고 달려온 벽갈평을 보고서야 자신이 있는 장소를 알았다.

말없이 부리부리한 호한 가득 눈물을 담고 있는 양부를 보고 가연은 죄송하다는 말도 하지 못한 채 그를 따라 눈물지었다. 연신 '다행이다.'를 되뇌며 기뻐하는 양부의 얼굴이 마음고생 탓인지 너무나 늙어 보였다. 그렇게 차례차례 그녀의 소식을 들은 사람들이 석란재로 찾아들었다. 개중에는 운이 닿아 산에서 내려와 있던 녹림왕도 있었다. 두 사람의 만남에 대한 감회는 특히 남달랐다. 비선곡에서 탈출하면서 마주 잡았던 손의 주인들이 마침내 해원(解冤)을 이루어 만난 것이니.

그러나 하루하루 지날수록 정작 보리라 생각했던 사람이 나타나지 않았다. 속을 내색하지 않는 가연의 얼굴은 담담하기 이를 데 없었지만 주변의 사람들은 안절부절못하고 초조해 하며, 가연에게 의식이 없는 동안 진혁이 얼마나 노심초사하며 밤마다 머리맡을 지켰는지를 설파했다. 그들은 갑자기 가연에게 발길을 끊은 진혁의 행보에 혹시 두 사람 사이에 무슨 일이 있는 것은 아닌지 불안해 했다.

가연은 석란재를 둘러싼 분위기를 알면서도 굳이 아는 척하지 않았다. 탕약에 침과 뜸까지 조금씩 횟수가 줄고 있긴 했지만, 여전히 기력이 부족해 하루 중 대부분을 잠에 빠져 지냈다. 그네들에게 신경을 쓸 처지도 아니었고 그럴 여유도 없었다. 그러나 내심 오지 않는 진혁의 마음이 무엇일지 생각했다.

처음에는 발길을 딱 끊어버린 저의가 궁금했고, 시간이 조금 지나자 찾아오지 않는 그에게 화가 났다. 그리고 그 시기를 넘자 좀 더 차분히 감정을 살필 수 있었다. 어지럽게 뒤엉켜 있던 감정들의 실타래를 하나씩 풀어헤쳐 가지런히 정리할 수 있는 시간이었다. 눈을 뜨자마자 그를 봤다면, 쌓여 있던 온갖 감정들이 한꺼번에 쏟아져 나와 그와 자신을 상처 입혔을지도 모른다. 원치 않는 원망과 미움이, 그리움과 연모의 감정이 한데 뒤섞여 제대로 이어져 있지 않은 두 사람의 감정을 마구 난도질했을 수도…….

그러다 우연히 새벽에 몰래 신형을 감추는 진혁의 기척을 느꼈다. 그 다음 날에도, 또 다음 날에도. 그는 매일 밤 몰래 스며들었다 한참을 말없이 바라만 보다 사라졌다. 가연은 기다렸다. 기다리고 또 기다렸다. 오늘까지.

휘장 너머로 돌아보는 진혁을 누워서 올려다봤다.

"지난번에도 그러시더니 이번에도 그러시는군요. 대체 언제까지 그리 말없이 보기만 하고 돌아서실 요량입니까?"

"……알고 있었나?"

진혁은 휘장을 사이에 두고서 물었다. 안색과 고른 호흡소리만 확인했던 터라 그녀가 깨어 있을 줄은 몰랐다. 그녀의 말을 들어보니 하루이틀 알고 있었던 것이 아닌 듯했다.

"……익숙한 기척이니 모를 수가 없지요."

"그렇군."

두 사람 사이에 무겁지 않은 침묵이 자리했다. 답답하지는 않지만, 누군가 먼저 나서서 깨트리기에는 어색한 정적. 얼굴을 보면 할 말이 많은 듯했는데, 막상 마주하니 무슨 말부터 꺼내야 할지 몰라 두 사람은 묵묵히 침묵을 고수했다.

진혁의 눈빛을 누워서 받아내기 버거워 가연은 팔로 침상 바닥에 힘을 주며 상체를 일으키려 했다. 그러나 아직 일어나는 것은 무리라, 팔에 제대로 힘이 들어가지 않아 일어나던 상체가 다시 풀썩 무너지려 했다.

"가연!"

진혁은 휘장을 넘기며 한달음에 다가와 무너지는 가연의 상체를 받아 부축했다. 손에 잡히는 가연의 어깨와 팔이 너무나 가늘어 새삼 속이 쓰렸다. 몸을 보하기 위해 약죽과 탕약을 매일 올리고 있지만 그녀는 아직 약한 상태였다. 그런데도 그녀에게서 풍기는 체향은 쓰디쓴 약향을 지워버릴 정도로 강했다. 마치 비선곡에서 아기였던 그녀를 처음 만났을 때처럼.

"……가연이라 부르시는군요."

"……은설이라 불리길 바라는 것이냐?"

가연은 천천히 고개를 저었다. 진혁이 그녀를 부르는 순간 어째서 그를 기다리면서도 마음 한구석으로 저어했는지 깨달았다. 궁금해 하고, 화를 내고, 기다리면서도 인정할 수 없었던 망설임. 가연은 두 눈을 꼭 감으며 입술을 깨물었다. 마치 자신이 허깨비처럼 느껴졌다.

"아니요……. 가연도, 은설도 아니에요. 나는 아무것도…… 그 무엇도 아니에요."

그에게 무엇이라 불려야 할까. 이 자리에서 숨 쉬고 있는 것이 은설인지, 가연인지 모르겠다. 그가 보고자 하는 이는 누구일까.

힘없이 좌우로 내젓는 고갯짓에 뒤로 드리운 긴 머리카락들이 나비의 날갯짓처럼 나붓이 흔들렸다. 진혁은 당황하며 잔약하게 흐느끼는 가연을 가슴팍에 단단히 끌어안았다. 그를 원망하거나 무심히 멀어지려는 반응은 생각했었지만, 그녀가 자기 자신을 부정할 줄은 미처 생각지 못했다.

진혁은 점점 크게 흐느끼는 그녀의 등을 말없이 부드럽게 다독거렸다. 항시 감정을 억누르며 다스리던 그녀가 제 감정을 쏟아내는 것이 기꺼웠다. 그의 앞섶이 눈물로 흠뻑 젖어들고서도 한참 후에야 가연의 흐느낌이 조금씩 잦아들었다.

진혁은 뺨에 달라붙은 머리카락을 떼어내며 나직한 목소리로 말했다.

"무엇을 고민하는 것이냐? 어차피 은설도 너요, 가연도 너의 모습인 것을. 은설이라는 네 근원이 바뀐 것도 아니요, 네가 살아온 가연의 시간 또한 거짓이 아니지 않는가. 둘 다 너의 모습이니 부러 하나를 지우려 할 필요가 있을까?"

잔 울음에 떨리던 가연의 어깨가 놀란 듯 멈췄다. 품에 안겨 있는 그녀를 살짝 떼어내 눈물로 젖어 별무리처럼 섬약하게 반짝이는 검은 눈망울을 바라보았다. 비록 물기에 흐트러져 보이지만 의식을 차린 후 그녀 특유의 청명한 눈빛을 되찾았다.

"그러니 나도 은설을 그리워하고 가연을 욕망하는 거겠지. 내가 심장을 준 것은 세상에서 단 한 명, 은설이자 가연인 너뿐이다."

진혁은 오랫동안 품고 있던 진정을 가연에게 고백했다. 그동안은 때를 기다리느라 털어놓지 못했고, 모든 일들이 해결되자 가연이 해를 당해 그의 말을 들을 수 없는 처지가 되어 있었다.

가연이 놀라 눈을 동그랗게 뜨자, 속눈썹에 매달려 있던 남은 눈물방울이 볼을 타고 또르륵 굴러 떨어졌다. 투명한 진주처럼 굵은 눈물방울이 진혁의 손등에 떨어져 뜨거운 낙인을 찍었다.

"나는…… 난……."

가연은 순수하게 제 마음을 드러내 보이는 사내의 우직한 돌격에 말을 잃어버렸다. 꼬마 도깨비가 혀를 묶어버렸는지 어버버거리며 입만 벙긋거렸다.

진혁은 석란재에 발길을 끊었던 이유 따위 깡그리 잊어버렸다. 망설임이라니 처음부터 그에게 어울리지 않았다. 정해진 답은 한 가지뿐인 것을. 어차피 원하는 것을 가지기 위해서라면 세상을 뒤엎는 것도 아랑곳하지 않는 것이 그였다. 쓸 수 있는 모든 방법을 구사해 그녀의 마음을 돌리면 된다. 대야성에 매여 있는 양부, 벽갈평을 인질 삼아 가연의 발을 붙들고 만고당을 이용할 수 있다. 겉으로는 아닌 듯하지만 말랑한 그녀의 동정심에 기대거나, 침상에 붙들어 몸으로 가둬두는 것도 좋은 방법일 것이다.

"내 마음을 가져갔으니 이제는 절대로 내 곁을 떠날 수 없다. 네가 떠나도록 내버려두지도 않겠지만. 네가 있는 곳이 내가 있을 곳이고, 내 곁이 네가 머물 곳이다."

진혁은 벙어리처럼 입을 다물고 있는 가연에게 제 마음을 받아들이라 간구했다. 그는 그녀가 정신을 잃기 전 했었던 말을 떠올렸다.

"나를 원망하지 않는다 했었다."

한참 동안 말없이 그를 바라보던 가연이 답을 주듯 천천히 고개를 끄덕였다. 칠흑처럼 어두운 공간으로 꺼지기 전 그에게 그리 말했었다.

"네. 원망은 없습니다."

"그뿐인가? 단지 원망만 사라진 것인가? 다른 감정은 남아 있지 않은 것인가?"

초조하게 재우쳐 묻는 사내에게서 철없는 아이의 모습이 보였다. 애써 불안을 감추고 제 욕심대로 답을 이끌어내려는, 치기 어린 이기심 가득한 남자아이.

그도 불안한 걸까.

가연은 단단한 가림막에 가려 있던 그의 마음을 엿보았다. 당당하고 오만하다 싶을 정도로 자신만만한 모습 뒤에 숨기고 있던 불안한 마음. 그 모습에 갈팡질팡 흔들리던 가연의 심중에 작지만 단단한 닻이 내려졌다. 그가 제 속내를 거짓 없이 보여주고 있으니, 그녀도 뒤로 물러서며 회피할 수만은 없었다.

"처음 비선곡을…… 도망쳐 나왔을 때에는 온통 원망과 증오심만이 가득했어요. 어째서 이런 일이 벌어진 걸까, 수백 번 곱씹으면서 그분들의 마지막 유언도 지워버린 채 오직 복수만 생각했었어요."

귀를 기울이지 않으면 들리지 않을 정도로 작은 소리였지만, 주변이 고요한 정적뿐이라 더 또렷하게 들렸다.

가연은 무덤조차 제대로 만들어드리지 못한 부모님이 생각나 잠시 목이 잠겼다. 누군가에게 지난 일을 털어놓는 것은 처음이었다. 당시 그녀를 데리고 달아났던 호위 무사에게도 하지 않았던 얘기였다. 속으로 삭이고 삼키기만 했던 이야기들.

"세상의 모든 것들이 미웠지요. 비선곡을 짓밟은 자들만이 아니라 대야성도, 의조부님도, 당신도 모두 미웠어요. 왜 우리를 끌어내 당신들의 진창 속에 밀어 넣었는지 원망스러웠어요. 그러나 결국 이 모든 일들을 불러들인 것이 나라는 생각에 견딜 수 없었지요. 나만 없었더라면 비선곡이 세상에 알려질 일은 없었을 텐데. 나 때문에 비천상이 알려져서……."

나직하게 속삭이던 목소리가 감정이 격해질수록 거칠어졌다. 그녀의 감정에 동조하듯 진혁의 눈빛도 고통스러워졌다. 당장이라도 그녀를 끌어안고 네 잘못이 아니라고 소리치고 싶었다. 그러나 진혁은 뻗어 나가려는 손을 간신히 가만히 붙잡아뒀다. 지금은 손을 댈 때가 아니었다.

"세상 모두가 날 비난하는 것 같았어요. 얼굴을 들고 하늘을 볼 수가 없었지요. 그러다…… 얼굴을 지우고…… 서문은설이 사라진 후에야 숨을 쉴 수가 있었어요. 나는 원죄였던 서문은설이 아니니까. 그러다 그분들의 유언이 생각난 거예요. 거기에 얽매여 복수를 포기하는 것이 우습지만, 그에 매달려 모든 것을 거는 것도 무의미해 보였지요. 그래서 대신 그들이 훔쳐간 것만 되찾자 싶어 비천상을 하나씩 찾게 된 겁니다."

그렇게 1년, 2년…… 세월이 흘러가며 좀 더 세상을 넓은 눈으로 볼 수 있게 되었다. 여전히 그들에 대한 원망과 미움을 가지고 있었지만, 그들에게 전몰되어 자신의 인생을 버리는 것도 어리석은 짓임을 알게 될 정도로.

가연이 미간을 살짝 구겼다.

"당신이 내게 조건을 제의했을 때 나는 차라리 잘되었다 생각했어요. 일곱 개의 비천상 중, 처음부터 있는 곳은 알고 있었어도 가장 손에 넣기 힘든 장소가 대야성이었으니까. 어쩌면 얻지 못할 수도 있겠노라 반쯤 포기하고 있던 장소의 주인이 손을 내밀었으니 잡지 않을 수가 없었지요."

너무나 달콤한 유혹이라 독이 들었음을 알면서도 덥석 받아들였다. 손을 잡되 깊이 끌려들어가지 않을 거라는 터무니없는 자신감에 차서. 지금 생각하면 정말 말도 안 되는 만용을 부린 꼴이다. 사람 사이의 관계라는 것이 그리 쉽게 엉켰다 풀릴 수 있는 것이 아닌 것을.

"그러다 조금씩 당신이란 사람이 보이더군요. 그와 함께 제 맘속 깊이 묻어두었던 온갖 감정들이 하나씩 들썩이며 부유하기 시작했지요. 당신이 앉아 있는 자리가 얼마나 무겁고 위험한지……. 버티고 있는 당신의 뒤로 보이는 외로움과 권태로움, 그리고 분노까지요."

그의 감정들을 하나씩 볼 때마다 그녀의 마음속에서도 오랜 빗장이 풀리듯 잊고 있던 감정들이 바랜 색을 버리고 선명한 빛을 발하기 시작했다.

"보고 싶지 않았어요. 당신에 대해 알고 싶지 않았어요. 그런데 당신의 가슴속에 은설이 존재한다는 것을 아는 순간, 나도 지워버렸던 날 되살리지 않을 수 없게 되었지요. 그래서……."

"……그래서 달아난 건가?"

자백처럼 털어놓는 고백을 말없이 듣고 있던 진혁이 양손으로 가연의 얼굴을 감싸 잡으며 물었다. 가연이 가슴을 들썩이며 천천히 고개를 끄덕였다.

"……검을 맞았을 때, 처음으로 당신에게 내가 누구였는지 털어놓았으면 어땠을까 하는 생각이 들었지요. 그랬다면 조금쯤 지금과는 다른 상황이 벌어지지는 않았을까, 당신을 바라보기 시작한 내 감정을 말했더라면……."

진혁의 눈이 기다리고 있던 기회를 발견한 듯 형형하게 반득였다.

"다시 말해봐라."

가연이 말없이 눈을 들어 그를 바라만 보자, 진혁이 다시금 재촉했다.

"방금 한 말을 다시 해봐라."

진혁은 숨죽인 채 그녀의 목소리를 기다리다, 다급한 마음에 참지 못하고 먼저 물었다.

"나를 바라보기 시작했더냐? 네 감정에 내가 담기었더냐?"

"……네. 원치 않는다 말하며 밀어내도 계속 당신이 떠오르더이다. 떠나면 보지 않을 이라 외면하려 했건만, 당신이 지워지지 않았습니다."

진혁은 가연의 가는 몸피를 와락 끌어안았다.

"고맙다! 살아 있어줘서 고맙고, 살아 남아줘서 고맙고, 날 돌아봐줘서 고맙다!"

그는 믿기지 않는지 손바닥을 펼쳐 그녀의 등을 쓸어 만졌다. 제 손길 아래에 그녀가 있는 것이 사실인지 확인이라도 하듯이, 손바닥에 느껴지는 그녀의 체온을 확인하고 또 했다. 고개를 숙여 그녀의 귓전에 속삭였다.

"연모한다. 내가 연모한다 말하는 이는 영원토록 너뿐이다."

"……."

진혁의 가슴팍에 얼굴을 묻은 가연이 소리 없이 중얼거렸다. 가슴에 닿는 입술 모양으로 그녀의 말을 읽은 그는 흐느낌처럼 웃음을 터트리며 안도했다. 잃어버렸던 그의 세상이 완벽하게 되돌아왔다. 흐드러지게 피어난 꽃송이처럼 그녀에게서 뿜어지기 시작한 천향이 사라지지 않고 보이지 않는 연무처럼 짙게 드리웠다.

밤사이 안녕이라더니, 지난밤 둘 사이에 무슨 일이 있었기에 저 녀석의 행동이 낮과 밤처럼 뒤바뀐 거지?

백야는 당랑처럼 턱을 모로 꼬며, 약사발을 드는 가연에게 딱 달라붙어 있는 진혁을 의구심이 가득한 눈으로 노려보았다.

가연, 저 아이의 분위기도 좀 달라진 것 같지 않은가? 쓸쓸하면서도 애잔한 느낌을 주던 아이가 안온한 표정으로 진혁의 손길을 편안하게 받아들이고 있었다. 남녀관계에 있어 도가 튼 백야는 둘 사이에 오가는 사소한 눈길만으로도 긴장되어 있던 둘의 관계가 잘 해결되었다는 것을 알아차렸다.

후우.

백야는 일부러 골이 난 표정을 풀지 않은 채 속으로 안도의 한숨을 내쉬었다. 한 번 어긋난 인연을 되돌리는 것이 얼마나 어려운 일인지 아는 터라, 이제라도 서로 곁을 찾게 되었으니 다행이다 싶었다.

저승에 계신 형님들도 이제 마음 편히 눈을 감고 쉬실 수 있겠구만.

다정히 붙어 있는 둘의 모습이 보기 좋아 백야는 솔솔 피어오르는 심술보를 원래 자리로 집어넣었다.

쓴 약에 찡그림을 감추지 못하는 가연을 안쓰럽게 바라보던 진혁이 들고 있던 달콤한 조청 한 조각을 얼른 그녀의 입에 넣어주었다. 그녀를 부축해 조심스레 침상에 눕히고 손바닥으로 이마를 짚었다. 제법 높은 열이 느껴져, 진혁의 굳어진 눈가에 걱정이 걸렸다.

제 속에 오랫동안 담고만 있던 묵은 감정들을 털어놓았기 때문일까, 간신히 기력이 회복되어가던 가연이 새벽 무렵부터 미열이 오르기 시작했다. 진혁은 당장 의각주를 불렀고, 동도 트지 않은 시간에 열을 내리기 위한 약탕이 달여졌다.

"열을 내리기 위한 약재를 썼으니 조금만 참으면 한결 편해질 것이다. 그러니 한숨 자두려무나. 기력을 회복하기 위해서라도 충분히 자두는 것이 좋다고 의각주가 말했다."

그렇지 않아도 가연의 눈꺼풀이 점점 무거워지고 있었다. 그의 말대로 기력을 회복하기 위해 일부러 잠이 오는 약재들을 탕약에 첨가한 탓에 눈을 뜨고 버티기가 힘든 모양이었다.

진혁은 가물가물하던 눈꺼풀이 감기며 편안한 숨을 고르게 내쉬는 가연의 곁을 지켰다. 이대로 하루 종일 잠자는 모습을 바라만 보고 있어도 좋을 듯했다.

반나절 동안 석란재에 들어 가연의 머리맡을 지켰던 진혁은 와룡거에 돌아오자마자 마음속에 품고 있던 일들을 하나씩 명했다. 상관준경과 벽갈평을 불러들였고, 대야성과 중원에 벽가연과의 혼례를 알리게 했다. 사람들에게 공표하기 전 석란재에 있는 가연을 조심해서 벽가장으로 옮겼다. 진혁은 굳이 옮길 필요가 있느냐며 고집을 부렸지만, 상관준경을 비롯해 백야와 금화파파까지 신부가 신랑 집에 머물며 혼례를 진행하는 예가 없다며 반대해 어쩔 수 없이 허락할 수밖에 없었다. 대신 혼례 날짜를 최대한 빠른 날로 잡았다. 그러면서도 혼례의 육례를 모두 챙기길 원했다. 덕분에 죽어나가는 것은 혼인을 담당하는 금화파파와 내총관 등이었다.

금화파파가 쥐고 있던 용두괴장을 들어 바닥을 쾅쾅 찧었다. 용두괴장에 달려 있던 옥 장식이 서로 부딪혀 짜랑짜랑 맑은 소리를 울렸다.

"이대로는 도저히 시간이 부족합니다. 아무리 해도 시일에 맞출 수가 없어요. 그러니 날짜를 조금만 더 늦춰달라 성주님께 말씀드려주십시오, 상관 군사!"

피곤에 절어 눈가가 시커멓게 죽은 상관준경이 바닥을 팰 듯 용두괴장으로 두드리는 금화파파를 보며 체념의 한숨을 내쉬었다.

"하아! 그 날짜보다 더 당기시려는 걸 간신히 늦춰서 받아낸 겁니다. 아시지 않습니까, 파파."

"그렇다면 육례 중 불필요한 것들을 줄이시든지요!"

"……그러게 말입니다. 그냥 친영만 하면 안 될까요?"

상관준경은 피곤이 덕지덕지 붙은 말투로 제 본심을 드러냈다. 주군을 장가보내기 전 자신이 먼저 과로사할 것 같았다.

"농이 아닙니다! 어떻게 두 달 안에 육례를 모두 치를 수 있단 말입니까! 그뿐입니까! 모란각도 손을 봐야 합니다. 도저히 두 달 안에 전부 할 수 있는 일이 아닙니다."

금화파파의 말에 십분 동감했다. 보통 1년 정도 시간을 두어 진행하는 육례였다. 그걸 두 달 안에 치르려니 내성에 있는 인원들을 모두 동원해도 촉박할 수밖에 없었다.

그러고 보니 모란각을 잊고 있었구나.

상관준경은 까맣게 잊고 지내던 처소를 떠올렸다. 20년이 넘도록 주인 없이 버려져 있던 장소에 새 주인이 들어온다. 감회가 새로우면서 마침내 대야성에 안주인이 들어온다는 것을 실감했다. 앓는 소리가 절로 나면서도 입가에는 미친놈처럼 하루 종일 웃음이 걸려 있었다. 이가 나간 듯 비워져 있던 자리가 채워지는 것도 반길 일이지만, 주군의 공허한 마음을 감싸줄 여인이 생겼다는 사실이 더 기뻤다. 진혁이 대야성에 대한 의무와 책임감으로, 적에 대한 복수심으로 세월을 보낸 것을 알기에. 곁에서 보필하면서도 가끔씩 허공에 발이 떠 있는 사람처럼 위태롭게 보일 때가 있었다. 그저 숨을 쉬기에 살아가는 사람처럼. 바라마지 않던 여인을 짝으로 맞아들였으니 이제 그런 모습은 사라질 터.

대야성의 금화파파와 내총관 못지않게 발등에 불이 떨어진 것은 벽가장의 식솔들이었다. 그중 모든 일을 진두지휘해야 하는 장 총관은 누렇게 뜬 얼굴로 하인들을 다그치기에 바빴다. 가연이 확인해야 할 일들도 아직 몸이 낫지 않은 탓에 맡길 수 없어 혼례에 대한 일들은 오롯이 장 총관이 책임져야 했다. 결국 혼자 동분서주하는 장 총관의 처지가 너무 보기 딱해 만고당의 하 총관이 한 팔 거들기로 했다. 의외로 두 사람의 손발은 잘 맞아 쌓여 있던 혼례 준비가 하나씩 착착 해결되어갔다.

한 달 만에 육례 중 사주를 보내는 납채부터 문명과 궁합을 묻는 납길에 중매인을 보내는 납징까지 일사천리로 치러졌다. 그야말로 열흘에 한 번씩 혼사에 대한 물품과 사람들이 대야성과 벽가장을 오간 셈이었다. 그리고 오늘 활짝 문을 연 벽가장의 정문으로 길일과 신랑의 예물을 든 행렬이 들었다. 친영 다음으로 중요한 청기가 오는 날이었다.

벽가장은 혼례를 올리기 전부터 몰려온 손님들로 발을 디딜 곳이 없을 정도였다. 벽갈평과 친분이 있는 손님들은 벽가장의 객방에 짐을 풀었고, 다른 이들은 대야성에 묵으며 벽가장을 들락거렸다. 그러면서 벽갈평과의 관계를 돈독히 하기 원했고, 나아가 신부인 가연과 인연을 엮을 기회를 노렸다. 그러나 신부를 얼마나 꼭꼭 숨겨두었는지 벽가장의 객방에 자리한 자들도 신부의 머리카락 한 올 볼 수 없었다.

두 계절 만에 다시 찾은 만고당은 깊이 인상적이었던 첫 모습을 고스란히 간직한 채 자리를 지키고 있었다. 높다란 담에 감싸여 시끌벅적한 시전의 소음이 뚝 잘려나가 외딴 섬처럼 느껴지는 곳. 그러고 보니 처음 이곳에 발길을 들인 것도 작년 이맘때였던 듯한데……. 한 손에 제법 커다란 궤짝을 든 진혁은 잠시 감상에 젖었다 금세 익숙한 장소를 찾아 나아갔다.

가연의 지시로 만고당에서 몰래 나갔던 서책과 물건들은 각자 가기로 했던 장소에 비치하기로 했다. 본점으로 다시 보내라고 하려니 몇 배나 일이 늘어나, 차라리 비어 있는 본점의 서가와 창고를 새 물건으로 채우는 것이 낫겠다며 하 총관이 가연을 대신해 결정했다. 덕분에 천장까지 고서로 빽빽하게 들어차 있던 서탑의 서가는 10분의 1 정도만 채워져 있을 뿐, 거의 대부분이 휑하니 비어 있었다. 창고도 비슷했다. 귀한 물건들이라서 다시 옮기느라 도적들의 시선을 끄느니 목적지에 잘 보관해두는 것이 나았다. 어디에 있든 만고당의 물건이라는 표식이 지워지는 것도 아니었다.

작은 전각의 문 앞을 지키고 있던 무사가 진혁을 보고 허리를 숙였다. 진혁은 손을 저으며 자리에서 물러나 있으라 명했다. 만고당 주변에는 암영대와 흑룡단이 자리해 불의의 사태를 대비해 사방을 경계하

고 있었다. 드나드는 이들마다 사전에 검열을 받았고 물건 하나, 식재
료 하나도 함부로 반입할 수 없었다.

진혁은 소리 없이 문을 열었다. 열린 지창 사이로 들어온 바람에 방
안이 약간 서늘한 듯해 미간을 슬쩍 접었다. 방의 가장 안쪽에 단출한
침상이 놓여 있었다.

"일어나 있었군."

침상에 등을 기대고 앉아 있는 여인을 보고 자연스레 진혁의 입술이
옆으로 휘어졌다. 그녀가 자신이 생각한 장소에서 안전하게 보호받고
있다는 사실이 만족스러웠다. 가연은 손에 들고 있던 서책을 옆에 내려
놓았다.

"오셨습니까?"

"몸은 좀 어떻지?"

진혁은 손을 뻗어 가연의 열부터 확인했다. 의식이 돌아온 후 기력을
회복하는 데 주력하고 있지만, 쉬이 회복이 되지 않아 다들 애를 태우
고 있었다. 침상 밖으로 걸음을 옮길 수 있게 된 것도 얼마 되지 않아,
이대로 혼례를 올릴 수 있을까 말은 하지 않아도 속으로 걱정들을 하고
있었다.

"괜찮아요. 어제보다 한결 기분도 좋은걸요."

가연은 한결 밝은 얼굴로 여상스레 답했다. 그러나 진혁은 그녀의 이
마에서 잔열처럼 남아 있는 미열을 느꼈다. 걱정스럽게 가라앉는 진혁
의 눈길을 보고서, 가연은 자신의 이마를 짚고 있는 진혁의 손을 잡아
천천히 이불 위로 끌어내렸다.

"그렇게 걱정하지 않으셔도 돼요. 미열이 조금 남아 있긴 하지만 성수림주님도, 의각주님도 크게 걱정하지 않아도 된다고 하신걸요. 기력이 돌아올수록 미열이 오르는 횟수도 줄어들 거라고요."

진혁은 자신의 손을 잡고 있는 그녀의 손에 남은 한 손을 마저 겹쳐 올렸다.

"괜한 고집이었나?"

무엇이요 하고 묻듯 가연이 큰 눈을 깜박거렸다.

"네 몸이 회복될 때까지 혼례를 미뤘어야 했나?"

몇 발짝만 걸어도 지쳐 주저앉는 그녀에게 혼례 의식을 감당하라는 건 누가 봐도 무리였다. 옆에서 백야가 혀가 떨어져나갈 듯이 쯧쯧쯧 차는 것도 당연했다.

"하루라도 빨리 네가 당당한 절차를 거쳐 내 옆으로 오기를 바란 것인데……."

가연이 대야성에서 나가 만고당에서 머무는 것도 불만이었다. 혼례식을 올리기 위한 절차라 어쩔 수 없이 납득한 것이지만, 할 수만 있다면 육례를 모두 대야성에서 올리고 싶었다. 두고두고 사람들의 입에 오르내릴 일이라며 주위 모두가 만류하지 않았다면, 그녀를 내보내지 않았을 것이다.

가연을 품에 안은 진혁은 그녀의 정수리에 턱을 괴며 중얼거렸다.

"널 생각하면 지금이라도 날짜를 미뤄야 하나? 지금도 널 두고 돌아서는 것이 힘이 드는데, 시일이 더 걸린다면……."

혼례고 뭐고 모두 뒤엎어버리고 가연만 홀랑 훔쳐 오는 일이 벌어질

지도 모른다. 가연이 두 팔을 벌려 진혁의 등을 감쌌다.

"이대로 진행하셔도 괜찮아요. 혼례식까지는 아직 보름이 넘게 남았으니 그동안 지금보다 몇 배로 더 기력을 키우면 되지요. 혼례식을 올리는 당일에도 신부인 저는 많이 걷지 않으니 크게 무리가 가지는 않을 겁니다."

"정말 괜찮나?"

진혁은 가연의 말이 자신을 달래는 것인 줄 알면서도 못내 뿌리칠 수가 없었다. 그래, 날짜를 미루는 대신 가연이 혼례 당일 무리하지 않도록 준비하는 것이 좋겠다. 미루면 미룰수록 귀찮은 날파리 떼가 달려들 테니, 빨리 그녀를 모란각에 들어앉히는 것이 급선무였다.

"오늘이 청기라는 건 알고 있겠지."

"네. 아침에 양부님께서 오셔서 저를 대신해 받는다고 하셨는걸요. 하 총관도 장 총관을 도우려고 벽가장으로 갔어요. 아무래도 이런 일에는 양부님보다 하 총관과 장 총관이 훨씬 익숙할 테니까요."

하긴 제 혼례도 올리지 않은 벽갈평이니 혼례가 어찌 이뤄지는지 알 리가 없었다. 옆에서 하 총관과 장 총관이 일일이 알려주고 있을 터.

"내총관이 길일과 예물을 가지고 갔다. 아마 벽 원주가 허혼(許婚)하며 예물을 받을 것이다."

가연은 고개를 끄덕였다. 그것이 청기의 절차였다. 신랑 측에서 보내는 길일과 예물을 신부 측에서 받으며 날을 승낙하는 것이다.

"내총관이 가져간 예물은 널 키워주고 지켜준 벽 원주에게 보내는 내 고마움의 표시다. 그나마 벽 원주가 있었기에 네가 힘들 때 잠시나마 기대어 쉴 수 있었을 테니."

그래서 신부를 치장하는 데 필요한 여러 물건들과 함께 벽 원주가 좋아할 특별한 선물을 준비했다. 무공광인 그에게 더없이 필요한.

"그리고 이건 내가 네게 준비한 예물이다."

진혁은 바닥에 내려놓았던 궤짝을 들어 침상에 놓았다. 단단한 자단목 궤짝은 만들어진 지 얼마되지 않은 듯 나무향이 은은히 났다. 가연은 앞에 놓인 궤짝을 보다가 진혁을 바라보았다. 무심한 얼굴 아래 슬쩍 드러났다 사라지는 긴장감을 읽었다.

긴장이라니? 이 안에 든 것이 무엇이기에 그가 긴장하는 걸까?

가연은 손끝으로 궤짝의 모서리를 스윽 문질렀다. 반질반질한 나뭇결이 손끝을 자극했다.

예물이라니? 그가 긴장하며 줄 예물?

가연은 궤짝의 뚜껑을 열었다. 반듯하게 누워 있는 일곱 개의 비천상을 보는 순간, 가연은 짧은 탄성을 발했다. 요적부터 동고, 비파, 양금, 쟁, 칠현금, 이호까지. 십여 년 전 흩어졌던 비천상이 마침내 온전한 숫자를 채웠다.

"……어떻게?"

가연이 놀라 진혁을 돌아보았다.

"하 총관이 챙긴 것을 내게 넘기라 했었다. 보아하니 네게 줄 예물로 이보다 더 나은 것은 없다 싶더군."

햇살에 은은한 광채를 발하는 비천상을 보며 가연은 형용하기 어려운 감정을 느꼈다. 부모님의 흔적을 보는 듯한 반가움과 다행이라는 안도감, 비선곡을 겁화에 휘말리게 만든 원인이라는 원망과 마침내 모두 모았다는 시원섭섭함까지. 드디어 끝내 마무리 짓지 못했던 일이 결착을 이룬 것이다.

"본래 주인에게 돌려주는 것이다."

가연은 바르르 떨리는 입술을 꾸욱 깨물며 궤짝을 닫았다. 나무가 맞부딪치는 소리가 났다.

"아, 음! 이건 뒤늦은 질문인데……."

가연이 궤짝에서 눈을 떼어 진혁을 올려다봤다. 그답지 않게 말끝을 흐리며 말하기를 망설였다.

"무엇을 물으시려 하시나요?"

"비천상의 비밀이 뭐지? 나도 비천상을 살펴봤지만, 특별히 다른 것은 찾지 못했다."

떠들썩한 소문과 혈겁을 일으킨 물건치고는 별다른 특이점이 없었다. 그래서 비고에 넣어두고 기억에서 지워버렸다. 그에게 가연을 떠올리게 하는 것은 비천상이 아닌 색 바랜 머리 끈이었으니까.

"말하기 곤란한가?"

비천곡의 신물이니 당연히 외부인에게는 발설 금지일 터. 그저 갑자기 떠오른 궁금증이라 답을 듣지 않아도 상관없었다. 그리고 듣지 못할 거라고 생각했다.

하지만 가연은 잠시의 망설임도 없이 비천상의 비밀을 알려주었다.

"각 비천상마다 하나의 무공이 숨겨져 있어요. 제가 가지고 있던 비천상에서 신법을 찾아냈죠. 그리고 일곱 개를 모두 모으면 각자 따로따로 떨어진 무공을 하나로 엮을 수 있는 내공심법을 찾을 수 있어요."

"그렇군."

진혁은 남궁 세가에서 만났을 때 가연이 보여준 신법을 떠올렸다. 풍왕의 공부로도 따를 수 없을 정도로 뛰어난 신법이었다.

"무공을 찾는 방법은 각 비천상마다 달라요. 날짜와 시간을 잘 계산해야 하고 날씨에도 영향을 받으니까요."

"내공심법을 찾는 방법도 다르겠지?"

"네. 각자 찾는 방법이 까다로워요. 물론 맞추려면 맞출 수 있지만, 하나씩 찾아내려면 모두 가지고 있다는 가정 하에 최소한 5년 정도…… 운이 좋으면 더 짧아질 수도 있고요. 월식이 필요한 때도 있으니까요."

진혁이 미간을 찡그렸다.

"그거 정말 천운에 매달려야 하지 않는가."

"그리고 비천상이 비선곡에 신물로 내려온 건 단순히 무공 때문만은 아니에요. 그건 부차적인 거죠. 비천상에는 선인이 되어 선계로 넘어가는 단서가 남겨져 있어요. 자격 조건이 무엇인지는 모르지만요. 그걸 찾아서 행하는 대로 꾸준히 익혀 나아가면 사람으로서 선인이 된다고요."

선인이라……. 우연처럼 북경에서 점복사가 했던 천계의 꽃이라는 말이 생각났다. 선인과 천계라……. 세상과 떨어져 얽매이지 않던 비선곡의 규약에 다른 의미가 숨겨져 있었던 것인가. 지금으로서는 알아낼 방법이 없었다.

아쉬운 마음을 감추며 농처럼 가벼운 말을 건넸다.

"패를 추구하는 천가에는 어울리지 않는걸. 비천상은 운이 없는 것 같다."

"아무래도 그런 것 같죠."

가연도 같은 생각이었다. 무적천가의 피에 선도를 추구하는 길이 어울릴 리가 없었다. 비천상은 다시 비고에서 조용히 잠자는 신세가 될 듯했다.

그러나 지금 얘기를 주고받는 두 사람은 꿈에도 생각지 못했다. 십여 년 후 두 사람의 말썽꾸러기 막내아들이 비고에서 우연히 비천상을 발견할 줄은, 비천상의 선택을 받은 막내아들이 힘든 선도의 길을 올라야 함을 말이다.

가연의 웃음기가 가라앉을 때까지 기다린 진혁은 품에서 가지고 온 다음 예물을 내밀었다. 이번에는 궤짝보다 한참 작은 네모반듯한 금합(金榼)이었다. 가연이 받을 때까지 진혁은 내민 손을 거두지 않고 가만히 기다렸다.

가연이 금합을 열자 눈에 익은 패가 반짝거렸다. 모란패였다.

"네가 주인이다. 10년 전 내가 네게 줬을 때부터 너만이 이 패의 주인이었다. 그러니 앞으로는 절대로 다른 이에게 넘겨줘서는 안 돼. 그게 설령 나라 할지라도 말이야."

대야성을 떠나면서 이대로 가지고 떠날 수는 없다 싶어 진혁에게 남기고 갔던 패였다. 대야성의 안주인을, 무적천가의 가모를 뜻하는 패.

가연은 패를 양손으로 꽉 움켜쥐며 고개를 끄덕였다.

"네. ……이제는 제 것이니 절대로 다른 이에게 주지 않겠어요."

진혁은 물기 가득한 눈으로 또박또박 말하는 여인을 보며 가만히 웃었다. 예물이라 말하긴 했지만 비천상과 모란패는 족쇄였다. 그녀가 어디로 날아가도 결국 그라는 둥지로 돌아올 수밖에 없는. 그의 음흉한 속내를 알면서도 예물이라 내민 족쇄를 받아들였다.

그의 곁에 머물겠노라 고백하는 듯이.

後

끝

"대체 언제부터 상태가 좋지 않았던 거지?"

소림에 모임이 있어 나갔다 귀성한 진혁은 외성까지 마중 나와 있는 상관준경에게 낮은 어조로 물었다. 전서구를 받자마자 바삐 말을 달려 돌아와 장포에 뽀얀 먼지가 잔뜩 쌓인 바람에, 그의 발걸음 뒤로 풀썩풀썩 먼지바람이 일어났다.

성을 나가고 싶지 않다 했더니…….

진혁은 출성 전부터 가연의 안색이 좋지 않아 다른 사람을 보내거나 약속을 다음으로 미뤄야 하나 고민했었다. 그러나 소림 장문인과 직접 만나 논해야 할 중요한 사안이라 대리인을 보낼 수 없었다. 날짜를 바꾸기에도 여의치 않았던 데다 가연이 자신 때문에 일을 그르치면 안 된다며 성을 나서라 등을 떠밀었다. 덕분에 가연이 쓰러졌다는 전서구를 받았을 때 함께 자리한 소림 장문인만 진혁의 화를 받아내느라 진땀을 흘려야 했다.

외성을 지나 내성의 입구를 들어섰을 때였다. 진혁에게서 뿜어 나오는 사나운 기세에 다들 꽁지가 빠져라 물러나 그의 주변에는 상관준경만이 따르고 있었다.

"왜 전서구로 계속 가연의 상태에 대해 알라지 않은 거지? 내가 보낸 전서구를 받았을 텐데!"

그게 더 화가 났다. 몇 번이나 전서구를 보냈는데도, 처음 가연에 대한 상황만 보낸 후 다른 소식이 없었다. 모란각의 높은 담장을 따라 이어진 회랑을 뛰다시피 나아갈 때였다. 진혁의 추궁에도 묵묵부답으로 따르던 상관준경이 걸음을 멈췄다.

"성주님."

상관준경의 무거운 어조에 진혁도 멈춰 섰다. 날카로운 한광을 정면에서 받은 그는 바짝 마른 입술을 축였다. 진혁이 눈빛으로 답을 재촉했다.

"금모란 부인께서 회임을 하셨습니다."

금모란 부인이란 가연의 호칭이었다. 진혁과 혼례를 올린 후부터 모란각의 주인인 가연을 금모란 부인, 혹은 대부인이라 불렀다. 회임이라는 말에 진혁의 얼굴이 무표정해졌다.

상관준경은 차마 얼굴을 볼 수 없어 황급히 고개를 숙였다.

"모란각에서 의각주가 비상 대기 중입니다, 성주님."

"……얼마나……?"

"회임하신 지 두 달이 안 된 듯하답니다. 성주님께 바로 알리려 했지만 부인께서 극구 말리시는 바람에……. 부인의 심기를 거스르지 않는 것이 좋다는 판단에 성주님의 연락을 받고서도 전서구를 날리지 않았던 것입니다.”

“……잘했다.”

진혁은 멈췄던 발걸음을 움직여 높다란 담장 아래 둥글게 달려 있는 월동문을 넘었다. 모란각의 화원을 지나 목교를 건너가면서도 진혁의 뇌리에는 회임이라는 단어만이 맴돌았다. 과연 가연의 몸이 버텨줄 수 있을까. 진혁의 얼굴이 어두워졌다. 혼례를 올린 후 가연은 두 번이나 유산했다. 아이를 포태한 기쁨을 가지기도 전에 잃어버려 가연은 그야말로 넋을 잃은 사람처럼 슬픔에 잠겼다. 진혁은 그녀가 그렇게 아이를 가지길 소망하는 줄 미처 몰랐었다. 그에게는 아이보다 그녀가 더 소중했다. 아이 때문에 그녀가 힘들어하길 바라지 않았다. 그것이 사내와 여인의 차이일까.

성수림주와 의각주가 가연의 몸을 살핀 바, 혈무진에서 다친 기력이 온전히 돌아오지 못해 항시 조심해야 한다 했다. 무리하거나 심한 충격을 받는 일도 있어서는 안 된다 경고했다. 그리고 아이를 가지기도 힘들다고.

두 번째 아이마저 잃었을 때, 실의에 빠진 가연을 윽박지르다시피 해 일으켜 세웠다. 아이는 필요 없다고, 네가 이리 지내면 차라리 내가 아이를 가지지 못하는 약을 먹어버리겠노라 위협했다. 다른 이보다 나를 우선시하라 협박했다. 그제야 간신히 그를 돌아보고 기운을 차린 가연이었다. 이번마저 아이를 잃어버린다면…….

모란각의 침방 문 앞에서 의각주가 기다리고 있었다. 진혁은 기막을 펼쳐 소리가 침방 안으로 들어가지 않도록 했다.

"그녀의 상태는 어떤가? 기분은?"

"다행히 지금은 괜찮으십니다. 기력과 몸을 따뜻하게 보하는 탕약을 드시고서 막 오수에 드시는 것을 보고 나오는 길입니다, 성주님."

그럼에도 진혁은 안심할 수 없었다. 지난번에도 그녀는 불안과 초조함을 감추고 겉으로는 애써 밝은 표정을 보이려 애썼었다. 하루하루 걱정에 피가 마를 지경이면서도 그에게는 웃으려 했었다.

"그녀와 아이가 견딜 수 있을 것 같나? 지난번과 같은 일이 다시 일어난다면 가연이 버틸 수 없을 거야. 구할 수 있는 약재가 필요하다면 그 무엇이든 구해다주겠다. 이번만은 기필코 가연이 아이를 안을 수 있어야 해."

"알고 있습니다, 성주님. 그동안 대부인께 기혈을 보하는 약재를 꾸준히 올렸습니다. 대부인의 몸이 지난번과는 달리 많이 좋아지셨으니 이번에는 좋은 결과를 보실 수 있을 겁니다. 물론, 대부인께서 제일 고생을 하셔야 할 겁니다. 절대로 침상에서 일어나셔서는 안 됩니다. 무리한 움직임이나 격동하는 일도 있어서는 안 됩니다. 그야말로 출산 때까지 침상에 누워 지내셔야 합니다."

"열 달을 말인가?"

"예, 성주님. 음식도 되도록 소화가 잘되시는 것으로 드셔야 합니다. 식단에 대해서는 금화파파께 말해두었습니다. 대부인께서도 침상에 꼼짝없이 묶여 지내셔야 하시는 줄 알고 계십니다."

가연은 기적처럼 생긴 새 기회에 감격하며 의각주가 말하는 지시 사항에 무조건 수긍했다. 열 달이 아니라 10년을 누워 지내라 해도 감당할 수 있다는 듯.

"부탁하네, 의각주."

"이번만은 성주님과 부인께서 기뻐하실 수 있도록 의원으로서 제가 가진 모든 재주를 다하겠습니다."

진혁은 문을 열고 안으로 들어갔다. 천장에서부터 드리운 얇은 휘장들이 위치를 달리해 겹겹이 쳐져 있었다. 침상에 다가가자 잠이 든 가연이 고른 숨소리를 내며 누워 있었다. 얼굴색은 파리했지만, 호흡 소리는 편안했다.

진혁은 이불 아래에 있는 가연의 손을 찾아 가볍게 쥐었다. 다른 한 손으로는 이불 위로 가연의 아랫배를 감쌌다. 아직은 아무런 태도 나지 않아 편편하기만 했다. 무탈하니 달수를 채우면 금세 반달처럼 부풀어 오를 것이다.

몸고생에 마음고생까지 해야 할 가연이 걱정스러워 진혁은 땅이 꺼져라 무거운 한숨을 내쉬었다. 그때 잡고 있던 가연의 손이 움직이며 진혁의 손가락에 깍지를 끼었다. 고개를 들어보니 자고 있던 가연이 눈을 떠 그를 보고 있었다.

"자고 있는 줄 알았는데?"

"살짝 잠이 들려는데 익숙한 체취를 맡아서요."

진혁이 입귀를 늘이며 미소 지었다.

"나 없는 사이 아프지 말고 잘 지내라 했더니, 말을 듣지 않았더군."

"그러게요. 미안해요. 가군의 말을 정말 잘 들을 생각이었는데……
이번 일은 불가항력이었어요."

"그렇긴 하지."

가연은 손을 뻗어 진혁의 얼굴을 쓸어내렸다. 그의 눈가에 담긴 걱정을 보았다.

"걱정하지 마세요. 이번에는 지난번과 다른 것 같아요. 의각주께서도 괜찮다고 하셨는걸요."

진혁은 가연의 손을 잡아 손바닥에 입을 맞췄다.

"네가 괜찮다면 나도 괜찮다. 그러니까 내게 약속해. 어떤 일이 생기더라도 널 잃지 않겠다고."

"가군!"

"아이도 중하지만, 아이보다 네가 더 중하니까. 네가 없다면 아이도 없다. 그러니까 약속해. 널 지키겠노라고."

진혁은 진심이었다. 굳이 아이가 필요하다 생각지 않던 터라, 그에게 아이의 존재란 미미하기 이를 데 없었다. 가연은 고집스레 답을 요구하는 진혁의 마음 아래에 숨겨져 있는 불안과 걱정을 보았다. 그의 마음을 이해했다. 제 자신을 추스르지 못한 자신의 잘못이었다. 그를 불안하게 만들었고 걱정을 안겨주었다. 그의 마음을 풀어주기 위해서라면 무슨 대답이든 하지 못할까.

"네, 약속해요. 무슨 일이 있어도 나를 잃어버리지 않을 거예요. 당신 곁에 있을 나를 지킬게요."

굳게 마주 잡은 두 사람의 손 위로 약속의 증표처럼 서로의 입술이 맞닿았다. 서로의 호흡이 하나로 묶이며 불안해하던 마음이 스르륵 풀렸다.

그날 이후로 대야성에 비상이 떨어졌다. 내성의 경계가 한층 삼엄해졌고, 외부인의 출입이 철저하게 통제되었다. 특히 모란각은 몇 겹의 호위 무사들과 암영대가 포위망을 형성하듯 보호했다. 벽가장으로 퇴성하던 벽갈평은 성을 나가지 않고 호법원에서 자리를 지켰고, 소식을 듣고 달려온 백야도 내성에 붙박이처럼 붙어 있는 진혁의 자리를 대신해 외성의 자리를 지켰다. 사질구레한 일들은 상관준경의 선에서 처리되었고, 그보다 중한 것은 백야가 맡았다.

주변의 조심스러운 관심 덕분인지, 가연은 몇 번의 위험한 고비를 맞았지만 다행히 잘 넘길 수 있었다.

"답답하지 않나?"

진혁은 부른 배 때문에 제대로 눕지 못하고 옆으로 누워 있는 가연이 안쓰러웠다. 그나마 찌웠던 살들이 입덧으로 빠져 앙상한 팔다리에 배만 동그랗게 부풀어 있었다. 부푼 배가 가슴을 압박해 숨이 차오를 때도 있어 하루하루 진혁의 피가 졸아들었다. 게다가 하필이면 무더운 한여름에 전각의 침상에 붙들려 있었으니 얼마나 덥고 힘들었을 것인지. 그나마 더운 바람이 지나가고 서늘한 가을바람이 불어와 다행이었다.

가연은 마른 탓에 눈만 커진 얼굴로 옅은 미소를 지으며 고개를 저었다. 진혁도 그녀를 따라 가는 미소를 지었다.

"잠깐 바깥바람을 즐기자."

찬바람이 들지 않도록 침상의 이불로 가연을 단단히 두른 진혁은 그녀의 어깨와 오금 아래로 팔을 집어넣어 안아 들어 올렸다. 부푼 배가 짓눌리지 않도록 조심하면서 전각 밖으로 나왔다. 시원한 밤공기에 화원의 수풀 사이로 귀뚜라미들이 가을이 왔다는 듯 높고 낮은 소리로 찌르륵찌르륵 울었다.

"보세요. 보름달이 정말 크네요."

진혁의 넓은 가슴에 기대어 있던 가연이 검은 비단을 펼쳐놓은 듯한 밤하늘을 올려다보고 낮은 탄성을 발했다. 은은히 윤기가 도는 검은 하늘에 둥근 은빛 달이 걸려 있었다. 월광이 너무 밝아 곁에 모여 있을 별들이 보이지 않아 아쉬웠지만, 보름달만으로도 충분히 아름다웠다.

천천히 산보하듯 모란각의 화원을 걷던 진혁도 가연의 시선을 좇아 밤하늘을 봤다. 그녀의 말대로 보름달이 다른 때보다 더 커 보였다. 진혁은 달빛을 받아 요요(姚姚)하게 빛나는 가연을 바라보다 참지 못하고 얼굴을 내렸다. 까칠하게 마른 입술을 자신의 타액으로 적시며 목마른 사람처럼 입술을 삼켰다. 생명을 잉태한 탓인지, 그녀에게서 풍기던 천향이 더욱 진하고 풍부해져 가끔씩 끓어오르는 욕망을 다스리는 것이 힘들었다. 옆에서 다디단 꿀이 뚝뚝 떨어지는 것을 바라보며 마른침만 꼴깍꼴깍 삼키는 모양새라니, 누구에게 속 시원히 하소연할 수도 없어 이미 시커멓게 탄 뱃속에 사리도 남아 있지 않을 것이다.

달콤한 입안을 샅샅이 핥으며 간신히 목만 축인 진혁은 간신히 입술을 뗐다.

오늘은 여기까지. 더 이상은 그녀에게 무리야.

진혁은 빨갛게 달아오른 얼굴로 가쁜 숨을 쉬는 가연을 보며 아우성치는 제 욕심을 눌렀다. 아쉬운 마음에 가볍게 입을 맞췄다 떼어냈다. 그녀가 지신의 품에 있다는 기적에 감사했다. 영원히 잃어버린 줄 알았던 자신의 심장이 어렵게 되돌아왔다는 것을 매일 되새겼다. 두 번 다시 잃어버리지 않도록.

"달보다 더 고운 이가 내 품에 있군."

가끔씩 진혁은 누가 들으면 믿을 수 없을 정도로 달콤한 소리를 했다. 그럴 때마다 가연은 듣기 민망하다는 듯 얼굴을 붉게 물들였다.

진혁은 화원에 장식용으로 놓아둔 석대(石臺)에 앉았다. 두 팔로 안고 있던 가연을 무릎에 내려놓았다. 혼인 전처럼 등 뒤로 느슨하게 하나로 묶어 내린 머리카락을 쥐고 쓸어내렸다.

"힘들지?"

"아니요. 뱃속에 있는 아이가 더 힘들겠죠. 자신을 품어줄 어미가 부실하니……."

"말도 안 되는 소리! 태어나기 전부터 어미가 이리 노심초사하며 저를 살피는데 이 정도도 못 견디면 안 되지."

진혁은 제 존재를 드러내듯 부풀어 오른 아랫배를 슬쩍 노려보았다. 태어나기 전부터 가연을 괴롭히는 아이가 미워 속으로 태어나면 두고 보자 벼르고 있었다. 그런 그의 마음도 모른 채 가연은 눈을 반짝이며 물었다.

"가군은 이 아이가 아들이길 원하세요? 딸이길 원하세요?"

진혁은 당황했다. 지금껏 아이가 태어날 때까지 가연이 무탈하기만 바랐지, 한 번도 아이의 성별에 대해서는 생각해본 적이 없었다. 가연은 정말 궁금하다는 눈으로 대답을 기다렸다.

"너는? 딸이 좋은가? 아들이 좋은가?"

진혁은 답이 궁해져 질문을 되돌렸다. 가연이 따뜻한 어머니의 표정을 지으며 자신의 둥근 배를 어루만졌다. 지금은 잠이 들었는지 움직임이 없었지만, 낮에는 이렇게 배를 쓰다듬으면 어머니의 손길을 아는 듯 요란한 발길질로 제 존재를 드러냈다.

"딸도 좋고 아들도 좋아요. 양부님과 백야 님은 아들을 바라시는 듯하지만…… 소첩은 그저 마지막까지 건강하게 태어나기만 바라는걸요."

이 아이를 가진 것만으로도 소원을 이룬 것인데, 여기서 더 바란다면 욕심이었다. 그저 어미의 바람으로 건강하게 태어나길 빌었다.

진혁은 가연의 얼굴을 가슴에 맞닿을 정도로 꼭 끌어안았다. 그녀의 귓가에 입술을 내리며 속삭였다.

"나도. 딸이든 아들이든 상관없다. 너와…… 아이만 무사하면 돼. 그것 외에는 바라지 않는다."

하루하루 날이 갈수록, 아이를 품은 태가 뚜렷하게 드러날수록 진혁의 보이지 않는 불안은 조금씩 커져만 갔다. 아이가 자리를 잘 잡아 가연과 함께 잘 견디고 있다는 말을 들어도 그때뿐이었다. 건강한 여인도 산고를 견디기 힘들다는데…….

가연은 손을 뻗어 진혁의 손을 잡았다.

"이 아이가 태어나면…… 함께 비선곡에 갔으면 해요."

진혁은 놀라 가연의 안색을 확인했다. 혼인 후에도 비선곡에 대해서는 입에 올리지 않던 그녀였다. 서문은설을 묻고, 벽가연으로서의 삶을 선택했다고 했다. 얼굴을 돌리지 못하는 것처럼, 버린 과거의 시간 또한 되돌릴 수 없는 거라고. 그래서 비선곡을 도망치듯 빠져나온 후로 단 한 번도 찾아가지 않았노라고. 그런 그녀가 비선곡을 찾아가겠노라 말하고 있었다.

"그곳에 계신 분들께 아이를 보여드려야 할 것 같아서요……. 한 번은…… 한 번쯤은 그래도 좋을 것 같아요."

"……네가 원한다면 그렇게 하지. 그분들도 기다리고 계실 거다."

가연은 입술을 휘며 웃었지만 눈가에는 맑은 물기가 금방이라도 뚝 떨어질 듯 방울방울 매달려 있었다. 손을 들어 그녀의 눈물을 닦아주며 진혁은 자신의 품을 다시 빌려주었다. 소리 없이 흘리는 그녀의 눈물에 자신의 앞섶이 젖어들었다.

"흐읍!"

"소리를 지르십시오, 대부인! 소리를 지르셔야 합니다! 참으시면 오히려 더 힘듭니다! 소리를 지르십시오!"

"으윽!"

전각 밖에 석상처럼 서 있는 진혁의 귀로 안에서 나누는 말소리가 고스란히 들렸다. 5개월을 지나 7개월, 8개월이 될 때 즈음엔 다들 안심하고 있었다. 다행히 막달이 되어갈수록 유산기도 보이지 않아 이대로 막달까지 잘 유지되겠구나 방심했다. 설마 출산 예정일까지 두 달을 남겨두고서 느닷없이 산통이 올 줄이야. 아침을 먹자마자 갑자기 파수(破水)가 일어나 모두 혼비백산했다. 성수림과 의각에서 고르고 고른 산파들이 불려왔고, 침방 밖에서는 의각주와 성수림주가 만약을 대비해 대기 중이었다.

"아이가 나온다니! 아니, 아직 날짜도 아닌데 무슨 아이가 나온단 말이냐!"

담장을 뛰어넘듯 달려 들어온 백야가 진혁을 향해 소리쳐 물었다. 그의 뒤로 벽갈평이 뒤따라왔다. 그도 같은 마음인 듯 진혁을 보았다.

"아이가 제 날짜를 지킬 마음이 없는 모양입니다."

"허 참! 누굴 닮은 것이냐! 너도 그렇고 그 아이도 그렇고 도통 급한 성격을 가진 이가 없건만, 왜 저놈만 이리 급하게 세상 구경을 하려는 게야?"

혀를 쯧쯧 차던 백야가 은근한 어조로 다시 물었다.

"별탈은 없는 게지? 의각주와 성수림주가 뭐라 다른 말은 하지 않던?"

진혁은 전각에서, 정확히는 침방이 있는 창문에서 시선을 떼지 않은 채 말했다.

"8개월이라 좀 이르긴 하지만, 오히려 모체를 생각하면 빨리 낳는 편이 나을지도 모른다고 하더군요. 막달까지 채우기엔 가연의 부담이 클 거라고."

백야가 고개를 끄덕였다. 입안으로 비명 소리를 삼키던 가연도 더 이상 견디기 힘든지 소리를 지르기 시작했다. 전각 밖으로 들려오는 비명 소리에 백야가 미간을 찡그렸고, 벽갈평은 덩치에 어울리지 않게 흠칫 흠칫 몸을 떨었다. 가슴 앞에 팔을 엇갈려 팔짱을 끼고 있는 진혁은 미동도 하지 않았다.

아침 무렵에 시작된 진통은 다음 날이 되어서도 끝나지 않았다. 하루하고 반나절이 넘어서자 가연은 소리 지를 힘도 없어 신음성만 흘렸다.

"대부인! 정신을 잃으시면 안 됩니다! 조금만 더 힘을 내십시오! 뱃속의 아기님을 생각하셔서 힘을 내세요!"

밖에서 기다리고 있던 백야와 벽갈평은 진이 빠져 녹초가 되어 있었다. 가지런히 곱게 정리되어 있던 백야의 은색 머리카락은 사자 갈기처럼 사방으로 뻗쳐 있었고, 제자리에서 계속 맴돌고 있던 벽갈평의 주변으로 둥근 원이 깊게 패어 있었다.

"대체 어떤 대단한 놈이 나오려고 저리 제 어미를 고생시키는 것이야! 누가 천가의 핏줄이 아니랄까 봐 태어나면서부터 어찌 저리 고집을 부리는 거냐!"

백야가 고개를 설레설레 저었다. 참을성 없는 그에게는 정말 견디기 힘든 고문이었다. 백야는 슬쩍 지금껏 손가락 하나 까딱 않고 서 있는 진혁을 곁눈질했다. 안에서 고집을 부리며 세상 밖으로 나오길 거부하는 녀석만큼이나 지독한 놈. 부전자전 아니랄까 봐. 자신들이야 시비들이 건네는 물이라도 마셨지만, 진혁은 물 한 모금도 입에 대지 않은 채 자리를 지키고 있었다. 백야가 다시금 혀뿌리가 뽑힐 듯 혀를 찼을 때였다. 갑자기 진혁이 팔짱을 풀었다.

"엉?"

백야가 놀라 엉겁결에 의문을 토했다. 진혁은 자세를 풀고서 전각 앞으로 걸어갔다. 그제야 백야도 전각 안의 동태를 살폈다. 안에서 들려오던 신음 소리와 산파의 고함 소리가 그쳤다. 기묘한 정적에 다들 숨을 죽이며 기다렸다.

"앙앙앙!"

아이의 커다란 울음소리가 모란각의 정적을 깨트렸다. 백야와 벽갈평이 자리에서 펄쩍 뛰어오르듯 일어났다. 그들보다 한 걸음 앞선 진혁이 전각 안으로 뛰어 들어갔다. 침방 앞으로 다가가자 안에서 머리가 허연 늙은 산파가 나왔다.

"감축 드립니다, 성주님! 대부인께서 건강한 사내 아기씨를 낳으셨습니다!"

진혁은 가장 걱정하던 것부터 확인했다.

"그녀는? 가연은 무사한 것이냐?"

"피를 조금 많이 흘리긴 하셨지만 괜찮으십니다. 지금은 많이 지치셨지만 크게 걱정하지 않으셔도 됩니다."

산파는 웃으며 진혁의 걱정을 달랬다. 그제야 진혁은 긴장을 풀고 안심했다. 그녀가 무사하다. 그것이면 되었다. 그녀가 무사하고, 덤으로 아이도 건강하다. 그가 생각한 최상의 결과였다.

"가연을 봐야겠다."

당장 가연의 얼굴을 봐야 했다.

"잠시만 시간을 주십시오. 뒷정리를 할 시간이 필요합니다."

산파가 말한 후 반시진이 지난 뒤에야 진혁은 침방 안으로 들어갈 수 있었다. 아직 채 날아가지 못한 비릿한 혈향이 남아 있었다. 한달음에 침상에 다가간 진혁은 혼절하듯 잠이 든 가연을 보았다. 얼마나 입술을 깨물었는지 허옇게 일어난 입술이 너덜너덜해 지금도 핏물이 번져 있었다. 가는 팔에는 시퍼런 멍이 들어 있었고, 힘을 준 손바닥에는 붉은 생채기가 가득했다.

그의 손길을 느꼈는지 감겨 있던 가연의 눈꺼풀이 흔들리며 천천히 열렸다.

"……가군."

힘이라곤 한 올도 없는 희미한 소리. 진혁은 생채기가 있는 손바닥을 조심스럽게 잡아 입을 맞췄다.

"약속을 지켜줘서 고맙다."

가연이 꽃잎이 활짝 벌어지는 꽃처럼 어여쁘게 웃었다. 그가 기다리고 있기에 마지막 힘을 낼 수 있었다. 도저히 더 이상 버틸 수 없을 것 같던 순간, 약속하라며 다그치던 그의 모습이 떠올랐다.

"아기는 보셨는지요?"

"네가 무사한지 확인하는 것이 먼저였다. 어린 것이야 건강히 태어났다 하니 그것으로 된 거지."

이리 널 고생시킨 것을 생각하면 녀석의 얼굴 따위 보고 싶지도 않다. 진혁은 뒤에 담긴 속말을 그녀에게 털어놓지 않았다. 아무래도 뱃속에 품고 있던 모정과 부정은 차이가 큰 듯하니.

산파가 깨끗하게 씻겨 강보에 싼 아이를 데리고 왔다.

"성주님, 대부인, 아기씨를 모셔왔습니다."

진혁은 떨떠름한 얼굴로 산파가 내민 아기를 넘겨받았다. 너무나 가벼워 자칫 잘못 만졌다간 뭉개버릴 듯해 불안했다. 딱딱하게 경직되어 있는 진혁의 품이 불편한지 아기가 칭얼거렸다. 산파는 웃으며 진혁의 자세를 고쳐주었다.

쭈글쭈글한 사과처럼 빨갛고 주름 많은 아기의 모습에 진혁은 충격을 받았다. 갓 태어난 아이의 모습을 알 리가 없으니 그에게는 아들이 원숭이처럼 보였다.

"왜 그러세요?"

"아기의 얼굴은 원래 이런 건가? 뭔가 얼룩덜룩한 것 같기도 하고, 주름까지 있는 게 원숭이 같은걸."

"갓 태어난 아기는 원래 그렇대요. 시간이 지나면 제 본바탕이 나오는 듯해요. 산파가 아주 잘생긴 아기라던걸요."

진혁이 고개를 갸웃거리며 다시 손바닥보다 작은 아기의 얼굴을 살펴보았다. 어디가 잘생긴 구석인지 알 수가 없었다. 진혁은 아기를 가연의 품에 안겨주었다. 가연은 눈물이 그렁그렁한 얼굴로 강보에 싸인 아기를 쓰다듬었다.

"아기 이름을 생각해봤는데, 설진(雪進)이 어떨까?"

"천설진?"

"그래."

가연은 누구의 이름자에서 따온 이름인지 금방 알아차렸다. 서문은설의 설자와 천진혁의 진자이리라.

"좋은 이름이네요. 그런데 백야 님께서 섭하다 하시지 않을까요?"

그렇지 않아도 종이 한 가득 계집아이 이름과 사내아이 이름을 채워넣던 백야였다. 집안의 어른으로서 이름을 정할 권리는 자신의 것이라며 벽갈평에게 으름장을 놓았다.

"어쩔 수 없지. 좀 서운하긴 하시겠지만, 녀석을 보시면 금방 마음을 푸실 거다."

"어쩌면 다음 아이는 백야 님께서 정하실 수 있을지도 모르지요."

"뭐? 이 고생을 또 할 생각이냐?"

진혁이 놀라 버럭 목청을 높였다. 잠이 들었던 아기가 입술을 일그러뜨리며 칭얼거렸다. 아기를 다독인 가연이 작은 목소리로 속삭였다.

"세상일이란 아무도 모르는 것이니까요. 이 아이를 보니 하나로는 부족하다 싶기도 하고."

진혁은 아기가 깨지 않도록 낮은 어조로 단언했다.

"안 돼! 아이는 이 녀석이 마지막이다! 이런 고생은 한 번으로 충분해!"

그러나 가연은 대답하지 않은 채 묘한 웃음으로 넘겼다. 진혁의 불길한 예감대로 가연은 3년 후 다시 아기를 가져 대야성을 공포 상태로 만들었다. 그것도 쌍생아로. 그러나 그것은 아직은 조금 먼 미래의 일.

아기를 다독이는 손길에 가연의 눈꺼풀도 다시금 무겁게 내려왔다. 진혁이 이불을 올려주며 말했다.

"옆에 있을 테니 푹 자도록 해. 걱정 근심 따위 모두 내려놓고."

진혁의 목소리가 자장가처럼 가연은 금세 단잠에 빠져들었다. 진혁은 다스한 눈빛으로 사랑하는 아내와 금방 태어난 아들을 한눈에 담았다. 세상에서 가장 아름다운 모습이었다. 진혁은 자신이 지켜야 할 귀한 이들을 하염없이 바라보았다.

어느새 창 밖으로 어둠이 내려와 지창으로 부드러운 달빛이 스며들었다. 정취 가득한 가을밤이 깊어갔다.

－終

작가 후기

벌써 한 해의 마지막 달입니다. 그것도 10일이 훌쩍 지나 20일밖에 남지 않았습니다. 시간이란 정말 눈 깜짝할 사이에 지나가는 것 같습니다. 어렸을 때에는 시간이 정말 흐르지 않아서 투정을 부렸었는데 말입니다. 한 살 한 살 나이를 먹는다는 것을 시간의 흐름에서 새삼 느낍니다.

'천애지연'은 제가 처음으로 완결한 연재 작품입니다. 처음 글을 썼었던 '청애'나 '카사블랑카'도 인터넷에서 연재를 시작했었습니다만, 제 게으름으로 항상 끝까지 완결을 하지 못했었습니다. 그래서 연재물을 읽어주셨던 많은 분들께 죄송하기만 했었습니다. 그런데 다행히 '천애지연'은 무사히 끝까지 연재를 할 수 있었습니다. 처음 카카오 페이지에서 연재를 시작하면서도 고민을 많이 했었습니다. 시간을 꼬박꼬박 맞춰야 하는 연재를 꾸준히 할 수 있을지, 그리고 연재라는 호흡의 흐름을 맞출 수 있을지, 걱정이 많았습니다. 중간에 몸이 많이 안 좋아져서 몇 번 연재를 빠트리기도 했었습니다만⋯⋯. 그 때문인지 연재를 끝내고 한동안 병원을 들락거려야 했습니다. 긴장이 풀려서 수정을 하는데 시간이 조금 많이 걸렸습니다. 하지만 의외로 연재물을 하면서 재미

있기도 했습니다. 시간에 쫓긴다는 심정이 어떤 것인지 정말 실감할 수 있었습니다.

'천애지연'은 말 그래도 하늘 끝에 닿은 인연을 표현하고 싶었습니다. 서로 맞닿은 인연이 어긋났지만, 결국 서로를 알아보고 다시 맞잡는 이야기를 쓰고 싶었습니다. 이 글을 보시는 분들이 재미있으셨다면 좋겠습니다.

연재하는 동안 함께 고생하시고, 수정까지 너무 오랫동안 기다려주신 도서출판 가하의 승진 씨, 정말 항상 감사하게 생각하고 있습니다. 이제야 원고 약속을 지키게 되어 너무 죄송합니다.

어제가 아버지의 생신이셨습니다. 제가 나이를 먹는 만큼 부모님의 얼굴에도 주름살이 많이 느셨습니다. 그래서 항상 부모님의 건강이 걱정입니다. 아버지와 어머니, 두 분 모두 아프신 곳 없이 건강하시길 빕니다. 집안에 웃음꽃을 불어넣는 장난꾸러기 두 조카 녀석들도 건강하게, 씩씩하게 자라길 기원합니다.

예쁜 딸을 가지게 된 선영이와 나미 언니, 유리에게도 고맙다는 인사를 하고 싶습니다. 자주 얼굴을 볼 수 없는 현빈 언니와 진후, 코코 언니와 얼 언니에게도 다 같이 힘내자는 말을! 새 작업에 들어간 여니 언니와 한창 작업 중이실 미림 언니도 올해처럼 내년 한 해도 열심히 달려요. 드림 언니와 마마 언니, 너부리 언니도 건강 챙기시길 빌어요. 제가 자주 아프기 때문일까요. 제 주변에 있는 모든 사람들이 아프지 않기만을 기원하네요. 새삼 건강이 최고라는 생각이에요.

이 글을 보시는 모든 분께 즐거움과 행복이 가득하길 바랍니다!

2015년 12월

김경미